中国现当代文学学科“山师学人”研究资料丛书

薛绥之、冯中一研究资料

谢慧聪　李宗刚 等　著

山东大学出版社
SHANDONG UNIVERSITY PRESS
·济南·

图书在版编目(CIP)数据

薛绥之、冯中一研究资料 / 谢慧聪等著. -- 济南 ：山东大学出版社，2025. 8. -- ISBN 978-7-5607-8622-3

Ⅰ. I206-53

中国国家版本馆 CIP 数据核字第 2025MT8160 号

责任编辑　肖世伟
封面设计　王秋忆

薛绥之、冯中一研究资料

XUE SUIZHI、FENG ZHONGYI YANJIU ZILIAO

出版发行　山东大学出版社
社　　址　山东省济南市山大南路 20 号
邮政编码　250100
发行热线　(0531)88363008
经　　销　新华书店
印　　刷　山东蓝海文化科技有限公司
规　　格　720 毫米×1000 毫米　1/16
　　　　　33.5 印张　513 千字
版　　次　2025 年 8 月第 1 版
印　　次　2025 年 8 月第 1 次印刷
定　　价　98.00 元

丛书总序

“山师学人”研究资料丛书的缘起

李宗刚

中国现当代文学学科“山师学人”研究资料丛书是一套旨在呈现山东师范大学(原名为山东师范学院,以下均简称“山师”)中国现当代文学研究和资料梳理发展脉络的系列丛书。该丛书分为学科著名学者的研究资料和学科的著名学者的研究著作两个部分。研究资料不追求体例上的一致性,而是根据每部作品的具体情况确定其体例——这样的妙处便在于使每部作品的个性得以完整地保留下来。尽管每部作品的体例有所差异,但其价值指向则是一致的,那就是要呈现或还原学科的整体风貌,从而为读者了解山师中国现当代文学学科提供便利。

随着近年来学术界对学术史、学科史的特别关注,已经有人开始着手编写著名学者的研究资料,这与作家研究资料一样,对我们从整体上了解研究对象具有积极的作用。基于此,我也萌发了编写山师中国现当代文学学科教师的研究资料的想法。那么,如何来命名这套丛书呢?我也颇费了一番斟酌:起初命名为“山东师范大学中国现当代文学学者研究资料丛书”,这样命名的好处是比较周正,但缺少一种鲜活的气息;我又改为“山师现当代文学学者研究资料丛书”,这样的好处是比较简便,但指代性不够准确;后来,我将其命名为“中国现当代文学学科‘山师学派’研究丛书”，这样的好处是通俗明了，疑问是山师的中国现当代文学研究团队能够称得上“学派”吗？在“朱德发及山师学术团队与现代中国文学学术研讨会”上，多位专家在其发言或论文中使用了“山师学派”这一概念。刘增人教授曾总结了山师中国现代文学学科的学术贡献和学术特色的三大传统：一是“源远流长的中国现代文学史撰写实践与理论升华”；二是“延绵不绝且逐步深入的史料发掘整理，为中国现代文学学科建设提供了坚实的基础”；三是“已成系列的鲁迅与中国现代著名作家研究”。魏建教授还对“山师学派”三部分组成人员的情况进行了限定：一是山师中国现当代文学学科团队中传承和发扬该学科学术传统的团队成员；二是在外单位工作、山师中国现当代文学学科培养的传承和发扬该学科学术传统的研究生、本科生等各类学生；三是与山师中国现当代文学学科发生密切联系，并传承和发扬该学科学术传统的学科周边成员。

客观地讲，从《现代汉语词典》对“学派”解释来看，所谓“学派”是指“同一学科中由于学说、观点不同而形成的派别”。据此，我们可以理解成同一“学派”应该是同一学科中“学说”“观点”相同。如果按照这一解释来看，那么任何一所大学的中国现当代文学研究都无法称得上“学派”，一个人在不同时期的观点会有所变化，更何况不同的人在不同时期的观点呢！但是，我们如果细加考察便会发现，这些处于同一物理空间的学者，他们的观点尽管不甚相同，他们产生的不同观点却具有某种共同的学术背景，哪怕是身处对峙的阵营，也在某种程度上标示出他们的观点是以对峙一方观点的存在为前提的。从这样更为宽泛的意义上来理解“学派”，我们便可以把曾经处于同一物理空间的学者视为一个有机的学术共同体。这样一来，我们便确定把这套研究资料丛书命名为“中国现当代文学学科‘山师学人’研究资料丛书”。

从历史发展来看，山师尽管是一所省属师范院校，但其中国现当代文学学科却在全国具有较大的影响。早在1952年，这所学校便设立了八位教师组成的现代文学教研组，形成了田仲济先生领衔的中国现代文学教学和研究队伍。1954 年，由中央人民政府高等教育部和中央人民政府国家统计局批准，山东师范学院招收中国现代文学专业的研究生，由此成为全国屈指可数的几个中国现代文学研究生招生单位之一；1955 年，首批研究生入学；1981 年，获得了中国现代文学首批硕士学位授予权；1989 年，中国现代文学专业更名为中国现当代文学专业；1998 年，获得了中国现当代文学专业博士学位授予权；2007 年，被评为国家重点学科。这使得一所省属师范院校得以凭借其中国现当代文学学科而获得全国优秀学校的认可。当然，该学科之所以在全国得到学术界的认可，主要缘于第一代学者田仲济、薛绥之、冯中一等前辈在学科建设初期的筚路蓝缕之功，得力于第二代学者朱德发、蒋心焕、宋遂良、吕家乡、查国华、袁忠岳、韩之友以及在 1986 年便调离学科的冯光廉等学者在学科建设中期激流勇进的提升之功，得力于新世纪以来魏建以及调离学科的吴义勤、张清华等学者在学科建设上的延展之功。

多年来，“山师学人”在学术园地里辛勤耕耘，为我们奉献了一批丰硕的学术研究果实，为山师现当代文学学科的发展做出了卓越贡献。学术界对山师中国现当代文学学科教育给予了充分肯定，本学科向全国输送了一大批从事文学研究的优秀学者。

站在新时代的基点上，我们回望中国现当代文学学科走过的 70 多年的历程，便益发觉得有必要对学科的历史做一系统的梳理，这也恰是我策划和组织这套研究丛书的目的之所在。“山师学人”第一代学者和部分第二代学者已经离开了我们，我们这批第三代学者也不再年轻，这正是我们作为学科历史的链条发挥承前启后作用的关键时期。

其实，从学术研究的规律来看，重要的不在于怎样命名，而在于怎样行动。我们通过对山师学者的研究资料的编写和研究成果的呈现，能够为山师中国现当代文学学科做一点实实在在的工作，为从事学术史和学科史研究的学者提供获取原始文献资料的便利，便没有辜负学科前辈学者把这份事业托付给我们的深切期望，并完成了我们应该完成的艰巨任务。

我们热切地期盼着中国现当代文学学科“山师学人”研究资料丛书犹如植根于山师这方沃土的一棵大树，再次迎来枝繁叶茂的好时节！

代序

薛绥之、冯中一:山师现当代文学学科史上的诤友

谢慧聪

作为山东师范大学文学学科发展史上,尤其是现当代文学学科发展史上的第一代学者,薛绥之(1922—1985)与冯中一(1923—1994)是继田仲济之后的代表性学者。薛绥之主要从事鲁迅研究资料的搜集与整理工作,冯中一主要从事诗歌理论与鉴赏工作。他们从事的专业尽管有所不同,但他们在学术研究、教学理念、人才培养以及学科发展等方面,相互为伴,相互扶持,又各自精彩,为山师的中国现当代文学学科在全国得到学术界的认同作出了突出的贡献。他们不断拓宽山师中国现当代文学研究的领域版图——开辟了独具特色、各有特长的学术研究的新天地。薛绥之先生长期致力于鲁迅研究、鲁迅教学以及鲁迅史料的挖掘和整理,是鲁迅研究尤其是鲁迅史料研究的拓荒者。冯中一先生深耕于诗歌研究,尤其是新诗研究方面,既积极探索新诗的批评体系,又勤于创作新诗,同时,也不放松对作协等文艺协会的领导工作,是典型的"双肩挑",有时甚至是"多肩挑"。两位先生身上都鲜明地体现着山师学人的主流特点——学风质朴、研究扎实、意志坚定、长者风范、勤勉笃行等,不胜枚举。

一、致力于学术，无限拓宽生命的宽度，延展厚度

学术是为人师者的生命线，是安身立命之根本。作为师者，尤其是大学里的师者，这一点尤为突出。“为学术而生”可以看作是薛绥之一生的写照。与在本村读私塾的其他学生不同，他对文学的喜欢与生俱来，自幼喜爱读书，尤擅长“写一点什么东西”，1934 年入小学读书起就开始发表作品，如《街头夜景》《回忆》《初夏的风景》等，后遵从家中安排学习经济学，但“真正用力甚勤的还是文学”[①]，对文学的喜爱与日俱增。正如他自己所说，最喜欢的“一是枪杆，另一种是笔杆”。北大经济系毕业后，他毅然选择《世界日报》副刊编辑、记者工作，同时主编《新路》。这一时期因妻子柳锡恕病故，薛绥之发表的文章多以纪念妻子为主，如《死》《两度结婚》等，还以自身早前一段包办婚姻经历为素材创作小说《逃婚》。

薛绥之最为学界称赞与惊叹的还是他的鲁迅研究。与鲁迅结缘较早，他曾直言：“在文人之中，我佩服鲁迅先生，为的是他敢说，敢笑，敢骂，敢爱。”[②]也许是两度丧妻的痛苦无法释怀，也许不入国文始终是他的遗憾，1949 年 5 月，薛绥之考入华北大学国文系学习，授业恩师正是一生致力于“普及鲁迅”事业的李何林先生。之后，薛绥之先后在天津法汉中学、天津教师学院等担任讲师，致力于语文教学，并对鲁迅教学投入极大兴趣，先后撰写《我怎样教“论‘费厄泼赖’应该缓行”一文》《鲁迅杂文教学的一些体会》《鲁迅在反文化“围剿”中的斗争策略》等文章。正在薛绥之的鲁迅教学及学术研究进入新阶段时，他却被错划为“右派分子”，不仅被禁止上课，而且开始对其鲁迅教学与研究思想进行批判。随之而来的是降级降薪，并一度无法重返讲台。大多数时间薛绥之是被学生“领导”着工作。但也正是从这个时候起，薛绥之开启了他漫长而投入、短暂却永久的

---

① 张俊才：《薛绥之先生传略》，《薛绥之先生纪念集》编辑组：《薛绥之先生纪念集》，1985 年，第 1 页。

② 薛绥之：《采访生涯杂忆》，《北方杂志》第 2 卷第 1 期，1947 年。

现代文学史料、鲁迅学史料工程的体系的“建构”。先后主持编纂多套大型鲁迅研究资料丛书，如《中国现代作家研究资料丛书》《中国现代作家小传》《毛主席诗词研究资料汇编》《中国现代作家著作目录》等。1976年以来，先后主持编纂完成了《鲁迅生平史料丛抄》《鲁迅生平史料汇编》等。这些丛书系统、全面地整理了鲁迅的生平资料，为鲁迅研究提供了坚实的资料基础。薛绥之的这项工作不仅在当时具有开创性意义，而且对后世鲁迅研究产生了深远的影响。如果从1960年薛绥之开始编纂《中国现代作家研究资料丛书》算起，在其62年的人生里，25年的时间共编纂600多万字，可以想见，在那个没有互联网、信息闭塞的年代，这些资料是怎样从故纸堆中被发现，又是怎样从纸质文字变成书稿的？这或许不仅需要走南闯北、无穷无尽的搜索，更需要的是一种人与史料合而为一、不分彼此的生命常态化，一点一点地整理出来。薛绥之就是凭着这样的“笨功夫”，几十年如一日地沉浸在史料挖掘与整理中，不分昼夜、夜以继日地干出来的。

薛绥之是一位极具学术热情、治学严谨且富于牺牲精神的学者，这种对学术的热爱和执着，使他能够在研究领域不断深入探索，取得了一系列重要的学术成果。他在学术研究上保持着极其严谨的态度，即便是在“文革”期间，鲁迅研究不断被拔高、鲁迅被神化，但薛绥之的鲁迅研究从不说空话、大话、假话、套话，坚持“论从史出”，由充实的史料中引出自己的观点或结论。他的研究成果扎实有见地，既有学术价值又有实用价值。选定鲁迅研究方向后，他为之孜孜不倦地探讨了一生，其他的一些选题也往往是从这总目标出发开拓出的新领域。他对一些有争议的问题能够大胆地亮明自己的观点，提出异议，这种精神在学术界是极为难能可贵的。

如果说“为学术而生”是薛绥之的一生写照，那么冯中一则是“为诗而生”。冯中一早在读小学时期，写作能力就已经展现出来，作文每学期都会被刊登，1943年前后就已发表多篇抒情小诗，如《盲人》《蜗牛》《荒原之祭》《古城夜曲》等，展现了他对诗歌艺术的热爱和才华。随后，他转向诗歌鉴赏与新诗研究，发表了《诗与音乐》《诗与寂寞》《诗与明天》等诗歌研究文章，并整理出《新诗夜话》评论集。冯中一早年毕业于山东日语专科学校，虽然没有受过系统的正规教育，但他凭借勤奋和刻苦，广泛汲取多种学科的营养，具备了较深的古典文学和文艺理论修养。他先后在济南女子中学、山东禹城中学、济南三中、山东工农速成中学、山东师范学院（现山东师范大学）等学校任教，培养了大量优秀学生。

新时期，中国新诗涌现出一批新人，诗歌创作随之迎来新的高潮。与同时期的其他诗歌研究者相比，冯中一依然将诗歌研究的对象放在艾青、绿原、流沙河、邵燕祥等这些诗人身上，关注他们的诗歌在新时代的发展，试图向生活深处探究生活的哲理。80年代以来，冯中一在新诗本体美学和艺术方面进行了深入思考，获得了独到见解。关于诗歌评论的主要作品有《试论当代诗歌创作的哲理倾向》（合著）、《重构规范：新时期诗歌的美学价值》（合著）、《吾将上下而求索——屈原和他的长诗〈离骚〉》等。

冯中一在新诗研究方面有着深厚的学术功底，他能够借鉴中国传统文化和西方诗歌创作经验，形成自己独特的研究视角和方法。他的新诗评论和研究在中国20世纪新诗研究史上占有一席之地。他注重从诗歌本体出发，探讨诗歌的内在规律和艺术特色。他强调诗歌的时代性、人民性和艺术性的统一，认为诗歌应该反映时代精神、贴近人民生活、具有艺术感染力。同时，他还关注古典诗歌与新诗的关系，提倡诗人应追求形式、风格的多样化，对语言的要求极高，甚至是极致，从而也成就了他在写作教学上的严谨而独特的语言运用能力，这与他长期钻研诗歌、创作诗歌有着天然的联系。在繁忙的工作之余，他还主编、合编了众多诗选，在诗歌鉴赏方面也颇有成效，如《诗歌漫谈》（1956）、《诗歌的欣赏与创作》（1959）、《学诗散记》（1962）、《诗歌艺术论析》（1983）、《唐宋八大家散文选》（1983）、《诗歌艺术教程》（1990）、《孔孚山水诗研究论集》（1991）、《新诗创作美学》（1991）、《新诗品》（1995）等诗歌评论与研究著作，这些作品不仅为青年学生提供了诗歌阅读和创作的指导，也为新诗理论的发展作出了贡献，作为诗歌研究与教学的重要材料，完成了诗歌研究与教学阵地的最主要的原始积累。

冯中一是典型的评论与创作双栖诗人。自20世纪40年代起他开始新诗创作,诗作大都充满了对悲惨困苦命运的关注和描述。冯中一幼年丧母,颠沛流离,中年丧妻,身心俱疲,老年丧子,锥心之痛,三次遭遇至亲之人的离世,使他对苦难有着更深的体味。在他的诗作中,鲜明地融入了个人的苦难经历与对生命的深刻感悟,形成了一种既苦涩又坚韧的艺术风格。对生命底层的真切咏叹和对真善美生活的讴歌,将他特有的心灵颤音和人生咏叹调呈现出来,使他的诗作不仅具有深刻的思想性,富有艺术感染力,而且具有穿透人心的共情共鸣之力。

冯中一的诗歌鉴赏也与时代贴得很近,20世纪50年代的诗歌评论多是歌颂"大跃进",或者抒写英雄赞歌。但他的评价往往关注平凡中的伟大,这在遍地的诗歌赞扬中格外清新。如对张志民的"老拐叔"评价、臧克家的《胜利的箭头》的分析,都抓住了作品的细节。冯中一很早就尝试对新诗的变迁进行总结概括,主要将批评的重点放在诗歌的艺术特点、构思和意境、语言的艺术与锤炼等方面,同时也关注新民歌、歌谣的发展,着力于探索诗歌的感情表达、艺术技巧。他的诗歌批评与鉴赏不但注重诗歌感情的深度与跃进性,更着重彰显诗的生命力、战斗性。冯中一对新诗的美学价值倾注了较多思考,认为新诗思辨性强,注重意象,对语言的创造性运用要求较高,诗歌内部应着重体现人的情感,如《诗与寂寞》《湖上》《盲人》《明日的诗》等。此外,冯中一还为济南一中创作校歌《我们是紫色的一群》(1994)。冯中一的诗歌评论以恳挚、具体的艺术赏析为主,兼容谨严的论辩、疏淡的漫话、简洁的评点等方式,做到生动形象,亦庄亦谐,娓娓恳谈,切中时弊。这种独特的评论风格在当代诗歌论坛上仍充满魅力。

冯中一先生的一生充满了对学术的热爱和追求,他的诗作充满了对悲惨困苦命运的关注和描述、对生命底层的真切咏叹和对真善美生活的讴歌。他的诗评则较为清晰地体现了他的诗歌理念,强调诗人的个人体验、诗的现实主义以及将健康的时代精神与中国古典诗歌与民歌的优良艺术传统结合起来。

二、深耕教学，润物无声

在那个特殊的时代，薛绥之先生却独树一帜，不仅做学术研究如此，投身的教育事业亦是如此。薛绥之极其重视语文教学，尤其是鲁迅教学中的史实，身体力行，亲身示范，真正做到了教学相长。无论是培养学生、提携后学，还是语文教学，都竭尽全力，尤其在鲁迅作品的教学方面，形成了自己的教学体系：以史实为根基，以思想为灵魂，课从史出。

薛绥之在执教过程中不仅注重知识的传授，更重视教学体系的建立与完善。他为中国现当代文学特别是鲁迅研究的教学工作倾注了大量心血。他带领团队率先进行了鲁迅资料的收集整理与研究工作，并据此建立了从本科到硕士研究生的鲁迅研究教学体系，为现代文学学科的发展奠定了坚实的学术基础。

注重课程与教材的创新。薛绥之不仅开设了鲁迅研究、现代小说研究等专业选修课，还根据自身的科研专长和学术成果，设计了一系列富有特色的课程。这些课程不仅涵盖了鲁迅研究的各个方面，还融入了最新的学术成果和研究成果，使学生能够接触到最前沿的学术动态。教材编写方面，薛绥之也始终如一，坚持编写鲁迅教学教材。因为对鲁迅研究有独特的体会，薛绥之的教学方法也独具特色。他善于从史料出发引导学生深入思考、积极探讨，注重培养学生的独立思考能力和创新精神。课堂上，薛绥之总是充满活力，学生们能在轻松愉快的氛围中汲取知识、提升能力。为此，他主持编写了多部鲁迅研究教材和教学参考书，如《鲁迅作品教学手册》《鲁迅作品教学初探》等。这些教材不仅内容丰富、结构严谨，而且注重理论与实践的结合，为鲁迅教学提供了有力的支持。此外，薛绥之还非常注重与学生的交流和互动，他常常鼓励学生提出自己的见解和疑问，并耐心解答、悉心指导。这种开放、包容的教学风格赢得了学生们的广泛赞誉和尊敬。

冯中一在从事诗歌创作与评论的同时，还致力于写作学的教学与研究工作。他开辟了现代写作学这一新的研究领域。他主编的《唐宋八大家散文选》、《写作知识概要》、《常用文体写作教程》、《1947—1954 诺贝尔文学奖得主代表作全集》(第 6、7 卷)等，更是填补了国内写作学教材的空白，推动了写作学学科的发展。他还担任高校中文系写作课教师，特别注重写作教学的实践性，强调以写作训练为中心建构写作理论，并撰写《语文教学札记》(1955)、《关于诗歌发展的意见》(1959)等。冯中一在写作学教学与研究方面的成就得到了广泛认可。他成为 20 世纪 80 年代恢复职称评定以来的第一位写作学教授，并被贵州人民出版社出版的《中国当代写作理论家》一书高度肯定为“当代著名写作理论家”。冯中一的作品涵盖了诗歌创作、诗歌评论与研究以及写作学教学与研究等多个领域。他的作品不仅具有深刻的思想性和艺术感染力，还对中国当代文学和写作学的发展产生了积极的影响。整体上来看，冯中一的写作与教学既有独特的方法，也取得了丰硕的教学成果。冯中一在教学上注重理论与实践相结合，他善于将自己的学术研究成果融入课堂教学中，使学生能够在掌握理论知识的同时，也能够了解最新的学术动态和研究成果。他采用精选课例的方式，通过具体生动的案例分析，引导学生深入思考和理解诗歌艺术的内在规律。此外，他还注重培养学生的实际写作能力，通过布置作业、批改作业和个别指导等方式，帮助学生提高写作水平。冯中一非常关心学生的成长和发展，经常为学生提供指导和帮助。他不仅在课堂上认真授课，还在课后耐心解答学生的问题，甚至牺牲自己的休息时间为学生批改作业和撰写论文。笔者的授业恩师李宗刚老师就深情回忆过去在冯先生家书房上课的情景：“冯老师把不同的资料分门别类，并且还用细绳捆在一起，这样摆放整齐的资料使用起来非常便利。我后来便把这一方法借用了过来，可见，走进冯老师的书房并切实地感知到知识生产的原初物理空间，的确带我进入了更广阔的知识海洋。”[①] 冯中一的这种无私奉献精神深深地感染了学生，也赢得了学生的尊敬和爱戴。他培养了一批

① 李宗刚：《在师从冯中一先生的日子里》，《半岛都市报》2024 年 4 月 13 日。

优秀的诗歌研究人才和写作人才，他们中的许多人在学术界和文化界都取得了显著的成就。冯中一的教育思想和教学方法对于今天的教育工作者仍然具有重要的启示和借鉴意义。冯中一的写作学研究强调实用性和时代性，他提出了一系列具有很高实用性的写作技能训练方法，并注重将写作学理论与时代需求相结合。这种研究理念对于培养具有创新精神和实践能力的写作人才具有重要意义。

薪火相传。薛绥之与冯中一在人才培养和学术相传方面同样取得了显著成就。他们注重培养学生的学术素养和实践能力，积极为学生提供参与科研项目的机会和平台。在他们的指导下，许多学生或逐渐成长为鲁迅研究领域的佼佼者，或在诗歌创作与批评领域继续开展深入研究工作。同时，他们还积极传承学术精神，将自身的治学经验和研究成果无私地传授给后人，为鲁迅研究事业的持续发展、为诗歌批评理论体系的建构以及诗歌创作实践作出了重要贡献。

三、人生苦难磨心智，"一蓑烟雨任平生"

史料发掘是一项艰苦而细致的工作，考据文章是一种精于严密论证、依据于史实基础上的文章，这些工作虽然不易，却是学术研究和教学的重要手段，薛绥之在史料发掘、整理与文献考据方面取得巨大成就，得益于此。他不仅是中国现当代文学与鲁迅研究领域的杰出代表和奠基人之一，而且在鲁迅研究方面有着深厚的造诣。薛绥之的学术生涯非常丰富，他曾在多所高校任教，并担任过聊城师范学院副院长等职务。即便是在逆境中，他也从未想过要放弃学术，"一生辛劳为鲁研"大概就是他的宿命。

与薛绥之的专业科班出身不同，冯中一先生没有受过系统的文学教育，但对文学的热情、对文艺的热爱和执着却丝毫不减。也正是这份热爱和激情成就了冯中一的学术地位。冯中一先生七岁丧母，跟随父亲与继母颠沛流离，再加上生活的困难，经历过太多的苦难与波折，因而冯先生有一颗格外看透一切、包容一切的心。他是著名写作理论家、诗歌评论家,还曾担任过山东省写作学会会长,山东省作家协会主席,山东省第七、八届人大常委,民进山东省委副主委等职务。他享受国务院政府特殊津贴,并获得了“山东省社会科学界联合会荣誉委员”“山东省优秀社会科学工作者”等称号。冯中一先生的一生是奋斗的一生,他用自己的才华和勤奋为学术界和文化事业作出了卓越的贡献。

今天我们怀念两位先生,在感叹于他们深厚的学术造诣的同时,也无法忽视他们在各自人生历程中所遭遇的磨难。他们有着不同的籍贯与人生,性格迥异,但他们又是同甘共苦过的同学、同事与挚友,堪称难兄难弟。在苦难与死亡面前,他们的精神更值得我们学习。

薛绥之与冯中一都出生于商贾之家,薛先生家还是地主出身,这样的家庭出身并没有使他们远离文学,在“文革”中也带给他们很多痛苦。虽然家庭从商,但两位先生尤其是冯中一先生家中并不富裕,再加上战争的摧残,生活并不如意。

平生多磨难。薛绥之先生性喜交友,范围亦广。冯中一先生性格温和严谨。薛绥之年长冯中一一岁,也就高一级。薛先生出生于山东邹平,从小自是饱读诗书,勤勉于私塾,小学时即发表文章,数量惊人。战争爆发后,1937 年转入山东日语专科学校,在这里与冯中一相识。两人一见如故,谈及求学经历,冯中一先生曾在怀念文章中说道:“绥之记性好,发音流利、笔记详细,甚至用过背诵字典的苦功,我是甘拜下风而且紧紧追赶的。年青气盛,我们还经常三五人在校园或游览处聚谈,讲学业、论人生、议时事,内容非常广泛。绥之动辄以外语单词加上之乎者也的‘中西合璧’句式侃侃而谈,大有踔厉奋发,惊服四座之势。”[①] 由于种种原因,二人于日语专科学校毕业后便各奔东西,冯中一曾深情回忆在自己孤僻无助之时得到了薛绥之慷慨的帮助,并表达了薛绥之“引我以生路,此恩此惠,永世难报”感恩之情。但机缘巧合,辗转于不同的人生站台,终于在

① 冯中一:《怀旧寄哀》,《薛绥之先生纪念集》编辑组:《薛绥之先生纪念集》,1985 年,第 75 页。

50年代中期，随着薛绥之工作调动来到济南，二人终于又回到“朝夕相处、互相砥砺”的岁月。但好景不长，在一系列猝不及防的政治运动中，这对难兄难弟也难逃被“改造”的命运。冯中一在后来提到这段不堪的岁月时仍心有余悸：“及至十年动乱，我们都在被‘横扫’之列，挨批斗、关‘牛棚’、罚劳役，倒是弄得形影不离，形成特定意义的‘难兄难弟’了。”但无论如何，相较于冯中一在“文革”中的沮丧，薛绥之更多的是相信“革命的前途”，他所表现出来的敢于担当、勇于作为的精神，不仅鼓舞了当时同处“绝境”的冯中一，也是我们学习的榜样。

薛绥之和冯中一两位先生早年历经的苦难更是“不堪回首”。薛绥之先生曾两度丧妻，尤其是第二任妻子柳锡恕的离去更是击垮了他，他深深地体会到，也许只有沉浸于学术才能抚慰内心的痛苦。而冯中一先生更是历经年少丧母、中年丧妻、老年丧子的锥心之痛。他们遭遇了太多人生的不幸，饱尝生命难以承受之重，即便被生活逼到了绝境，两位先生都没有倒下，他们仍以饱满的热情继续着自身的学术和教学事业。

1979年，薛绥之先生的右派得以改正，之后他的鲁迅研究与教学以及各项工作都开展得如火如荼。“他简直成了年华倒流、精力过人的青年，全身心地投入了激情如沸、雄心勃勃的鲁迅研究工作。”经年累月的查阅资料，走南闯北的颠簸生活，以及各种批斗，虽然没有击垮薛绥之的精神，但严重损害了他的身体，1984年6月，薛绥之调离了他为之贡献了三十年的山师（包括原山东师范学院聊城分院和独立后的聊城师范学院），进入山东大学文史哲研究所工作，还出任了《文史哲》编委。在人生即将开启崭新的篇章之时，他却因积劳成疾，心脏病突发，于1985年1月突然离世，前后不到半年时间！

在短暂的一生中，薛绥之创下了多个壮举：对鲁迅的生平、思想、作品进行了全面而深入的研究，主持编辑了《中国现代作家研究资料丛书》等三套大型史料丛书，这些丛书为中国现代文学史料学的建立和发展奠定了坚实的基础。他还主编了新中国第一份面向中学的刊物《语文教学》，并在该刊物上发表了大量教学研究文章。这些文章不仅提高了中学语文教学的质量，也推动了中学语文教学改革的发展。他还积极与日本学者沟通，通过自己的学术研究和教学活动，推动了鲁迅研究在国内外的发展。他的研究成果和学术思想对后来的鲁迅研究者产生了深远的影响。

薛绥之正是继承鲁迅先生"甘作人梯"的精神，为中国现当代文学研究奉献了毕生精力，他不仅是一位杰出的学者，还是一位优秀的导师。他积极鼓励和支持年轻学者在学术上取得进步和发展，甘愿做人梯和铺路石子，特别注重调动学术研究中的青年力量，不遗余力地创造一切条件提携后学，毫不吝啬地将研究成果与中青年教师或学生联名发表，完成了真正的师者传承。

冯中一早年入山东日语专科学校，凭借自身的勤奋和刻苦，广泛涉猎多种学科，积累了深厚的古典文学和文艺理论修养。这种不懈追求知识的精神，展现了他坚韧不拔、勇于探索的人格特质。但由于性格与个性的原因，先生早年不善言辞，"讷于言而敏于行"，通常将自我所思所想付诸笔端，写作、育人成为他的生活日常。也许是苦难磨练了他坚韧不拔、敏锐洞察却又真诚坦率、谦逊有礼的性格。无论是同事、朋友还是学生，对他的评价都是谦逊低调、热情且坚韧执着。他的为人处世之道和人格魅力深深地感染着周围的人，也为我们树立了一个优秀的榜样。

薛绥之和冯中一两位先生有三个特点很打动我。一是坚守。坚守自己的学术阵地，坚守善良温厚的人格。"文革"十年，薛绥之凭着把冷板凳坐穿的精神，努力忘记肉体的饥寒交迫和精神的压迫，忘情地从事着自己深爱的鲁迅史料研究工作，几十年如一日，从不懈怠，仅是编纂的资料就达到十几种。这背后是怎样的一种学术阅读和积累？工作量可想而知。冯中一常年在教学第一线，讲台是他人生的舞台，教学生、写鉴赏文章、评诗歌，谨言慎行却又深抓不放，从未停歇。薛绥之埋首于旧纸堆，直至生命的最后时光，还制订了系列计划，为鲁迅研究事业肝脑涂地，真的做到了先生自己常说的话："从事科学事业的人，都要有点自我牺牲精神和实干精神。"他是这样说的，更是这样做的！他用自己的实际行动践行了这一信念。在20世纪60—80年代技术并不发达，网络并不畅通，环境并不安定的条件下，他依然顽强地、不为外界所动地从事着鲁迅研究的史料发掘与整理工作，可谓达到物我两相忘的境界。冯中一先生不仅将教育的舞台延伸到办公室，搬到家中，更视学生如己出，学生的事始终是他心头最牵挂的事。

二是砥砺前行。薛绥之与冯中一相识近五十年，二人从山东日语专科学校毕业后书信往来不断，在冯中一生活极端困苦、父亲病重、妻子病危、事业陷入困境走投无路的情况下，薛绥之慷慨解囊。冯中一曾深情回忆说："当我沉入人生苦海而无力自拔的时刻，是绥之渡我以舟楫，引我以生路，此恩此惠，永世难报！"尽管两位先生的研究领地、研究方向截然不同，但是他们却互相砥砺，成为学术研究上的诤友。薛绥之先生无论是史料研究还是学术活动，有着一种乐观开朗的性格，总能侃侃而谈，不拘小节，热情洋溢地分享学术心得。多数情况下，在公共场合的冯中一先生是不苟言笑、慎言慎行的，薛先生曾直言不讳地说："你（冯先生）写文章，在辞藻上过分推求，这样规行矩步，小手小脚，怎么能展开有气势的学术论述呢？"[①]尽管专业研究上着力的方向不同、方法各异，打开的研究层次不同，但是两位先生在自身领域深挖的精神和对学术始终热爱、不懈追求的拼搏之情以及他们的学术精神和人格魅力激励着后来的学者不断追求进步和卓越。

三是献身。两位学者在学术、教学研究以及工作中展现出了强烈的献身精神。他们把自己的生活自觉地挤到极限，在有限的时间里用有限的精力完成无涯的工作。冯中一先生退休后，本该到了享受生活的时候，可是面对省领导的力荐，只得牺牲自己的休息时间，仍坚持在振兴山东文艺事业的第一线，以71岁的高龄勇挑省作协主席的重担，直至生命的最后时间都在为山东的文学文艺事业而燃烧自己。薛绥之先生在去世前两年，工作日程安排满满，基本上是一种连轴转的状态，去世前几天完成的工作量仍然是惊人的！8—10日坚持看论文；11—12日，在身体不适的前

---

① 冯中一：《怀旧寄哀》，《薛绥之先生纪念集》编辑组：《薛绥之先生纪念集》，1985年，第76—77页。

提下，仍主持山师现代文学毕业论文答辩；13 日，在山大文史哲研究所参与制定"七五"科研规划……14 日住院后，仍坚持《鲁迅杂文辞典》的修订工作……15 日晚，病情恶化，心脏停止跳动。真的是生命最后的时刻都是在他所热爱的鲁迅研究工作中度过的，真真正正做到了生命不息、学术不止。

薛绥之与冯中一是同时代的两个人，是同学，是同事，是导师，是挚友，更是诤友。他们是中国当代文学领域有着深远影响的学者，成就可谓相互辉映。薛绥之先生以其深厚的鲁迅研究功力，为我们奠定了鲁迅研究的深厚根基。他主持编辑的史料丛书，不仅丰富了中国现代文学的研究资源，更为我们理解这一时期的文学风貌和思想内涵提供了有力的支撑。冯中一先生则在诗歌和写作理论领域有着独到的见解和深入的研究，他的诗歌评论则为中国当代诗歌鉴赏作出了突出贡献，被誉为独树一帜的诗歌鉴赏家。

尽管薛绥之与冯中一离我们远去已经三十多年了，但他们开荒拓疆的精神、他们的学术方法与研究依然没有过时，他们那种超越世俗、献身学术的精神依然感召着我们。也许，这便是薛绥之先生和冯中一先生留给后世学者永不磨灭的文化记忆！

目　录

上编　薛绥之研究资料

辑二　研究文选

辑三　缅怀文章

上编

薛绥之研究资料

辑一　学者自述

日本鲁迅研究对我的启发

薛绥之

这几年断断续续地接触到日本研究鲁迅的材料，限于条件，见闻不广，但从接触到的有限材料中，却给我一些启发，引起一些感触。

重视对原著的研究

鲁迅研究，最基本的也是最重要的，应该是对鲁迅作品的研究。这一点在日本表现得十分突出。

吉林师范大学外国研究所日本文学研究室编过一份《日本鲁迅翻译、研究目录》，上起 1921 年，下止 1978 年，发表于西北大学《鲁迅研究年刊》(1979)。据这份目录记载，鲁迅作品翻译成日文的，单行本及选集本有五十五种，九十八卷，选本(如《现代中国文学杰作集》，小田岳夫编，收鲁迅《孤独者》，佐藤春夫译；《世界幽默全集・第 12 卷・中国篇》，佐藤春夫编译，收鲁迅《阿 Q 正传》《幸福的家庭》)十九种，二十一卷，单篇及摘译七十三种，合在一起共一四七种，一百九十二卷。有几个特点，第一，每一作品，都有多种不同译本，如《阿 Q 正传》就有松浦圭三、山上正义、井上红梅、田中清一郎、香坂顺一、竹内好、增田涉、小田岳夫、松竹茂夫、高桥和巳、丸山升等人的十几种不同的译文；《故乡》就有竹内好、佐藤春夫、松竹茂夫、增田涉、高桥和巳、小田岳夫等人的七八种译文。第二，适应各种不同读者的需要，有各种单篇、专集、多卷本厚薄不同的译本，如《孔乙己》《阿Q正传》《为了忘却的记念》，都有单行本，专集有《中国小说史》《唐宋传奇集》《野草》《朝花夕拾》《呐喊》等。多卷本的译本有：《大鲁迅全集》，全七卷，1937年2—8月改造社出版；《鲁迅作品集》，全二册，1946年7月东西出版社出版；《鲁迅选集》，五卷，1953年10月至1954年11月青木书店（文库）出版；《鲁迅作品集》，全三册，1953年5月筑摩书房出版；《鲁迅选集》，五册，1963年青木书店出版；《鲁迅选集》，十三卷，增田涉、松枝茂夫、竹内好编辑，1964年出版，本选集是1956年岩波书店出版的《鲁迅选集》的改订版；《鲁迅文集》，全七卷，竹内好译，1976年10月开始发行；《鲁迅杂文集》（1—3卷），片山智行译，1977年龙溪书社出版。

他们对注释工作的重视，引起了我极大的注意。

北京人民文学出版社1956年至1958年出版的十卷集《鲁迅全集》，除第八卷外，每卷卷末都附有注释，总共对五千八百五十四处字、词、句、段加注了详略不同的释文。这是在冯雪峰同志主持下一些鲁迅研究专家穷年累月的劳动成果，为理解鲁迅原文提供了极大的方便条件。日本鲁迅研究者非常重视这一劳动成果，由丸山升主持，编成《鲁迅全集注释索引》，由东京大学东洋文化研究所附属东洋学文献中心于1971年3月出版，全书261页，内分解题、鲁迅笔名、人名、书名作品名、报刊、地名、团体机关、典故等项，是一本很有用处的工具书。而在中国，“文化大革命”期间十卷集带注释的《鲁迅全集》被诬指为文艺黑线产物，不仅不能再印，连带注释的单行本也一齐遭殃。因为长期不出版鲁迅的著作似乎也说不过去，就出版了不少白话文的单行本，并于1973年重新排印1938年版的二十卷《鲁迅全集》。而日本出版的《鲁迅全集注释索引》理所当然地未能引起应有的重视。① 一直到1980年

① 1973年冬天，我在北京图书馆见到《鲁迅全集注释索引》，喜出望外，赶紧向济南打长途电话，征得山东师院图书馆的同意，委托北京图书馆用胶片摄影复制一份。半个月后在济南收到，但这要借助于显微阅读器才能阅读。我组织了几个同学利用寒假抄录，仅有的几个灯泡烧毁了，在济南买不到那种灯泡，从汽车房找来一个汽车头上用的灯泡，也不行。又找到省图书馆，他们存的几个灯泡也连续烧毁了。我到工学院，他们领我去看了一下，显微阅读器还在一间大储藏室里“靠边站”。1974年春末我去上海，买回一盒显微阅读器上用的灯泡，这才全部抄完《鲁迅全集注释索引》，我想印一下，以便使它发挥一点作用，先和一家出版社联系，回信说，这种书读者不会多，未接受。转眼已是1975年，想在学校内部自印，这时已闻到反“复辟”反“回潮”的火药味。《鲁迅全集》的注释是所谓文艺黑线的产物，弄不好，“黑线回潮”的帽子又会扣到头上，为安全着想，就把此事搁置起来，结果费了那么大的劲，实际上并没起多大作用。

12 月，四川人民出版社出版了《鲁迅大辞典》编纂组编的《十卷集〈鲁迅全集〉注释索引》，才填补了鲁迅研究领域的这一空白。全书 462 页，前言中提到："这项工作，我们已经落后于外国同行了。"这可能是指的 1971 年日本出版《鲁迅全集注释索引》一事，至少也包括这一件事。

还应该提到他们的注释有较高的质量。大家都知道 1931 年 3 月鲁迅应山上正义之邀，为《阿 Q 正传》日文译本写了 85 条注释，这些注释解决了我们不少疑难问题，如《阿 Q 正传・序》中有这样的话："因为文体卑下，是'引车卖浆者流'所用的话……"十卷集《鲁迅全集》对此作了注释："指白话文，当时复古主义者林纾在给蔡元培的信中，有'若尽废古书，行用土语为文字，则都下引车卖浆之徒所操之语，按之皆有文法'等话。"鲁迅为《阿 Q 正传》日译本撰写的注释是："此系林琴南氏攻击白话时所写文章中的话。引车卖浆，即拉车卖豆腐浆之谓，系指蔡元培氏之文。那时，蔡元培氏为北京大学校长，亦系主张白话者之一，故亦受到攻击之矢。"这两条注释相较，显然是鲁迅自己写的这一条切实详细。

又如《阿 Q 正传》中有几句是写赌博的：

> "青龙四百！"
>
> "咳……开……啦！"桩家揭开盒子盖，也是汗流满面的唱。"天门啦……角四啦……！人和穿堂空在那里啦！……阿 Q 的钱拿过来……！"
>
> "穿堂一百……一百五十！"

十卷集《鲁迅全集》对此未加注释，我过去也未注意，赌博术语嘛，搞那么详细干什么。1971 年，因为教学需要，对这几句话倒是下功夫研究了一番，还是不甚了了。① 一直到 1975 年，鲁迅为山上正义日译本《阿 Q 正传》所写的 85 条注释传到中国，我的疑问才迎刃而解。鲁迅画了图，并作了说明：把赌注押在角和穿堂的人，则与两侧的胜负相同，如两侧为一胜一负，则角

---

① 1971 年，第一届工农兵学员入学，我给他们讲鲁迅的作品，也选了《阿 Q 正传》，串讲原文，碰到这几句话，弄不明白，和教研室的几个同志商量，解释也不一致。后来，大约是 1974 年，我写信给绍兴鲁迅纪念馆的赵光煜同志请教，他请几位老人一起商量，很认真地给我写了回信，并且还画了图，但我看后还不甚明白。

和穿堂无胜负。

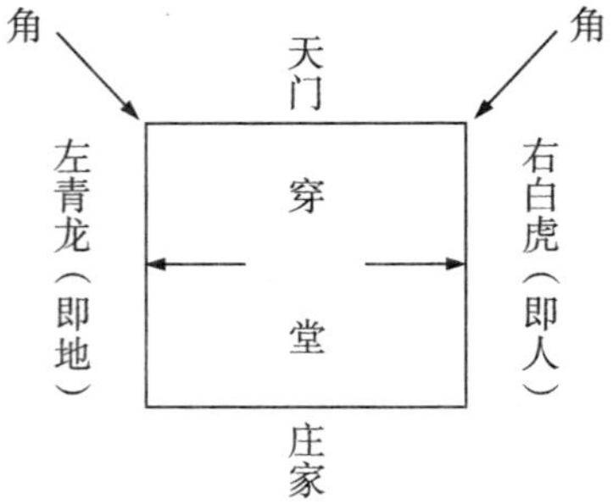

我还可以举一条日本人自己写的注释来说明他们注释的质量。1976 年 10 月日本筑摩书房出版的竹内好的《鲁迅文集》第一卷对陈西滢作了如下注释："陈西滢(1895—1970)，名源，字通伯，笔名西滢。与凌叔华结婚，伦敦大学毕业后，任北京大学教授，从一九二四年到二八年，主持《现代评论》，与鲁迅的《语丝》开始在文学上对立，继在女师大事件上形成政治上的深刻对立。抗日战争期间，在武汉大学。不久，移居伦敦，参加联合国的教育科学及文化组织的建立。"差不多在同一时间，中国三所高等学校分别注释的《坟》《华盖集》《二心集》，对陈西滢的注释都比较简略，而且都把陈西滢的卒年误系为 1973 年。[①] 竹内好的注释，除"主持《现代评论》"应改为"现代评论派的重要成员"外，其余大体可靠，它提供了陈西滢抗日战争时期及以后的情况，更是读者所希望知道的。我曾想过这个问题，为什么竹内好一个人倒比我们许多人在一些事实上如陈西滢的卒年要准确呢？原来日本几家大报纸都编印年鉴，其中有一册专记世界名人的死亡，且附有简单介绍。这对他们是易如反掌的事，在我们却成了很难解决的课题。我深深感到，鲁迅作品注解不是一件孤立的工作，它与我们整个学术水平、资料工作水平都有直接的关系。

① 人民文学出版社印的《坟》《华盖集》《二心集》红皮征求意见本，对陈西滢的注释大体相同，《华盖集》的注释如下：陈西滢，"即陈源(1895—1973)，字通伯，笔名西滢。江苏无锡人。曾留学英国。买办资产阶级文人。当时任北京大学教授，《现代评论》的主要成员。后来投靠国民党反动派，长期从事反共反人民的罪恶活动"。我最初看到竹内好写的注释，搞不清陈西滢究竟死于何年，写信给当时在人民文学出版社鲁编室工作的倪墨炎同志，请他帮助查明，辗转找到陈西滢在北京的亲属，查明陈西滢确实死于 1970 年 3 月 29 日。

十卷集的《鲁迅全集》也好，十六卷的《鲁迅全集》也好，我都觉得简略一些，还不能充分满足读者的需要。我觉得应该有更详细的注释，从我们目前的出版情况来看，似以由各地高校和研究机构分别进行为好。一篇文章，一本集子，都可有几种不同的注释，据我所知，从1975年毛主席对周海婴的信作了批示后，各地成立的注释组所作的注释，都比由人民文学出版社印的红皮征求意见本详细，我觉得首先应设法使这一部分成果保留下来。[①] 而且，对于一篇文章的背景、主题以及一句话、一个词，都可以有不同的理解，百家争鸣，在争鸣中求得统一，在争鸣中求得深入和前进。

重事实，重调查研究

日本的鲁迅研究者非常尊重事实，重视调查研究，试举他们对鲁迅在仙台这一段历史的研究为例。

日本友好人士先后进行过四次调查。

第一次是在鲁迅逝世后，饭野太郎（当时为东北帝国大学医学部学生）接受佐武保太郎教授的劝告，开始调查，从东北帝国大学片平本部事务局文书仓库中找到鲁迅亲笔写的学业履历书和入学志愿书，第一学年的考试成绩，湖北、江苏、江西留学生监督李宝巽为鲁迅写的退学申请书，饭野太郎还向鲁迅当时的同学做了调查，知道鲁迅吸烟很厉害。饭野太郎写成《仙台医学专门学校时代的鲁迅》一文，发表在医学部学友会发行的《艮陵》第39号，1937年2月发行，文章虽然不长，但内容充实。

第二次是在1955年9月，因为翌年是鲁迅逝世二十周年，日本友好协会宫城县理事会决定对鲁迅在仙台的历史进行调查，这就是第二次调查。这次调查举行了讲演会与座谈会，发掘了一直被湮没的第一次调查的成果。确认饭野所发现的学业履历书、入学志愿书的原件仍然存在。从同级生大

① 1978年4月，我应邀去大连参加《集外集拾遗补编》（上卷）的注释稿讨论会，因体例关系，要删掉已有的注释若干条，当时排好的铅版还未拆掉，我曾建议印两种本子，一种是按已写出的注释印一种，这一种详一些，注释条目多一些。另一种，按人民文学出版社的要求，注释略一些，注释条目少一些。我说前一种注释本一定会有不少人更感兴趣，在技术处理上并不困难。我在小组讨论会上提出后，只有一位同志表示赞同，结果我的意见未被采纳。

家武夫的遗物中发现了鲁迅在弘文学院读书时的照片,更是一个重大的成果。

第三次调查是在1966年,即鲁迅逝世三十周年。在仙台,前年(1964年)东北大学医学部细菌学教授石田名香雄博士在细菌学教室发现关于日俄战争幻灯底版十五张、幻灯放映机一架。又确认饭野文章中提到的明治38年(1905)七月医学科第一年级学年评分表(成绩表A,这一学年分三学期,每学期有考试成绩,学年有总平均分及名次,鲁迅第一年成绩总平均65.6分,在一百四十二名中是第六十八名),李宝巽为鲁迅写的退学申请书,医专的回信,这三种资料的原件都还存在。此外,又发现了以甲乙丙丁评分的成绩表,即成绩表B,是依据成绩表A制成的,向学生公布的就是这一份成绩表。丙以上为及格,鲁迅仅解剖学是丁,伦理学虽标明是丙,但分数是83分,应系误记。这份成绩表相当于小林茂雄在学时笔记中所录的成绩表。小林茂雄在学时,曾将学校公布的成绩表(即成绩表B)抄在笔记上,这就是成绩表C。1974年8月,小林茂雄的长子静一寄给鲁迅在仙台的记录调查会,其中一部分曾发表在1974年12月20日出版由中国文艺研究会发行的《野草》第16号上。1937年,饭野第一次发现的是评分表,即成绩表A,1966年第三次调查中菅野俊作、今野一男发现的,是以甲、乙、丙、丁评分的成绩表,即成绩表B。这两种成绩表的区别及其发现的经过,在日本也时常弄混,1978年出版的《鲁迅在仙台的记录》一书特别提到并明确了两次不同的发现。

在第三次调查之前,1961年4月5日,在仙台市立博物馆的前庭举行了"仙台之碑"揭幕式,正在日本访问的中国妇女代表团团长许广平也参加了揭幕式。担任建碑的事务局长、仙台市公民馆长半泽正二郎,将调查活动的成果、纪念碑建立经过以及个人的回忆结集为《鲁迅·藤野先生·仙台》,于1966年10月由宝文堂刊行,这本书实际是资料集,但错误亦不少。作为鲁迅在仙台的记录集,这是第一本,引起了各方面的重视。

第四次是在1973年9月,日中友好协会宫城县连合会决定为纪念鲁迅来仙台七十周年(1904)成立鲁迅在仙台记录调查会,10月2日,调查会正式成立,以后以调查活动为中心,开展宣传、财政、组织各种活动,并成立事务局，主持一切工作。

调查活动，分以下几次进行。(1)探寻同级生遗族所在。(2)调查明治期间当地报纸(鲁迅在仙台的时间是明治37年至明治39年)。(3)调查仙台医学专门学校的公文。(4)寻找鲁迅住过的第二个公寓。1973年11月，将已搜集到的资料展出。经过各方调查，判明鲁迅同级生半谷雄男、铃木逸太仍健在，连同在仙台的薄场实共三人，是鲁迅当时同级生中尚生存者。通过查阅旧报，知道和鲁迅同时在仙台留学的中国学生还有施霖。在文书调查方面，发现藤野先生的亲笔履历书。1904年10月9日至13日，举办了展示会，展出的109件资料，有89件是新发现的，入场者约五千人。展出会后，继续进行调查，并着手编写《鲁迅在仙台的记录》，全书分六章：

第一章　周树人来仙台时的社会背景

第二章　周树人入学前后的仙台医学专门学校

第三章　在学时代的周树人

第四章　藤野先生

第五章　离仙前后的周树人

第六章　其后的医专藤野先生

附录：

谨忆周树人君　　藤野严九郎

鲁迅所敬慕的藤野先生　　坪田和雄等

仙台医学专门学校时代的鲁迅　　饭野太郎

关于鲁迅之碑

在仙时代的周树人年谱

藤野严九郎年谱

揭载资料一览

参考文献一览

全书433页，以资料取胜，每一章除编者写的概说部分外，尚有《注》和《资料解说》。原来调查所得材料在万件以上，从中选出800件，最后用在约470个项目的注释和170条的资料及其解说中，也舍弃了数十件未用。从开始调查到全书写成，历经三年的时间，为本书提供资料的个人有 22 人，团体有 7 个；支援此事的个人有 425 人，团体有 36 个。

对鲁迅在仙台的历史进行四次调查，充分说明日本鲁迅研究者是多么重事实调查研究。

还可以再举一个例子。

关于鲁迅在仙台的住处，日本精神医疗中心理事长兼脑研究所所长柘植秀臣曾认真对流行的说法加以订正。

山田野理夫 1961 年 3 月 12 日在《赤旗报》发表了《鲁迅在日本的二三遗迹》，同年 5 月 30 日中国《光明日报》加以译介，文中提到："据我的调查，这家客店现在仍然保存着，坐落在仙台市片平丁 52 番地，房主原为佐藤喜乐治，现在是西垣久实先生的府宅，中间虽多少经过一些改建，但鲁迅曾经住过的二楼那间十叠（叠是日本人铺在房间里的草垫，也用做日本房间的面积单位。一叠长六尺、宽三尺）大的房间，仍然保持着原来的面貌。"他写的《鲁迅传》中曾详细叙述了调查经过。日本邮局曾把这栋被认为是鲁迅住过的楼制成明信片，并在右上角附上鲁迅照片，题作《仙台医专时代的鲁迅及其故居》。这套纪念鲁迅的明信片（共三张）也有一部分流传到中国。

柘植秀臣不同意山田野理夫的意见，他写过两篇文章在日本报纸发表，一篇是《回忆在仙台时的鲁迅》，另一篇是《再谈鲁迅的住处》，这两篇文章都收在他写的《成为我故乡的中国》（1971 年出版）一书。

柘植秀臣说："鲁迅住在仙台市片平丁五十三号，房主佐藤喜乐治，鲁迅住在他家二楼是明治三七年到三八年（1904—1905）的事。鲁迅住的佐藤家的房子，在大正七、八年（1918—1919）时拆毁了，在那个地方盖了现在的两层楼房。鲁迅住过的住处究竟如何被社会上所误认呢？大正七、八年建造的另外二层楼房屋照了相而被介绍。又许广平女士访问仙台时，也曾被带领到这所误传的房子内，这张照片肯定也送到中国，这张照片也曾在河北新报上发表，也在半泽正二郎的《鲁迅・藤野先生・仙台》一文中刊出，因此，与旧友半泽氏及鲁迅研究者菅野俊作氏交谈，也向仙台的鲁迅纪念委员会的人们出示这次发现的照片，认出了以前被误传的事情，根据我妻子及其姐姐的回忆，这所被误认的二层楼房屋是后来佐藤老人建造的，而老人从被毁坏了的旧屋迁入那里的，这正是被误传的原因吧。”

柘植秀臣的岳父安积弥六郎和鲁迅在仙台是邻居，1916 年 5 月安积逝世，拍有葬礼照片，正好将鲁迅旧居照入，成为纠正误认的鲁迅旧居的贵重资料。柘植秀臣多方寻找，在其妻子死后找到旧照片，将其送郭沫若，此照片现存上海鲁迅纪念馆。

相形之下，我们对事实的调查研究很不够，而一些拼命在所谓“高观点”上作文章，如那个显赫一时的石一歌，简直是拿事实开玩笑，达到荒诞离奇的程度。如 1976 年出版的那本《鲁迅传》就是一个典型的例子，其中有这样一段话：“一九二一年刚刚过去，北京街头积雪还未消融，寒风仍然呼呼地吹着。可是，长安街一带书铺里却是热气腾腾，书架上放满了新出的书籍。那里有《共产党宣言》《列宁传》《俄国革命纪实》等，玻璃柜里陈列着《向导》、《前驱》、新文学团体文学研究会编的《小说月报》、创造社编的《创造季刊》等新出的政治、文艺刊物。”有一位评论家曾尖锐指出，这在政治上是美化北洋军阀，在事实上则是无中生有，任意捏造，这位评论家说：“一九二二年初，《鲁迅传》所开列的那些书报杂志，许多还没创刊问世呢！如《向导》周刊，本是由党的第二次全国代表大会决定创办的，于这年九月才在上海出版第一期；《创造季刊》创刊号上虽然标明三月出版，但实际时间还要晚，据郭沫若同志说，‘是挨到一九二二年的劳动节日才出版的’(见《创造十年》)。”[①]又如，提到女师大事件时，一处说：“五月二十七日，鲁迅联合许寿裳等七位教员拟了一篇《对于女子师范大学风潮宣言》。”另一处在提到林语堂提倡“费厄泼赖”时说：“问题的提出者不是胡适、陈西滢等北洋军阀的公开走狗，而是当时还似乎置身在进步营垒里，并在鲁迅所拟的那个‘宣言’上签过名的林语堂！”

照石一歌看来，在《对于北京女子师范大学风潮宣言》上签名的既有许寿裳，又有林语堂。

事实是，在宣言上签名的，既无许寿裳，又无林语堂。

十卷集《鲁迅全集》中《华盖集·并非闲话》注六中就明确提到：“这一篇《对于北京女子师范大学风潮宣言》，是为杨荫榆开除学生自治会职员六人

---

① 龚济民：《评〈鲁迅传〉对史料的歪曲》，《破与立》1974 年第 4 期。

而发的；署名者是：马裕藻、沈尹默、周树人、李泰棻、钱玄同、沈兼士、周作人等七人。”总之，这并不是难以查证的材料，石一歌的《鲁迅传》，除掉在政治上另有所图外，在史料上也任意歪曲。这种风气，对鲁迅研究是很不利的。①

当然，日本的鲁迅研究也有它的缺点，除掉有些观点我们不能同意之外，还有两个缺点比较突出。第一，水分多，有些事我们用几句话说明白的，他们有些人则东拉西扯地写成一篇文章。第二，有些文章穿凿附会，很有点索隐派的味道。如1968年出版的《鲁迅与现代》一书，其中有一篇《阿金考》，从鲁迅杂文《阿金》中的阿金谈到《采薇》中的阿金姐，又谈到阿金影射谁，小丙君影射谁。全文共30页。我于1975年初曾把中译文寄给雪峰看，他在同年3月2日写给我的信中讲道："这文我翻读了一遍，也许我有偏见，觉得文中近于所谓'胡扯'的话不少，而有启发性的话却差不多没有。其中例如把'……仿佛她塞住了我的一条路……'这样的话老实说成为'鲁迅所以那么生气，是因为妨碍了他为吃饭而写稿的工作'云云，以及把'阿金'和'阿金姐'扯在一起，谁、谁'影射'谁、谁等等、等等地方，读到时尤其感到了不舒服。"②

他山之石，可以攻玉。日本的鲁迅研究工作在重视原著、重视调查研究方面，还是给我们以启示的。

---

① 1978年10月，在黄山召开鲁迅学术研讨会，我应邀参加，会上放映了一部关于鲁迅先生生平的纪录片，解说词中也提到在《对于北京女子师范大学风潮宣言》上签名的有许寿裳。我曾建议查明改正。

② 这封信被收入1979年11月出版的《新文学史料》第5辑。

薛绥之先生传略

张俊才

一

薛绥之，本名薛景福，山东省邹平县大临池村人，生于1922年3月，卒于1985年1月，是我国当代从事现代文学和鲁迅研究的知名学者。

1933年以前，他在故乡读小学。1934年至1942年，在济南读高小和中学，其间曾在济南日语专科学校学习两年。1942年，先生考入北京大学经济系，1946年毕业，获学士学位。毕业后，在北平《世界日报》任副刊编辑兼记者。1947年，为谋生渡海至台湾彰化中学任教。到台湾后，解放战争正在迅猛推进，先生遂同时在台北、桃园的三所学校兼课，筹措路费，终于在1948年初乘船返回青岛，与全国人民一道迎来了解放。

薛绥之先生解放前的经历尽管没有大的波澜，但他后来在思想、治学和个性上的一些特点已初露端倪。首先，他对文学有特殊的爱好和兴趣。1934年，年仅十二岁，就在济南第二实验小学出版的《孩子话》一书中发表了《街头夜景》《回忆》《初夏的风景》等散文，著名文学家李广田先生曾为该书写了序。大学期间他攻读的虽是经济学，但真正用力甚勤的还是文学，不仅阅读了许多现代文学作品，而且自己也开始写小说。其次，他在事业上有很强的魄力和自信。1946年初，大学尚未毕业，就主编了一份刊物《新路》，从编辑到出版和发行，均由他一人主持。据他的同学回忆，这是一个周刊或半月刊，因经费不足，连封面也是报纸印的，因稿件不足，每期都有他写的评论、杂感或小说。再次，他思想上追求进步，能追随时代前进。创办的刊物《新路》，顾名思义，即新的道路，这表现了抗战胜利后他的思想和人生的追求。先生的老友、现北京师大教授张守常先生曾在该刊发表过《奴化教育在乡下》《第二次世界大战后国际局势之推演》等文章。仅此一端，即可见《新路》的性质与思想倾向。

二

1949年5月，新中国尚未成立，薛绥之先生即前往北平，入华北大学国文系学习。在这里，他正式受业于中国现代文学研究界的前辈李何林先生，自此以后，他实现了自己的夙愿，把主要的精力和兴趣专注于中国现代文学的教学和研究。1950年初，结束了华北大学的学习，被分配到天津工作，先在法汉中学教语文课并兼任政治辅导员，不久即转入天津河北师范学院中文系任讲师。就在这一年，根据工作需要，先生又以极大的魄力和胆识，主编了全国第一份面向中学的刊物《语文教学》，并在该刊上发表《我怎样教“论‘费厄泼赖’应该缓行”一文》《〈为了忘却的记念〉中的五烈士》等教学研究文章。之后，先生又相继在天津业余学院、天津教师学院、天津师范学院中文系任讲师，继续从事中国现代文学的教学和研究，并不断发表一些文章。其中影响较大的，是1954年在《历史教学》第3期上发表的《第二次国内革命战争时期文化战线上的“围剿”与反“围剿”》一文。这是新中国成立以后我国较早出现的研究20世纪30年代文化战线上敌我斗争的专题性论文。由于史料翔实，立论坚实，归纳得体，受到学界前辈张静庐先生称赞，遂将此文收入张先生编选的《中国现代出版史料》(乙编)之中。同年，先生由天津师院调出，到山东师院中文系任讲师，并兼管资料室工作。当时，正值院系调整后不久，资料室工作尚未步入正轨，薛先生任课之余，亲自筹划，并提出资料的收集、分类、编排、陈列方案，终于在较短时间内使资料室工作有新的起色。之后，他在中国现代文学的教学、研究及资料辑存上用力更勤，先后在报刊上发表《〈鲁迅全集〉新版本的特色》《清除鲁迅研究中的庸俗社会学观点》《鲁迅杂文的战斗性》《鲁迅与瞿秋白》《郭沫若的历史剧》等文章，至1957年，他编纂的《鲁迅研究资料索引》，由山东省图书馆内部印出。由于发行有限，这份索引影响不大，但在鲁迅研究资料的钩沉上，却是一个积极的尝试。正值盛年的薛绥之先生在人生的"新路"上阔步前进的时候，1957年他被错划为右派，书不能教了，文章不能发表了。1960年，山东师院中文系拟编写一部《中国现代文学史》，他被指派与十几个学生一起为编写组准备图书资料。名义上他是在学生的"领导"下，实际上则是利用他熟悉图书资料的特长，让他做被一般人认为是枯燥的、琐屑的服务性工作。历史给薛绥之先生开了一个玩笑，却也为他提供了一个施展才干的机缘。他不仅如期完成了提供图书资料的任务，而且以坚韧的毅力，在一年多的时间里完成了将近三百万字的《中国现代作家研究资料丛书》。这套丛书包括《中国现代作家研究资料索引》《中国现代作家小传》《毛主席诗词研究资料汇编》《中国现代作家著作目录》以及郭沫若、茅盾、巴金、老舍、曹禺、赵树理、夏衍、李季、杜鹏程、周立波等作家的研究资料汇编。每辑作家研究资料汇编的内容，包括作家作品评论资料，作家关于自己生平、思想和创作的自述文章，并附有作家年表。这是我国现代文学研究中的第一套大型的、系列化的资料丛书，在中国现代文学史的资料建设中起了极大作用。1960年，这套丛书由山东师院中文系内部陆续印出，受到高等院校和现代文学教学和研究者的高度重视。就这样，薛绥之先生在逆境中顽强地开拓了自己的事业，为现代文学的教学和研究工作做出了时至今日仍常常得到学术界赞扬的重要贡献。同年，先生的右派帽子被宣布摘掉，他又开始写文章了。他不仅发表了《〈论"费厄泼赖"应该缓行〉里的"今之论者"》《关于〈学衡〉的创刊号》《刘和珍与〈莽原〉》《关于"新月派"》等带有考证性、资料性或专门研究社团流派的文章，而且应山东人民出版社之约，写成了一部鲁迅作品的讲析书稿。1966年，"文化大革命"开始，不仅书稿出版无望，而且因为他以右派身份主持编选了"流毒"全国的《中国现代作家研究资料丛书》，被加上了一项"为三十年代文艺黑线树碑立传"的罪名。

从新中国成立前夕到"文化大革命"，二十余年间，他相当长的时间是在逆境中度过的。半是操劳、半是苦闷，年仅五十岁，已是满头白发，以致后来外出开会时同辈的人也往往误称他为“薛老”。但是，像所有热心于事业的知识分子一样，无论个人的命运如何坎坷，他始终执着地追求、苦斗。至“文化大革命”前夕，他不仅已打下了作为一个现代文学研究者应具备的坚实基础，而且初步形成了自己的治学方向与风格。

从治学方向看，先生在现代文学这个总体范围内，涉猎甚宽，从作家作品到社团流派，从史料考核到资料钩沉，他都做过不少工作。但是，他的主攻方向却集中在以下两点上。其一，是对具体作品做深入细致的讲析式研究。这一方向是与他的教师生涯联系在一起的，也可以说是结合工作实践自然而然形成的主攻方向。而现实性、针对性、指导性是这一主攻方向的价值。其二，是对整个现代文学研究资料的搜集、整理和编选。如果说20世纪50年代初薛先生的文章中已表现出他重视史料的特点，那么在被错划为右派分子后，在一度不能再写文章的情况下，他就有意识地根据自己的兴趣，选择了这一尚可发挥自己优势的主攻方向，为科研和教学的进一步发展服务。因此这一方向的形成，大半还是形势使然。

从治学风格看，先生具有踏踏实实、不务虚名，勤勤恳恳、不走捷径，实事求是、不肯盲从的良好学风。他治学严谨，但他的治学风格又非“严谨”二字所可包容。他之所以重视对具体作品的讲析，是因为他看到一些大块头的论文，高度概括的理论分析太强，一般的中学教师读后往往不得要领，于教学补益不大，因此他强调对作品讲解诠释，注重史料的考核、难点的解决。他说：“这样的工作或许不大起眼，不象写大块论文那样容易出名，但我乐于如此，因为现实需要。作品研究，高度的概括的理论分析是一途，具体的切实的讲解诠释是又一途。这两项工作应不分轩轻，互为补充。我没有理论家的天赋，就发挥点教书匠的职能吧。”他从事现代文学史资料的辑存，起步甚早，因之可资借鉴的成果甚少，许多工作都要他从头做起。他有耐心，不避琐碎，不祈速成，而是随时留心，日积月累，至“文化大革命”前，他的各类资料卡片竟装满了三大抽屉。他写的各类文章，有的观点内容或值得商榷，但所发概出乎本心，从不阿附流俗。即使在被错划为右派期间，他也敢于坚持，实事求是。

薛绥之先生治学方向与治学风格的初步形成，归根结底是由他这一时期富有特色和较好质量的科研成果为标志的。他发表的一些鲁迅作品的研究文章，他为出版社写的鲁迅作品讲析书稿，他为订正冯雪峰先生主持的《鲁迅全集》的注释而写的《〈论“费厄泼赖”应该缓行〉里的“今之论者”》《关于〈学衡〉的创刊号》《刘和珍和〈莽原〉》等一组短文，已显示他对具体作品进行诠释讲解的功力。1954 年写的《第二次国内革命战争时期文化战线上的“围剿”与反“围剿”》一文，不仅披露了翔实的史料，而且对国民党当时实行反革命文化“围剿”的手段做了如下归纳：“对于进步的文艺作品和刊物的出版自由，加以剥夺和限制。”“对于进步的图书杂志禁止发行。”“对于进步文化机关肆行破坏。”“对于文化工作者不断摧残和捕杀。”“组织御用文人，自办书店，自办刊物，企图以反动文艺代替进步文艺。”时至今日，各种新编的《中国现代文学史》在这个问题上基本上仍采用薛先生本文的材料与观点。

三

1975 年，薛绥之先生由山东师院中文系分配到山东师院聊城分院中文系工作。1976 年，“四人帮”被打倒，国家的形势开始好转，他个人的境遇也有所好转。以后，随着党的十一届三中全会的召开和党的各项政策的落实，他的人生“新路”上才真正是一片坦途。1978 年，他晋升为副教授，并担任聊城分院中文系主任。1979 年，他开始招收研究生，并经上级批准，建立聊城分院中国现代文学研究室，由他担任研究室主任。同年，他的被错划为右派问题得到改正，政治上恢复了名誉。1981 年，他又晋升为教授。此时，经教育部批准，聊城分院与山东师院分开，更名为聊城师范学院，他被任命为副院长。

从 1976 年开始，薛绥之先生在科研和教学上，连续取得一项又一项引人注目的成果。为了节省篇幅，这里择其要者介绍如下。

1976 年，他在聊城分院主持编写了《鲁迅作品教学手册》。

1977 年，在他的主持下，邀集全国各地鲁迅研究工作者共同编选的《鲁迅生平资料丛抄》开始陆续印出。这套丛抄包括《鲁迅在绍兴》、《鲁迅在南京》、《鲁迅在日本》、《鲁迅在杭州》、《鲁迅在北京》(两辑)、《鲁迅在西安》、《鲁迅在广州》、《鲁迅在上海》(三辑),共计十一册,总字数近两百万。从第一册印出到最后一册印出,前后历时四年之久。这是鲁迅研究史上对鲁迅生平资料的第一次大规模搜集和整理,薛绥之先生不仅担任主编并审阅全部稿件,而且亲自承担了大量编选工作。鲁迅研究界称颂这项浩繁的工作是"一件功德无量的事"。

1978年,他主编的《鲁迅杂文中的人物》印出,这是他拟议编写的《鲁迅杂文辞典》的内容之一。

1979年,他共出版了三种书。一是他的第一部专著《鲁迅作品注解异议》(山东人民出版社)。该书是针对"文化大革命"后期在"左"的思潮干扰下鲁迅作品注释中"以意为之"的倾向而发的。他的每一则"异议",虽然篇幅短小,但却忠于史实,立论稳妥,论析严谨而准确。文章发表后,全国各地翻印转载多达二十余次。二是他主编的《鲁迅作品教学初探》(天津人民出版社)。在这本书中,他对学术观点不率意取舍,而是有意识地将不同观点的文章收在一起,以引起读者探讨。三是上下两册的《鲁迅作品讲解》。这两册书为集体编写,但薛绥之先生付出了巨大心血,由山东人民出版社出版。

1981年,薛绥之先生主编的《鲁迅生平史料汇编》第一辑,作为向鲁迅诞辰一百周年献礼的科研成果,由天津人民出版社正式出版。这套汇编是在1977年开始印出的《鲁迅生平资料丛抄》的基础上重新编选而成的,但编辑思想、体例和方法有了明显的改进与提高。"辑入本书的资料,除具有直接见证意义的原件、图片外,尽量选录第一手资料,对回忆、访问、调查,亦以收录当事人的见闻为主,必要时加以补正,以昭信实。""对于资料中的不同说法,编者如有取舍,用附记形式注出另外的说法,以备进一步考核。"这套汇编共五辑七册,洋洋三百万言,仅原始的图片资料即达三百余帧。第一辑出版前后,《人民日报》、《光明日报》、《文汇报》、《鲁迅研究》、《鲁迅研究动态》、香港《大公报》、《文汇报》均先后发表消息和文章予以评介。蒋锡金先生著文说,"这部《鲁迅生平史料汇编》为普及并提高鲁迅的研究都做了十分有益的和必要的工作",是1981年出版的鲁迅研究著作中"特别使我感到喜爱"的一种。著名出版家赵家璧先生称此书是“出版界的传世之作”，日本一些鲁迅研究者也来信表示赞扬。本年，薛绥之先生的第二部专著《鲁迅作品教学难点试析》（与柳尚彭合著）也由上海教育出版社出版。学术界有人发表评论，谓此书“分析重点”“指明难点”“阐释难句”“提供资料”，因而对鲁迅作品教学“切实有用”。

1982 年，他正式组建班子，开始主编鲁迅研究史上的第一部专业辞典《鲁迅杂文辞典》。这部辞典包括鲁迅杂文中涉及的人物、事件、社团、流派、报刊、书名、词语、掌故等各类辞目一千五百余条，总计八十万字，至薛绥之先生逝世前终于完成，交山东教育出版社出版。同年，薛绥之先生受山东省鲁迅研究会的推荐，又担任了规模更为宏大的《鲁迅著作研究资料丛书》主编。这套丛书预计三十册，长达六百万言，是对六十余年来鲁迅著作研究成果的第一次系统化的检阅和总结，将由山东文艺出版社出版。受命以后，他立即组织撰稿人，提出编写计划，并在聊城师院设立编辑部。至薛绥之先生逝世前，丛书的第一册《〈故事新编〉研究资料》已正式出版，其他有的已交出版社，有的正抓紧编写。是年 12 月，先生加入中国共产党。

1983 年，他应邀出席由李何林先生担任总主编的全国性项目《鲁迅大辞典》编辑会议，并被委托担任事件分册的主编。会后，他立即召开会议，部署编写，至逝世前，事件分册的编写工作也已完成相当部分。本年他还指导研究生编选了《林纾研究资料》《许地山研究资料》，前者已出版，后者也送交出版社。

从 1976 年到 1984 年，他发表的各类文章，粗略统计，也当在四十篇上下。其中重要的有纪念鲁迅诞辰一百周年的《鲁迅在反文化“围剿”中的斗争策略》，有纪念左联成立五十周年的《总结历史，破浪前进》，有评述现代文学资料建设的《实事求是方针带来了各方面的大丰收》，有总结左翼文艺斗争经验的《左翼文化是怎样粉碎国民党反动派的“围剿”的》，有探讨中学语文教学的《语文教学漫谈》《语文教学研究》等。

此外，受上海教育出版社之约，他还开始撰写《中国现代文学史话》，逝世前已写成七万字。

在短短七八年的时间内，薛绥之先生竟连续主编了三套规模巨大的资料丛书和两种大型专业辞典，出版了两本专著，主编和参与编写了四册鲁迅作品教学和讲解的专书，发表了四十篇左右的文章，他以一项又一项重大的成果，为现代文学特别是鲁迅研究做出了突出的贡献，也为自己确立了在学术界的地位。自1978年起，他连续当选为中国现代文学研究会、中国鲁迅学会历届理事，他应中国社会科学院文学研究所的邀请，担任全国重点科研项目《中国现代作家作品研究资料》的编委，他应辽宁省有关方面的邀请，担任《学习鲁迅通俗读物》的编委兼副主编。他十余次应邀外出讲学，足迹遍及华北、华东、西北、华中和华南。可以这样说，在这八九年间，薛绥之先生的学术事业正式进入了成熟期。标志之一，是他奉献了如此众多的科研成果；标志之二，是他的治学风格更趋明显和突出。《鲁迅作品注解异议》和《鲁迅作品教学难点试析》两部专著，力避作品分析中常见的平淡化和空泛化之弊，坚持抓住重点或难点，详细论证，具体分析，引导读者深入而准确地把握整个作品。《鲁迅生平史料汇编》考核史料一丝不苟，坚持先取有直接见证意义的第一手资料，以昭信实，对于第二手资料，即酌取一种，以见选家的倾向性，又兼附他说，以备考核。这种踏实、稳健、严肃、认真的学风，在"假大空"的文风一时仍难以彻底纠正的情况下，多为学者称许。标志之三，是他自己的学术见解、学术思想有了很大的发展和提高。薛先生这一时期的科研成果，基本上仍可分为两大类：一是对具体作品的诠释和讲解，二是对各种资料的大规模搜集和整理。这说明薛绥之先生经历十年浩劫后，在治学道路上依然是沿着预定的轨迹前进的。但是，他对这两项工作自身意义的认识比以前更深刻。关于前者，因为他的主要读者对象是中学教师和鲁迅作品的初学者，因此他认为鲁迅作品"是革命的内容和完美的艺术形式相结合的艺术作品。内容和形式这一对矛盾，去掉一方，另一方也就不存在"。所以，讲授鲁迅作品"如果形式即词句、篇章弄不懂，就无法谈内容如何，那种离开形式谈内容，那种架空分析，是很难有效地提高学生的阅读写作能力的"。关于后者，不断有人劝他不要搞这种"为他人做嫁衣"的工作。他也不时听人说：只有那些没有能力写学术著作的人才去热心搞资料。但他说："就我个人来说，也许是这样。但若就全体而言，这种认识可就大错而特错了。整个人类学术研究的历史，会对这一问题作出正确说明，用不着我来唠叨。作为一名严肃的科学工作者，不应计较个人名利，看一个人，不能只看他做什么，还要看他做得怎么样。科学研究离不开资料，资料工作需要人来做，这就行了。除此而外，不应再想别的东西。”因此，薛绥之先生不仅始终勤勤恳恳地在资料园地里辛勤地整理，爬梳，而且决定为研究生开设一门资料学课程。从他与先期毕业的研究生的交谈中看，他拟开的资料学课程，大体包括以下内容：(1)中国文化史上资料的地位和得失；(2)中国现代文学史上资料建设的历史和现状；(3)资料的范围及搜集，考证、分类、编选的方法；(4)资料与科研。遗憾的是他匆匆离世了，这门课程仅列入计划而未能开出。但由此可见，薛绥之先生已从学术角度形成了他自己较系统的涉及资料工作的历史、含义、方法、规律、价值等多方面的思想和见解。

四

1984 年 6 月，薛绥之先生由聊城师院调至山东大学，任该校文史哲研究所教授，《文史哲》杂志编委、山东大学学位评定委员会委员，同时还是聊城师院的兼职教授和中国现代文学研究室主任。他继续紧张工作。是年冬，他完成了艰巨的《鲁迅杂文辞典》的定稿工作，又与天津人民出版社商定修订《鲁迅生平史料汇编》事宜，以准备应邀参加香港书展。他指导第三期研究生完成了硕士论文，又指导第四期研究生完成了《解放区话剧研究资料》的任务。他继续布置、检查《鲁迅大辞典》事件分册、《鲁迅著作研究资料汇编》的工作。他作为理事，出席了在哈尔滨和大连分别召开的中国现代文学研究会和中国鲁迅研究学会的年会。一切似乎都在继续正常地运转着。然而，1985 年 1 月 15 日晚 9 时 30 分，这位精力一向极为充沛的学者，却急匆匆地离开了人间。1 月初，他即身感不适，家人劝其入院检查，但他放不下手中的工作。1 月 11—12 日，他还主持了山东师大研究生的硕士论文答辩。1 月 13 日，还前往山东大学参加制定文史哲研究所的“七五”科研规划。1 月 14 日，他坚持赴山东大学听整党文件的传达，但车过医院后更觉身体不适，遂下车返医院检查，被诊断为急性心肌梗死，须绝对卧床休息。但他却要求通知聊城师院派人来，交代研究生期末结业事宜。待到聊城师院的同志 15 日下午赶来济南，正准备次日见他时，当晚他病情加剧，医院虽全力抢救，终无效。勤奋一生的薛绥之先生与世长辞。讣告发出，学界普遍为之震惊，海内外唁电、唁函多达近二百份。人们称他是中国现代文学研究史上的“资料巨擘”“知名学者”，“他的逝世是中国现代文学和鲁迅研究的重大损失”。山东大学、山东师范大学、聊城师范学院三所院校联合为他组成治丧委员会，1月23日为他召开追悼会时，来自北京、上海、河北、山东各地的学者、同事、好友、学生多达四百余人。

在回顾完薛绥之先生一生在求学、教学、治学方面的主要经历和业绩后，我们不能不对他的生活和人品简略地提上几笔。

他一生事业心极强，但个人的生活能力却极差。他不大会做饭，也嫌买菜做饭误工夫，因此在聊城师院期间，他每餐都是与职工一起在大食堂随便凑合的。在这方面他从不提特殊的要求，只要能过得去就行了。

他特别注重帮助和提携年轻一代。全国各地有不少中青年经常向他写信求教，他不仅每信必复，还常常无偿地寄书或提示线索。经他指导和帮助过的中青年，有的已成为鲁迅研究界初露头角的学者，有的后来继续攻读，获得硕士或博士学位。他的研究生的科研成果，浸透着他的许多心血，但发表或出版时，他却从不允许署自己的名。他在主编《鲁迅大辞典》事件分册和《鲁迅著作研究资料丛书》时明文规定：编选人员“主要依靠中青年，以锻炼和培养队伍”。

他善于广泛地团结同志，共同工作。他主编的几套大型资料丛书，都是团结了全国许多省的数十位同志合作完成的。他没有门户之见，只要愿意工作的，他都尽可能提供机会。他胸襟开阔，不计较个人恩怨。1976年，在“反击右倾翻案风”中，某地一作者著文对他进行批判，指责他不为“反右倾”服务，是鲁迅研究中资产阶级倾向的代表人物之一。但他事后屡屡表示：“要向前看。”

他做了许多工作，但从不居功自傲。《鲁迅生平史料汇编》出版后，学界盛称其功。但他公开向锡金先生致信：“从动议编《鲁迅生平资料丛抄》到《鲁迅生平史料汇编》全部出版，前后将近十年。无论是前者，或是后者，都是集体劳动的产物。没有各地专业工作者和有关同志的支持，是无法编成的。我个人忝挂主编之名，贡献不多，失误却不少。但我将永远怀念支持过此项工作的同志们。”

他有可贵的自知之明。他不止一次对研究生讲：“尺有所短，寸有所长。鲁迅作品的研究，我注意从细小处着手，注意从词、句、段、篇入手分析作品的思想和艺术特点。但这究竟只是一途，而且也暴露了我的短处。大学我念的是经济系，以后又教过中学，因此我文学上理论较差。而理论水平的高低，是衡量学术质量的一个关键。自然，架空地发议论，不求甚解乱评论，我还是反对。你们千万不要染上此弊。但你们也一定要看到我的短处，要在理论上舍得下功夫。”这绝不是故作谦虚，他采取了许多措施加强对研究生的理论培养。

先生六十二岁即谢世而去，但他取得的学术成就却是巨大的。从这个意义上说，先生死而无憾。但六十多岁，对一个学人来说，正是经验丰富、事业兴旺的阶段。因而，老成凋谢，又殊令人痛心。好在他遗留下的几项大工程，正由他的同事、他的学生，按他生前亲自确定的原则、方案和计划，有条不紊地进行着。这是可以告慰我师绥之先生在天之灵的！

1985 年 6 月 25 日夜终稿

薛绥之教授对中国现代文学研究的贡献

冯光廉　朱德发

1985年1月15日,薛绥之老师因心脏病猝发,不幸逝世。我们长时期和他在一起工作,对他的突然离世感到极大的悲痛和惋惜。

薛老师是中国现代文学和鲁迅研究界的知名学者。几十年来,他孜孜不倦地献身于中国新文学研究事业的精神,他在这一领域所作的突出贡献,为许多研究者所熟知、所称道、所敬佩。

薛老师对中国现代文学研究的贡献,首先表现在资料的搜集、整理和研究上。20世纪60—80年代,他主持编辑了几套大型的资料丛书,为中国现代文学史料学的建立起了铺石开路的作用。

1960年,他带领山东师院中文系四年级部分学生编辑了《中国现代作家研究资料丛书》。这套丛书近三百万字,包括《中国现代作家小传》《中国现代作家著作目录》《中国现代作家研究资料索引》,以及毛主席诗词、郭沫若、茅盾、巴金、老舍、曹禺、夏衍、赵树理、李季等十几位作家研究资料汇编。每位作家的资料包括生活、思想、创作道路,重要作品的分析研究,著作年表。限于当时的主客观条件,这套丛书尽管还不成熟,还有不少不完善的地方,但已初步搭起了对中国现代作家作品、社团、期刊进行全面搜集、整理、研究的骨架。它的总体设计、编辑原则、编辑体例,都带有开创性意义。在中国现代文学资料编辑出版相当匮乏的情况下,这套丛书的出世,引起了国内现代文学界的广泛注意。许多单位和个人纷纷来函订购,有的还派专人前来购取。直到20世纪80年代初还时而收到函购和建议再版的信件。美国、波兰、日本的研究专家和留学生也来信索取这套丛书。的确，在更完备的同类资料出现之前，这套丛书对广大中国现代文学教学者和研究者来说，实是“雪中送炭”，给他们的工作提供了很大方便。

1981 年，《鲁迅生平史料汇编》开始陆续出版。这套丛书由薛老师担任主编，邀集全国近二十位鲁迅研究者集体编辑的，约三百万字，分五辑七册出版。“编入本书的资料，尽量选录第一手材料，除具有直接见证意义的原件、照片外，对回忆、访问、调查，也以收录当事人的见闻为主。全书按地区编排，以时间为序，采取记事体，同时还编写鲁迅在各地的活动年表，与鲁迅有关的人物小传，以及鲁迅所到的地方的介绍等。本书引证精确，资料翔实可靠，反映了目前国内鲁迅生平资料汇集和研究工作的水平。”[①]本丛书目前虽未出齐，但从已出版的四册来看，已在国内外产生了相当广泛的影响，《人民日报》《光明日报》《鲁迅研究》《鲁迅研究资料》以及香港的《文汇报》《大公报》都先后发表评介文章。著名出版家赵家璧称此书是“出版界的传世之作”。一些海外学人也来信称赞并索取。

1984 年，《鲁迅著作研究资料丛书》开始出版。这是由薛老师主编的又一大型鲁迅研究资料丛书。全书共十五卷，约六百万字。这套丛书仍然采用大协作的方式集体编辑，由省内外几十名同志参加，整个丛书的组织工作及最后审稿定编，主要由薛老师担任。丛书之一的《〈故事新编〉研究资料》已于去年 1 月由山东文艺出版社出版。其余各册均正在编辑中。

1985 年 1 月，《鲁迅杂文辞典》在薛老师主持下完稿，山东教育出版社正抓紧编审，不久即可发排。预计明年上半年能够出书。全书共收近两千个辞条，约八十多万字。这是我国第一部鲁迅杂文辞典，在鲁迅辞书的编辑出版史上具有先行者的意义。

此外，薛老师还指导研究生编辑了《林纾研究资料》(已由福建人民出版社出版)、《许地山研究资料》和《解放区话剧研究资料》。

从上述粗略的介绍中不难看出，薛老师在中国现代文学和鲁迅研究资料方面成果累累。因而，他影响大，颇有声誉。从 1978 年起，他先后被邀请

---

① 《光明日报》1981 年 8 月 7 日。

担任中国社会科学院文学研究所《中国现代作家作品研究资料丛书》编委、全国《鲁迅大辞典》编委、辽宁人民出版社《学习鲁迅通俗读物丛书》编委、山东鲁迅研究会《鲁迅著作研究资料丛书》主编等。

薛老师之所以能在中国现代文学和鲁迅资料的搜集、整理和研究工作中做出如此突出的成绩，成为全国著名的史料学专家，绝不是偶然的，他具有许多同行所没有充分具备的特点和素质。

他对资料工作的重要意义有着十分深刻的认识。他曾经不止一次地对学生和研究生说："做学问要从两方面入手，一是理论，二是材料。理论就是正确的立场、观点和方法，没有它就会迷失方向，资料就是文学运动的基本事实。掌握了这些事实的来龙去脉，充分地占有材料，我们的研究工作才能建立在牢固的基础上，我们的结论才会成为有本之木，有源之水。否则，就只能空发议论，就会象毛主席所批评的那样，'闭着眼睛捉麻雀'，'瞎子摸鱼'，粗枝大叶，夸夸其谈。要切实提高我们现代文学研究的科学水平，就必须从这两个方面踏踏实实下大功夫。"几十年来，他就是在这种思想指导下，埋头于中国现代文学和鲁迅资料的搜集和整理的。有些好心的同志劝他，搞资料只是"为他人作嫁衣裳，不如退下来写个人的专著"，他自己也时常听到这样的议论：只有那些没有能力写学术论著的人才去搞资料工作。好心同志的劝说、社会冷风的吹袭，都没能动摇他搞资料的信念和决心。有一次同熟人谈起这方面的问题时，他笑笑说："就我个人来说，也许是这样。但若就全体而言，这种认识可就大错而特错了。整个人类学术研究的历史，会对这一问题作出正确说明，用不着我来唠叨。作为一名严肃的科学工作者，不应计较个人名利，看一个人，不能只看他做什么，还要看他做得怎么样。科学研究离不开资料，资料工作需要人来做，这就行了。除此而外，不应再想别的东西。"他是这样说的，也是这样做的。他几十年如一日，心甘情愿搞许多人不愿搞的资料工作，不怕麻烦，不避琐碎，默默地多方搜寻，一件一件地汇集起来，加以整理，终于编成了一套套规模宏大、气势壮观的丛书。试问哪一个较大的图书馆里没有他编辑或主持编辑的丛书？哪一个从事现代文学和鲁迅研究时间较长的同志没有直接或间接享用过他劳动的成果？

“伟大的目的产生伟大的动力。”对资料工作重大意义的深刻认识，使他焕发出惊人的积极性和主动性。薛老师是一个坚韧不拔、勇于进取的人。不管环境条件多么恶劣，自身的境遇何等不幸，他从不动摇献身中国现代文学资料研究事业的信念。20 世纪 50 年代末期，他在政治上受到沉重的打击，在一段时间内失去了讲课的权利。1960 年，山东师院中文系师生结合编写《中国现代文学史》，他被分配去和十几个学生搜集资料，为各编写组提供资料。他这时还戴着政治帽子，实际上却尽着主编者的职能，在不长的时间内即编出了那套近三百万字的《中国现代作家研究资料丛书》。丛书的编成和出版，充分显示了他的能力和胆识。1975 年以后，薛老师的工作单位在聊城，家属在济南。他料理生活的能力极差，生活相当艰苦，每日三餐大都是马虎凑合的。聊城、济南资料条件差，为了完成丛书的编选，他常外出查阅资料。南来北往，常常几个月不回家。出发在外，吃睡从不讲究，往往利用候车、坐车时间小睡片刻，下车后便马上开展工作。他患几种病，特别是牛皮癣，害得他坐卧不安。实在扛不过了，才不得不住院治疗。但即使在住院治疗期间，他也从不歇手，带着一包一包的图书资料，日夜工作。《鲁迅生平资料丛抄》第一辑《鲁迅在绍兴》和《鲁迅生平史料汇编》第五辑《鲁迅在上海》，都是在医院审阅定稿的。他这种干法曾多次受到医生和护士的“警告”，但人们又无不被他这种忘我的工作精神所感动。的确，为了编辑这几套丛书，他花费了极大的心血，这些资料成果是他用生命换来的。

资料固然是为教学和科研服务的，但资料学本身又是一门独立的学问，有独立存在的价值。要真正做好它，不仅需要工夫和耐性，而且需要眼光和水平。《中国现代作家研究资料丛书》的编辑是在几乎没有什么先例的情况下进行的。体例如何编排，资料如何择取，都需要他一人周密筹划。《鲁迅生平史料汇编》除了资料的选择外，史料的考核辨证是一项难度不小的工作。薛老师以惊人的毅力，会同有关同志作了大量的考证，把比较重要的不同说法，用“附记”的形式加以注明，以备读者进一步查考；对资料中原来不够确切的地方和存在的疑点，则加上说明性的按语，对不好理解的地方也加了简明注释。这充分反映了薛老师治学态度的严谨，也反映了他知识的广博。《鲁迅杂文辞典》更是一项具有开拓性的工作。这部辞典专业性很强，不同于一般的工具书，怎样体现专业辞典特点？每个辞条应包括哪些内容？从1973年起，薛老师对这些问题进行了长期的思考和探索，最后终于确定了较理想的解决方案：辞条的前半部分讲词语本身的内容，后半部分联系鲁迅的生活、思想和著作……这种体例和写法已经得到许多鲁迅研究者的赞同。

薛老师在资料工作中表现了杰出的组织才能。他所主编的几套资料丛书、工具书，规模都比较大，难度也不小，均非三五人所能胜任，需要动员较多的同志齐心协力来完成。薛老师心怀坦荡，平易近人，没有门户之见，善于团结同志，发挥每个合作者的长处。为了组织资料的大协作，他邀请了全国许多中国现代文学和鲁迅研究者。参加的人多了，除了书稿的编辑工作之外，还要做许多调整编写人员之间关系的工作。这个工作很麻烦，也很不好做，自然要花费很多的精力和时间。除了面谈，多数靠信件交换意见。他的朋友多，信件也多。近几年来，他几乎每天都要写信，有时候一天竟要写十几封。这比个人搞论文、写专著要麻烦得多，琐碎得多。但为了搞好中国现代文学和鲁迅资料建设，再苦再累、再麻烦，他也乐于从事，耐心去做。这正表现了薛老师的高尚风格。

薛老师在中国现代文学领域里辛勤耕耘，不仅在史料学研究方面取得了卓越成就，而且在作家作品、社团流派、文学运动等研究方面，也发表或出版了一些有重要价值的著述，并积累了可贵的治学经验。

薛老师在学术领域起步较早，新中国成立之初，他已在报刊上发表了有影响的学术论文。“文化大革命”前夕，山东人民出版社曾约他写一部鲁迅作品讲析的书稿，但由于“左”倾思潮的干扰，书稿没有出版。1974年，陕西人民出版社出版的《鲁迅小说选讲》和山东人民出版社出版的《鲁迅杂文选讲》，尽管其中大部分书稿是以他的“鲁迅作品讲析”为基础修改而成，同时他又参与主编，但是这两部著作上却见不到他的名字，只能以集体署名。这两本书在“文革”后期问世，虽然不可避免地打上那个动乱年代的印痕，但是与同时期出版的鲁迅研究的著述相比，它们所染上的“左”的痕迹还是比较轻的，对鲁迅作品的注释或分析基本上体现出一种科学的态度。如果把每篇作品分析后面加上的“政治尾巴”割掉，那么那些对作品本身的思想内容或艺术形式所作的讲解，是有一定的学术价值和实用价值的。

薛老师对中国现代文学特别是鲁迅的研究，真正放开手脚并取得一些重要科研成果，那应该从党的十一届三中全会以后说起。从深受"左"倾路线迫害的切身感受中，他深刻地认识到党的十一届三中全会制定的路线和政策是无比正确的，不仅挽救了党，挽救了中华民族，也挽救了自己。他由衷地拥护党的十一届三中全会以来的方针政策，重新焕发了青春，无论对待工作还是进行学术研究，都表现出一种拼搏精神和锐意改革的劲头。仅从学术研究来看，这几年来，他连续出版专著，于省内外刊物上发表了不少学术论文，成为中国现代文学研究和鲁迅研究的知名学者。如果将他出版的著作和发表的论文从内容上加以分类，可以概括为以下几个方面。

对鲁迅作品的研究，在原有的基础上向深处和细处两个方面发展。虽然薛老师对鲁迅研究也注意从宏观上去开拓，但相比之下他更重视从微观上求深入，特别对鲁迅作品的重点、难点、疑点的研究，既是他的研究优势，又是他的研究特点。这方面的研究成果，除了散见于报刊上的论文，最集中地反映在两部著作中。一部是 1979 年 7 月山东人民出版社出版的《鲁迅作品注解异议》，另一部是 1981 年 8 月上海教育出版社出版的《鲁迅作品教学难点试析》（与人合著）。前者对鲁迅的《论"费厄泼赖"应该缓行》《记念刘和珍君》《为了忘却的记念》《孔乙己》《藤野先生》等十四篇作品中有争议的问题进行了探讨，并提出了自己的见解，同时还收入了《鲁迅与〈自由谈〉》《漫谈鲁迅小说教学》等四篇综合性研究的文章；后者几乎把现行中学教材中所选取的鲁迅作品（十九篇），从重点到难点都作了比较深入的研究和详细的分析。这两本著作在内容、体例或写法上具有相似的风格，特别在内容上可以相互印证、互相补充；但两者相比，后者比前者更深细一些。因此可以把它们看成是"姊妹书"，它们的共同特色是：其一，抓住重点或难点加以突破，力避一般化的分析。鲁迅作品内容深蕴含蓄，艺术高超精湛，不下深功夫研究，是难以正确理解和深切领悟的；现在常常看到一些分析鲁迅作品的著述或文章，有不少是平平淡淡的解释或笼笼统统的分析，对一些重点抓不住，难点讲不清。薛老师这两本书正是注意克服这种平淡化或空泛化的毛病，抓住重点或难点进行具体分析，详细论证，以此来引导读者对整个作品进行更深入的理解和更准确的把握。如对《论"费厄泼赖"应该缓行》一文的分析，就抓住了“关于题目”“今之论者”“‘打死老虎’者”“林语堂和‘叭儿狗’”“咸与维新”“章士钊的‘遗泽’”“结束的‘方法’”等难点或重点，作了深入而细致的探讨，从史实和理论的结合加以阐述，不仅为阅读这篇难度较大的杂文扫除了障碍，而且为读者深入地学习它开拓了思路。其二，抓住研究中的分歧点或矛盾点，对一些有争论的问题进行审慎而大胆的探索，并敢于提出自己的不同见解，以引起争鸣。鲁迅作品问世以来，研究者最多，著述也最多，但是对某些作品的主题、人物甚至字词语句、标点的理解，仍存在不少分歧或矛盾，特别在极左思潮泛滥时留下的可议之题就更多些。薛老师在这两本书中，不仅把分歧点或矛盾点摆出来，并于认真研究的基础上提出自己的看法，有些见解有独到之处。书中有的文章最初发表在全国性刊物《教育革命通讯》上，曾引起学术界的争论。如《药》《故乡》《一件小事》《藤野先生》等的主题思想，在理解上存在不少分歧，薛老师从多方面作了考察，摆出自己对这些主题思想如何归纳的异议，显得他的看法更稳妥更准确一些；关于《药》的主人公是谁，目前学术界有三种说法，各自都有理由和根据，薛老师认为华老栓是主人公，他不仅从小说本身作了具体分析说明，而且联系鲁迅当时抱着“启蒙主义”创作小说的总指导思想以及其他作品加以充分印证，这样就使他的看法建立在令人信服的基础上。其三，抓难句的解释，抓标点符号的研究，把对鲁迅作品探索的触角伸进最细微处。也许有的人对这种研究不屑一顾或视为烦琐哲学；其实，这正是薛老师对鲁迅作品研究所下的扎扎实实的功夫，正是他研究作风深与细的表现，常常在这些不为人们所注意的细小地方显出一些不凡的见解。这两本书对鲁迅作品的研讨，难句解释占了很大比重，这不是一般的以词解词或就句解句，而是联系背景材料或作者本人的心境或全篇的构思，针对着研究中的分歧，加以具体而中肯的解析。如在《记念刘和珍君》中，则对“这是怎样的哀痛者和幸福者”、“一个惊心动魄的伟大”、四个“她”字等十多个难句作了详尽的分析，尤其对“一个惊心动魄的伟大”的解释，颇有见地，有助于澄清某些混乱。另有一篇文章专门对鲁迅小说中的“！”和“——”号作了研究，提出了不同于一般语法书对这两个标点符号的解说。照一般语法书上所说，破折号有表转折与表补充两种用法，而薛老师认为鲁迅小说中的破折号还有“表示停顿”的第三种用法。

这种深细的研究，不只是有助于读者更深入地学习鲁迅作品，而且对标点符号的解释提供了新的见解。其四，不论对难点、重点的讲解或对疑点、难句的分析，都能从多角度、多侧面、多层次进行探讨，特别重视大背景或小背景的史实考证，不作那种主观性的推测或根据不足的判断，力求避免那种单向思维的直线探索，尽量把自己对某一问题的看法建立在稳固的基础之上。如对《从百草园到三味书屋》中“老先生”、《一件小事》中人力车夫的分析，并没有把他们简单化，而是结合丰富的史料从多方面引导读者去认识和把握这两个形象。特别值得提及的是，《鲁迅作品教学难点试析》一书中补充了很多与作品内容紧密相关的史料，或是鲁迅自己的回忆资料，或是他人提供的比较可靠的资料。薛老师对鲁迅作品所作的深细研究，还有些成果编入山东人民出版社出版的《鲁迅作品讲解》和天津人民出版社出版的《鲁迅作品教学初探》等书中。

中国现代文学史的一个重要特点，就是充满了外部或内部的错综复杂的文学思想斗争，把它们扩大化或者加以抹杀，都不能正确揭示新文学的本来面目；而“扩大化”的倾向则于相当长的时间内在文学斗争或论争的研究中占了主导地位。薛老师对文艺战线的斗争特别是左翼时期反文化“围剿”的斗争进行了多年研究，曾发表过两篇影响较大的论文：一篇是《第二次国内革命战争时期文化战线上的“围剿”与反“围剿”》（原载 1954 年 3 月《历史教学》，后收入 1955 年出版的《中国现代出版史料》乙编）；另一篇是《鲁迅在反文化“围剿”中的斗争策略》（原载 1981 年《山东师大学报》，后收入同年山东人民出版社出版的《鲁迅研究论文集》）。前者在占有详细史料的基础上加以研究和概括，比较简明地论述了 20 世纪 30 年代文化战线“围剿”与反“围剿”斗争的历史真相，真实地揭露了国民党反动派在文化“围剿”过程中采取的“对于进步的文艺作品和刊物的出版自由，加以剥夺和限制”“对于进步的图书杂志禁止发行”“对于进步文化机关肆行破坏”“对于文化工作者不断摧残和捕杀”“组织御用文人，自办书店、自办刊物，企图以反动文艺代替进步文艺”等卑鄙手段。这篇论文的观点及史料，为后来的“中国现代文学史”编写或教学所经常采用。后者对鲁迅在反对国民党反动派发动的文化“围剿”中的历史作用及采取的斗争策略作了有理有据的评述和论证，从总结历史经验的角度概括出鲁迅自觉运用的"充分发挥左联的战斗作用,也注意外围力量的培养""分清敌友,区别对待""寻求阵地,占领阵地""运用钻网战术,突破敌人封锁"四种策略手段。这两篇论文的共同特点是史实详、概括准。这为我们研究文学史上的斗争或论争提供了有益的经验。

对社团、流派的研究早已引起薛老师的重视,1963 年上海文艺出版社出版的《中国现代文艺资料丛刊》上曾发表他撰写的《关于"新月派"》。该文以比较翔实的史料对新月派产生、发展的演变过程作了论述。作者没有给这个复杂的流派先扣上一顶反动的帽子,然后寻章摘句地加以"大批判",而是从史实出发来揭示出它逐步走向反动的过程,对其批判的锋芒完全隐藏在史实的叙述中,体现出一种科学的历史态度。党的十一届三中全会以后,他对现代文学社团、流派的研究曾有个较大的设想,不仅自己撰写这方面的专著或文章,而且计划招收研究社团流派的研究生,临终前他为上海教育出版社编著的《中国现代文学史话》的部分遗稿,就是按照社团、流派来探讨中国现代文学的发展及其本来面貌的。遗憾的是薛老师把这些正在完成或准备动手的课题永远地放下了,这不能不说是中国现代文学研究一个不可弥补的损失。

薛老师一向重视中学语文教学特别是鲁迅作品教学的研究,他曾结合自己几十年的教学经验,撰写了《语文教学漫谈》(载 1979 年第 1 期《语文教学研究》)、《漫谈鲁迅小说教学》(载 1978 年第 3 期《语文教学研究》)等论文。这两篇经验之谈的重要特点是,反对把语文课或鲁迅作品课当成政治课,进行漫无边际的"架空分析";提倡"必须从词句篇章入手"讲透思想内容,既不能把语文课讲成政治课,也不能讲成单纯的文学课,一定要讲成"语文"课。这对于提高中学语文教学或鲁迅作品教学质量是有参考意义的。

薛老师在学术研究上取得的成果是多方面的,以上我们择其要者作了论述。当然,薛老师的科研也有不足之处,如宏观研究相对来看比较弱,理论分析没有史料考证下的功夫大,有的观点或史实有待商榷之处等。但从总体上看,薛老师的研究成果是扎实的、有见地的,既有学术价值又有实用价值。尤为可贵的是薛老师在科研中所积累的经验和所表现的精神:一是无论在什么情况下都保持老老实实的科研态度,厌恶那种"风派"作风。

他不说空话，不说大话，不说假话，不说套话，坚持“论从史出”，由充实的史料中引出自己的观点或结论，一旦自己的看法形成，就不随意改变，这是一种科研美德。二是在科研道路上勇于探索，敢于开拓，选定鲁迅研究方向后，他为之孜孜不倦地探讨了一生，其他的一些选题往往是从这总目标出发所开拓出的新领域；而且对一些有争议的问题，能够大胆地亮明自己的观点，提出异议。三是始终把自己的科研同大学教学和为中学语文教学服务结合起来。他撰写的书稿和文章有相当大的部分是为了提高中学语文中鲁迅作品教学质量的，所以实用价值高。这是他忠诚于党的教育事业的表现。四是党的十一届三中全会以来，在科研中他一直坚持反“左”，自觉地肃清“左”倾思潮对现代文学特别对鲁迅研究带来的灾难性的危害，从而坚持了中国现代文学特别是鲁迅研究的正确方向。他曾撰写《我对鲁迅研究现状的一点理解》(载 1980 年《语文教学研究》第 3、4 期合刊)，深入揭露了“左”倾思潮在鲁迅研究中的流毒，并深有感触地说：“有些野心家、阴谋家竟拿双百方针搞什么‘引蛇出洞’，诱导对方投入预先设好的陷井，这是对双百方针的最粗暴的践踏，是对学术研究最残酷的摧残。”五是提携后进，奖掖青年，积极鼓励后来者在学术上赶上并超过自己，而自己甘愿做铺路石子。在科研中，薛老师总是抱着这样的态度组织并带领中青年教师或自己的学生一起搞科研，甚至把自己的研究成果拿出来同他们联名发表，千方百计把后起者推上去，从不嫉贤妒能、自以为师或自封“权威”，默默地把自己的心血和汗水一滴一滴地洒在教学和科研的道路上。

薛老师虽然与世长辞了，但是他对中国现代文学研究作出的贡献却是长存的，他在科研中所表现出的拼搏精神、扎实作风、科学态度和高尚风格是值得我们永远学习的！

薛绥之:中国现代文学文献史料学拓荒者

李玉明

薛绥之(1922—1985),山东邹平人,中共党员,教授。中国现代文学史料研究知名学者,鲁迅研究著名专家。

薛绥之,1946 年毕业于北京大学。新中国成立前,曾任《世界日报》副刊编辑、记者;新中国成立后,曾在天津师范学院中文系任教,1955 年调我校中文系任教。薛绥之专注于中国现代文学的教学与研究,主持编辑的《中国现代作家研究资料丛书》等三套大型史料丛书为中国现代文学史料学的建立发挥了铺石开路的作用。他曾兼任中国现代文学研究会理事,中国鲁迅研究会理事,山东省现代文学研究会和鲁迅研究会副会长,山东省第四、五届政协委员等职。1984 年,薛绥之被评为山东省优秀社会科学工作者。曾荣获全国图书"金钥匙"奖。

逆境弥坚　凝练学术方向

薛绥之,本名薛景福,1922 年 3 月生于山东省邹平县大临池村。1933 年以前,他在故乡读小学。1934—1942 年,在济南读高小和中学,其间曾在济南日语专科学校学习两年。1942 年考入北京大学经济系。1946 年毕业后,在北平《世界日报》任副刊编辑兼记者。1947 年,为谋生渡海至台湾彰化中学任教,并兼任《世界日报》驻台记者,写过多篇进步的新闻报道。1948 年初乘船返回青岛,旋任青岛《民言报》记者,与全国人民一道迎来了祖国的解放。薛绥之1949年之前的经历尽管没有大的波澜，但他后来在思想、治学和个性上的一些特点已初露端倪。

新中国成立前夕，薛绥之被友人邀至北平，入新创办的华北大学国文系学习。在这里，他正式受业于中国现代文学研究界的前辈李何林先生。自此以后，他实现了自己的夙愿，把主要的精力专注于中国现代文学的教学和研究。1950年初，被分配到天津工作，先在中学教语文课兼任政治辅导员，不久即转入天津河北师院中文系任讲师。同年，根据工作需要，薛绥之主编了新中国第一家面向中学的刊物《语文教学》，并在该刊上发表《我怎样教"论'费厄泼赖'应该缓行"一文》《〈为了忘却的记念〉的五烈士》等教学研究文章。薛绥之在现代文学尤其是鲁迅作品的教学与研究上起步较早，而且重视在中学语文教学中弄清史实、疏通课文，一开始就形成了自己的研究思想。之后，薛绥之又相继在天津业余学院、天津师范学院、天津教育学院的中文系任教，继续从事中国现代文学的教学和研究，并不断发表一些文章。其中影响较大的，是于1954年发表的《第二次国内革命战争时期文化战线上的"围剿"与反"围剿"》一文。这是新中国建立后较早出现的研究20世纪30年代文化战线上敌我斗争的专题性论文。由于史料翔实，立论正确，论证得体，受到学术界的关注。该论文发表后，学术界前辈张静庐先生以为必出自熟悉当年史实的老同志之手，及至得知薛绥之仅三十余岁时，即致函表示赞赏，遂将此文收入他编选的《中国现代出版史料》(乙编)之中。1955年，薛绥之经严薇青教授举荐调入山东师范学院中文系任教，并兼管资料室工作。此后，他在中国现代文学的教学、研究及资料辑存上用力更勤，先后在报刊上发表《鲁迅的笔名》《鲁迅的两句诗》《中国现代文学的奠基人——纪念鲁迅先生诞辰七十五周年》《鲁迅是怎样为克服公式化概念化而进行斗争的》《鲁迅新版本的特色》《清除鲁迅研究中的庸俗社会学观点》《鲁迅杂文的战斗性》《鲁迅与瞿秋白》《郭沫若的历史剧》等文章。至1957年，他编纂的《鲁迅研究资料索引》由山东省图书馆内部印行，这不仅对鲁迅研究资料的钩沉有重要意义，而且为其以后大规模地展开鲁迅研究和资料整理工作打下了坚实的基础。此时，薛绥之据自身的知识学养，初步确立了自己学术研究的主攻方向。

正当薛绥之在学术道路上阔步前行的时候，却陡遭厄运。1957 年，他被错划为右派，书不能教，文章不能发表。自此以后，薛绥之长期身处逆境，精神受到极大压抑，加之一人独处(夫人赵智铨此时仍在天津，至 1963 年方调至济南)，其苦闷孤寂的心情可想而知。但是，薛绥之没有沉沦。1982 年秋，他曾对研究生们说："当时我被错划为右派，完全是反右斗争扩大化的'左'的政策造成的。在我蒙受不白之冤后，感触最深的，不是当时不可避免的冷眼、歧视和诬蔑，而是领导和同事们以特有的方式表现出来的同情、关怀和安慰。正因为这样，我当时总算没有沉沦。"薛绥之善于从艰难时世中汲取人生的暖意，相信困境只是暂时的。恰如他对冯中一先生所说："还能越革命敌人越多吗？这是反常的，不会长久的。"薛绥之以罕有的热情和干劲投入到力所能及的工作当中，并以自己的热情助燃他人。1960 年，山师中文系拟编一部《中国现代文学史》，薛绥之被指派与中文系的十几名学生一起为编书准备有关资料。他无私地提供了自己历年辑存的全部资料线索，具体设计和规定了每辑资料的编辑体例和原则，而且以坚韧不拔的毅力，在一年多的时间里，选编了近三百万字的《中国现代作家研究资料丛书》。这是我国现代文学研究中的第一套大型的系列化的资料丛书，在中国现代文学史的资料建设中起了极大作用。1960 年，这套丛书由山师中文系内部印行，受到诸多高等院校以及从事现代文学教学和研究者的重视。就这样，薛绥之在逆境中顽强地开拓了自己的事业，为现代文学的教学和研究工作作出了时至今日仍常常得到学术界赞扬的重要贡献。同年，右派帽子被摘掉，他又开始写文章，不仅发表了《〈论"费厄泼赖"应该缓行〉里的"今之论者"》《关于〈学衡〉的创刊号》《刘和珍与〈莽原〉》《关于"新月派"》等带有考证性、理论性或专门研究社团流派的文章，而且应山东人民出版社之约，写成了一部鲁迅作品的讲析手稿。不幸的是，1966 年，"文化大革命"开始，不仅书稿出版无望，又因主持编印所谓"流毒"全国的"中国现代作家研究资料丛书"，又加上了一条"鼓吹 30 年代文艺黑线，为牛鬼蛇神树碑立传"的"罪名"。历年辛苦购置的图书、资料，几乎损失殆尽。

从新中国成立前夕到"文化大革命"，薛绥之初步形成了自己的治学方向和风格。从治学方向看，薛绥之在现代文学这个总体范围内涉猎甚广，从作家作品到社团流派，从史料考核到资料钩沉，他都做过不少工作。但是，他的主攻方向却集中在以下两点：一是对具体作品做深入细致的分析和研究。这一方向是与他的教师生涯联系在一起的，现实性、针对性、指导性是这一主攻方向的出发点。二是对现代文学研究资料的搜集、整理和编选。薛绥之一直重视史料，在被错划为右派后，更是有意识地选择了尚可发挥自己优势的主攻方向。

拨乱反正 打开鲁迅研究的春天

1975 年，薛绥之被分配至山师聊城分院中文系工作。党的十一届三中全会后，薛绥之的人生之路展现一片坦途。当时，全国掀起了“读鲁迅”热，鲁迅作品的各种注释本、讲解本一下子出了不少。但是，许多注解主观随意性很大，不够准确。针对这种情况，薛绥之连续写出《鲁迅作品某些注解异议》，先后发表在《山师学报》等刊物上。他的“异议”力求准确、稳妥，符合原意，深受读者欢迎，各地转载、翻印者达 20 次之多。1979 年，他将这些文章修改、订正、增补，以《鲁迅作品注解异议》为题出版后，影响极大，颇受学术界好评。《鲁迅全集》新版时，这些“异议”成为重要参考，影响甚广。但薛绥之并不满足，为搞清鲁迅作品的某些背景、史实及针对性，他主动写信求教当时身陷囹圄的冯雪峰先生。两人书信往来多次，薛绥之自谓受益匪浅。这些信函，后来发表在《新文学史料》1979 年第 5 辑。

鲁迅的作品博大精深，牵涉的事件、人物、典故和风俗十分广泛复杂，薛绥之深知研究、普及鲁迅作品的艰巨性。鉴于此，从 1975 年起，薛绥之拟定编写《鲁迅生平资料丛抄》，得到山师聊城分院领导的支持。至 1977 年，该丛书第一本《鲁迅在绍兴》出版，此后又陆续编辑出版《鲁迅在广州》《鲁迅在北京》《鲁迅在上海》《鲁迅在西安》等共 11 本。除《鲁迅在厦门》因故未能编成外，其余鲁迅生活工作过的地方都有了专辑。这套丛书是对鲁迅生平史料的第一次大规模的搜集、整理和研究，前后历时约四年。

1978 年，薛绥之晋升为副教授。1979 年，学校党委作出《关于薛绥之右派问题的改正决定》，恢复他的政治名誉和原工资待遇，任命他为山师聊城分院中文系主任。至此，薛绥之背负了22年的精神包袱彻底卸了下来。此后，薛绥之工作劲头更足，著述更勤、更丰。1979年3月，《鲁迅作品讲解》（上、下册）由山东人民出版社出版，此后《鲁迅作品教学初探》《鲁迅作品注解异议》相继出版，颇受学术界瞩目。

1981年，经教育部批准，山师聊城分院与山师分开，更名为聊城师范学院，薛绥之晋升为教授，被任命为副院长。从1980年起，薛绥之与天津人民出版社筹措出版《鲁迅生平史料汇编》，至1981年鲁迅诞辰一百周年学术盛会时，他与韩立群主编的该丛书第一辑正式出版发行，受到参会学者们的一致欢迎和好评，被认为是近年来鲁迅研究的重要成果之一。《人民日报》《光明日报》《文汇报》《鲁迅研究》《鲁迅研究动态》以及香港《大公报》《文汇报》等，相继发表消息和评介文章。全书共5辑，约300万字，仅原始图片资料即达300余帧。至其逝世时，第4辑已出版。同年，薛绥之的《鲁迅作品教学难点试析》（与柳尚彭合著）也由上海教育出版社出版。学术界有人发表评论，谓此书“分析重点”“指明难点”“阐释难句”“提供资料”，因而对鲁迅作品教学“切实有用”。

1982年，薛绥之正式组建班子，开始主编鲁迅研究史上第一部专业辞典——《鲁迅杂文辞典》。该辞典共收有关鲁迅杂文的辞目1500余条，至薛绥之逝世前终于完成，交由山东教育出版社出版。同时，他还受山东鲁迅研究会的推荐，担任了规模更为宏大的《鲁迅著作研究资料丛书》主编。这套丛书凡三十册，多达600万字，是对过去60年来鲁迅著作研究成果的第一次系统化的检阅和总结。

在短短七八年的时间内，薛绥之竟连续主编了三套规模巨大的资料丛书和两种大型专业辞典，出版了两本专著，主编和参与了四册鲁迅作品教学和讲解的专书，发表论文近五十篇。这一项又一项重大的成果，为现代文学特别是鲁迅研究作出了突出贡献，也确立了他在学术界的地位。

1984年6月，薛绥之由聊城师院调至山东大学，任该校文史哲研究所教授、学位委员会委员、《文史哲》编委，同时还兼任聊城师院教授和现代文学研究室主任。是年冬，他完成了艰巨的《鲁迅杂文辞典》定稿工作，又与天津人民出版社商定修正《鲁迅生平史料汇编》事宜，准备参加香港书展。他审订了《鲁迅大辞典·事件分册》《鲁迅著作研究资料汇编》书稿，并指导研究生们完成了《解放区话剧研究资料》三巨册。

史海钩沉　成就中国现代文学史料巨擘

薛绥之对中国现代文学和鲁迅研究的贡献，首先表现在资料的搜集、整理和研究上，他的一些颇有见地的重要学术思想及学术影响也主要体现于此。20 世纪 60—80 年代，他主编了几套大型资料丛书，为中国现代文学的研究提供了第一手材料，对促进和推动这方面的学术研究的发展，为中国现代文学史料学的建立起了铺石开路的作用。

1960 年，薛绥之主持编写了《中国现代作家研究资料丛书》，包括《中国现代作家研究资料索引》《中国现代作家小传》《中国现代作家著作目录》以及毛泽东、郭沫若、茅盾、老舍、曹禺、赵树理、夏衍、李季、杜鹏程、周立波等作家的研究资料汇编。这些作家研究资料汇编内容包括作家作品、评注资料，作家关于自己的思想、生活、创作的文章等，并附有作家年表。《中国现代作家研究资料索引》编辑出版时，有人建议将所有右派的文章删掉。薛绥之认为，既是索引，自当求全。经其据理力争，不少文章幸免于难。这套丛书，限于当时的主客观条件，尽管尚不成熟和完善，但已初步搭起了对中国现代作家作品、社团、期刊进行全面搜集、整理、研究的框架。它的总体设计、编辑原则、编辑体例，都具有开创性意义。在中国现代文学资料编辑出版相当匮乏的情况下，这套丛书的问世引起了国内外文学界的广泛关注。

1981 年，薛绥之、韩立群主编的《鲁迅生平史料汇编》（5 辑）陆续出版。这套汇编是在 1977 年印出的《鲁迅生平资料丛抄》的基础上重新编选而成，但编辑思想、体例和方法有了明显的改进与提高。“辑入本书的资料，除具有直接见证意义的原件、图片外，尽量选录第一手资料，对回忆、访问、调查，亦以收录当事人的见闻为主，必要时，加以补正，以昭信实。”“对于资料中的不同说法，编者如有取舍，用附记形式注出另外的说法，以备进一步考核。”这套汇编以资料翔实、考证细微受到海内外人士的普遍好评。蒋锡金先生在《人民日报》著文说，“这部《鲁迅生平史料汇编》为普及并提高鲁迅的研究都做了十分有益的和必要的工作”，是鲁迅研究著作中“特别使我感到喜爱”的一种。著名出版家赵家璧称此书是“出版界的传世之作”。日本的一些鲁迅研究专家也来信表示赞赏。

从1982年开始，薛绥之在原《鲁迅杂文中的事件》《鲁迅杂文中的人物》的基础上拟定编写《鲁迅杂文辞典》。他要求，除对以前印出的有关鲁迅杂文的400余条辞目重新修订外，再增加鲁迅杂文中涉及的人物、社团、事件、流派、报刊、书名、词语、学故等各类辞目1500余条，共80万字。这是我国第一部鲁迅研究专业辞典。《鲁迅杂文辞典》出版后，以体例周详、辞目完备、内容丰富、观点稳妥受到学术界注目。

此外，自1982年起，薛绥之指导研究生编辑的《林纾研究资料》《许地山研究资料》《解放区话剧研究资料》陆续出版。全部编写工作都是在其指导下完成的。《林纾研究资料》出版后，一向很重视资料的著名作家唐弢认为，此书是当时出版的数十种现代作家研究资料中内容最厚实、文字最简洁的一种。

仅从上述粗略的介绍，薛绥之在中国现代文学资料研究方面的成就已显而易见。人们称他为“资料巨擘”，这绝非溢美之辞。资料学本身是一门独立的学问，有独立存在的价值。要真正做好它，不仅需要工夫和耐性，而且需要眼光和水平。《中国现代作家研究资料丛书》的编辑几乎是在没有先例的情况下进行的，体例如何编排，资料如何选择，均是他一人筹划。

《鲁迅生平史料汇编》除资料的选择外，史料的考核辨析是一个棘手的问题。薛绥之广采博征，把不同的说法以附记形式注明，以备读者查考；对资料中原来不够准确和存在的疑点，则加上说明性的按语，对不易理解之处也附以简明的注释。编写《鲁迅杂文辞典》更是一项开拓性的工作，这部辞典专业性极强，有别于一般的工具书。如何体现专业辞书的特点，每个辞目应包括哪些内容，从1973年起，先生对这些问题进行了长时期的思考和探索，最后终于确定了较科学的解决方案：辞条的前半部分讲词语本身的内容，后半部分则联系鲁迅的生活、思想和著述及同代作家的评述。这种体例和方法已得到鲁迅研究者的广泛赞同。这充分反映了先生治学态度之严谨、学识之渊博。

薛绥之对资料研究的重视源于对资料意义的深刻认识。他曾多次联络北京等地学者创建一门新学科——中国现代文学资料学。这表明，薛绥之在学术实践中，已将资料研究工作上升至理论的高度，视之为一门不可替代的学科。他说："做学问要从两方面入手，一是理论，二是材料。理论即正确的立场、观点和方法，没有它就会迷失方向；资料即文学运动的基本史实。掌握了这些史实的来龙去脉，充分地占有材料，我们的研究工作才能建立在牢固的基础上，我们的结论才会成为有本之木、有源之水。否则，就只能空发议论。要切实提高我们现代文学研究的科学水平，就必须从这两个方面踏踏实实地下大功夫。"

筚路蓝缕　开创史料学研究方法论

薛绥之在学术研究尤其在中国现代文学和鲁迅研究上取得的成就是多方面的。他的理论触角伸向各个领域，其中涉及作家作品、社团流派、文学运动等诸多问题，这方面的研究最能体现他的学术见解。如果将他出版的著作和发表的论文从内容上加以分类，可概括为如下几个方面。

(1)鲁迅作品研究。薛绥之对鲁迅的研究虽然也注意从宏观上开拓，但相对而言更重视从微观上求深入，特别是对鲁迅作品的重点、难点和疑点的研究，既是他的研究优势，又是他的研究特点。这方面的研究仅散见于各种期刊上的论文就有近五十篇，从关于鲁迅作品的总体认识、鲁迅研究现状的把握，到具体的问题，诸如鲁迅的生活琐事、思想矛盾、鲁迅的笔名、鲁迅作品中的标点符号等，他都有所论述，几乎涉及鲁迅生活、思想和作品的各个方面。在这方面最能体现他的学术见解的是《鲁迅作品注解异议》《鲁迅作品教学难点试析》两部专著。鲁迅作品内涵丰富深广，历来歧义最多。薛绥之从具体的史实和鲁迅作品的具体内容出发，在认真研究的基础上提出自己的看法，见解独到深刻，论述有根有据，颇见功力。同时，抓难句的解释，抓标点符号的研究，把对鲁迅作品探索的触角伸向最细微处。而这些恰恰是不少人不屑一顾的研究内容。这两本著作对鲁迅作品的探讨，难句解释占了很大比重，这不是一般的以词解词或就句解句，而是联系背景材料或作者本人的心境或全篇的构思，针对研究中的分歧，加以具体的解析。不论对难点、重点的讲解或对疑点、难句的分析，都能从多角度、多侧面、多层次进行探讨，尤其重视大背景或小背景的史实考证，不作主观的根据不足的推测和判断，力求避免单向思维的直线探索，尽量把自己的思考和分析建立在牢固的基础上。

(2)文艺运动和文艺斗争研究。中国现代文学史的一个重要特点，就是充满了外部的或内部的错综复杂的文艺思想斗争。把它们扩大化或者予以抹杀，都不能正确揭示新文学的本来面目，而扩大化的倾向则在相当长的时间内在文学斗争的研究中占据了主导地位。薛绥之对文艺运动特别是左联时期文化上反“围剿”的斗争进行了多年研究，发表了不少有关论文，其中影响较大者是《第二次国内革命战争时期文化战线上的“围剿”与反“围剿”》和《鲁迅在反文化“围剿”中的斗争策略》。

(3)社团、流派研究。这方面的内容很早即引起薛绥之的重视。1963年即有《关于“新月派”》《刘和珍和〈莽原〉》等专论。前者以翔实的史料，论述了新月派逐步演变、走向消极的过程。他没有给这个复杂的流派先扣上一顶“反动”的帽子，然后寻章摘句地加以“批判”，而是从史实出发揭示了它步步后退、终于与反动势力同流合污的复杂过程，对其批判的锋芒完全隐蔽在具体史实的叙述中，体现了他治学中一贯坚持的“重史料、重事实”、不“以意为之”的作风。“文化大革命”后，他对社团、流派方面的研究较为着力，陆续推出《〈子夜〉与“中国社会史论战”》《关于语丝派》《五四时期的文学社团》《总结历史，破浪前进——纪念左联50周年》等文章。薛绥之对现代文学社团、流派的研究曾有一个大的设想，视之为一个重点研究课题，不仅撰写这方面的文章和专著，而且计划招收此研究方向的研究生，临终前他为上海教育出版社撰写的七万字遗稿《中国现代文学史话》，就是按照社团、流派来探讨中国现代文学的历史发展及其本来面貌的。

(4)中学语文教学和鲁迅作品教学研究。薛绥之既是一位教育工作者，又是一位教材方面的理论研究者。他在这方面下的功夫和投入的精力，在专门致力于文学研究的学者当中是少见的。这固然与他的学术研究方向相关，然而何尝不体现为一种追求厚重的脚踏实地的治学态度和一位科学研究者强烈的责任感呢！由于他从教学工作的需要出发，或因教学中遇到了难以解决的问题和因自己的考察发现了带有普遍性的教学现象，才引发了他的思考，转而为文，力图从理论的高度做一些有益的探讨，所以他在这方面的研究带有极强的现实针对性和实用性，尤其对中学语文教学有重要指导意义，为很多教学工作者所重视。

1985 年 1 月 15 日晚，这位精力一向极为充沛的学者却急匆匆地离开了人间。弥留之际，既无痛苦，也无遗言，平静而逝。讣告一发出，学界为之震惊，海内外唁电、唁函多达 200 余份。人们称他是中国现代文学研究史上的“资料巨擘”，他的逝世“是中国现代文学和鲁迅研究的重大损失”。

薛绥之先生辞世不久，冯光廉、朱德发发表《薛绥之教授对中国现代文学研究的贡献》一文，总结其一生的学术业绩。由其学生徐鹏绪教授牵头，诸学生议定筹资编辑印行《薛绥之先生纪念集》，以资悼念，永存风范。李何林、唐弢、王瑶、许杰、王士菁、任访秋、姜德明、冯中一、严薇青、孙昌熙、刘再复、林非、孙玉石、袁良骏、倪墨炎、王得后、俞元桂、冯光廉、朱德发、韩立群、王富仁、陈子善等四十余位专家学者撰写了纪念文章，对其人品、学识作了全面评价。

袁良骏先生撰文呼吁创建中国现代文学史料学，其中诸多思想得益于与薛绥之的切磋、交流。直到今天，常有学者从中国现代文学文献史料学发轫和建设的角度，梳理薛绥之先生的筚路蓝缕之功。

薛绥之先生与中国鲁迅研究

——山东鲁迅研究百年回眸之一

刘增人　刘　泉

一、生命轨迹

薛绥之(1922.3—1985.1),山东邹平人,原名薛景福,笔名东方一。1934年在济南第二实验小学出版的《孩子话》(李广田作序)中发表了《街头夜景》《回忆》《初夏的风景》等散文。1942年考入北京大学经济系,1946年毕业,获学士学位。毕业前夕主编过刊物《新路》。毕业后曾在北平《世界日报》任副刊编辑、记者,在台湾彰化中学等学校任教,任青岛《民言报》记者。1949年5月入华北大学国文系,受业于李何林先生。1950年结束学习,先后在法汉中学、天津教师学院任教,同时主编中国第一家面向中学的专业刊物《语文教学》,发表《我怎样教"论'费厄泼赖'应该缓行"一文》。1951年,在天津河北师院、天津业余师院中文系任讲师,发表《〈为了忘却的记念〉中的五烈士》。1954年,在《历史教学》第3期发表《第二次国内革命战争时期文化战线上的"围剿"与反"围剿"》,被张静庐收入《中国现代出版史料》(乙编)。1955年,调至济南,先后在工农速中、山东师院任教,兼管资料室。1956年,在《大众日报》发表《清除鲁迅研究中的庸俗社会学观点》,在《前哨》发表《鲁迅杂文的战斗性》,在《教与学》发表《鲁迅与瞿秋白》等文章。1958年,被错划为右派。1961年,"摘帽"。1979年,撤销错误结论,恢复政治名誉及原工资待遇。

从1960年起，带领山东师院中文系学生编辑了《中国现代作家研究资料丛书》，包括《中国现代作家研究资料索引》《中国现代作家著作目录》《中国现代作家小传》《毛主席诗词研究资料汇编》以及郭沫若、茅盾、老舍、曹禺、赵树理、夏衍、李季、杜鹏程、周立波等作家的研究资料汇编。这是中国第一部关于现代作家研究资料的系列化丛书，成为后来中国社会科学院文学所发起的《中国现代文学史研究资料丛书》的基础和蓝图。1963年，在《中国现代文艺资料丛刊》发表《关于"新月派"》。1974年，《鲁迅研究在日本》发表于西北大学《鲁迅研究年刊》。《鲁迅小说选讲》《鲁迅杂文选讲》由陕西人民出版社、山东人民出版社出版，署名山东师院中文系现代文学教研组，其中多篇系薛先生提供初稿，由其他同仁修改而成。1975年，他被安排到山东师院聊城分院（后改称聊城师院、聊城大学）中文系工作。《鲁迅作品某些注解异议》先后发表于《山东师院学报》《教育革命通讯》《陕西教育》等刊物，被各地多次转载、翻印。

1976年，与同事韩立群等商定编纂《鲁迅生平资料丛抄》，并赴各地约请专家分别执笔。与同事合编《鲁迅作品教学手册》。1977年，《鲁迅生平资料丛抄》第一本《鲁迅在绍兴》内部自印出版。此后又陆续编印《鲁迅在广东》、《鲁迅在北京》（二辑）、《鲁迅在日本》、《鲁迅在杭州》、《鲁迅在南京》、《鲁迅在上海》（三辑）《鲁迅在西安》等共11本。1978年，先生应邀赴大连参加鲁迅《集外集拾遗补编》（上卷）的注释稿研讨会，其主编的《鲁迅杂文中的人物》由山东师院聊城分院中文系印成。1979年，《鲁迅作品讲解》（上、下）由山东人民出版社出版，《鲁迅作品教学初探》由天津人民出版社出版，先生均为事实上的主编；《鲁迅作品注解异议》由山东人民出版社出版。1979年，招收徐鹏绪、胥克强、曹景英为第一届现代文学研究生。1980年，招收张俊才、宋益乔为第二届研究生。1982年，招收李玉明为第三届研究生。1983年，招收姜涛、王光东、喻名乐为第四届研究生。1978年，晋升为副教授。1979年，任山东师院聊城分院中文系主任。1981年1月，晋升为教授。1981年，任聊城师范学院副院长。1982年12月20日，加入中国共产党。

1980年，在包头参加中国现代文学首届学术讨论会，当选为中国现代文学研究会理事,任中国社会科学院文学研究所发起的《中国现代作家作品研究资料丛书》编委。1981 年,赴青岛参加山东省纪念鲁迅诞辰一百周年学术讨论会。赴北京参加全国纪念鲁迅诞辰一百周年学术讨论会,当选为中国鲁迅研究会理事;8 月,与上海柳尚彭合著的《鲁迅作品教学难点试析》由上海教育出版社出版;12 月,出席山东省社会科学界第一次代表大会。当选为山东省现代文学研究会副会长。1982 年,参与发起《鲁迅大辞典》编辑事宜;组建《鲁迅杂文辞典》编辑委员会,先生任主编。1983 年,当选为山东省政协第五届委员会委员;8 月,接待日本东北大学著名学者阿部兼也先生及所率领的学生。1984 年 6 月,调往山东大学,任聊城师院兼职教授,主持聊城师院中国现代文学研究室工作;7 月 9 日,赴山东大学报到,任山东大学文史哲研究所教授,后任《文史哲》编委、山东大学学位评定委员会委员;9 月,获山东省社科联"优秀社会科学工作组荣誉证书",审阅《鲁迅杂文辞典》全部稿件,计 1850 条目,80 余万字,开始撰写《中国现代文学史话》,已完成近七万字。1985 年 1 月 7 日夜,病重,仍坚持工作;1 月 15 日晚 9 时,病情恶化,抢救无效,9 时 30 分,平静谢世,无痛苦,无遗言,享年 63 岁;1 月 23 日,追悼会在济南粟山殡仪馆举行,山东大学校长邓从豪主持,党委副书记乔幼梅致悼词,参加追悼会者四百余人。

薛先生在新桃旧符、风波诡谲、春风化雨的不平凡年代里匆匆忙忙走完了短促而充实的一生,留给人们的除去嗟叹、唏嘘外,更重要的是对学术的矢志不移的坚守与赤诚。他的选择与坚持,处处显示着鲁迅精神的感召力、鲁迅精神的魅力、鲁迅精神的骨骼与风采。

二、生荣死哀

薛先生故去后,其门人弟子与包子衍、王富仁、刘增人等拟议编印一本《薛绥之先生纪念集》,自筹经费,自印出版。1985 年 7 月 29 日,乃成。

书面呈暗绿色,精装,高 20cm×5cm,宽 14cm×2cm,扉页印王瑶先生语:"薛绥之同志长期从事鲁迅研究及有关鲁迅研究资料整理工作,成绩卓著,誉闻遐迩,不期遽归道山,闻之震惊,友人等属文赋诗,以寄哀思,爰缀数语，同表悼念之意。为《薛绥之先生纪念集》书页。王瑶，一九八五年六月二十九日。”书前为薛绥之遗像及部分编著书影，1984 年 7 月 28 日作学术报告照片。第一辑为《薛绥之先生传略》（张俊才）、《年谱简编》（张俊才、宋益乔）、《薛绥之先生编著目录》（李玉明、王光东）；第二辑为“悼念文章”，收录赵智铨、李何林、唐弢、王士菁、严薇青、孙昌熙、许杰、任访秋、刘再复、张守常、冯中一、李福田、冯光廉与朱德发、郑庆笃、张效之、傅春明、韩立群、包子衍、王富仁、俞元桂、林非、孙玉石、袁良骏、倪墨炎、柳尚彭、王尔龄、谢德铣、潘颂德、王观泉、周国伟、朱忞、覃英、王得后、姜德明、纪维周、张乐民、陈子善、刘增人、王宜训、李桦、王才路、徐鹏绪、宋益乔、姜涛、喻名乐的文章（其中赵智铨为薛绥之先生夫人，李何林至陈子善为薛绥之先生师友，刘增人及以下为薛绥之门人弟子）。第三辑“附录”，收录“讣告”“薛绥之同志治丧委员会名单”“薛绥之同志悼词”。第四辑为“唁函（14 通）、唁电、挽联（共 63 通）”。书后有“编后记”，署“《薛绥之先生纪念集》编辑组，1985.7.20”。封面题签蒋维崧。

关于薛绥之先生的专题文章，已知如下：

1.冯雪峰致薛绥之的信，初载《新文学史料》1979 年第 5 期，后收入《冯雪峰全集》第 7 卷第 101—105 页，人民文学出版社 2016 年 6 月第 1 版。

2.锡金：《从历史的角度认识伟大鲁迅——读〈鲁迅生平史料汇编〉第一辑》，《人民日报》1982 年 10 月 19 日。

3.《薛绥之同志逝世》，《鲁迅研究月刊》1985 年第 1 期。

4.《薛绥之同志在济病逝》，《中国现代文学研究丛刊》1985 年第 3 期。

5.冯光廉、朱德发：《薛绥之教授对中国现代文学研究的贡献》，《山东师大学报》1985 年第 3 期。

6.赵存茂：《〈鲁迅杂文辞典〉评介》，《鲁迅研究动态》1987 年第 3 期。

7.冯光廉、朱德发：《薛绥之教授对中国现代文学研究的贡献》，《中国现代文学研究丛刊》1990 年第 3 期。

8.王炳英：《〈鲁迅杂文辞典〉责任编辑的信》，《中国图书评论》1991 年第 6 期。

9.刘增人：《先师薛绥之逸事》，《中华读书报》2006 年 11 月 15 日。

10.龚明德：《发现薛绥之手札和签名本〈绕室淘宝小记〉》，天涯博客，

2008 年 11 月 22 日。

11.卢军:《从薛绥之致吕元明书信管窥其鲁迅史料编写工作》,《鲁迅研究月刊》2017 年第 10 期。

12.卢军:《筚路蓝缕为鲁迅——薛绥之的鲁迅研究资料编辑出版历程》,《出版发行研究》2018 年第 2 期。

与薛绥之先生相关的文章,已知如下:

1.张蕾:《难忘的邂逅》,《青岛日报》2003 年 11 月 4 日。

2.葛涛:《二十世纪八十年代以来鲁迅研究著作出版状况的调查与分析》,《中华读书报》2012 年 5 月 16 日。

3.刘增人:《邂逅马蹄疾》,《齐鲁晚报》2015 年 4 月 29 日。

4.刘增人:《一卷编就,满头霜雪——五十余年我陪文学期刊走过》,《〈1872—1949 文学期刊信息总汇〉代后记》,青岛出版社 2015 年版。

5.刘增人、刘子凌:《雪泥鸿爪求真录》,《新文学评论》2017 年第 3 期。

6.魏建:《学派传承与文学期刊研究》,《山东师大学报》2017 年第 3 期。

7.刘增人:《生命体验·文脉传承·学术研究》,《文化学刊》2018 年第 6 期。

8.温儒敏:《朱德发先生和山师学术团队》,《中华读书报》2018 年 7 月 14 日。

三、丰碑耸峙

(一)《鲁迅生平史料汇编》

编委会顾问:李何林　唐弢　戈宝权

主编:薛绥之

副主编:韩立群

编委:钟敬文　吴宏聪　李福田　丁景唐　倪墨炎　韩立群　单演义
李树人　薛绥之

第一辑,天津人民出版社 1981 年 7 月第 1 版,363 千字

《鲁迅在绍兴》

编写者:朱忞　谢德铣　王德林　裘士雄

《鲁迅在南京》

编写者:俞润生　许祖云　徐昭武

第二辑,天津人民出版社 1982 年 3 月第 1 版,359 千字

《鲁迅在日本》

编写者:薛绥之　马力

《鲁迅在杭州》

编写者:董舒林　徐鹏绪　曹景英

第三辑,天津人民出版社 1983 年 4 月第 1 版,604 千字

《鲁迅在北京》

编写者:韩立群　荣太之　胥克强　董兆初

《鲁迅在西安》

编写者:单演义

第四辑,天津人民出版社 1983 年 4 月第 1 版,355 千字

《鲁迅在厦门》

编写者:陈梦韶　孙腾芳

《鲁迅在广州》

编写者:李伟江　饶鸿竞　吴宏聪

第五辑(上、下),天津人民出版社 1986 年 5 月第 1 版,959 千字

《鲁迅在上海》

编写者:孙慎之　徐鹏绪　孙进增

该书副主编、聊城大学中文系前主任韩立群回忆说:

20 世纪 60 年代初,山东师院中文系编写了一套《中国现代文学史研究资料》丛书。先生为丛书付出最多的劳动。这套丛书可以说是他史料研究的第一颗硕果。

……《鲁迅作品注释异议》一书,是先生史料研究的第二颗硕果。它具有拨乱反正的意义,标志着先生学术观点和方法的更加成熟。

1975 年 8 月,我和先生同被分来聊城师院中文系任教。我多年的

希望终于成了现实。共同的工作和事业把我们结合在一起,使我们成为休戚与共的挚友和同志。聊城的十年是先生一生最美好的岁月。在这里,先生的理想之花,经过血汗的浇灌而结成丰硕之果。

在一般人看来,离开城市到聊城办学是很大的牺牲。先生却认为到新环境里创业更能振奋意志。临来聊城前夕,我们日夜促膝相谈,谈的都是学术研究的计划。先生自青年时期就热爱中学教育,曾主编过面向中学的《语文教学》刊物,颇受社会欢迎。他目睹当时中学知识贫困的状态,提出的第一个研究计划是编写一本中学教学急需的《鲁迅作品教学手册》。结果获得意外的成功。手册仅内部印刷就销行六万册,天津人民出版社出版后,成为当时少有的畅销书,第一次印刷销行数万册。先生的第二项工作是编印《鲁迅生平资料丛书》。这个庞大的计划在当时条件下是别人不敢搞也无法搞的。第一,须组织一个人数众多的编写班子,而当时全系只有五名现代文学教师,其中两人刚毕业一年;第二,须要一个藏书丰富的图书馆,可当时学校图书馆仅有从山师总院分来的十万册书。但先生的眼界很宽,他的计划是立足本校着眼于全国。经过他艰苦地组织,使绍兴、北京、厦门、广州等鲁迅纪念馆的同志和全国各地鲁迅研究者约近百人,都参加了丛书的撰稿和资料收集工作。如《鲁迅在绍兴》中的史料是由绍兴的谢德铣、张能耿、裘士雄等同志提供的;《鲁迅在南京》是委托南京的俞润生、徐昭武、许祖云三同志编选的;《鲁迅在日本》是王富仁等同志协助编定的;《鲁迅在杭州》是请钟敬文教授代编的;《鲁迅在北京》是请北京鲁迅博物馆的同志协助编定的;《鲁迅在西安》是请单演义先生编定的;《鲁迅在厦门》是委托厦门大学的陈梦韶、孙腾芳、庄钟庆三同志编写的;《鲁迅在广州》是丁景唐先生协助编写的;《鲁迅在上海》是在龚济民、禹长海等同志的协助下编定的。薛先生是全书的主编,组稿、审稿、印刷等工作几乎全集诸他一身。由于任务繁重,他经常利用假期、星期天和夜间来作丛书的工作。我同先生两次到上海、福建、北京等地组稿,都是利用寒假进行的。为了不误开学上课,元旦的第二天就动身。记得 1976 年到达上海的时间是大年初三,到丁景唐等先生家中拜访,都以年糕热情招待了我们。

丛书自1977年开始陆续印出，至1980年1月全部出齐，共11册，150万字。由于当时正处于十年浩劫所造成的文化危机时期，所以丛书虽是内部编印但却发行全国，引起出版界重视。山东人民出版社曾将其列入出版计划。天津人民出版社的李福田等同志对这项工作也屡加赞扬和肯定。1978年11月，先生同我去天津人民出版社与李福田、李树人同志商定，在《鲁迅生平研究资料》丛书的基础上编辑出版一套巨型资料丛书《鲁迅生平史料汇编》。这个更为庞大的计划在出版社及李何林、唐弢、戈宝权等全国鲁迅研究专家的支持下，经过五年的辛苦劳动，终于完成了。汇编集鲁迅生平思想研究六十年之大成，共五辑六卷，约300万字，出平装、精装两种版本。前四卷出版后，受到社会好评。这是先生研究工作的最大贡献，也是他一生中最感欣慰的事情。这部丛书审稿期间，正值先生皮肤病复发住院治疗，大部分书稿是在病榻上审阅的。这套书的作者遍及全国，用书信指导编写工作，仅先生亲手写的书信就有千余封。1980年以后，先生任中文系主任，后又任副院长，同时还担负指导研究生的工作。但他的资料研究工作并未因此受到削弱，相反，研究项目愈来愈多，往往是三、五项任务齐头并进。如从1982年开始，先生所主编的就有《鲁迅著作研究资料丛书》、《鲁迅杂文辞典》、《鲁迅大辞典》事件分册等重大项目，同时还承担《中国现代文学史话》和《林纾研究资料》等书的撰写和编辑任务。在京剧演员中有“一赶三”的角色，而先生则是学术界“一赶三”的拼命进取的研究者。他所承担的工作，是无法以常人的标准计算的。[①]

该书责任编辑、天津人民出版社编审李福田指出：

新中国成立初期，老薛和我都在天津工作，彼此知而不识。我们的交往是从1974年开始的。（中略）1978年，老薛写信给我，希望把由聊城分院中文系、图书馆编印的《鲁迅生平资料丛抄》交给天津正式出版。这套丛抄是在那个年代成书的，共十二本，以文章汇编的形式集中了有

---

① 参见《薛绥之先生纪念集》编辑组：《薛绥之先生纪念集》，1985年，第103—105页。

关鲁迅生平的资料，做了一件很有意义的工作。老薛是倡议者、组织者，又是编辑出版工作的主持者。但作为正式的出版物，当时却不能不使我斟酌再三。而且老薛曾诚恳地告诉过我，这是一家出版社的退稿。今天想起来，那时我为什么会接受这部书稿呢！老实讲，主要是靠对老薛的信任，对老薛的事业心和工作热忱的信任。

当然，要出版一套近三百万字的资料专集，这个决心也不是很容易下定的。记得在一年左右的时间里，我们的书信往还就有几十次，编写计划反复又反复。为了搞得扎实些，老薛、他的三个研究生和我们一道先是到杭州、绍兴、上海、南京，后又在北京会见了几十个鲁迅研究界的朋友，开了十多次中、小型的座谈会，个别交换意见不下百人次，长途跋涉的辛苦还不说，老薛那种热忱直到今天回忆起来还使我暖意盈怀。我们不仅认真地听取了各种不同的意见，而且在交通十分不便的情况下，老薛还一个人单独访问了几个为此事出过力的朋友，最后才确定下来。在一个来月的时间里，行程超过万里。那段工作的成果都已反映到《鲁迅生平史料汇编》中了，这里我不想再重复，但我应该感谢鲁迅研究界前辈和各地鲁迅研究工作者的大力支持。而从成书的整个过程来看，更应该感谢老薛，他是这部大型资料丛书的名副其实的主编。没有他的耐心和毅力，这部涉及鲁迅一生发表过和未发表过的史料的、联系几个省市、有几十人参加的工作的顺利完成是难以想象的。记得汇编第一辑书稿，是老薛在疗养院病床上审定的。如果不是这样忘我地工作，在纪念鲁迅百年诞辰前夕出版是不可能的。以后各辑的工作也是一样。可惜的是，由于一种莫名其妙的原因，本应在1984年出版的第五辑（上、下）被拖延了将近一年。现在，书是出版了，可为此书灌注许多心血的老薛却已经长眠地下。每思及此，我的悲痛和愤慨是难以抑制的。一个时期我很怕人们问我汇编第五辑的出版时间，因为它使我想起老薛。我感到对不起老薛，虽然咎不在我，但我愿为此向地下的老薛告罪。

……作为一名学者，老薛并非是才华横溢。但他踏踏实实，兢兢业业，做出了自己应做的一切。老薛为人朴讷，做事却是身体力行。我与他共事多年，感触最深的就是他的实干精神。他的主要成就在于现代文学和鲁迅研究资料的积累。他常对我说："会耍刀的耍刀，会使枪的使枪。每个人都应做些事情，我的座右铭就是少讲空话，多干实事。总括成一个字，就是要'干'。"去年9月在大连，他曾与我商议过建立现代文学资料研究学会的事。11月在他济南的家里，又细谈过一次，打算联络有关方面召开一次筹备会，促进一下。我怎么也没有想到，这竟成了他的遗愿。现在我想，学术界有不少热心的同志，如能促成此事，不仅可以嘉惠士林，对老薛也是一个很好的纪念。①

(二)《鲁迅杂文辞典》

编辑委员会

主编：薛绥之

副主编：孙慎之　徐鹏绪

编辑委员(以姓氏笔画为序)

王富仁　冯光廉　孙慎之　李广熙

宋益乔　张效之　荣太之　柏庆禹

徐鹏绪　崔新民　韩立群　薛绥之

编写人(以姓氏笔画为序)

丁淑英　王义国　王富仁　石兴泽

冯光廉　刘清溪　孙进增　孙慎之

李　林　李广熙　吴三元　宋益乔

张立芳　张善春　荣太之　柏庆禹

徐鹏绪　崔新民　谭庆禄　薛绥之

山东教育出版社1986年7月第1版，790千字

责任编辑：王炳英

书前《说明》称：

一、《鲁迅杂文辞典》的收词范围，以鲁迅杂文集中出现的与理解鲁迅的生平、思想和杂文关系比较密切的书籍报刊、社团流派、事件事项、

① 参见《薛绥之先生纪念集》编辑组：《薛绥之先生纪念集》，1985年，第79—82页。

引语掌故及词语、中外人物(已故)为主,亦收录了少量选入中学语文课本中的鲁迅散文里的一些疑难词语。选立词目,一般采取鲁迅杂文原文的方式,有的词目为简短醒目起见,系编写者自拟。

二、《鲁迅杂文辞典》每一词条的释文内容,均由两部分构成:一是对词条本身含义的一般性介绍;二是与鲁迅的关系,或鲁迅对它们的评述。在撰写后一部分内容时,除引用鲁迅杂文中的有关评述外,也结合引用鲁迅书信、日记和其他著作中的评述。引文均同时标明集名和篇名,书信标明何年何月何日致某人信,日记标明年、月、日,以备翻检。

三、《鲁迅杂文辞典》的全部词条,分编为书籍作品、报纸刊物、团体流派机构、历史事件及其他事项、引语掌故名物词语、人物六类。每类中的词条,按首字笔画由少到多排列;画数相同的,按笔形顺序横(一)、竖(丨)、撇(丿)、点(、)、折(乛)排列;首字相同的,按第二字的笔画数和笔形顺序排列,其余依此类推。

四、《鲁迅杂文辞典》早在1972年即着手进行编写。1975年,《鲁迅杂文中的事件》作为《山东师院学报》的增刊印出。1978年、1981年,山东师院聊城分院又陆续编印了《鲁迅杂文中的人物》两本。山东教育出版社将《鲁迅杂文辞典》列入出版计划后,由主编薛绥之组织聊城师院和聊城师专部分教师,从1982年10月开始对旧稿进行修订,并继续撰写新词目的释文,至书稿编定,又历时两年有余;在此期间,聊城师院中国现代文学研究室石兴泽同志负责辞典编写的资料工作。在整个编写过程中,曾得到过有关方面和许多专家、学者的支持。特别是近两年以来,得到山东教育出版社、聊城师院科研处的鼓励和支持,使辞典编写工作得以顺利进行。另外,在辞典编写中,还吸收了国内外的一些研究成果,参考了一些新出的工具书(如《辞海》)和新版十六卷本《鲁迅全集》的注释等,在此一并致谢。

限于编写人员的水平,这部辞典一定会存在一些缺点和错误,恳切希望专家和读者批评指正。

编者

一九八四年十二月

该书问世不久，就得到了好评。赵存茂（曾任中国社会科学研究文学研究所副所长、《中国文学年鉴》编辑部主任）的书评称：

一部辞典的存在价值，除决定于其本身选词的适宜、释文的精当、编排的科学与否等内在因素和条件外，还要看其是否真正反映并适应了读者的切实需要。换句话说，也就是要看其为读者提供了多少其他辞书所不可替代或不能完全替代的独立实用价值。所以如此，是因为：对于一个两手空空的读者来说，任何一部辞典自然都是必要的，但对于整个社会和整个读者群体来说，新出的辞书如果不能满足读者对已有工具书之外的需要或提供某种特殊的便利，新辞书也便失去了其"新书"的必要和意义。具体的《鲁迅杂文辞典》，其"新书"意义和价值的确立、衡定，除了要研究本身编纂质量的优劣外，至少还要接受两类参照物的挑战与"检验"：一类是《辞海》、《中国大百科全书》及其他众多的综合性工具书，再一种则是《鲁迅全集》的集内注释。前一类"挑战"的侧重在"辞典"，后一种"检验"的侧重在"鲁迅"。我自己认为，《辞典》在这两种"检验"中都获得了一定的肯定性的独立存在价值。理由是，与《辞海》、《中国大百科全书》等大型综合性工具书相比，《辞典》虽在包罗万象的弘富及适应多方面需要这两点上有所不及，但唯其"狭窄"和单纯，也就具有和表现了百科性大型综合辞书所难做到的针对性较强、能很好地适应特定需要以及在特定范围和领域里的系统性与丰富性的特点。……

……《鲁迅全集》注释受容量、篇幅的限制，注文体例以简要为旨，而《辞典》则相对稍为详细一些，这也就为读者提供了更多一些的知识和方便。还以郭沫若的《一只手》为例。《全集》该条注文为"《一只手》，短篇小说，载一九二八年《创造月刊》第一卷第九至十一期，内容和这里所说的有出入"。《辞典》该条释文则在上述几个义项之外，又增加了小说的副题、创作脱稿的时间、发表时的作者署名以及作品大致情节介绍等内容，从而使有关这篇小说的情况和鲁迅对小说内容叙述的"出入"所在，得到了更具体、细致的一些说明。[①]

① 《〈鲁迅杂文辞典〉评介》，《鲁迅研究动态》1987 年第 3 期。

文章最后，还有数条商榷的意见，可见是内行学者的评介。

(三)《鲁迅大辞典》(事件分册)

关于《鲁迅大辞典》的发起及缘由，王士菁先生有这样的回忆：

> 1979年3月，文学所(按：王士菁先生当时工作单位中国社会科学院文学研究所)在昆明召开全国文科规划会议，何林(按：李何林)同志应邀参加。在那次会上，为了学习、研究和普及鲁迅著作的需要，并把这份宝贵的民族文化遗产普及到青年中间去，他正式提出编纂《鲁迅大词典》的工作。这建议立刻得到与会者的赞成，列入"规划"之中。同年6月，他在全国人大五届二次会议上，又提出编纂《词典》的工作(即第227号提案)，当这一提案转到文学所时，文研所的党委会和所长办公会议立即表示支持，并建议抓紧落实这项工作。人大五届二次会议上，何林同志还有另一个提案，就是成立鲁迅研究所。文学研究所同志也都赞成的，并指定我去和何林同志商量起草一个报告，向有关领导机关建议把文研所的鲁研室和鲁博的鲁研室合并起来，成为一个单位，集中力量，开展鲁迅研究工作。我曾为此起了一个草稿，何林同志又作修改补充。他又亲自写信给有关领导同志，但复信说："条件尚未成熟"，因此停了下来。但在工作上，我们两个鲁迅研究室都是互相支持的，特别是我个人更得到何林同志的充分支持和理解。①

据朱红《李何林年谱》(见于《李何林先生纪念集》)及张俊才、宋益乔《薛绥之〈年谱简编〉》(见于《薛绥之先生纪念集》)，《鲁迅大辞典》与李、薛二位先生的具体关联情况如下。

1979年2月，李何林应邀参加中国社会科学院文学研究所在昆明召开的全国文科规划会议。在会上正式提出编纂《鲁迅大辞典》的建议，得到与会者的赞同。6月18日，李何林出席五届全国人大二次会议，提出两条提案：(1)组织人力编写《鲁迅大辞典》；(2)成立全国性的鲁迅研究所。被列入会议第227号、第228号提案。大会提案审查委员会审查意见：由中国社会

① 王士菁：《回忆·哀思》，《李何林先生纪念集》，天津人民出版社1996年版，第50—51页。

科学院会同有关单位研究办理。提案转到中国社科院文学研究所，得到该所党委会和所长办公会议支持。该提案载于 1980 年《鲁迅研究动态》第 3 期。1981 年 9 月，李何林接受四川人民出版社负责同志商请，主持《鲁迅大辞典》的编撰工作。1982 年 10 月 23 日，北京鲁迅博物馆鲁迅研究室设立《鲁迅大辞典》编纂办公室。在李何林与王士菁等的指导下，编纂辞典的工作与馆外有关单位合作进行。10 月，薛绥之在杭州参与研究由鲁迅博物馆发起、李何林先生主持的《鲁迅大辞典》编辑事宜。1983 年 1 月 14 日，薛绥之赴成都参加鲁迅博物馆与四川人民出版社联合召开的《鲁迅大辞典》编纂计划会议。7 月，李何林赴厦门主持《鲁迅大辞典》编写会议。薛绥之亦赴厦门参会，应邀担任事件分册主编。随即在山东聊城、泰安、潍坊等地组织力量开始编写。至先生病逝前，已经完成释文 300 余条。1984 年，李何林在西安召集《鲁迅大辞典》编辑委员会开会议事。

历经许许多多的波折，这部凝结着李何林、薛绥之等前辈学者心血的巨著，终于在 2009 年 1 月由人民文学出版社出版，作者署"《鲁迅大辞典》编委会"，责任编辑王海波、张小鼎、林乐齐、罗君策，收词 9800 条，1294 页，3639 千字，定价 320 元。

薛绥之先生故去后，他的同事、挚友冯光廉、朱德发曾撰写长文悼念，对薛绥之先生在中国现代文学研究，特别是鲁迅研究，又特别是鲁迅史料收集、整理方面的卓越贡献，做出了系统的梳理，给予高度的评价。文章刊发于《中国现代文学研究丛刊》1990 年第 3 期。

薛绥之先生在组织学术团队、领起山东鲁迅研究的史料学派、发现并培养鲁迅研究卓越人才等方面的建树，拟另文陈述，兹不赘述。

薛绥之先生受山东省鲁迅研究会委托，撰写了《起步较早　成果显著——山东三十五年来鲁迅研究概况》一文，发表在《蓬勃发展的山东社会科学(1949—1984)》，《山东社联通讯》编辑部编，1984 年内部印刷。因系内部印刷，公共图书馆往往不易收藏，笔者有幸存有此册。内容照录如下：

起步较早　成果显著——山东三十五年来鲁迅研究概况

山东鲁迅研究会

建国三十五年来，山东研究鲁迅起步较早，成果较显著，建立了一支教学科研队伍。

山东大学1960年(按:似应为1953年，此处疑为排误)起即开设"鲁迅研究"专题课，由刘泮溪、孙昌熙、韩长经主讲，他们的讲稿曾在《文史哲》刊出，后结集为《鲁迅研究》，于1957年由作家出版社出版。在此之前，1953年新文艺出版社出版了山大校长华岗的《鲁迅思想的逻辑发展》，1955年山东人民出版社出版了孟蒙的《"故乡"研究》，1956年新文艺出版社出版了韩长经的《学习鲁迅》。

1956年，鲁迅逝世二十周年，象全国一样，山东举行了大规模的纪念活动。1976年，山东大学和山东师院分别参加了《故事新编》和《集外集拾遗补编》(下卷)的注释。后来韩之友参加了十六卷《鲁迅全集》注释的定稿工作。

1978年，中国共产党召开了十一届三中全会，从此，鲁迅研究开始了一个新的阶段。1979年山东人民出版社出版的有关鲁迅研究方面的著作就有:舒汉编的《鲁迅生平自述辑要》上下两卷。山东师院和山东师院聊城分院编写的《鲁迅作品讲解》上下两卷。薛绥之的《鲁迅作品注解异议》。天津人民出版社还出版了山东师院聊城分院编的《鲁迅作品教学初探》。1980年山东人民出版社出版了郭同文的《鲁迅青少年时代的故事》。

1981年9月25日，是鲁迅诞生一百周年，象全国一样，山东也举行了隆重的纪念活动。8月，在青岛举行学术讨论会。讨论会期间，还成立了山东省鲁迅研究会及山东省现代文学研究会筹委会，孙昌熙教授当选为鲁迅研究会会长，田仲济、高兰教授任顾问。

会议论文结集为《鲁迅研究论文集》，由山东人民出版社出版。

山东鲁迅研究会的成立，使山东的鲁迅研究进入了一个新的阶段。

山东省成立了鲁迅诞生一百周年纪念委员会，在青岛举行的鲁迅学术讨论会就是在纪念委员会领导下进行的，是整个纪念活动的一个重要组成部分。山东各高校也都举行了纪念活动。各高校学报发表了纪念文章，有的还出了专辑。

9月25日，在济南举行了纪念大会，次日的《大众日报》有长篇报道。

韩长经的《鲁迅与俄罗斯古典文学》由上海文艺出版社出版。韩长经1978年9月15日不幸逝世，这本书是徐文斗最后编定的。薛绥之主编的《鲁迅生平史料汇编》第一辑由天津人民出版社出版，这套大型鲁迅资料专辑共五辑六册，至1984年陆续出齐。1983年12月9日新华社就这套书的编辑和出版发了消息。薛绥之与柳尚彭合写的《鲁迅作品教学难点试析》由上海教育出版社出版。

1982年4月，山东鲁迅研究学会第一次理事会，决定编辑《鲁迅著作研究资料丛书》，总结六十年来国内外鲁迅著作研究的成果，为学习和研究鲁迅著作提供条件。应邀参加编写工作的，有省内外鲁迅研究工作者六十人，全书共三十卷。薛绥之主编的《〈故事新编〉研究资料》1984年由山东文艺出版社出版。其余各卷将陆续出版。

1982年，孙昌熙主编的《〈故事新编〉试析》由福建人民出版社出版。

1983年5月，山东鲁迅研究会在济南召开第二次学术讨论会，会议讨论的中心是《故事新编》。会议论文结集为《〈故事新编〉新探》，由山东人民出版社出版。

孙昌熙和他的四位研究生撰写的《鲁迅文艺思想新探》于1983年由天津人民出版社出版。

以上我们简单回顾了三十五年来鲁迅研究在山东的情况。关于科研成果，以国家出版社正式出版者为限。实际各院校内部编印的有关鲁迅的材料真是举不胜举。严薇青编的《鲁迅创作篇目编年》，薛绥之编的《鲁迅研究资料索引》，1976年山东省鲁迅《故事新编》注释组、山东大学中文系合编的《鲁迅〈故事新编〉学习参考资料汇编》和1979年山东师范学院《集外集拾遗补编》注释组编的《鲁迅〈集外集拾遗补编〉(1928—1936)资料选辑》上下卷，孙崇恩、周来祥编的由济南市社会科学研究所印的《鲁迅文艺资料编年》一至五辑，聊城师院编印的《鲁迅作品教学手册》，总名为《鲁迅生平史料丛抄》的十一本书，《鲁迅杂文中的人物》第一二辑，都是其中影响较大者。

我们在回顾历史的时候，不能不缅怀山东大学校长华岗同志，他不仅较早地写了《鲁迅思想的逻辑发展》一书，在他的影响和支持下，五十年代山东大学在鲁迅研究上是卓有成效的。

孙昌熙和田仲济两位教授，年届古稀，仍孜孜不倦，为鲁迅研究这一伟大工程添砖加瓦。《鲁迅研究》1983 年第六期和 1984 年第二期分别以《辛勤的耕耘者——访孙昌熙教授》和《路是这样走过来的——访田仲济先生》为题，介绍了他们。

山东鲁迅研究工作者为中国鲁迅研究学会吸收为会员的，达四十人之多。

在培养鲁迅研究队伍方面，山东也作了大量工作。山东大学开设鲁迅研究专题课最早，其后山东师院、曲阜师院、聊城师院及一些师专，相继开设鲁迅专题课。山东大学招收过几届专攻鲁迅的硕士研究生，山东师院、聊城师院招收的现代文学硕士研究生，不少也以鲁迅为题撰写论文。

（薛绥之执笔）

本文若干资料，取材于《薛绥之先生纪念集》，谨向该集编辑组致谢！

山东师范大学中国现当代文学学科资料汇编的历史回溯(节选)

李宗刚　高明玉

资料汇编工作在学术研究中具有不可忽视的重要意义。对研究资料加以系统地编选和整理,既是保存资料的有效手段,也能够为后期研究工作的开展提供重要参考。山师现当代文学学科(全称为山东师范大学中国现当代文学学科,以下简称"本学科")自1952年建立之初就非常重视研究资料的汇编工作,自田仲济、薛绥之等第一代学人开始,文献史料的搜集、整理和研究就已成为本学科的特色工程,此后在一代代山师学人的薪火相传中蓬勃发展。

一、20世纪五六十年代:蓬勃兴起的学科资料汇编

20世纪五六十年代山东师范学院中文系编纂的以《中国现代作家资料丛书》为代表的现代文学研究资料对中国现当代文学学科而言是具有重要价值和意义的一套资料汇编。1950年,教育部《高等学校文法两学院各系课程草案》颁布,规定"中国新文学史"课程为各大学中国语文系的主要课程之一;1951年,田仲济由齐鲁大学转入山东师范学院工作,同年教育部召开有关《"中国新文学史"教学大纲》草拟和制定的会议,田仲济代表本学科参加了这次会议;1952年,全国高等院校进行了院系调整,山东师范学院经过调整,共设包括中文系在内的9个系、11个专业,各系相继设立教研组,中国现

代文学教研组的成立，标志着中国现代文学学科正式建立。作为学科当之无愧的奠基人和开创者，田仲济具有强烈的学科建设意识，一贯重视学科资料的整理与汇编工作，这也为后来学科资料汇编的蓬勃兴起奠定了重要基础。至1959年，山东师范学院中国现代文学学科已形成以田仲济为核心的学术研究团队。

正是在本学科正式建立和学科队伍形成的基础上，本学科编纂了山东师范学院函授讲义《中国现代作家作品（第一分册）》（山东师范学院中国现代文学教研组编，1959年3月）、《中国现代作家作品（第二分册）》（山东师范学院中国现代文学教研组编，1959年6月）、《中国现代作家作品（第三分册）》（山东师范学院中国现代文学教研组编，1959年10月）。1959年，编选了《中国现代作家作品参考资料》（一、二、三辑，山东师范学院现代文学教研组编，1959年），以配合函授讲义的使用。这部分资料的编纂，为本学科后来的资料汇编工作作了预演。20世纪50年代后期，随着全国编写文学史教材热的兴起，山师中文系部分教师和本四学生开始编写《中国现代文学史》（共五卷，内部印刷，1960年7月）。为了较好地配合教材编写工作，学科同时启动了资料编选工作。资料编选工作由薛绥之等教师指导当时的中文系四年级（即1956级）学生20多人共同参与。1958年，薛绥之由于被打成右派在很长的一段时间内无法正常从事教学和科研工作。出于对资料编选的兴趣与热爱，他将工作的重点转向了资料整理，其后来成长为鲁迅资料和研究的专家与这段经历是分不开的。在该丛书的编选过程中，书新、顾盈丰协助薛绥之具体负责落实。① 该丛书自1960年开始便相继面世，署名“山东师范学院中文系”。《中国现代作家资料丛书》内容包括“中国现代作家小传”“中国现代作家研究资料索引”“中国现代作家著作目录”“中国现代文学社团及期刊介绍”，②以及郭沫若、巴金、茅盾等11位作家的研究资料汇编。具体书目如下：

山东师范学院中文系编：《郭沫若研究资料汇编》，山东师范学院印

① 2020年12月9日，李宗刚电话采访冯光廉老师的录音。

② 参见山东师范学院中文系编：《郭沫若研究资料汇编》，山东师范学院印刷厂，1960年，第1页。

刷厂 1960 年(约 25 万字)。

山东师范学院中文系编:《巴金研究资料汇编》,大众日报印刷厂 1960 年(约 12 万字)。

山东师范学院中文系编:《茅盾研究资料汇编》,大众日报印刷厂 1960 年(约 15 万字)。

山东师范学院中文系编:《毛主席诗词研究资料汇编》,山东师范学院中文系 1960 年(约 30 万字)。

山东师范学院中文系编:《老舍研究资料汇编》,济南印刷厂 1960 年。

山东师范学院中文系编:《夏衍研究资料汇编》,山东省商业厅印刷厂 1960 年(约 12 万字)。

山东师范学院中文系编:《周立波研究资料汇编》,大众日报印刷厂 1960 年(约 10 万字)。

山东师范学院中文系编:《赵树理研究资料汇编》,大众日报印刷厂 1960 年(约 15 万字)。

山东师范学院中国语文系(原称如此——著者注)编:《李季研究资料汇编》,大众日报印刷厂 1960 年(约 12 万字)。

山东师范学院中文系编:《杜鹏程研究资料汇编》,山东省商业厅印刷厂 1960 年(约 12 万字)。

山东师范学院中文系编:《曹禺研究资料汇编》,山东省商业厅印刷厂 1960 年(约 13 万字)。

山东师范学院中文系编:《中国现代作家小传》,山东师范学院印刷厂 1960 年(约 12 万字)。

山东师范学院中国语文系(原称如此——著者注)编:《中国现代作家研究资料索引》,大众日报印刷厂 1960 年(约 30 万字)。

山东师范学院中文系编:《1937—1949 主要文学期刊目录索引》,山东师范学院印刷厂 1962 年。

山东师范学院中文系编:《中国现代作家著作目录》,大众日报社 1962 年。

这些资料将作家、作品、社团、期刊等纳入现代文学资料汇编体系中，初步建构起山师现当代文学史料整理与研究的脉络，其开创性的史料编辑方式对于学科后来的资料汇编工作具有重要的启示意义。对此，陈思和曾这样评价道："薛绥之（陈思和在此用薛绥之指代了这套丛书的编者，著者注）曾编撰全国第一套大型现代作家研究资料（1960 年），奠定了这个学科最初的文献资料基础。"[①]由此来看，这套丛书的编纂不仅在本学科发展史上具有重要价值，更重要的是其作为一套重要的现代作家研究资料，为整个中国现代文学学科建构起了文献资料的基本格局，其开创性价值不言而喻，这为本学科在期刊资料方面的整理、汇编与研究奠定了坚实的基础，对本学科此后的发展产生了广泛而深刻的影响。凭借这套丛书，本学科在资料汇编领域崭露头角并获得了学界的认可，更在此领域迈出了富有历史意义的第一步。

具体来看，这套丛书的《编辑说明》为我们清晰呈现了它的概况：

> 山东师范学院中文系四年级同学和部分教师，在院党委和系总支的直接领导下，在编写"中国现代文学史"的同时，奋战两个月，编出一套中国现代作家研究资料丛书，包括"中国现代作家小传"、"中国现代作家研究资料索引"、"中国现代作家著作目录"、"中国现代文学社团及期刊介绍"，以及毛主席、郭沫若、茅盾、巴金、赵树理、周立波、老舍、杜鹏程、李季、夏衍、曹禺等作家研究资料汇编。总计约三百万字。[②]

从《编辑说明》可以看出，这部由山东师范学院中文系师生共同"奋战两个月"编辑出版的《丛书》带有时代的特殊印记，尽管编选的资料如《编辑说明》指出的那样，"因时间仓促"，"错误或遗漏在所难免"，但丛书的史料价值和对后世资料汇编工作的意义极其深远。通过这套资料的编选，本学科也由此奠定了其在资料搜集整理方面的传统，培养了一批文献资料研究专家，如后来在鲁迅研究资料整理与编选方面具有全国影响的薛绥之、在茅盾研究资料搜集整理方面作出贡献的查国华等。

这套丛书收录的 11 位现代作家的研究资料，在总体设计和编选体例上

---

① 陈思和：《未完稿》，东方出版中心 2019 年版，第 9 页。

② 山东师范学院中文系编：《郭沫若研究资料汇编》，山东师范学院印刷厂，1960 年，第 1 页。

对于后世资料汇编工作者来说极具借鉴意义。以较早出版的《郭沫若研究资料汇编》为例，这本资料汇编的主要内容包括“作家生活、思想、创作道路（以时间先后为序）、及诗歌、戏剧、小说、散文的作品评述，并附作家著译年表于后”[①]。从这段选取于《编辑说明》中的简介来看，这部资料汇编在编选方式上显示出鲜明的独特性。编选者通过精心设计的编辑架构将丰富史料纳入整个“郭沫若研究资料”体系中，既有作家生平史料的编年整理，又有对作家作品重要评述的收集，既体现出史料整理的扎实功力，又汇聚了众多学者的学术思想火花，内容庞杂而又有机交融，自成体系。全书共分为四编。第一编是对作家生平资料的收集整理。以时间为序，以清晰的历史脉络梳理了作家生平，如同在历史的河流中捡拾散落的珍珠，将作家在不同时期的重要史料加以网罗归纳，极具研究参考价值。第二编至第四编主要以体裁划分为依据对郭沫若作品的研究资料进行汇编整理，分为“诗歌”“历史剧”“小说、散文”，收集研究者对郭沫若作品的评述资料。以体裁为标准对作家作品研究资料进行整理无疑是本书的重要尝试，这既有利于研究者的检索和使用，更对其后的资料汇编工作提供了范本与启示。此外，值得一提的是，本学科后来能够成为郭沫若研究的重镇，与这段历史渊源有着一定的联系。

这一时期，薛绥之在资料汇编工作方面的成绩还体现在其对鲁迅研究资料的整理。早在1957年，薛绥之编选了《鲁迅研究资料索引》（山东省图书馆印，1957年）。在具体编纂目的上，这部《鲁迅研究资料索引》旨在为鲁迅研究者提供一些学术性较强的材料，因此没有收入一般的纪念性文章。全书共分两部分，第一部分为鲁迅生平、思想、贡献及其他，第二部分是鲁迅作品研究。客观地说，《鲁迅研究资料索引》在史料编选方面还不够成熟，并参考了复旦大学中国语言文学系资料室编印的《鲁迅著作与鲁迅研究》等有关资料。然而，正是由此出发，薛绥之对鲁迅研究资料产生了广泛而持久的兴趣，他在后来编纂出了一套更为成熟完备的《鲁迅生平资料丛抄》，书写了本学科在鲁迅研究资料汇编领域的新历史。与《鲁迅研究资料索引》同一系列

---

① 山东师范学院中文系编：《郭沫若研究资料汇编》，山东师范学院印刷厂，1960年，第1页。

出版的，还有严薇青编纂的《鲁迅创作篇目编年》（山东省图书馆印，1957年）。这部资料汇编同样是为山东师范学院和山东省图书馆联合“纪念鲁迅逝世20周年”编写的，其编纂目的在于为研究鲁迅思想发展和检索鲁迅的创作、杂文及诗等作品提供便利。《鲁迅创作篇目编年》将鲁迅的创作及全部杂文篇目，按写作年月分别编列，所收创作篇目包括《呐喊》《野草》《彷徨》《故事新编》《朝花夕拾》等5种，杂文篇目包括《坟》《热风》《华盖集》《华盖集续编》《而已集》《三闲集》《二心集》《伪自由书》《南腔北调集》《准风月谈》《花边文学》《且介亭杂文》《且介亭杂文二集》《且介亭杂文末编》《集外集》《集外集拾遗》《鲁迅全集补遗》《鲁迅全集补遗续编》等18种及鲁迅所著译各书的序、跋、题记、后记等。《鲁迅研究资料索引》与《鲁迅创作篇目编年》作为本学科早期在鲁迅研究资料汇编方面的探索性成果，为本学科其后在鲁迅研究资料方面的成就奠定了基础。

这一时期，本学科在文学史和教学参考资料的编纂方面同样取得了较为突出的成绩。在文学史方面，本学科首先编纂了《中国现代文学史（初稿）第一册》（山东师范学院中文系编著，1961年1月1日）、《中国现代文学史（初稿）第二册》（山东师范学院中文系编著，1961年1月）、《中国现代文学史（初稿）第三册》（山东师范学院中文系编著，1961年2月）、《中国现代文学史（初稿）第四册》（山东师范学院中文系编著，1961年11月）、《中国现代文学史（初稿）第五册》（山东师范学院中文系编著，1962年3月）。其后，本学科又编纂了《中国现代文学史（上册）》（山东师范学院中文系中国现代文学教研组印，1964年2月）、《中国现代文学史（下册）》（山东师范学院中文系中国现代文学教研组印，1964年3月）、《中国现代文学史（第一分册）》（山东师范学院中文系中国现代文学教研组印，1964年8月）、《中国现代文学史（第二分册）》（山东师范学院中文系中国现代文学教研组印，1964年9月），为文学史教学提供了内容较为丰富的教材。后来，本学科还参与了《中国当代文学（1949—1965）（下册）》（山东师范学院、曲阜师范学院中文系现代文学教研组编，1966年3月）的编纂工作。与文学史的编纂相呼应，本学科还编选了一批教学参考资料。为给学习“中国现代文学作品选读”这门课的学生提供参考，本学科编纂了《中国现代文学作品选读参考资料（第一辑）》（山东师范学院中文系编,1962 年 3 月)、《中国现代文学作品选读参考资料(第二辑)》(山东师范学院中文系编,1962 年 4 月)。为给学生学习中国现代文学史提供方便,本学科编印了《中国现代文学手册(人物之部)》(山东师范学院中文系中国现代文学组编,山东师范学院印刷厂印,1964 年 6 月),作为教本的辅助读物。该手册收录人物 182 人,有 103 人系以本学科 1961 年 5 月印出的《中国现代作家小传(修订本)》为基础,加以修改补充,同时新写、改写了部分内容。此外,本学科还与兄弟院校共同编纂了《中国现代文学史参考资料(第一编)》(山东大学、山东师范学院、曲阜师范学院中文系现代文学教研室编,1965 年 7 月)、《中国现代文学史参考资料(第二编)》(山东大学、山东师范学院、曲阜师范学院中文系现代文学教研室编,1965 年 12 月),作为《中国现代文学史》的辅助读物。

二、20 世纪 70—90 年代学科研究资料整理的实绩

本学科在 20 世纪五六十年代编辑出版系列研究资料的基础上,于 70—90 年代继续拓展学科研究资料汇编的新道路,赓续了重视史料搜集与整理的传统。这一时期,致力于研究资料汇编工作的有田仲济、薛绥之、查国华、顾盈丰、冯光廉、蒋心焕、书新、崔西璐、刘金镛、朱德发、韩之友、陆思厚、房福贤、张桂兴、王万森(按进入本学科时间先后排序)。他们在各自的研究领域辛勤耕耘,在资料整理方面取得了一定成绩,主要包括薛绥之的《鲁迅生平资料丛抄》,朱德发、蒋心焕的《第三次国内革命战争时期解放区文艺运动资料汇编》,崔西璐、刘金镛、陆思厚、房福贤、王万森参与编写的《中国当代文学研究资料》丛书,田仲济的报告文学研究资料,查国华、韩之友等人的茅盾研究资料,冯光廉与刘增人的王统照、臧克家、叶圣陶研究资料、鲁迅研究资料和期刊研究资料,张桂兴的老舍研究资料以及其近期的林语堂研究资料等。

薛绥之在前期研究资料编选的基础上,继续致力于资料汇编与整理工作,并取得了一系列成果。1977—1980 年,薛绥之担任主编,带领编辑出版了《鲁迅生平资料丛抄》,第一次对分散的鲁迅生平资料进行了系统发掘和

整理。这套资料以山东师范学院聊城分院的名义陆续出版，在当时引起很大的反响。此外，本学科还编辑出版了《鲁迅语录》(山东师范学院文革串连红卫兵指挥部《伏虎》《干到底》战斗队编，1968 年)、《鲁迅作品选读：小说散文诗歌部分》(山东师范学院中文系现代文学教研组编，1973 年)、《鲁迅作品选读：杂文部分》(山东师范学院中文系现代文学教研组编，1973 年)、《鲁迅批判孔子》(山东师范学院中文系编，1973 年)、《鲁迅小说选讲》(山东师范学院中文系中国现代文学教研组编，陕西人民出版社 1974 年版)、《鲁迅杂文选讲》(山东师范学院中文系现代文学教研组编，山东人民出版社 1974 年版)、《鲁迅反孔斗争史话》(山东师范学院中文系编，山东人民出版社 1975 年版)、《鲁迅杂文中的事件》(山东师范学院中文系《鲁迅杂文词典》编写组编，1975 年)、《鲁迅作品教学手册》(未正式刊出本，山东师范学院聊城分院中文系图书馆编，1976 年版)、《学习鲁迅参考资料(增订本)》(山东师范学院中文系现代文学教研组编，1976 年)、《鲁迅作品选读(1)》与《鲁迅作品选读(2)》(山东师范学院中文系编，山东人民出版社 1976 年版)、《鲁迅杂文选读》(山东师范学院中文系编，1977 年)、《鲁迅诗歌散文选讲》(山东师范学院中文系现代文学教研组编，1977 年)、《鲁迅杂文中的人物》(山东师院聊城分院中文系编，1978 年)、《鲁迅作品讲解》(山东师范学院、山师聊城分院《鲁迅作品讲解》编写组编，山东人民出版社 1979 年版)、《鲁迅作品教学初探》(山东师院聊城分院中文系编，天津人民出版社 1979 年版)、《鲁迅作品注解异议》(薛绥之编著，山东人民出版社 1979 年版)、《鲁迅论文学与艺术》(山东师范学院中文系文艺理论教研室编，山东人民出版社 1979 年版。这一时期，文艺理论教研室从总结文学创作规律出发，也参与了现代文学资料整理工作)、《中国现代作家谈创作经验(上、下册)》(山东师范大学中文系文艺理论教研室编，山东人民出版社 1980 年版)、《鲁迅作品教学难点试析》(薛绥之编，上海教育出版社 1981 年版)、《茅盾论鲁迅》(查国华、杨美兰著，山东人民出版社 1982 年版)、《中学鲁迅作品教学争鸣》(未正式刊出本，山东师范大学中文系编，1986 年)、《鲁迅杂文辞典》(薛绥之著，山东教育出版社 1986 年版)等一批中文系师生教学参考资料和鲁迅研究资料汇编。由此可以看出，致力于鲁迅研究资料的汇编与整理是这一时期学科资料汇编工作的亮点，无疑彰显了本学科一代学人的基本学术风貌。

这一时期，本学科在鲁迅研究资料汇编方面取得的成果，离不开薛绥之的引领和付出。1974 年山东师范学院在聊城设立分院，薛绥之任聊城分院中文系主任。在这一时期，薛绥之担任主编，以山东师范学院聊城分院中文系和图书馆的名义为中文系学生编印了一套教学参考书，即《鲁迅生平资料丛抄》。作为丛抄的主编，薛绥之承担了组稿、审稿、印刷等工作。同时，由于当时资料分散难以获取，薛绥之等人常常奔波各处搜集资料，许多编辑工作也是在旅途中完成的。在时代条件的局限与人生逆境的双重压力下，薛绥之凭借惊人的毅力，克服重重困难，将分散在各处的鲁迅生平资料进行收集整理，最终完成了这项艰巨的任务。

《鲁迅生平资料丛抄》的编辑与出版也离不开国内研究者的帮助。这套教学参考书由薛绥之担任主编，同时邀集了全国近二十位鲁迅研究者参与编辑。《鲁迅在绍兴》分册收录的文章是邀请浙江绍兴鲁迅纪念馆、绍兴师范和上海的几位研究者完成的；《鲁迅在广州》分册参考并采用了中山大学中文系所编《鲁迅在广州》分册的材料，并邀请了丁景唐、张能耿等参与编选；《鲁迅在西安》分册邀请西北大学鲁迅研究室单演义代为编选；《鲁迅在杭州》分册请北京师范大学中文系钟敬文代编；《鲁迅在南京》分册委托南京师范学院中文系资料室和南京师范学院附属中学语文教研组联合编选；《鲁迅在上海(二)》分册委托上海师范大学中文系龚济民编选；《鲁迅在上海(三)》分册请昌潍师专中文系禹长海编选。

《鲁迅生平资料丛抄》对鲁迅的生平史料进行了系统的分类与整理，是对鲁迅生平资料的第一次系统搜集和整理。这套教学参考书以鲁迅生平踪迹为线索，按地区对资料进行编排，分为《鲁迅在绍兴》、《鲁迅在广州》、《鲁迅在北京》(二辑)、《鲁迅在西安》、《鲁迅在日本》、《鲁迅在杭州》、《鲁迅在南京》、《鲁迅在上海》(三辑)。按照原定编选计划还有《鲁迅在厦门》，全部九种，共十二辑，近两百万字。但《鲁迅在厦门》因故未能编成，因此这套丛书最终编成共计十一辑，除厦门外，鲁迅生平所生活、工作的地方都有专辑。具体书目如下：

山东师院聊城分院中文系、图书馆编:《鲁迅在绍兴》(韩立群编校),山东聊城印刷厂1977年7月。

山东师院聊城分院中文系、图书馆编:《鲁迅在广州》(薛绥之、孙进增编校),山东聊城印刷厂1977年7月。

山东师院聊城分院中文系、图书馆编:《鲁迅在北京(一)》(薛绥之编校),山东聊城印刷厂1977年10月。

山东师院聊城分院中文系、图书馆:《鲁迅在北京(二)》(薛绥之、董兆初编校),山东聊城印刷厂1978年4月。

《鲁迅在西安》(单演义编),西北大学鲁迅研究资料组印1978年8月。

山东师范学院聊城分院中文系、图书馆编:《鲁迅在日本》(薛绥之编选,王富仁、彭鸣亚校订),山东师范学院聊城分院1978年12月。

山东师院聊城分院中文系、图书馆编:《鲁迅在杭州》(钟敬文代编,朱金顺协助),山东师院聊城分院、山东师院聊城分院图书馆1979年3月。

南京师范学院中文系资料室、南京师范学院附属中学语文教研组合编:《鲁迅在南京》(俞润生、徐昭武、许祖云编选),山东师范学院聊城分院中文系、图书馆印1979年5月。

山东师范学院聊城分院中文系、图书馆编:《鲁迅在上海(一)》,山东师范学院聊城分院1980年2月。

山东师范学院聊城分院中文系、图书馆编:《鲁迅在上海(二)》(龚济民编选),山东师范学院聊城分院1980年6月。

山东师范学院聊城分院中文系、图书馆编:《鲁迅在上海(三)》(禹长海编选),山东师范学院聊城分院1980年1月。

从主要内容来看,《鲁迅在绍兴》收录鲁迅青少年时期在故乡绍兴的有关资料,并附南京时期的有关资料;《鲁迅在广州》收录鲁迅在广州时期的自述和他人的回忆文章,并介绍了鲁迅与广州几种刊物的关系和有关鲁迅在广州的报道;《鲁迅在北京(一)》主要反映了鲁迅在北京的教育实践,《鲁迅在北京(二)》主要反映了鲁迅在北京的文艺实践,同时辑录鲁迅 1929 年和 1932 年两次从上海去北京的资料;《鲁迅在西安》收录鲁迅在西安的著述,鲁迅在西安的杂文和书信,有关鲁迅在西安的回忆与纪念文章和有关鲁迅在西安的报刊报道;《鲁迅在日本》收录鲁迅在日本时期的回忆文章和重要研究史料,收入的文章有些是在报刊上发表过的,有些是专门为本书撰写或翻译的;《鲁迅在杭州》收录鲁迅在杭州的有关研究资料,并附《鲁迅在杭州活动简表》;《鲁迅在南京》收录鲁迅在南京时期的自述、他人的回忆文章和相关调查研究资料,并附有关图片;《鲁迅在上海(一)》反映了鲁迅在上海期间的社会政治活动和参加左翼作家联盟的活动,《鲁迅在上海(二)》反映了鲁迅在上海十年的工作、生活及其与文艺界青年的关系,《鲁迅在上海(三)》反映了鲁迅在上海时期与外国学者的交往。有学者评价说:"编入本书的资料,尽量选录第一手材料,除具有直接见证意义的原件、照片外,对回忆、访问、调查,也以收录当事人的见闻为主。全书按地区编排,以时间为序,采取记事体,同时还编写鲁迅在各地的活动年表,与鲁迅有关的人物小传,以及鲁迅所到的地方介绍等。本书引证精确,资料翔实可靠,反映了目前国内鲁迅生平资料汇集和研究工作的水平。"这套资料深受学界好评。陈思和后来对此套丛书作了专门评价:"后来薛绥之又主编《鲁迅生平资料丛抄》共 11 册,惠及后学。"

20 世纪 80 年代,在《鲁迅生平资料丛抄》的基础上,薛绥之担任主编,韩立群担任副主编,李何林、唐弢、戈宝权担任编委会顾问,经过重新编写和修订,陆续编辑出版了一套《鲁迅生平史料汇编》。这套资料汇编约二百万字,由天津人民出版社出版,共五辑六册,第一辑包括《鲁迅在绍兴》和《鲁迅在南京》,第二辑为《鲁迅在杭州》,第三辑包括《鲁迅在北京》和《鲁迅在西安》,第四辑包括《鲁迅在厦门》和《鲁迅在广州》,第五辑为《鲁迅在上海》。可以看出,这套资料汇编基本沿用了《鲁迅生平资料丛抄》按地区编排资料的方法,以时间为序,采用记事体,同时兼用交叉编选的方法,对时、地不一致之处变通选用。与《鲁迅生平资料丛抄》相比,《鲁迅生平史料汇编》增加了大量图片资料,总计两百余幅,分别编排在各地区文字资料之前,收录的鲁迅生平资料原件和回忆、访问、调查,则按照全书的编写体例依次序列其后。

该资料汇编还编写了鲁迅在各地的活动简表、与鲁迅有关的人物小传及鲁迅所经地方的介绍等，同时也收录了鲁迅自述中的有关史料和关于鲁迅在各地活动的资料，以及相关研究专著和文章，另附索引以便于研究者翻检使用。对此，有研究者评价说："这套丛书摘录的材料多出于博物馆和纪念馆的特藏、档案，还有少见的古籍与旧说，以及许多未刊稿，而新写的材料也很精审翔实，它们确可说明许多不易明了的问题，所以此书令人感到可贵与可喜。"对于从《鲁迅生平资料丛抄》到《鲁迅生平史料汇编》的改编，研究者同样给出了十分恰切的评价："从'资料'的加工而成为'史料'，其目的在于使它成为更加精练、更加准确、更加信实可靠和便于引用。"

这一时期，以《鲁迅生平资料丛抄》和《鲁迅生平史料汇编》为代表，薛绥之等山师学人编辑出版的一系列鲁迅研究资料以其极富开创性的编纂方式和重要研究参考价值获得广泛认可和赞誉。这些研究资料第一次对鲁迅的有关史料进行了大规模集中而富有特色的编纂整理，并采用全新的编选方式组织材料，形成了较为完善的鲁迅研究资料体系，对鲁迅研究工作作出了重要贡献。对此，王富仁曾经这样回忆道："薛老师直接把我带入到鲁迅研究的道路上，薛老师给我的鼓励和帮助，永远无法忘怀。"从某种意义上说，王富仁作为深受薛绥之影响的学人在鲁迅研究方面异军突起，离不开薛绥之等前辈学者对鲁迅研究资料的搜集与整理。

（原刊于《山东青年政治学院学报》2021 年第 5 期）

筚路蓝缕为鲁研

——薛绥之的鲁迅研究资料编辑出版历程

卢 军

薛绥之是著名的鲁迅研究专家，长期以来致力于中国现代文学特别是鲁迅资料的搜集、整理和研究。从1975年至1986年，先后主持编写了多部鲁迅作品研究资料和大型资料丛书，以及工具书《鲁迅杂文辞典》，为鲁迅研究奠定了坚实的资料基础。薛绥之编辑出版的五辑六册的《鲁迅生平史料汇编》，是当时最完备的一套鲁迅生平资料丛书，在海内外鲁迅研究界产生很大的影响。他的前瞻眼光、实干精神、出色的组织才能值得后辈学人永远铭记和学习。

薛绥之先生在中国现代文学，尤其是鲁迅研究界享有盛誉，沾溉后人，影响深远。"从六十年代到八十年代，他主持编写了几套大型的资料丛书，为中国现代文学史料学的建立起了铺石开路的作用。"[①]其中最具代表性的是他在搜集、整理与研究鲁迅资料方面做的许多开创性的工作。

一、鲁迅作品研究资料的编辑出版

1.专著《鲁迅作品注解异议》

1971年，山东师院招收了第一届工农兵学员，薛绥之为学生讲授鲁迅作

① 《薛绥之先生纪念集》编辑组：《薛绥之先生纪念集》，1985年，第83页。

品，开始重视起鲁迅作品中涉及的事件、人物、典故、风俗的注释工作。1975年8月，薛绥之由山东师院调到新建的山东师院聊城分院中文系工作。此时，全国已经掀起“读点鲁迅”热，一时间，鲁迅作品的各种注释本、讲解本出了不少，但是许多注释不够准确。针对这种情况，薛绥之积极进行鲁迅作品的注释研究工作，连续写出多篇对鲁迅作品某些注解的异议文章，先后在1977—1978年的《语文教学》《陕西教育》等刊物上连载，这些文章见解独到，令人耳目一新，被全国各地的语文教学刊物转载、翻印达二十多次，在国内语文教育界产生不小的影响。

1979年7月，《鲁迅作品注解异议》由山东人民出版社出版。该书“材料翔实可靠，论述扼要精当，具有很强的史料价值。对鲁迅作品中涉及的一些史实进行了研究和考证，对鲁迅作品中一些流行的解释提出了自己的看法。对于读者正确理解鲁迅作品的原意，矫正鲁迅作品中‘左’的影响，都是很有意义的”[①]。

2.中学鲁迅作品教学研究资料

作为一位教学研究工作者，薛绥之一直关注中学语文教学，早在1950年就在天津主编了全国第一家面向中学的专业刊物《语文教学》。因鲁迅作品的教学一直是中学语文教学的重中之重，为方便教学，1976年，他主持编印了一本供中学教学参考的《鲁迅作品教学手册》，“结果获得意外的成功。《手册》仅内部印刷就销行6万册，天津人民出版社出版后，成为当时少有的畅销书，第一次印刷销行数万册”[②]。

1978年，薛绥之又以《鲁迅作品教学手册》为底本，进一步修订补充，编成《鲁迅作品教学初探》，1979年4月由天津人民出版社出版。该书选文涉及的篇目以现行中学教材收入者为主。“这两本书，对于中学语文教师在进行鲁迅作品的教学时，都提供了许多有用的提示和参考资料，对于他们实际教学起了相当作用和影响。”[③]但两本书的编写理念又各有侧重，《鲁迅作品教学手册》对鲁迅14篇作品中存在争议的问题进行了探讨；《鲁迅作品教学

① 《薛绥之先生纪念集》编辑组：《薛绥之先生纪念集》，1985年，第201页。
② 《薛绥之先生纪念集》编辑组：《薛绥之先生纪念集》，1985年，第104页。
③ 《薛绥之先生纪念集》编辑组：《薛绥之先生纪念集》，1985年，第62页。

初探》把当时中学语文教材中所选取的所有鲁迅作品的重点和难点都进行了详细分析阐述，两本书在内容上可相互补充。

1979 年 3 月，中学语文教材研究资料《鲁迅作品讲解》上、下两册由山东人民出版社出版，虽印着“集体编写”字样，但事实上由薛绥之担任主编。1981 年 8 月，薛绥之与上海师大的柳尚彭合著的《鲁迅作品教学难点试析》由上海教育出版社出版，学界赞扬此书具备“分析难点、指明重点、阐释难句、提供资料”[①]四大特色，对鲁迅作品教学切实有用。

二、鲁迅史料丛书的编辑出版

薛绥之对资料工作对提高中国现代文学研究水平的重要意义有着深刻的认识。他多次对学生强调只有“充分地占有材料，我们的研究工作才能建立在牢固的基础上，我们的结论才会成为有本之木，有源之水”[②]。在这一思想的指导下，他率先进行了鲁迅资料的搜集整理与研究工作。1957 年，薛绥之编纂了《鲁迅研究资料索引》，由山东省图书馆内部印出，由于发行有限，这套资料在当时影响不大，但在鲁迅研究资料的钩沉上却是一个积极的尝试。此后，他先后主持编写了两套大型史料丛书《鲁迅生平资料丛抄》和《鲁迅生平史料汇编》，在国内外产生很大影响，从而奠定了他在鲁迅研究界的地位。

1.《鲁迅生平资料丛抄》

为给鲁迅研究和教学工作者提供一部比较完整的鲁迅生平史料，1976 年薛绥之计划编写一套《鲁迅生平资料丛抄》。这个编辑出版计划在当时的条件下是别人不敢想的。第一，需要组织一个人数众多的编写班子；第二，需要一个藏书丰富的图书馆。这些条件当时的山东师范学院聊城分院中文系都不具备。但薛绥之克服种种困难，组织协调“绍兴、北京、厦门、广州等鲁迅纪念馆的同志和全国各地鲁迅研究者约近百人，都参加了丛书的撰稿

① 《薛绥之先生纪念集》编辑组：《薛绥之先生纪念集》，1985 年，第 8 页。

② 冯光廉、朱德发：《薛绥之教授对中国现代文学研究的贡献》，《中国现代文学研究丛刊》1990 年第 3 期。

和资料收集工作”[①]。

1977年，在薛绥之的主持下，邀集全国各地鲁迅研究工作者共同执笔、编印的《鲁迅生平资料丛抄》开始陆续印出。这套丛抄包括《鲁迅在绍兴》《鲁迅在南京》《鲁迅在日本》《鲁迅在北京》《鲁迅在上海》等11册，其中近半数是薛绥之约请各地的鲁迅研究工作者代编的，如《鲁迅在绍兴》是谢德铣、张能耿、裘士雄编选的；《鲁迅在南京》是俞润生、徐昭武、许祖云编选的；《鲁迅在日本》是王富仁、彭鸣亚编选的；《鲁迅在上海》是龚济民、禹长海编选的。

从第一辑《鲁迅在绍兴》组稿起，到最后一辑《鲁迅在上海》于1980年6月印出为止，前后历时四年之久。除《鲁迅在厦门》因故未能编成外，其余鲁迅生活、工作过的地方都有了专辑。这套丛抄是鲁迅研究史上对鲁迅生平史料的第一次大规模搜集和整理。薛绥之不仅担任了主编，负责审阅全部稿件，而且亲自承担了大量编选工作。

《鲁迅生平资料丛抄》由聊城分院中文系、图书馆编印，“丛书虽是内部编印但却发行全国，引起出版界重视”[②]。鲁迅研究界称颂这项浩繁的工作是“一件功德无量的事”[③]。北京师范大学张守常教授对薛绥之编辑《鲁迅生平资料丛抄》的气魄赞赏有加：“他既敢于设想如此庞大的规划，又能以足够的组织能力联络同志、征集稿件来完成它。聊城其地的客观条件并不强，然而事在人为，聊城师院在几年之间就已成为中国鲁迅研究中心之一。”[④]

2.《鲁迅生平史料汇编》

1980年1月，在天津人民出版社的大力支持下，薛绥之计划在《鲁迅生平资料丛抄》的基础上编辑出版了一套大型资料丛书《鲁迅生平史料汇编》。天津人民出版社李福田回忆出版经过时感慨万千：“在一年左右的时间里，我们的书信往还就有几十次，编写计划反复又反复。为了搞得扎实些，薛绥之和他的三个研究生和我们一道先是到了杭州、绍兴、上海、南京，后又在北

① 《薛绥之先生纪念集》编辑组：《薛绥之先生纪念集》，1985年，第104页。
② 《薛绥之先生纪念集》编辑组：《薛绥之先生纪念集》，1985年，第105页。
③ 《薛绥之先生纪念集》编辑组：《薛绥之先生纪念集》，1985年，第7页。
④ 《薛绥之先生纪念集》编辑组：《薛绥之先生纪念集》，1985年，第7页。

京会见了几十位鲁迅研究界朋友，开了十多次中、小型的座谈会，个别交换意见不下百人次。”[①]在薛绥之的组织下，数十名鲁迅研究者投入这项浩繁的编纂工作。该套汇编虽然是在1977年开始编印的《鲁迅生平资料丛抄》的基础上重新编选而成的，但编辑思想、体例和方法有了明显的改进提高。“本书编入的资料，除具有直接见证意义的原件、图片外，尽量选录第一手资料，回忆、访问、调查，亦以收录当事人的见闻为主，并加以必要补正。在图片、文字资料后面，有鲁迅在各地的活动简表，与鲁迅有关的人物小传，以及鲁迅到过的地方简介等。”[②]除了资料选择外，史料的考辨也是编写过程中经常碰到的一个棘手问题。薛绥之与相关参编人员进行了大量考证，对于资料中对同一问题的不同观点，先辑录认可度较高的，其他观点则以“附记”的形式注出，以备进一步研究考证。如关于鲁迅是否在杭州浙江教育司工作过的问题，学界尚有争议。《鲁迅生平史料汇编》先节选了张宗祥提供的鲁迅在此供职过的回忆材料，又在“编者附记”中就孙瑛、龚济民等学者辩驳张宗祥的观点进行了详述，并在“附记”文末写道：“这个问题，还有待于学术界进一步研究。”这充分反映了薛绥之严谨的治学态度。

《鲁迅生平史料汇编》全书共分五辑六册，近三百万字，并有图片资料五百余幅。全书按地区编排，以时间为序，采取纪事体。由天津人民出版社于1981年至1986年陆续出版。由于《鲁迅生平史料汇编》是当时最系统翔实的鲁迅研究资料丛书，囊括了全国鲁迅生平资料研究界的最新成果，出版后引起意想不到的轰动。《人民日报》《光明日报》《中国文化报》和香港《大公报》均先后发布消息和文章予以评价。1982年10月19日，著名鲁迅研究专家蒋锡金教授在《人民日报》发表题为《从历史的角度认识伟大鲁迅》的长篇书评，高度评价《鲁迅生平史料汇编》为普及并提高鲁迅研究做了十分有益和必要的工作。

在日本，鲁迅研究也是一门显学，日本学者对《鲁迅生平史料汇编》的出版工作给予了很高的评价。阿部兼也教授盛赞这部书编得比他预先想象的

---

① 《薛绥之先生纪念集》编辑组：《薛绥之先生纪念集》，1985年，第80页。

② 田一：《〈鲁迅生平史料汇编〉五辑全部编写完毕》，《鲁迅研究动态》1983年第9期。

“好得多得多。编辑方针很严格，亦很确切。文章平易，内容清楚，各段都有根据”[①]。《鲁迅生平史料汇编》成为日本每个鲁迅研究者案头的必备书。

从动议编《鲁迅生平资料丛抄》到《鲁迅生平史料汇编》全部出版，前后将近十年。从整个成书过程来看，这两套大型资料丛书得以面世与薛绥之呕心沥血、到处组织奔波是分不开的，“没有他的耐心和毅力，这部涉及鲁迅一生发表过的和未发表过的史料的、联系几个省市，有几十人参加的工作的顺利完成是难以想象的”[②]。两套丛书编写各有侧重，前者等于一部鲁迅传的资料长编，使读者更全面地认识了鲁迅；后者为鲁迅著作研究者提供了丰富的材料，给他们的研究工作带来了极大的方便。

三、鲁迅辞书的编辑出版

鲁迅杂文因涉及的人物众多、时代背景复杂，令许多读者望而生畏。为此，早在1972年薛绥之就开始构思编写一部《鲁迅杂文辞典》，以期有助于广大读者对鲁迅杂文的理解。他先从编写鲁迅杂文的相关内容着手，1975年至1981年间薛绥之主编的《鲁迅杂文中的事件》和《鲁迅杂文中的人物》（两册）陆续编印，为辞典的编写打下坚实的基础。1982年10月，山东教育出版社将《鲁迅杂文辞典》列入1984年出版计划后，薛绥之当即正式组建班子，开始编写《鲁迅杂文辞典》。

对辞典的编排体例、辞条应包含的内容、资料如何择取，薛绥之与编写组成员反复磋商，最终确定了较为理想的编写方案：《鲁迅杂文辞典》中每一个词条的释文内容均由两部分构成，一是对词条本身含义的一般性介绍；二是言简意赅地概括与鲁迅的关联或鲁迅对它们的评述。在撰写第二部分内容时，主要引用鲁迅杂文、书信、日记和其他著作中的文字。这种编写体例已得到许多鲁迅研究者的赞许。《鲁迅杂文辞典》包括鲁迅杂文中涉及的历史事件、社团流派、人物、书籍作品、报纸刊物、引语掌故、词语等各类辞目

---

① 《薛绥之先生纪念集》编辑组：《薛绥之先生纪念集》，1985年，第135页。

② 《薛绥之先生纪念集》编辑组：《薛绥之先生纪念集》，1985年，第80页。

1500 余条，总计近 80 万字。

1986 年，薛绥之主编的《鲁迅杂文辞典》由山东教育出版社出版，这是鲁迅研究史上的“第一部专业辞典，在鲁迅辞书的编辑出版史上具有先行者的意义”[①]。该书获得了 1986 年度全国图书“金钥匙”奖。

四、未竟的编辑出版计划

1985 年 1 月 15 日，薛绥之因心脏病猝发逝世，“史料巨擘壮志未酬天何其毒”，身后留下了许多未完成的研究及编写工作。与鲁迅研究相关的出版计划主要有两个。

1.《鲁迅著作研究资料丛书》

1982 年 8 月，薛绥之受山东省鲁迅研究会委托担任规模宏大的《鲁迅著作研究资料丛书》主编，这套丛书预计编写 30 册，对六十余年来鲁迅著作研究成果进行一次系统化的检阅和总结，将由山东文艺出版社出版，是关于鲁迅研究的又一项专题性的大型资料丛书。

全书拟分甲乙丙三编，甲编包括小说散文研究资料 5 辑。编写工作始于 1982 年初，至 1984 年甲编 5 辑除《野草研究资料》外均已完稿。但是，令人遗憾的是，由于出版社领导班子更换以及经费等方面的原因，“鲁迅著作研究资料丛书”于 1984 年 1 月出版了孟广来等编纂的《〈故事新编〉研究资料》一种后，丛书其他部分的出版计划夭折，数十人几年的心血付之东流。

2.《鲁迅大辞典》

1981 年鲁迅先生诞辰一百周年之际，著名学者李何林、王士菁等倡议编撰一部百科性的作家专门词典《鲁迅大辞典》。1983 年 9 月，薛绥之应邀出席由李何林担任总主编的全国性项目《鲁迅大辞典》编辑会议，并被委托担任《鲁迅大辞典》事件分册的主编。会后，薛绥之迅速组织人员部署编写。至病逝前，事件分册的编写工作已完成 300 多条。2009 年 12 月，历经二十

---

① 冯光廉、朱德发：《薛绥之教授对中国现代文学研究的贡献》，《中国现代文学研究丛刊》1990 年第 3 期。

余年,《鲁迅大辞典》终于由人民文学出版社出版,可以告慰薛绥之先生在天之灵。

薛绥之先生数十年如一日,在鲁西聊城这个经济文化都相对落后的小城市从事大规模的资料建设工作,为鲁迅研究作出了巨大贡献。薛绥之不但是鲁迅思想和作品的研究者,在立身行事中也处处践行鲁迅精神。他在搜集整理鲁迅资料、研究鲁迅著述的过程中体现出的对事业的执着精神、实干精神、对青年后进的提携,无一不是鲁迅精神的再现。

春蚕到死丝方尽

——悼念绥之

赵智铨

绥之！想不到你竟这样撒手而去了！对你的突然发病，如果我不听你的主意，不顾你的坚持，也许可以把你抢救过来。如今，一切全晚了！留给我的只是无穷的悔恨与痛苦。每当我静下心来的时候，过去的一切就会萦回在我的心头，它带给我的是痛苦，但也给了我生活的力量和勇气。

你是一个把工作和事业看得重于一切的人，你生活的道路坎坷不平，刚到中年就戴上了沉重的精神枷锁，但工作和事业促使你不论处逆境还是顺境总是不辞辛劳、不畏艰险、奋发向上、勇往直前！

1957 年，你被错划为右派，沉重的政治帽子压得你喘不过气来。平日里，你深居简出，不愿见亲友，甚至对我和孩子也深感内疚，但工作和事业使你忘掉这一切。1960 年，你领着山师的部分同学编写了《中国现代作家研究资料丛书》，当时你被分派的任务仅仅是为中文系师生编写“中国现代文学史”提供资料，可是你却带领大家编出了这套丛书。那时你每天晚上都熬到夜里十二点，有时就睡在资料组。实在太累了，就稍稍躺一会儿，再起来接着干。那时生活已比较困难了，我还在天津工作，带给你的那点有限的糖果点心，你平时总舍不得吃，直到工作至深夜饥饿难忍时，才拿出一点来稍稍填充一下空腹再干下去。成果就是在这样的逆境中苦干出来的！你是这套丛书的主编，但是并没有署名，然而在“文化大革命”期间却为此多了“鼓吹三十年代文艺黑线”和“为牛鬼蛇神树碑立传”两大罪状。

“文化大革命”前夕，山东人民出版社约你写鲁迅作品讲析的书稿，你用业余时间赶写，天天干到夜里一两点，有时甚至通宵达旦。盛夏时节，室内温度高，蚊虫又叮咬得紧，人们都在院中乘凉，而你却伏在桌上不停地写啊写，你体胖怕热又爱出汗，但你忙得连扇子也顾不上扇，以至于汗水把稿子都打湿了，就这样书写成了。但是由于当时“左”倾思潮的干扰，书不能出版。你曾为它费了多少心血，流了多少汗水，熬过了多少不眠之夜啊！可是这个挫折你经受住了，默默地收拾起书稿，又开始了新的工作。

“文化大革命”期间，你因为编“丛书”被批斗，多年来省吃俭用积累的书籍被抄去了，多年所写的稿子也被迫销毁了。我知道这是最让你痛心的事，你珍藏的那些三十年代的影印期刊是你卖掉了自己唯一的一件呢子大衣买下的，你的文稿是从上大学到“文革”前在报纸杂志上发表过的，你一一保留，并精心剪贴成册。多少年的心血呵，至此付之一炬，你怎么能不痛心呢？我以为你从此不再编也不再写东西了，但是你没有消沉，没有沮丧，到后来你竟将那部未能出版的书稿拿出来供组内的同志们参考，并在此基础上修改为《鲁迅小说选讲》和《鲁迅杂文选讲》出版了，但它们是署集体之名，没有署你的名字。有人提醒你切记编“丛书”的教训，而你的回答是：书出来能起点作用，我就知足了。我知道这是既无名又无利，而且出了问题却要首当其冲挨棍子的事。经过这场浩劫，你更加坚定了。

党的十一届三中全会以来，你心情舒畅，更加勤奋地工作，决心为“四化”贡献余生，并积极地要求参加了党组织。你患有顽固而严重的皮肤病，发作起来，坐卧不宁，你只好一次次抓破皮肤以疼来止痒，故而你身上常常是血迹斑斑，令人目不忍睹。按照大夫的建议，只要能经常去医院治疗，工作别那么紧张，病状是完全能够控制的，但你怕耽误时间，总不肯前去就医。随着工作的愈加紧张，你这病也就越来越严重，以至于最后不得不住院治疗了，然而即便你在住院时也未停止过工作，你主编的《鲁迅生平资料丛抄》《鲁迅生平史料汇编》等几部大型丛书的很多稿子就是在住院时审稿、统稿的。住院治病，变成了编写书稿的有利时机，往往是白天干一天，晚上还要加班加点。夜深了，同室的病友们早已进入梦乡，而你却把稿纸摆满了病床，自己把病房的凳子放倒半蹲半坐着在昏暗的灯光下持续工作，你连一个最简单的工作环境都没有呵！那年你去威海住院时，我要帮你收拾行装，你说全弄好了，等我一看却是满满两纸箱的书籍和稿件，其他东西一点也没带。在住院期间，有一次为了及时地把稿子寄出，你竟在护士值班室和暂时空着的病危病房中干了整整一夜。这与其说是治疗，倒不如说是去拼命，就是健康的人也受不了这样的工作强度啊。

在《鲁迅杂文词典》最后定稿时，作为主编，你整整忙了一个多月，后来你的学生徐鹏绪和研究室的工作人员石兴泽同志来了，你们三人就在家里铺开了摊子，你规定了上午、下午、晚上严格的作息时间，天天上三班，晚上他们回去后，你还要整理、小结，差不多每晚上都要过了午夜一时才能睡下。那些日子里，咱们家的桌子上、床上全摆满了稿纸，大家连个吃饭的地方都没有，一日三餐只能弄点简单的饭菜，放在椅子上凑合着吃，就这样整整熬了二十天。你已年过六十，这几年又患有糖尿病，那可恶的皮肤病更是在时时刻刻折磨着你，但你全都硬挺过来了。

你这次心脏病突发，正是在你要给山师大的研究生主持论文答辩的时候，我们让你去看病，你一定要坚持等答辩会后再去医院。孩子们不让你去主持答辩会，你坚决不干，最后在大家的一再劝阻下，你虽同意卧床休息，但仍在审阅研究生的论文，当陪同答辩的老师和研究生来访时，你还是带病起来接待了他们。

你病危住院时首先嘱咐我的是第二天要在家里等聊城的石兴泽同志来，然后带他到医院来一同商量修改《鲁迅大辞典》和研究生下一步活动安排的有关事项。当你得知医院大夫禁止你接待探视者时，又央求我和孩子向医生们求求情，无论如何给你二十分钟的时间。直至临终前和孩子说的最后几句话，还是关于自己今后在山大的工作计划和研究生的下一步安排。你根本就没有考虑过你的病，你所想的只是你的工作！工作！

你在生活上没有任何特殊的嗜好和要求，也从不讲究吃与穿，不管是什么节假日，从来没有轻轻松松地休息过。有人劝你说：如今你什么都有了，何必还这样拼命呢？保住本就行了。你总是说，我不能想象假如一天不工作，我会怎么过。我们也常劝你注意休息，你口头上答应了，但仍旧是一如既往，我行我素。我们劝急了，你就说："我六十岁的人了，死了也不算少亡了。"话说到了这步，还让我们说什么呢？

你就是这样辛辛苦苦、不知疲倦地走完了你一生的道路，你就是这样工作到生命的最后一刻。现在你长眠了，丢下你舍不下的工作长眠了！我还能再说什么呢？只有借"春蚕到死丝方尽"的诗句，来表达对你的无尽哀思吧！

沉痛悼念薛绥之先生

潘颂德

1月18日早晨，踏进办公室，只见桌上放着一份电报，打开一看，不禁惊呆了："薛绥之同志因病猝逝……"我的目光长久地停留在这一行字上，感到一阵阵难过。去年11月中旬，在山东鲁迅研究会于泰安召开的《阿Q正传》学术讨论会上，我还聆听过他的教诲。记得16日是讨论会的第一天，上午全体会议由薛先生主持。他说："我希望这次会议能够对《阿Q正传》的研究有所突破。"现在我们中青年正需要薛先生带领我们去突破鲁迅研究乃至现代文学研究中一个个难题的时候，敬爱的薛绥之先生，难道这么快就永远离开了我们吗？哀思绵绵，我陷入了无尽的怀念之中。

我认识薛绥之先生的确切时间，现在已记不起来了。大约是1974年冬天，薛先生和韩立群同志到上海来，经过陈鸣树同志介绍，我们就相识了。那次见面，谈话的时间虽然不长，但他那平易近人、朴素无华的蔼然长者的风貌和形象，却深深地烙印在我的脑海里。那时，"四人帮"大肆歪曲鲁迅，将鲁迅作为他们打击老干部、篡党夺权的工具。薛先生和韩立群同志一起，在那动乱的年头，在严肃的文史工作动辄被斥为复旧、复辟的岁月里，顶着逆流默默地做着鲁迅研究资料的搜集、整理、考订、编辑工作。这是冒风险的工作，需要坚定的政治勇气、敏锐的学术眼光和顽强的工作毅力。从鸣树同志家出来，在49路公共汽车富民路站候车的时候，薛先生送我一份他们正在编写中的《鲁迅杂文辞典》的征求意见稿之一——鲁迅著作中的部分日本人物词条。回到家中，我抽空便将它通读了一遍，深为薛先生及其他编写同志严肃认真的学风所感动。

十年来,薛先生十分关心我学习和研究鲁迅的工作。他每有著作和主编的书出版,都寄赠给我。1979 年 7 月,山东人民出版社出版了他的《鲁迅作品注解异议》一书,很快他就寄赠了一本签名本给我。1981 年 8 月,上海教育出版社出版了他和上海师院(今上海师范大学)中文系柳尚彭同志合著的《鲁迅作品教学难点试析》一书,不久,我又收到了两位作者联合签名的赠书。在这两本著作中,薛先生坚持实事求是的精神,对编入中学语文教材的鲁迅作品的有关史料,有不同理解的词语、句子,探幽索隐、阐精发微,提出了自己的看法。我从这两本书中,深深感到薛先生重视鲁迅著作中疑难问题的探讨,重视鲁迅著作的普及工作,关心基础教育。我以为,在今后的鲁迅研究工作中,我们应当坚持薛先生身体力行、一以贯之的这一科研方向。薛先生在鲁迅研究工作中体现出来的求实精神,无疑也是值得我们学习的。

从 1977 年开始,薛先生主编了一套教学参考书《鲁迅生平资料丛抄》。丛抄每出一种,薛先生或韩立群同志都及时地寄赠给我,先后收到了《鲁迅在绍兴》、《鲁迅在北京》(二辑)、《鲁迅在杭州》、《鲁迅在南京》、《鲁迅在上海》(三辑)等八种。后来,在《鲁迅生平资料丛抄》的基础上,薛先生又重新主编了一部《鲁迅生平史料汇编》,1980 年开始出书。对于这部书,鲁迅研究界已有定评。《鲁迅研究》1984 年第 3 期赵存茂同志的《一九八三年鲁迅研究述评》一文指出:"薛绥之主编的《鲁迅生平史料汇编》(天津人民出版社出版),搜集了许多第一手的珍贵资料,为鲁迅研究工作的深入开展提供了极大方便,因而受到学术界的欢迎。现在,《汇编》已先后印出四辑,全璧之日,亦为时不远。"这样一部凝聚着薛先生多年心血的大书,还没有来得及出齐,薛先生就过早地、突然地、永远地离开了我们,使我国鲁迅研究界、文化界每一个人都感到无比的惋惜和悲痛。记得 1982 年五六月间,《汇编》第二辑出版后不久,他因为曾经在《文学报》上看到我写的一篇有关鲁迅研究专著出版情况的文章就写信给我,希望我写一篇几百字的短文,向读者简单介绍《汇编》第二辑,以扩大发行量。我收到他的来信后,很快写了一篇 700 字左右的短文,投寄《文学报》,可惜一直没有能登出来。每念及此事,我总感到十分内疚,觉得对不起薛先生。

两三年前,薛先生发起编辑《鲁迅著作研究资料丛书》。友人、安徽师范大学中文系杨芝明同志以我们两人的名义写信给先生,向先生“请战”,希望我们两人能共同承担某一种鲁迅著作研究资料的编辑工作。薛绥之先生和韩立群等同志研究后,决定将编《〈坟〉研究资料》的任务交给我们。去年11月,在泰山宾馆召开《阿Q正传》学术讨论会期间,薛先生利用休息时间,18日晚上在宾馆103室召开了由这套丛书部分编写同志参加的工作会议。他在会上说,现在各出版社都讲求经济效益,这套丛书原来计划出三十本,从目前情况来看,出版这套丛书有许多困难。我们想办法与其他出版社联系,由几家出版社分开出版。另外,将两种或三种关于鲁迅著作的研究资料合并,这样可以由原来的三十本压缩为十五本。他语重心长地说,我们一定要同心同德,团结一致,来完成这一光荣而艰巨的任务。薛先生的话,给了与会编写同志以极大的鼓舞。

薛绥之教授的不幸逝世,是我国现代文学研究界尤其是鲁迅研究界的重大损失。几个月来,只要一想起先生对我的无私的帮助和热情的鼓励,总是感到无比的沉痛。我们一定要学习他忠于革命事业、克己奉公的革命精神,学习他平易近人、乐于助人的崇高品质,学习他刻苦钻研、实事求是的优良学风,继承他未竟的事业,为繁荣和发展祖国的科学文化事业贡献自己的一份绵薄的力量。

薛绥之先生,您安息吧!

1985年5月1日

沉痛的哀悼　无尽的哀思

姜　涛

1月16日中午，当薛绥之先生去世的噩耗传来，我的心立刻像被什么冰冷而沉重的东西猛击了一下，顿时只觉得天旋地转，悲痛难忍。恍惚中，我但愿这只是讹传，但愿这仅仅是场噩梦，因为不过十来天以前，我们还在他家中向他汇报学习，听他讲课，而他是那样健旺、神采奕奕，容光焕发……可是，噩耗很快就被证实了：15日晚间九时许，他因心脏病复发，抢救无效……

薛老是我最敬爱的导师。早在大学期间，我就听说他是位卓有远见的学者，因此1983年报考研究生时，我毅然舍近求远，从四川来山东，下决心追随薛老一辈子。考试前，我贸然给他写过一封信，主要想了解一下考试的科目和大体要求，却没抱什么希望，不想十来天之后就收到了他的回信。他简明地答复了我的问题，还提醒我注意没问及的其他问题，并热情地鼓励我好好准备。从那时起，我便知道了薛老是位和蔼、谦逊，并且乐于奖掖后进的先生。

到校后，我迫不及待地想见到他，却听说他因病在威海疗养。当时，系领导尽管已对我们的学习做了极妥善的安排，但我总感到自己基础差、底子薄，对于现代文学这样一门全新的学科难以胜任。惶惑中我又给薛老去信请教，他抱病作复，告诉我既要学好基础知识，又要注意新的研究成果，还告诫我不要丢了俄语学习。现在回想起来，这正是薛老给我上的第一课，他要求于学生的是一种真正的科学的学习态度：既立足于现实，也要瞻前顾后，不可学新废旧，顾此失彼。

这年12月中旬，薛老终于返校了。师生相见，分外亲切。他刚刚下车，不顾一路辛劳困顿，立即请我们去座谈。他详细地询问起我们各方面的情况，学习怎么样，进度如何，今后有什么打算，还问我们南方来的学生生活习不习惯等，对我们真是关怀备至，体贴入微。以后，薛老多次来校，每次在校期间他总是一面认真地指导我们学习，一面手不释卷地致力于自己的工作，从不见他有闲适的时刻。有时，白天去看望他，向他请教的师生太多，他就不得不把工作时间延迟到深夜。每当我们看到他这样辛苦，完全置休息于不顾，就不免替他担心，但看见他精力总是那样充沛、饱满，又觉得担心是多余的。又有谁会想到，万恶的疾病在那时就暗中窥伺着他的生命了！

薛老一生治学严谨，这首先表现在他实事求是的学风上。他从不把自己打扮成无所不通的著名教授，他经常虚心求教，并且总是十分注意培养我们这种学风。他常说，做学问就得一边学一边问，这样我们的学问才会不断长进。入学后不久，薛老就计划给我们讲点现代文学史上一些有争论的流派、社团。但他觉得一些兄弟学校的教师在某些问题上比他有更深刻的研究，就决定带我们去上海、苏州、杭州等地登门求教。去年3月，我们临近出发时，他夫人却突然因病住院了。感人至深的是，薛老仍坚持按时出发，他说："这事你们已做好了准备，外地的那么多老师也已做好了安排，决不能因我个人的事更改行期。"到了杭州，等听课、住宿等事宜全部安排妥当，他才挂念起家中的病人，急急忙忙地在旅馆往济南挂长途电话。一听说他爱人的病情大有好转，他如释重负，轻松地舒了一口气。在这里，我们看到了薛老性格中另一个动人的侧面：他是个情感细腻的好丈夫，决不是那种麻木不仁的老学究。

以前，我们看薛老治学那样专心，总以为他两耳不闻窗外事。其实不然。应当说，他比一般人更关心时事，关心政治，而且时时处处、一言一行都能以一名共产党员的标准严格要求自己，并带动着我们政治思想上的进步。他常常谆谆教导我们，平时无论多忙，都应当抽空听听新闻，看看报纸，同时要求我们积极参加系里的一切集体活动，尤其是政治学习。他给我们上课，评价中国现代文学史上的一些重大问题，也从不脱离当时的社会与政治，把学术问题当成某种超然物外的空谈。使人永远不能忘怀的，是元旦前夕我们在他家里上的最后一课。他在分析“左”的错误路线对我国现代文学的发展和研究的恶劣影响时,尤其在分析新中国成立以来“左”的思潮在各个领域恶性膨胀时,神情是那样激动。他对我们党和人民所蒙受的一切苦难痛心疾首,而对林彪、“四人帮”的滔天罪行则表示了极大的愤慨。我们知道,薛老自己在1957年尤其是“文化大革命”中受到了极不公正的待遇,但是他却绝少向我们提及这些往事。几十年来,无论是在日常生活中还是在关键时刻,他总是勤勤恳恳地为党为人民工作,而且总是以此来表达他对党对人民的赤胆忠心,来抗议和回击敌人对党对人民的进攻!至于个人的恩怨、得失、荣辱,他从来都看得很轻。薛老不仅是我们学业上的导师,更是我们政治思想上的导师!

就在这次上课期间,我们向薛老提出什么时候我们要与他合个影,他爽快地同意了,说什么时候都行。可是又有谁会想到,我们的合影竟是在和他遗体告别的那一天。在那个令人悲痛欲绝的时刻,我们肃立在他旁侧,低头垂首地恸哭着,而他静静地躺在灵柩里,半睁着眼睛,嘴角似还带着昨天我们熟悉的微笑,可是对我们谁也不再理睬了!

是的,薛老从此不再理睬我们了!无论我们向他请教什么,询问什么,诉说什么,他都不再开口作答了,因此我们才感到了空虚,感到了凄惨,感到了悲哀,感到了痛楚,感到了无可挽回的巨大损失!无论什么样的话语也无法安慰我们,因为对于他的死,我们是永远无法习惯的。但是眼前,我们却只好听天由命,束手无策地看着他对我们不辞而别,离我们而远去。我们相信,终有一天我们会从悲痛中振奋起来,带着他留给我们的精神去工作,去学习,去创造,去奋斗,而且我们敢于说,终有一天,我们会拿出一些成绩来告慰九泉之下先师那不朽的英灵!

1985年1月20日凌晨

出乎意外的篇章

——悼薛绥之先生

王观泉

山东有个聊城，聊城有个师范学院，该院中文系有位老师叫薛绥之，现在，没有了——这倒不是因为前几年被调济南，不，薛老师走得更远，学海无涯苦作舟，他已离此苦海，弃绝尘世了。

幸耶，不幸，薛绥之去世于1985年1月15日，在我的心目中却多活了至少两个月。那是因为去年年底我在上海写作期间突然罹患严重眼疾住了三个月的医院，薛绥之逝世的讣告寄到了我单位，毫不知情的我躺在病床上还和前来探望我的王自立、施建伟二兄谈鲁迅研究近况，话题自然少不了薛绥之和他主编的《鲁迅生平史料汇编》。这可真的是阴差阳错了。

我知道薛绥之同志是十年动乱后期在上海丁景唐先生家里。丁先生很器重薛绥之在逆境中坚持踏踏实实研究鲁迅的作风，说聊城师院成了我国鲁迅研究的中心，小地方干了大事情。如今想来，十年动乱中不无谈论鲁迅的文章，真正能站得住脚的又有几多呢？薛绥之所作所编就是为数不多能传世的篇章。黑龙江省的，也是我国东北最边远的地区，有个小县黑河，这个县的教师进修学校的"股级干部"王世家是第二位向我谈到薛绥之的朋友(他现在已调来与我共事)。由于身份和辈分的不同，世家对薛绥之充满敬意和感激之情，说他在编《读点鲁迅丛刊》时，得到了鲁迅研究界老中青三代的支持，使这个无名小城在鲁迅研究界出了大名。其中薛绥之的资料性强的文章对边远地区学习和了解鲁迅的读者帮助很大，这是可以想象得到的。

据说，朋友有深交、知交和泛交之别。我和薛绥之之间谈不上深交和知交，可也不是泛泛之交，怎么说呢，大概是我们有共同语言一拍即合吧。神交以后第一次见面是1980年在北京体育馆，那次召开的是纪念鲁迅诞辰一百周年学术论文撰稿会议。由于我一直听世家称他为“薛绥老”，因此我以为他是老态的学者。可见面一握手，我就感到他那力度和热情不凡，体形谈不上是山东大汉，可也够标准的了，满面红光，声如洪钟，讲话干脆利落，怎么看与“老”字也不搭。以后在大连、北京、哈尔滨，复又在大连，每次会议他都以有说服力的语言和爽直的观点博得了大众好评。比如罢，由于说不清道不明的原因或情面，会议陷入无休止的讨论或令人心烦的沉默，这时真希望有位能人——还不是人微言轻的行列中的能人——出来对“卡壳”的问题予以说断。每当这种时候，首先站出来讲话的，往往就是山东聊城师院的薛绥之教授，真使大家舒了口气。

众所周知，在薛绥之大力谋划编撰而成的，由天津人民出版社出版的《鲁迅生平史料汇编》，五辑六册，近三百万字，数百帧图版，受到了鲁迅研究界和文科大学师生的厚爱，在港澳、国外也赢得了赞誉。那是在他编撰的由聊城师院发行的《鲁迅生平资料丛抄》的基础上囊括了全国鲁迅生平资料研究界最新成果的大全。承薛绥之不弃，在第五辑《鲁迅在上海》收纳了我的几篇文字并遵嘱新写了若干。今年9月中旬在哈尔滨中国现代文学研究会年会上，薛绥之令我在五辑出版全书告成时写一篇介绍，9月下旬在大连召开鲁迅研究学会时再次叮咛我完成此项任务。我马上答应……遗憾，真是十二万分的遗憾，欢蹦乱跳的我突患眼疾连动了两刀，而薛绥之竟然离开了我们……我能不能写这篇介绍文，已无关宏旨：约请人永远也见不到了，我却在写也是见不到的悼念文！还有什么可说的呢。

天津出版社热心于中国现代文学研究和鲁迅研究著述出版的李福田兄要我写一篇悼念文以缅怀薛绥之，这真使我唏嘘不已。一则我从来没有写过这类文字——回忆尤其是悼念是写给活人看的，写者和被写者两造之间至少或莫逆、或上下、或别的什么亲密关系，而我与薛绥之之间只是已经去世五十年的鲁迅这一媒介，算是什么关系呢？想来想去，论学业，他是先辈；论年岁，他要长我十岁，于是就攀附一下，叫一声薛绥之先生。

薛先生，安息吧！

1985 年 6 月 28 日于上海六米居

悼绥之同志

唐　弢

我和绥之同志认识很晚，交往不多，但他给我的印象是不错的：诚恳，朴素，坦率。他到我家来过两次，都是为了商量鲁迅研究的事情。我说的印象不只是见面谈话的印象，而是他的全部工作。那时他在聊城编《鲁迅生平资料丛抄》，以一两个人的力量，做了一般需要十几个人才能完成的工作，确实不易。

也许这是我的偏见：我以为研究工作应当从实际出发，而实际之一就是资料。没有掌握充分资料，即使说得怎样天花乱坠，也是没有根据的空话。当然，资料只是第一步，接着就要从资料中总结观点，没有观点，资料又无非只是一个垃圾堆。绥之同志做的是第一步，从鲁迅在绍兴起，直到鲁迅在上海止，一本一本地印出来，最后发动更多人力，整理重写，编为五辑《鲁迅生平史料汇编》。对研究工作者来说，这是一部相当充实又很有用的参考书。

自然，汇编是存在缺点的，出版以后，我就听到过不少意见。我自己在翻查应用时，也遇上一些困难，如选材不够精当，材料难以尽信；如有些史料只有笼统来源，没有注明具体的出处和时间……但这不完全是绥之同志一个人的事情。接受批评，逐步改正，正是我们大家共同的责任。至于那些站在一旁，不着边际，以旁观者身份品头论足，这个不是，那个不对，却绝不肯抬一抬贵手的“少爷”或者“老爷”们，他们的精神离实干者薛绥之很远很远，无须介意，也不必计及了。

现在，绥之同志过早地离开了我们，我们应当以加倍的努力，完成他未竟的工作。

1985 年 7 月 1 日晚写于北京

悼念薛绥之同志

李何林

薛绥之同志的去世，是我国鲁迅研究界的一大损失。在鲁迅作品的研究和教学上，在鲁迅研究资料的搜集和整理中，在发现、培养和扶植中青年鲁迅研究工作者上，他都做过大量工作，是一个很有成就的同志。对于他的死，我感到很悲痛。

我和薛绥之同志很早就有接触和了解。他在华北联大上学的时候，我在那里任教，他视我为他的老师，就是这个缘故。但那时我们并不同系，真正的接触和了解是在他到天津师范学院任教之后，但也没有几年他便调任山东师范学院中文系。最近十多年间，由于工作关系，通信和见面的次数又多了起来。去年在哈尔滨见到他时，他还是很健康的，精神也很饱满，谁知未过半年竟猝然辞世，实在是令人难以逆料的。

20 世纪 50 年代，薛绥之同志便开始了中国现代文学和鲁迅作品的研究和教学工作，但我觉得，最近十多年他的成就尤为显著。在十年动乱期间，“四人帮”实行文化专制主义，学术研究工作受到了毁灭性的破坏，鲁迅研究工作也是甚难进行。在那时，国内积极从事研究工作的人是不多的，薛绥之同志是这少数人中的一个。他主持编写了多卷本的《鲁迅生平资料丛钞》，编写了《鲁迅杂文中的人物》和《鲁迅作品教学手册》，几乎全国各地的语文教学刊物都刊载过他的《鲁迅作品注解异议》的某些部分，在全国产生过很好的影响。特别是在他编写《鲁迅生平资料丛抄》的过程中，把全国一大批鲁迅研究工作者串联在了一起，调动了他们的积极性，在当时那种条件下，实在是难能可贵的，这对全国鲁迅研究工作的开展，也有不可忽视的贡献。

党的十一届三中全会之后，薛绥之同志被批准加入中国共产党，并担任山东聊城师范学院副院长。他的工作担子重了，但工作热情也更加高涨。在不长的时间里，他便主持编辑出版了多卷本的《鲁迅生平资料汇编》。这么完备的一套鲁迅生平资料，在我国还是第一套，从而引起了国内外鲁迅研究工作者的重视。在这期间，他还出版了《鲁迅作品注解异议》，参加了全国《鲁迅大辞典》的编纂工作，并积极着手鲁迅作品研究资料丛书的编辑，散见于全国各地报刊上的他的文章也很多。在短短的几年间，他便做了这么多的工作，可见他是兢兢业业、不辞劳苦的。假若他不是不幸因病去世，可以设想，他会做出更多、更可喜的成绩。

我觉得薛绥之同志还有一点是值得我们学习的，就是他对青年一代的培养。很多中青年研究工作者在我面前都常谈到他。在他们的成长道路上，曾得到过他的热情帮助和关怀，听说近几年，他又培养了几批研究生。鲁迅就是非常关怀青年的，培养了很多青年作家。我们鲁迅研究工作者也应当向鲁迅学习，热情关怀青年一代的成长。在这一方面，薛绥之同志是做得很好的。

鲁迅在《忆韦素园君》中有一段话，我想是可以用在薛绥之同志身上的。薛绥之同志也像鲁迅所说的韦素园那样“并非天才，也非豪杰，当然更不是高楼的尖顶，或名园的美花，然而他是楼下的一块石材，园中的一撮泥土，在中国第一要他多。他不入于观赏者的眼中，只有建筑者和栽植者，决不会将他置之度外”。

1985 年 7 月于北京

悼念薛绥之同志

任访秋

我同绥之同志什么时候认识，现在已记不太清，大约是在党的十一届三中全会之后。但我知道绥之较早，并且也曾与他通过信。绥之同志是鲁迅研究的专家，他治学非常勤奋，特别是对鲁迅研究资料的搜罗、整理与出版，对国内外仰慕鲁迅、从事鲁迅教学与研究的同志们来说，帮助是非常巨大的。

“四人帮”时期，对“五四”以来的新文学，作家中，除鲁迅外，其余几乎予以全盘否定。鲁迅是毛泽东同志所颂扬的伟大作家，他们自然不敢有所非议。同时，他们还要借鲁迅这个神主，来打倒他们企图打倒的其余著名作家。他们打着卫护鲁迅的旗号，实际上是在利用鲁迅，歪曲鲁迅！

绥之同志这时却做了大量的关于鲁迅研究的资料搜罗工作，那时印刷是很困难的，但他却把那些资料编辑、印行并征订，就在这时，我才知道绥之同志是个有心人。后来，关于鲁迅研究，我们也曾通过信。惜乎由于我几次搬家，许多朋友的信都丢失了。

党的十一届三中全会后，知识分子迎来了春天，同时科学也迎来了春天。大约在1978年，这里召开了学术讨论会，当时绥之同志曾应邀出席。关于鲁迅研究，中文系的师生曾组织座谈会，并邀请绥之同志谈他研究鲁迅的看法和经验。

在同绥之认识后，他给我的印象是，在性格上，具有北方人的特质——爽朗、直率。对问题能抓住要害，阐发很精确，有个人独到见解，而不是人云亦云。

1979 年全国第四届文代会后，国内成立了鲁迅学会，以后每次会议，我们几乎都没缺席过，而且每次会都要在一起聚谈，成为彼此毫不拘束、畅叙一切的同道和知友。

1982 年，绥之指导的研究生张俊才同志，修业期满后来这里进行硕士学位论文答辩。这里参加答辩委员会的同志，看了俊才同志关于林纾研究的论文后，大家都感到俊才同志在绥之同志的指导下，的确扎扎实实地读了不少书，材料很丰富，说明绥之同志治学的态度与方法，确实影响了俊才同志。至于论文对林纾的看法，我们感到评价不免稍高，至于林纾在学术思想与文艺观点上存在的问题，论文也存在着“为贤者讳”的倾向。至于论文的成就以及达到的学术水平，大家一致予以通过。至于论文的不足之处，希望俊才同志能加以修正。我们的意见，他们二位都一致同意。后来历时不到半年，俊才同志将修改后的论文又寄来，大家看后都很满意，答辩委员会的同志一致同意授予其硕士学位。俊才同志后来出版了《林纾研究资料》一书，可以说是他对林纾研究的最主要的一个副产品，这对中国近现代文学研究者来说都是大有帮助的。

最令我不能忘怀的，是去年 9 月在大连鲁迅学会年会的会议。会议是在大连棒槌岛宾馆召开的，宾馆的下边就是大海。每天早晨，与会的同志多半喜欢到海边散步，看海潮同日出。有时在路上遇见，就一起到海边的沙滩上拾石子和贝壳。在考究中漫谈一切。回想起来，那些天的生活，为时虽甚为短暂，但确实是舒适畅快、令人难忘的。

大会结束后，在归来的途中，想不到我们乘坐的是从大连到烟台的同一条船。当时从大连到青岛的船每周只有两次，而到烟台的船则每天都有。我们打算回开封的三位同志必须走青岛，才有直达开封的车次。我们因急于离开大连，不得不绕道烟台。

上船后，我们同绥之同志竟在一个舱间，于是在一起又谈了不少话。他还把他在济南的详细住址告诉了我们，希望我们将来有机会到济南时一定去找他。次日黎明时分，船到了烟台，他同另外的同伴更急于到车站搭去济南的车，于是同我们就匆匆地分手了！真没想到，这次分手竟成了永别！

绥之同志从事鲁迅研究几十年，作出了大量的成果。他参与主编《鲁迅大辞典》的工作，另外还有其他未竟的研究计划，这些我想一定会由他的学生与其他同志来完成的。他对鲁迅研究作出的成绩，将会永远铭记在国内外鲁迅研究者的心中。绥之同志安息吧！

1985 年 5 月 8 日于河南大学

悼念绥之学长

张守常

今年1月21日忽然接到山东大学薛绥之教授治丧委员会寄来的讣告函，深感意外。拆看内容，才知是心脏病猝发逝世的。当夜发一唁电，有几句说："少年同学，白头好友，回首平生，悼念无已。"几十年交往一时涌上心来，真是悼念无已的。

抗日战争前，绥之和我都在济南山东省立第一中学（也叫济南中学）上学，抗日战争胜利后，又在北京大学成为同学。在北大时我和他不同系，他年级比我高一些，他编一个叫作《新路》的刊物邀我写稿，才又来往起来。因为初中即是同学，所以一来往便很亲切。这里所说的亲切，即还习惯地保持着同学少年时期的那种率真，彼此之间没有一般朋友之间常有的那种客套，也比较少有那种成年人所常有的"只说三分话"的掩饰。对于已经是成年人的我们来说，这样的亲切是感到很宝贵的。

以后他在天津工作，后又调回济南，我则一直在北京未动，见面少了，但这种亲切感一直保持着。有一次在同一本刊物（记得是50年代的一期《历史教学》）载有他的文章，也有我的文章，知道彼此都在从事教学工作，又都还搞点研究和写作，感到安慰。不过那时都在壮年，来日正长，各自忙于工作，并无后来那种见一面少一面的念头，而不觉光阴便在这种长期睽离中过去了。

不同寻常的"文化大革命"之后，关心故旧很自然地成为一时的风气，于是我们又恢复了联系。早年认为这不过是客套的无事平安信，这时却抵万金了，因为它使你放下悬念，获得欣慰。

不久他来北京，找我介绍他去见钟敬文先生，又回到我的寓所吃便饭，这回作了一次比较从容的长谈。他在着手编印题作《鲁迅在××》的《鲁迅生平资料丛书》，见钟先生就是为了此事。这次我把一本鲁迅逝世时的《译文》特编的纪念专号送给他带走。他主持的这套丛书，先在聊城师院分册出版，编好一册就印一册，印出一册就寄我一册，使我感到这项工程很大，而他在鲁迅先生诞辰一百周年的时候终于完成了。由此可以看到他做事很有气魄，我这里说的气魄包含这样的意思：他既敢于设想如此庞大的规划，又能以足够的组织能力联络同志、征集稿件来完成它。对此，聊城当地的客观条件并不好，然而事在人为，聊城师院在几年之间就已成为中国鲁迅研究中心之一，虽然不敢说是最好的，但可以说是有其特色的。

在他的影响和推动下，我并非本行，也做了一点整理有关鲁迅资料的工作。例如我藏有一张1936年上海一家英文杂志《中国的呼声》(*The Voice of China*)印的鲁迅画像，是根据鲁迅逝世前十七天拍的照片画的，该照片已佚，画者署名大风(Da Feng)，是画家郁风当时用的笔名。这是一张珍贵的画像，但多年来不见有人介绍过。我向绥之提及，他让我复印出来，附一说明的短文，并和远在黑龙江的王观泉、王世家同志联系，在东北鲁迅学会编的《鲁迅学刊》上刊出，从此鲁迅先生这一幅生前最后的画像便可长留人间，不致湮没了。

他的编写成果印出后，总是寄我一份的。1984年初又照例收到他新出版的《林纾研究资料》，厚厚的一本，除林纾翻译的作品以外，有关林纾的资料大致齐全了。这是他和张俊才同志合编的。后来知道张俊才同志是他的研究生，论文题目就是《林纾研究》。由此可以看到，在指导研究生写作论文的工作中，他也很有特色。即首先详细占有材料，在资料方面先下一番兜底的功夫，然后在此基础上提出问题，进行研究。这是一种踏踏实实的基本训练。在这样的基础上获得的研究成果，绝不会是空疏之作。在时行多年夸夸其谈的"大批判"之后，这样做是还有端正学风的意义的。

去年暑假中接他来信，他在写一篇纪念李广田老师的文章，需要参考广田老师的夫人王兰馨老师的《晚晴集》。此书我先买了一本，后又得到兰馨老师送我的一本，我便把先买的一本赠给绥之，此书此时不知为何不在他的手头，便又写信来向我借后一本。我回信声明，这一本上有兰馨老师惠赠的亲笔签名，所以必须安全归还。9 月我去大连参加中日关系史学术讨论会，此会由大连、旅顺过海开到威海。我在行前致函给他，拟从威海经济南回北京，过济南时将去看他。9 月 22 日，我和另一老同学刘方一起到他的寓所，不想他又到大连开会去了。他的夫人智铨，我称呼她大嫂，把包封得很整齐的《晚晴集》拿出来，包上有绥之写的字，是交给我亲自带走的，使我感到他办事真细致。

我和绥之最后一次晤面是在 1980 年。这年 11 月在济南举行义和团运动八十周年纪念学术讨论会，我应邀前去参加。会后我又在济南住了一些日子，探亲访友。但绥之在聊城，直至我留济南的最后一天，他回济南参加省政协会议，我们才见着。这天下午他向大会请假，邀我到他家吃饭，无他客，遂得从容地谈了半天。记得他说："就凭咱们，还想什么？"意思是学衔已至教授，职务已至副院长，就自己的条件来说这已是很好的安排了。还想什么呢？只有工作。那年我们还都不到六十岁，觉得他还在壮年，是有条件实现其壮志的。

这之后他来信告诉我已获批准加入中国共产党。他在政治上又攀登上了一个高峰。

去年，他转到山东大学文史哲研究所工作。我想从此他摆脱行政工作，在研究方面可以多出一些更为深入的成果了。

我又想从此他长住济南，我再去，便可容易见面了。去年 9 月我路经济南，适值他去大连而未能会晤，我并未太以为憾事，因为总觉得彼此才过六十岁，尚不算老，且京、济路近，以后见面的机会还多着呢。今年 1 月 11 日我从扬州回北京，半夜车过济南，我曾想过一下车即可见到他。万没想到，再过四天他便突然去世了！

近几年在信上知道他有几次去胶东海滨养病，但并非要害器官重病，我以为是过于劳累所致，休养一下便可康复，所以未甚措意。且从近年的工作成果来看，觉得他精力旺盛，身体状况至少是比我要强一些的，再工作十年至二十年不为奢望。然而万没想到，他也才过花甲之年，竟会因心脏病猝发而突然死去!

我在唁电上说:“悼念无已。”这悼念之情真是一时说不全也说不完的。不只是我个人失去一位数十年的好友,更想到当此中华文明正在振兴的时代,他若在世,还将作出更多更好的贡献,不仅是他自己作出贡献,还将组织和带动别人作出贡献。所以他过早地离开我们,这损失是难以计算的。我们纪念他,尽力工作,争取最大限度地弥补失去他的损失,该是对他的最好的纪念吧。

1985年5月5日

悼薛绥之同志

许　杰

薛绥之同志是一位教育工作者和教学研究工作者。他对于鲁迅作品的研究,特别是选作教材的鲁迅作品的教学研究,这多少年来,孜孜不倦地做出了一定的成绩。远在1976年以前,我曾经接触到他参加编写的《鲁迅作品教学手册》,到了1978年,他又以这本手册为底本,进一步修正补充,编成《鲁迅作品教学初探》。这两本书,对于中学语文教师在进行鲁迅作品教学时都提供了许多有用的提示和参考资料,对他们的实际教学起了相当大的作用。

我从他所编著的这两本书看来,虽然那时我还没有和他见过面,不认识他,但觉得他的工夫是切实的,许多教学经验与见解都是从实际工作与教学实践中得出来的。这就是他的工作与教学值得我们重视的地方。

1983年五六月间,淮南教育学院邀请薛绥之同志到那里讲学,他们同时也邀请了我。记得那次同去淮南的,还有上海师大(当时称上海师院)的柳尚彭、上海教育出版社的姚芳藩两位同志。他们两位都是华东师大中文系毕业的校友,对绥之同志早已相熟,因而就为我们介绍,我开始有机会认识并且接触绥之同志。在淮南讲学这一阶段的活动中,我和绥之同志几乎都是朝夕相处,不管是旅游参观、做学术报告,还是接受主人的招待,总是处在一起。这就使我进一步了解绥之同志的为人与为学的精神。

绥之同志身体魁梧壮实,看来就知道具有山东人的气质。同时,外表上他也显得忠厚朴实,似乎还使人觉得可亲。有时我想,他那体态和外表,完全是和他的做研究工作和教学工作的切实态度分不开的。记得我曾有一次和他谈起,我是主张"要以鲁迅精神研究鲁迅"的,他也完全赞同。我觉得,粉碎"四人帮"以后，我们的鲁迅研究工作与教学工作有了很好的发展。而今后的鲁迅研究工作，一方面要深入钻研，向着高与深这一方面发展，亦即要向普及工作发展，他也同意。我们知道：普及与提高的辩证关系，却是要在普及的基础上才能提高的。因此，我认为，鲁迅作品教学的研究与鲁迅作品的教学实践，却是鲁迅研究更重要的一环，从建设整体的社会主义精神文明这一角度来说，它和理论钻研向着更高更深发展，是分不出什么先后主次来的。鲁迅先生有一句大家都熟悉的诗句，叫"我以我血荐轩辕"，我认为，这就是鲁迅先生"以身许国"的爱国主义精神，再加上他那"身体力行""实事求是""爱憎分明"的精神，这就是鲁迅先生的基本精神。我说的"要以鲁迅精神研究鲁迅"，指的就是一个鲁迅研究者，不但要了解、认清并且把握什么是鲁迅精神，而且应该在做人、做学问方面同样体现出身体力行、实事求是和爱憎分明的精神。而这种精神，却是为着体现高度的爱国主义，亦即"以身许国""我以我血荐轩辕"的精神。

从这一见地说，不管鲁迅研究工作向高与深这一方面发展，或是向普及这一方面发展，而这十六个字的鲁迅精神却同样重要，同样是必不可少的。我对鲁迅研究的一些粗浅的主张，他也很表同意。我们从淮南分开以后，各自回到自己的工作岗位，主要就是要做好自己应做的工作，以期对社会主义精神文明建设有些微的贡献。以后，听说他从聊城调到济南，我相信他一定会取得更好的成绩。再后来，我也到过一次济南，但却没有和他相见。那时，他在外地疗养。直到前些时候，听到他突然逝世的消息，真使人觉得有些骇然！我想起他那本来就很魁梧的体魄，想起他那比外表还要年轻的年龄，一旦我听说他已突然逝世，这又怎能令人相信呢？所以，这就显得更为可悲和可惜了！我和绥之同志的交游，不能算深；但他的为人与工作，我是尊敬的。对于他的突然逝去，我觉得可惜。但这不是为着我的私人感情，而是为着鲁迅研究以及创建社会主义精神文明的共同事业。我为在鲁迅研究与鲁迅作品教学研究和实践中，失去这样一位有才能的学术研究者与教学工作者而感到可惜与痛心。

绥之同志，你安息吧！

1985 年 5 月 26 日于上海

悼念绥之同志

俞元桂

人生经常会遇到意外的事。友人意外的不幸讯息，往往在心头泛起疑团，“其信然耶？其梦耶？其传之非真耶？”一时令人难以置信。绥之同志逝世前不久，还来过福州一趟。我在招待所里同他有过亲切的交谈。他颇有感慨地回顾自己坎坷的遭遇和流寓的生活，兴奋地谈到自己将调进山东大学专心从事研究工作，为自己有一个安定的生活环境的晚年感到高兴。他像一个饱经风霜的旅人，走到了一个较为理想的归宿之地，正准备安家落户，垦殖耕耘。他微笑着倾诉心曲，脸上泛出红光，充满着乐观与自信。谁能相信，别后不久，他却意外地溘然长逝。

由于地域的睽隔，我又极少外出，所以同绥之同志结识仅及五年，不过他对鲁迅研究资料工作的辛勤努力却早已闻名。《鲁迅在绍兴》《鲁迅在南京》……以“鲁迅生平资料丛刊”为总名的资料性丛书一一出版了。在这些书的基础上，他又重新主编《鲁迅生平史料汇编》，由天津人民出版社正式出版。从这部完备的鲁迅生平资料的问世，就不难看出绥之同志严谨的科学态度，精益求精的钩稽功夫和严密的组织能力。他并不到此为止，还进一步主编了以鲁迅创作著述为中心的大型资料性丛书。他的意外逝世，使他未及见到自己用汗水浇灌长出的果实，但他对鲁迅研究不懈地垒筑基石的功绩，将永远存留在学术的史册上。

绥之同志在政治上蒙冤而受到打击，和我国许多有抱负的知识分子一样，被 1957 年的风暴卷进齐腰的泥潭。“文王拘而演周易；仲尼厄而作春秋；

屈原放逐，乃赋离骚；左丘失明，厥有国语；孙子膑脚，兵法修列；……”这篇流传千古的名文，抚慰了千万知识分子的心灵，给后世处于逆境的读书人以坚忍的人生观的启示：遭到不幸反而可能有更大的作为。或许绥之同志也从这里获得奋进的激励，厄运使他对学术工作具有深沉的虔诚。

中国老年知识分子多数有一种崇高的义务感，对有为的青年研究者深寄厚望。我在绥之同志身上看到他对这项工作充满热情，而且富有乐趣。像老圃园丁一样，为着繁花硕果，不惜流洒汗水。他以创造性的方式培养研究生，先着手编辑资料性书籍，并以此为凭依，进一步撰写论著。研究生毕业了，论文通过了，一本资料性书籍和一本专著也随之诞生，科研新军也随之长成。林纾是吾闽先贤，但《林纾研究资料》却是由他和他的研究生完成的，而且编得很不错。我自叹弗如，真是既惭愧又高兴。

围护我的书室有多种花木，白玉兰、扶桑、竹和龙眼树。春夏之间，它们纷纷长出枝叶，一片青翠，而树下堆积了遍地的落叶，自然界就是如此无情地进行着新陈代谢的。我望着一片片落叶，它们有过自己的青春，有过自己的贡献，而现在坠地将化为泥土，内心充满感动。绥之同志也像叶子般飘落了，我想起友人的一句诗：“坠叶犹争顷刻红！”这是写枫叶的，虽然别叶即将辞枝，但仍拼出全力，用苍老的赤色来装点秀丽的江山。这句诗似乎可作为绥之同志精神的写照。绥之同志还有花不尽的气力，还能够争更长的时间，可惜他终于无情地飘落了。“化作春泥更护花”，他本人或许是无憾的；然而作为友人，对于已成为事实的噩耗，不能不感到十分惋惜和惆怅。

悼念绥之教授

倪墨炎

读到薛绥之先生治丧委员会寄来的讣告，不禁心头一沉：我失去了一位老师！

薛绥之先生曾执教于山东师院、聊城师院，晚年又到山东大学。我没有在山东读过书，没有在课堂里听过他的教言，但他确乎是我的老师。

我认识薛老师是在1976年。那时我偶尔在北京的某单位，不知是传达室打的电话还是有人带的口信，说山东师院教师薛绥之来访，希望有人去接待。在座的同志都很忙，我就自告奋勇去相见。通了姓名以后，他很高兴。我请他到里面去，他犹豫了一下，和蔼地说："我们就在这里谈谈吧！"于是我们就在会客室畅谈起来。我谈起山东师范学院曾编过一套中国现代作家作品资料丛书，我在大学读书时买到几种，感到很有用。他说自己也是参加编辑的人之一。他们那里有一点印刷力量，印点东西倒还方便。我提议不妨编印些鲁迅研究的资料，可按鲁迅生活过的地方分卷，如《鲁迅在绍兴》《鲁迅在日本》等。他很赞同我的想法，并表示有兴趣编这类资料。谈话间我一再问他来此可有什么事，他说是顺便看看大家。他很希望结识对鲁迅著作有同样爱好的同志。

大约过了七八个月，他主持的《鲁迅生平资料丛抄》编出来了，并作为教学参考用书，由山东师院聊城分院陆续印行。最后一辑《鲁迅在上海》是1980年初印成的，还请茅盾题了签。这套丛抄是有用的，但也有欠缺。它所收的主要是回忆录和资料考证文章，严格说来，多数是第二手材料。如果能搜集第一手史料编印成集，不但可免史料的沉沦，而且也能促进对鲁迅的研究。我把我的想法函告了他，聊供他参考。

“四人帮”被粉碎后，薛老师得到了第二次解放。接着，他1957年的冤案得到了彻底平反；接着，他调任聊城师院中文系主任；接着，晋升为副院长；接着，又被选为山东省政协委员；接着，又入了党。这一时期他的来信充满着新生的活力，字里行间我似乎看到了他那和蔼、红润的脸庞，是那样的神采飞扬。在1980年初的一封信中，他忽而兴致勃勃地告诉我：他要编一套《鲁迅生平史料汇编》，已得到天津人民出版社李福田同志的支持，并希望我作为这套丛书的编委之一。我立即去信表示：我没有什么建树，当编委是不敢当的。他又来信说：一则我曾提过一些建议于他有用，二则编委会中也要有年轻一点的同志。他说得很诚恳，我就不便再推辞了，虽然想起来总不免感到汗颜。这之后不久，他不顾冠心病的严重和顽疾牛皮癣的纠缠，风尘仆仆地来南方鲁迅生活过的几个城市，听取意见，组织编写力量；不久，他编写了汇编的计划、草案、选目等，印发各地，征询意见；不久，他又仆仆风尘地带着学生走访南方几个城市；不久，他又和李福田同志一起走南闯北，为即将付印的汇编忙碌。几年间，他太劳累了，人也见老了，但他精神奕奕，心情舒畅。皇皇二百余万字的巨编终于陆续出版了。它以内容的丰富，很快就得到了海内外学者的好评。

但事情的发展真好像“福兮祸至”。1982年秋，他忽而从浙江给我一信，说他在那里参加一个学术讨论会，会上有人对汇编第一辑刊有朱安女士的照片大为指责。这真使我不解：朱安女士是历史上客观存在的事实，作为史料辑入一张照片，难道也触犯了什么忌讳吗！在汇编全部出齐值得庆贺之际，他却来信说：为编这部书，几年来花了不少精力和时间，要是当初就用来读点书写点东西，收获会实在得多。我知道他一定听到了什么闲言碎语。有些冷言碎语也真叫人叹气：大家不做事，天下最太平！薛老师虽然没有什么大论著，却为我所敬重：他是教授、副院长，却从不见他摆什么架子，像我们这样比他小十几岁的后辈的见解也愿意听听；他又肯做事，总是力所能及地做一些好事。他除主编《鲁迅生平史料汇编》外，还编过《鲁迅作品教学初探》，和柳尚彭老师合著过《鲁迅作品教学难点试析》，都对中学教师有用。

他著过《鲁迅作品注解异议》，有不少一得之见。他正在筹划主编又一部大型丛书《鲁迅作品研究资料》，得到不少中青年研究者的响应。薛老师的这些成绩是世人有目共睹的。

天不假以年，薛绥之教授无可挽留地去了。他没有虚度此生，他是可以安息的。

1985 年 1 月底

悼念薛绥之先生

朱　忞

鲁迅研究专家薛绥之教授过早地离开了人世，是我万万没有想到的。今年1月18日，山东大学给我发来电报，告知他已不幸病逝时，我一时简直不敢相信。因为在我的印象中，绥之先生身体还较硬朗，是个勤于笔耕、成绩卓著、不断有新的鲁迅研究成果的人，没有听说过他有什么大的不适。然而他毕竟已经被病魔夺走了，这是我们鲁迅研究界的一个损失。

我和绥之先生认识，虽只是近十年来的事情，并且南北两地，直接接触不算很多，但彼此熟悉后就时有书信往来，声息相通。他那不怕困难、勇于前进的精神，勤奋写作、致力于宣传鲁迅的精神，以及关心同志、培养青年的精神，都给我留下极为深刻的印象。在我接触的许多鲁迅研究专家中，他是我联系比较多，并且也是我甚为敬重的专家之一。

记得我第一次认识绥之先生，是在十年动乱中他来到绍兴鲁迅纪念馆参观访问之时。那时，他还在山东师院中文系任教，排除了干扰，有比较多的精力研究鲁迅作品，做了大量的资料搜集整理和研究工作。他这次来绍兴详尽地了解了鲁迅青少年时期在故乡的生活情景和鲁迅作品中有关绍兴的风土人情。在和我们交谈中，对当时社会上出现的一些歪曲鲁迅思想的做法，毫不隐瞒地提出自己的不同观点，使我受到不少教益。后来，他到聊城师院任职后，我们之间已比较熟识，时有书信往来。他曾告诉我各地鲁迅研究动态和他的打算。《鲁迅杂文中的人物》一册，就是这个时候他赠送给我的。此后不久，他曾数次带领学生来到绍兴访问，寻觅鲁迅踪迹。凡是鲁迅在绍兴城乡到过的几个主要地方，他都带学生去访问过，使学生对鲁迅有了更多的了解。

1980 年初，薛绥之同志和聊城师院、天津出版社的几位同志为编写出版《鲁迅生平史料汇编》专程来到绍兴组稿。这套《鲁迅生平史料汇编》是部大型资料专集，分五辑：《鲁迅在绍兴》《鲁迅在南京》为第一辑；《鲁迅在日本》《鲁迅在杭州》为第二辑；《鲁迅在北京》《鲁迅在西安》为第三辑；《鲁迅在厦门》《鲁迅在广州》为第四辑；《鲁迅在上海》为第五辑。全书近三百万字，有图片四百余幅，投入编写工作的有数十人之多。我们绍兴四位同志应约负责编写《鲁迅在绍兴》部分。在编写过程中，他和出版社的李福田同志又多次来信给予指教。编写这部书是项大工程，需要付出很大的精力，没有大的决心和毅力是无法完成的。可是在以绥之先生为主的编委会努力下，说到做到，保质保量地按时出版了，在国内外产生了很好的影响。

近几年来，我几乎每年都有一次和他见面畅谈的机会，可以得到他的教益。1982 年 10 月，我们在杭州一起参加了全国鲁迅研究学会在新新饭店召开的学术讨论会，并同住一个房间；1983 年 7 月，我们又都到厦门大学参加了《鲁迅大辞典》选词及释文撰写会议，在一起工作、生活了一个多星期；1984 年 9 月，中国鲁迅研究学会在大连召开第三次代表大会，我和绥之先生也都参加了这次会议，不仅休息时间在一起，而且同在华东大组参加讨论。由于我们数次在一起开会，参加学术交流，听到他的学术研究发言，会议间隙交谈的机会也就比较多。常从研究课题、各地动态、资料发掘，谈到工作中碰到的困难和矛盾。记得在一次会议期间，当他了解到个别人对出版的研究成果抱有错误态度，进行不负责任的非议时，他毅然站出来说明真相，阐述自己的意见和观点，并鼓励工作者坚持科学求实精神，排除干扰，搞好鲁迅的研究和宣传工作。

绥之先生崇敬鲁迅，对鲁迅故乡绍兴也怀有很深的感情。我们为修改鲁迅生平事迹陈列展览，曾向他征询意见；对资料研究中碰到的问题，也曾向他请教。而他总是会从繁忙中及时作出认真负责的回复，提出既中肯又谦逊的意见。我们绍兴成立鲁迅研究学会，编印《绍兴鲁迅研究专刊》，他特地来信表示祝贺，并提出殷切期望。绥之先生对我们说过，研究鲁迅，首先要学鲁迅的为人，做一个正直的人、有道德的人。希望我们坚持不懈，做出贡献。对我们绍兴鲁迅研究学会和绍兴鲁迅纪念馆的工作，始终表示关心和支持。

绥之先生生活简朴，平易近人，待人诚恳。他是不讲究生活、衣着的。走在群众之中，不熟识的人谁也看不出他是一位有成就的大学教授和鲁迅研究专家。他外出参加会议，本该住套间，可是有次具体经办同志不了解情况，只给他安排了条件较差的一般房间，然而他丝毫没有考虑到不妥，或是表示过一点意见。他一住下后，就因陋就简，在一张很小的台子上展开文稿工作了。他一心想到的只是抓紧有限的时间开好会议，多了解点学术情况。我曾和有的同志谈起过这事，和那些喜欢排级别、论待遇、斤斤计较的人比起来，就更感到绥之先生的可亲可敬。

如今绥之先生已与世长辞了。想不到去年 9 月在大连竟是和他最后一次见面，去年他到山大工作后告知我他新的工作岗位和住址的来信，竟是他给我的最后一封信。回忆过去，他的音容笑貌仍历历在目。然而文艺战线已失去了一位好同志，鲁迅研究界已失去了一位好战士。我想，他的作品会有更多的人赏识，他的品格会有更多的人去效仿，他未完成的工作，必会有更多的人去继续奋斗！想到这些，他会瞑目。而我们呢？我们要再接再厉，学他的为人，学习鲁迅，做一个正直的人，坚信党和党的事业，把鲁迅研究工作和宣传工作做得更好些，为建设精神文明贡献力量，作为对绥之先生的悼念！

吊薛绥之先生

傅春明

屡遭魔火炼，几游神仙府。
不灭识真金，涵彩辨异珠。
搏扶展羽翼，迢遥视征途。
中道忽云往，天地同一哭。

1985年1月17日

甘当科学研究的铺路石子

——记薛绥之教授

徐鹏绪

一位著名学者曾经说过，人们的治学方法，各有特点。有人喜欢从微观角度，着眼于扎实细致的资料搜集和研究。有人则乐于从宏观角度进行综合、系统的理论概括。二者各有所长，不可偏废。薛绥之教授是中国现代文学和鲁迅研究界的知名学者，他的治学方法，大体看来，应属于前一种类型。他曾经在国内外几十种报刊上发表过有关现代文学和鲁迅研究的文章百余篇，其中自然也不乏具有真知灼见的论文，但是，更为同行们所瞩目的是他在资料学方面所取得的成就。长期以来，他致力于中国现代文学特别是鲁迅资料的搜集、整理和研究，在这两门学科的资料建设方面做出了重要贡献。1960 年，他主持编辑了《中国现代作家研究资料丛书》，共十四种，近三百万字。1979 年，出版了《鲁迅作品注解异议》。1981 年，天津人民出版社开始陆续出版由他主编的多卷本《鲁迅生平史料汇编》，共六卷，多达二百五十万字，并收录图片近三百幅。最近，由山东鲁迅研究会发起、由他主编的《鲁迅著作研究资料丛书》(共三十卷)正在陆续出版。中国社会科学院文学研究所正在主持编辑《中国现代作家作品研究资料丛书》，他被邀请担任编委，并和研究生编写了该丛书中的《林纾研究资料》，指导研究生编写了《许地山研究资料》和《解放区话剧研究资料》。这当然还远不是他成果的全部，但仅从这个简单的介绍中就不难预料，即使他今后什么也不再做，人们也不会忘记他的名字。然而，薛绥之先生却常常谦虚地对人说："我没有什么特殊才能，对于现代文学的研究也是半路出家，我不过是拣别人不乐意做或不屑于做的事情，不断地做下去，给现代文学和鲁迅研究者们铺铺路，清清道，希望别人的研究工作更顺利的进行。"是的，如果检验一下薛绥之教授从事科学研究的历程就可以看出，在通向现代文学和鲁迅研究未来的道路上，他的确是在做铺路清道的工作。凡和他经常接触的人，都会在他的工作中、他的著作里甚至在他的为人上感受到一种甘当铺路石子的精神，并为这种精神所感动。

这种甘当科学研究铺路石子的精神，首先表现在他做学问不为名利、不计得失、一切从社会需要出发的工作态度上。曹丕曾视文章为"经国之大业，不朽之盛事"，认为写文章的"不假良史之辞，不托飞驰之势"即可"声名自传于后"。薛绥之先生好像并不把从事文艺工作看得特别神圣和荣耀，他倒是常常自甘寂寞，乐于在学术领域做些对人有用而又不大为人所知的工作。长期以来，在学术界的一些同志中，不知为什么形成了一种轻视资料工作的错误观念。在他们看来，好像只有那些没有能力写学术论文的人，才去搞资料工作。当一些熟人同薛先生谈起这方面的问题时，他笑笑说："就我个人来说，可能是这样。但若就全体而言，这种认识可就大错而特错了。整个人类学术研究的历史，会对这个问题作出正确的说明，用不着我们来唠叨。作为一名严肃的科学工作者，不应斤斤计较个人名利，更不应在研究工作中挑肥拣瘦。看一个人，不能只看他做什么，还要看他怎么做和做得怎么样。科学应该从社会需要出发。科学研究离不开资料，资料工作需要人来做，这就行了，除此之外，不应再想别的东西。"他自己正是这样做的。他的选题总是从目前或长远的教学和科研的实际需要出发，只要是需要的，明明事情很麻烦，很不易做，他也是默默地埋头去做，从不计较名利得失。事情做完了，书印出来了，他和大家一起高兴，有的连个名字也不署，有时就把名字署在和自己合作的年轻人甚至自己的学生之后。即如 20 世纪 60 年代初的那套《中国现代作家研究资料丛书》，那是他为了给当时山东师范学院中文系正在编写的《中国现代文学史》提供资料，领着一部分学生编成的。在 20 世纪 50 年代末期的政治运动中，薛绥之刚刚经受了一次不小的打击，心情还是郁郁的。但政治上的打击，却往往更激发了那些有事业心的人的上进心，使他们变得冷静深沉而又奋发有为。薛绥之同志恰恰在那个时候利用一个为别人服务的机会，主持编成了那样一套大书，就是一个明证。这套资料丛书包括《中国现代作家小传》《中国现代作家著作目录》《中国现代作家研究资料索引》及毛主席诗词、郭沫若、茅盾、巴金、老舍、曹禺、夏衍等十几位现代作家的研究资料汇编。每个作家的资料又包括对该作家的生活、思想、创作道路及重要作品的分析研究，并附作家的著作年表于后。尽管限于当时的条件，这套资料还有不够完善的地方，但它实际上已经搭起了对中国现代作家作品，以及社团、期刊、流派的资料进行全面搜集、整理和研究的骨架。它的总体设计、它的编辑体例，都具有某种开创意义。在尚无更好的同类资料出现之前，它一直在尽着自己的使命，给中国现代文学研究和教学提供了很大方便。薛绥之先生当时是在默默地进行工作的，他的名字并未署在这套丛书上。但是，对一个曾经为社会做过有益工作的人，人们是不会忘记的。时间过了大约二十年，中国社会科学院文学研究所决定组织全国的力量编辑《中国现代作家作品研究资料丛书》，他被聘请担任丛书的编委。编辑这样一套完整的大规模的丛书，正是他多年以前就梦寐以求的，所以他比别的同行更为兴奋。他承担了丛书中过去较少有人研究的《林纾研究资料》《许地山研究资料》《解放区话剧研究资料》的编写，为中国现代文学的资料建设作出了新的贡献。

这种铺路石子精神的另一个侧面，是他在工作中所表现出的牺牲精神和实干精神。薛绥之先生常对自己的学生和与他接触的青年说："从事科学事业的人，都要有点自我牺牲精神和实干精神。"其实，他自己就正是一个富有牺牲精神的实干家。他为了事业，几乎不考虑自己的健康和家庭。从1975年以后，他的工作单位在聊城，家属在济南。平常无人照顾，自己又不会调理，生活很艰苦。能赶上开饭时间，就在食堂里打点饭。工作忙误了饭时，到街上随便买点什么，一顿饭就算应付过去了。外出查阅资料、联系工作，吃睡也都很不讲究，往往利用候车坐车时间小睡片刻，下车后便马上开展工作。长期不规律的生活，损害了他的健康，但他仍不歇手，即使在住院治病期间，他还审阅大量书稿。《鲁迅生平资料丛抄》第一辑《鲁迅在绍兴》

和《鲁迅生平史料汇编》第五辑《鲁迅在上海》就都是在住院期间审定的。因此，他常常因为不守医院的"院规"而受到护士的"警告"。作为家庭的一员，他是极不合格的。爱人有病住院，他照常外出搞业务。孩子升学考试，他也无暇过问。家务事则从来不做，偶一沾手，其效果糟糕透顶。让他买了一次面，买回来后他把面粉袋放在门前，开开门就空着手进了屋，继续去干自己的事。让他到街上去买米，卖米的说没带秤，他借了邻居的秤，这一次是大米提回来了，秤留在卖米的人手中，因为卖米的本来就应该有秤啊！最近，家庭养花之风大盛，孩子们也养了几盆。他想记住几种花名，以便使自己的情趣和这个家庭的其他成员不致相差太远，但效果很差。当来访客人问及花名时，他只能以"盆盆皆花也"相对。因为年事日高，长年在外地工作，他惦记着家里人，家人又惦记他。偶尔抽空回家小住，与家人团聚，彼此感到一种温暖。但是日子一长，家里可就受不了了。由于业务上的广泛联系，他在一个地方停留稍久，来访者即闻声而至。再说，他走到哪里，就把工作带到哪里。于是，一家人就得围着他忙得团团转。观察研究一下他自己和他的家庭、事业之间的关系，是很有意思的。他既不属于他自己，也不属于家庭，这也许是一种"异化"吧。

他的牺牲精神，更突出地表现在他所选择的资料工作本身。有人说，在学术领域搞资料是"为他人作嫁衣裳"，但他却长期乐此不疲。即使在资料学这个范围内，他也是专拣那些在别人看来棘手难干、不太上算的项目干。比如由山东鲁迅研究会发起、委托他主编的《鲁迅著作研究资料丛书》，共计三十多卷，卷帙浩繁，工程巨大，搞起来会旷日持久。不要说具体的编写工作，仅组织编写人员一项，就会耗费大量精力。因此，有人劝他不如趁晚年专心于个人的专著，不要陷进这样一堆长期不得安宁的麻烦中去。但他考虑到这是一项有利于现在又能造福后人的工作，便毅然承担下来。近年来他所主编的一些资料书、工具书，规模都比较大，均非三五人所能完成。参加的人一多，除了丛书编写工作之外，还要做一些协调编写人员之间关系的工作，很麻烦，也很琐碎，处理起来会耗费不少精力和时间，这比个人搞论文、写专著要麻烦得多，但为了工作的顺利进行，也要耐心去做。

熟悉薛绥之先生的人，都很佩服他的实干精神。他的特点是，经过周密的思考之后，一旦确定了要做某件事，说干就干，决不迟疑。例如，1976 年，当他和韩立群同志商定编辑四套《鲁迅生平史料丛书》的计划后，便马上为此南下，到绍兴等地与有关同志商谈编写事务，出发那天正是农历正月初二。当第一辑《鲁迅在绍兴》的稿子集齐以后，他马上审阅了全稿，而当时他正在威海疗养院住院。当天津人民出版社确定要将此书列入出版计划时，他又马上和出版社的同志以及自己的三个研究生再次南下，到杭州、绍兴、南京、上海等地，先后召开了几次座谈会，仔细磋商编写的内容、体例和方法。那是 1980 年 1 月底 2 月初，又是临近春节的时候。与绍兴的有关同志磋商完毕之后，他们当天就冒着风雪赶回杭州。在杭州住宿时，他的鞋袜都已在雪水中浸透了。他的实干精神的又一特点，是事情一经开了头，就要一干到底，决不半途而废。他搞的一些科研项目，一是因为规模较大，二是因为其他原因，往往需要多年才能完成，而且大都经历一个先内部印行再公开出版的过程。但不管经历多长的时间，遇到什么样的挫折和困难，他都能坚持把事情做完，从不干有头无尾的事。他主编的《鲁迅生平史料汇编》，从开始到公开出版经历了八年，而《鲁迅杂文辞典》却要经过十年。他曾经教育自己的学生，做事业不能受情绪的影响。他说："人的情绪时常随着境遇而不断地变化，遇到好事就高兴，遇到不顺心的事就难过，但这不能影响自己的工作和事业。如果一个人难过时难过得做不成事，高兴时又高兴得不愿做事，那么，一辈子里既不难过，又不高兴的日子究竟有多少呢？"这实际上是他的经验之谈。他自己难过了二十年，而他事业的大部分都是在难过中成就的，如果他受情绪的影响，就什么事情也做不成了。不受情绪的影响，也就是不受外界环境的影响，这正是他在逆境中坚持不懈地做学问的一个重要原因。

铺路石子的精神还有一个侧面，那就是既不傲视别人，亦不轻贱自己。石子本身可能是小的，但它对自己有信心，相信自己能挺得起宽阔的路面，让前进的人群和车辆在自己身上通过。从事科学研究需要各种精神，唯独不需要妄自菲薄。薛绥之先生甘愿搞麻烦有时是琐碎的资料搜辑、整理工作，这并不意味着这种工作本身不重要。尽管一个阶段内人们还未能充分认识到资料工作的意义，但他却从不低估这一工作的价值。资料固然是为科学研究服务的，但资料学本身又是一门独立的学问，它有独立存在的价值，做好它并不容易，不但需要工夫和耐性，更需要眼光和能力。它是科学研究的前提和基础，在任何一门学科内，如果不充分占有资料，就没有发言权。20 世纪 40 年代，毛泽东同志在《改造我们的学习》一文中曾号召全党同志努力搜集国内外政治、军事、经济、文化等方面的材料，运用马克思主义的立场、观点和方法对这些材料加以研究，找出规律性的东西，用来指导我们的革命。他告诫全党同志，研究任何问题都要从实际情况出发，而不是从主观愿望出发。毛泽东同志把这种作风叫作实事求是。薛绥之同志从事中国现代文学和鲁迅研究工作是从 20 世纪 40 年代开始的，是在毛泽东同志实事求是精神的教育和影响下开始的。他非常重视资料的搜集、整理和研究，而厌恶那些不顾事实、不负责任的瞎说。他曾经对自己的学生说：做学问应从两个方面入手，一是理论；二是材料。理论就是正确的立场、观点和方法，没有它就会迷失方向；资料就是文学运动的基本事实。掌握了这些事实的来龙去脉，充分占有材料，我们的研究工作才能建立在牢固的基础上，我们的结论才会成为有本之木、有源之水。否则，就只能发空议论，就会像毛主席所批评的那样"闭塞眼睛捉麻雀""瞎子摸鱼"，粗枝大叶，夸夸其谈。要提高科学研究的水平，就应该从这两个方面着手。因此，无论他自己做学问，还是指导研究生，都能注意先从搜集和整理资料入手。他近年来所发表的一些学术论文，大都能以翔实可靠的材料而受到同行们的重视。他所带的几届研究生也都是先完成资料的编写工作，然后在编写资料的基础上撰写毕业论文。

由于他对资料工作的意义有充分的认识并多年致力于此，积累了丰富的经验，粉碎"四人帮"以后，他连续主编出版了几套大型的资料书和工具书，受到同行们的好评。1979 年，他出版了专著《鲁迅作品注解异议》。这部篇幅并不大的著作，材料翔实可著，论述扼要精当，具有很强的史料价值，是他多年来从事资料工作的一个总结，也是一个新的开端。他根据确凿可靠的材料，对鲁迅作品中涉及的一些史实进行了研究和考证，对鲁迅作品中一些流行的解释提出了自己的看法。对于读者正确理解鲁迅作品的原意，减弱鲁迅作品中"左"的影响，都是很有意义的。它体现了薛绥之先生实事求是的良好学风和严肃认真的治学态度。因此，还在正式成书出版之前，当这些文章陆续在《陕西教育》刊出后，全国各地转载、翻印二十多次。特别是天津人民出版社 1981 年开始出版的他主编的《鲁迅生平史料汇编》，是他邀集全国二十多位鲁迅研究者集体编写的第一部大型鲁迅资料专辑。这套资料今年可望出齐。第一、二辑刚一出版，即有《光明日报》《人民日报》《鲁迅研究》以及香港《文汇报》《大公报》先后发表评介文章，一些海外学者也来信称赞并索取，受到国内外一致好评。

“老骥伏枥，志在千里。”薛绥之教授虽已年过花甲，又身患多种慢性病，但他仍然雄心勃勃，奋发向上。最近，他除继续主编几套大型资料丛书和工具书外，还准备利用晚年的宝贵精力，结合给研究生讲课，写出一部有关中国现代文学史史料学方面的专著，以总结自己一生从事资料工作的心得，为中国现代文学史料学的建立作出应有的贡献。

（这是我在薛先生逝世半年前应某方之约所写的一篇记述他的事迹的文章。但在半年之后他竟带着那么多未完的事情离我们而去了！他的逝世使我悲痛不能成文，只好暂以此文表示对导师的深切悼念。）

写于 1984 年 6 月 6 日

怀念薛绥之先生

孙昌熙

“有的人死了，他还活着。”就是因为他生前曾为人民革命事业做过贡献。薛绥之先生不幸与世长辞了，这是学术界特别是鲁迅研究界的重大损失。薛先生把一生的主要精力用在鲁迅研究上，他重点在搜集、整理和研究鲁迅资料。这是一个极端重要的工作，没有宝贵的资料，鲁迅研究工作就不可能进行，鲁迅的革命精神就得不到充分发扬光大。薛先生对于搜集、整理与研究鲁迅资料工作，多是开创性的，他常常开拓一些新路，譬如说“为了给鲁迅研究和教学工作者以及希望全面了解鲁迅生平的广大读者提供一部比较完整的鲁迅生平史料”，他组织集体力量“在山东师范学院聊城分院中文系、图书馆原编印的《鲁迅生平资料丛抄》的基础上，经过重新编写”，辑成了由天津人民出版社出版的皇皇巨帙《鲁迅生平史料汇编》，在国内外起了广泛、巨大的影响，教育了广大读者。还有一套首创性的丛书，那就是由山东鲁迅研究学会发起、由薛先生担任主编、调动全国学术界部分鲁迅研究家的力量汇编的《鲁迅著作研究资料丛书》，其目的“是总结六十年来国内外鲁迅著作研究的成果，为学习和研究鲁迅著作提供科学的、方便的条件”，内容包括小说、杂文、书信和文学史、小说史两部专著等三十余种研究资料，内容丰富，规模较大，早已引起国内外学术界的注意。

这两套有关鲁迅研究的资料丛书，对中国和世界的鲁迅研究者是有很大贡献的，前一部使读者认识了鲁迅，它等于一部鲁迅传的资料长编，是薛先生孜孜不倦、锐意穷搜的成果。第二套丛书给鲁迅著作研究者提供了极为丰富的材料，得到极大的方便，然而先生的贡献还不止于此，薛先生还集中他多年搜集、整理和研究鲁迅资料的可贵经验，酝酿并上升为新的资料学。这显然是个创举，是个新的开拓，并且准备传授给他的弟子们，使这门学科活起来，发挥作用，使鲁迅研究资料愈加丰富和具有确凿性，使鲁迅精神不断向世界传播，使中华民族魂继续发扬光大。

《鲁迅生平资料汇编》已大部出版问世，只差最后一部未能出全；《鲁迅著作研究资料丛书》刚刚出版了第一种《〈故事新编〉研究资料》，薛先生努力从事的鲁迅研究事业正在蒸蒸日上、果实累累的季节，他却溘然长逝，和他的事业分手，同学术界永远告别了！这真是鲁迅研究领域的巨大损失，山东学术界特别感到沉重！对于一位对鲁迅研究有贡献者的过早去世，我们感到无限悲痛，无穷怀念！但怀念最好的方法是勇敢地继续他的未竟之业，我们要把他生前所担负的学术事业重担接过来、挑起来，继续很好地完成，并且不断有所开拓，使鲁迅研究事业长青。让我们再念一遍：

“有的人死了，他还活着。”

怀旧寄哀

冯中一

万万没有想到，精神体魄远胜于我的绥之兄，竟这样匆促地与世长辞了。作为我青少年时期的畏友、中年时期的难友、晚年时期的诤友，毫无准备地一朝永诀，怎能不肝肠欲摧、沉哀难抑？

在同上初中阶段，绥之长我一岁，高我一级。那时他的活泼机灵、热诚坦率，就与孤僻懦弱的我恰成对比，因而绥之很快就成了我羡慕、仿效的对象。基于这种感情因素，在以后的求学和初入社会的遭际中，我们结下了金兰之交。

记得我们初学日语和英语，绥之记性好，发音流利、笔记详细，甚至用过背诵字典的苦功，我是甘拜下风而且紧紧追赶的。年轻气盛，我们还经常三五成群在校园或游览处聚谈，讲学业、论人生、议时事，内容非常广泛。绥之动辄以外语单词加"上之乎者也"的"中西合璧"句式侃侃而谈，大有踔厉风发，惊服四座之势。培根说："会谈使人敏捷。"我确乎从这样的场合获得了智能与才思的最初启迪。绥之还极爱写作，在他的带动下，常常交换品评各自的新作，并相约向报刊投稿。后来我们分手，而且都当过不很正规的"编辑"，也不断通信互勉，以发表作品之多寡暗中竞赛。现在回想，我能与文学结缘，且以笔耕为乐，是与绥之的影响分不开的。

后来由于家境、条件不同，绥之去北平上大学、干新闻工作，我则滞留济南，奔波衣食，养家糊口。这期间，我的生活极端困苦，再加父亲瘫痪，妻子病危，简直是焦头烂额，走投无路。每当函告实况，绥之都立即复信恳切慰勉，并伸出实际援助的手——除他自己把节省的钱用作给我的“救济金”外，并联系几个老同学集资相助，同时还嘱托他在济南的父亲为我谋求职业，解决一度失业的特殊困厄。当我沉入人生苦海而无力自拔时，是绥之渡我以舟楫，引我以生路，此恩此惠，永世难报！

解放后，我们都有了安定的工作，都想以创造性的教学实践为党为人民服务。20 世纪 50 年代中期绥之调来济南，我们又有幸朝夕相处、互相砥砺了。但不久反右派的风暴把他击倒，种种政治上的歧视与压力，使他郁闷难堪。我虽深致同情，不断劝说，但也毫无补益，使我甚感愧疚。及至十年动乱，我们都挨批斗，倒是形影不离，成了特定意义的“难兄难弟”。这时，惶恐、焦虑和大难临头的紧张感，轮番折磨着我，但绥之似乎开朗坚强得多，每当悄悄地交换几句内心话，总能给我一些抚慰，使我稍觉松宽一些。我清楚地记得，绥之几次提到“还能越革命敌人越多吗？这是反常的、不会长久的”，这给了我对于革命前途和解决个人问题的一定信心。尤为难忘的一件事是“红卫兵”组织勒令严薇青老师交出所藏“反动”书画，并从住室搬走全部用具，以示“扫地出门”。年高体弱的薇青师一人怎能搬得动呢？我主张向管理人员请示，由我们出一人协助，绥之则断然表示：“越请示越糟，干脆我自己去！”说罢，他就毅然前往相助了。这需要冒“乱说乱动”“严惩不贷”的多大风险啊！

粉碎“四人帮”以后，国家进入安定团结、百废待兴的新时期，绥之也得到彻底平反。他简直成了年华倒流、精力过人的青年，全身心地投入了激情如沸、雄心勃勃的鲁迅研究工作。我因为与他的专业方向不同，也不愿侵扰他那分秒必争的研究时间，去晤面谈心的次数很少。但每次接谈，绥之就掏出规劝、勉励的话，谈及听到的对我的种种非议，他说：“你在教课和写文章中还有不少‘左’的东西，还得解放思想，认真克服呵！”他说：“你写文章，在辞藻上过分推求，这样规行矩步，小手小脚，怎能展开有气势的学术论述呢？”他说：“有人评讯你根底浅薄，华而不实，不如×××踏实深厚。……”人到晚年，略有一点研究成果，从一般师友、学生那里听到的尽是肯定和赞许，只有从毫无禁忌的知心老友绥之口中才能听到这种药石之言、针砭之语，确实求之难得。于是，我把这些牢记在心，时时用以自戒、自强。

我与绥之交往，将近半个世纪。时局多变，道路坎坷，纷繁的往事，大有“不堪回首”的感慨。仅从以上的片断细节来看，绥之为人的宽厚、治学的谨严，以及公而忘私、勇于开拓的事业心，是历练有素、贯彻始终的。

曾记否？1945 年的深秋，为锡恕举行追悼会。当时的追悼仪式上是可以由亲朋致辞的，我第一个做了有准备的发言。讲话中，我以发颤的声音，引用了泰戈尔《飞鸟集》中这样的诗句：

> 我们的生命就似渡过一个大海，我们都相聚在这个狭小的舟中。死时，我们便到了岸，各往各的世界去了。

当时，我看到绥之唏嘘饮泣，泪流满腮。今天我想再以同样的诗句，奉献于绥之灵前，一定和那次不同，他必会轻轻点头莞尔倾听的。因为他留给现代文学研究的珍贵资料，留给同行师友的美好记忆，留给青年学生的厚爱与大志，是足以问心无愧的了。

绥之呵，请款步踱向那优美芬芳的彼岸，该永享静谧安息的欣慰了！

1985 年 7 月 17 日痛定后补写

怀念薛绥之同志

柳尚彭

接到山东大学发来薛绥之同志逝世的电报，我很愕然，感到震惊，我不相信这是真的，也真不愿意相信这是真的。不久前，他还给我来信，说他现在正忙于《鲁迅杂文辞典》的定稿工作，不久就可交稿了。我正期待他完成这一工作之后，着手我们商定的撰写计划，可是，他竟突然抛下了他一生心血所系的事业，离开了他终身为之服务的人民，这怎么可能呢？我不禁黯然。

去年9月下旬，在大连棒槌岛召开的中国鲁迅研究学会第三届全国代表大会期间，我与绥之同志常在一起叙谈，我们谈到了《鲁迅著作研究资料丛书》和《中国现代文学史话》的编写、出版情况；商定了《鲁迅作品教学难点试析》修订增写的进度；交流了对鲁迅研究工作和鲁迅逝世五十周年纪念活动的看法和打算。在谈论这些问题时，绥之同志是那么坦率认真，那么神采奕奕，特别是谈及成立鲁迅资料研究中心和向社会大力普及鲁迅著作时，他是带着年轻人所特有的一种急切的情绪，觉得这些事情不仅理论上应予重视，而且必须切实地抓紧做起来；他还问及我是否愿为广大青年写点关于鲁迅作品的普及读物。绥之同志肩负着较多的职务，教学、研究、开会，相当繁忙，而他又是那样不知疲倦地工作，所以我很关心他的健康状况，当我知道了他的糖尿病已经控制住，皮肤病也多时未发作，就很为他庆幸，也为我们的教育、科研事业庆幸，以他严谨的治学精神和胆识，再工作二三十年，定能为“四化”建设培养更多的教学研究人才。然而，谁又能料到，分手不到四个月，他竟已作古了，这次棒槌岛聚会竟是我们最后一次晤面！

1983 年 5 月，许杰先生、薛绥之同志、姚芳藻同志和我接受了淮南教育学院和安徽省现代文学教学研究会的邀请，前去讲学和参加会议。许师、芳藻同志和我由沪联袂北上，绥之同志自泉城南下，6 月 1 日相会于淮南市洞山宾馆。在将近一周的日子里，我们同吃住，同活动，相互听讲，相互问学，在为人治学方面，我获得不少教益，感受到为革命事业并肩战斗者的真挚情谊。绥之同志的讲题是《鲁迅作品教学问题》，他不仅以翔实的史料分析，解答了教学中的一些疑难问题，并且在思想方法上给听讲者以莫大的启示，因此受到了淮南教育学院和淮南师专（淮南师专闻讯后，邀请我们去讲学）师生们的欢迎。6 月 7 日，我们一同奔赴皖南，参加在铜陵市天井湖宾馆举行的安徽省现代文学教学研究会学术讨论会，随后又一同登上了佛教圣地九华山。这一次安徽之行——从淮南到皖南，我和绥之同志朝夕相处的日子比起 1978 年 10 月在黄山召开的鲁迅学术讨论会来要短些，但是他却给我留下了特别深刻的印象：奖掖后学，甘当人梯。我清楚地记得，在宾馆内散步时，绥之同志曾和我说起他要辞去院、系两级行政领导职务，让位于贤。他说，他现在没有什么别的要求，只想当一块铺路石子，使有胆识、有才干、年富力强的同志能提到领导岗位上去，使已经具有一定学术水平的教师能尽快得到相应的职称（学衔），以期发挥大家的聪明才智，多为“四化”出力。他相信与他共事多年的年轻一些的同志，在新的条件下会干得更为出色，而他自己在摆脱行政职务后，就致力于教学研究工作，尽心培育人才。我不禁想起聊城师院建校八年来在教学科研方面所取得的成就，想起他所指导的几届研究生，已有不少人在科学研究方面做出了成绩，其中一个重要因素，该是他这种忠诚于人民的教育事业、竭力培养奖掖人才的精神吧。我深为他过早去世惋惜。

绥之同志 50 年代起就致力于中国现代文学资料的整理研究工作，60 年代初发表的《关于“新月派”》一文，对高校中国现代文学的教学起了良好的作用。1977 年，我在上海师大中学教学研究组与其他两位同志创办《语文学习》丛刊（后改为月刊，现归上海教育出版社编辑出版）时，就与绥之同志取得联系，得到他热情的支持。他那来自教育实践的经验与见解、以理服人的实事求是的态度、缜密的条分缕析的方法，给人留下了良好的印象。随后，我们合写了《鲁迅作品教学难点试析》。在写作过程中，我得到他不少的帮助，对他的为人治学也有了进一步的了解。他忠厚坦率，严谨朴实，本着学习和发扬鲁迅精神的宗旨，潜心于鲁迅研究事业。他说，我们撰写关于鲁迅的书，就是在学习鲁迅、发扬鲁迅精神，我们要努力写好这本书，尽量反映当前的学术水平，并要经受得起时间的检验。绥之同志是一位有才能的勤奋的鲁迅研究专家，人民是不会忘怀他所作出的贡献的。

绥之同志已经离开了我们，但我又似乎觉得他并没有离开，他的音容笑貌仍然萦绕在我的脑际，我怀念他。

1985 年 5 月 25 日于上海师范大学

惊悉薛绥之先生病逝，不胜哀悼

覃 英

我认识薛绥之先生，是 1978 年 5 月 20 日在柳尚彭同志家里，主要是商谈修改《鲁彦小传》的事情。1979 年秋初，我接到薛绥之先生从山东师院聊城分院寄来由他编撰的已故文学作家《王鲁彦著译年表》并附函希望我补充更正，以后又介绍泰安师专刘增人同志为撰写王鲁彦生平和创作来访问，这对于作为王鲁彦家属的我来说是极大的安慰和鼓舞。那次见面，他鼓励我写《鲁彦回忆录》，但迄今尚未完成，无缘就正于薛绥之先生，实为遗憾！就这短暂的接触和联系，薛绥之先生给我留下的印象是位热情而又严谨的学者。他在为抢救十年浩劫中毁坏湮没的"五四"以来作家的作品，不懈地搜集编撰，一定留下了不少的遗著，希望能保存出版。敬祝薛绥之先生高风亮节永远流传！

1985 年 5 月 24 日

纪念薛绥之同志

王士菁

薛绥之同志去世了！这是一个不幸的令人沉痛的消息，最初我是不大相信的，后又将信将疑。一个充满活力和干劲的同志，不久前我们还在大连一起开会的，怎么会突然去世呢，我希望这消息是讹传。但过了没有几天，我就接到了治丧小组寄来的讣告，绥之同志确实是死了！

我也很想写一点东西来纪念他，他确实是一位值得纪念的同志。这不仅因为他是一位和我们融洽相处的老同志，而且他毕生从事的工作、他的工作精神，也是值得我们纪念的。

早在“文化大革命”以前，我即从报刊上读到了他写的研究鲁迅的文章，但却没有机会和他见面，只知道他不但会写文章，同时还是一个热心于鲁迅研究事业的人；他善于团结人，在他周围团结了许多热心于鲁迅研究工作的同志，并且做了许多切实有益的工作。

“文化大革命”开始以后，我就不知道他的情况了。大约是在“文化大革命”后期，他又活跃起来，听说他仍然热心于鲁迅研究事业，并且团结了许多同志，做了一些切实有益的工作。“文化大革命”初期，我是由于“一条注释——一支毒箭”，在报纸上被点名批判，是属于执行三十年代“又黑又粗又长的文艺黑线”的“黑线人物”，在相当长的时间内，不许“乱说乱动”，只有交代“罪行”，接受批判，也被剥夺了工作的权利。但薛绥之同志并没有忘记我，他偶尔也和我互通一点声气，给我一点鼓励。这在当时的情况下，对于我确实是不小的鼓励，特别是在“反击右倾翻案风”和“追查政治谣言”的时候。至今我仍感谢他对我的鼓励和对同志般的信任。

粉碎了“四人帮”以后，我们的交往才多起来。几乎在每次纪念鲁迅先生的学术讨论会和工作会议上，我们都有见面的机会。在搜集、整理和研究鲁迅工作方面，他的成绩确实是卓著的。《鲁迅作品注释异议》《鲁迅作品难点试析》《鲁迅作品教学初探》《鲁迅杂文辞典》《鲁迅生平史料汇编》……每隔一段时间，他就寄一本新书给我，使我先睹为快，有很好的学习机会。

在这里，我想提一提特别值得我们怀念的是他未竟的事业——编辑《鲁迅辞典》的工作。

为着学习、研究和宣传鲁迅的著作，为青年读者阅读鲁迅著作提供方便，编辑一部《鲁迅辞典》，这是我们大家多年以来一个共同的心愿。为了这项工作，许多同志已经付出了辛勤的劳动和艰巨的努力。早在全国解放前夕，我们的前辈冯雪峰同志在当时极端困难的条件下就开始了这项工作。新中国成立后，他更关心这件工作，并作出了具体的规划。“四人帮”刚被粉碎，即有不少中青年同志自动组织起来，立即着手这件工作。薛绥之同志对于这件工作也是十分关心的。还在“四人帮”未被粉碎以前，他即着手搜集资料并撰写条目了，前面提到的《鲁迅杂文辞典》即这部辞典中关于杂文部分的样稿。编写辞典的工作，在许多同志支持之下，工作规模不断扩大，条目不断增加，绥之同志更是一个积极的支持者和参加者，他在去世之前不久还和许多同志正在撰写辞典中有关“事件”这一部分的条目哩。现在，他逝世了，继续完成前人的也包括他的未竟事业，就是我们的责任了。

安息吧，绥之同志！我们大家一定会负起这个责任，完成这个工作的。

1985 年 5 月 27 日

纪念薛绥之同志

严薇青

一

那是一个阴霾的下午，我去学校参加学术委员会，讨论研究生毕业的问题。突然噩耗传来，几乎令我不能自制：比我小十几岁的薛绥之同志竟因心肌梗死先我而去！本来他这时可以继续搞他的科研工作；本来经过近三十年的坎坷遭遇，他正好把余热贡献给党的教育事业；本来我们约定春节前同去浴池洗澡，畅谈一年的辛苦和欢乐……然而这一些都已成为过去，绥之同志就这样匆匆地离开了我们！

第二天下午，天仍然那么阴沉，当我在女儿的陪同下，拖着沉重的步子告别赵智铨同志，从他们宿舍里出来的时候，不禁泪眼模糊，望着远处的天空，感到绥之同志的身影渐渐清晰起来了。

二

远在四十几年前，我在济南中学教书的时候，有一天班上忽然多了两个学生，他们是从上年增招的试读生班上因成绩优异而提做正式生的。其中一个圆头圆脸，身材魁伟，名字叫薛景福，也就是后来的薛绥之同志。那时全面抗战已经开始，敌人占领了黄河以北，并不时向济南开枪。我随学校迁往泰安。当时从济南去的学生不多，薛绥之同志也没有去。

1954 年暑假，当时我已在山师中文系担任行政工作。有一天上午在新华书店遇到他，经他自我介绍，我才想起他是谁。他那时在天津师院任教，并编辑出版《语文教学》，但仍希望回济南工作。经我向学校推荐，一年以后他来系担任现代文学教学。一直到“文化大革命”，我们一起进了“牛棚”；之后，学校搬迁，我们又一起到了聊城。等到粉碎“四人帮”以后，我们又一起获得新生，再次有了为党和人民工作的机会。后来我回到济南，他正式调往聊城师院中文系。1984 年他又调回山东大学文史哲研究所工作。没想到他会因突发心肌梗死，抢救无效，过早地离开了我们。

三

几天前，我参加山东省人大常委会组织的文物视察活动，在济南市博物馆看到林则徐书写的一幅行书立轴，第一句就是“观操守当于利害之顷”。现在执笔写这篇小文，感慨万分，不由得想起绥之同志的为人处世。

“文化大革命”可以说是每一个人的“利害之顷”，每个人都要借此机会表演一番。当时，即便是多年的好友也可以反目相待，唯有绥之同志不忘三十年前短暂的师生情谊，依然如故。记得“文化大革命”初期，当我被勒令从教职工三楼单身宿舍赶回家的时候，我已通知女儿来帮我把书籍和东西搬回家去。不料当天下午我和省里及学校里的一些领导同志一起被揪斗，没法回家。那时绥之同志虽然和我们一起被隔离，但还可以自由活动。就在当天晚上，我和两个女儿望着粗粗整理起来的书籍、衣物，正愁没有办法的时候，绥之同志戴着一顶大草帽突然走进屋来，他告诉我们，楼下已经借来一辆板车，让我们赶紧往楼下搬东西，他要帮我女儿把东西送回家去。我们怕他受到连累，哪知他一下摘去草帽，指着被红卫兵剪过的头发笑着对我女儿说：“我和老师一个样，还怕什么？”就这样，他帮着我女儿一直把东西送回家。薛绥之同志在个人利害分明的关键时刻，出于念旧之忱，不顾个人利害，在那种险恶的环境里挺身而出，的确难能可贵，至今仍然铭记在我和我家人的脑海中。

到了“文化大革命”后期，我和薛绥之同志等七人第一批被“解放”了。1971年秋天，我们分别从各地区的“教育革命小分队”回到新搬迁到聊城的学校以后，除去政治学习，仍然有一定时间的劳动。一般教师也就得过且过，不作长远打算，更没有心绪去钻研业务，但是薛绥之同志却在学习、劳动之余，尽可能挤出时间翻阅资料，首先对《鲁迅全集》的某些注释提出纠正和补充，后来写成《鲁迅作品注解异议》，同时不断积累资料，准备编写鲁迅生平研究资料丛书，为以后编辑出版《鲁迅在北京》《鲁迅在南京》《鲁迅在日本》等书打下基础。当人民的春天真正到来之际，薛绥之同志连续发表了许多有关研究鲁迅生平、著作的资料和论文，成为研究鲁迅的专家之一。这种意志坚强、身处逆境而不消沉的乐观主义精神，也是值得我们学习的。

四

现在同志们要为薛绥之同志编印纪念集，要我写稿，在执笔之时，我既有“节同时异，物是人非”的悼念之情，同时也不免有“既痛逝者，行自念也”的切身感受。我愿以此小文，一方面对薛绥之同志表示怀念；另一方面也要向绥之同志学习，争取在有生之年，挤出时间，多做一点工作。

绥之同志，现在你的孩子们都在勤奋工作，为“四化”积极做出自己的贡献；在学术研究方面，你的未竟之业也已“长征接力有来人”，你可以宽心安息了。

1985年7月

纪念可敬的薛绥之先生

刘再复

今年2月，李福田同志来信告诉我，说薛绥之先生于上月15日去世了。知道这个不幸的消息后，我心中涌起一阵难言的悲伤。放下笔，呆坐着，想着，只觉得这人世间又失去一种非常宝贵的东西，一种很值得珍惜的东西。应该把它找回来，不找回就不能填补失落后的虚空。于是，我又呆呆地走到那个放满鲁迅研究书籍的书架面前，把四大本《鲁迅生平史料汇编》抽出来，一页又一页地翻，一行又一行地找，我相信薛绥之老师就在这里，就在他主编的这套书籍里。我不相信他死了，不相信这位屹立在黄河岸边的、从不被风沙与命运所击倒的人，会被死神所击倒，我不相信，永远也不接受这一死的事实。

我和薛绥之老师只见过两次面，一次是1980年在北京工人体育馆召开的纪念鲁迅诞辰一百周年筹备会上，一次是翌年在正式纪念会上。两次会我都陷入苦忙中，都没有很好地和他交谈过。但很奇怪，我总是忘不了他，总忘不了他那魁伟、厚重、诚挚的形象。至今我还记得在国务院招待所的小房里，他微微地笑着，目光久久地看着我，说了几句激励而并非敷衍的话之后，仍然用这目光看着我。我领悟出这目光的语言——和蔼的爱的语言。在这两次见面之后，他留给我一种质而无文的印象，这种印象是那么深刻，以至于我决不怀疑他是一个仁厚而可信赖的人。

我记不得当时我对他说了些什么话，只记得我郑重地感谢过他，感谢他把自己编辑的《鲁迅在绍兴》《鲁迅在南京》《鲁迅在北京》的资料集一本一本地寄给我。我那时正在写《鲁迅传》，这种资料给我多大的方便和帮助啊。尽管我们并没有什么交往，仅仅由于他知道我在研究鲁迅，他就这样一本一本地寄给我。那时，我觉得有一位厚重的师长在悄悄地援助我，从背后递给我一块又一块砖瓦，真诚地支持我建造一座新的楼房。

见面时我没有告诉他，当收到他赠予的资料集时我有一种特别的心情。我看到这些资料小集的封面那么粗糙，纸张的质量那么差，突然产生一种说不清原因的激励。我抚摸着粗糙的封面，把它郑重地放在书架上。我不仅爱这书的珍贵，而且也爱这书的粗糙，这粗糙使我记得它是在怎样艰难的印刷条件下出版的。我到过山东劳动锻炼一年，知道薛绥之先生所工作的地方——聊城，是一个和德州、惠民齐名的鲁西北三大贫瘠之乡，黄河高高在上，解放前不知闹过多少次饥荒。解放后虽然好一些，但仍然是很贫穷的。可以想象，那里的各种文化设施是很简陋的。在这个贫瘠的地方从事大规模的资料建设工作，比起在现代化的城市中，不知道要多费多少心血。我知道书页的粗糙意味着什么，甚至看到这粗糙就想起风沙，就想起在风沙中为祖国的文化而奔走的灵魂。

我还听朋友告诉我说，薛绥之老师人生的道路是很坎坷的。在反右派斗争中他曾被戴上沉重的政治帽子，然而沉重的帽子并没有把他的脊骨压弯，也没有把他心中酷爱人文科学的那一团火焰扑灭。他以一种超常的意志力，超越了痛苦，孜孜不倦地工作。数百万字的《中国现代作家研究资料丛书》《鲁迅生平史料汇编》《鲁迅杂文辞典》，一个目标接一个目标地攻克，即使已倒在医院里了，还是锲而不舍。什么都可以置之度外，唯有事业不能放下。想到那些弥漫的沙土，想到在黄河激浪边屹立着的薛先生，我意识到东方自我实现的格外艰难，一切有抱负的知识分子大半都像薛先生，是在逆境中实现自己的追求与理想的。

薛绥之老师离去已经半年多了，这些时日我常缅怀他，一拿起鲁迅的书，就要想起他。我愈来愈觉得我国现代文学研究在东南能有一个比较雄厚、扎实的基地，与薛先生的努力确实有关。他所搜集、整理的研究资料确实为现代文学研究铺筑了道路。也许因为意识到这一点，四月初的一个夜晚，我忽然想起应当看看他给我来过的信，于是我连忙把堆积如山的旧信件翻出来，我是多么渴望看一看他留给我的笔迹，哪怕一个字也好。我终于找到 1984 年 5 月 12 日他给我的邀请信：

再复同志：

今年十一月初，山东鲁迅研究会在泰安讨论《阿 Q 正传》，同志们希望您能参加并就《阿 Q 正传》作一报告，可否？盼告，以便早作安排。

敬礼

薛绥之　八五年五月十二日

读了信，我的心情更沉重了。我忘记自己那时正在忙碌些什么，竟然没有应邀而去，竟没有和他最后再见一次面。这位屹立在贫瘠土地上的耕耘者对我的小小的希望，我竟未能满足他。而他远走了，我再也无法补救了。这份感情的"债务"该怎么偿还呢？我今天所写的这些文字，也是不足以偿还他的无言之爱的，尽管我知道他是一个只管献予不求报答的人，尽管他是一个以自己的心血滋补他人为快乐的人，然而我总是感到无以报偿的悲哀。

1985 年 8 月 8 日于北京

江城子·悼薛师

宋益乔

夫子于我恩何重？
朽株荣，涸鲋生。
生死肉骨，渥育日夕隆。
自忝私淑寒暑易，时如水，水流东。

事业方殷志未竟，
赴幽冥，恨无穷。
毅魄不逝，夜夜来人梦。
望断重泉去路杳，伤心处，粟山陵。

老师·挚友·同志

韩立群

薛先生离开我们已三个多月了。其间时有写一点纪念文字的念头，但每提起笔来便被悲痛击乱了心绪，竟连一个字也写不出来。“长歌当哭，必须在痛定之后”，至今我才真正明白这话的意义。

先生既是我的老师，又是我的挚友和同志。在学生时代，我就为先生广博的学识和勤奋勇进的治学精神所感动，很希望在现代文学研究方面能得到先生的直接指导。但由于先生在政治上长期坎坷多舛，竟连科研教学的权利也被剥夺，所以，我的希望也就和先生自己对事业的希望一样，长期不得实现。然而，先生的心我是很了解的。他有饱满的热情，这热情来自想在学术上搞一番大事业的雄心；他有强烈的不平，这不平源于雄心难以舒展的郁愤。可贵的是，他没有止于不平，没有因环境的恶劣而停止对事业的执意追求，而是选择了在那个特殊环境里最适合自己的学术道路。这便是现代文学史料研究和整理的道路。

20世纪60年代初，山东师院中文系编写了一套《中国现代文学史研究资料》丛书。先生为丛书付出了最多的劳动。这套丛书可以说是他史料研究的第一颗硕果。从丛书巨大的社会影响，先生第一次受到鼓舞，看到自己劳动和生命的价值，从反馈中更加坚信自己的选择。从此，他愈加忘我地工作了。

70年代初，全国以“大兵团”形式搞鲁迅作品注释。先生无权加入各类注释组，却以“散兵游勇”的形式积极地进行注释研究工作，他所发表的关于注释异议的文章，公开同“四人帮”控制下的政治八股式注释唱反调，冲破了鲁迅研究领域千人一腔、万马齐喑的死寂氛围，使人耳目一新，奋勇之气令人感佩！《鲁迅作品注释异议》一书，是先生对史料研究的第二个硕果。它具有拨乱反正的意义，标志着先生的学术观点和方法更加成熟。

1975 年 8 月，我和先生同被分配到聊城师院中文系任教。我多年的希望终于成了现实。共同的工作和事业把我们结合在一起，使我们成为休戚与共的挚友和同志。聊城的十年是先生一生中最美好的岁月。在这里，先生的理想之花，经过血汗的浇灌而结出丰硕之果。

在一般人看来，离开城市到聊城办学是很大的牺牲。先生却认为到新环境里创业更能振奋意志。临来聊城前夕，我们促膝长谈，谈的都是学术研究的计划。先生自青年时期就热爱中学教育，曾主编过面向中学的《语文教学》刊物，颇受社会欢迎。他目睹当时中学生知识贫乏的状态，提出的第一个研究计划是编写一本中学教学急需的《鲁迅作品教学手册》，结果获得成功。手册仅内部印刷就销行六万册，天津人民出版社出版后，成为当时少有的畅销书，第一次印刷销行数万册。先生的第二项工作是编印《鲁迅生平资料丛抄》。这个庞大的计划在当时条件下是别人不敢搞也无法搞的。第一，须组织一个人数众多的编写班子，而当时全系只有五名现代文学教师，其中两人刚毕业一年；第二，须要一个藏书丰富的图书馆，可当时学校图书馆仅有从山师总院分来的十万册书。但先生的眼界很宽，他的计划是立足本校，着眼于全国。经过他艰苦组织，绍兴、北京、厦门、广州等鲁迅纪念馆的同志和全国各地鲁迅研究者近百人，都参加了丛书的撰稿和资料收集工作。如《鲁迅在绍兴》中的史料是由绍兴的谢德铣、张能耿、裘士雄等同志提供的；《鲁迅在南京》是委托南京的俞润生、徐昭武、许祖云三同志编选的；《鲁迅在日本》是王富仁等同志协助编定的；《鲁迅在杭州》是请钟敬文教授代编的；《鲁迅在北京》是北京鲁迅博物馆的同志协助编定的；《鲁迅在西安》是请单演义先生编定的；《鲁迅在厦门》是委托厦门大学的陈梦韶、孙腾芳、庄钟庆三同志编写的；《鲁迅在广州》是丁景唐先生协助编写的；《鲁迅在上海》是在龚济民、禹长海等同志的协助下编定的，薛先生是全书的主编，组稿、审稿、印刷等工作几乎全集诸他一身。由于任务繁重，他经常利用假期、星期天和夜间来做丛书的工作。我同先生两次到上海、福建、北京等地组稿，都是利用寒假进行的。为了不误开学上课，元旦第二天就动身。记得 1976 年到达上海的时间是大年初三，到丁景唐等先生家中拜访，都以年糕热情招待了我们。丛书自 1977 年开始陆续印出，至 1980 年 1 月全部出齐，共 11 册，150 万字。由于当时正处于十年浩劫所造成的文化危机时期，所以丛书虽是内部编印，但却发行全国，引起出版界重视。山东人民出版社曾将其列入出版计划。天津人民出版社的李福田等同志对这项工作也屡加赞扬与肯定。1978 年 11 月，先生同我去天津人民出版社与李福田、李树人同志商定，在《鲁迅生平研究资料》丛书的基础上编辑出版一套巨型资料丛书《鲁迅生平史料汇编》。这个更为庞大的计划在出版社及李何林、唐弢、戈宝权等全国鲁迅研究专家的支持下，经过五年辛苦劳动，终于完成了。汇编集鲁迅生平思想研究六十年之大成，共五辑六卷，约 300 万字，出平装和精装两种版本，前四卷出版后受到社会好评。这是先生研究工作的最大贡献，也是他一生中最感欣慰的事情。这部丛书审稿期间，正值先生皮肤病复发住院治疗，大部分书稿是在病榻上审阅的。这套书的作者遍及全国，用书信指导编写工作，仅先生亲笔书信就有千余封。1980 年以后，先生任中文系主任，后又任副院长，同时还担负指导研究生的工作。但他的资料研究工作并未因此受到削弱，相反，研究项目愈来愈多，往往是三五项任务齐头并进。如从 1982 年开始，先生所主编的就有《鲁迅著作研究资料丛书》、《鲁迅杂文辞典》、《鲁迅大辞典》事件分册等重大项目，同时还承担《中国现代文学史话》和《林纾研究资料》等书的撰写和编辑任务。在京剧演员中有"一赶三"的角色，而先生则是学术界"一赶三"的拼命进取的研究者。他所承担的工作，是无法以常人的标准计算的。

先生是鲁迅思想的研究者，也是鲁迅精神的实践者。他是从艰苦创业者的角度去学习鲁迅精神的。我认为先生以下的思想行为体现着鲁迅精神对他的深刻影响。

1.对事业执着

先生虽有美好的理想，但大半生没有得到应有的工作条件。他的成功主要靠他对事业的执着。初来聊城时，他的研究工作面临三个大障碍。一是政治上的极左路线和极左思想。开始几年,先生正是承受着上述巨大的政治压力在工作。当时曾有人在报刊上写文章把先生的资料研究工作视为为“右倾翻案”,把先生的名字与“右倾翻案”者并提。先生非但没有被吓倒,反而幽默地嘲笑那批判者的无知,认为这件事恰恰说明了知识与资料工作的重要性。在政治气候最恶劣的时候,他常常约我一起翻阅大批读者来信。信中那来自边疆和落后山乡的淳朴读者的声音,反映着人民群众渴求知识和资料的心声,读之每每相对落泪。我从一双泪眼中看到一个执着于事业的研究者同他所心爱的读者在感情上的交流。对读者高度负责的精神,正是先生执着于事业的力量源泉。二是研究条件的困难。学校新办,既少研究经费又缺图书设备。在这种条件下,即使领导支持,资料研究工作也难以进行。但先生总是以执着的精神,在克服困难中使工作不断前进。如丛书印刷须要预付印刷费,学校无款垫付,先生就亲自四处寻借。编写者来自各地,聚会经费无法开支,先生就常常分别请他们到济南家中商量工作,食宿由先生来负担。记得我在先生家参加的三人以上的聚会就近十次。先生每次都以酒饭招待大家。为解决资料困难,先生征得院领导同意,将每年的研究生经费主要用于购买图书资料,经过十几年的努力,初步建立起一个鲁迅研究专题资料室,并与国内外主要鲁迅研究单位建立了资料交流关系。为了这项工作,先生所花费的劳动和精力是巨大的。先生常常感慨:“同样的工作,在我们这里要比别人付出三倍以至五倍的劳动。”但他从不为困难所吓倒。每当一本书出版时,他总是像打了胜仗的指挥员,自豪地说:“条件是人创造的。我们的成功证明,在这样的地方同样可以搞出东西来!”三是生活条件的困难。学校食宿条件很差,先生又无生活自理能力,一个人住在学校里,实在难以生活下去。1982 年以后,先生患糖尿病,食堂的饭不能吃,自己又不会做,便只好每天三次到很远的饭店里去用饭。先生的宿舍是一间 10 平方米的平房,光线暗,白天也要开灯。十年来,先生就在这间小屋里守着一张床、一个炉子、一盏台灯,孜孜不倦地阅读和写作,从没因生活艰苦而动摇对事业的信念。

2.提携后进

先生总把研究工作作为培养中青年的途径,很喜欢中青年研究者同他合作。他主编的丛书和词典都由本系的中青年教师担任副主编。他常常帮助中青年教师确定选题、查找资料、修改文稿、介绍出版科研成果。十年来，我系现代文学教师的科研成果几乎都是在先生的指导帮助下完成的。从1979年开始，先生共招收四届研究生，他们在先生的关怀下学业进步很快，对先生的感情都很好。这从先生去世后的情况可以看出来。在全国中青年鲁迅研究者中，受先生提携的人很多，如王富仁、包子衍等，在学习和研究方面都曾得到先生的帮助。作为老一辈研究者，先生最没有保守思想，最没有学者架子。他公开提倡并实行向有成就的青年人学习。他常说："伟大事业的完成，须几代人的努力，为有英俊出于中国，我们甘愿作人梯。"

先生的身体是很好的。他有山东大汉的大饭量和过人的体力。虽长我十四岁，但每同我一起出发，总走在我前头，于人车拥挤的马路上，反而总是他照顾我。他仅六十三岁，在人才青苗不接的当下正处于学术研究的黄金时代。他不是躺在病榻上离开我们的，而是坐在书桌旁拼搏而死。他的一生是艰苦创业者的一生。

平生风义兼师友

王尔龄

薛绥之同志的噩耗来得太突然了，先是不敢相信，但是济南发来的电报又不得不相信。他奖掖后进的风范忽然一下子在我脑里叠印似地出现，悲痛中想起了一句诗："平生风义兼师友。"

我和薛绥之同志说不上深交。他的简历，我还是从《薛绥之同志悼词》上了解到的。拜识这位鲁迅研究专家，还是1974年的事，那年他曾和韩立群同志一起来上海。一天晚上他们到陈梦熊同志家里晤谈，我闻讯前往。主人略具酒食招待，我指着桌上一碟花生米，说："请山东来的同志吃这个，有点开玩笑吧？"但那时花生米早已是"珍品"了。他对这些淡然不置一词，只是谈着有关怎样研究鲁迅的种种意见。韩立群同志说："薛老师很有事业心。"这句话现在听起来自然不够突出，但在那时，说的人、被称道的人都可以因此构成"宣扬个人奋斗"的罪名的。而"很有事业心"正是他即使在十年浩劫中也对革命前景具有信念的一个说明。

粉碎"四人帮"以后，他鉴于经过十年浩劫鲁迅研究资料不易寻找，便设想编印史料书，但在那时还只能提请所在单位聊城师院编印、内部发行。党的十一届三中全会之后，他思想解放，精神振奋，许多学术研究计划才一个接一个地付诸实施。在通信中，在见面时，他一再说："我的战线太长了。"我知道，这正是他团结一批同志更加勤奋地工作的动力之一。

我是在鲁迅研究道路上学步的人，年龄又比他小十岁，但他仍待我如友，导我如师。每有由他主编、著的书籍出版，必送我一部。我懂得这里的意思:鞭策。驽马很需要这样的鞭策,而今鞭虽在而执鞭者却已溘逝,宁不哀哉!

去年9月,中国鲁迅研究学会在大连召开第三次会员代表大会,我和他有数日聚首,借此机会又聆听他的教言,并得知他的一些新计划。他的专著,除了《鲁迅作品注释异议》早已出版之外,论文有待增写,《鲁迅作品难点试析》正在修订;主编的《鲁迅生平史料汇编》五厚册正式出版(我知道这部书不仅编集,还发掘新的资料)后还要修订重版;担任主编的《鲁迅著作研究资料丛书》《鲁迅杂文辞典》、担任编委的《鲁迅大辞典》的工作正在进行。此外他还在为上海教育出版社写一本普及性的读物,这本读物已经成稿大半,但他并不因此就认为不必讨论了,相反他仍不耻下问,要我谈些写法上的意见。这些可以看出他勤奋、严谨的态度。在大连,他又重提旧话:"我的战线拉得太长了。"那时,他六十刚出头,我认为不消五年,这些新计划可以一一付诸实现,岂料时隔不久就传来了噩耗!岂料此别成终古,遽尔失绥翁!

从大连回来,我把他索取的一篇拙作从刊物上复印寄去。那是他在大连棒槌岛宾馆面嘱的,由这样一句话谈起:"今年春天,我有一封信,要你的一篇文章,作《鲁迅作品难点试析》修订的参考,你还没有寄来。"我回答说:"没有收到过这样的信。"等到复印件寄出多时,于12月9日却收到他索取同一文章复印件的信;正当我惊疑的时候,忽见笺端还有几行文字:

> 今天安装炉子,搬动书架,发现这封未寄出的信,前天收到您寄来的复制□□□□□材料,多谢!正好发现这一写而未发出的信,附言一段,一以表感谢,一以说明此事始末。信封已早贴好邮票,我又拆开过。
>
> 绥之　一九八四年十二月六日

从这件小事可以看到他对自己的疏忽竟如此认真地对待。他的学术研究也是这样:认真鉴别材料,坚持实事求是,偶有疏忽必求订正。

上面所说的那封信,是我收到的薛绥之教授的最后一封书简。这位著名学者过早地离开了我们,是鲁迅研究界以至现代文学研究界的一大损失。现在,我重新捧读这一书简,悲痛之情、感念之情,并皆涌起。我后悔不曾向他多所请益,如今有许多需要向他问学的问题,需要对他倾吐的甘苦之言,又怎样请他答疑、向他诉述呢?

薛绥之同志的未竟事业,自有他的门墙桃李继续完成;作为后学,我也要时时记住他的鞭策,以“驽马十驾”自励,不辜负他的待我之意、导我之心!

1985 年 4 月 11 日于上海

勤奋的学者　可亲的师长

王宜训

我在山东师范学院读书的岁月，正是薛绥之老师身处逆境之时。虽说是他已经“摘帽”，但境况并无好转：政治上受歧视，工作上不被信任，后来历次政治运动，他都摆脱不了“运动员”的命运。同许多革命的、正直的知识分子的际遇一样，直到“四人帮”垮台之后，他才从“极左”路线下被解放出来。但是，正当他晚年逢盛世，信心倍增，为祖国的教育事业和学术研究忘我地工作的时候，连他自己也万万没有想到突然被心脏病夺去生命，使他中断了自己终生为之奋斗的事业。我们这些曾亲聆他的教诲，毕业后仍经常得到他帮助和指导的学生，对他的不幸逝世怎能不感到无限悲痛呢？

作为一位学者、教授，薛绥之老师的思想道德、文章著作，已有许多专家学者做了评介。我作为薛老师的一个普通学生，毋庸也不敢对自己的老师妄加溢美之辞。因为老师生前为人治学，很讨厌阿谀奉承的庸俗作风，况且古人有云“铭诔尚实”，至今适用。我仅记取他两次到威海治病时的几件小事，来悼念我敬爱的薛老师。

1976 年 9 月，我在文登县初村高中任教。一个星期天我回威海探亲，下午在汽车站乘车返校时，突然发现薛老师在车下召唤我。我又惊又喜，忙从车窗探出头来问他何故来威海、住在何处。当我明白了这一切后，告诉他我当日必须返校，暑假后立即回来看望他。汽车开动后，他大声说道：“你不必请假回来了，我明天就到你那里去！”

汽车在奔驰，我陷入了对老师的回忆之中：自从 1957 年以来，他虽身处逆境，但对党的教育事业一直是忠心耿耿。他胸怀坦荡，努力工作，从不把个人荣辱、得失放在心里。他给我们上现代文学课，很受同学们欢迎，尤其是讲鲁迅先生的著作，论人论文，博闻强记，往往风趣横生，无不精辟而深刻，真可说是达到了既教书又育人的目的，给我们留下了终生难忘的印象。他是一位慈祥、和蔼的师长，对学生不论出身如何，一视同仁。课内课外，他总是乐呵呵地，笑容可掬，从未板起面孔训人。1965 年有一段时间，他曾和我们学生住在一个宿舍里，深受同学们的爱戴和敬重。我和老师分别已经八年多了，这些年来的风风雨雨他是如何度过的呢？想到这一切，恨不得马上回到威海与老师相聚畅叙。

那时正当“四人帮”垮台的前夕，我们教师正在农村参加劳动，接受再教育，请假是要由贫宣队和公社党委批准的。我费了许多周折，跑了十几里路，直到天黑才被批准了一天假。我想，无论如何也不能让老师千里迢迢来威海治病的时候又专程到乡下看望学生。于是我骑上自行车连夜返回，直奔威海疗养院。到那里一看，大门落了锁。在急于看望老师的心情驱使下，自己也顾不得什么禁忌和体面了，翻墙而入。这时已经是晚上十点多了，疗养院里很寂静。我上楼找到了老师的房间，一看，门没有关，里面还亮着灯，蚊帐都已经放下。透过蚊帐，只见薛老师正坐在床上全神贯注地写作，书籍、资料乱七八糟地摆了一床。看到这一切，特别是联想到当时的社会形势，我被深深地感动了。我在门外有些踌躇，但也终于按捺不住激动的心情，小声地叫道：“薛老师。”他撩开蚊帐，一眼就认出了我，立即下床高兴地握住我的双手说：“这么晚了，你是怎么回来的？走，咱们到楼下坐。”

走廊里传来了十一点的钟声，病员们的鼾声此起彼伏。

“我已经买好了明天去你们学校的车票，你何必赶回来呢?”说着，他从裤兜里摸出了车票给我看。

老师和我谈了很久很久。这时我才知道，即使在“四人帮”横行、知识就是罪恶的时代，即使是在养病之中，薛老师也没有停止科研工作，《鲁迅作品注解异议》一书中的许多篇章，就是在这前后写成的。

对党的教育事业和科研工作，薛老师“不以隐约而弗务，不以康乐而加思”。1983 年 8 月，他第二次到威海疗养院治病。这时候，他已经入了党，并担任了聊城师院的领导职务。我每次去看望他，都发现他仍然像过去一样不分昼夜地看书、写作。9月17日，他在给我的一封信中说："我来威海，除治病外，还想终审《鲁迅杂文辞典》，但参考书太少，工作有困难。我不想多住，病情有好转即出院。每天事情做不完，不会寂寞，我一来，就有人找我帮他修改文章，又有人想跟我学文化……我实在没有空。我铺的摊子太大太多，有点力不从心。"他两次来威海，从未像一般病员那样安闲地养过病。据我所知，这次住院期间，他还应威海市委宣传部、市政协的邀请做过学术报告；出院路过烟台时，特意去看望过因受牵连而被错划为右派的学生任雍安；约见了学生王要驹、宋学俊、李桦、王镇祥及我等，具体指导了《鲁迅作品研究资料丛书》的编撰工作。此外，还和烟台师专韩日新等同志商计了关于举办现代文学讲习班等事宜。路过烟台一天，没有得到片刻的休息。

这就是我们敬爱和怀念的薛绥之老师。数十年来，他总是那样勤奋忘我地工作，他时刻关心着学生的成长和进步。他研究鲁迅、学习鲁迅，堪为我们的楷模。他无限忠诚于党的文化教育事业的高尚品德将永远激励着我们前进！

深切的怀念

——忆薛绥之

李福田

1984 年 11 月底，经过一个月的齐鲁之行，我从济南遄返天津，车票是老薛为我排了四个多小时的队才买到的。当晚，老薛亲自和他的孩子云青送我上车。

本来开车前十分钟他已下了车，正好我的车厢里又进来一个我在聊城专访而未得见的人，老薛又随这个人再次踏进我的车厢。大约是怕扫我的兴吧，老薛热情地向那个人介绍了我的情况，并且坐下来，又叙谈了几分钟。直到车子要开动，才匆忙地跳下车。其实我的心情并非如老薛所想的那样。不过，对老薛那种伴随着急促的节奏所显示出来的热情，我还是感激的。他那一晚上的音容笑貌，至今仍深深地留在我的记忆里，哪里料到那一次的分手竟是我们的永别。

新中国成立初期，老薛和我都在天津工作，彼此知而不识。我们的交往是从 1974 年开始的。那时，老薛刚过半百之年，却已满头白发，但他并不给人以衰老的感觉，在经历了近二十年的精神折磨之后，他仍充满希望，信心很足，干起工作来不辞辛劳，不知疲倦。我没有经历过老薛经历过的那种生活，因此我对他了解不少，理解得却很不够。就印象说，我感到他是鹤发童颜，而且似乎还有童心。有时谈起来，我说他太天真，他就说我太悲观。这种争论直到他逝世前也没有结束。而从这里，我却更感到他可爱。

我到过老薛在济南的家，也到过他原来工作单位所在地聊城。前者居室窄狭，使我产生了压抑感，后者虽是历史上繁荣一时的名城，中国出版事业最早的发祥地之一，我却实在看不出那里有什么做学问、搞研究的条件。生活上的不便就不用说了。而就是在那种情况下，山东师院聊城分院在现代文学界、鲁迅研究界却颇有一点名气，因为他们干了不少实事，出了不少成果，有益于学界。如果说这与老薛的努力分不开，聊城的同志们也许不会以我为言过其实吧？

说起我们的友谊，那确是从工作中建立起来的。1978 年，老薛写信给我，希望把由聊城分院中文系、图书馆编印的《鲁迅生平资料丛抄》交给天津出版社正式出版。这套丛抄是在那个年代成书的，共十二本，以文章汇编的形式集中了有关鲁迅生平的资料，做了一件很有意义的工作。老薛是倡议者、组织者，又是编辑出版工作的主持者。但作为正式出版物，当时却不能不使我斟酌再三。而且老薛曾诚恳地告诉过我，这是一家出版社的退稿。今天想起来，那时我为什么会接受这部书稿呢！老实讲，主要是靠对老薛的信任，对老薛的事业心和工作热忱的信任。

当然，要出版一套近三百万字的资料专集，这个决心也不是很容易下定的。记得在一年左右的时间里，我们的书信往还就有几十次，编写计划反复又反复。为了搞得扎实些，老薛、他的三个研究生和我们一道先是到杭州、绍兴、上海、南京，后又在北京会见了几十位鲁迅研究界朋友，开了十多次中、小型的座谈会，个别交换意见不下百次，长途跋涉的辛苦且不说，老薛那种热忱直到今天回忆起来还使我暖意盈怀。我们不仅认真地听取了各种不同的意见，而且在交通十分不便的情况下，老薛还一个人访问了几个为此事出过力的朋友，最后才确定下来。在一个来月的时间里，行程超过万里。那段工作的成果都已反映到《鲁迅生平史料汇编》中了，这里我不想再重复，但我应该感谢鲁迅研究界前辈和各地鲁迅研究工作者的大力支持。而从成书的整个过程来看，更应该感谢老薛，他是这部大型资料丛书名副其实的主编。没有他的耐心和毅力，这部涉及鲁迅一生发表过的和未发表过的史料、联系几个省市、有几十人参加的工作的顺利完成是难以想象的。记得汇编第一辑书稿，是老薛在疗养院病床上审定的。如果不是这样忘我地工作，在纪念鲁迅百年诞辰前夕出版是不可能的。以后各辑的工作也是一样。可惜的是,由于一种莫名其妙的原因,本应在 1984 年出版的第五辑(上、下)被拖延了将近一年。现在,书是出版了,可为此书灌注许多心血的老薛却已长眠地下。每思及此,我的悲痛和愤慨是难以抑制的。一个时期我很怕人们问我汇编第五辑的出版时间,因为它使我想起老薛。我感到对不起老薛,虽然咎不在我,但我愿为此向地下的老薛告罪。

老薛对青年的提携和帮助也是很感人的。我国第一批现代文学博士研究生之一的王富仁同志,一谈到老薛就说:“薛老师是我的第一个导师。”我认识并了解王富仁,就是通过老薛的介绍。其时王富仁在聊城一个中学任教,老薛将他的文章转给了我。尽管那篇文章写得简单一些,却显示了作者勤于思考、勇于探索的精神。那是敢于向传统、向权威表达不同观点的虽不成熟却有见地的文章。我请老薛向作者转达我的看法,并希望老薛给予支持和帮助。从聊城到西安,又到北京,从攻读硕士研究生到通过博士论文答辩,老薛一直很关心王富仁同志。王富仁同志对老薛也一直感念不已。我相信他的真感,我认为老薛应当受到这样的追念。

近几年来,老薛带了十多个研究生,现在还有四个研究生未结业。立群同志告诉我,直到逝世前几分钟,老薛还在修改研究生的论文。我说不出他为培养研究生花费了多少心血,但我从他的研究生对他的感情上可以想象到。徐鹏绪同志是老薛最早的研究生,我们在一起旅行过、交谈过,工作上也有不少的接触。我知道,他对老薛有着深厚的感情。他常对我说,薛老师太忙、太累了。为了替老薛分担一些工作,徐鹏绪不惜一再推迟自己的研究计划,这事怕只有我和鹏绪知道。老薛主编的《鲁迅生平史料汇编》《鲁迅杂文辞典》以及老薛参与编写的《鲁迅大辞典》中,都有徐鹏绪为老师出力的劳绩。老薛逝世后,他悲痛难抑,在给我的一封充满真挚情谊的信中说:“薛老师是为工作也是为我们累死的。”这次他的研究生和其他学生们主动出资为老薛编纪念集,要我协助,我还能说什么呢?我又能做些什么呢?我知道,他的学生们是把老薛作为恩师来追念的,而老薛是应该得到他的学生的尊重的。

作为一名学者,老薛并非才华横溢,但他踏踏实实,兢兢业业,做出了自己应做的一切。老薛为人朴讷，做事却是身体力行。我与他共事多年，感触最深的就是他的实干精神。他的主要成就在于现代文学和鲁迅研究资料的积累。他常对我说："会耍刀的耍刀，会使枪的使枪。每个人都应做些事情，我的座右铭就是少讲空话，多干实事。总括成一个字，就是要'干'。"去年 9 月在大连，他曾与我商议过建立现代文学资料研究学会的事。11 月在他济南的家里，又细谈过一次，打算联络有关方面召开一次筹备会，促进一下。我怎么也没有想到，这竟成了他的遗愿。现在我想，学术界有不少热心的同志，如能促成此事，不仅可以嘉惠学林，对老薛也是一个很好的纪念。

老薛带研究生，又主持或参与了一些大型项目的编写工作，忙得不可开交。我曾劝他，希望他缩短战线，把自己积累了几十年的东西好好提炼提炼，搞一两部学术专著。他对此也有同感，并表示一旦所担负的工作告一段落，他就要好好规划一下。孰料这也成了无法弥补的憾事。

老薛常说，他对我是有感情的。我又何尝不是如此呢？我钦佩老薛的毅力，他能在承受精神折磨的情况下笔耕不辍，而且结出了许多好的果实；我喜欢他的忠诚和坦率，对朋友是这样，对学生、对同事也是这样；我赞赏他的实干精神，纪念集中的目录索引可以说明。

对老薛的逝世，我是十分悲痛的。对他，我是永远不会忘怀的。我至今仍觉得他还活着。现在，一提到他的名字或与他有关的事，他那浓重的山东口音就在我耳边响起，他那高大健壮的身影就在我眼前浮现。悲痛的泪水模糊了我的双眼，我不想再说什么了。就我个人来说，这本身就是一种深切的怀念。这种怀念令我悲痛，叫我惭愧，他给我们莫大的激励，督促我不断地前进。

1985 年 6 月 25 日

于常州纪念瞿秋白同志就义五十周年学术讨论会

深情忆念良师益友薛绥之教授

谢德铣

惊悉山东大学薛绥之教授因病不幸逝世，国内失去了一位著名的鲁迅研究专家，鲁迅研究界失去了一位不遗余力的不倦战士，我个人失去了一位可尊敬的老师和友人。我感到无比悲痛。

我与薛绥之同志相识于1976年1月，当时他正在绍兴访问，住在鲁迅纪念馆。2月1日，他获悉冯雪峰同志不幸逝世，马上出发去邮电局发电，对雪峰同志的逝世表示深切的哀悼。他告诉我说："对于这样一位老红军，过去我们没有给他以公正的待遇，这是党的损失、事业的损失，是令人遗憾的。"当我谈到当时还有些人对冯雪峰与鲁迅的关系表示怀疑时，薛老坚定地说："冯雪峰代表中央到上海与鲁迅联系。他与鲁迅关系极其亲密。雪峰同志回忆鲁迅的文章，说的句句是真话。这是事实，事实是不能抹煞，也是抹煞不了的。"当天晚上，他和我谈了鲁迅研究中的一些问题，尤其谈到资料工作的重要性。当时他正负责山东师院中文系资料室，我也在绍兴师专（当时为地区师范）负责资料工作，并编一份内部刊物。他对我整理的董秋芳先生《回忆鲁迅先生》一文表示好感，认为抢救这些老人的史料，是我们学术工作者义不容辞的责任。他还说，资料工作是一切研究工作的起点与基础，离开了资料，净说一些空话、大话、套话，有什么人要听要看呢？从薛老的言谈中，我不仅提高了对资料工作意义的认识，也增强了工作的信心和决心。不难看出，他对"四人帮"统治期间那种"假大空"的文风，和鲁迅研究工作中人为拔高、"神化"伟大等种种恶劣做法，是何等愤懑和深恶痛绝。

1976年秋，薛绥之同志为编写《鲁迅生平资料丛抄》中的《鲁迅在绍兴》一书，再次来绍兴，我又一次得到了聆听教诲的机会。当时，绍兴鲁迅研究工作已慢慢恢复和发展起来，他鼓励我们故乡的学术研究工作者，要认识生活在绍兴这块土地上的许多有利条件，抓紧研究工作，尤其是一定要及时抢救鲁迅亲友的口头或书面史料，以利于正确、全面地学习鲁迅、认识鲁迅。当我告知他自己正在撰写《鲁迅作品中的绍兴方言注释》一书时，他表示非常支持，并鼓励我把这项工作做下去。他说："鲁迅作品有浓厚的乡土地方特色，方言土语也比较丰富。这些语言因素在江浙一带，也许还能看懂，但黑龙江、内蒙古、新疆、青海、云南、贵州呢，就望文生义，或者根本不懂了。你加以注释甚有必要，不但对读者，而且对研究者也是很有用处的。"在他和其他老一辈专家的鼓舞、督促下，拙作在次年由黑龙江爱辉教师进修学校内部出版；1979年经过修订，由浙江人民出版社正式出版。

1978年10月下旬，全国鲁迅研究学术讨论会在安徽黄山举行，一百多位同志参加了这次盛会。10月28日，薛绥之同志曾兴致勃勃地和黄源、戈宝权、王瑶、华忱之四位老一辈专家一起登上黄山。他那登上玉屏楼、北海时的兴奋之情，历历在目。在黄山会议上，他对许钦文、黄源、戈宝权等老一辈研究专家非常敬重。他认真听讲，勤做笔记，还抓紧时间向这些前辈请教，共商鲁迅研究大计。会议结束前夕，我曾邀请他和戈宝权夫妇、王瑶、袁良骏、郑择魁、董校昌同志一起合影留念。10月31日晚，他还热情地为我临别题字："鲁迅研究，在安定团结的政治气候下，必将出现一个新的局面。实事求是，百家争鸣，巨著佳作，不断涌现，将是这一新局面的主要标志。祝愿你们及您个人，再接再厉，勇攀高峰。"

1979年6月，为纪念鲁迅先生诞辰，绍兴师专校刊编辑部决定约请周建人、钱君匋、戈宝权等同志写些纪念文章，并责成我也向当时在山东师院聊城分院的薛绥之同志约稿。薛绥之同志收到我的信以后，当即复信表示热情支持，并提供了他珍藏的1973年9月冯雪峰同志写给他的一封亲笔信《有关左联的三个问题》。这封信对左联若干重要问题作了扼要的阐述，在现代文学研究上很有意义。为了弄清信的来龙去脉，他在发表这封亲笔信前特地写了一千五百多字的《悼念和说明》，对冯雪峰同志表示诚挚的怀念，并指出:“在任何情况下,敢于实事求是,这就是我对雪峰同志的印象。”薛老提供的这封信及说明,后来发表在我校《教学参考资料》1979 年第 9、10 期合刊(纪念鲁迅专辑)上。这充分显示了他对我校鲁迅研究工作的关怀、重视和支持,是永远使人难以忘却的。

1980 年 1 月,为迎接鲁迅诞辰一百周年,薛绥之同志来绍兴组写《鲁迅生平史料汇编》中的《鲁迅在绍兴》一书。他决心把这具有集大成意义的工作做好。当时,汇编第一辑即《鲁迅在绍兴》正在组稿,他要我们绍兴的同志承担下来。说实在的,由于出版界“左”的影响,又由于出一本书关卡众多,许多明明约定了的书稿最后被压下来的情况实在太多。所以,当时我们几位绍兴同志对汇编能否正式出版,一度持怀疑观望的态度。薛老看出了我们的疑虑,就约了天津人民出版社的李福田同志一起来绍兴。我们与地市有关领导通气后,具体指导我们几位同志一起拟提纲,确定指导思想、书稿篇幅、插图照片等,终于使我们打消了顾虑。1981 年 7 月,在鲁迅诞辰一百周年前夕,这部大型书稿终于同读者见面了。这是与薛老呕心沥血、到处组织奔波分不开的。如今,这部书稿正在修订重印,并拟公开对国外发行。面对这五大辑二百多万字的汇编,怎能不引起我们对这位热情的研究家、组织者、活动家的深切怀念!

薛绥之同志对我校怀有深厚的感情。1980 年 5 月 7 日,经国务院批准,我校正式改建为绍兴师范专科学校。这是绍兴历史上第一所高等学校,对于发展鲁迅故乡的文化教育科学事业、建设精神文明、开展鲁迅研究具有重大意义。当我写信把消息告诉他时,薛老当即在 6 月 15 日写来了热情洋溢的贺信,信中说:“绍兴是中国的名城,是周总理的故乡。秋瑾、徐锡麟、蔡元培,也都出自绍兴。您校前身绍兴师范是一所有光荣传统的学校,鲁迅作过绍兴师范的校长,周建人、孙伏园、陶元庆、赵景深、许钦文都先后在这里学习或工作过。”他在信的结尾写道:“衷心祝愿你们培养出一批又一批又红又专的人材。祝您校办得既有全国乃至世界水平,又有绍兴特点,特别希望你们在鲁迅研究方面,作出新的贡献。”

薛绥之同志在工作中,严以律己,宽以待人,以事业为重,气度豁达,尊重人才,注意奖掖像我们这样的晚辈;即使对于犯了错误的同志,也是热情相帮，予以殷切期待。如绍兴有一位研究者，在生活上犯过一些错误，薛老知悉后，一方面深表痛心，另一方面冒着大雪和我一起下乡去看望他。在回来的路上，他曾推心置腹地对我说："一个人在世上难免会犯这样那样的错误，当然有些错误是不应该犯的。但既然犯了，只要他有了认识，我们就要热情帮助他，欢迎他改正错误，继续做好研究工作，而不要歧视他，疏远他。"薛老这一席话，充分体现了他的恢宏气度和宽广胸怀，也体现出他善于团结同志的高度政策水平。薛绥之同志为人谦虚谨慎，对老一辈作家非常尊敬，他来绍兴时，曾多次拜访年近八旬的冬芬（董秋芳）先生，还看望过别的一些老同志。薛绥之同志生活朴素，"吃的是草，挤出的是奶和血"。他在黄山，在杭州，在绍兴，总是粗衣淡饭，有时到街头店堂，有时在食堂，有啥吃啥，吃得很高兴。他在生活上的要求甚低，但工作上却勇挑重担，乐此不疲。他在鲁迅研究工作中有继往开来之功，但从不以功臣自居，这是和他谦逊质朴的为人，以及严肃认真的治学态度分不开的。

薛绥之同志为人正直，敢于支持鲁迅研究工作者排除干扰，开展正常的学术研究工作。1982 年 9 月，全国鲁迅研究学术讨论会在杭州举行。当时，我们在鲁迅研究工作中遇到了一些困难和压力。由于我们几个同志在《鲁迅生平史料汇编》及省出版社《鲁迅在绍兴》一书中提供了一些新的史料和照片，招来了一些人的误解和非议。薛绥之同志仗义执言，他正气凛然地说："《汇编》这部书，最后是由专家们集体审定的，为什么发表、发表什么，是编委会的事，不应追查作者的责任。作为国家出版社，为什么不能发表未用过的照片、史料呢？你们不要背包袱，如果有问题，叫他们来找我。我是主编，一切责任由我承当！"在薛老和其他老一辈专家的关怀支持下，后来此事虽无形了结了，但这使我们深深感到：薛绥之同志虽只活了六十二岁，却能组织、编辑、出版如此众多前无古人的鲁迅研究成果，这不仅是由于他对鲁迅怀有无比崇敬的感情，对同志对工作有无比的热忱，也与他的德、才、识、胆是分不开的。

薛绥之同志品德高尚，肝胆照人。他崇尚务实，反对浮文缛词。在鲁迅研究工作中，他特别强调要学习鲁迅先生高尚的品德与情操。1983 年 7 月 16 日，《鲁迅大辞典》编写会议在厦门举行，他曾冒着酷暑连夜拜访了当时年已八十四岁高龄的陈梦韶先生。回到厦大后，他又一次亲笔为我题字："研究鲁迅，首先要学习鲁迅的为人，做一个正直的人，有道德的人，对人民有益的人。"这不仅是他对我的殷切期望，实际上也是他自己光明磊落一生最实际、最概括的写照。

1984年3月19日，由辽宁省职工教育委员会和北京社科院文研所联合发起的"鲁迅通俗读物丛书"编写会议在绍兴举行。其时，薛老夫人身患重病，但他接到邀请后，仍连夜赶来绍兴参加。会上，他与戈宝权、王西彦、黄源、林非等同志一起，就如何学习鲁迅、普及鲁迅作品问题发表了很好的意见。他说："为了学习鲁迅，研究鲁迅，普及鲁迅，为四化服务，出一套学习鲁迅的通俗丛书很有必要。过去四人帮把鲁迅作为压人打人的工具，把鲁迅搞得面目全非，我们应当拨乱反正，应当准确地、科学地宣传鲁迅，把鲁迅的思想和作品普及到全民族，特别是青年中去，努力开创鲁迅研究工作的新局面。"在谈到当前鲁迅研究著作卖不出去，有的只印两三千，许多出版社感到销路有问题，鲁研工作面临着"危机"感时，薛老坚定地说："我对鲁研工作是抱乐观态度的，尽管有困难，有曲折，但前途光明。有人说'只要共产党不亡，郭沫若就不会倒'，这话是千真万确的。依我看，'只要中国不亡，鲁迅肯定不会倒'。"他还就通俗读物的开本、格局、字数、选题和文字要求等，都谈了自己的想法。他最后还建议把学习鲁迅活动与社会上开展的振兴中华读书活动结合起来，为学习研究与普及鲁迅开拓出一条新的路子。

这次会后，我们原拟请薛绥之先生再留一天，顺便为我们师专中文系和绍兴鲁迅研究工作者做一场学术讲座。但因考虑到他家中老夫人有恙，又有电报送来催归，加之他年事并不高，以后总还有机会来绍，故也没有强留。4月19日，薛老听说在《绍兴鲁迅研究专刊》第一期上刊出了范爱农之女范莲子口述、我整理的《略讲鲁迅和范爱农的一些事情(上)》，对此很感兴趣，但文章写到范爱农之死就停了，要第二期才能刊完下篇。他急于要求我把下半篇文章原稿先拿给他看一下，以了解范爱农之死的真相。当天，我就遵嘱把原稿交给了他，请他审正。次日上午，我去鲁迅纪念馆看他，不料，纪念馆负责同志告知，薛老因夫人病急，一早就匆匆离绍返鲁了。临别前，他把原稿托他们交还我，并向我表示感谢，又嘱我迅速把下半篇刊出来，以飨读者。

殊不知，这次会议竟成了我和他的最后一面。

此后，我曾于 1984 年 10 月、1985 年 1 月先后去杭州参加了老一辈鲁迅研究专家许钦文、孙席珍先生的遗体告别仪式，在灵堂上也看到了薛老敬献的花圈。殊不料，仅短短相隔，他竟追随许、孙二老，也先我们而去了。这怎能不令人感到突然，感到无比悲痛呢？

1 月 20 日，为了表达对薛老的怀念和尊敬，特别是为了表达我们鲁迅故乡研究者对他的忆念与感激之情，我曾与王德林同志合发了一份唁电。此外，我又以个人名义发过一份唁函，函中说："薛绥之同志是我国著名的鲁迅研究专家。他生前热心学习鲁迅、研究鲁迅、宣传鲁迅，大力培养我国中青年鲁迅研究人才，努力为他们指定研究课题，提供发表与出版的机会，乐育英才，甘为他人作'嫁衣'，是我们最可尊敬的老师和战友。我们鲁迅故乡的研究工作者，将永远不忘他对绍兴鲁迅研究工作的关怀、鼓励、支持和重视，一定进一步做好故乡的鲁迅研究工作，以新的成绩告慰他的在天之灵。"实际上，这也是我们绍兴广大鲁迅研究工作者的共同心声。

是的，薛绥之同志虽然和我们永别了，但他为之奋斗的事业是永存的。他的英名，将长留在鲁迅研究的史册上；他的感人事迹，将永远铭刻在我们不灭的记忆里。鲁迅—绍兴—薛绥之，这三个名字将永远联系在一起，永远、永远……

琐忆薛先生

陈子善

薛绥之先生突然去世的噩耗传来，我和上海鲁迅研究界的一些同志正在和文兵、漱渝兄讨论《鲁迅大辞典》的条目，大家一时都惊呆了，简直不敢相信这是真的。薛先生，您走得实在太快了！

我记性太坏，已记不起与薛先生首次见面的确切时间，据自立兄回忆，是在北京参加《鲁迅全集》注释定稿期间，那大概是1978年或1980年的事。但我清楚地记得，我与薛先生开始通信比这要早，当时我为鲁迅书信注释中的几个问题冒昧写信向薛先生请教，他虽然与我并不相识，却很快就回了信，热情地作了解答。此后，他就经常把他编著的一些书刊寄给我学习，还谦虚地要我"指正"。其实，无论是年龄还是学识，薛先生都是我尊敬的老师。

近年来，薛先生每次来上海，只要我知道，都要去拜访他，聆听他的教诲。我在济民兄家里见过他，在现代文学研究会理事会上与他交谈过……而薛先生每次见到我，也都关切地问这问那，颇多勖勉之词。他称赞自立兄与我合编的《郁达夫文集》和《郁达夫研究资料》，鼓励我们继续努力，在郁达夫研究上取得新的成绩，可是我毫无长进，有负他的期望。

薛先生主编《鲁迅著作研究资料丛书》，这是一项功德无量的大工程。他写信嘱我与王景山老师和自立兄合编一本书信研究资料。这是薛先生对我的信任，使我深受感动。他不时来信询问工作进度，有无困难，还把他主编的几厚本《鲁迅生平史料汇编》寄赠我们参考。而今这套丛书刚出版了一种，为之花费了大量心血的薛先生却已故去，我不禁要问，我们怎样才能完成先生的遗愿呢？

这次参加撰写《鲁迅大辞典》事件部分条目，薛先生与逸中兄共同担任该部分条目的审稿人，我为自己又有机会在薛先生指导下工作而深感庆幸，原以为不久又可与薛先生见面，向他求教了。万万没有料到他这么快就离开了我们。

薛先生思想解放，治学严谨，他在学术上的成就，用不着我多说，现代文学研究者有目共睹。假如天假以年，他一定能作出更大的贡献，每念及此，我就不胜悲痛。薛先生的逝世，对鲁迅研究和现代文学研究来说，确确实实是一个无可挽回的重大损失！

痛悼薛绥之同志

袁良骏

当接到薛绥之同志逝世的讣电时，我简直不敢相信！年近花甲、生龙活虎的绥之同志怎么可能离开我们，离开他热爱的鲁迅研究事业而去呢？但是，这却已经成了无可挽回的事实！唉！“不该死的又死了一个”，章川岛先生悼念朱自清先生的话油然萦绕在我的脑际，绥之同志亲切的面影也就浮现到我的眼前了。

虽然早已拜读过他的文章，但我和绥之同志相识却在1978年黄山鲁迅研究学术讨论会上。当时，我虽已年逾不惑，但却只是鲁迅研究队伍中的一名新兵，加之“嘴上有毛，办事不牢”，在会上说话、处事都很不谨慎，很不得体。事后想来，很感不安。可绥之同志并不因我的这些毛病而嫌弃我，相反，他倒鼓励我的“心直口快”，要我勇敢进取，保持一股学术的锐气。在会议结束、集体合影之后，我又有幸和王瑶先生、戈宝权同志、绥之同志等另外照了一张，我就站在绥之同志旁边，我们真可谓一见如故的“忘年交”了！

黄山会议之后，我不断接到他的来信，也不断得到他的鼓励和帮助。我编的《丁玲研究资料》出版后，他不仅来信勖勉，而且在一篇文章中加以称道。我的《鲁迅研究史》的开头几章陆续发表后，他虽然明知它们还相当粗糙，但也总是热情肯定。我懂得绥之同志奖掖后学的热心，他的每一次鼓励都是对我有力的鞭策！

我从朋友处知道绥之同志在反右扩大化中被错划为右派的遭遇甚为不幸，但在我和绥之同志交往的这六七年中，无论在北京、大连还是在青岛，他都没有一次向我说起过他的坎坷经历，他谈的总是学术事业，总是鲁迅或现代文学研究中一些热烈讨论的问题。我一方面为他胸怀的宽阔所感动，另一方面也深为他忠于学术的精神所鼓舞。

绥之同志主编的《鲁迅生平史料汇编》，是近年来鲁迅研究史料建设中的一部巨著，他主编的《鲁迅著作研究资料丛书》也将是一部巨著。可惜的是，这两套丛书均未竣工，绥之同志便赍志以殁了！绥之同志曾经来信约我参加编辑《鲁迅研究资料丛书》的工作，但我由于当时身体欠佳，且已经陷入了《鲁迅研究史》的撰写之中，故未能应命。我很担心绥之同志为此而不快，回信中再三解释，希望得到他的谅解，但他却并不介意，毫不责怪。去年在大连的会议上，他又介绍别人找我写一本适合青年阅读的关于鲁迅爱国主义思想的小册子，因为发稿的日期太紧，我又未能应命。当我当面向他道歉时，他反而当着别的同志的面表扬我“实事求是”，惶愧得我简直无地自容。

我对绥之同志的“冒犯”还不仅这两次，也是去年在大连，为了学会工作的一个具体问题，我简直和他“吵”了起来。虽然在具体问题上我们的分歧并未马上统一，但他提出的一个看问题的标准却把我“征服”了。他说：“我们应该支持那些虽有缺点，但却肯干实事的人！”是的，“肯干实事”，这岂不是一个压倒很多缺点的很大的优点吗？“肯干实事”，这不也正是绥之同志的一大优点吗？粉碎“四人帮”以来的短短数年中，绥之同志编辑了多少书稿、干了多少实事、为鲁迅研究事业做了多少贡献呀！他不愧为我们鲁迅研究领域一头埋头苦干的老黄牛。可以设想，如果天假以年，绥之同志还会为鲁迅研究事业干多少实事、出多少成果呀！

1981年夏天，在大连参观了大连博物馆之后，绥之同志又拽着支克坚同志和我合了一张影。在高高的烈士纪念塔下，我们凝望着遥远的前方，我们眼前出现了鲁迅百年诞辰纪念的全国盛会，出现了鲁迅研究事业的光辉灿烂的远景。这张合影上的绥之同志，我觉得较之黄山合影时更年轻，更有朝气，更充满青春活力！

然而，谁能料到，生龙活虎、斗志弥坚的绥之同志竟被病魔夺去了宝贵的生命！我们怎能不为绥之同志悲痛、惋惜?！我们又怎能不向瞎了眼的“昊天”发出强烈的控诉呢?！

接到讣电的当天，我便代表学会发出了唁电，并代表林非、刘再复同志和我自己发去了一副挽联：

鹤发童颜，年仅花甲，公胡竟去？

史料巨擘，壮志未酬，天何其毒！

我是多么痛恨夺去绥之同志生命的不弔的"昊天"呀！

但是，"昊天"可以夺去绥之同志宝贵的生命，它却无法夺去绥之同志可贵的精神和品质！绥之同志，安息吧！您留给我们的学术事业我们一定会努力地完成它！

1985年6月23日于文学研究所

我在人生歧路上徘徊的时候
他伸出了一双温暖的手……

——沉痛悼念恩师薛绥之先生

王富仁

夜，静下来了，只有远处隆隆的汽车声在我心头滚过。

我从来没有觉得北京的夜这么静过，从来没有感到北京的夜这么浓过。

沉静的夜浸泡着我的悲哀，使它像黏稠的浆液胶着我的心。我想大哭，在夜母柔情的怀抱里；我想大叫，在宇宙广漠的幽静中。但我无泪、无声，只有沉重的铅块压在我静止的心上。

薛师真的离我们而去了吗？带着他温厚的笑容，迈着他匆促的脚步……

不！我要向整个宇宙宣布：不！这不可能！我不相信！我不相信！

昨天，我收到他的信，

他要我注意保养身体，做到八十岁还能为人民工作。

他说《鲁迅杂文辞典》已交出版社，5月可望发排。

他说《鲁迅研究资料丛书》出版事宜已经做了重新安排，要我在今年第三季度完成自己担负的任务。

他说他不久便搬到山东大学去住，以后的信件径寄山东大学文史哲研究所。

他说……

一个精神矍铄的老人，正在学术事业的道路上奔波。微风，吹拂着他头上细密的银丝，鼓胀起他宽松肥大的衣襟。他的腰微微弓着，重心总是落在前边，脚步似乎是不由自主地越来越快，越来越急；他的两眼微细，目光和顺而明亮，躲在那副近视眼镜的后面……

不！薛师啊，你没有死！你可不能死！请你告诉我！在那茫茫的夜空，用你平时略带嗫嚅的语调，用你日常亲切的声音，告诉我！那是一场恶作剧，那是一个大谎言！那电报，那躺着几个僵死的数码和几个干瘪文字的电报！

夜，静静地、静静地软瘫在大地上，连它的喘息声也听不到。

时间，横在我的眼前；薛师，站在我以往人生的旅程上，向我微笑，向我招手……

20世纪60年代初，当时我还在山东大学外文系读书。一个星期日的上午，我去山东师范学院找一个在中文系上学的中学同学。在他的宿舍里，坐着一个教师模样的人，佝偻着上身，在床沿上低头看书。书，就摊放在他叠放着的膝上。我进去，他点了点头，然后又俯下头去，无声，无动，直到我离开宿舍。

出门后，那个同学告诉我：他是右派，在与学生实行“三同”。

他叫“薛绥之”。

谁知就是这个叫“薛绥之”的右派十年后成了我的恩师。当我在人生的歧路上徘徊的时候，他向我伸出了一双温暖的手，拯救了一个堕落的灵魂——用他真诚的微笑，用他和暖的眼光。

当学校领导通知我山东师范学院聊城分院中文系的学生要来我校实习并要我上几堂公开课的时候，我是何等惶惑呀！讲那些“是可忍孰不可忍”“踏上一只脚”一类的“批判文章”吗？我只感到它们嗡嗡得人们心里乱糟糟，无可讲也无可析；讲那些“万寿无疆、万寿无疆”“永远健康、永远健康”一类的“致敬信”吗？我只感到在那些滚烫的词句后面是一块块感情的冰砖，解不得也析不得。我记起了中学时学过的鲁迅先生的《纪念刘和珍君》，我觉得那里面有我所喜欢的真诚的热情和真诚的愤怒。

就讲它吧！

课本未收，就临时打印。

这，引来了薛绥之先生。

他原来准备带领学生去临清一个中学，看到我校报去的篇目，决定改来聊城四中。

我的惶惑变成了惶恐：在一个鲁迅研究专家面前讲鲁迅，岂不是班门弄斧吗？更何况我是一个只念过“A、B、B、T、Д”，那曾认真读过《三闲集》《而已集》的人呢！但自己做下的苦果，自己要吞下。我只好惴惴地去向薛先生求教。

“他该不会故意看我的笑话吧！”我想。

第二次见到薛师，是在聊城师院他的住室，但我已经记不起他那时的音容笑貌。我只觉得在一个冰冷的年代遇到了一颗温暖的心。他把一份份参考材料交到我的手里，一处一处地给我解答。我万没想到，他竟是这么一位和蔼的长者。

可以说，在课堂上，我只是向学生复述了一遍薛师以前编写的讲义，但课后却受到了他热情的鼓励，似乎这一切都是我自己想出来的，我自己讲出来的，与他没有丝毫关系。

在聊城四中一间平房里，薛师坐在自己的临时铺位上，用温柔的目光望着我，嘴角上挂着他常有的微笑。

“你，课余可以搞鲁迅研究！”他说。

“我？”我惊愕地说，“我在大学是学俄文的！”

“我过去也没学过中文，我是学经济学的！

“在中学里——”

“在中学，一样可以做出成绩来，济南有个包子衍，他也在中学当教师，他……”

我沉吟着。

当我谈到那个年代知识分子所不可免的顾虑时，他的脸色也阴沉了下来，沉默了一刻，他好像是自言自语：

“一切都会过去的，一切都会过去的！”

这一切是否都会过去，我那时并不知道，好像也无法知道，但我在这个曾被打成右派的老人身上，却感到一种倔强的力，一种不可摧折的向往光明、追求真理、忠于自己的事业，不甘沉埋在庸俗无为生活中的倔强的心力。是啊，那时的历史没有给任何人提供一张不遭毁灭的保险券，但空虚不也同样是对自我生命的戕害吗？没有理想、没有追求的生活不同样是令人难以忍受的吗？

在薛师的鼓励下，三十多岁的我重新像牙牙学语的儿童，在鲁迅研究中做起小学生。

从那以后，薛师的信一封一封地飞到我的面前，带着他的关怀，带着他的慈爱，由他寄送的书籍一本一本地落在我的书桌上，带着他的期望，带着他的鼓励，他吸收我参加了《鲁迅杂文中的人物》的编写工作，他亲自阅读和修改我写的文章，他帮我联系工作。现在，我沉思着、回味着这一切，想薛师那时给了我什么呢？是的，有知识，有书籍，有生活上的帮助、工作上的指导，但这些还是最最次要的。我觉得，他给我的最宝贵的东西，是让我重新感到，我还是一个“人”，至少还可以成为一个“人”。我那时的激动，那时的喜悦，归结到一点，就是我开始有了自己也是一个“人”的意识。我得到了一个“人”才能得到的关怀和温暖，在薛师那里，在薛师身边，我是多么幸运呵！

历史终于把头调转过来，重新向前行驶，1978 年我考取了西北大学中文系的研究生，就学于单演义先生；1982 年，我又考取了北京师范大学中文系的研究生，攻读博士学位，就学于李何林先生。在这漫长的学习生活中，薛师从来没有忘却过对我这名“老学生”的关怀。他用热情的鼓励，送我跨上奔向祖国大西北的列车；用真诚的喜悦，欢迎我第一篇学术论文的发表；用无私的关怀，考虑着我毕业后的工作；用热切的期望，送我来到祖国的首都；用由衷的言辞，祝贺我博士学位论文答辩通过……

薛师啊，你真的别我而去了吗？在我刚刚毕业的时候，在你孵化的雏鸡还没有学会走路的时候！

我不明白，我不理解，死生的路真的是这么无情吗？一条河，走过去，不是还可以走回来吗？薛师啊，你为什么不能在生死的路上再走回来呢？薛师，你的在天之灵，听一听你的学生泣血的呼唤吧！你不能走！你不能就这样走！在我还没有向你告别的时候，在我连你的遗容还没有看一眼的时候，在你还没有听到我的一声恸哭的时候！

薛师，薛师，你听到我的呼唤了吗？

薛师啊！

1985 年 1 月 19 日夜接薛师逝世消息的电报后作

忘不了薛绥之先生

王得后

真没有想到，我的第一篇哀悼文字，竟是献给薛绥之先生的：他才六十出头；和我的交谊正在日益加深的中途。

但是，我忘不了他。

岂止是忘不了！从突然得到他病逝的噩耗起，三个多月来，我常常想起他，带着一种难以说清的负疚感想起他。

这噩耗是王富仁同志告诉我的。那天我们好几位朋友相约一道去祝贺他的夫人、孩子迁到北京来了，北师大给了房子，他有了新居。当夜深告辞的时候，他突然对我说，他第二天要回山东去参加薛先生的追悼会，我惊呆了。我拜托他替我献上一个花圈，默默地走了出来，走在冰凉的空气里。

第二天一上班，我把这噩耗告诉潘德延同志，决定以鲁迅博物馆的名义拍了个唁电。几乎在同时，我们也收到了讣告，几个熟人又联名拍发了一副挽联，是李允经同志的手笔。就这样，在距离薛先生灵堂千里之外，我们向他顶礼拜别了。但我心里，却从此不停地浮起他和蔼如朋友的面影和他那忠厚长者的神情。尤其是那次谈话和不久前给我的那封信。

那是 1981 年 5 月，中国鲁迅研究学会和《鲁迅研究》编辑部在大连召开座谈会，由北片的朋友们交流将于 9 月提交全国纪念鲁迅诞生一百周年学术讨论会的论文的写作情况，一天在去旅顺的路上，参观日俄战争中遗留下来的一座俄国炮台，大家凭吊古战场，指点江山。薛先生悄悄把我叫到一边，问我在学术活动组阅读各省市推荐的论文的情况，嘱咐我好好给他的论文

《鲁迅在反文化“围剿”中的斗争策略》提提意见。这很打动我的心。

薛先生是研究鲁迅的前辈。那时候，不仅他主编的几种研究鲁迅的文献资料是我工作中不可或缺的参考书，他的几种专著也给了我许多教益，而他那特别奖掖后进的风格也早为我所敬佩。过去我们交往不多，见面大多在学术会上。他豪爽、直率，尤其心口如一，朴素无华。现在他又这样虚怀若谷，这样不耻下问，实在为我所少见。这在我心里留下了忘不了的形象。使我至今深感愧疚的是，我并没有完成他的嘱托，我实在没有这样的能力。

去年6月，《鲁迅大辞典》编辑委员会在西安开会，我又一次得见薛先生。一天傍晚散步，薛先生兴冲冲地告诉我，西安有一位业余鲁迅研究工作者，是个学工的，很有水平，也很有毅力，常常和他通信，他要带我去拜访一下；说他读了我的《〈两地书〉研究》，在给他的信里提出了看法，我可以同他认识认识，我也等待着这次会见。可惜，我后来提前离开了西安，又一次没有实现薛先生的这一愿望。

可是，薛先生没有忘记这件事。当我回到北京以后，还是收到了薛先生转来的那位朋友给他的长信。信写得坦率、尖锐，又有文采，毫不掩饰自己的愤慨，甚至对我的挖苦。原因是他认为我站在有利于许广平先生的立场，以“刀笔吏”的态度，极不公平地对待朱安先生。信里说，他看到“爱的影子”的标题就忍受不了，他将写文章予以澄清，并问薛先生，我大概也是一个“幸运儿”吧？因为他对鲁迅和鲁迅研究怀着热切的感情，因而表现出出奇的失望。我能感知他那跳动的心，我反复读着这封信。我深深感激这位素不相识的朋友。鲁迅说过：“凡有一人的主张，得了赞和，是促其前进的，得了反对，是促其奋斗的，独有叫喊于生人中，而生人并无反应，既非赞同，也无反对，如置身毫无边际的荒原，无可措手的了，这是怎样的悲哀呵。”（《呐喊·自序》）鲁迅以这为人生的“寂寞”。

但我尤其感激薛先生。他爱护我，才要把这样的信转给我；他了解我，才会把这样的信转给我；他信任我，才肯把这样的信转给我。不是吗？这是很可能遭人非议的行为啊！他不顾忌这些。他不怕有人污蔑他这是“挑拨”。他相信自己。他转达的是“事实”，而不是自己“捏造的流言”；他目的在于告诉我有这样的批评，提醒我要正视自己，而不在煽动我与谁谁如何如何交恶。我想，对待这样的信，有的人可以守口如瓶，决不提及；有的人可以当我的面夸奖拙作，背后用它去透露一些消息，透露时还可以表示表示，缺点、错误人所难免，他要对我多加教育，多多帮助；也有薛先生这样的，直截了当地将信转给我，嘱咐我冷静思考。哪一种做法有益于我呢？还是像薛先生这样吧！要谈鲁迅的爱和憎，这才是鲁迅的爱和憎。

我忘不了薛先生。忘不了他魁梧的身躯，忘不了他的这种精神。一位真正的老师，一位真正的男子汉。

1985年5月9日夜

我们想念你，敬爱的薛老师

喻名乐

薛绥之老师离开我们整整半年了，我却一直不相信我目睹的这一事实。在我的感情世界里，他永远活着。夜阑人静的时候，常常会想起他——也许他会在哪一天突然给我来信，也许会在哪一天突然风尘仆仆地归来，像从前一样……我知道这是不可能的事，却拗不过自己的感情，老这么想着、这么盼着。

他太可敬、可亲了。我们怎么也不会想到有一天他终会离开。薛老师是中国现代文学和鲁迅研究的著名学者，曾以他那些丰富翔实的史料方面的著述驰名海内外，可是从他的身上却看不见一点教授、专家的架子。在我的心目中，他首先是一个和蔼可亲的长者。我从南方来到山东，生活上有些不太适应，他总是嘘寒问暖；我到外地查阅资料，他几次来信嘱咐我不要性急，要注意身体；我寒假没有回家，他一次又一次地拉我去他济南的家中过年，我执意不从，他又频频来信询问生活情况；我写的每一篇非常幼稚的文章，他都认真地审阅，虽然也提出严肃的批评，却满含着对年青一代的深切期望……这一切都失去了，永远地失去了。我恨那无情的病魔，我恨自己无力挽回这既成的一切。我深深地知道，“黄土埋人谁能挡”？我却真愿用自己平凡的生命，去换取他那宝贵的存在。因为我、我们太需要他了，他构成了我们生活中最有光彩的一部分，我们不能没有他。

我真不相信这是事实。他曾经那么多次战胜了皮肤病和糖尿病的折磨，他曾经和我们在鲁西北黄沙滚滚的小路上散步，他曾经甚至是那么愉快地唱着50年代流行的歌曲。无怪乎大家都说，他是在欣逢盛世的喜悦中度过他生命的最后几年的。他才六十二岁，他的一切都正在逐渐好转，他怎能离去？他庞大的科研计划尚未完全实现，他怎愿离去？从他那高大的身躯、结实的步伐和同年轻人一样有力的笑声中，谁也看不出一丝不幸的征兆。去世前半个月，他还在给我们讲授中国现代文学史料学，时近黄昏，他只好说“下次再讲”，谁料到这下一次却永远也不会有了；课后他又请我们吃饭，进餐时他给每人发一个用过的信封装吃剩的骨头，说是“物尽其用”，还一个劲地往我的碗里添菜：“你最小，多吃一点！多吃一点！”想不到这竟成了我们师生最后的一别。半个月，仅仅十五天啊，真会发生这么大的变化吗？生与死，在我的理解中那么遥远的两极，真会如此迅速地倒置？

可这毕竟是事实。我们迎着寒风，站在为薛师送灵的车上，为他掖紧卷起的被角，可他已经感受不到冬日的寒冷了；我们在火葬场那最后的分别时大声地哭喊他，他也听不见这些痛苦的嘶哑的声音了；他漠然地闭着原本充满智慧和慈祥的眼睛，他紧抿的嘴再也不肯发出哪怕是一个最简单的音节了，他再也不会给我们讲课、给我们关怀了。他走了，那么突然，突然得令人难以置信。

也许我们师生之间的缘分只能这样。但在我当薛老师的研究生期间，他给予我的东西实在太多了，我从他那里学到的不只是专业方面的知识，给我影响最大、令我心向往之的更是他那诚实宽厚的为人态度和一丝不苟的治学精神。我将再也不可能得到这样的老师、这样的长者了。他引导我走过了过去的路，我却在今天的生活中失去了他。我非常想念他，他也好像很能理解我似的，时常走进我的梦境，还是那么慈祥可亲。带着汗水从冥冥中惊醒，才知道不过是梦，那种痛定思痛的悲伤，那种得而复失的遗憾，伴我度过了多少个悲寂的下半夜。

他真的还会回来吗？我常常这样痴痴地想……

我真想告诉他：我们想念你，敬爱的薛老师！

微笑着的绥之先生

包子衍

离开济南多年了，对它总怀着一种故乡的感情，时时想念着在那里的师长、同学和所有的旧遇新知。其中经常在我脑际浮现，给出特写镜头的是微笑着的薛绥之先生。

我只能算是绥之先生的望门弟子，因为没有在他执教的学校读过书，在门人中续不起谱，但他确是我学业上的导师，在我研究鲁迅的途程中，他费尽心力地搀扶着我学步。

初识绥之先生是在1973年秋天。那时，我正在啃《鲁迅日记》，与母校的张伯海兄经常往来，他非常支持我做这方面的研究，每星期六从山大回家，常常抱来一大堆有关书刊借我阅读摘抄，略有闲暇我们总是彻夜长谈，话题的中心就是研究鲁迅的心得。有一次，伯海对我说："山师的薛绥之先生对鲁迅研究很有造诣，我想介绍你去向他求教，请他对你的工作做些指导。"绥之先生当时处于逆境，名气没有后来那样大，但我曾读过他负责编辑的《中国现代作家小传》《中国现代作家著作目录》《中国现代作家资料索引》，感到他知识非常渊博，学风非常扎实，能拜识这样的老师，当然很高兴。大约不到一星期，收到了绥之先生的来信，约我星期六晚上带着摘抄的有关鲁迅的资料卡片到他家中去。这显然是伯海在他那里作了介绍的结果。

到了约定的那天，我带上十多盒卡片，找到了山师北宿舍二号楼，轻轻地敲了几下房门后，出来开门的就是微笑着的绥之先生。他的第一句话是："你是包子衍同志吧？我正等着你哩！"没有寒暄，没有客套；这么质朴，这么亲切。那年他刚五十出头，满头的白发与实际年龄不大相符，瘦削的脸庞又和高大的身躯不甚相称；讲话之后咂咂嘴的动作表征着自信，炯炯的眼神显示了内心的力量。匆匆的一瞥使我感到：他正当盛年却又有郁劳过度而致早衰的迹象，形似老翁却时时焕发着掩盖不住的青春活力。我们在他卧室、书房又兼客厅的那间屋里坐定下来，他问到我研究鲁迅的经过，了解我目前的情况，探询我以后的打算，接着又走到书桌前翻阅我的卡片。翻着翻着，不时投来赞许的目光，这目光使我从拘谨中解放出来，随即起身走过去，解释卡片各部分的逻辑结构。他粗略地看过一遍后，意味深长地说："做学问就得下功夫！"又问道："这卡片能否在我这里放几天？让我捉摸、捉摸！下星期我们再谈谈。"我当然希望他能细细地看一看，提出些具体的意见，因此回答说："您有时间翻它，那是再好不过了！"当时正是"四人帮"肆虐之时，除了极少数几种图书之外，其他一律都在封禁之列。绥之先生知道我借书难的苦处后，把我引到朝北的一间小屋里，那里立着三排书架，零零落落地放着一些书籍，显然是些劫余自存之物。他指着书架说，只要你有用就拿去看！于是，在伯海之外我又多了一条借书的渠道。虽然从现在的眼光看，那是少得可怜的，但在那种环境下，我如获至宝，一包包地借去，又一包包地归还，伯海和绥之先生都给我的研究提供了不可缺少的营养！

下个星期六的晚上我又按时往访，迎接我的依然是微笑着的绥之先生，这次他将他的夫人赵智诠先生和他们的儿子南青、云青向我做了介绍。那时南青弟在曲阜一带乡下插队，兼做赤脚医生，回到家来也忙着研究医学问题，是一个事业心很强的青年；云青弟还小，大概在读初中，比较活泼，喜欢踢足球、吹喇叭；赵先生还没有退休，在山师任职。赵先生对我说："这个礼拜中，老薛老是在翻你的卡片，他对你干的工作很感兴趣！"绥之先生接着道："从卡片里我看到了你的日日夜夜，要研究鲁迅需要花费些力气，说空话不行！""说空话"三字，他似乎只是轻描淡写地一提，其实在以后长久的交往中，我愈来愈清楚他反对"说空话"的深刻内涵。那时"四人帮"霸占着学术领域，打着"学术"的幌子，玩弄着含沙射影的把戏，今天批这，明天斗那。为了贯彻他们的政治意图，他们炮制的文章中连篇累牍的空话、瞎话、屁话！那伙垄断鲁迅"研究"的"哥"儿兄弟们，更是编造"故事"的能手，出于卑鄙的目的，可以将史实丢在一旁，为所欲为地“塑造”他们的“形象”。绥之先生对于这种恶劣倾向极为不满，他往往谈起一个例证后，摇着头深深地叹一口气：“这是研究吗？！这是胡闹！”在第二次见面时，我们彼此还很陌生，当然还不会像后来那样“推心置腹”地交谈，但“说空话”三字已给我留下了深刻的印象。他对我十多年中做的工作的确是感兴趣的，他要我坚持下去，对鲁迅的史实分门别类地进行研究，至于成果的出路问题，当时自然无处问津，但他斩钉截铁地说：“做学问就要有‘只求耕耘，不问收获’的精神，不过我相信，你的工作总有一天会贡献给社会，得到学术界的承认！”这一段话，他是从内心深处喷吐出来的，给我坚定了信心，增加了力量。我庆幸自己访到了良师，在伯海兄之外，又有了第二位知音。绥之先生也很兴奋，他说：“‘人生得一知己足矣！’我们是学术上的‘知己’，希望今后能够常常见面！”

自此直到1977年他调到山师聊城分院之前，除了寒暑假南返外，我几乎每个星期天晚上都在绥之先生家中畅谈。个别时候因事未能往访，上一周又没有打过招呼，他就寄来一函或亲自骑着车子来到我的斗室，询问我是否身体不适，或者碰到了什么麻烦。在那样的政治气候下，人们是提心吊胆地过日子，麻烦经常不期而至，形形色色的帽子张口戴头，绥之先生不顾自己处境不佳，诚心实意地爱护着后辈。他光临寒舍，看到我正在赶着文稿或者处理课业上的事情，松了一口气，莞尔笑了，我调皮地告诉他：“我是不问‘世事’的‘逍遥派’，每天在《日记》中兜圈子，除了‘流弹’外，‘内战’的炮火是不会朝我头上放的！”我们敞怀大笑后又接着上次的问题谈下去。

绥之先生是我答疑解惑的老师，一个星期工作中积累的问题，梳理成条后带到他那里去求教。这些问题有大有小，有难有易，大的如对某个社团始末的探索、某部作品的评价等，小的如考证一个笔名、书名等，他尽其所能给我帮助。但也有卡壳的时候，如果卡了壳，他就不断地用右手挠着头皮，这是他考虑问题时的习惯动作，然后跑到北面的“书库”去，又急急地奔回书桌边，东翻西找，好像找不出根据就不肯罢休。最终得不到结论时，他嘴里嘟囔着“书到用时方恨少”。

一谈起鲁迅先生，他的精神全来了，眼光更亮了，以邹平腔为基调的普通话讲得更响了，往往就像在演说。每谈及一件有关鲁迅的史事，他都觉得是一次美好的享受，他最喜欢讲述鲁迅的韧的战斗精神和“横眉”“俯首”的诗句，说完之后啧啧称赞。我感到他对鲁迅的热爱不是停留在口头上，而是身体力行地学习鲁迅的思想。我多次看到他抱病伏案的情景，两侧的书籍堆得像峡谷，他埋头其中，对周围的干扰视而不见。有一次，他因糖尿病住院，床头柜上，枕头两边全放着书籍和文稿，我一数文稿的种类，多达三种。医生令他休息，他与医生打“迂回战”，病房一查过，他就铺开摊子，依在床栏上查书、改稿。一天下午，他穿着病员服匆匆地走进我的宿舍，叫我赶快给他核对一条材料，说是书稿急着要寄出去，未经医生准许溜号出来，回去晚了要挨剋的。我很快找出那段文字，送他到校门口，路过操场时，正好是放学时分，学生们都向我的这位穿着特殊的客人投来惊异的目光，然而他却视而不见，依然谈笑风生、大摇大摆地向前走去。最近几年，他会议特多，外出频繁，他抓紧旅途中的时间和会议的间隙来工作。据说，去年夏末在大连，白天参加大会，晚上与他有关的几部书稿分别开了好几次小会，几乎每天都过了午夜才得入寝。绥之先生著作等身，这几百万字的集子就是他学习鲁迅先生韧的战斗精神的明证。

绥之先生生活极其俭朴，原来还爱吃几粒糖块，发现糖尿病后只得舍弃这个爱好；70年代，他也抽几支烟，知道血压偏高后，就决心戒除了。他对饭食要求极其简单，只要有了馒头和咸菜就行。他总是吃得那么香、那么快，犹如战士出击前用餐一样，三口两口吞下去拉倒。赵先生好几次当着我的面笑着说：“老薛是好饭孬饭辨不出滋味的人。”他狡黠地闪一闪眼，回答道：“吃得下、吃得饱就行了，何必在吃饭上多费工夫?!”他在衣着上也毫不讲究，春夏秋冬四季多穿布的，数九寒天，在棉袄外披上一件破旧的呢大衣，要算是奢侈品。在我的印象中，不记得他曾经有过衣冠楚楚的时候。我曾同他开玩笑：“薛先生，您该是属牛的，要求于人的那么少，贡献出来的却力求其多!”他笑笑答道：“‘牛棚’我不愿蹲，‘牛’是要当的。如果大家都甘心情愿为人民当老黄牛，我们国家什么事情不好办呢?”

绥之先生对于后辈学人确实本着“俯首甘为孺子牛”的宗旨，我就是深受其惠的一个。除了上述学问上的指导外，更有很多事迹可记。有一段时间，我对鲁迅先生所藏的碑拓产生了强烈的兴趣，要找金石目录来查考、整理。金石目录卷帙浩繁，而且那时用的人不多，常在图书馆里作为“镇库之宝”。他知道我要用这类书，就自告奋勇代为觅借，在山师图书馆尘封已久的角落里一函函地抱了出来，交到我手中。1975 年，我编写了三部书稿，一是《中国现代文化人笔名别名索引》，二是《〈鲁迅日记〉人物索引》，三是《鲁迅谈自己的杂文集》，这些习作草成，怎么办呢，按照当时的环境只有“藏之名山”。绥之先生却慨然表示：“我来想办法！”他向山师中文系的负责同志进行了游说，说服他们后，将前两种刻印成册，第三种则铅印问世。我拿到印本后，只感到激动，但在激动的同时，绥之先生却冒了很大的风险。后来得知，在“反击右倾”的风浪中，他的也是我的一位面团团的朋友以此事写了大字报，指名道姓地说：薛某勾结包某妄想翻天！然而他始终没有将这等怨屈向我吐露，或许是怕引起我的歉意吧！

在鲁迅先生之外，他还由衷地钦佩冯雪峰同志，说是文艺界能理解鲁迅思想的只有冯雪峰，能称得上鲁迅的忠诚学生和亲密战友的也只有冯雪峰。当时外间流传着很多冯雪峰写的文艺界情况的材料，他多方搜罗、细心誊抄、认真考订。经过核证后，得出结论说：“雪峰讲的是真话！”不住地赞叹雪峰的耿直、无畏，佩服他的胆识、见地。我能够亲聆冯先生的教诲，也是与他对我的支持、鼓励、影响分不开的。1974 年至 1975 年底，我与冯先生通信较多，每次来信他和伯海都是热心的读者。1974 年夏天，我应冯先生之召往京拜谒，回济之后，他多次了解冯先生的健康状况和生活环境，我还屡屡述及冯先生对我的教导和关怀。他对他受到的不公正待遇极为愤慨；对他关心后辈的精神给予了高度赞扬：“鲁迅也是这样做的！雪峰是鲁迅精神忠实的体现者！”1976 年 2 月，绥之先生与韩立群同志因公到沪，5 日晚上我请他们在家中吃饭，这晚原本是比较高兴的，我们能在上海聚首很不容易。席间突然收到夏熊兄拍来的电报，报告了冯先生于 1 月 31 日病逝的噩耗，绥之先生顿时神情呆滞，嗓音哽咽，我们再也吃不下了，拟好唁电稿后，匆匆散去。1979 年 11 月冯先生的追悼会在京举行，绥之先生正在厦门出差，来不及北上，寄了一副挽联给追悼会筹备会：“历史面貌恢复，鲁迅九泉含笑；真理终于说话，雪峰死而无憾！”字里行间充满了真挚的感情。

绥之先生专心治学，却不是迂腐的书呆子，在政治上有着明确的爱憎和高度的敏感。对于“四人帮”的倒行逆施，他同我讲过“悄悄话”：“这一伙长不了！”类似谶语的一句并非信口讲出，它基于“民心向背”这个普遍的原则，他说：“这一伙闹得天怨人怒，还会不完蛋吗？”1975 年有多半年时间，他经常满面春风地又说又笑，他为邓小平同志出来工作感到欢欣鼓舞，跷起拇指说：“小平是能人！”言下之意是：小平一出，妖氛尽扫！但为时不久，魔障又来，“四人帮”在作垂死的挣扎，于是他的脸上又布满了阴霾，特别是周恩来同志逝世后，我们一晤面，他就说：“这一下麻烦了，顶梁柱折了！”我见他两眼红肿，双颊更形消瘦，可知是哀痛的结果。他书桌前的墙壁上挂了一幅披着黑纱的周总理遗像，他时时凝望着这张照片，好像有千言万语要对总理倾诉。这年十月是用金色大字写成的十月，“四人帮”倾巢覆灭，普天同庆。我到他家去时，他高兴得像个小孩，拉着我的手：“子衍！怎么样?！“这一伙‘——’”他一定要我留下吃饭，而且还捧出一瓶味美思，笑嘻嘻地说道：“味美而值得深思！”他仅仅是指酒吗？我想他的话远远超出了酒的范围，是在盛赞这个不平凡的胜利！这天赵先生做了很多菜，绥之先生也改换了大口吃饭的习惯，变成细嚼慢咽，悠悠地喝酒、娓娓地谈心，他兴奋得很，显得年轻而活泼了。1977 年 7 月，得知小平同志恢复工作，他认为这是拨乱反正的标志，是中国革命向胜利发展的一个转折点。他倾吐了自己的夙愿：只要有可能，我要做党的队伍中的一名小兵！

在此前后，绥之先生因工作需要调到了山东师院聊城分院，起初担任中文系主任，以后又为副院长。每学期有不少时间住在聊城，我们见面的机会不及过去多了。这时，他打算将我调到他身边，做些助手工作，正在奔走联系，人民文学出版社借调我去北京负责新版《鲁迅全集》日记部分的编注工作。他闻知此事，感情是复杂的，对我说：“这下子我们要分手了，何时再能在一起呢？”言下不胜感慨。接着又道：“你去北京，我又很高兴，你多年所学终于能贡献给社会了！”他谆谆嘱咐我：“研究鲁迅的，就要学习鲁迅，不要忘了鲁迅精神，不要辜负雪峰对你的希望！”由于行期变动了好几回，他先后三次为我饯行，动身那天又骑着车子赶到济南三中，一直把我送到车站。

1979 年，我有事到济南，去他寓中拜谒，一见面我们就互祝“免冠”之庆，他深有感触地勉励我：“过去那样的日子不会再来了。我们要以百倍、千倍的努力，追回流逝的光阴。你的‘工厂’，从地下开到地上，合法了；我的‘摊子’也越摆越大。”说罢，开怀大笑起来。俗话说“心宽体胖”，半年多不见，绥之先生发福了，早几年瘦削的脸庞圆润起来，与高大的身躯正好相称，一眼望去，就像一尊罗汉金刚。他拍拍肚皮说：“发胖了，也可麻烦了！”他表示要加强身体锻炼。我想，让他挤出读书时间去运动是难的。以后是否锻炼了呢？再遇到时也没有问过，但如果他确能重视自己的身体，此时或许我还不会写这篇拙文。

鲁迅先生诞辰一百周年纪念时，我在北京又看到了绥之先生，他匆匆而来，匆匆而去，没有畅谈。1983 年，中国现代文学研究会在沪举行理事会时，我已调回上海。因为会议安排得很紧，闲谈得不多。我知道他正同时编着三部大书，一是《鲁迅大辞典》，二是《鲁迅杂文辞典》，三是《鲁迅生平史料汇编》。看他会后显得疲乏，而他也说血压偏高，因此请他注意节劳，要细水长流。他忽然亢奋起来：“过去二十多年想要做事没法好好做，现在有了条件怎能不干呢？要珍惜这得来不易的工作权利呀！”大概是碍于我的敦劝吧，他说要考虑“缩短战线”。这一次，还告诉我一个喜讯：他加入了党的组织。我为他实现了深藏多年的愿望而高兴。高兴之余，又怎料到这次晤面竟是我们十年师生情谊的终点呢?!

本来我还有机会拜谒绥之先生的，在上海他就约我第二年秋天到泰安参加山东省鲁迅研究学会的年会，1984 年初立群同志又带来口信要我一定去。11 月收到学会正式通知，我因手头上一些工作丢不开，去信说明情况，表示不打算北上了。他寄来一信嘱我：“还是来一次的好！”谁知我第一次违背师命就成了终身难以弥补的憾事。

两个月后，亦即 1985 年 1 月 18 日，得到了绥之先生的噩耗，我有如五雷轰顶，支持不住。首先的感觉是“突然”，像他这样富于朝气、力求进取的人怎能“猝逝”呢？接着又极度感到懊悔，两个月前晤面的机会为什么轻易弃去呢？我决定奔赴济南瞻仰他最后一面，但也晚了，遗体在我到达之前已经被火化，我只能在灵堂里向着微笑着的绥之先生的遗像深深地鞠躬，表达我的敬意。

在我的印象中，绥之先生没有死，也不会死，他永远乐观，永远充满活力;在我脑际仍然时时浮现他微笑着的面容。他离开我们,仿佛只是地域的变化,犹如被调到一个遥远的地方去工作了;他怎能舍得告别今天这个晨光初露的世界呢?!他怎能撇下心爱的书籍、文稿和温暖的家庭呢?!他的编著计划还多得很!说不定什么时候会翩然归来的。我今天捉笔,不愿写出哀悼的文字,而是深深地怀念,记录我尊敬的师长的风貌。中国的正直的知识分子就是这样:不管是风雪交加的寒夜,还是阳光和煦的春晨,他们竭其所能地为祖国、世界贡献力量。

绥之先生没有死,我希望他看到这篇拙文,或许他还会提笔批阅,评语可能是:“没讲空话、瞎话,惟文笔欠佳!”呜呼!这也仅是“希望”而已!

1985年2月12日于上海社会科学院文学所

小屋里的梦

姜德明

我是因为搜集鲁迅研究的资料而结识薛绥之同志的。那时候还是“四人帮”当道，研究鲁迅的人也是五花八门，各有各的打算。薛绥之同志默默地在为他人干着打基础的工作，可以说吃力不讨好，既无利亦无名，“聪明”的人是不乐意干的。

以后我们在开会时常常可以碰到，所谈的几乎也都是整理资料的苦与乐，以及他想编一部《鲁迅研究辞典》的计划。我一方面为他的热情所感动，很是兴奋；另一方面也为他捏一把汗，怕他那理想的梦让现实碰得粉碎。我甚至盼望真的能跳出一个上帝来，保佑他的愿望得以实现。

我在他济南的家里做过客，屋里的陈设一如他们夫妇的穿着同样简朴，然而丰盛可口的菜肴却显示了主人待客的热情。老薛的样子不像当年在北平编副刊、办杂志的学人，也不像走南闯北到过台湾的活动家。他是个厚道的齐鲁壮汉，典型的山东老乡。用饭时，他强调我原籍山东，是他的同乡，非得多吃多喝。老薛的夫人则强调我出生在天津，同她是铁定的乡亲，非要给我添一盘天津口味的火柿子炒蛋，酒也斟得更满。情比酒要醉人得多！

我到了他工作多年的聊城，我们一起在古黄河渡口待渡，我忘不了渡口上拥挤的车辆，忘不了河滩上厚达尺把深的松软而温暖的沙土。对岸的卡车上坡了，于是天地间滚起一股浓浓的黄色烟尘，冉冉地上升到天之绝顶。我仿佛听到远处有擂鼓声，联想到神秘的古战场。

他在僻静的角落里有一间平房小屋，真像农家的环境，四周寂然无声。

这里还不曾沾染上城市中某些庸俗的气氛，老薛的许多美丽的梦就是在这小屋里做出来的。

老薛一生没有惊天动地的著述，也没有显赫的名声，热闹的文坛上也没有人给他评个几等奖，然而他为之消耗心血的事业却是不朽的。我们的事业需要各式各样的人来献身。老薛硬是选择了这种一般不为世人所重的资料工作，而这又是必不可少的。有这股“傻”劲儿的人得具备一种忘我的品质，要付出巨大的耐力和辛劳，要甘于寂寞。我们见面之后或在通信时常常会谈及一些发傻的事，还自我安慰着：人活着没有一股“傻”劲儿怕不成，也许这个世界终归由无数的“傻人”在支撑着吧。

老薛骤然远行了。去年国庆前夕，我们还在大连一起开会，相隔两月，他竟然匆匆而去。会不会他是出差了？也许有一天他又风尘仆仆地来到北京，不是查什么资料，就是同出版家商讨什么出版计划，也许还要在一别四十几年的母校北京大学的图书馆里泡上好几天……

老薛在聊城的那间小屋无恙乎？他在那里编织的梦还远远没有做完呢！

1985 年 4 月 20 日

写在悲痛的日子里

王才路

怀着悲痛的心情，拖着沉重的脚步，我步入了薛绥之先生治丧委员会办公室。里边，正在精心为薛师制作挽幛的鹏绪、益乔诸兄看到我到来，用沙哑的声音同我打了个招呼，此时悲哀充满了整个房间，弥漫在我的周围，使我难以呼吸，我哪里还有什么言语，长歌当哭，须在痛定之后，我呆呆地站立了一会儿，眼泪断了线似的不知不觉地掉下来，鹏绪兄眼睛红肿，深情悲伤，示意我坐下。我不自主地坐在沙发上，避免看那挽幛上的黑体字，然而眼睛还是从挽幛上联“华章照百世，倩休道空负文苑耕耘志”慢慢地移到下联“噩耗割寸心，唤不回指点学海津渡人”。望着挽幛上的字，蓦地，薛师教我爱我的情景不知不觉连成一片。

我同薛师相识是在十年前，那时我就读于山师，薛师虽刚调离山师到分校去任职任教，但他有时回来借阅书刊，就在阅览室，我以请教现代文学的有关问题同素为人敬重的薛师相识了，当时他的音容笑貌至今还宛然在目。然而，给我印象最深也是我终生难忘的是我报考他的研究生，现代文学专业、鲁迅专题、文艺理论等科成绩都可以，只是外语 20 分，终未被录取。我接到未被录取的成绩通知单时，心里难过极了，整日里脑袋昏昏沉沉，腿也像灌了铅，这种痛苦我已并非第一次尝到，而这种难以名状的痛苦，没有同等经历的人是难以体味的，不知薛师怎样知道了这一情况，立即来信鼓励我，我反复读着他的信，真是一行书信千行泪，心情非常激动，决心振作起来。以后每当有幸见面或遇见我的同事，他也总是询问我的工作、学习，不时地鼓励我。从此,我深深地了解了薛师的为人,由衷地敬爱着他,并开始了和他的通信交往。在信中,我经常提出一些问题,薛师总是挥毫作答,有时解答过后又发现了新的材料,马上补寄材料,有时给我介绍一些好书,还不断地送我书刊,帮我学习研究。为了锻炼我,薛师写信让我一定参加他主编的《鲁迅著作研究资料丛书》的编写,和中山大学李伟江老师一道,共同负责《〈而已集〉研究资料》的搜集、整理、编写。限于个人水平,我几度犹豫,薛师一再写信,说这是一个学习、锻炼、提高的机会。师命难违,我参加了这项工作,并同李伟江老师合作得很好。薛师来信鼓励我,说在协作编写该丛书中,我和李伟江老师配合得比较好的,他很满意。

薛师博学,待人诚恳,社会上各单位慕名求学问道的很多。有一次,在学校主管教学工作的蔡立先校长支持下,由我出面请薛师来滨州师专讲学,借以推动学校的教学科研工作,满足学生不断增长的求知欲。车到聊城师院已是下午五点,薛师刚下班,顾不得休息,马上乘车连夜赶到济南家中取一些资料,正巧师母赵智铨老师收到中国社科院邀他去北京参加筹备鲁迅诞辰一百周年学术纪念会事宜,离会议召开只有四天时间。考虑到薛师的身体及启程赴会前的准备工作,我建议终止滨州师专的这次讲学,然薛师坚持要去。他让我们在他家中吃过晚饭,安排好住宿,自己又准备了足足两个小时。第二天一早乘车去滨州,到滨州师专已是午后近一点,薛师匆匆吃了点午饭,顾不得休息,又马上准备讲学,我怕他一路辛苦劳累,身体吃不消,要他休息一下,第二天再说,但他微微一笑,示意晚上立刻讲学。教室原定在容纳二百多人的合堂教室,讲学开始后,室内外密密麻麻挤满了听众,地址临时又转移到容纳千人的大会堂。薛师以翔实的材料、鲜明的观点、严密的论证,不时博得人们的赞许声和崇敬的眼神,我一边给薛师倒水,一边听着他滔滔不绝地讲课,不禁肃然起敬。

薛师在滨州师专停留了三天,共讲了九次,也就是说每天头午、过午、晚上三次不断,连续三天,几十个小时,第四天下午去张店乘火车去北京,去赶明天的会议。

看到薛师过度劳累,之后我在信上劝他劳逸结合,注意休息,但他还是不大注意。记得他在威海住院时,我曾去信劝他,他来信也慨然应允,但据同他一起住院的蔡立先校长说，在医院里，他仍在审着《鲁迅杂文辞典》的稿子。我明白了，薛师就是这样一个忘我工作的人。

鉴于我的具体情况，薛师一直关心着我的工作、学习，多次让我考虑自己的科研计划。去年12月，亦即薛师去世前的二十天，我拟定了关于现代文学研究的两个计划，写信向他汇报，事后听师母赵智铨老师和其他同志讲，薛师反复考虑了这两个计划，从学术价值、从培养锻炼我们年青人的角度出发，他拟把它列为有关单位的科研项目。当时，他一面参加整党学习，一面还要晚上熬夜校审《鲁迅杂文辞典》的稿子，一面还要参加主持研究生的论文答辩，诸事缠身，忙得不可开交。他准备过后，再约我去商量这两个计划的细则问题。我等待着这个时机，可是等啊等啊，等来的却是治丧委员会给我的信。捧着信，我哭了，哭得那样伤心，在场的同事，也是薛师的老学生付淇志、李广超也都哭了。我们哭着共同回忆着薛师，回忆着他对中国现代文学、鲁迅研究所作的贡献，为失去一位博学、仁厚、诚恳、热心的著名学者、教授而更加悲伤。尤其不幸的是，在正进入专业的系统研究学习的时候，我就失去了指路的导师……

夜色降临，一切显得那么静，我抬起身，望着挽幛，眼光慢慢地从上联移到下联，眼睛模糊了，隐隐约约，似乎看到薛师正在向我走来。啊，薛师，我终生最崇敬的老师，您没有死，您永远活在我们心里，永远指导着我进行学习和研究。

薛师永远在我们中间

李　桦

薛绥之老师逝世已近半年了，可我仍然不相信这是事实。

那是1月19日，天阴沉沉的。任雍安和王宜训两位同学匆匆来到我家，报告了这个不幸的消息。他们满脸的凄楚和阴沉，还有掩饰不住的焦灼和惶恐。老任低声急急地说："我从广播里听到了一条十分不幸的消息，薛师他……"我们多么希望老任是一时恍惚，听觉失灵，他给我们带来的噩耗是误听，而绝不是事实。

太残酷了，尽管我们多么不愿意承认。薛师，和蔼可敬的师长，热情勤奋的学者，竟溘然长逝了。他遽然地告别了他的亲人和学生，告别了他视之为生命的事业，告别了他满怀希望的新的天地，走得实在是太仓促、太突然了。我轻轻地摩挲着薛师寄赠的亲手编撰的几本书稿，凝视着扉页上薛师亲题的赠言，眼睛一下子又模糊了。记忆的潮水一阵阵涌来，尤其是近几年来薛师和我们见面的情景，他那慈祥的笑容、朗朗的谈吐、硬朗的身躯、稳健的步履，都历历在目。

1983年下半年，我们参加的由薛师主持编写的《鲁迅作品研究资料汇编》工作，似乎面临着山穷水尽的局面，资料奇缺，经费难措，当然更主要的还是我们刚刚拾起了荒废的专业，大有些力不从心的感觉。这些难处，薛师自然是了然于心，因此当他11月23日结束了在威海的疗养返回济南的时候，为了检查指导我们的编写工作，也为了和烟台师专方面商量有关文学讲习班的问题，同时为了见一见学生任雍安，便主动提出在烟台逗留一天。薛师的光临，对我们几个来说，真是大旱之望云霓，个个庆幸万分，恨不得把满腹的疑虑尽快地向薛师倾诉，可是我们望着他那满头的霜雪，想到他半天旅途的劳顿，何况和他共患难的任雍安是阔别二十多载后的重逢，人生坎坷，世态炎凉，他们之间会有多少款曲要互通？他们会有多少肺腑的话题要倾诉？完全应该把今晚的时间先让他们促膝谈心，怎么能忍心让他一下车就泡进工作的圈圈里呢？可是薛师却毫无倦意，一直兴致勃勃，执意要先抓紧时间谈资料工作，连连说："谈谈工作不会累的，谈谈工作怎么会累呢？"又笑着拉着老任的手说："我们俩能健康平安地见面就很好了，一切都要从现在往前看。还是谈谈工作，这是最要紧的。"听着薛老师执着的话语，看着他坦然真诚的笑脸，我的心倏地一热。薛老师啊！廿余载春秋的风霜雨雪，人生旅途的起落浮沉，难道在您的心里没留下一点创痛的伤痕？难道您就没有半点的怨艾和愤然？即使早就释怀，难道共患难的生涯就没有半句旧话可提？

这一系列的疑问，答案其实是早已明了的。那是 20 世纪 60 年代初，我刚刚迈进山师的门槛，当时大抓阶级斗争、突出政治，我们自然很快地听说了薛师的身世，同时更听说了薛师的学识，尤其是在鲁迅研究方面的卓著成就。涉世不深的我们，对于这两者能统一在一个人身上很是大惑不解，及至领略了薛师讲课以后，不解于是变成了不平。课堂上，他总是以那凿凿有力的证据，把鲁迅博大精深的思想阐发得深刻精湛，深深地启迪了一个个稚嫩的心灵；他总是以富有哲理的分析，对鲁迅伟大的品格和精神予以热情的赞颂，为一个个进取的青年树立了鲜明的路标；他那一句句平实无甚藻饰的话语，总是蕴含着对鲁迅由衷的崇仰和爱戴，深深地打动了莘莘学子。如此专注地研究鲁迅，真诚地讴歌鲁迅，教育学生学习鲁迅的人，怎么会和鲁迅立于相反的立场上？曾一度被当作敌人，现在实质上仍未被视作公民的人，讲起鲁迅来怎么会如此热情有加、虔诚之至呢？反复地思索，一遍遍地议论，我们终于懂得了，正因为他心里装着鲁迅大师，所以他才从不计较个人的遭际，从不产生对人的怨怼。而今，经历了史无前例劫难的薛师，虽然白发稀疏、脊背微驼，但精神却更加矍铄，气度也更加恢宏了。经历了一些狂风骤雨的我们，愈发深深悟透了这一点：只有被崇高的事业占据了心灵的人，只有对宏伟的理想有坚定的信念和热情追求的人，才会有坚强的毅力和博大的胸怀，而不会为外界的压力所动摇，也不会为一己的委屈所左右。

海滨深秋的夜晚，凉气沁人肌髓。薛师披着件旧咖啡色呢大衣，安然地坐在沙发上，双腿交叠在一起，笔记本摊在膝盖上，仔细地听着我们每个人的每个问题，一边一一地解惑释疑，一边不断地提醒我们不应忽略的问题。有些需要回去解决的，则马上记到本子上。无论大处还是细节，无论眼前的还是设想中的，他总是不厌其烦，侃侃而谈。他博闻强识，学不求饱，不时地从沙发上直起身子，身上的大衣掉落在沙发角落里也不顾。拳拳的心意，谆谆的嘱咐，经过薛师的点拨和指导，我们的心里觉得充实了，大有柳暗花明的感觉。斗转星移，不知不觉已近午夜，薛师的谈兴越来越浓，我们也希望多多聆听薛师的教诲，可是一想到明天他还要接待烟台师专的同志，只好告辞了。

秋夜的高空晴朗而寥廓，月亮的光辉柔和地洒满了大地，回想起立在楼前向我们招手的薛师，心里怎么也难平静下来。薛老师啊薛老师，在您的日程表上，从来没有“休息”两个字；在您的心目中，只有工作才是第一要义。几十年来，您兢兢业业，不辞辛劳，从不计较个人的恩怨得失，像一头老牛，在文化教育领域不懈地拓荒、劳作。我知道，您非铁打钢铸，怎么会不知劳累？我知道，您也常思量自己已过花甲的高龄。但我更知道，您非但不把资历当成向党索取的资本，反而当成了更加孜孜不倦工作的动力。记得今天一见面您还说过：“老了，时光所剩不多了，正因为这样，才更要抓紧做点工作，最终好向党向人民有个像样的交代。”我在空旷的大街上走着、想着，心里涌起了一阵阵热浪：敬爱的党啊，您拥有这样一代忠心耿耿的老知识分子，是您的财富和光荣！我们不也因为有这样的良师而感到无比幸福和自豪吗？

薛师就是这样，满心想着的是工作、他人，而从不考虑自己。最后一次和薛师见面，是在他逝世前的三个月，他公出大连，路经烟台。想起当时的情景，我伤悼不已。薛师是省政协第五届委员，又是全国现代文学和鲁迅研究方面的著名学者、教授，可我们这几个学生人微言轻，调遣不来一辆小车接送他，王宜训坚持要出钱去租一辆来，他执意不许，非去挤公共汽车不可。

他大概看出了我们心中的歉疚，风趣地安慰我们说："我身体很好，步行也蛮可以。真正走起来，不信咱们比比，你们年轻人说不定还赶不上我呢!"我们不由得也被说乐了。唯一的一顿午饭决定在我家里吃，他一听说就连连摇头："太麻烦了，不行不行!"当我们做出一不摆酒、二不炒菜，只吃一顿便饭的允诺以后，他才同意了。话虽这么说，可让千里而来的师长吃顿便饭，我心里总觉得不妥。王宜训安慰我说："为人随和，不摆架子，生活马虎，不求享受，这是薛师一贯的作风。每次东来，他的食宿条件一贯是宿要安静，食只求简单，为的是求一个安静的环境和更多的时间，以便多多交谈一下工作、思想。这一点我们是拂逆不了的。"恭敬不如从命，于是我只包了一顿水饺。饭桌上，一碗水饺，一碟子食醋，饭后外加一碗饺子汤，真可谓名副其实的便饭！薛师吃得很开心，一边吃，一边关切地询问了几个同学的工作学习情况，一再鼓励我们说："课要讲好，讲得站住脚了也不要满足，应该努力做些深入的研究，努力进取。"当听说我在郭沫若专章教课中有困难时，当即表示为我提供资料。一个多星期以后，我便接到了薛师寄来的《郭沫若的文学道路》一书。不用说，这是他回到济南后马上寄出的。真是雪中送炭般的支持！真是古道热肠的师长！

怎么也没料到，1984 年 9 月的离别竟是诀别，他对我们的鼓励竟成了遗言。如果能未卜先知，王宜训一定要他租一辆上等的轿车，我一定要亲自为他设一餐最丰盛的宴席，决不能让他去挤公共汽车，决不肯让他随便吃碗水饺。可是，这一切都成了他留给我们的遗憾了，我们怎能不倍加悲痛？不！薛老师，您留给我们的不是遗憾，而是您崇高的革命精神、博大宽厚的胸襟、孜孜以求的工作作风、高尚的品格情操。我捧着您的书稿，抬起迷离的泪眼，似乎又看见了您正风尘仆仆地向我们走来，又急匆匆地登上了远去的轮船、火车，您正奔忙在"四化"宏伟的队伍里，您永远生活在我们中间！

忆薛公

郑庆笃

绥之先生是卓有建树的现代文学研究学者，而我则是从事古典文学教学和研究的后学，专业不同，年齿有别，但近三十年来一起共事，朝夕相处，趣味相投，辄促膝长谈，海阔天空，受益诚多。先生成为我之良师，也称得上忘年之交了。先生溘然辞世，令人震愕哀痛。往事联翩，恍如昨日，留在我终生的记忆之中。

我们首次接触，是50年代末的一个多雨的秋天，地点是在济南至长清县的公路上，同行四众，各人背着简单的行装。那时先生正值盛年，却身处逆境，我们三个则是刚刚大学毕业的见习助教，一块步行去参加“三秋”劳动。几人一见如故，先生心地坦然，丝毫不以右派身份而自馁，而我们三个“白专道路”的青年，对先生了无歧视，颇为尊重。一路上谈笑风生，乐以忘疲。路旁小饭店里每人还喝了一碗菜汤，泡着干硬的“糇粮”。初次相见，先生胸怀坦荡，开朗达观，思想敏锐，就给我以深深的印象。过后，彼此更熟了，谈起对我们的首次印象，先生仅一言：“你们思想不僵化。”其后彼此相处十分融洽，以至于忘了年资的差别，时常开开玩笑。一次在学校大礼堂，坐在一起听漫长的形势报告，薛公摇着一柄破扇，我夺来扇了几下，随手涂上几个字：“绥之摇之，清风来之。”先生莞尔一笑。

先生阅历甚广，但从不炫耀，于平素闲谈中偶有流露。记得一次谈及姓氏，薛公说：“你这个姓，在台湾‘二·二八’起义时，沾了大光。当时有许多大陆去的人，遭到当地人的殴打，我也挨了打，但打得不重，他们出于爱国心和地方观念才有此举。打人前先问姓什么？如果姓郑，就免了，认为是郑成功的后代，要优待照顾。”在座的人听了大笑不止。

在“文革”动乱初期，学校里兴办食堂，许多教师被派去劳动。我当了食堂会计，本是外行，账目时常弄错，在薛公的一笔账上也搞乱了，我开玩笑地去找薛公“算账”，有点“兴师问罪”的架势，结果薛公把账目给我讲得一清二楚。因为我平日印象，先生于经济钱财上甚糊涂，感到有些愕然，他笑道：“我北大经济系毕业，专学审计，你这个‘会计’，怎经得住我审？”还有一次，许多教师在伙房干活，时值盛夏，热不可当，为人师表，当时也讲不得什么仪表了，男教师都光着上身，穿着短裤、拖鞋，洗菜、切菜。我开玩笑地喊：“先生们，我这里是食堂，不是澡堂！”这时薛公也在场，有一大木水桶，我让薛公帮我抬，薛公“甚懒”，不抬，却打赌说：“你自己抬得起，我请客，两个西瓜。”结果，我运力抬起来了。任伙房采购的顾老师立刻上街买来两个最贵、特大的西瓜。顾兄很会按“协议”办事，对大伙说：“薛公讲的是两个，并未限制重量和价格。”立刻切开分食，边吃边笑，尽享苦中之乐。薛公此时最为开心，实乃有意为之也。

先生为人厚道，最是严于律己，宽以待人，多看别人的长处，如果别人做错了事，也是先考虑别人的处境，予以宽容谅解。先生给我讲过一事：“文革”动乱中，某一青年教师打过他，运动结束后来向他道歉，态度诚恳，深感内疚，先生反安慰他说：“这是环境造成的，当时认为是响应伟大战略部署的‘革命行动’。那时我们身份不同，如果反过来，我也可能去打你，事情过去了，不必耿耿于怀。”这些话多么令人感动。然而，先生绝不是无是非感的人，很会把握原则分寸。先生曾几次给我提到另一件事：在“文革”中，有一搞“清队”的青年教师来到家中，对他进行训斥辱骂，先生感到这是一奇耻大辱，每谈及此，仍感到十分难堪。先生说：“这一举止，军工宣队当时并无布置，完全是他自己别出心裁的‘革命行动’。真是什么样的人都有啊。”尽管如此，当先生担任系主任、副院长之后，对其仍一视同仁。先生说：“不要光考虑别人过去如何对待自己，要考虑现在自己应正确地对待别人。”薛公的宽宏大度，使我感叹不已。

先生治学，除一般有成就的学者共有的勤奋、严谨之外，还有突出的特点，就是十分注重信息，努力做广泛的学术交往，与学术界联系面极宽。先生又善于团结同仁，提携后进，于许多研究项目中，先生自然而然处于组织者和核心的位置。不仅对同专业如此，对不同专业的同志也如此。记得1984年10月，先生应新疆师范大学之邀，组织几个人，准备于1985年暑假期间去新疆做一些学术交流活动和讲座，先生就找我商量，邀我和山师大的林乐腾先生，准备届时三人联袂前往，一方面也算是为大西北建设出点微力，另一方面三人得暇畅谈，在一起度过一个有意义而愉快的假期。当时我甚踌躇，因1985年暑假正是我的“多事之夏”，很难脱身。最后商定，届时薛、林二公先往，待我时间来得及再尾追而去。岂料先生于1985年1月辞世大去了，三人同往游学之议也化为乌有，成了终生憾事。

先生猝然谢世，实出意外；卒于心脏之疾，更是万想不到。1984年10月，学校组织体检，我和薛师一块去做心电图。做完后，医生对我做出“偶发房性期前收缩”“房内传导阻滞”的结语，先生却是“心电图正常”的红章。先生举着体检表，引以自豪地对我说：“你还不如我呢！”我说：“我从无不适之感。”先生又关照一句：“你这个年龄也应注意一下了。”以至于先生病故之后，善于联想的山东师大的沈乃兄认为，当时可能把我的结论写到薛公体检表上了。当然，这是臆测，但说明先生发病太突然了，太突然了！他并无心脏病史。

1985年1月16日清晨，我从东北归来，中午听到先生去世的噩耗，我不相信是真的，因为消息来自一个街上的孩子之口。但我坐立不安，魂不守舍，立刻蹬上车子奔向薛公住所。原来薛师真的于15日晚9时仙逝了，我惊愕得呆滞了，内心一下子空荡了，说不出一句安慰智铨老师的话，只想到迟回来一天，竟没有得到见最后一面的机缘。我与薛公同在山东师院工作，又一起去山师聊城分院，继而又先后来到山东大学，本来可再一起共事二十年的。想到这些，只能认为友谊之道也有定数安排，用唯心主义聊以慰藉了。

先生高大魁梧，鹤发童颜，慈颜常笑，极具学者加长者的风采，语言却又朴实无华，一无斯文之气，十分平易近人。先生来我家，有时我不在，还边帮着我小孩择菜边聊天，以待我归来。在我的许多同事中，先生给孩子的印象最深，当他们听到不幸的消息时，也回脸面壁，暗暗抹去泪水。

好人故去，悲怆之余，总给人留下美好的回忆。

一块无字的碑将永存历史

孙玉石

灵魂深处的悲哀是沉重的。灵魂的笔也是沉重的吧！

大约一个月以前，袁良骏同志专门托人带信给我，说为了表示对薛绥之同志的悼念之情，他的学生徐鹏绪、张俊才、宋益乔等同志筹资为薛老出一本纪念文集，约我为此书写点东西。我是欣然答应了的。但由于忙于课事，忙于偿还文债，加上身体不好，常常靠药来维持每个白天的工作，来度过每个不眠的夜晚。应允的稿子也就拖下来了。

但我心里总不时想起这件事。我的脑海中总浮现出薛老的样子，那满头灰白的头发，那精力充沛的眼神，那热情而又洪亮的声音……我总想起我得知他不幸去世消息时那种愕然而沉重的心境。

那是今年5月30日在鲁迅博物馆参加《鲁迅研究》编委会，王世家同志送给我一份他们刚出版的《鲁迅研究动态》第一期。翻开目录，突然看到"薛绥之同志逝世"这个消息，心中为之一震，这怎么可能呢？我真不相信自己的眼睛。然而这是事实。刊物上明明写着"中国鲁迅学会理事、山东大学教授薛绥之同志，因心脏病猝发，抢救无效，于1985年1月15日不幸逝世，终年六十二岁。对他的不幸逝世，本刊谨致沉痛的哀悼"。铅字晃在眼前，沉重压向心底。刊物上其他的文字已无心浏览。一些同志的发言也在耳边淡淡地流过去了。当时我就涌起一个念头：我要用笔写出我对这位为我所尊敬的学者和朋友的悼念和悲哀。一定要写的！

然而直到今天才能坐到夏日的窗前，遥望远天，让这哀思缓慢地流在纸上，而且还是有他热心的学生的好意的催促。

灵魂深处的悲哀是沉重的，灵魂的笔也是沉重的吧！

我知道薛老的时候，就已敬佩他那默默耕耘的精神！

1960年，我开始读现代文学研究生。我喜欢搜寻一些史料，在占有史料的基础上得出一些自己不成熟的结论来。这样，我对那些脱离历史空谈理论的文章不感兴趣，而对一些专注于史料整理和工具书编纂的同志却怀有一种钦敬之情。我敬佩他们那种以自己的辛勤为他人的研究铺路的精神。因为这样，当时我很喜欢山东师范学院编辑出版的几本书——《中国现代作家小传》《中国现代作家目录》《中国现代作家资料索引》，还有几本主要作家的研究资料专集。那些书虽然由于集体编写，时间短、数量大，也有不少错讹和粗糙之处，但它们对于学术研究和教学工作提供的方便以及编辑者那种踏踏实实为现代文学从事资料建设的可贵精神却是不能磨灭的。

每每拿起那些粗糙有时还夹杂其他颜色的灰纸装印的书，我总感到那些建设者为此所付出的劳动是多么艰辛，甚至看到了他们为了出版而不知疲倦奔波的情景。

这些资料书的编纂主持者就是薛绥之先生。没有见过这个人，也没有机会神交，但我对站在这一厚沓的书后面的这个人，却感到由衷的敬慕。

后来我才知道，1957年薛绥之同志也和不少同志一样在政治上蒙受了不白之冤。1959年和1960年编这些资料的时候，他可能还在心中留着深深的伤痕。他是在含辛茹苦中工作的，像一头忍辱负重的老黄牛！

这时他才三十六七岁！我并不认识他。

但我知道他名字的时候，就已敬佩他那默默耕耘的精神了！

他的朴实和诚挚、他的事业心，留给我深深的印象。

粉碎“四人帮”以后，灾难的岁月过去了，迎来了学术研究蓬勃发展的春天。对鲁迅的共同热爱与研讨，使我认识了薛绥之同志。他的学生董兆初同志在北京大学中文系读鲁迅研究班。通过董兆初同志，我知道薛绥之同志已调往山东师院聊城分院任教。我有些问题写信向他求教，向他索要《鲁迅杂文辞典》，他都及时回复，寄书赠我。后来，他还寄赠我一本他的著作《鲁迅作品注释异议》，他那种为学谨严的态度与认真精神，于这并非宏图大构的小书中，是闪烁可见的。我从中得到了不小的益处。第一次与薛老见面，是在 1980 年 4 月鲁迅诞辰一百周年纪念学术讨论准备会上。那是在北京体育场的一个招待所，我被分配同薛老住在一个房间里。

他满头白发，精神矍铄，说起话来，比较重的山东口音，坚实而洪亮。他很健谈，有时我们聊得很晚。他长我十余岁，当时已年近花甲，精力却比我还要充沛。当他知道我身体不好，刚刚从小汤山疗养院回来的时候，他对我说："身体是本钱，在我们现在的条件下，只能自己多多保重。搞坏了身体，就什么也干不成了。"在谈话和相处中，我感到他是一个朴实和诚挚的人。

他劝我注意休息，可是他自己生活节奏却是很紧张的。白天开会，他和同来的董兆初同志进行繁忙的录音，整理录音稿。晚上，兆初和另外一位青年人到房间里来，向他谈一天中在北京图书馆查阅材料的情况。听说他们在北京图书馆看到了一份叙述鲁迅家世的材料的时候，薛老立刻说："如果可能，就全部复印下来。"会议结束前一天晚上，他放弃大会安排的文娱活动，又匆匆中去访问唐弢先生去了。

我说："你们太忙了！"

他笑了笑："来一趟北京不容易，尽量多拜访一些人，多搜集一些资料，这叫公私兼顾啊！"

后来我才知道，他们正在进行《鲁迅生平史料汇编》这项庞大工程。他匆匆来去的身影、他孜孜不倦的辛勤，都已汇编进了这个厚重的建筑中了。几大册已出版的黑皮红字的《鲁迅生平史料汇编》，今天依然立在我的书柜中，薛老却匆匆地走了。

在那殷红的大字中，似乎浸染着薛老辛勤耕耘的心血。1981 年 6 月，在大连黑石礁招待所召开的北方纪念鲁迅诞辰一百周年学术交流会上，我们又见面了。他刚参加完天津的鲁迅"国民性"思想讨论会，匆匆赶来的。

我问他天津讨论会的情况，他说会开得很好，集中讨论一个问题，各抒己见，思想与学术观点有交锋。但论文准备得太仓促，有分量的不多。他说："我开会前读了你那篇《鲁迅改造国民性思想问题的考察》的文章，这次会上的论文还没有超过那篇的。"对于他过誉的话，我委实不敢领受的。我对他说："那还是一九六四年写的研究生毕业论文，虽然花了很大的工夫，但今天看来已经是落后的观点了。”我告诉他那篇论文写完后就来了文艺界的“整风”和大批判，没有机会发表，十五年后才能拿出去与读者见面。他感慨地说：“大家都一样！大好的时光给耽误了，再也不能搞那套左的运动了。”交谈中，我们还讨论了关于《野草》创作方法的意见。过了几个月，在北京召开的鲁迅诞辰一百周年学术讨论会上我们又见面。那次会，我有时需要回学校上课，分组又不在一起，就交谈得很少。

这一次的分手，没想竟成了永别。我怀想着这些短暂但又是值得留恋的晤面与交谈。

他的朴实和诚挚，他的强烈的事业心，留给我深刻的印象。

他坦率友好的责备声音，又响在我的耳边。

薛老给我的印象是他有使不完的劲头。为了鲁迅研究事业的发展，他甘愿付出一切。厚厚的几大册《鲁迅生平史料汇编》还未完工，他和韩立群等几位同志又着手主持《鲁迅作品研究资料》多卷本的编辑出版工作了。

他和韩立群同志商议，《〈野草〉研究资料》交给我来做，我答应下来了。本来我准备 1983 年春天交稿的，但是由于教学任务太重，1982 年底到 1983 年春天又匆忙地准备出国的教学工作，任务就拖下来了，不能按时交稿。

我寄上自己的拙作《〈野草〉研究》，请薛绥之同志指教，同时说明“研究资料汇编”或交给别人来做，或只能我回国以后再进行了。他们原计划此书作为第一本发稿，这样就落空了。

这时我收到了薛老给我的一封信，是 1983 年 3 月 11 日写的。信是这样的：

> 三月七日晨五时写的信收到。我们原定发的第一本书稿就是《野草研究资料》看来落空。但我们意见仍由您“承包”。您找一助手，有些事放给他作。听说你爱人也搞现代文学，可否让她助您一臂之力，两人合作。您有积累，驾轻就熟，出国期间似亦不好抽空进行。实在不行，就回国后交稿。忙是一直会忙下去，而且会越来越忙，关键是把资料工作放在一个适当地位，不要老被挤掉，我年来编些资料的书，深感此事不受重视，感慨颇多，希能克服困难玉成此事。

读了这封信，我心里也是“感慨颇多”的。一方面，我与薛老有同感；另一方面，也为自己不能践约而自责。薛老的话像鞭子抽着我。许多朋友的信随来就随丢了，而这封信我却一直保留完好。我要记住这一记鞭子！

我预定 1984 年 4 月初回国，后来因为接替人选临时改变，又延长了半年时间。这样直到 10 月才回国。回来后，又是忙于教学和杂事，《野草研究资料》虽已动手，却离完工尚远。心中一直感到惴惴不安。一天，在翻检旧信中偶然读到薛老给我的一封，是 1983 年 12 月 5 日写的。信是这样的：

玉石同志：

听说您已从日本回国，向您问好。

《鲁迅著作研究资料丛书》中的《故事新编研究资料》已发排，《朝花夕拾研究资料》近中亦可发排。今天接许觉民同志的信，社科院对咱们这套书补助伍千元，今后的日子好过多了。您编的《野草研究资料》，复制费、抄写费均可寄韩立群同志报销。

我希望您能挤时间早日完成《野草研究资料》一书，早日出版，以此显示这套书的水平。您回国后一定很忙，希望把咱们这本书放在“优先”地位。

敬礼！

薛绥之

读了这封信，我记得曾给薛老写过一封回信。时间可能是今年春节前后。而这时我竟不知道薛老已不在人世。他永不会读到我的信了。我惴惴不安的心情更加沉重。重读他的那些话，我有什么好说的呢？

他坦率而友好的责备的声音，又响在了我的耳边！

一块无字的碑将永存历史！

薛老，您还有好多事要做。您不该走得这样匆匆！

您的一些著作，您主持编写的一些资料，特别是《鲁迅生平史料汇编》那样浩大的工程，不仅显示了您重视和热爱鲁迅研究事业的精神，也表现了您重视资料工作、甘心为别人铺路的学术品格。

您心血浇灌的果实已经得到了人们的赞赏。

在日本，《鲁迅生平史料汇编》不仅是各大学图书馆书架上必备的资料丛书，也是每个鲁迅研究者案头的必备书。他们对这项资料建设工作给予了很高的评价。

1983年春至1984年春，我在东京大学文学部给研究生开设“《野草》研究”课，这套书是一些老师和学生要经常翻阅的。

东京女子大学教授、著名的鲁迅和现代文学研究专家伊藤虎丸先生，很重视中国现代文学的资料搜集和编纂工作，他收集的郁达夫在日本发表的诗词，他主持编纂的十多卷本《创造社研究资料》，都为我们所不及。他对我说：“现在不行了，现在中国的学者已经重视资料工作了，我们就没有事可做了！”这种学术建设风气的改变，也有您的一份努力在内！

1983年6月，我去仙台访问鲁迅旧迹，曾参与《鲁迅在仙台的记录》一书调查并兼任秘书长的阿部兼也教授，在他的研究室里拿着《鲁迅生平史料汇编》第二辑《鲁迅在日本》，称赞这项工作做得很有意义。书里收录了他们的《鲁迅在仙台的记录》的译文以及他们提供的一些珍贵的照片，他们感到非常高兴。阿部先生告诉我，暑假里他将率领东北大学教养学部学生访华团到中国参观访问，他们要到泉城济南，还预定同您进行座谈。我请他见到您时转达我对您的问候。后来，我第二次访问仙台时，阿部兼也先生告诉我，他们的希望如愿以偿了。他还同您交换了有关鲁迅“幻灯事件”的意见。回国以后，我收到阿部先生寄来的《访问中国散记》一书，收录了老师和同学们写的短文，里面也有关于在济南参观访问的文字。

薛老，您勤劳耕作、栽培的花朵与结出的果实，已漂洋过海，芳馨远播。您是可以安息的了。您的不倦劳动的果实，您的勤于鲁迅研究资料建设的精神，人们是不会忘记的。

一块无字的碑将永存历史！

1985年7月10日至12日
草于北大蔚秀园寓所

一个顽强拼搏的人

张效之

“薛绥之老师谢世太早了，也太突然了！”在薛老师故去后的这段时间里，我不时地听到这类话语。而且，每每听到它，都感到对方满怀无限痛惜之情。我是聆听薛老师教诲颇多的学生之一，这种情感尤为挚烈而深沉。

薛老师是从旧社会过来的知识分子，解放后不几年又蒙受了极大的冤屈。一顶令人窒息的政治帽子，伴他度过了二十几个春秋。我认识薛老师，正是他刚被戴上这顶帽子的时候。在之后的岁月里，而我看到的，则是他孜孜不倦的工作，一丝不苟地批阅过的文稿；听到的，是他直抒胸臆的工作建议，以及并非人云亦云的学术见解。就是这样，我在心底里产生了敬重之情。敬重他的为人，不因重压而唯唯诺诺；敬重他的事业心和责任感，不因重压而松懈和削弱；敬重他对党的信念，也未因不公平的待遇而疑虑动摇。他是一个不甘心向命运低头的人，一个顽强拼搏的人，一个积极为壮美的共产主义大厦添砖加瓦的人。

党的十一届三中全会的春风吹遍了祖国大地。薛老师的冤案平反了，他兴奋，他激动，他年轻了许多。我又被他深深地感动了。一天傍晚，我随他漫步在古运河旁，两岸的白杨和垂柳抽出了新绿，习习微风，飘来淡淡的馨香。我们都感到，祖国的建设大业步入了一个诗意葱茏的境界。我问他：你经历了二十多年的精神折磨，现在终于解除了.你是不是有入党要求？他停住脚步，扶了扶眼镜，深情地望着我，肯定地回答。接着，他具体地、朴实地畅谈了对党的情怀。我仔细地听着，听着，没做任何的打断，也没有再提任何问题。他口述了一份异常动人的入党申请书。当晚归来，他灯下纵笔，形诸文字：这就成了他档案中的第一份入党申请书。

在入党宣誓大会上，薛老师做了发言。这发言，很有个性。他说："第一，我不做叛徒，终生为共产主义奋斗；第二，我不做政治上的庸人，也不随从那些思想不解放、和党中央不保持一致的人；第三，我更不做事业上的蛀虫，去破坏别人有益的工作，损伤党的健全的肌体。"有的同志，把这个发言称作"薛老师式的发言"。很多同志拍手叫好。我始终认为我懂得这个发言。这个发言洋溢着坚定的革命精神，寄托着对党中央的无比信赖；毫无疑问，也蕴蓄着对某些歪风邪气的愤慨和决绝。我内心感到十分兴奋，我们党的队伍里又站进了一位坚强有为的战士。

薛老师是教授，出任过聊城师范学院的副院长。正当他回到济南，走上一个新的岗位，再干一场的时候，他却突然逝去了。

薛老师的音容宛在。做一个正直的人；做一个十二级台风刮不倒的人；永远相信党，相信群众，是成为生活的强者的真谛。薛老师的这些教诲，我铭记心头，受用终生。

1985 年 8 月

遥对北天寄哀思

——怀薛绥之老师

张乐民

这半年来，我从一个邮政工人成为一个新闻工作者，奔波于京、沪两地。静夜思念绥之师，巨大的哀痛像大山一样压在我的心头。当噩耗传来时，我却未能去济南见绥之师最后一面，成了终身憾事。忆及往事，绥之师那慈祥的面容总时时浮现在我的眼前，泪水难以自禁。这几年来，他一直关心着我的工作和学习，每当我有了一点微小的成绩，他总是很高兴，勉励我继续努力。现在我归口在新闻队伍，他却已长眠地下，无法知道了。他走得那样匆忙，使我再也不能报答他的恩情，但是他将永远刻印在我的心底，不会忘却……

这是他写给我的一张明信片："……理事会20日晚开会接受了一批新会员，其中有您，特函告您，并祝贺……"去年，他去大连参加中国鲁迅研究学会第三次代表大会，当理事会通过了我的入会申请后，他立即从棒棰岛宾馆驰函相告，情意殷殷，万万想不到这竟成了他给我的最后一封遗简。

绥之师与我素昧平生，始相识于1979年底。那时他与韩立群老师来沪住在虹口体育场招待所，我慕名前去拜访，心里忐忑不安。出乎意料，他十分热情而平易近人，毫无名学者、名教授的架子，是一个质朴忠厚的长者，初次见面就给我留下了深刻的印象。不多久，我突然收到他亲笔签名的《鲁迅作品注解异议》一书，对我一个爱好鲁迅著作的学徒来说，无疑是雪中送炭。自此以后，我与绥之师书信往还，渐渐成了忘年交。我寄去他爱看的书报，他也不断将书刊赠送给我，连一套珍贵的他主编的《鲁迅生平史料汇编》也签名惠赠，我感到自己是幸运的，正是他的热忱指导和帮助，使我终于跨进了鲁迅研究的大门。

在我的业余研究鲁迅的生涯中，他灌注了自己的心血。他为我查阅资料，提出中肯的意见，使我的文章得以顺利发表。他还为我创造条件，当我的长篇论文《〈狂人日记〉创作艺术新探》发表后，他热心地推荐给张挺老师，收入他主编的《鲁迅著作研究资料》丛书。他写信推荐我与柳尚彭老师合作编辑《〈且介亭杂文〉研究资料》一书，不久他又寄来了中国鲁迅研究学会入会表，推荐我参加我梦寐以求的神圣学会……

他给予我的实在太多了，而我却无法报答他。然而，他从来没有想过要我报答他什么，似乎悉心指导和培养人才就是他毕生的崇高使命和职责。我仅仅是他热心扶植的千千万万中的一个。

如果说他把我当成是他的"编外"学生的话，那么更多的是他把我当作远方的亲密朋友。他每次出差来沪，总要打电报给我，我为他安排住宿，去车站接他，每次见面，我们都十分愉快。有时因时间紧，电报未能收到，我未能接他或住宿安排得不太理想，我感到不安，而他总是宽慰地说："很好，很好。"并感谢不绝。记得有年夏天，他来沪转道去宁波开会。安排在旅社的一间单人斗室，十分闷热，我深感歉意，而他毫不介意，兴致极好，要我陪他去四川北路一家西餐社吃冷饮。我们边吃边谈，他述说了自己的坎坷遭遇，显示出他山东硬汉的刚毅性格。现在躬逢盛世，他感到要夺回失去的时间，实现自己多年的计划，我为他的毅力和精神所感动。我说，您应该写一些回忆录留给后人，他笑了笑说，现在不忙写这个，等以后再说。我想也对，以他的身体和精力再写二十年也不成问题，谁料到万恶的病魔却夺取了他的生命，真是"壮志未酬身先死"，这是我国教育界、学术界的一个无法弥补的损失，我只能长歌当哭，在此补记一笔。

绥之师为我国的现代文学和鲁迅研究贡献了自己的一切，给我们留下了宝贵的财富，我们生者将继续奋斗，去完成他未竟的事业。

1985 年 6 月 6 日于沪上寓所

追忆和怀念

林　非

刚收到绥之同志去世的讣告时，我惊讶得半天说不出话。一个活泼泼的人，还有很多工作没有做完，万恶的病魔竟这样突然地抢走了他的生命。

我永远不会忘记那个初冬的黎明，好几个人在芜湖的长途汽车站等候着，都是去黄山参加1977年度鲁迅讨论会的。一位头发花白的长者，倒背着手，急匆匆地迈着阔步，昂首仰望黝黑的天空。经几位同行的旅伴介绍，才知道这就是绥之同志，算是开始认识了。

其实他的大名，他为鲁迅和现代文学研究所做的许多工作，我是早就知道的。我还听说过，他总是那样热情地提携后进，跟他通信的青年学者，不管提出什么样的要求，他都尽量予以满足，给他们看稿，写回信，寻觅参考的书籍等，这不正是鲁迅精神吗？从黄山回来后，他刚健、硬朗和有点古板的姿势，像一幅色彩鲜明的画，嵌进我的脑海里了。每当我的案头堆着来自天南海北的信函，一封封地回复那些年轻的朋友时，我常常想起他慈祥的笑容和那种一丝不苟的作风。

且说那一回在叠满了奇峰的黄山，许多长久未见的老朋友又重逢了，心里说不出有多么欢快。十年浩劫，将人们禁锢得喘不过气来，终于噩梦似地过去了，有多少话想一起诉说啊！白天开会，夜晚叙旧，节奏显得很紧凑，真够忙碌的。大家住得又分散，要走一段崎岖的山路，才找得到各地来的朋友，因此我始终没有机会上他的住地去探望。

有一天晚上，安徽劳动大学的东道主安排了一个会，让我谈谈对鲁迅研究的意见。会前,忽然下起雨来,淅淅沥沥,无休无止,山路很滑,很泥泞,晚上走起来,黑漆漆的,看不清楚,一不小心准会摔跤的,因此有些同志无法来参加了。我在开始说话时,却发现他赫然在座,顿觉惭愧和紧张,悄悄地诘问自己:"你究竟能发表多少像样的意见,值得那些学者顶着风雨来倾听呢?"

这时候,我分明又瞅见了他柔和的目光,出神地瞧着我,像在鼓励我,催促我说下去,我的心里顿时感到一阵暖意,立即又大声说了起来。

离开黄山前,我终于找到了他住的屋子,跟他一起坐在窗前,他望着对面山坡上渐渐干涸的泉水,说起了李白,说起了徐霞客,说起了石涛,他的兴趣很广泛。为什么他的诗人气质没有在自己的文字里流露出来呢?

从这以后,我们间或有些书信往还,他总是将自己主持出版的书籍及时寄给我,使我从中汲取了很多知识。他还几次邀我去山东参加鲁迅研究方面的会议,都因为忙没有去成,永远失去了向他讨教的机会,现在想起来还觉得难过。不过总算幸运的是,我毕竟又有过与他聚会的缘分。

去年春天,辽宁省职工教材编审委员会发起成立了"学习鲁迅通俗读物丛书"编委会,在绍兴召开首次会议。将鲁迅思想普及到广大的职工中去,这主意大家都很赞成,对发起单位肯投资办这样的文化事业,也感到衷心的钦佩,因此这次会上讨论得分外热烈。主编黄源同志对这件工作与建设精神文明的关系作了高瞻远瞩的阐述,这就成为会议激昂的基调,而绥之同志对选题计划和撰写方法的详细建议,又为这乐章谱写了均匀的旋律。

会后,我们去普陀游览,王西彦和戈宝权两位同志都劝他和大家同往,他因为要带领几位随行的研究生在绍兴搜集资料,放弃了去佛国观光的机会。这种执着的责任感,深深地打动了我。

到了秋天,在大连召开的中国鲁迅研究学会第三次会员代表大会上,我们又相遇了。几乎每天早晨,我们都同时走向海滩,并肩站在礁石上,默默地瞧着大海,瞧着太阳从东方升起。有一回,他忽然念起曹操的"神龟虽寿,犹有竟时",也许是因为他正在观望澹澹的沧海,禁不住像一千七百年前的曹操那样发出了浩瀚的感叹;也许是因为他觉得生命虽然短促,却还有多少光阴可以从事自己所热爱的鲁迅研究工作,禁不住生出了喜悦的向往?哪会想到，他这么快就匆匆地离开了大家，因此不能不使我重复古人对“天地不仁”的诅咒。

可是，绥之同志忠厚待人的品格和孜孜不倦的治学精神，都将永远慰藉我们，让我们在人生的阶梯上不断升华。

不久前，我接到李福田同志的信，说是绥之同志的学生徐鹏绪等同志正在筹集款项，准备出版一本纪念他的集子，要我撰写一篇文章，我读完了信，深为这种义举所感动。对于绝大多数穷苦的文人来说，集资出书，谈何容易？正因为绥之同志人格的感召，他的几位高足才会带着感激的心情，虔诚地去进行这桩艰巨的工作。

我深愿绥之同志爱护和提携后进的精神，能够在鲁迅研究界发扬光大起来。

治学严谨有方　热心扶植后进

——沉痛悼念薛绥之先生

纪维周

窗外下着霏霏小雨，这天我接到上海潘颂德同志来信，展开一看，大吃一惊："薛绥之先生已不幸于今年一月十五日晚九时三十分因心脏病猝发，抢救无效逝世，终年六十二岁。"当时我疑心看错了，又反复看了几遍，字句如此肯定……于是，我便不由自主地沉浸在悲痛之中。鲁迅研究界失去了一位辛勤的开拓者，而我也从此失去了一位关怀备至的良师益友。

我和绥之先生相识虽然时间不久，但我得到他的帮助和教益，却是难以估量的。大约五年以前，我从泗洪县农村调回南京图书馆。有人告诉我，绥之先生曾到龙蟠里查阅旧资料，还问起我是否还在这里。由此推想，那是因文字的关系，我们之间"神交"已经很久了。

以后我和他多次通信，并加深了友谊。凡是他的著作，都要赠送我一本。我知道他除繁重的教学任务外，还要兢兢业业地钻研鲁迅著作。尤其使人称道的是，他主编的《鲁迅生平史料汇编》是一部多达三百万字、共分五辑七册的罕见的大部头鲁迅研究资料。更使人吃惊的是，他同时还主编一套《鲁迅作品研究资料丛书》，这是一部多达三十册、长达一千万字的巨著。

我在南京图书馆工作已有四十年，为了崇敬鲁迅，以及业务上的需要，我从事鲁迅研究资料的搜集也有三十余年，其中的甘苦我是深有体会的。但使我钦佩的，我还从未见到像他那样朝气蓬勃、兢兢业业地勇攀高峰、奋力拼搏者。

我是学图书馆学的，我懂得资料工作是一切学术研究的基础。我为了方便鲁迅研究者得到资料，也编辑了一部工具书《鲁迅研究书录》，将六十年间一千四百余种鲁迅研究专著、专刊按类编排，每本书作了简要介绍，并详列书中篇目，字数将近百万。绥之先生对我的工作一直关怀备至。凡是我遇到的困难，他都尽力替我解决。例如他主编的《鲁迅生平史料汇编》，由于出版界出书普遍缓慢，为了让我尽快得到书，他很早把书寄给我。我编的《鲁迅研究书录》，曾有过一种设想，就是每位著者亲自撰写一篇《自传》，并附照片一张。但这项工作，联系著者是比较困难的。但我向他索取《自传》时，他很快满足了我的需求，而且写得如此严肃认真。后来他听说我的《鲁迅研究书录》即将完稿付印出版，他非常高兴，在数月前将他的《自传》要回去修改，很快就寄还给我了。万万没有想到，他竟这样突然与世长辞。这份手迹留在我这里，它会给我带来难以忘怀的思念和长久的痛苦。

1982 年，我应邀去杭州参加鲁迅研究学会举办的学术讨论会，与绥之先生第一次见面。当时他给我的印象是性格爽朗，很有朝气，并不像有病的人。我们在西湖宾馆休息室作了一次短暂的谈话。他对我给予不少支持和鼓励。我对他的工作繁重，希望他多注意身体。这次会议还安排会员去绍兴参观鲁迅故居。我们还一同参观咸亨酒店。当时，我主动邀请他在咸亨酒店门前合影留念。我还邀请王士菁先生、许怀中先生也参加合拍。那天，绥之先生还笑嘻嘻地提着两瓶当地名产绍兴酒。他是那样乐观、开朗、活泼。不料，愉快一面之后竟成永诀，从此我再也没有和他会过面。

绥之先生是很细心的人，有一次我在《鲁迅研究动态》上发表一篇鲁迅研究专著书目的文章，其中有一本书遗漏两个字，他也来信告诉我，足见他的细心。对他的真挚友谊，我在《鲁迅研究书录》后记中写下了与他的真挚友谊，写下了对他的感谢。我也极希望他早日能见到该书出版。不料事与愿违，他未能见到《鲁迅研究书录》出版就去世了，这是非常遗憾的事。

窗外的雨下得更大了，迎面的玻璃窗也因雨水而模糊起来，已看不到外面的景色了。而我几次被涌出的泪水遮住了视线，多次中断写作。这时，我感到如此蠢拙，我好像有许多话要说，但又不知从何说起。我抬头看看书架，绥之先生赠送我的《鲁迅生平史料汇编》四巨册，整整齐齐地排列着，绥之先生为它曾经花费了多少心血和精力。它将是鼓励我勇往直前的动力的源泉。我要加倍爱护它，珍惜他的劳绩，并沿着他的脚步向前迈进。

谨以此文悼念绥之先生，并向他的家属致以诚挚的慰问。

追忆恩师薛绥之先生

张俊才

我是1980年9月到山东师院聊城分院跟随薛绥之老师读研究生的。到校后也就一两个月时间吧，薛老师在赴京参加了“中国现代作家作品研究资料丛书”的编委会会议后，便把他接受的《林纾研究资料》一书的编选工作交给我做。那时，我对林纾基本上一无了解，对资料工作应该如何做也基本上一无了解。一切都是在薛老师的指导、安排和督促下进行的。从1980年底到1981年底，用了一年多一点时间，这部书就大体编成了。这期间我在济南、北京、天津等地前前后后总共住过三个月左右的时间，把山东省图书馆、北京图书馆（今国家图书馆）、首都图书馆、天津图书馆以及山师、山大、北大、北师大、清华、南开和中国社科院图书馆与林纾有关的资料几乎翻了个遍。这三个月左右的时间里，我虽然不在薛老师身边，但我和薛老师每星期至少有一次书信往还，我有什么新发现、新设想会随时报告给他，他有什么新指示、新建议也会及时告诉我。总之，我人虽在外，但“缰绳”是牵在薛老师手里的。从外面搜集资料归来，我即在学校埋头整理、阅读这些资料，并按丛书编委会的统一要求，编写《林纾年谱简编》《林纾著译系年》《林纾研究资料目录索引》等材料，并初步确定林纾哪些著述、后人哪些研究林纾的成果可以入选我们正在编选的《林纾研究资料》。在从事上述工作的同时，薛老师还指示我向复旦大学、南开大学、厦门大学、河南大学、福建师范大学的一些学者请教，这些学者也都对我们的编选工作提供了不同形式的帮助。这样，到了1982年4月，我们的编选工作即告完成，全部书稿经丛书编委会审核后正式送往福建人民出版社。至 1983 年 6 月我研究生即将毕业时，这部总计近 50 万字的《林纾研究资料》就正式出版了。

这部资料书出版后，社会反响和社会效益都比较好。据丛书编委会成员、中国社会科学院文学研究所徐廼祥先生说，王瑶先生曾表示，在首批出版的几部作家研究资料中，他最满意的是《林纾研究资料》。1984 年底，厦门大学知名教授郑朝宗先生特意在《福建论坛》上发表了评介《林纾研究资料》的长文，同年中国社科院内部刊物《文学研究通讯》还据此特邀我们撰写了《林纾研究六十年掠影》一文。该书出版以来对林纾研究的发展起到了重要的推动作用，先后有美、日、韩及中国台湾的多位学者或博士生向我们讨要此书或交流研究心得。到 2010 年，为了满足学界需求，在中国社会科学院文学研究所的筹划和安排下，此书又交由知识产权出版社出了新版。到了 2020 年，福建人民出版社出版了一套多达六七百万言的《林纾集》，编者在前言中明确表示《林纾研究资料》对他们完成《林纾集》的编纂提供了重要的线索和帮助。总之，到目前为止，凡是从事林纾研究的，依然视《林纾研究资料》为必备的参考书。

在跟随薛老师编选《林纾研究资料》的过程中，薛老师对我督责甚严。他自己关于资料工作的一些要求和思考给我留下了深刻的印象。要而言之，有如下三点。

其一，资料搜集应求全，为此必须下死功夫。像林纾这样的历史人物，他的生平、著述、评论资料，1949 年以前已有人进行过整理。但薛老师认为，前人留下的这些资料固然十分可贵，但它们只能是我们赖以前行的起点。不仅 1949 年以后的研究成果也要悉数掌握还择要编入，1949 年以前的资料也要重新审订和增补。这样一来，工作就十分烦琐和困难了。但是，困难再大也不能降低"求全"这一标准，办法只有一个，那就是下死功夫。比如，林纾的著译作品成册的就多达两百余种，这些作品无论前人编的资料中是否有收录，我们都必须从图书馆将原版一一借出，仔细核对每一种书的原作者(包括英文名、汉译名)、译者、合译者、出版单位、出版时间等。再比如，前人编的林纾资料对林纾未成册的短篇作品一概未收，我们也必须补上这一块。但这些作品发表在哪里我们又缺少线索，我们便把与林纾关系密切的六七种报纸和刊物一一借出，一页一页地查阅旧报纸，一期一期地查阅旧期刊，这样终于有了许多新的发现。薛老师对资料搜集求全的坚持使他对“佚文”被发现往往格外重视和兴奋。他不仅多次在通信中对我在这一点上取得的进展予以肯定和鼓励，还让我将所有的新发现写成一篇长达数千字的《林纾著译作品补遗》，发表在聊城分院主办的《学术论文集刊》上。

其二，资料甄别务求真，为此必须具备考证能力。在搜集、阅读林纾资料的过程中，我先后遇到过如下两个难题：一个是随着对林纾了解的加深，我隐隐感到前人关于林纾生平事略的记述有些地方可能是不尽准确的，这主要表现在林纾门人编著的《贞文[①]先生年谱》中。另一个是我从报章上查到的某些作品，我感觉应是林纾的佚文，但署名却不是林纾。这主要表现在民国元年《平报》上发表的一百多篇“讽谕新乐府”上。我询问薛老师碰到这种情况该如何处理，薛老师未加思索就告诉我说：编资料的人应同时具有考证资料真伪的能力。你可以学着写一些文章，通过相关资料之间的比对和其他史料事实的旁证，来解决你遇到的这些难题。在薛老师的启示下，我结合自己在民国初年《公言报》上看到的其他资料，写了一篇《关于林纾作〈讽谕新乐府〉》的考证文章发表在《福建论坛》上，确认了《平报》上发表的这一百多篇“讽谕新乐府”均系林纾之作。直到现在，林纾研究界仍然一致赞同我的观点。再往后，我又写了一篇《贞文先生年谱考补》发表在《河北学刊》上，其中主要的观点也为后来编写林纾年谱或传记的作者所采纳。

其三，阅读资料要想问题，为写论文做准备。跟随薛老师求学三年，头一年时间基本上全砸在《林纾研究资料》的编选上了。这当然也是学习，而且是非常重要的学习。但由于我是学生，我必须通过学术论文答辩才能毕业。因此，在我全身心投入这项工作不久，薛老师就在一封信中这样对我说：“你工作勤奋，进度很快，可喜。要注意发现问题，积累材料，备作毕业论文之用。”我也一直在思考这个问题。后来，考虑到论文既要写林纾又要不逸出中国现代文学专业的范围，我决定以《林纾与五四新文学》为题撰写毕业论文。当1982年底论文初稿写出后，由于我这篇论文的宗旨是强调林纾

---

① “贞文”是林纾门人为林纾私拟的谥号。

对“五四”新文学既有过亦有功，不宜全盘否定；中国文学的现代转型起步于近代，文学史不应漠视近现代文学之间的历史联系。这些观点在当时还算是比较有锋芒的，为了试探学界的反应，我把论文压缩成一篇较长的论文，改题为《林纾对五四新文学的贡献》，投寄给《中国现代文学研究丛刊》。没想到《中国现代文学研究丛刊》编辑部不仅在1983年第4期刊物上发表了此文，而且将论文的题目作为要目刊登在封面上。当我把样刊寄给薛老师后，薛老师又在回信中对我说：“《丛刊》收到。我放下手中工作，又将《贡献》一文粗读一遍，又看了编后记。我觉得你这篇文章接触到一个重大问题，而且解决得较好。我要和你谈的不是文章本身，而是希望你继续在林纾这块荒地上开垦下去，坚持数年，至少可以写一本像模像样的书。”薛老师这封信写于1984年5月，半年后薛老师就因心脏病猝发而辞世，我和我的几位研究生同学都参与料理了薛老师的后事。薛老师走后，我们几个同学就像失怙的孩童一样倍觉无助，但路还是要往前走的，于是我们各自都努力着。我记着薛老师的叮嘱，继续在林纾这块园地里耕耘，先后出版了《林纾评传》《顽固非尽守旧也：晚年林纾的困惑与坚守》两部专著。其中《林纾评传》还有南开大学出版社和中华书局两个版本。今天，我谨以此告慰我的老师吧！

（原文题目为《先生之风，山高水长：回忆薛老师指导我编林纾资料》，系作者为2022年召开的中国现代文学史料建设研讨会提交的论文。）

薛绥之先生逸事

刘增人

先师薛绥之先生，山东邹平人，1922 年 3 月出生，1985 年 1 月病故。自先生驾鹤西去，倏忽廿载有余，墓木已拱，而音容宛然，思念之情，不能自已，爰为拙文，略代瓣香。

初识薛师是在 1959 年秋天，我刚刚考入山东师院就读中文系月余，就奉命到齐河县老马店村参加秋收劳动。在全年级中，我们是四班，排在最后；在全班里，我最矮小，所以走在大队的末尾。刚出校门，就见一位头发花白、面孔白白胖胖的老师气喘吁吁地赶来，腋下挟一裹未经捆扎妥帖的被褥，半截麻绳还拖在身后索索地抖动。他紧跑数步总算赶上队伍，不知是解释还是歉疚，脸红红地，喃喃说道："才通知我，连背包都没有来得及……"话音未落，枕头就从裹在外面的草绿色毯子里滑到地上。顾不得路面的肮脏，我连忙帮他塞进枕头，想用麻绳加固，刚捆一半，见队伍远去，他把被褥往腋下一夹，"赶队伍要紧"，又蹒跚着前行，刚追到大队尾巴，腋下的被褥又分崩离析……从山师大门到历山路路口，如是者三。后来我才明白，他是右派。也许，直到出发前才下通知，连打背包的时间也不给，也是一种强行改造的必要举措。

次年，薛师就承担了我们年级的现代文学史课。他的课往往安排在上午第一、二节。每当薛师背依黑板，半仰脸面，似乎在深深的回忆中追索，又似乎在追索中陶醉，总之是全神贯注地遨游、徜徉于他深心喜爱的现代文学的高天阔海中时，几个特别调皮的学生，往往发现薛师错系的衣服纽扣和唇边没有揩净的稀饭“印痕”。他的课，材料特别丰富，却很少有什么“观点”，而有些课，只有极其革命的“观点”，此外就空无一物了。薛师那与众不同的讲课风格与风度，引起了我们几个不大安分的学生造访的好奇，但一进房门，却被惊呆了：桌子上、书架上、地板上，竟全是摊开的、叠放的、夹着纸条的、划着红线的书报杂志；一张半旧的藤椅，垫着露出棉絮的被子，没有刷洗的碗筷，被挤到书架最边沿的角落。刚刚从一个古旧的小县城走出来的我，第一次知道一个人可以拥有多少书，而要讲好一堂课就必须储备多少知识。大约也就是从那时起，我也开始尽力买书，因此把牙膏换成了牙粉。

后来我也走上了讲台，一度主要课程是作品选讲，尤其是鲁迅作品讲解。那可是一件极见功夫的“苦力活”，从字词语句到篇章结构，来不得半点“超越”。每当想起当年我辈在字里行间爬梳求索的苦楚，就不禁非常羡慕时下某些未读原著却能够洋洋洒洒大发议论的同行，苦思冥想之后仍然没有办法，只好求救于昔日的老师，薛师就是常常解我燃眉之急的师长之一。他的信总是以“增人”开篇而以“绥之”结束，中间完全是对问题的实实在在的具体答复，既没有嘘寒问暖，更没有他人短长。字体虽然不敢恭维，内容却极有针对性与可操作性，是没有任何水分的干货，拿过来就直接可以进讲稿上课堂。对《论费厄泼赖应该缓行》中的“今之论者”、《纪念刘和珍君》中的“哀痛者”与“幸福者”等难点的解释，就是直接来自薛师的指导。大概收到薛师类似信件的绝非我一人，难怪诸生私下都把薛师的书信文体戏称为“电报体”。

1983 年冬天，薛师驰函急召，命我到他已经担任副院长的聊城师院接受《鲁迅大辞典》事件分册的编写任务。中午下车，辗转找到薛师住处，已近一点，他刚吃完饭，碗筷犹在，一如济南：“一定没有吃饭吧？食堂下班了。我来做！”我想，这些年里，他走南闯北，独身执教，料理生活的本领大概也长进不少吧。只见他从另外一张床（他宿舍里除一张办公桌外还有两张床：一张睡卧，另一张就是所有的什物堆放的所在了！）上拿下一只烧鸡，撕下两绺鸡肉，抽出一把挂面，便往锅里放。我说：“不急，得等水开了才可以下面条！”他笑嘻嘻地说：“一样一样，看实质吗。关键是要煮熟！”果然，面条倒是煮熟了，只是似条非条矣。薛师搔搔头："哦，忘了你需要吃盐。我是不大吃的。你等等，我去取。"环顾四周，床上有半棵白菜，十几个鸡蛋，两只济南产的烧鸡，一包挂面……却没有葱、姜、油、盐之类。大约他一向就是吃这种白水鸡丝面，一天三顿！一会儿，他笑嘻嘻地用一把小汤匙借来一撮盐，我吃下老师为我亲手做的第一顿也是最后一顿饭！我吃着面条，薛师坐在旁边满面春风地说："聊城生涯的最大收获，就是学会了自己煮面条！这就是鲁迅提倡的一要生存，二要温饱，三要发展……"他的笑声非常爽朗，没有阴风乌云，我却听得有如骨鲠在喉，百感交集！……薛师一生到底为中国的现代文学与鲁迅研究事业做了多少工作，非短文所可尽述，更非不肖所能尽知。举其荦荦大端，则有如下鸿篇巨制：从 1960 年起，《中国现代作家研究资料丛书》开始由山东师院中文系编印，包括《中国现代作家研究资料索引》《中国现代作家小传》《毛主席诗词研究资料汇编》《中国现代作家著作目录》以及郭沫若、茅盾、老舍、曹禺、赵树理、夏衍、李季、杜鹏程、周立波等著名作家的研究资料汇编。薛师因系右派，虽然主持此项工作，却不能署名。1974 年，《鲁迅小说选讲》与《鲁迅杂文选讲》分别由陕西人民出版社与山东人民出版社出版，书中多篇文稿由先生提供，仍因右派身份未曾署名。1976 年，主持编印《鲁迅作品教学手册》。1977 年，他开始主持《鲁迅生平资料丛抄》，共 11 册。1978 年，《鲁迅杂文中的人物》由山东师院聊城分院印行。1979 年 3 月，《鲁迅作品讲解》（上、下册）由山东人民出版社出版，事实上是先生主编，但署名为"集体编写"；4 月，《鲁迅作品教学初探》由天津人民出版社出版，先生主编，但未注明作者；7 月，《鲁迅作品注解异议》由山东人民出版社出版。从 1980 年 1 月起，策划出版五卷本《鲁迅生平史料汇编》，后由天津人民出版社出版，总字数 250 万，图片 500 余帧。1981 年 8 月，与柳尚彭合著的《鲁迅作品教学难点试析》由上海教育出版社出版。1982 年 8 月，策划编辑出版的《鲁迅作品研究资料丛书》，共 30 种。1982 年 10 月，先生主编的《鲁迅杂文辞典》启动，后由山东教育出版社出版，辞目 1850 条，80 余万字。从 1983 年起，他担任《鲁迅大辞典》编委及事件分册主编。1984 年，应上海教育出版社邀请，撰写《中国现代文学史话》，逝世前已得近七万字……不应忘记，先生于 1958 年被划为右派，1961 年被定为摘帽右派，1979 年 3 月才被正式撤销右派分子的结论及处分。这些贡献，大都是他以非常人所能及的毅力把自己的生活自觉地挤到扁而又扁才腾出时间与精力完成的。

所有贡献以鲁迅研究和资料整理为大宗，基本上是为他人作嫁衣的现代文学学科的基础建设。这诚如王瑶先生 1985 年 6 月 29 日所称道："薛绥之同志长期从事鲁迅研究及有关鲁迅研究资料整理工作，成绩卓著，誉闻遐迩，不期遽归道山，闻之震惊，友人等属文赋诗，以寄哀思，爰缀数语，同表悼念之意。"①

彼岸世界，天高海阔，薛绥之博大的灵魂翱翔得更加自由如意！

---

① 《薛绥之先生纪念集》编辑组编：《薛绥之先生纪念集》，1985 年，扉页。

发现“薛绥之”

龚明德

把书库的大房间即一进门的长长的通厅中间置放了一溜的三个木制大书架，可以两面摆书，取书、放书都方便得多了。我就把使用频率颇高的鲁迅类书刊全部从各个地方集拢来。这一下子呀，奇迹就出现了——原来我还存有鲁迅研究领域大师级专家薛绥之的一封亲笔手札和他送给同行的一本签名本！

我在旧书摊或者旧书店买书，从来就只是为了内容有用才买回来的，至于别的因素，像书的品相、有无作者签名等，都不考虑，所以不少在以收藏和增值为目的的人眼中视为宝贝的地方，都是我回到家里慢慢整理的时候才发现的。这一次发现“薛绥之”，就是又一例。

这十多年在“教育界”和“学术界”混饭吃的不弄鲁迅研究又不搞实证研究的人，都不会详细知道薛绥之的价值。薛绥之这一类前辈学者挂在嘴边而且也身体力行的一句话就是现在的空洞的“学术”混混们最厌恶的“少谈些思想，多看点资料”。

没有了薛绥之们的中国文化，真的是一片荒芜了啊……

我这样一说，薛绥之的重要性就可以感觉得到了。薛绥之和所有他那个年纪的有文化追求的人一样，曾受到沉重打击，但是他没有忘却自己的文化使命。薛绥之生于1922年3月，旧式教育使得他有深厚的文化功底，所以一旦有了“用武之地”，他就成果累累。我无意间购置的鲁迅类图书，不少经常查阅的书，比如厚部头的多卷本《鲁迅生平史料汇编》《故事新编》资料汇编等就是以他为主编弄出来的。但是,我要说的不是这些,是我偶然在我的鲁迅类存书中的惊喜发现。

这发现就是薛绥之写给华忱之先生的一封亲笔信和送给华忱之先生的一本公开出版的小册子。亲笔信是 1979 年 10 月 26 日在山东济南写的,这一年他 57 岁。这一本小册子是薛绥之学术考据短章的结集——《鲁迅作品注释异议》。

薛绥之的亲笔信写在印有“山师聊城分院稿纸”的大半页撕残了的方格稿纸上,被收信的华忱之先生叠了夹在所获赠书的中间。

书多了,也是福分。你看,我稍微动手翻了一下,就在两本当年印行的内部小册子上找到了薛绥之的没有编入《鲁迅作品注释异议》中的两组不同的“鲁迅作品注释异议”,一组是被编入 1976 年 10 月乌鲁木齐市教育局红专学校印行的《鲁迅作品中一些问题的解释》一书,另一组被收入 1979 年 2 月爱辉县教师进修学校印行的《读点鲁迅丛刊》第三辑。我把这三本小册子放在一起,当作薛绥之的一部专著来读。说句实话,这些几百字最多千把字的“小文章”,真有水平!

从薛绥之致吕元明书信管窥其鲁迅史料编写工作

卢　军

薛绥之在鲁迅研究界享有盛誉，在搜集、整理与研究鲁迅资料工作方面做了许多开创性的工作。笔者近来发现一封他 20 世纪 70 年代写给吉林师范大学吕元明教授的书信，对了解《鲁迅生平资料丛抄》的编写工作可以提供一些参考。现将原信辑录如下：

元明同志：

很久没有通信了，这半年北上南下，在家时间不多。《鲁迅生平资料丛抄》原来山东人民出版社催得很紧，现又搁浅，也不明确说不要，只说等等看，也不只我们这一套，文艺室把所有鲁迅稿件都暂时搁置。您译的日本人士回忆鲁迅，我打算编入《鲁迅在上海》(一)，这一辑全是外国人(主要是日本人)回忆鲁迅的文章。包括增田涉的《鲁迅印象记》和斯诺的文章。另外，天津人民出版社考虑出《鲁迅在日本》，我想请您整理一篇《鲁迅交往的日本人简介》。除增田涉、山本初枝已有之外，其余的如内山完造等皆可介绍。先写写该人小传，再写与鲁迅交往，回忆文章与大段摘引。这样，把日本人士回忆鲁迅改头换面，使之与更广大读者见面。当然，鲁迅交往的日本人很多，不可能一一介绍。篇目可加“部分”二字。寄上篇目一，希提出意见。您手里如有现成稿子，或短期可以写出的稿子，亦望尽可能提供。

敬礼

寄来材料已收到　多谢

薛绥之 78.7.23

从1975年起，薛绥之由山东师院中文系调到新建的山东师院聊城分院中文系工作。1976年，为给鲁迅研究者和教学工作者提供一部比较完整的鲁迅生平史料，薛绥之筹划将关于鲁迅生平史实的文章辑录成书。但当时的聊城分院中文系根本不具备编写这种大型丛书的人员条件和资料条件。薛绥之并未知难而退，他着眼于全国，“经过他艰苦地组织，绍兴、北京、厦门、广州等鲁迅纪念馆的同志和全国各地鲁迅研究者近百人，都参加了丛书的撰稿和资料收集工作”[①]。吕元明就是其中之一。吕元明当时在吉林师范大学日本文学研究所工作，是著名的日本文学研究专家和鲁迅研究专家，对日本鲁迅研究史有深入的研究，著有《日本鲁迅研究史》[②]。薛绥之则从1974年就开始搜集和了解日本鲁迅研究的情况，写成了《鲁迅研究在日本》一文[③]，因此与吕元明有共同感兴趣的学术话题。两人时常书信往来，主要是交流鲁迅研究工作。信中开篇写道：“这半年北上南下，在家时间不多。”指的是为编写《鲁迅生平资料丛抄》在全国各地奔波。当时聊城、济南的资料条件差，为了完成丛抄的编选，薛绥之常外出查阅资料。“南来北往，常常几个月不回家。出发在外，吃睡从不讲究，往往利用候车坐车时间小睡片刻，下车后便马上开展工作。”[④]“《鲁迅生平资料丛抄》原来山东人民出版社催得很紧，现又搁浅”，最终以山东师范学院聊城分院中文系、图书馆的名义内部印行。《鲁迅生平资料丛抄》是鲁迅研究界有史以来对鲁迅生平史料的第一次大规模搜集和整理，按地区编排，包括《鲁迅在绍兴》、《鲁迅在南京》、《鲁

---

① 韩立群：《老师·挚友·同志》，《薛绥之先生纪念集》编辑组编：《薛绥之先生纪念集》，1985年，第104页。该书是薛绥之去世后由他的学生们自筹资金出版，收录薛绥之传略、年谱、编著目录、悼念文章等。

② 《日本的鲁迅研究史》是1980年11月吕元明参加在成都召开的全国外国文学会第一次年会的报告，后来增补后刊登于陕西人民出版社1981年的《鲁迅研究年刊》。

③ 发表在西北大学创办的《鲁迅研究年刊》1974年创刊号上，后辑录入1978年山东师范学院聊城分院编印的《鲁迅生平资料丛抄》中的《鲁迅在日本》专辑。

④ 冯光廉、朱德发：《薛绥之教授对中国现代文学研究的贡献》，《中国现代文学研究丛刊》1990年第3期。

迅在日本》、《鲁迅在杭州》、《鲁迅在北京》(二辑)、《鲁迅在西安》、《鲁迅在广州》、《鲁迅在上海》(三辑),共计十一册,近二百万字。从 1976 年 2 月第一辑《鲁迅在绍兴》组稿起,到 1980 年 6 月最后一辑《鲁迅在上海》印出为止,前后历时四年之久。除《鲁迅在厦门》因故未能编成外,其余鲁迅生活、工作过的地方都有了专辑,“薛先生是全书的主编,组稿、审稿、印刷等工作几乎全集诸他一身”①。

薛绥之在给吕元明的这封信中,主要是交换丛抄中《鲁迅在上海》专辑的编写计划。“您译的日本人士回忆鲁迅,我打算编入《鲁迅在上海(一)》,这一辑全是外国人(主要是日本人)回忆鲁迅的文章。包括增田涉的《鲁迅印象记》和斯诺的文章。”薛绥之信中所说“您译的日本人士回忆鲁迅”指的是吉林师范大学外国研究所日本研究室内部编印的《日本人士回忆鲁迅》(1977 年 3 月),包括清水安三、山上正义、内山完造、镰田寿夫妇、增田涉、山本实彦、泽村幸夫、松本重治、渡边龙策的回忆文章。这些回忆文字,对研究鲁迅的思想和创作,对研究中日友好交往,都很有意义。该书印出后,吕元明特意寄给薛绥之两本。

薛绥之对该书非常看重,打算将其中部分文章辑录到《鲁迅生平资料丛抄》中,在 1977 年 11 月 4 日写给吕元明的信中,他详细谈了自己的初步设想:按内容分,凡是回忆鲁迅在日本的文字编入《鲁迅在日本》,回忆 20 世纪 30 年代在上海与鲁迅交往的编入《鲁迅在上海》;《鲁迅在上海》拟编三辑,《鲁迅在日本》拟编一辑。

但在实际编排时,此计划有了变动。第一,《日本人士回忆鲁迅》一书中的文章以在上海时期交往内容居多,因而《鲁迅在日本》一书未收录该书的译作内容。第二,《鲁迅在上海(一)》并未收录外国人士回忆文章,收录的文章以反映鲁迅在上海期间的社会政治活动和参加中国左翼作家联盟的活动为主;《鲁迅在上海(二)》反映鲁迅在上海十年与文艺青年的关系;《鲁迅在上海(三)》则是收录“外国人(主要是日本人)回忆鲁迅的文章”,《日本人士

① 韩立群:《老师·挚友·同志》,《薛绥之先生纪念集》编辑组编:《薛绥之先生纪念集》,1985 年,第 104 页。

回忆鲁迅》中吕元明翻译的《诗的对话》《鲁迅先生与版画》《从回忆鲁迅先生谈起》等"内山完造对鲁迅的回忆"系列共25篇短文、泽村幸夫的《有生之日的鲁迅》、松本重治的《鲁迅和长与善郎的会见》、山本实彦的《鲁迅某种内心的历史》都被收录其中，可见薛绥之对《日本人士回忆鲁迅》一书的看重。此外，薛绥之信中所说的增田涉的《鲁迅印象记》和斯诺的同名文章一同收录。

笔者查阅资料，并未发现薛绥之恳请吕元明整理的《鲁迅交往的日本人简介》一文。但《日本人士回忆鲁迅》中就有吕元明所写的与鲁迅交往密切的增田涉、内山完造、山本实彦、泽村幸夫等日本人士简介，其中内山完造与泽村幸夫的简介已被薛绥之收入《鲁迅在上海(三)》专辑中。"天津人民出版社考虑出《鲁迅在日本》"这个出版计划并没有实现，1978年12月，《鲁迅在日本》一书仍由山东师范学院聊城分院内部编印，收录许寿裳的《鲁迅在日本》、沈瓞民的《回忆鲁迅早年在弘文学院的片断》《鲁迅早年的活动点滴》等回忆文章，以及薛绥之的《鲁迅在仙台二三事》《鲁迅与增田涉》，文怀樟的《鲁迅仙台事迹杂考》、陈友雄的《关于鲁迅留日时期的几个史实新证》等考释文章，又及静君编纂的《鲁迅留学时期年表》，共计27篇。

为了组织《鲁迅生平资料丛抄》这套大型丛书的编写，薛绥之邀请全国各地的鲁迅研究工作者参加，主要是靠书信交换意见，"近几年来，他几乎每天都要写信，有时候一天竟要写十几封。但为了搞好中国现代文学和鲁迅资料建设，再苦再累、再麻烦，他也乐于从事，耐心去做"[①]。从薛绥之致吕元明的书信中可窥一斑而知全豹，体会到他为鲁迅研究史料的编写出版工作付出的艰辛劳动。1981—1986年，天津人民出版社陆续出版五辑六册《鲁迅生平史料汇编》，这套史料汇编就是在《鲁迅生平资料丛抄》的基础上整理修订的，为鲁迅史料学的建立起了铺石开路的作用。

① 冯光廉、朱德发:《薛绥之教授对中国现代文学研究的贡献》，《中国现代文学研究丛刊》1990年第3期。

辑五　编著目录

薛绥之编著目录*

李玉明　王光东 编　谢慧聪 校补

薛先生解放前曾任《世界日报》记者，主编刊物《新路》，解放后主编全国第一家中学语文教学刊物《语文教学》，因资料匮乏，仅找到很有限的几种，特此说明。

《街头夜景》（散文）、《回忆》（散文）、《初夏的风景》（散文），收入 1934 年山东第二实验小学编《孩子话》。

《死》（短文），《济南经济时报》1945 年 9 月 21 日。

《发刊词：人民之路》（未署名），《新路》1946 年第 1 期。

《民主民生民死》（署名魏麦人），《新路》1946 年第 1 期。

《知识分子的没落：一点小小名词的解释》（署名魏麦人），《新路》1946 年第 1、2、3 期。

《几本值得介绍的书和期刊：延安的人们是在干些什么》（署名柳细叔），《新路》1946 年第 1、2 期。

《蒙旗问题及其他》（署名魏麦人），《北方杂志》1946 年第 2 期。

---

* 本部分主要是在《薛绥之先生纪念集》基础上进行校补，虽全力补正，但编著目录所列作品目前仍有一部分无法查阅核对，不足之处敬请方家指正。薛绥之以“绥”“魏麦人”“麦”笔名所写文章均参考微信公众号“新文学甜点”署名“幼文”的《薛绥之的笔名及其早期创作》，http://mp.weixin.qq.com/s/GOBvEBQe0DkwxM6fnzDXFw。特此感谢。

《强盗主义与商人主义》(署名魏麦人),《新路》1946 年第 4/5 期。

《左倾乎? 右倾乎?》(署名魏麦人),《新路》1946 年第 6 期。

《会场与战场》(署名麦),《新路》1946 年第 6 期。

《国家兴亡在此一会》(署名麦),《新路》1946 年第 6 期。

《请不要再吓唬我们》(署名麦),《新路》1946 年第 7 期。

《论第三种势力》(署名魏麦人),《新路》1946 年第 7 期。

《杨康华与程懋型》(署名麦),《新路》1946 年第 8 期。

《莫谈国事与明哲保身》(署名魏麦人),《新路》1946 年第 9 期。

《采访生涯杂忆》,《北方杂志》第 2 卷第 1 期,1947 年。

《两度结婚:为纪念亡妻锡恕而作》,《北方杂志》1947 年第 2 卷第 3 期。

《替台湾中学生诉苦》,《北方杂志》1947 年第 2 卷第 1 期。

《台湾人的悲哀!》,《世界日报》1947 年 3 月 8 日。

《台变前因与后果》,《世界日报》1947 年 4 月 1 日。

《台变前因与后果》,《世界日报》1947 年 4 月 3 日。

《台省虽已决定改组,全境仍潜伏着危机(上)》,《世界日报》1947 年 4 月 23 日。

《台省虽以决定改组 全境仍潜伏着危机(下)》,《世界日报》1947 年 4 月 24 日。

《从一年来的台政说起,将陈仪比郑成功》,《世界日报》1947 年 5 月 3 日。

《暴风雨后渐见平静:痛定思痛话台湾》,《世界日报》1947 年 5 月 7 日。

《何处觅春光?》,《世界日报》1947 年 5 月 8 日。

《普选后的日政党(一)》,《世界日报》1947 年 5 月 15 日。

《普选后的日政党(二)》,《世界日报》1947 年 5 月 17 日。

《普选后的日政党(三)》,《世界日报》1947 年 5 月 18 日。

《普选后的日政党(四)》,《世界日报》1947 年 5 月 19 日。

《普选后的日政党(五)》,《世界日报》1947 年 5 月 20 日。

《普选后的日政党(六)》,《世界日报》1947 年 5 月 21 日。

《未来的台湾!》,《世界日报》1947 年 5 月 31 日。

《台人对外省人的印象：由热望转为怨恨(上)》,《世界日报》1947 年 6 月 11 日。

《台人对外省人的印象：由热望转为怨恨(下)》,《世界日报》1947 年 6 月 12 日。

《台湾杂碎》,《世界日报》1947 年 6 月 30 日。

《可怕的转变！日人又要向台湾伸手》,《世界日报》1947 年 7 月 24 日。

《可怕的转变！日人又要向台湾伸手》,《世界日报》1947 年 7 月 25 日。

《旅台散记》,《世界日报》1947 年 9 月 5 日。

《"语文问题"在台湾(一)》,《世界日报》1947 年 10 月 3 日。

《"语文问题"在台湾(二)》,《世界日报》1947 年 10 月 5 日。

《"语文问题"在台湾(三)》,《世界日报》1947 年 10 月 6 日。

《"语文问题"在台湾(四)》,《世界日报》1947 年 10 月 7 日。

《台湾资源事业近貌》,《世界日报》1947 年 11 月 17 日。

《多谣的台湾》,《世界日报》1947 年 12 月 15 日。

《沧海桑田话北大》(署名魏麦人),《北大化讯》1947 年第 18/19 期。

《我怀念台湾》,《青声》1948 年第 2 卷第 2 期。

《多谣的台湾》,《小春秋(贵阳)》1948 年 1 月 4 日。

《台·沪·青纪行》,《世界日报》1948 年 1 月 22 日。

《台湾资源事业近貌》,《新疆日报》1948 年 1 月 28 日。

《今日青岛》,《世界日报》1948 年 2 月 12 日。

《青岛的三大问题：难民·食粮·房荒》,《世界日报》1948 年 4 月 27 日。

《我怎样教"论'费厄泼赖'应该缓行"一文》,《语文教学》1950 年第 3 期。

《〈为了忘却的记念〉中的五烈士》,《语文教学》1951 年第 3 期。

《第二次国内革命战争时期文化战线上的"围剿"与反"围剿"》,《历史教学》1951 年第 3 期,后收入张静庐编：《中国现代出版史料》乙编。

《在语文教学中贯彻爱国主义教育的一点认识》,《天津教育》1951 年第 2 期。

《要跟上形势的发展》,《历史教学》1952 年第 6 期。

《让开会迷们受到嘲笑》,《济南日报》1956 年 8 月 22 日。

《鲁迅的笔名》,《济南日报》1956年9月11日。

《中国现代文学的奠基人——纪念鲁迅先生诞辰七十五周年》,《济南日报》1956年9月25日。

《鲁迅杂文的战斗性》,《前哨》1956年第10期。

《鲁迅的两句诗》,《济南日报》1956年10月3日。

《清除鲁迅研究中的庸俗社会学观点》,《大众日报》1956年10月16日。

《谈〈在田野上前进〉》,《大众日报》1956年10月。

《谈电影〈勇士的奇遇〉》,《大众日报》1956年11月22日。

《〈鲁迅全集〉新版本的特色》,《济南日报》1956年11月25日。

《鲁迅是怎样为克服公式化概念化而进行斗争的》,《创作与学习》1956年第14期。

《文学作品中党的领导》,《前哨》1956年第12期。

《冰冷的利己主义者——谈〈旧恨新仇〉中的聂柯》,《济南日报》1956年12月19日。

《评〈白浪河上〉》,《大众日报》1957年1月4日、7日。

《如何理解讽刺文学》,《济南日报》1957年1月12日、13日。

《省略不得》,《前哨》1957年2月号。

《鲁迅与瞿秋白》,《教与学》1957年第2期。

《读"战斗在沂蒙山区"》,《山东文学》1957年第4期。

《瞿秋白是怎样解决文艺界内部矛盾的》,《前哨》1957年第7期。

《鲁迅研究资料索引》,山东图书馆内部印刷,1957年。

《关于"新月派"》,《中国现代文艺资料丛刊》1962年第3辑。

《〈论"费厄泼赖"应该缓行〉里的今之论者》,《羊城晚报》1964年10月5日。

《关于〈学衡〉的创刊号——〈鲁迅全集〉注释订正》,《羊城晚报》1965年4月6日。

《刘和珍和〈莽原〉——〈鲁迅全集〉注释正误》,《羊城晚报》1966年1月4日。

《鲁迅研究在日本》,《鲁迅研究年刊》,1974年。

《对鲁迅作品某些注解的异议》,《人民教育》1975 年第 3 期。

《对鲁迅作品某些注解的异议(一)》,《山东师院学报》1975 年第 1 期。

《对鲁迅作品某些注解的异议(二)》,《山东师院学报》1975 年第 2 期。

《〈流氓的变迁〉的针对性》,《语文战线》1975 年第 6 期。

《对鲁迅作品某些注解的异议》,《教育革命通讯》1975 年第 8 期。

《鲁迅在仙台二三事》,《鲁迅研究年刊》,1975—1976 年合刊。

《内山嘉吉回忆鲁迅和木刻讲习会》,《鲁迅研究年刊》,1975—1976 年合刊。

《对〈论"费厄泼赖"应该缓行〉某些注解的异议》,《语文战线》1976 年第 1 期。

《关于〈谈金圣叹〉的写作背景》,《山东师院学报》1976 年第 1 期。

《中学语文课本中鲁迅作品几个问题试解》,《沂蒙教育》1976 年第 1 期。

《关于〈呐喊·自序〉》,《语文教学》1976 年第 4 期。

《〈祝福〉试析》,《教学参考》1976 年第 12 期。

《〈祝福〉中有争议的两个问题》,《语文教学研究》1977 年第 1 期。

《〈论"费厄泼赖"应该缓行〉试析》,《语文教学参考》1977 年第 3 期。

《〈记念刘和珍君〉串讲》,《教学与研究》1977 年第 3 期。

《〈鲁迅杂文中的人物〉选刊》,《教学参考》1977 年第 5 期。

《学习鲁迅的彻底革命精神》,《济南文艺》1977 年第 5 期。

《鲁迅作品教学手册》,聊城师院印,1977 年。

《评新版的〈呐喊〉的出版说明及注释》,《破与立》1978 年第 1 期。

《读增田涉的〈鲁迅传〉札记》,《山东师院学报》1978 年第 1 期。

《漫谈鲁迅小说教学》,《语文教学研究》1978 年第 3 期。

《鲁迅与增田涉》,《读点鲁迅丛刊》第 2 辑,1978 年。

《论许地山》,《徐州师院学报》1978 年第 3 期。

《对人民革命性的估计——〈纪念刘和珍君〉中的几句》,《教学与研究》1978 年第 3 期。

《〈为了忘却的记念〉讲解》,《语文学习丛刊》第 3 辑,1978 年。

《漫谈鲁迅小说教学》,《语文教学研究》1978 年第 3 期。

《〈一件小事〉中的S门》,《教学与研究》1978年第4期。

《〈子夜〉与“中国社会史论战”》,《语文教学研究》1978年第4期。

《李大钊的〈什么是新文学〉》,《社会科学战线》1978年第4期。

《鲁迅小说中的“!”和“—”》,《语文教学》1978年第5期。

《鲁迅小说中的称谓》,《语文教学通讯》1978年第6期。

《中国现代作家小传》,聊城师院印,1978年。

《鲁迅杂文中的人物》,聊城师院印,1978年。

《鲁迅作品某些注解异议》,聊城师院印,1978年。

《语文教学漫谈》,《语文教学研究》1979年第1期。

《鲁迅送给殷夫的究竟是一本什么书》,《语文教学》1979年第1期。

《谈〈论“费厄泼赖”应该缓行〉札记》,《语文教学研究》1979年第1期。

《〈论“费厄泼赖”应该缓行〉的难点疑点试解》,《语文教学》1979年第1期。

《〈讲话〉的发表和修正》,《教学与研究》1979年第1期。

《释〈呐喊·自序〉中“梦”“寂寞”》,《语文教学》1979年第3期。

《鲁迅杂文教学的一些体会》,《语文教学通讯》1979年第3期。

《对鲁迅作品某些注解的异议》,《读点鲁迅丛刊》第3辑,1979年。

《藤野先生》,《语文教学》1979年第5期。

《〈祝福〉的开头和结尾》,《语言文学》1979年第5期。

《关于“语丝社”》,《语文学习》1979年第6期。

《关于〈呐喊·自序〉》,《语文教学》1979年第8期。

《悼念和说明》,《教学参考资料》1979年第9—10期。

《鲁迅作品讲解(上、下)》(合著),山东人民出版社1979年版。

《鲁迅作品教学初探》(主编),天津人民出版社1979年版。

《鲁迅作品注解异议》,山东人民出版社1979年版。

《〈祝福〉中难句试解》,《陕西教育》1980年第1期。

《鲁迅与内山书店的漫谈会》,《鲁迅研究》1980年第1期。

《鲁迅作品教学的着眼点》,《教与学》1980年第1期。

《鲁迅与内山完造》,《河北师院学报》1980年第2期。

《“五四”时期的文学社团》,《语文教学通讯》1980 年第 2 期。

《总结历史　破浪前进——纪念左联五十周年》,《语文教学研究》1980 年第 2 期。

《鲁迅作品教学浅析》,《烟台教育》1980 年第 7 期。

《一部真实的书——读〈萧也牧作品选〉》,《文科教育》1980 年第 12 期。

《我对鲁迅研究现状的一点理解》,《语文教学研究》1980 年第 3、4 期合刊。

《鲁迅作品教学浅析》,《烟台教育》1980 年第 7 期。

《一部真实的书——读〈萧也牧作品选〉》,《文科教育》1980 年第 12 期。

《鲁迅生平史料汇编》(第 1 辑,主编),天津人民出版社 1981 年版。

《鲁迅留学仙台的珍贵史料——介绍〈鲁迅在仙台的纪录〉》(与马力合作),《徐州师范大学学报》(哲学社会科学版)1981 年第 3 期。

《读〈多收了三五斗〉札记》,《中国现代文学研究丛刊》1981 年第 2 期。

《鲁迅研究的现状》,(日本)《亚细亚》B 卷第 4 号,1981 年 10 月。

《鲁迅在反文化“围剿”中的斗争策略》,《山师大学报》(社会科学版)1981 年第 5 期。

《鲁迅作品教学难点试析》(与柳尚彭合著),上海教育出版社 1981 年版。

《日本鲁迅研究对我的启发》,《聊城师院学报》1982 年第 1 期。

《讽刺永远是需要的——重读〈讲话〉有感》,《聊城师院学报》1982 年第 1 期。

《发扬鲁迅精神　进一步肃清“左”的影响——学习十二大文件的一些体会》,《聊城师院学报》1982 年第 4 期。

《鲁迅在东京的遗迹》,《阜阳师范学院学报》(社会科学版)1982 年第 4 期。

《鲁迅生平史料汇编》(第 2 辑,主编),天津人民出版社 1982 年版。

《实事求是方针带来了各方面的大丰收——学习〈邓小平文选〉谈到丁玲等人研究资料的出版》,《聊城师院学报》1983 年第 1 期。

《鲁迅生平史料汇编》(第 3、4 辑,主编),天津人民出版社 1983 年版。

《林纾研究资料》(与张俊才合编),福建人民出版社 1983 年版。

《舒同的半篇杂文》,《青岛日报》1984 年 12 月 17 日。

《论〈阿 Q 正传的〈序〉〉》(生病前完成寄聊城),《聊城师院学报》1985 年第 1 期。

《悼念余修同志》(1985 年 1 月 6 日写毕,未及投出即病逝)。

《鲁迅生平史料汇编》(第 5 辑,主编),天津人民出版社 1986 年版。

下编

冯中一研究资料

辑一　学者自述

怎样欣赏诗歌

冯中一

诗歌是直接抒发思想情感的一种文学样式，是最富有战斗性的一种艺术武器。许多人，特别是青年学生，爱读诗歌。这是很自然的，也是很好的现象。但是，有的青年学生尽管对诗歌怀有极大的热情与兴趣，尽管阅读了很多诗歌，而得到的思想的启发和艺术的感染并不大；对于大家都称赞的好诗，也体会不到它怎样好和为什么好。

为什么有这种情况呢？诗歌作者与作品方面的原因暂且不谈，单就读者方面来看，主要是由于缺乏文学的一般知识，不了解诗歌的艺术特点，以致产生种种不正确的阅读的观点、态度。有的以为诗歌分行有韵，篇幅短，读起来轻快，既能消遣，又容易得到阅读数量上的成绩；有的以为诗歌中有许多美丽的词句，多获取些，可以随手拿来装饰自己的作品；有的甚至以为诗歌富有优雅神秘的情调，能够借以发泄满腹的抑郁或追求空虚的精神生活。类似这样的观点、态度，如不彻底改正，是不能正确深入地欣赏诗歌的。

要能正确深入地欣赏诗歌作品，除了应具备一般的阅读文学作品的知识与修养外，需要适应诗歌的艺术特点，更加有重点地和深入地体会、分析。

1.要分析诗的构思、诗的思想性

一首好诗，并不是作者看到一点就写一点，随意发挥肤浅凌乱的感觉，而是作者在实际生活斗争中经过长期的观察、体验、分析、研究，对某一事物有了强烈的感受和深刻的理解，然后通过斗争的行动、生活的面貌，精练地、有力地写出来的。因此，一首好诗必然是一定社会生活的集中反映，它包含着重要的思想，揭露现实斗争的本质意义；并且这些思想内容是通过生活的活的事实和饱满的生活情绪来打动我们的心的。欣赏诗歌，不应当轻率地在词句表面上滑过去，而要从诗的整体到每一细节，靠生活实感去深入地分析它的构思、它的思想性，发掘出文字里面的更重要的东西来，也就是要深入地分析理解这首诗是为什么写的，它要告诉读者什么问题，它是根据什么逻辑、用什么具体材料达到它的目的的。

例如，吕剑同志的《期待》一诗（见《抗美援朝诗选》）：

> 在这温暖的小床里，/孩子睡的多么甜蜜，/脸上露着若隐若现的笑影，/长长的睫毛你看多么恬静。//孩子是如此地信任这个世界，/仿佛一切都会为他们安排，/仿佛他们的唯一的期望，/就是在和平幸福里慢慢生长。//外面的春光多么醉人，/花朵的香气多么芬芳，/冰雪也已被春风融解，/似乎一切都是为了他们的存在。//但是一旦想到了这些事情，我们的心上就仿佛受了刀伤！——/朝鲜的战火夺去了多少孩子？/又有多少孩子失去了母亲？//孩子还什么也不会说，/仅仅懂得微笑和吃奶，/但他们那些稚气的小脸，/像是道出了对我们的无穷的期待。//让我们轻轻地把窗子打开，/多多放些阳光和花香进来；/让我们担当起神圣的责任，/别再叫他们被那炮声惊醒。//让我们把他们领到/——童话般温馨和幸福的世界，/让我们用慈爱和满意的目光，/看他们怎样地在一天天成长。

作者在我们的和平幸福的日常生活中发现了重要的意义和诗的色彩，于是这样描写出使他深深感动的婴儿的可爱的睡态，描写出孩子们所信任与迫切需要的宁静温馨的环境，也痛心地联想到邻居朝鲜的孩子和母亲们遭到战火的灾难……这样，就自然、亲切而又真实地表现出引起作者写作这首诗的思想。这思想就是我们必须为孩子们负起责任，坚决制止帝国主义的侵略战争。我们可以进一步领会到，作者所写的正是全中国人民朴素而坚强的生活意志，我们全中国人民为了孩子们的幸福成长而创造了今天的充满“阳光”与“花香”的生活，只能使它越来越光辉灿烂，绝不容许战争强盗给它丝毫破坏。我们是最爱和平的人，因而也最恨侵略战争，我们为和平而微笑，也为捍卫和平而奋勇斗争。

2.应注意体验诗歌情感的深度与跃进性

诗的思想性不是孤立的、外加的政治概念，是作者真挚强烈的情感凝结的战斗意志与要求；在一首好诗里，战斗的意志与对真理的洞察是融合一致的，作者感动得愈深，认识得愈透，才能使读者在感动中受到教育。因此，一个诗人绝不滥用情感，而常常把从现实中激起的情感控制起来，经过相当时期的孕育，经过对同类事件的反复感受，甚至经过极大的困难与痛苦的磨炼，然后才谨慎地有目的地抒发出来。这样写成的诗，在表达情感上是具有极大的深度与跃进性的，意念有含蓄，情节的发展也很迅速。它往往是用几句话就表达了无限深厚的热情，甚至达到爆发的燃烧的程度。它往往省略了句与句之间的一些形式上的联系，让我们从那极端凝练的语言中引申出广阔的世界。这样，我们欣赏诗歌，就不能做一个冷淡的旁观者，不能做一个不动脑子的“看官”，单等作者“慢慢道来”，而应当积极地参加到诗歌中去，突进到诗歌感情的深处去，运用自己的想象与联想去体验诗歌中所蕴含的深厚情感，获得和作者同样的感动，和作者共同完成这崇高美丽的艺术的创造。

例如，我们读希克梅特的长诗《卓娅》，他描写卓娅炸毁德寇的军火库而被捕时有这么几句：

> 电话线已被割断了。/年轻的处女的手啊……/它们本来是可以重翻一翻《战争与和平》的，/本来是可以在婚后的夜晚搂抱她的爱人的……/是为了这个，是为了这个，/她才躺在敌人的军火库的旁边，/一条盖着雪的小沟里。/要检查一下燃烧瓶，/火柴……/火柴吗，就在这里。/今天的天空是多么美好啊！/擦着火柴……用手一甩……/敌人跑来了，/扑来了。/拖着她在雪地上走。/啊，多么美丽的星空啊！

这十几行诗句，每一句都极有分量，句与句之间都有极大的耐人寻味的间隙——它不但描绘了壮烈的战斗场面，而且蕴含着深刻强烈的感情，凸显了卓娅革命英雄主义的品质。在这里诗人告诉我们：卓娅本来是可以继续祖先的理想与斗争而创造和平的业绩的，是可以充分享受今天的幸福快乐生活的，也就是为了这个，她才不避艰难，冒着生命的危险，担当起保卫祖国、毁灭敌人的任务。正是这样一个苏维埃青年，她狠狠地打击敌人，她那样沉着地准备燃烧瓶与火柴，她也更感觉到祖国的“天空是多么美好”。这时，她是多么兴奋紧张而又充满无比的力量啊！而在她被捕后，她的心情和“美丽的星空”相辉映，她没有恐慌，没有绝望，有的是永不屈服的坚强意志，有的是对祖国必然胜利的确信，有的是对敌人的憎恨和斗争到底的勇敢顽强。诗人以这么严肃和崇敬的心声歌颂了卓娅，使我们读到当卓娅准备燃烧瓶的时候，不禁凝神屏息；读到她“用手一甩”的时候，不禁血涌腕跳；特别是读到那两句逐步深化的天空气氛描写的时候，我们随着对卓娅的肃然起敬，也在低沉紧促的呼吸中百倍提高了对自己的生活与斗争的刚强意志。

3.应注意领会诗的意境

思想深刻、感情饱满的诗，必然要求表达方式的概括、精练和犀利，它要用最少的精选的字句把丰富的内容打入人心。这样，诗人在创作时就常常围绕着一个总的创作意图，综合了生活的经验与广博的知识，通过想象力使所感受和所发现的东西结晶为最特征的形象，也就是在生活中蒸馏出最高贵的真实，使读者从简短的诗歌篇幅里得到更亲切、更深刻的启发，更充分地把握住诗的生命力。我们在欣赏诗歌时，就要善于以政治的艺术的敏感来注意体会这种诗的意境与暗示力。这需要处处留心，处处体察入微，对于每一个诗句的前后呼应的关系，对于每一个比喻的表面的和内涵的用意，对于每一个细节特点的衬托环境与发挥主题思想的作用，都应当做全面的了解和深入的探索，并在自己心目中形成完整明显的构图。

例如，臧克家同志写的《胜利的箭头，射出去》一诗（见《抗美援朝诗选》）：

胜利的箭头，射出去，/射出去，从“三八线”的弦上，/用朝鲜人民的全力，射出去，/射出去；射得又快，又远，又稳当。//每天，打开报纸，/箭头射在了一个新的点上；/箭头射在了一个新的点上，/带着一簇簇惊喜的眼光。//胜利的箭头，射出去，/它有千军万马的声响，/侵略者应声倒下去，/人民站起来了，就在敌人倒下的地方。//胜利的箭头，射出去，/向着前方，向着南方，/胜利的箭头射出去，射出去——/射出千条万条的希望。

在这里，作者以无比的兴奋和骄傲，创造了高昂壮阔的诗的意境，展开了我们的诗的视觉，使我们看到朝鲜人民和朝鲜人民军在反击侵略者的初期的胜利姿态，我们可以从一连八个“射出去”的锐利和速度上体会到朝鲜人民军神勇追击、所向披靡的节节胜利的壮观；可以从“三八线的弦上”的“朝鲜人民的全力”，体会到英雄的朝鲜人民一致动员起来的坚强意志与无限威力；可以从“在敌人倒下的地方”“人民站起来了”，体会到这伟大壮烈的战斗的正义性与胜利的必然性；而更重要的，我们可以从“一簇簇惊喜的眼光”注视着每一天、每一个箭头“射在了一个新的点上”和随着箭头射出的“千条万条的希望”，体会到全世界亿万爱好和平的人民的目光都投向朝鲜，都高度关怀着为世界和平担负起先锋的战斗任务的朝鲜，都把朝鲜的每一个胜利看作和平阵营的力量与意志的显现。

第三，应注意咀嚼诗的语言，吟味诗的韵律。

诗的思想内容和艺术力量是体现在语言中的，而且由于诗的直接抒情的需要，比较更讲求语言的表情与音乐性。一个严肃负责的诗作者，必然也严肃负责地运用和创造新颖的、有特性的、有吸引力的语言；他不仅要求诗的语言无损于诗的内容，而且还要求语言去提炼和丰富诗的内容，更充分地反映人民的性格与智慧、时代的气魄与风貌。因此，我们把诗的语言只理解为华丽的辞藻，把诗的韵律只理解为顺口的格式，这是远远不够的。我们欣赏诗歌，就是通过诗的语言来分析掌握诗的思想感情，我们必须注意作者是怎样通过语言形象化地再造现实，是怎样运用语言的结构、语言的修辞技巧、语言的逻辑力量以及语言的声韵，最好是通过正确有力的朗读来反复地咀嚼吟味。

例如，马雅可夫斯基的诗歌作品就充分发挥了俄罗斯语言的丰富性与多样性。我们以他的长诗《列宁》举例，像诗人描写腐朽的资本主义制度，指出它不仅在进行着血腥的掠夺，而且也在灭绝人性地摧残着一切道德艺术，甚至“把基督十字架上的钉子眼儿和圣灵尾巴上的毛拍卖给了年老的妇人”。这种精深的比喻，对于资本主义的狰狞面目与罪恶本质，真是做了无情的彻骨的揭发。而诗人在描写列宁的革命活动时说，“连字母的滋味也没咀嚼过”的工人，听了列宁的讲演便“懂了一切”，并且列宁能把革命的真理“打入聋了的耳朵”。

描写党的伟大的组织力量时说，“党——是一只长着百万根指头的手，紧紧地握成一个能毁灭一切的拳头”。这些夸张的语句，能以磅礴的气魄真实地表现出列宁和党的领导在人民生活中所产生的巨大力量。特别是描写到向列宁的遗容最后告别的时候，诗人说“好像是走在一根电线上；好像是同伟大的唯一的真理面对面站了一分钟”。在这样一个难忘的时刻，悲哀与敬肃的心情是不可估量的，而诗人也就用了这具有无限容量的深度的警句表现了它。这几点“见树不见林”的举例，实际上还远不能表明马雅可夫斯基语言的精神实质。我们在他的诗歌的有机整体中更好地体味，可以通过他那辛辣深刻的讽刺、幽默的语句感受他的乐观坚强的阶级特性，可以通过他那政论性的字眼和一针见血的论辩理解他的历史胸怀与政治远见，也可以通过他那对称、重叠、递进的诗行触摸他的感情巨流的激荡与回旋。总之，在我们细致体味诗人的语言，在惊异他的新颖美丽的同时，也就沉浸在诗人的革命的热诚与力量当中了。

我国的许多优秀诗篇里也不乏语言精彩的范例，这里单就诗的韵律方面来看一下它与内容的适应性。

例如前面所举的《胜利的箭头，射出去》一诗，语句急促有力，韵律都很坚强洪亮，而中间不断出现“射出去”“射出去”的箭头连发的跳音。我们如能结合对内容的理解来感受它的声音方面的表情，就真像置身于风驰电掣的战阵，看见了千军万马的奔腾。

再如田间同志的《赶车传》，韵律也是优美和谐的，我们试拿出他描写石不烂和金不换领导翻身农奴去找地主的一小节来分析：

> 两个人肩并肩，走在人前头，/一个是主席，一个是纠察，/好比两枝腊烛，脸上红光抖抖，/好比两匹红马，拉的一挂车走。

我们把它有节拍地读出来，可以从“两枝腊烛”的光辉和“两匹红马”“拉的一挂车走”的气势中，感到他们两人和组织起来的群众的欢畅和英武的气派；可以从几个押的韵脚中，听出沉重的、大踏步前进的声音；也可以从均齐有力的全部节奏中体会到农民的坚决而紧张的斗争心情。这段诗的节奏，前四句语气较平抑，后四句就较昂扬，而全段都是两句一组，每组都几乎是先低伏后跃起，并且一组比一组来得更强烈，形成后浪推前浪似的汹涌前进的调子。

以上四点，为了便利起见才分开来说明，其实这是表里一致、不可分割的。我们在欣赏诗歌时不能机械孤立地分出什么先后步骤，而应当把这些方面与重点结合起来，使其互相作用，互相渗透，这样才不致流连于诗的表面，才能够透彻了解诗的精蕴。诗歌的创作是严肃艰苦的思想劳动，而诗歌的欣赏也应当是严肃认真的思想劳动。以上所谈各点仅是欣赏诗歌的起码参考，至于自己的更好的欣赏与兴趣能力，还得随着生活经验的加深而加深，随着认识水平的提高而提高。

无论是歌，
无论是诗——
这都是炸弹和旗帜。
歌手的声音唤起阶级，
今天不和我们一起唱的人，就是反对我们的人。

——马雅可夫斯基

冯中一先生传略

吕周聚

冯中一先生,河北省沧县(今沧州市)人。生于 1923 年 4 月,卒于 1994 年 11 月。生前任山东师范大学中文系教授,中国作家协会山东分会主席,山东省写作学会会长,山东省人大常委,山东省民进副主委,是我国当代著名的诗歌评论家。

一

1923 年,冯中一出生在河北省沧县一个小商人家庭。7 岁时母亲去世,幼小的他过早地经历了人生苦痛。为了养家糊口,父亲四处奔波,年幼的冯中一只好靠孤寡贫困的外祖母抚养。寄人篱下,备受歧视,使冯中一饱尝了世态的炎凉,也培养了他自强、好胜、吃苦耐劳的性格。11 岁时,他随父亲来到济南,和父亲、继母生活在一起。在小学里,他勤奋、刻苦,再加上聪慧,因而学习取得了优异成绩,尤其是作文,颇得国文老师的赞赏。

冯中一带着胜利的喜悦步入了初中的大门,然而没过多久,由于七七事变和父亲失业,他无法继续上学了。但这并没有阻止他自学和进修。当多数同学在正常地上中学、上大学的时候,他却只能断断续续地上补习班和短期学校,通过半工半读的方式,掌握急需的知识。他从少年到青壮年,一方面为家庭生计而操劳,另一方面为进德修业而苦苦求索。这正如一棵小草,没有沃土，只有将根扎进石头缝里，艰难地汲取一点点养分，把稚弱的身躯伸向蓝天。终于，冯中一以凄风苦雨中对阳光的殷切眷恋之情，在心中捧起一轮不落的太阳——文学。他借到了泰戈尔、冰心的小诗和散文，如饥似渴地品尝着、阅读着，诗中那清新的意境、奇妙的想象以及那富于宇宙人生哲理意味的佳句，常会令他激动沉思，并促使他拿起了笔，将自己飘忽不定的情感和对人生的感悟写成短文小诗，寄到报刊上发表。

20 岁左右，冯中一正式步入文坛，并视文学为自己的事业追求。这期间，他担任过刊物的诗歌、散文编辑，这使他的写作能力和鉴赏水平得到了锻炼提高。同时，他也感到自己以前所学的东西很不够用。为了胜任编辑工作，他开始系统地学习中国古典文学，阅读当代的名家名作和一些文艺理论著作，并把自己的视野投向了外国文学。他涉猎的范围很广，读过的书也非常多，诸如《胡适文存》、郑振铎的《中国文学史大纲》、梁宗岱的《诗与真》、朱湘的《中书集》、徐志摩、闻一多的诗集以及外国浪漫主义诗人拜伦、雪莱、济慈等人的作品，这使他丰富了自己的知识宝库，培养了自己多方面的文学趣味，为以后从事诗歌评论打下了较好的思想基础。

冯中一过早地接触社会，在接受学校教育方面是有所失，但在文学写作方面却又有所得。苦难的生活、屈辱的命运以及一连串清苦、忍让背后隐藏着的悲哀与渴望，形成了他特有的心灵颤音，震荡出柔弱又带几分苦涩、坚贞的人生咏叹调，促使他在当时的报刊上陆续发表了近百首抒情小诗。试看那些有代表性的诗题——《盲人》《蜗牛》《荒原之祭》《古城夜曲》《修道院的春》《赴耕之牛》等，可以感受到那时青年的苦闷、寂寞、忧郁和追求，反映了青年对黑暗社会的不满。

在诗歌创作略有成绩之后，冯中一开始思考一些神秘的诗歌现象，并着手探寻诗歌创作的一些奥秘。他发表了《诗与音乐》《诗与寂寞》《诗的明天》《悼念泰戈尔》等数十篇诗歌研究文章，并整理出十余万字的《新诗夜话》，这是他从诗歌创作转往诗歌评论的开始。

1944 年后，冯中一转到了教育工作岗位，先后在济南女子中学、济南禹城中学任国文教员。当时，正值全国解放前夕，战火激烈，全民奋起。面对血与火的现实，他不甘寂寞与沉沦，同热衷于文学的激进青年学生朝夕相处，互相勉励，深情地向往着新时代的黎明！

二

1948 年金秋，济南解放。翌年，新中国庄严宣告成立。随着祖国的万象更新，人民的扬眉吐气，文艺创作特别是激情洋溢的诗歌创作，迎来了蓬勃新生、昂扬高歌的新时代。接近而立之年的冯中一，如同迎朝日、沐春风，焕发了生命中真正的火热青春。

从此，冯中一克服了门第、学历的自卑心理，以深切的解放感，全身心地投入了教书育人的工作，先后在济南三中、山东工农速成中学担任中学教员。作为本职的延伸，他积极热情地支持学生的课外文艺创作、演剧活动，特别热心辅导学生诗歌的创作与欣赏。这期间他写了许多诗歌学习的文章，陆续发表在《大公报》《文汇报》《语文学习》《大众日报》《山东文艺》等报刊上，与旧社会的风雨飘摇、颠仆困顿相比，他确实感到跨进了诗的沃野，找到了自己足以安身立命，发挥特长的人生位置。

1958 年 8 月，冯中一调入山东师范学院中文系，从事写作课的教学工作，他又踏上了人生之路的新起点——教学对象变了，教学任务变了；在坚持诗歌研究的同时，他又开辟了新的研究领域——现代写作学研究。

20 世纪 50 年代是百废待兴、继往开来的振兴时期，也是歌手云集、高吟肺腑的群众诗歌运动季节。直抒胸臆的政治抒情诗、气势昂扬的革命进行曲，成为诗坛的主旋律，发挥着号角、旗帜的作用。在这种创作热潮推动下，冯中一比较系统深入地学习毛泽东文艺思想和当时一些的诗歌理论，并以之作为诗歌联系实际的纽带，用来指导自己的理论创作，十年间先后整理成几本评论专集。1951 年，写成 8 万字的《诗歌学习》、5 万字的《马雅可夫斯基评传》（两书未能出版，前者于 1951 年 8 月在山东省文联文艺评奖中获文艺理论乙等奖）。随后几年，编纂发表诗歌评论，在山东人民出版社出版了《诗歌漫谈》（1956 年 12 月）、《诗歌的欣赏与创作》（1959 年 12 月）、《学诗散记》（1962 年 2 月）等。这些诗的内容，都是根据青年学生诗歌阅读与创作中存在的问题对症下药地阐述与分析，指出写诗应注意构思、意境、感情、语言等方面的基本规律。

以上诗歌评论，贯穿着一个鲜明的特征，即用新的人民时代的政治标准，具体地衡量评价诗歌作品，强调诗的现实主义，强调将健康的时代精神与中国古典诗歌以及民歌的优良艺术传统结合起来。众所周知，50 年代中后期正是“大跃进”时期，当时人们精神亢奋，头脑发热，因而对诗的时代精神的领会与理解也就各不相同。在这一点上，冯中一保持了较清醒的头脑。他认为，“抒情诗要有时代特征，那就得首先要求诗人在思想感情上与人民、与革命结成血肉相连的关系”，而不能简单地认为加上拖拉机、水电站和一些政治口号就是抒情诗的时代特征，这“必须通过诗人的感受，诗人的独特发现，去打动读者的心，引起读者更丰富的想象”(见《诗歌的欣赏与创作·关于抒情诗的时代特征》)。正是从这一观点出发，他反对诗的概念化、标语口号化，要求诗歌应有具体形象；能够“通过个人的体验，运用自己的方式，把来自现实的真挚强烈的感受加以创造性复制”(见《诗歌的欣赏与创作·诗歌感情的表达》)；反对简单化、庸俗化地运用夸张手段，主张夸张必须以现实生活为基础，并须具有一定的目的性，发挥“夸而有节，饰而不诬”的艺术感染力。此外，他关于古典诗歌与民歌、古典诗歌与新诗关系的评述，关于诗人应当追求形式、风格多样化的论述，都是针对当时诗歌习作中所存在的不良倾向，有的放矢，从而起到了补偏救弊的作用。

20 世纪 50 年代中期至 60 年代初期，我国的新诗理论还处在相当薄弱的阶段。不少有成就的诗人和评论家，多进行高瞻远瞩的理论研讨。冯中一则从诗歌普及、传播的角度，选择了引路辅导的位置，尽可能通过诗人诗作的具体分析，悟出一些关于读诗和写诗的道理。古远清在《中国当代诗论 50 家》(重庆出版社 1986 年版)中曾称冯中一为“埋头作具体的分析与讲解诗歌的工作”而“没有得到广泛关注的诗评家”，这是比较确当公允的评价。

这一时期，是冯中一先生诗歌理论研究的第一个黄金时期。新的社会和工作环境，给他提供了施展才能的广阔空间。他的视野开阔了，研究水平提高了，同时他觉得肩上的担子也重了许多。他并没有满足于已取得的成就，而是给自己制订了新的研究计划，准备奋力向新的目标攀登。然而正在这时,“文化大革命”爆发了。尽管他一向谨慎稳重,甘于沉默,既不见风使舵,也不追逐政治风浪,但“革命派”并没有放过他,他被扣上了“走白专道路”的帽子,挨批斗、罚劳役,正常的理论研究工作被迫停止。然而,即使在这样恶劣的环境中,他对事业的追求也从未停止过。此一时期,他与别人一起编注了《中国历代法家诗选》;1971 年,他患了一场大病,不能走路,几次休克,但他硬是凭借顽强的毅力战胜了死神,并在病床上写出了十多万字的论文,后来在《山东师范学院学报》上连续发表。在这黑暗、冷寂的社会环境中,他思考着、探索着,将对诗歌的眷恋深埋于心底,等待着文艺春天的到来。

三

1976 年,“文化大革命”结束,中国历史揭开新的一页,文坛解冻,诗文创作也开始复苏。冯中一的诗歌研究与评论,也随之焕发了饱经压抑之后的更大生机与活力。

作为提高诗歌理论研究水平的一个重要阶梯,自 1979 年以来,冯中一在学校开设了新诗研究的选修课,并开始招收现代诗歌研究生。他开的选修课,注意从当前纷纭多变的新诗潮中选择具有代表性的问题与作品,加以分析讲解,引导学生独立思考,切实提高辨识能力与鉴赏水平。他带研究生,也尽力克服学院式的静态研究学风,强化作为诗歌评论新兵的参与意识,把系统理论的掌握与诗歌评论写作实习结合起来,培养真才实学,提高实战能力。如师生共同编写言论摘编式的大型资料参考书《中外诗歌创作谈》,并合写评论文章公开发表,合编诗歌原理教材正式出版。这样,教学相长,学用一致,冯中一在完成教学任务的过程中,为自己优化知识结构、更新美学观念、实现新诗研究的自我超越创造了必要条件。

对于年事已高、治学谨严的冯中一来说,要完成诗歌评论的自我超越,并不是轻而易举的事,可以说是付出了艰辛的劳动,经过一步步的奋力攀登,才终于如愿以偿的。他和研究生编写出版的三本诗歌评论集,正好标志了连续递进的三个艰辛而稳重的履印。

1983 年,《诗歌艺术论析》由山东人民出版社出版。该书体现了其理论视野的初步开拓。其中所收 30 余篇诗评,除有一部分是对我国传统诗歌艺术的总结与弘扬外,更多的篇幅则注重诗歌审美取向的现代化研究。如《关于繁荣新诗创作的两个问题》《新诗,应在更广阔的大道上奔驰》《探索新诗现代化的踪迹》等,都涉及如何处理新诗现代化与民族传统关系的问题。他指出,新诗的现代化并不是越洋越好,必须符合我国诗歌的民族传统的审美习惯。要沿着民族化、群众化、现代化的顺序,摆正三者的主从制约关系。同时,强调继承发扬民族诗歌传统,又必须强调向世界打开窗口,吸取外国诗歌的优长,形成中西交融、异彩纷呈而又独具中国诗歌神韵的现代风格。对于这一课题的思考,既贯彻了年长者的深沉稳重,又重视了年轻人的激越敏锐,容易引起多数人的共鸣。

1990 年,《诗歌艺术教程》由山东教育出版社出版。该书对于诗歌创作的推陈出新建构了较为系统的理论框架。书中谈到一般的诗歌性质、特点、灵感、意境、想象、结构、语言等问题,都注意联系当前诗歌创新的理论与实践,作出符合当代意识的科学阐释,并且从当代诗歌创作的哲理倾向,剖析当代诗歌中的深刻思想性;从形而上视角、反讽与陌生化效果,来分析现代诗的思维结构、叙述方式和丰腴肌质、复杂内涵。这些研究颇富新意,为初学者正确认识和掌握新诗的艺术特点提供了一把钥匙。

1991 年,《新诗创作美学》由吉林文史出版社出版。在此书中,他把长期思考、积累的诗歌审美经验予以融会贯通,概括为新诗美学的理论体系。全书改变知识罗列与经验表述的写法,努力融会人类学的、社会学的、心理学的、美学的理论批评观点,通过本质论、主体论、创作论、审美论、发展论五个部分,探寻同缪斯取得心灵感应的线索、途径。看起来五个部分仍属"各自为政"的板块结构,但实际上却把诗人主体生命意识的生成和审美心理结构的培养作为贯彻始终的神经中枢,通过不同侧面的阐发来显示诗歌这一心灵化艺术的整体生命力。这样,全书内容就不是平躺着的一堆知识条文,而是能步步深入地显示活的诗歌机制与容光,期待于读者的,不单纯是理解,而是诱发更多的感悟和想象。

以上三本书,标志着冯中一和他的研究生们在新诗艺术研究上的三步跳跃，这是他研究生涯中的第二个黄金时期，特别是放在80年代中西文化碰撞的哲学背景下来考察，要求达到喧哗躁动中的冷静思辨，乱花迷眼中的沉着抉择，而且要不偏不倚，切合实际，的确是艰辛而稳重的自我超越，其中付出的劳动和苦心，是难以估量的。

经过几十年的上下探索、孜孜以求，冯中一先生学习众家批评流派的特长，又发挥自己的优势，渐渐地在诗歌评论园地里形成了鲜明独到的评论风格——以恳挚、具体的艺术赏析为主，兼容谨严的论辩、疏淡的漫话、简洁的评点等方式，做到生动形象，亦庄亦谐，娓娓恳谈，切中时弊。

从初涉论坛直到新近出版的《新诗创作美学》，诗歌文本的赏析一直是冯中一先生专心用力的重点。他认为，对诗歌进行鉴赏分析是诗歌批评的基础，是“看家本领”，缺少这一步功夫，批评就容易架空和造成隔膜。正如他在《诗歌艺术论析·前言》中所说：“考虑书名《诗歌艺术论析》时，在‘论析’两字上费了一番斟酌。如果只称‘……论’或‘……研究’，实在卑之无甚高论，未免虚张声势；陪上一个‘析’字，把侧重点放在对诗歌作品艺术性的具体分析上，既符合各篇写作体例的特点，又多少带一点欣赏介绍意味，以供初学诗歌的青年同志参考，倒还觉得切实稳妥些。”这段话既表现出他的虚心自谦，同时又表现出他执着的艺术追求。他不但这样要求自己，而且也这样要求他的学生。他专门给研究生开设诗歌赏析课，要求学生打好基础，站稳脚跟。在课程结束时，立即要求学生写出能够正式发表的诗歌赏析文章。他认为，只有这样才便于培养“庖丁解牛”的基本功，克服好高骛远、泛泛而谈、钝刀割肉的弊病。

综观冯中一诗歌评论文章的风格，大致是通过两方面的努力来体现的。

一方面是以例析为中心展开论述。也许是长期受我国古代诗话文论的影响，冯中一的评论文章很少长篇大论，一般都结合典型诗作，用两三千字的篇幅，进行融情入理的演绎阐发。为此，或以诗例为主体，或借诗例为主要论据，精思细品，心领神会，力求运用最精粹的“心语”，从感性的体察品味逐步上升到理性的点拨、悟解。

他写于1987年的一篇短文《新诗，应在多元并存中争奇斗艳》(载《黄河诗报》第15期)，不到三千字，简明扼要地摆出自己的观点，认为在中西文化大交汇的改革开放的时代背景下，新诗的革新要努力寻求东西方艺术的“交融点”。这个交融点是个什么模样呢？文章未做条分缕析，也没有旁征博引的说教，而是完整选录青年诗人曹宇翔的一首抒情短诗《长城饭店》（载《星星》1984年第9期），经过具体分析，用活的诗歌标本来现身说法，印证必备的构成要素是“让民歌的朴素率真，古典诗歌的凝炼、境界感，现代诗的变形、象征性，得到更富有时代特色的‘转化生成’，成为更能流泄现代生活韵味，更能传输现代汉语审美信息的中国新诗，同时也具备走向世界的心灵之歌的高雅品格”。这样，便把愈是中国的才愈是世界的普泛命题，附着在诗歌的内在机制上，要言不烦地讲透了，并且留给读者自己再体验、补充的余地。再如80年代初期兴起的朦胧诗潮，引发了一场雾里看花的大争论。冯中一没有写出辩论是非的争鸣文章，而是经过深思熟虑，选出朦胧诗中具有典型特征的《馈赠》（舒婷作，载《诗刊》1980年第8期），以《一个探索的脚印》（见《诗歌艺术论析》）为题，写成具体的赏析短文，通过对诗味的揣摩体验，总结其成败得失，从而借一斑窥全豹，提出了对这一诗潮基本肯定和必加匡正的明确可信的意见。

另一方面是多样化地因借诗句原型的表现力。诗评，在某种意义上说，就是与诗人一道神游，以探求其中难以言传的意蕴。冯中一为使诗评诗意化，尽可能因借诗句原型的表现力，以减少抽象的板滞思考，巧妙地构成诉诸直觉、激发想象的“召唤结构”，最大限度地发挥一语道破万千的评点效能。

为此，他的评论语句很注意与诗句原型穿插并用，或对全首诗完整分析，或摘引重点诗句强化形象论证的氛围感，或挪借他处诗句来映衬悠远的境界，总是不愿平铺直叙，而努力运用“红线串珍珠”的诗性逻辑，开启读者的灵视妙悟。

试看他赏析鲁迅《无题》一诗的沉郁警拔：

万家墨面没蒿莱，敢有歌吟动地哀。
心事浩茫连广宇，于无声处听惊雷。

首句写所见，从“惨象”上反映了“压迫愈深”，次句写所感，从“民怨”上暗示“反抗愈大”；再句写所思，从“矛盾过程”上认识“蓄之既久”；末句写所盼，从

“发展方向”上断言“其发必速”。这样，使人感到形象是沉郁的，而且越来越严重；含意是警拔的，而且越是压抑着越能扩展其“地火在地下运行，奔突”的思想境界。到最后，轰然一声“惊雷”炸，表现出了振聋发聩、鼓舞斗志的巨大的潜沉力量(见《诗歌艺术论析》，第 64—65 页)。

由此可见，他的赏析尽量不用平实干巴的诠释，而是多样化地因借一些诗句原型的表现力，引导读者层层扩大联想圈，向无垠的诗意高空升华。

总之，冯中一基于他多年从事诗歌教学与辅导工作的需要，实事求是，扬长避短，在诗歌艺术赏析上是精益求精、不遗余力的。他不管科研成果的品位高低，一心要求他的诗评短文充满艺术味。在写作中让诗情洋溢的智慧语言，字字都嵌在不可移易的位置上，句句都拧在越来越紧的逻辑发条中，不用多么高深复杂的术语概念，却力求像水晶制品那样，小巧、坚实、透明，通体闪烁着诗化的思想光辉。他这样致力于诗歌艺术赏析，也许正是他在当代诗歌论坛上能够占有一席之地的凭据吧。

四

冯中一先生是吮吸着中国古代文化的乳汁在齐鲁大地上生长成才的，这便造就了他谦和、谨慎、稳重、超脱的儒学风范，他一生中经历了人生的三大不幸——少年丧母、中年丧妻、老年丧子，这便炼成了他顽强、刚毅、坚忍、挺拔的鲜明性格。同时，他又与现代社会相依为命、深受现代化的熏陶，这便又塑成了他开放、执着、务实、求新的现代人格。诗人与学者、儒学风范与现代人格在他身上有机地融为一体，形成了一种巨大的张力，使每一个认识他或熟读其文章的人都能感受到这种力的存在。

文学批评是思想和知识构成的大厦，它要求评论家除了要有明确、深刻的思想之外，还应具有渊博的知识和广泛的文化趣味。只有如此，他才能避免机械地以政治思想为唯一标准去衡量、评价作家作品，才能多角度、多层次地切入作品，挖掘其丰富的美的宝藏。冯中一先生深知这一点，他认为目光短浅、狭隘猥琐的庸人，不能够正确地对一部优秀的作品进行美学评价。为此，他在研究或讲课中非常注意博览广取，开阔自己的胸襟，拓宽自己的视野。尽管他没有上过大学，没有受过系统的教育，但他始终在努力弥补自身的不足。他从青年时期就非常注意知识的积累，采用剪辑、记卡片或记笔记等方式，广泛吸取多种学科的营养，并对书法有着浓厚的兴趣。长期的刻苦学习使他具备了较高的古典文学和文艺理论修养，加之近年他又阅读了大量的中西方文艺思想论著，他的视野更为开阔，对艺术的感受更为独到、深刻。

冯中一在大学里主讲写作课，这是他广泛研究的第二个领域。多年来，他在这片土地上辛勤地耕耘着，并获得了丰硕的成果。1962 年，他与别人草创了以基本文体为中心的教学纲要，设计了较系统的讲练单元，在此基础上集体编写的《常用文体写作知识》于 1972 年正式出版，成为国内高校写作教学按文体撰写的较早出现的教材。此书印行三次，印数超过百万册。1981 年，由他统编的《古人论写作》及他与别人合著的《杂文知识》由吉林人民出版社出版。1983 年，由他主编的《唐宋八大家散文选》由山东人民出版社出版。1985 年，由他主编的《写作知识概要》由山东文艺出版社出版。1986 年，由他主持编写的《常用文体写作教程》，由山东教育出版社出版。他的成就，引起了社会的关注，得到了社会的承认，自 1981 年以来，他连任山东省写作学会会长，并被写入《中国当代写作理论家》一书（贵州人民出版社出版），书中称他为"当代著名写作理论家"，说他"根据写作课教学任务重、见效慢的特点，注重教材教法的务实研究"，并较早地"草创了以基本文体为中心的教学纲要，设计了比较系统的讲练单元"。写作课是一门实践性很强、涉猎面又很广的课程，冯中一在这一领域广泛、深入、扎实的研究，无疑为他搞好诗歌评论打下了牢固的基础，也许二者本来就是互相联系、相辅相成的。

对于一个批评家来说，他的人品与其文品一样重要。因为唯有具备了高尚、正直、诚实的人格，他才能面对现实和真理，摆脱功利名誉的纠缠，超越世俗的偏见，勇敢地站出来诉说自己的真心话。在这一点上，冯中一为人们树立了楷模。他是公认的谦谦君子，为人处世从不狷狂，从不争名夺利，始终谦虚谨慎。作为一个批评家，他从不唯我独尊、自高自大，而是主张"评论家要多向诗人学习，最好是多请诗人现身说法，多谈艺术实践中的感受。我们的诗歌评论家，应该加强和诗人们的团结合作，以便齐心协力地攀登诗歌艺术的高峰”。这种虚怀若谷、严于律己的精神,促使他不断地反省、更新、完善自我。每写一篇文章,每出一本书,他都要反复斟酌、审视,找出其不足之处。在他已出版的著作中,会经常看到修改、批正过的痕迹,大至一章一节,小至一个字、一个标点符号。这也正应验了孔老夫子的那几句名言——敏而好学,学而不厌;学而时习之,温故而知新。从这,我们也许能悟出一点做人与做学问的道理。

诗评家的任务之一就是要将诗引向时代和现实,走出象牙塔,这就要求批评家要具有现代意识,能跟上历史发展的脚步,否则他就要被现实所抛弃。冯中一铭记这一点,时刻不忘抬起头来将眼光投向前方。面对日新月异的新诗潮,他不断加强学习,加深理解,从多方面谋求自己知识结构的更新。他的书架上,占据主要位置的,除了《屈赋新编》《汉魏六朝赋选》《李太白全集》《读杜心解》《历代诗话》之类的古典诗歌读物外,更多的是关于现代新学科新思潮的论著,诸如《外国现代批评方法纵览》《美学和批评方法》《结构主义和符号学》《现代西方的非理性主义思潮》《现代派论·英美诗论》,等等。此外,还有以探索为名的各种文艺评论报道。他广泛涉猎,圈圈点点,篇目和摘抄卡片,积累得满桌满橱。他一直是在传统、务实与开放、创新的矛盾冲突中调节诗学观,梳理审美思路,以跟上时代步伐,为新诗的健康发展起一点促进作用。

这样,就逐渐形成了冯中一对当前新诗发展趋势的基本估计和期望。他认为80年代的中国新诗进入了以锐意创新、喧哗躁动、多元交融为特点的艺术自觉时代,既显示了令人鼓舞的开放性,又存在令人担忧的倾斜感。80年代的诗歌创作,尽管是“繁而不荣”,但它却为90年代新诗的长足发展奠定了有利的思想艺术基础。至于90年代的走向如何,他认为将参照本世纪西方诗歌的发展历程和中国台湾诗歌近几十年来嬗变的轨迹,新诗会沿着螺旋上升的大循环线路,掀起新古典主义或现代现实主义的主潮,这既区别于西方新古典主义的重理性、重形式,又超越了东方传统诗美的中和与封闭,而自成有中国特色的多元开放的现代诗美大体系。

年近古稀的冯中一先生,尽管身患多种疾病,却仍以“垂垂老矣”的紧迫感,设计着,进行着力所能及的各项工作。晚年,他的工作重心发生了转移,由以前的教学、科研为主转向了辅导文学青年、参加社会活动等方面来。

在冯中一先生的批评生涯中，有相当多的时间和精力花在了给自学者和文学青年改稿、复信、寄书这样一些事情上。其中更为重要的，是为诗稿写随笔短评，为诗集、专著的出版写序言。这类“敲边鼓”“打零杂”的服务性工作，开始还是偶一为之，近几年逐渐增多，几乎成为他工作的一个主要方面。

由于冯中一先生名声大、人缘好，许多文坛新秀或已成名的作家在出版自己的集子时，都愿找他给写篇序言或评论。这些人中有他熟悉的，也有他未曾见面的。对此，冯中一先生总是一律对待，尽力而为。即使工作再忙、时间再紧，他也总是认真、反复地研读作品，然后将自己的看法、感受诉诸文字。在写作过程中，他要考虑到许多问题：一方面，为了有利于作家的成长，不能光拣好听的话讲，在肯定其成绩、优点的同时，也要指出其不足、失败之处；另一方面，他还要设法将“忠言”说得委婉、动听一些，以便作者能够接受而不至于挫伤其积极性。他用心之良苦，由此可见。

如果系统考察他为别人写的几十篇有关诗歌、书法、写作方面的随笔、序言，可以发现，他不是为了迎合某些人的个别要求而逢场作戏，轻率吹捧。每一篇都写得很严肃、很吃力，希望通过剖视这一个“典型”，产生普遍的激励和戒惕效用，而且都是紧扣作者、作品实际，写得恳切自然，简短灵活，更容易为一般读者所接受。

例如，为诗集《山情与海恋》写序，鉴于作者是一位有成就的中年诗人，便联系新诗潮迅猛冲击下不少中年诗人的困惑沮丧心态，充分肯定其诗歌艺术的“骨力”——拥抱时代、勘探人生的艺术基本功，鼓励他们“掌握心理的矜持与平衡”，“珍视自己从民族传统的诗艺诗风中吸取的丰富营养”，满怀信心地坚持自己的诗路。同时，也指出他们诗歌表现力的泥实、单一，必须在审美观念和表达方式上进行大胆的革新，以发挥自己在新诗发展史中承前启后的优势，成为“中国新诗由蜕变到成熟期的坚强脊梁”①。

再如，为《当代中国青年诗选》写的序言，对 80 年代接连涌起的新诗潮，

① 韩青：《山情与海恋》，学林出版社 1989 年版，序言。

有分寸地肯定为“强化了艺术开放的势头，掀起了新诗发展史上罕见的青春躁动期的冲撞和跃进”，然后举出诗集中写于新诗潮退落时期的精湛之作，详加分析，具体指出其中积极有益的创新因素，并把这一种苗头提到“跨世纪的诗歌新生代的特殊使命”的高度，劝勉青年诗人“克服急功近利，防止浮躁轻狂”，做到“继承优秀的诗歌传统，汲取一切诗艺创新的有益经验，使自己尽快地走向大诗人、大手笔的渊博和成熟”[①]。

依此类推，这种从一文一人出发而着眼于普遍启发诱导的短文，仅看标题，如《中国味的十四行诗》《民族其魂，现代其风》《搞好民歌体的现代演化》《经世致用文风的现代结晶》《散文探秘的突破口》等，可知冯中一总是基于自己对当前文艺发展的总体估价与把握，来承担个别的循循善诱的辅导职责。这的确引不起文坛的广泛注意，但作为他整个文艺评论工作的一个重要组成部分，却不失为晚期评论的重要贡献，他是在以贴心恳谈、因势利导的简便方式，为文坛新秀的成长铺路搭桥，为新诗的昌盛默默地奉献着暮年。

随着年龄的增长，冯中一先生肩上的担子愈来愈沉重。由于他身兼数职，尽管已到了退休的年龄，但因为社会需要，他仍然必须干下去。山东省人大常委、山东省民进副主委、山东省写作学会会长，再加上一些临时性的这评委、那主任，使他整天陷于繁忙的社会活动中。这些社会活动占去了他晚年大部分的时间，同时也使一向沉默寡言、性格内向的冯中一先生成了名副其实的社会活动家。

加在他头上的这些头衔，使他成了名人、领导，但他身上却没有一点领导的架子、名人的做作。他对谁都是一样的和颜悦色，无论谁有求于他，他都尽自己最大能力提供帮助。按照国家规定，担任某些社会职务应该享受一定的待遇，但他从不伸手去要。他众多的社会兼职，都是在尽义务，有时甚至还要倒贴钱。到省里去参加会议，他从不向学校要车，但公车汽车又特别拥挤，他便常常安步当车，步行几十分钟到南郊宾馆或珍珠泉礼堂。

尽管他头上戴着这么多的头衔，但他对名利却看得很淡泊。作为一名教授，他深知高校里高级职称名额的紧张，教授名额很有限，你不退，别人就

① 夏雨主编：《当代中国青年诗选》，山东文艺出版社 1991 年版，序言。

上不来，他为自己早已过了退休年龄而仍占着教授位子而深感不安，为此，他多次向学校申请退休，但一直未获批准。1994 年 5 月，省作协举行换届选举，担任省作协副主席的他想彻底地退出来，连代表也不想当了，以便让出位子让年轻人上。但事与愿违。鉴于他有较高声望，善于团结同志，有很深的文学造诣和理论修养，省领导推荐他为省作协主席候选人，并经过选举最终当选。对此，他本想坚辞，但他又是一个识大体、顾大局的人，为了振兴山东的文学事业，他还是勉为其难地接受了。这样，他以 71 岁高龄的多病身躯，挑起了省作协主席这副繁杂而沉重的担子。他的许多老朋友都劝他：您年事已高，能干多少就干多少，不求有功，但求无过。但他又是那样地认真、务实，上任后，他用大部分时间和精力来处理省作协的各种事务，理顺各种复杂的关系。济南的夏天酷热难当，但他却冒着烈日，步行到一些省作协代表的家里拜访、征求工作意见，然后加以归纳，制定五年规划，为山东文学事业的发展殚精竭虑。

看着那些比他年轻 10 岁的人就已退休，在家种草养花，享受天伦之乐，冯中一先生极为羡慕。他曾表示退休后要好好练练气功，练练书法，读点闲书，做些自己喜欢做的事情。然而这些再平常不过的事情，对他来讲却成了一种奢望。他肩上的担子太重了，需要他做的事情太多了，他不得不加班加点，日夜操劳，拼命奔波。试看他生命最后三天的日程记录：

11 月 10 日下午，给中文系的学生作《治学甘苦谈》的专题报告；

11 月 11 日晚上，出席省委召开的民主党派负责人座谈会；

11 月 12 日，主持省内部分诗歌评论家商谈编辑《华文新诗三百首》事宜，晚上伏案审阅青年诗人的诗集。

11 月 13 日凌晨，冯中一先生因心脏病猝发，医治无效，于 3 时 10 分在山东医科大学附属医院不幸逝世。

冯中一先生一直在自己的工作岗位上战斗到生命的最后一息。他的一生曲折坎坷而又辉煌壮丽，在人生旅途上，他一步一个脚印，一步一个台阶；他用勤劳的双手，取得了丰实的研究成果，给后人留下了宝贵的文化遗产；他以正直的行为，为人师表，给我们树立了做人与治学的光辉榜样！

冯中一的诗论

古远清

20 世纪 50 年代中期，诗歌的理论建设还处在相当薄弱的阶段。但也有不少理论新人不甘看到这种情况延续下去，写了不少探讨抒情诗理论的论文，有的则在埋头做具体的分析与讲解诗歌的工作，冯中一就是其中的一个。

早在 1956 年，冯中一就将教余写的短文 10 篇汇集成《诗歌漫谈)，交山东人民出版社出版。后来在产量上又翻了一番，合成《诗歌的欣赏与创作》，于 1959 年出版。这本书涉及的面较广，比作者之后出版的《学诗散记》(1961)更能满足广大学习写作的读者的愿望，它着重谈了欣赏诗歌的目的、态度和方法，也指出了诗歌写作中应注意的构思、意境、感情、议论、语言等问题。在谈这些问题时，采用通俗易懂的方法，使读者不仅在学习诗艺常识方面有所得，而且在写作方法上也能得到具体的启示。从全书的内容来看，在解决诗歌爱好者在阅读和写作中存在的问题方面的努力是不能低估的。冯中一长期从事文学教学工作，他的所长本来表现在向读者介绍诗歌欣赏常识以及分析诗作上，而主要不表现在评论当前的诗歌创作实际上。像书中的《怎样欣赏诗歌》《诗的构思和意境》，对提高读者的鉴赏能力是有帮助的。《谈谈诗歌的艺术特点》一文，对何其芳关于诗的定义所作的具体阐述和发挥，虽然显得较一般化，但由于作者是从诗的特点出发去讨论常见的规律性问题，故仍能初步满足急需帮助的文学青年的渴求。在这里还应提及的是《关于诗歌教学)一文，它是全书最系统的一篇，详细地探讨了诗歌的课堂教学如何与诗的艺术特点相适应等一系列理论问题。对如何创造生动的课堂气氛,把学生带进诗的意境,作者都提出了很值得重视的意见。

普及性读物不应降低对理论的系统性要求,《诗歌的欣赏与创作》突出的缺陷是忽略了理论整体的系统性,新颖的见解不是很多,但我们绝不能因此否认它在介绍、传播基础知识方面所起的作用。我们的诗评家尽可做“锦上添花”的提高工作,但如果没有这类书籍为读者“雪中送炭”,“锦上添花”的工作就将失去基础,何况在50年代漫谈诗歌欣赏与创作的书奇缺的情况下,此书的出版还是值得欢迎的。当时,不少青年读者读后均能从中悟出一些关于诗艺的道理。它还为后来潮头般涌起的谈诗的艺术欣赏与创作一类书稿的写作开了先河。

粉碎“四人帮”后,尤其是党的十一届三中全会以后,冯中一精神振奋,踔厉奋发,以高度的热情探寻新诗行进的踪迹,注视着新老诗人的艺术成就,先后写成了30多篇谈诗的文章,结集为《诗歌艺术论析),由山东人民出版社于1983年出版。

比起《诗歌的欣赏与创作》来,《诗歌艺术论析》更注意对当前诗歌创作问题的探究。拿选材来说,作者有意摆脱原先局限于谈教学上诗歌问题的圈子,力求紧扣诗歌创作的发展变化,去探讨或回答创作实际中提出来的问题。如原发表在《诗刊》1977年7月号上的《漫话散文诗》,没停留在散文诗基本艺术特征的介绍与探讨上,而是把基本知识的普及与当前的诗歌创作实际紧密结合起来,指出当前散文诗创作存在着“倾向于秀雅隽永者居多,雄浑迅猛之作比较少见”和“细腻的书面语言和古典成语,使用率最高,工农业战线的新语汇,人民群众的口头语出现得很少”这两种倾向,这对散文诗作者识别是非、补偏救弊无疑有指导意义。《探寻新诗现代化的踪迹》分析了流沙河《太阳》等诗的得失,指出新诗现代化不能光在“阿米巴原菌”“抛物面天线网”“恒星际空间”等科学专用术语上下功夫,而主要应从帮助读者“打开现代化的眼界心胸,感到解放思想的智慧的辐射光在频频发射”上着力。另外,要摆正新诗现代化与民族传统的关系,因为“新诗现代化并不是越洋越好”。这些论点,对新诗的现代化无疑具有启迪深思之效。问题是文章写得过于简略,没有更深地挖掘,更充分地展开,点到而已。更重要的是,集子中的大部分文章似乎侧重于对个别诗集的剖析，对当前诗歌创作中带有倾向性的创作问题做综合的、宏观的研究，显得弱了些。当然，这类文章也不是完全没有。像《冉冉升起的时代旋律》，是评山东省近来新老诗人创作特色的，品评时没有泛泛而谈，而是在掌握全局、了解实际的基础上针对具体作品总结经验，发隐抉微，不少看法有助于诗人掌握诗的内部规律，增强艺术敏锐性。

《诗歌艺术论析》的另一特色是加强了对旧体诗词的研究，像第一辑中的文章，有谨严的专论，有恳挚的欣赏，有谈古代的，更有谈当代的，从诗的思想内容到艺术形式均有涉及，而且有自己的感受。这几年，作者主持编写《古人论写作》《唐宋八大家散文选》《中国历代赋选》等书稿，在中国古典文学的书山中饱餐秀色。他把这方面的治学心得运用于旧体诗词的评论之中，在表现章法上则巧于因借，加以融会创造，使人感受到他对旧体诗词的评论不亚于新诗品评的功力。

近年来，我们诗坛上搞创作的新人成批涌现，而搞评论的人总难出来。面对这种后继乏人的情况，冯中一作为一个多年从事诗评的理论工作者，不禁内心感到焦急。为了改变这个局面，他决心从我做起。他较早地带领几位现代诗歌研究生编辑了《中外诗歌创作谈》等图书作为教学用书，还帮他们撰写随笔式的诗歌短评。书中的《捕捉心灵的闪光点》等文章，正是在这种情况下出现的。《谁是诗中疏凿手》一文，则是给一位青年诗评习作者的复信。作者像通常评新人新作那样评论诗评习作者的得失，其关注之深切，帮助之细微，均叫人感动。这对帮助青年作者“增进诗歌艺术分析的基本经验，并进而悟得诗评三昧”，以便使更多有志于新诗评论的青年具备接待缪斯并与之展开内心交流的素质，均起到了促进作用。

冯中一:理想生命的追求者

王邵军

一

人世间经受少年丧父、中年丧妻、老年丧子等苦痛的人并不多,冯中一教授却不幸都经受了。这给了他沉重的打击,也锻造了他历尽坎坷而坚韧不拔的意志。现实世界中,诗人、学者也比比可见,但拥有诗人与学者双重品格的人就较少了,冯中一有幸成为其中的一位。这使他具有独特的气质与禀赋。

在冯中一教授身上,激情、敏感、审慎严谨、忠厚、宽容构成了他品格的多重性。独特的经历,独特的品格,使冯中一成为一个有张力的人物,一个能担当重任的人物。从20世纪50年代初到80年代末,他先后出版了《语文教学札记》《诗歌漫谈》《诗歌的欣赏与创作》《学诗散记》《诗歌艺术论析》《新诗艺术教程》等近百万字的著述。这些著述成为他终有所成、学思宏富的证明。

《中国文学家大辞典》《中国当代诗论五十家》《中国新诗大辞典》《中国当代写作理论家》《大众日报》等书刊对他进行了评介。作为一个知名诗歌批评家和写作理论家,冯中一已被社会所承认。

现任山东师范大学中文系教授、山东省人大常委、中国作家协会山东分会副主席、山东写作学会会长的冯中一,回顾自己的历程,既有辛酸也有欣慰。

二

冯中一多次对人讲，自己是“石头缝里长出的小草”。石头缝里，言其成长之艰辛；小草，自谦之意。这可看作他的自况。

1923年，冯中一生于今河北省沧州市一个小商人之家。七岁时母亲去世，较早地经受了丧失亲人的苦痛。为了生计，父亲四处奔波，年幼的他不得不由同族伯母婶母来抚养。寄人篱下，饱受歧视，使冯中一饱尝了世态的炎凉，也培养了他自强、好胜、吃苦耐劳的性格。在学校里，他肯用功，肯下比别人大的气力，加上他本来就聪慧，学习取得了好成绩。尤其是作文，很得国文老师的赞赏。在小学毕业会考时，他的成绩位列全市第二名。

读初中时，由于父亲失业，冯中一只好辍学。十六七岁，既要上补习班继续学业，又要靠教夜校维持生活。冯中一没有被生活所压倒，而是相当执着地生存着，热爱着心中的文学。当时，冰心、泰戈尔的小诗及散文开启了他心灵的窗户。清新的气息，丰盈的想象，忧郁伤感的情调，以及对宇宙人生的感悟，使冯中一沉醉不已。他如饥似渴地阅读着，从中吸取着文学的琼浆。受其感召，他开始涂抹些诗或散文样的文字并在报刊上发表。

20岁左右，冯中一开始视文学为自己的事业。经人介绍，他担任了文学刊物的诗歌、散文编辑。编稿、审稿，接触面宽了，他的写作能力和鉴赏能力大为提高。同时，为了编好稿，他开始系统地学习。这个由文学青年组成的圈子有着独特的氛围和格调，他们相互切磋，不断升华着自己。这一时期，冯中一系统阅读了古典诗词、当代名家作品和一些文艺理论书籍。像郑振铎的《中国文学史大纲》、梁宗岱的《诗与真》、朱湘的《中书集》等，都给他不少的震动和启迪。域外一些浪漫主义诗人如雪莱、拜伦、济慈的作品，也为他打开了另一世界的大门。

羽翼渐始丰满。冯中一陆续在《青年月刊》《艺术与生活》等报刊上发表了近百首诗。比较满意的有《盲人》《初吻》《荒原》《都市的夜》等。还发表了《悼念泰戈尔》《诗与音乐》《诗与寂寞》等诗评十余篇，并集纳整理出评论集《新诗夜话》。冯中一这一时期的创作，反映了当时青年的忧郁、苦闷，表达了对黑暗现实的不满。也有相当的篇什展现了对抽象的爱与美的向往。

1944 年后，冯中一在济南女子中学、山东禹城中学等校任国文教员，课余辅导学生演剧、办壁报及开展文艺研究活动。

在当时的情况下，面对现实的黑暗，冯中一不甘沉沦，在苦闷中积极寻求着光明。正在这时，济南迎来了真正的春天。1948 年秋天，冯中一满怀信心地迎接解放后的新生活。他先后在济南三中、第一工农速成中学等校任语文教员。在此期间，除研究中学作文指导的规律和方法外，他开始撰写诗歌理论和评论文章，在《语文学习》《大公报》《文汇报》《大众日报》《山东文艺》等报刊上发表。

当时，新中国文艺正处在百废俱兴、亟需创建的阶段。中国新诗在经过一番风雨雷鸣之后面临着新的对象、新的读者，要求有新的表现方式。在这种情况下，冯中一和一批有朝气的评论家一起，较早地加入了诗歌理论的拓荒行列。他这时写的诗论，既保持了时代的热情追求，也保持了评论家特有的清醒。他较早地将新时代的意识注入诗歌理论与评论中，强调诗的现实主义，强调将健康的时代精神与中国传统诗特有的神韵情调结合起来。在《诗的构思与意境》《谈谈诗歌的艺术特点》等文中，他指出抒情诗的时代特征，必须是通过诗人的感受、诗人的独特发现"去打动读者的心"；新诗要以"个人感受到的伟大体验"反映现实的本质，绝不是以个人的幻想和偶然的方式来代替客观现实。作为一种冷静的现实主义诗歌观，这些见地是五六十年代诗歌理论的重要内容，在当时有疏导诗歌流向的作用，即便用现在的眼光看，也有建设性的价值。

冯中一还发表了一些诗歌评论，以自己的真情和对时代的敏感，选择着属于时代也属于未来的诗篇。他的诗评具有扎实的艺术鉴赏功底，往往能从具体问题上升到理论高度，可读性强，拥有较多的读者。他的评论集出版社先后印刷多次，受到社会的广泛欢迎。

这是一个丰产的季节，冯中一脱颖而出，开始引起诗坛的关注。1951 年，山东省文联第一次评奖，冯中一的专著《诗歌学习》（未正式出版）获文艺理论乙等奖。这时期先后出版的著作有《语文教学札记》《诗歌漫谈》《诗歌的欣赏与创作》《学诗散记》等。

1959 年,冯中一调入山东师院中文系,任写作课讲师,正式开启了学者生涯。

三

20 世纪五六十年代是冯中一创作和研究的旺盛时期。但他勃发的创造力由于“文革”的到来遭到压制。然而生命不会窒息,外在的压力使其以另种方式存在着,积郁着。当新时期的帷幕终于拉开,冯中一积郁已久的活力得到了喷发的机会。他又拿起了笔,只不过这笔比以前更成熟、更深沉了。

“茫茫九派流中国”是冯中一对新时期诗坛的概括。“文革”结束,一大批老、中年诗人复出,一大批带着时代创伤、勤于思考的年轻诗人出现。诗的脉络不再像以往那样清晰。冯中一在这些复杂的声音中仔细辨认着时代的主调,写下了一系列新的诗论。

1978 年以来,冯中一连续在《诗刊》《星星》《写作》《当代文艺思潮》《黄河诗报》等刊物上发表文章。1983 年,冯中一新的诗论集《诗歌艺术论析》由山东文艺出版社出版。

新时期的诗歌既承袭了新诗的传统,带着以往的格调,又有着新的气息。另外,创新与泥沙泛滥同时存在。在这种情况下,新诗将何去何从呢?冯中一思考着。

1980 年,冯中一发表了《新诗,应在更广阔的大道上奔驰》《探索新诗现代化的踪迹》等文章,指出了新诗发展的轨迹。他指出,已有的诗歌观念难以容纳新的时代内涵,单一的画面、单一的情感、单一的手法已不适应时代的需要。新诗“应注意开拓诗的规模与容量,更多地借重于热情洋溢的生活哲理或形象奇异的科学幻想,以充分显示我们新时期所独有的深邃、宏伟而细致的时代精神与感情色彩”。新时期的诗,读来要让人“确实能够打开现代化的眼界心胸,感到解放思想的智慧的辐射光在频频发射”。同时,这种创新须“符合我国诗歌的民族传统和审美习惯”。

这一时期,冯中一思考的重点是新诗的民族传统与现代化问题。他披阅了大量材料,对各层次的诗歌爱好者进行调查,苦苦寻找着新诗与古典诗、现代化与传统之间结合的“度”。他在这一问题上的思索，包容了长者的雍容大度，也蕴含了年轻人的激情敏感，能为大多数人所接受。为大多数人所接受的原因，还在于冯中一在论述这些观点时不从本本出发，而是结合诗坛创新的事实，结合具体诗人的创作，进行洞幽烛微的具体分析。如他从舒婷《馈赠》一诗中看到当代诗美向心灵发展的流向，但也指出其理解时代精神的偏狭及心灵跳跃太大，与大部分读者存有距离。他从李瑛《石头》等诗中看到了火热的生命与当代思想智慧的融汇。他所选定的这些点中，凝聚着他对新诗的民族化与现代化的独特认识，闪射着时代的审美理想。

另外，他还下了不少气力研讨新诗的表达方式，如对诗的开头、结尾艺术，诗的张力、反讽、诗的语言等均有表述。对诗的语言，他尤其下功夫。如他提出的新诗语言诗化问题，为不少书刊摘要介绍。在《清词丽句必为邻》中，冯中一认为新诗尚未形成一套既不同于古典诗歌又不同于现代散文，而只是新诗自己才具有的语言。他指出，新诗语言诗化的途径是“活用古典诗歌中的具有民族色彩的典型词汇，使之与特征性的现代口语相辉映”。

当代诗坛万象纷呈，各得其妙。批评的选择是多元的，选择的批评却显得更困难、更复杂，也更重要。冯中一以自己对诗与美的理解写了不少文章，评介李瑛、舒婷、孔孚、孔林等人的诗。通过对这些诗人及诗作的分析，阐述自己对诗的理解、对时代的理解。同时，面对一些蜂踊而起的创新流派，他在尽可能给予关切的同时保持了冷静。他认为诗是有限度的，不存在绝对自由的创新，不能脱离广大的读者任意写诗。“从心所欲不逾矩”，冯中一颇欣赏孔子的这句名言。

1979 年，冯中一在大学开设了新诗研究选修课，并开始招收中国新诗研究生。

冯中一开的选修课，注重系统性与突出重点相结合，总是能从复杂纷纭的诗坛现状中找出最主要的问题，从形形色色的诗人中找出最具特色者，并将二者结合起来进行讲解。他的课总是能吸引越来越多的诗歌爱好者。

到目前为止，冯中一已经带了四批新诗研究生。他带研究生也不同于别人，他很少拿条条框框要求学生，而旨在培养他们创新、独立钻研的能力。一位研究生的毕业论文为《目前新诗的美学突破》，冯中一对他的观点并不赞同，但仍以极大的热情帮他寻找资料，逆向提示他，帮他不断补充、修改，使论文获得成功。冯中一带研究生，也不拘泥于某种教材，而是组织研究生自己编写教材，引导他们在掌握理论知识的同时各自体会治学的方法与甘苦。1980 年，为了总结新诗的规律，配合新诗现状及发展前景的讨论，冯中一组织研究生编写了《中外诗歌创作谈》一书。该书从诗歌史、诗歌创作规律各方面系统总结了中外诗歌的创作经验，印行后在社会上引起较大反响。在编写过程中，研究生的知识和能力都得到了切实的丰富和提高。

冯中一还善于寻找题目，与研究生合写文章。在平时的阅读和思考中，他总能抓住一些较重要的理论问题，在与研究生交谈时引导他们的思路往这方面靠。当师生的思维出现共振点时，一个命题就诞生了。再经过反复切磋、论证，文章就脱稿了。师生合写的文章，容易把年青人的清新、敏感与师长的谨严、深入结合起来，对研究生的提高也有较大帮助。对刚刚开始试笔的研究生，冯中一总是指点其一遍遍修改，有时亲自帮助修改，并结合文章讲出何以修改的道理。

循循善诱，加上宽厚的胸襟、热情的指点，在山师乃至社会上出现了不少冯中一的学生——严格意义上的或不太严格意义上的。一种诗的风气、创造的氛围，在冯中一周围滋长着，弥漫着。

在这种风气和氛围中，冯中一感受着生命的灼热，并受到了诗的使命感的召唤。他的诗歌理论体系终于成型。这一时期，冯中一发表了《当前新诗意境的创新动向》《置身于最美的事业》《现代诗琐谈》(与研究生合写)等文章；新著《新诗艺术教程》也将问世。

主体论、创作论、发展论是冯中一诗歌理论体系的基本构架。在主体论中，冯中一认为诗的事业是最美好的事业，诗是心灵的普遍艺术。诗的概念在他那里，已超出了普通的意义，而是作为人类生存的必需、作为超越现实的途径而被提出来。这种概括，已将诗放在哲学、人类学的层面上进行衡量。

在创作论中，冯中一创造性地集纳、阐发了意境和意象的理论。

传统的“意境”概念是情景交融，和谐统一。在分析了近年优秀诗作的基础上，冯中一发现了意境的创新动向：情景交融的“景”或逐渐隐缩，或进行适度变形，已突破了情景交融的单一画面。情景交融的“情”，有时被理性——哲学的或历史的意识渗透，形成所谓“情理交融”。意境在画面美、含蓄美的基础上，又被赋予了重心灵、重理性、重象征的色彩。

什么是新诗中的意象？在总结了古文论中的意象和西方意象派诗歌中的意象后，冯中一认为，意象是直观和理性的统一，是意境的部件，具有变形、通感、象征等功能。意象与意境的结合，能增加诗的包容量，而且是新诗现代化与民族化相结合的途径之一。

发展论是冯中一诗歌理论的落脚点所在。他认为，当代诗歌一方面要克服偏离时代主流的纯形式化的倾向；另一方面也要提高读者的审美心理层次，不能用古典诗的审美心理结构去解读现代新诗。诗要创新，但需要注意到社会心理的适应力。读者也要提高自己，刺激新诗的创新发展。这是一个双向的循环。

此外，冯中一还发表了《关于繁荣新诗创作的两个问题》、《谁是诗中疏凿手》、《新诗，呼唤新的理论批评》（与研究生合写）等文章，呼吁诗歌理论与评论的更新。他指出应加强对艺术规律内部构成因素的研究，要将传统诗论、直观式批评与现代的系统批评和科学化批评结合起来。诗的创造空间的扩大，呼唤着诗评者思维结构的调整。

在这方面，冯中一不仅殷殷地期待别人，自己就是批评观念更新的先行者和实践者。

四

当过编辑和中学教师的冯中一深知基础的重要，长时间自学的经历也使他对自学者的难处和苦衷体味得更深。

有相当多的时间，冯中一花在了诗歌的写作和普及工作上。给自学者、文学青年改稿，复信，邮书，参加社会上举办诗的讲座等，并非一个教授的分内工作。但冯中一对此有深切的认识，他说许多有志青年在寻求帮助，小的忽略也会挫伤其自信心；适当的指点，却可使其少走弯路，更顺利地发展。

一位未曾相识的青年，从遥远的县城给他邮来了研究诗人李瑛的论文。

冯中一反复披阅，及时回信鼓励，二人建立了诚笃的诗友关系。后来，这位青年又寄送来一篇两万字的诗评《诗・时代・生命》，冯中一为此写了几千字的复信，肯优析短。复信后来发表在《诗刊》上，其炽热、期待之情浸满字里行间。

写信给冯中一的，有大学里苦闷彷徨的学生，有残疾文学青年，也有羽翼始满的诗人、作家……冯中一均伸出热情的手。

冯中一是诗人型性格，处世却具有儒家风范：谦和，宽厚，仁惠。在山东诗界、写作界，冯中一算得上知名人物，学思宏富是重要原因，人格、气度恐怕也不能排除在外。

冯中一还为别人的著作写了许多的序、跋，这是了解他的学识与人品的“镜”，高层的俯察力与拳拳之心，随处可见。他为韩青的《山情与海峦》写跋，分析其诗的“骨力”，认为他的诗“显示出沉思、乐观而恢宏的内在生命力的冲动”。同时又指出，韩青是中年诗人的一个类型，希望他们在诗潮迭起的情况下掌握心理的矜持与平衡，珍视自己的积累，多方面寻求诗的生机，“以自己的丰富体验、广泛比照，作出贯通古今、融会中西的稳妥贡献来”。他给《微型文学作品选》写序，给予当代微型作品以肯定，提醒应“从政治文化的背景中思忖其来龙去脉”，它能从“生活的小感触融入历史的大趋势”，“给人哲理的启迪和上进的信念”。这些序、跋大都用语精警、机智，情恳意切，给人思想上和艺术上双重的启迪与享受。

作为一个学者，冯中一的主业是写作课教学。对写作这门学科，冯中一有自己的理解。他认为，写作是一门实践性学科，不能盲目与文艺理论比齐，应以写作训练为中心，选择和建构写作理论。他的一系列写作方面的实践，也始终围绕这个中心。他在 1962 年就与同人草创了以基本文体为中心的教学纲要，设计了较系统的讲练单元。在此基础上集体编写的《常用文体写作知识》于 1972 年正式出版，成为高校写作教学按文体组织的国内较早出现的教材。此书印行三次，销量超过百万册。

在充分吸收别家优长的基础上，结合写作教学中出现的新问题，1986 年冯中一主编出版了《常用文体写作教程》。这本书把当前使用频率较大的文体分为记叙性、议论性、说明与实用性、文艺性四类，二十一种，既从整体上理出了一个轮廓式的理论知识网络，又有教学和使用上的灵活性，还介绍了各种文体的渊源及新动向。该书获山东社会科学优秀成果奖二等奖。

在写作学方面，冯中一还出版了《古人论写作》（统编组长）、《写作知识概要》（主编）、《唐宋八大家散文选》（主编）、《杂文》（合著）等著作。

贵州人民出版社出版的《中国当代写作理论家》一书，称冯中一为当代“著名写作理论家”，说他“根据写作课教学任务重、见效慢的特点，注意教材教法的务实研究”，并较早地“草创了以基本文体为中心的教学纲要，设计了比较系统的讲练单元”。

担任山东省写作学会会长的冯中一，除了搞好自己的写作研究和教学外，还是山东省写作界学术研究、教学探讨的组织者。他为完善写作学科做出了积极的努力。在山东，提起冯中一，人们会自然地把他看作写作学科的带头人。

五

冯中一教授很欣赏青年诗人舒婷的“理想使痛苦光辉”这句诗，认为做学问需耐得住寂寞，战胜一切失落、孤独。冯中一自认为是一个“痛苦的理想主义者”，理想主义是其热情地拥抱生命的动源。痛苦，使他保持了思考和寻求的深度。蜕蚕抽丝，本是一件痛苦的事情。既然已经迈步，那就别无选择，只能坚持走下去。

精神的寂寞抗住了，身体的病疾却时时造访。从 50 年代起，高血压、冠心病等时时折磨他。1971 年，冯中一患了一场大病，几次休克，不能走路，用他的话说，“几乎要退出人生舞台”，但是他凭着坚韧的意志，一边积极治疗，一边坚持科研。在病休的三个月中，写了十二万字的诗歌研究文章，连续在本校学报上发表。

冯中一不但能顶住肉体的痛苦，而且也能承受来自精神方面的打击。1982 年，唯一的儿子不幸去世，他悲痛万分。但他努力克制着，将痛苦深深埋在心底。儿子去世的第二天，他仍坚持上课。知情的同学满蓄泪水，冯中一却依然以沉着、顿挫有力的语调坚持把课上好。没有高度的责任心和超常的毅力,要达到这点,是不可能的。

熟知冯中一的人会发现,他身上凝聚着一种力。这种力表面看来并不咄咄逼人,但又有一种以柔克刚的内在力量,它使冯中一保持治学的心境和耐力,赋予他执着、坚韧的人格,这终究是他事业有成的原因所在。

冯中一教授在学思之路上集结了一定的经验,较突出的有以下几点。

博。冯中一讲课时喜欢引清人沈德潜的这段话:"第一等襟抱,第一等学识,斯有第一等真诗。"这似乎可以用来说明冯中一治学的特点。在冯中一看来,做学问,写文章也须有高度宏阔的胸襟与视野,有广博的学识,才能在研究、考察问题时从整体中把握个别,获得微观深度的创见卓识。

冯中一没有上过正式的大学,没有受过系统的教育。为了弥补自身的不足,他年青时就非常注重知识的积累,广泛吸收多种学科的营养。他有较高的古典文学和文艺理论造诣,近年又大量阅读了一些中西文艺及思想史方面的新著,这使他能不断拓宽自己的视野,面对不断变化的批评对象,能较快地进入角色,获得新的感悟和思想。

冯中一常说,不能求一劳永逸式地解决问题。研究对象不断发展,研究者的思维结构也应不断调整,这样才能相互契合。

实。冯中一时常跟学生讲,不能好高骛远。一些人在做学问时欢喜搞大框架、大体系。冯中一不以为然,认为落脚点不实,所言终究虚无飘缈,离本质相去也远。他认为,在确定研究方向、选择课题重点上,尽可能要符合社会环境之实,酌量个人能力之实,力争大处着眼,小处着笔,这样才能有的放矢,解决实际问题。

从冯中一的著述可看出,实是他考虑问题的出发点。他主编的《常用文体写作知识》,不求理论上的铺陈与大格局,实实在在从各种实用文体入手,逐一分析,很富实效性。他的文章亦善于从具体作者、具体作品着眼,归纳其特征,推导出核心论点。如他写的《一个探索的脚印》,即从剖析舒婷的一首诗歌入手,析评其新诗向心灵深处探索的流向,并基于当代社会的背景,判断其价值和存在的缺陷。读来既具体又抽象,感到平朴、疏松的背后蕴藏着深厚的功底。

韧。任何事物都充满矛盾和运动,求学的路途也充满艰难,必须具备百折不挠、坚韧不拔的毅力，方能“久久为功”。

冯中一经历坎坷，年轻时经历战乱之苦。少年丧母，中年丧父又丧妻，老年丧子，疾病又时常缠身。面对这些挫折，冯中一以巨大的毅力保持了心理平衡，保持了对学问的专注。即使年事渐高，仍以“树老怕空，人老怕松”自勉，从不间断读书和写作。

韧劲是一种从生活经历中苦练而成的意志。只有具备这种意志才能顶住和禁得住任何精神和物质的阻挠或诱惑。冯中一曾说，做学问要有炼狱般的境界，能耐住寂寞才行。许多有才华的人不能事业有成，往往因为心浮气躁。要将才华与韧劲、耐力结合起来才能有作为。

谦。“满招损，谦受益。”冯中一是公认的谦谦君子，为人做事从不狷狂，始终谦虚谨慎。

他极富反省精神，善于不断检讨和调整自己。每上一节课，每写一篇文章，每出一本书，他都要反复审视，找出不足所在。在他出版的书中，经常会看到修改、批正的痕迹。不断审视，感到亏缺，才会有新的充实与提高，这也许是冯中一自喻为“小草”的原因吧。

透过时光形成的透镜，我们看到了一个痴心的学子，一颗激情充沛的诗心，一个永远谦逊、永不满足的老学徒，一个饱经坎坷终不惑的理想生命的追求者……这也许就是冯中一留给人们的完整印象。

山东师大在新时期的新诗研究(节选)

吕　进

在国内学术界,提到中国现代文学学科,必定会提到山东师范大学(以下简称"山东师大")。山东师大的现代文学学科是全国起步很早、人才济济、拥有影响的学科,是我国中国现代文学学科的主力军和光荣。

…………

一、新时期山师团队的新诗研究

文学史研究无疑是山东师范大学中国现代文学学科的主打方向,持久攻关,成绩颇丰。"现代中国文学"的提出,又给这个学科加了分,让人了解到这个团队的原创性精神。

而新时期文学研究也是山师团队用力的领域之一,几十年间颇有成就,值得注意。以笔者所见,《目击与希望》《文学现场》《文化冲突与文学对话》《远龙之扪》《诗的言说》《二十世纪九十年代的中国文学批评》《中国当代先锋文学思潮论》《中国当代文学 50 年》《中国现代主义诗学》《中国新诗审美范式的历史转型》都是代表之作。

在新时期文学研究中,新时期诗歌研究是山师团队的卓有成就的领域,在 20 世纪 80 年代就对全国新诗的发展产生了一定影响。也许山师团队在文学史编写和研究上的光芒过于耀眼,新时期诗歌研究的成就有些被遮盖,应该给予更多关注和更高评价。

新时期诗歌的研究队伍，拥有冯中一、孔孚、袁忠岳、吕家乡以及年轻的后来者。这里仅就山东师范大学在20世纪80年代的新时期诗歌研究作一梳理。

冯中一是山东师大新时期诗歌研究的奠基人。他从20岁开始就发表了《盲人》《蜗牛》等近百首新诗，是作为诗人步入文坛的。后来，由诗歌创作转往诗歌评论，有《诗歌漫谈》(1956)、《诗歌的欣赏与创作》(1959)、《学诗散记》(1962)等著作问世。进入新时期以后，冯中一培养了我国最早的几批新诗研究生，出版了《诗歌艺术论析》(1983)、《诗歌艺术教程》(1990)、《新诗创作美学》(与鹿国治、王邵军合著，1991)。

1986年重庆出版社出版古远清撰写的《中国当代诗论50家》，列出胡适、郭沫若、艾青、朱光潜、公木、亦门、谢冕、吕进等50位当代诗论家。冯中一亦入选其中，被列为一家。古远清说："粉碎'四人帮'后，尤其是党的十一届三中全会以来，冯中一精神振奋，意气风发，以高度的热情探寻新诗前进的踪迹，注视着新老诗人的艺术成就。"冯中一是忠厚的长者，治学严肃而严谨，他的现代诗学和写作学研究别具一格，他的诗论是新时期诗学的新收获。冯中一是由诗人而进入诗学殿堂的，这就决定了冯中一诗论的基本特点：比较偏于艺术赏析，注意具体地分析一诗一人，不作空泛之论；凭借自己的创作经验的积累所进行的诗歌基础理论和诗歌教学研究往往合理而实在。

…………

二、山东师大在新时期对新诗研究的贡献

翻开新时期新诗发展史，山东师范大学对于80年代的现代诗学明显地有两个重要贡献。

第一，开辟了山水诗研究的新天地。对中国新诗来说，山东是一方沃土。可以排出一个山东诗人或者在山东生活多年的诗人名留史册的长长的名单：闻一多、臧克家、李广田、高兰、贺敬之、苗得雨等。20世纪以来，享誉全国的山东诗人更是梯次性涌现，仅以2014年出版的吕进主编的《中国新时

期“新来者”诗选》为例，入选的99位诗人中，山东诗人就占了8位，分别是曹宇翔、韩翰、纪宇、雷霆、马丽华、马启代、桑恒昌、徐鲁，还不包括祖籍、原籍是山东的诗人。

…………

在朦胧诗争论中，上园派一直主张宽容看待朦胧诗的存在，同时也表示了对于恶性西化、全盘西化的坚决反对。冯中一谈到新时期“多元、躁动”的新诗如何“升华”的时候就指出，“并不是越洋越好”，应该摆正新诗现代化与民族传统的关系。孔孚也说，“‘五四’新诗是向西”，“所以先天不足”。他主张“大入，大出”，“从前人之悟那里去悟”。袁忠岳则是直接介入朦胧诗争论的，20世纪80年代初期朦胧诗受压的时候，袁忠岳写了一系列文章为朦胧诗维护生的权利。他主张，与其去争懂与不懂，不如去关注美与不美。他批评那些抡着大棍的人：“这些人就喜欢在枝节上纠缠不休，又是洋货啦，又是难懂啦，而不首先看看它们是不是艺术，是不是美。”但是如同上园派其他诗评家那样，袁忠岳同时也批评了那些一味求深、颠三倒四、空虚加繁杂的朦胧诗作。

上园派也像崛起派那样主张向国外诗歌借鉴，但同时主张要实现国外艺术经验的本土化转换；上园派也像传统派那样主张传承民族传统，但同时主张要实现传统经验的现代化转换。上园派理论家寻求在诗歌里生命意识和使命意识的和谐，寻求在诗体上的现代与丰富，寻求诗歌传播方式的现代与丰富。

在生命执着追求的支点上

——谈冯中一先生的诗评

李宗刚

冯中一(1923—1994)，山东师范大学教授，山东省作协主席、山东省写作学会会长，著名诗歌评论家，尽管离开我们已经六年了，但回眸他所走过的人生足迹，对于我们为文为人都是很有启发的，那就是在生命执着追求的支点上，冯中一才建构起了他的整个诗评世界，得以高屋建瓴地对复杂纷纭的诗歌现象进行理论上的整合，并使其人生价值深深地镶嵌在诗评的原野上。

诗评家与诗人，诗与诗评，原本是极难分离的两对关系。经常的情形是，不是诗评家“超越”了诗人，使诗评天马行空，就是诗评家被诗人所“淹没”，诗评挣扎在由诗的表象所构建的蛛网中。唯独那种对诗既有深刻感悟，又能重新整合，从而以自我形象思维的红线，使之成为攒锦的诗花，才算完成心灵在创造的理想诗评。这在冯中一的诗评中，无疑是一种自觉的理想追求和自然的诗评实践。

冯中一的诗评，主要见于他的几部专著中，其代表性的著作有《诗歌的欣赏与创作》《学诗散记》《诗歌漫谈》《诗歌艺术论析》《诗歌艺术教程》《新诗品》等。从中细读冯中一的诗评，我们可以清晰地感知到，充溢于其诗评世界的是那种对热烈的生命的拥抱、对于真善美的生命形式的讴歌，诗评则成为他的诗魂的栖息地。早在青少年时代，冯中一就怀有一颗真纯稚拙的诗

心:“凹凸的道,|暗明的灯,|盲人摸索着行程——|紧闭的眼睛,|看够了世间的丑态;|颤抖的弦子,|却弹不尽心底的凄清!”[①]与此主题相类似的还有《蜗牛》《修道院的春》等诗作。在这些诗作中,其自生命底层所发出的真切咏叹,反映了生命之流在受到压抑时忧郁、苦闷与抗争的真实的生命存在状况,展现了自我对自由健康向上的生命形式的向往和追求。同时,受制于理性思维,其诗作对生命尽情而较为含蓄节制的抒放,使其自觉的生命追求有了较大的张力和动力。

正是在对生命执着追求的这一支点上,冯中一的诗评获得了最坚实有力的建构。其主要的特色是以自我对于生命的热烈追求为观照、整合的内在依据,使其诗评既能较好地观照诗作本体、又能超越本体的局限而上升到理论的高度,二者获得了高度的和谐与统一。例如,在《一个探索者的脚印》诗评中,对舒婷的短诗《馈赠》的剖析中叙说的是诗评家自己对当今诗歌的真知灼见,《馈赠》一诗则成为诗评家思维链条上的一个点,它既没有滞留在就诗论诗上,也没有抛却诗作这一本体而无限地延伸开去。如此一来,诗评本身所昭示的就是诗评家对新诗的流向以及对新诗的现代化等诸多理论命题的思考。当然,贯穿于其中的是诗评家那流动不居的生命之流的高亢旋律。这样的一种观照的结果是理论的思维在生命感性力量的驱动下冲决了清规戒律的束缚,紧紧伴着时代的脉搏,和诗歌的艰难蜕变共新生,由此对其代表的新诗潮作出了理性的辩证的结论。在这里,诗评家似乎是借助《馈赠》之流,扬自我生命的风帆、行自我生命之舟。从这种意义上说,既是《馈赠》选择了诗评家,也是诗评家选择了《馈赠》。

在冯中一的诗评中,较为清晰地体现出这一特色的文章可谓比比皆是。《诗,认识你自己》《寻找精神的家园》《陌生而奇异的青春骚动》《心灵的清泉淙淙而流》(散见于《新诗品》山东教育出版社出版),均显示了诗评家那发自生命底层的原动力,是以怎样的态势汩汩涌动!

涌动着的生命动能,在冯中一80年代以后的诗评中进一步升华为理论思考,并由此建构了诗评家独属于自己的理论体系。较有代表性的有《新诗

① 冯中一:《盲人》,作于1943年4月。

呼唤新的理论批评》《当前新诗意识的创新动向》《新时期诗歌的美学价值》等系列论文以及专著。在此，我们可以清晰地感知到，冯中一在新诗承接传统吞纳现代的风云变幻的八九十年代，把自己的主体生命意识和客体诗歌精髓有机地结合起来，对于新诗的走向、新诗的现代化、新诗创作的内在规律及其审美特征，都做出了自己的解读。

冯中一喜欢并经常引用的是马克思的一句话："如果人仅仅为自己劳动，也许他能成为著名的学者，伟大的智者，卓越的诗人，但是他永远也不能成为真正完善和真正伟大的人。"也许，正是对"真正完善和真正伟大的人"的一种孜孜追求，才成就了冯中一的诗评世界。这恰如一句俗语所说的那样，"文如其人"。如此一种感觉，在冯中一先生仙逝整整六周年之际，当我们再次捧读其诗文时，又一次获得了强烈的印证。

（本文原写于 2000 年，后收入李宗刚《行走于文学边缘》，山东人民出版社 2015 年版）

冯中一:在新诗研究上“自重自强”的跋涉者

李宗刚

冯中一早期从事新诗创作,投身文学教育后则转向了诗歌鉴赏与新诗研究,是一位注重探寻诗歌创作内在规律、建构了自我的言说体系的诗评家。冯中一的新诗研究从“埋头作具体的分析讲解诗歌的工作”开始转向“昂首作宏观的新诗本体的阐释”,既与改革开放后的思想解放大潮有关,也与他把眼光聚焦于大变革时代并由此使诗歌研究与时代产生共振有关,还与他建构起了师生教学相长的“老中青学术共同体”有关。冯中一在新时期能够完成自我诗歌研究上的飞跃,既与他重视借鉴中国传统文化尤其是中国优秀诗歌传统相关,也与他对“五四”以来的中国新诗传统的珍视有关,还与他注重对西方文化和西方诗歌创作经验的创新性接受有关。由此说来,冯中一的新诗研究及其经验在中国20世纪新诗研究史上占有一席之地。

山东师范大学著名学者、诗歌评论家、山东省作协原主席冯中一(1923—1994)曾有过这样的自我评价:“(我)是比较平庸,尚能自重自强的语文教员、诗歌学徒、文化保姆。”[①]这一评价显示了他一以贯之的自谦特点,他把自己视为“比较平庸”的语文教员、诗歌学徒和文化保姆。但他并不是一般意义上的教员、学徒和保姆,他有着“自重自强”的内在文化作为人生底蕴,深潜了中国传统文化所倡导的“天行健,君子以自强不息”的内在精神,由此成为

① 李乾坤、王邵军:《冯中一:自强学人　厚德君子》,《山东师范大学名家传略》编写组:《山东师范大学名家传略》第1辑,山东友谊出版社2020年版,第130页。

新诗研究方面卓有成就的著名学者，在20世纪中国新诗研究史上占有一席之地。

一、学术界对冯中一及其新诗研究的评价

冯中一在20世纪40年代便开始新诗创作，并在当时的报刊上陆续发表了近百首抒情小诗，如《盲人》《蜗牛》《荒原小祭》《古城夜曲》《修道院的春》《赴耕之牛》等。在担任教师期间，他从教学需要出发，致力于诗歌鉴赏，并出版了一系列有关诗歌赏析的著作，发表了《诗与音乐》《诗与寂寞》《诗与明天》《悼念泰戈尔》等十余篇研究性质的文章，并整理出了十余万字的评论集《新诗夜话》。新中国成立后，冯中一于1951年撰成了8万字的《诗歌学习》、5万字的《马雅可夫斯基评传》（两书未能出版，前者于1951年8月的山东省文联文艺评奖中获文艺理论乙等奖）。随后几年，他在山东人民出版社出版了一些诗歌评论著作，如1956年出版了《诗歌漫谈》，1959年出版了《诗歌的欣赏与创作》，1962年出版了《学诗散记》等。1983年，冯中一出版了《诗歌艺术论析》（山东人民出版1983年出版）；1990年，冯中一主编了《诗歌艺术教程》（山东教育出版社1990年版，撰稿者为冯中一、鹿国治、王邵军）；1991年，冯中一与他指导过的研究生鹿国治、王邵军又合作出版了《新诗创作美学》（吉林文史出版社1991年版）；1991年，冯中一的论文合集《新诗品》由山东教育出版社出版。冯中一在其有限的生命区间里，建起了一座属于自己的诗歌赏析的"小庙"，由此让自我的生命与诗思的烛光在其中依然摇曳着，进而获得了超越时空的社会价值。

冯中一的诗歌评论较早地得到了学术界的关注。1986年，古远清在重庆出版社出版的《中国当代诗论50家》中列出了胡适、郭沫若、艾青、朱光潜、公木、亦门、谢冕等50位当代诗论家，冯中一亦入选其中。在古远清看来，"粉碎'四人帮'后，尤其是党的十一届三中全会以来，冯中一精神振奋，意气风发，以高度的热情探寻新诗前进的踪迹，注视着新老诗人的艺术成就"，并称冯中一为"埋头作具体的分析讲解诗歌的工作"却"没有得到广泛关注的

诗评家”。[①]

1995年，北京大学的孙玉石在《中国现代文学研究丛刊》第1期发表了题为《十五年来新诗研究的回顾与瞻望》的长篇研究述评，对1978—1993年的新诗研究状况进行了一次全景式的透视。孙玉石认为，关于新诗本体美学和艺术在个体研究的基础上出现了一些突破性的成果，并枚举了一系列的代表性成果，随后他又指出：“其他一些专书和论文，也在新诗本体的艺术和美学的方面作了许多有意义的拓进。这里应该提到的是冯中一等人的《新诗创作美学》(吉林文史出版社，1991)、蓝棣之的《正统的和异端的》、孙琴安的《现代诗四十家风格论》(上海社科出版社，1987)、孙玉石的《中国现代诗歌艺术》等。”[②]孙玉石作为新诗研究方面的代表学者，一直关注着新诗研究，对新时期诗歌研究的历史进行了较为详尽的梳理，他也关注到了冯中一先生在新诗本体的艺术和美学方面作出的贡献。

2015年，吕进在评价冯中一在新诗研究方面的贡献时特别指出：“冯中一是山东师大新时期诗歌研究的奠基人。”由此出发，他专门梳理了冯中一先生走过的诗歌创作和诗歌评论的道路：“他从20岁开始就发表了《盲人》《蜗牛》等近百首新诗，是作为诗人步入文坛的。后来，由诗歌创作转往诗歌评论，有《诗歌漫谈》(1956)、《诗歌的欣赏与创作》(1959)、《学诗散记》(1962)等著作问世。进入新时期以后，冯中一培养了我国最早的几批新诗研究生，出版了《诗歌艺术论析》(1983)、《诗歌艺术教程》(1990)、《新诗创作美学》(与鹿国治、王邵军合著，1991)。”“冯中一是忠厚的长者，治学严谨，他的现代诗学和写作学研究别具一格，他的诗论是新时期诗学的新收获。冯中一是由诗人而进入诗学殿堂的，这就决定了冯中一诗论的基本特点：比较偏于艺术赏析，注意具体地分析一诗一人，不作空泛之论；凭借自己的创作经验积累所进行的诗歌基础理论和诗歌教学研究往往合理而实在。”[③]

冯中一先生不仅在诗歌研究方面取得了非凡的成就，写作课程的教师

---

① 参见古远清：《中国当代诗论50家》，重庆出版社1986年版。

② 孙玉石：《十五年来新诗研究的回顾与瞻望》，《中国现代文学研究丛刊》1995年第1期。

③ 吕进：《山东师大在新时期的新诗研究》，《山东师范大学学报》(人文社会科学版)2015年第4期。

身份又使他在写作学教学和教材的编写方面也取得了很大的成绩，并在1986年成为我国20世纪80年代恢复职称评定以来的第一位写作学教授。对此，贵州人民出版社出版的《中国当代写作理论家》一书高度肯定了冯中一写作学研究的成就，称他为“当代著名写作理论家”，这一评价影响甚大。但是，从其学术成就来看，冯中一不是一般意义上的写作理论家，而是一个从诗歌欣赏与新诗研究方面切入诗歌创作内在规律的诗评家，是一个在新诗研究方面建构了自我的言说体系的著名学者，因此冯中一的写作课教材编写及写作课教学应该被纳入其诗歌创作和评论的维度加以观照，如此才能真正发掘出其独特的学术贡献以及他取得这一成绩的内在缘由。

二、冯中一新诗研究的历史背景与内在理路

冯中一的新诗研究已经从“埋头作具体的分析讲解诗歌的工作”开始转向“昂首作宏观的新诗本体的阐释”。这一转向既具有其内在的逻辑性，也具有历史的必然性。

其一，改革开放后思想解放大潮使冯中一先生的思想出现了巨大的变化，完成了第三次转变，并奠定了他在新诗研究方面的学术地位。冯中一早在20世纪30年代和40年代便作为进步的文学青年活跃在语文教育和新诗创作的第一线；50年代到70年代末，他依然在复杂的政治运动中找寻着自我的诗歌研究的空间，注重回归诗歌欣赏的本体，已经显示了自我相对独立的思想。这一时期，他出版了《语文教学札记》[①]《诗歌漫谈》[②]《诗歌的欣赏与创作》[③]《学诗散记》[④]等著作。这些著作“力求以政治性和艺术性统一的原则，对诗作以全面评价”[⑤]，在对诗歌进行评述时着重分析其艺术特色；还发表了一系列诗歌研究的论文，在政治设定的领域探索诗歌创作的内在规律，阐释诗歌的内在意蕴。如他发表于1954年的《怎样欣赏诗歌》一文便指出：

---

① 冯中一：《语文教学札记》，山东人民出版社1957年版。

② 冯中一：《诗歌漫谈》，山东人民出版社1959年版。

③ 冯中一：《诗歌的欣赏与创作》，山东人民出版社1960年版。

④ 冯中一：《学诗散记》，山东人民出版社1962年版，内容提要。

⑤ 冯中一：《学诗散记》，山东人民出版社1962年版，内容提要。

“有的青年学术，尽管对于诗歌怀有极大的热情与兴趣，尽管阅读了很多诗歌，而得到的思想的启发和艺术的感染并不大；对于大家都称赞的好诗，也体会不到它怎样好和为什么好。”这在注重诗歌的政治性的特定时期，把诗歌欣赏拉回到诗歌艺术的本体世界，的确是不同凡响的举措。为此，冯中一提出了自我关于欣赏诗歌的几点见解：“第一，要分析诗的构思、诗的思想性。”“第二，应注意体验诗歌情感的深度与跃进性。”“第三，应注意领会诗的意境。”“第四，应注意咀嚼诗的语言、吟味诗的韵律。”①在这篇文章中，除了作者引用的一些诗歌例证具有某些时代印记之外，这样的理论阐释几乎没有多少政治的痕迹。冯中一注重回归诗歌本体的研究特点，即便在 20 世纪 60 年代和 70 年代也表现得较为明显。如他发表于《山东师院学报》的论文《献给火红年代的激越战歌》，其评论的对象是“青岛市青年工人纪宇同志的第一本诗歌选集，也是我省近来出版的工农兵优秀诗集之一。集子中三十余首热情澎湃的政治抒情诗，给予我们一个总的鲜明印象：这不是个人的一般言志咏怀之作，而是代表朝气蓬勃的工人阶级献给火红年代的激越战歌。”从标题和内容来看，作者选取的评论对象尽管具有鲜明的政治色彩，也突出了“政治抒情诗必须具有鲜明的、十分充实的时代特点，才能完成有别于其他诗歌的‘打先锋’的战斗任务”。但他并没有因此把诗歌评论写成政治评论，依然注重在评论的过程中回到诗歌本体：“为了给饱含时代特点的内容以绘形绘声的表现，注意贯彻新诗民族化、群众化的原则要求，既保持政治抒情诗铺张排比、疏放多变的形式、韵律特征，又尽可能达到精练整齐、通俗易懂、琅琅上口。”②

20 世纪 70 年代末到 1994 年，他的自我思想实现了真正意义上的确立。在其专著《诗歌艺术论析》的前言中，冯中一称自己在艺术民主的健康风气中“不仅增强了读诗、学诗的志趣，而且也消除了各种顾虑”③，尝试进一步探索新诗的创作规律与发展前途。该书以宏观的视野贯通古今，思考了古典

① 冯中一：《怎样欣赏诗歌》，《语文学习》1954 年 3 月号。

② 冯中一（署名众一）：《献给火红年代的激越战歌》，《山东师院学报》（社会科学版）1976 年第 3 期。

③ 冯中一：《诗歌艺术论析》，山东人民出版社 1983 年版，前言，第 1 页。

诗词与新诗之间继承嬗递的关系，通过赏析把握了新诗作品的艺术规律并进一步对新诗的发展道路、艺术革新和青年的诗歌创作中出现的具体问题进行评述，真正把握了时代的脉搏、发出了自己的声音。1981 年，冯中一在探析屈原的《离骚》时有过这样的赏析："好象是插上了想象的奇特翅膀，在思想艺术的一切领域恣纵飞翔。诗人调动了宇宙万物，神话传说、历史人物，展示出天上人间浑然一体的五彩缤纷的长轴画卷——在这里，天帝女神，山川风物，龙凤云霓、玉树琼花等奇异的形象，都以斑斓的光彩，闪耀出诗人无比宏伟的理想，也都以比喻和象征的意义，激荡起诗人忧国忧民的感情巨浪。"[①]通过这样的赏析，冯中一先生把我们引入了一个诗人营构的艺术境地，感受其天马行空的想象力和精神上的自由，这恰恰也是他实现自我思想解放的表现。

其二，在思想解放的时代，冯中一先生在新诗研究方面实现了从诗歌赏析到诗歌研究的飞跃，开始把眼光聚焦于大变革的时代风云，使自己的诗歌研究与时代共振。这恰如他在有关文章中所指出的那样："诗文随世运，无日不争新。"[②]思想解放让冯中一先生脱下了自己的"盔甲"，焕发了战士的青春，由此实现了自我的蜕变。《东方灵秀美的启示》《真理的剑　民族的琴——读〈陈毅诗词选集〉所得的启示》《试论当代诗歌创作的哲理倾向》等新诗评论文章，已不再局限于对诗歌的思想艺术特征进行评析，而是以更加广阔的视野和胸襟，将中国的当代诗歌与新的时代对接，与世界文学的洪流接轨。在《东方灵秀美的启示》一文中，冯中一在高度评价孔孚山水诗中东方韵味的同时，又对中国新诗未来的发展道路提出了自己崇高的希冀："我们改革开放的新时代，也并不仅仅限于艺术的引进、追踪，在诗歌上为什么不能象惠特曼的豪放昂奋、泰戈尔的柔静渊默，向世界、向人类精神文化贡献一种东方灵秀美的诗魂诗艺？"[③]显然，冯中一先生已经自觉地将中国的诗歌创作与时代、历史和世界乃至人类的命运联系在了一起，呼吁记录着时代

---

① 冯中一（署名众一）：《"吾将上下而求索"——屈原和他的长诗〈离骚〉》，《山东师院学报》（社会科学版）1981 年第 2 期。

② 冯中一：《新诗品》，山东教育出版社 1995 年版，第 170 页。

③ 冯中一：《东方灵秀美的启示》，《山东师大学报》（社会科学版）1990 年第 4 期。

但又能超越时代的优秀作品。在《试论当代诗歌创作的哲理倾向》这篇文章中，冯中一认为哲理倾向的诗在80年代的我国诗坛上大量集中地涌现，影响了一代诗风，而产生这一现象的原因正是时代潮流的冲激，并进一步指出："哲学是时代精神的升华，它实践着人的反省，是民族、时代、社会的自我意识，将永远随时代而不断更新。""这种哲学与诗的内在联系，在富有革新创造精神的今天，则为诗歌表现哲理提供了更大的可能性。""不论当前这些哲理倾向的诗存在着怎样的不足，但它毕竟是应运而生，以强大的气势冲进了新时期的诗坛。对这一现状，不仅要给予重视，而且要预见其兴旺发展的前途。"[①]通过将哲学、诗学与时代联系在一起，冯中一在三者相互交融的基点上对中国诗歌未来发展的道路提出了自己的构想。恰如冯中一先生对新诗希冀的那样，新诗研究在探索新诗现代化的过程中开始在更广阔的大道上奔驰，这表明他已经走出了既有诗歌评论的疆域，显示出新的时代风貌。

其三，冯中一先生把新诗研究视为一种教书育人的实现手段，尤其是通过研究生教育的方式，把自我建构起来的现代思想再传递给学生，由此把人生的社会价值实现与具体的工作结合起来，实现了师生的共同发展。冯中一较早地招收了硕士研究生，这也促使他从既有的本科教学的诗歌写作训练转向了研究生教学的诗歌研究，由此促成了他的诗歌评论从以赏析为重点转向了以理论思考为重点。他在学校开设了新诗研究的选修课，招收现代诗歌研究生，把系统理论的掌握与诗歌评论写作结合起来，编写了《新诗，呼唤着新的理论批评》(1985，冯中一、王邵军)、《新诗创作美学》(冯中一、鹿国治、王邵军著，吉林文史出版社1991年版)、《诗歌艺术教程》(冯中一主编，冯中一、鹿国治、王邵军撰稿，山东教育出版社1990年版)等著作和教程。正是通过对诗歌理论和教程的编写，冯中一对诗歌的见解和独立的思考才得以以系统化、理论化的方式呈现出来，才实现了从教学实践落实到纸面文字的转变，也让冯中一对诗歌的独特见解得到了传承。对此，有相关评论认为《诗歌艺术论析》《诗歌艺术教程》《新诗创作美学》的出版"标志着冯中一和

① 冯中一、王邵军：《试论当代诗歌创作的哲理倾向》，《山东师大学报》(哲学社会科学版)1984年第5期。

他的研究生们在新诗艺术研究上的三步跳跃，这是他学者生涯的第二个黄金时期。考虑到当时中西文化碰撞的社会背景，要于喧哗躁动中求冷静思辨、于乱花迷眼中求审慎抉择，而且要不偏不倚、切合实际，这对冯中一而言，的确是不易的"[①]。

三、冯中一的新诗研究取得成功的内在缘由

冯中一之所以在新时期能够完成自我的飞跃，既与他重视借鉴中国传统文化尤其是中国优秀诗歌传统有关，也与他对西方文化和西方诗歌创作经验的吸收有关。正是在这一基点上，冯中一在新时期的新诗评论进入了自我解放和自我成长的黄金时期。

其一，冯中一注重对中国优秀传统文化和文学的资料整理与解读，厚植新诗发展的传统文化土壤。在"文革"时期，冯中一的学术研究受到了严重冲击，但他并没有放弃，而是在时代所预留的缝隙中，继续着诗歌研究。除上文提及的作品外，冯中一与他人合编的《中国历代法家诗选》一书同样值得关注。经过初步考证，这一选本并没有出版。尽管如此，该书仍旧值得重视，因为这一时期不同的高校中文系都对法家诗歌多有关注，如南开大学中文系便成立了编注组，在 1975 年出版了《法家诗选》(人民教育出版社，作者为南开大学中文系《法家诗选》编注组)。这也说明类似冯中一先生这样的一大批学者，在无法更好地关注当下诗歌创作和从事诗歌评论时，他们不约而同地转向了对中国传统诗歌资料的整理与注释。当然，这一时期法家代表性人物获得了政治上的认同，而其他诸子则受到了抑制，在此情况下，从事诗歌研究者关注法家诗歌创作，既是时代预留给人们的缝隙使然，也是人们借助这一历史缝隙凸显自我存在感的一种可贵努力。

冯中一先生不仅重视传统诗歌资料的整理与研究，而且还重视诗歌之外其他文体的资料整理与研究，由此把自己学术研究的视野拓展到中国传

① 李乾坤、王邵军：《冯中一：自强学人　厚德君子》，《山东师范大学名家传略》编写组：《山东师范大学名家传略》第 1 辑，山东友谊出版社 2020 年版，第 124 页。

统散文上，在 1983 年主编的《唐宋八大家散文选》(冯中一主编，徐惠元等人注析)由山东人民出版社出版。对此，冯中一以注析者的身份在前言中这样写道："唐宋八大家散文，象唐诗、宋词一样，以脍炙人口、历久常新的巨大魅力，吸引着我们。"[①]这说明冯中一虽然把诗歌视为自我人生的核心场域，但他并没有拒绝其他文体，尤其是没有拒绝与诗歌文体离得较近的散文文体。这样的带有文体跨界性质的资料整理与研读，对冯中一的诗歌创作和诗歌研究具有积极的作用。

其二，冯中一重视对西方现代诗歌资料的整理与研读，由此为他在新时期的新诗评论转向新诗的现代化思考提供了必要的理论资源。在新时期到来之际，冯中一与学生共同编写了大型资料参考书《中外诗歌创作谈》。《中外诗歌创作谈》1980 年由中国作家协会山东分会诗歌创作委员会出版，作者是中国作家协会山东分会诗歌创作委员会、山东师范学院中文系现代诗歌研究生小组。《中外诗歌创作谈》在汲取外国诗歌创作经验的基础上，主要把目光聚焦于外国诗歌理论及其评介，不仅收录了别林斯基、雪莱、歌德和高尔基等外国诗人的诗论，还将袁可嘉、赵毅衡、杨熙龄和王守仁等中国诗歌研究者对意象派诗歌、象征派诗歌以及西方现代文学的译介收录其中，将该书打造成一个能够使中外的诗歌研究者实现精神交流的平台，用这种方式让读者更加直观地感受到中外诗论在交汇时碰撞出的思想火花，更在新时期为国内的研究者打开了一个透视外国诗歌的窗口。

其三，冯中一注重教学相长，尤其是注重研究生培养，并在此过程中与学生打成一片，建构起了独特的师生学术共同体，由此再次实现了自我超越。冯中一先生曾经说过："借教学工作之便，平时常与几位青年诗友共同学习讨论新诗发展状况与创作成绩，遇有体会较为集中突出者，则作为教学练笔小品，一起商定写作提纲，反复修改加工，合写成随笔式诗歌短评。……借以对青年诗歌评论者的青出于蓝、迅速成长，寄予殷切期望。"[②]在实际教学和研究的过程中，冯中一先生更是身体力行，不断坚持着对青年学者的培养。

① 冯中一主编：《唐宋八大家散文选》，山东人民出版社 1983 年版，前言。

② 冯中一：《诗歌艺术论析》，山东人民出版社 1983 年版，前言。

如冯中一与杨守森合作完成的《捕捉心灵的闪光点》一文，对丁庆友反映农村新生活的诗歌进行了评论，既有冯中一先生温柔敦厚的行文风格，指出丁庆友的“这些作品，将历史和现实联系起来，概括了比较丰富的生活内容，的确不失为有益的探索。但这种方式，在他的笔下似乎只适宜于郑重的政治抒情，一接触活生生的现实生活，便略有迂阔生涩之感”①。也有向往做一个青年思想家的杨守森的批评锋芒，批评了“个别艺术观点偏激的同志曾指责丁庆友的创作道路难以走通”②。这样的合作之作，恰好可以看作冯中一先生注重提携学术新人、注重包容和整合青年人的思想，并由此纳入自我的诗歌研究体系，成为已经进入花甲之年的冯中一再次融入思想解放大潮、再次焕发学术青春的重要契机。这样的一种新老一起建构起来的老中青学术共同体，恰是新时期中国思想解放和文化繁荣的一种真实写照。

如果说冯中一在1982年之前仅仅是尝试建构“老中青学术共同体”并进行实践的话，那么1983年之后这种“老中青学术共同体”的建构则进入了成熟时期，并且结出了丰硕的新诗研究成果。他与研究生鹿国治和王邵军合作《新诗创作美学》和《诗歌艺术教程》，两本著作较具代表性。鹿国治1946年出生，1969年毕业于山东大学外文系，1979年考入山东师范大学中国现当代文学专业，师从冯中一攻读硕士学位，1982年毕业后留校任教，1989年调入新华社山东分社；王邵军1963年出生，1979年考入山东师范大学中文系，1983年考取本校研究生，师从冯中一。在冯中一的主导下，他们三人建构起来的“老中青学术共同体”既具有较为丰厚的学术积淀，又具有较为新锐的学术创新，由此使得历史经验教训与思想解放获得了最大限度的统一，这使他们的诗歌研究之树既扎根于中国古典和现代诗歌的沃土，又汲取了西方现代诗歌的营养，为新时期的诗歌解放起到了助力作用。不过，让人稍感美中不足的是，这一“老中青学术共同体”随着鹿国治和王邵军先后离开山师就职于新的岗位而消解，他们的新诗研究共同体也未能再结出更加丰

① 冯中一、杨守森：《捕捉心灵的闪光点——读丁庆友反映农村新生活的诗歌》，冯中一：《诗歌艺术论析》，山东人民出版社1983年版，第105、112页。

② 冯中一、杨守森：《捕捉心灵的闪光点——读丁庆友反映农村新生活的诗歌》，冯中一：《诗歌艺术论析》，山东人民出版社1983年版，第105、112页。

硕的果实，冯中一尽管继续耕耘在新诗研究艺苑，并有一系列具有创见性的新诗研究成果，但 1994 年他过早地离开了诗歌研究，再也没有机会书写出更为辉煌的学术篇章。但值得赞许的是，冯中一这些研究成果集中反映在《新诗品》和《冯中一文选》；同时，他还培养了吕周聚等接续新诗研究的新一代学者，最近出版的《冯中一文选》便是由这一代青年学者负责编选并出版，这同样也是冯中一先生在对青年学者的培养上获得成功的体现。由此说来，冯中一先生的新诗研究能够沿着这一学术脉络不断地传承，并且在代际传承中获得新的发展。

（本文原载于《百家评论》2023 年第 6 期）

论冯中一的写作学理论

李　雁

冯中一是一位写作理论研究家、写作教学研究家。冯中一的写作研究活动主要集中于两个时期：一是新中国成立后到“文革”时期；二是新时期以后到20世纪90年代。在这两个时期，冯中一先后编写了大量写作教材与资料，总结了与写作相关的概念、认识、规律，丰富和完善了写作文体论，提出了一系列具有很高实用性的写作技能训练方法，为当时高校写作理论打下了良好的基础。进入百花齐放、学术新观点层出不穷的新时期之后，冯中一的写作学研究形成了自己的特点，对写作学的发展做出了重要贡献：一是全面地总结与完善现代写作理论，二是强调现代写作学的实用性特征，三是突出写作学的时代性与针对性。

冯中一（1923—1994），河北沧县（今沧州市）人，20世纪40年代先后在济南市市立中学、山东省立女中、济南市第三中学担任语文教员，1958年调入山东师范学院中文系写作教研室，从事写作教学工作。进入新时期之后，他兼任山东省人大常委、山东省作家协会主席、中国民主促进会山东省委副主委、山东省写作学会会长等职务。

冯中一是一位卓越的写作理论研究家、写作教学研究家，他先后主编多种教材，有《写作知识概要》《常用文体写作教程》等，组织同仁共同编写了《习作指导》《写作》《读写辅导》《常用文体写作知识》《农村应用文》等教材和资料，并选编多种写作文章，有《唐宋八大家散文选》（主编）、《写作研究论文集》（主编）、《古人论写作》（与他人统编）、《杂文》（合编）等，推动了古典写作典籍的整理，完善了现代写作理论和写作教学理论。

写作在中国有漫长的历史，自从有了文字，人类就进入了写作时代。从先秦到当代，中国作家创造出不同体式与规则的文体，取得了辉煌的成绩，记录了中华民族的优良文化传统。伴随着写作实践，写作理论的总结也有很大成就，出现了一大批关于写作的文章典籍。写作理论是对写作活动过程、性质、规律、特点、功能的全面总结。从先秦时期的“诗言志”到魏晋南北朝时期的《文赋》《文心雕龙》，再到明清时期的《闲情偶寄》等，都反映了作家、学者对写作活动的理论性审视，取得了杰出成就。但要注意到，古典时期的写作理论总体上存在一定的缺陷，表现为理论体系不够完整，主要关注文本特点，对写作过程的动态性特点的体会不足，对影响写作过程的多种因素的认识有些不足，分析有所欠缺。

20 世纪是中国社会转型时期，也是知识体系重建的时期。对写作而言，白话文取代了文言文，这一点极大地影响了现代写作的形态，而现代风云变幻的时代环境也对写作活动的主体以及文本的题材、内容、形式、性质、功能提出新的要求。现代写作理论建设有两个重要的时期：“一是本世纪初到‘五四’运动，主要是辛亥革命前后；二是十一届三中全会以来的新时期。”[①]第一个时期是现代写作学的开创期，研究者们总结传统写作知识，借鉴西方现代写作学研究成果，建构了较为系统的现代写作学理论体系。第二个时期则是写作学的繁荣期，写作学在国际文化交流的语境下融会贯通，在文本论、过程论、主体论、文体论、技法论、写作教学论等方面获得了长足发展。

冯中一先生的写作研究活动主要集中于两个时期：一是中华人民共和国成立后到“文革”时期；二是新时期到 90 年代。在这两个时期，冯中一先后编写了大量写作教材与资料，填补了当代大学写作教材的空白，系统总结了写作理论知识，丰富和完善了写作的文体论，提出了一系列具有很强实用性的写作技能训练方法，对当代写作学的发展作出了重要贡献。

在第一个时期，他在 1960 年就组织教研组同仁编著《习作指导》，填充了我国大学写作课教材的空白。在写作学历史上，20 世纪 50—70 年代是写作

① 林宇：《二十世纪中国写作理论发展的两个高峰》，《广播电视大学学报》1998 年第 1 期。

理论的停滞期,“从 50 年代到 70 年代,我国没有出现过一部比较全面系统地研究写作的理论著作,写作教科书更是凤毛麟角”[1]。仅有的一些写作理论在知识的总结上也存在较大的缺陷,“这一时期的写作理论,主要受前人文本研究和苏联文学理论的影响,逐步形成了以《写作基础知识》为代表的‘八大块’体系”[2]。“八大块”理论在知识体系上注重分析文本的要素,教材的编排上以“绪论、材料、主题、结构、表达、语言、修改、文风”几个板块为内容,成为这一时期写作理论的流行模式。

这一时期,冯中一对写作学有自己的理解,他组织编写的著作呈现出不同的特点。《习作指导上编》导言云:“写作是一种复杂艰巨的劳动,我们要真正打好写作基础,向准确、鲜明、生动的标准顺利提高,要有决心进行艰苦的锻炼。”[3]这说明,冯中一在写作理论相对单一的时代就超越时代局限,认识到写作实践性的本体特点。在他看来,写作者不仅要掌握基础的写作学知识,还要把知识落实到实际的写作能力的训练中,因而他在编写过程中特别注重文体知识的总结,选择了论说文、杂文、散文、文学评论等四种体裁,提出了一整套行之有效的技能训练原则和方法,通过“精讲、精读、精练、精改,着重做好综合反复、深思熟虑的写作思想和写作方法的基本训练”[4],在写作学和写作教学理论方面作出了卓越的贡献。

在这个时期,冯中一还组织同仁共同编写了《写作》《读写辅导》《济南市各中等学校写作教学改进计划》等一系列教材与资料。他组织编写的《写作》系列是一部写作论文集,从写作基础知识、新闻类写作文体和应用写作文体三个方面总结了相关的知识。这部著作也体现了冯中一对写作学实践性原则的重视,尽力总结具体文体的写作规律,引导写作者去培养自身实际写作的能力。

新时期是写作理论建设的第二个高峰期,这个高峰体现在两个方面:“一是形成了一支前所未有的专业理论研究队伍和写作教师队伍。据不完

① 张家松:《从传统到现代:写作学科面临新课题》,《无锡教育学院学报》1995 年第 4 期。

② 裴显生、尉天骄、刘晓钢:《世纪回眸:写作学发展之路》,《写作》1996 年第 11 期。

③ 山东师范学院中文系习作教研组编:《习作指导上编》,1962 年,第 3、4 页。

④ 山东师范学院中文系习作教研组编:《习作指导上编》,1962 年,第 3、4 页。

全统计，其中卓有学术成就和广泛影响的专家、学者，既可以数以百计，而具有中级职称以上水平的中国写作学会会员则有3000余人。二是出版了前所未有的大量的写作学著作，而且涉及面要比过去任何一个时期都宽，基础写作、文学创作、写作技法、写作理论史、写作教育史、写作教学法，各种写作工具书、参考书乃至应用写作及其分支，如公文写作、科技写作、经济写作等门类，都有了专门、系统的著作。”①由此，中国当代的写作理论研究进入了一个新的阶段。

冯中一的写作研究活跃期也正处于20世纪80年代。“文化大革命”之后刚刚复课，他就组织编写了《常用文体写作知识》，这部著作成为国内大学写作课最早的教材之一；1985年，主编出版了《写作知识概要》；1986年，主编出版了《常用文体写作教程》，获山东社会科学优秀成果二等奖；他还组织出版了《机关常用文体的写作》《秘书写作讲座》《古人论写作》（统编组长）、《唐宋八大家散文选》（主编）等著作。1986年，他成为我国“文革”后恢复职称评定以来的第一位写作学教授。在百花齐放、各自争辉、学术新观点层出不穷的时代，冯中一的写作学形成了自己的特点，对写作学的发展做出了重要贡献。

一、总结完善现代写作理论

在当代学科发展中，写作学一直处于较为边缘的位置，其根源在于写作活动本身的复杂以及学科理论的不足。“写作学发展有一个三段论式演进路径：传统文章学、现代写作学和创意写作学。传统的写作学实际上是文章学的静态要素论，注重概念知识的研究，上世纪80年代初期的写作学即脱胎于此：审题、立意、材料、篇章、表达、语言、风格、技法。”②从写作理论史的角度考察，80年代初期的教材理论体系存在一定的局限性，大多数教材注重文本分析，主要从文本的角度去探析各要素的性质、特点和写作要求。这一时

① 林宇：《二十世纪中国写作理论发展的两个高峰》，《广播电视大学学报》1998年第1期。

② 罗勋章、蔡钰：《高校写作学研究现状及发展路径》，《长江大学学报》2021年第4期。

期的写作理论尽管在研究视角上相对单一，但在文本层面上对写作活动的总结仍然具有重要意义。我们知道，写作活动是一个非常复杂的过程，写作活动的几个要素（主体、客体、载体和受体）都极大地影响了写作过程，而不同时期的学者对这些要素的重要性的认识有所不同。程思认为：新时期写作理论有过几次变革，一是 1978—1983 年从写作知识体系（八大块）向文体技法训练转变；二是 1983—1985 年从文本主义转向过程主义写作论；三是 1986—1988 年从过程论转向主体论；四是 1988—1990 年从写作主体论转向写作文化论。[①] 而新时期初期写作理论仍然以静态的文本审视为主，从主题、材料、结构、语言等方面总结规律，尽管从总体上看视角单一，忽视了写作活动本身的动态性、复杂性，但这种总结仍然是必要的、基础性的工作。文本是写作的直接成果，是写作的有形的、具体的呈现，因而文本主义的理论总结是写作理论的核心。

冯中一主编的教材《写作知识概要》出版于 1985 年，关于此教材的编写思想，冯中一在前言中说道："在编写过程中，我们广泛参阅了有影响、有特点的许多写作教材，贯彻完整性、科学性、提要性原则，力求系统、明确地集纳通用概念，揭示基本规律，以便在自学钻研上提纲挈领，触类旁通。"[②]冯中一编写的写作教材包含了最新的写作知识，对写作相关的概念、认识、规律的总结准确、清晰、严谨，力求知识体系的完整性和科学性，为当时高校写作教学打下了良好的基础。

冯中一对写作理论的贡献还体现在对古代典籍的整理方面。中国有悠久的写作历史，涌现出一大批杰出的创作者，同时也产生了一大批写作典籍，但总体而言，古代的写作理论缺乏完整性、系统性和科学性。古代写作理论的总结"大多借助于作者直接的审美感受，对文章进行着不厌其烦的评点式赏析，其中虽然不乏真知灼见，但显得零星散乱，总体的系统性不强，影响了理论体系的构建。这种在研究方法上重于直感的做法，使得写作学的系统理论框架几千年来未曾形成"[③]。古代的创作者、研究者对写作的真知

---

① 参见程思：《新时期中国当代写作学理论四次大变革》，《语文学习》1993 年第 10 期。

② 冯中一：《写作知识概要》，山东文艺出版社 1985 年版，第 1 页。

③ 张家松：《从传统到现代：写作学科面临新课题》，《无锡教育学院学报》1995 年第 4 期。

灼见往往夹杂在性质不一的各种场合的言论、各种文体的缝隙间，稍不留神就会隐没在浩如烟海的典籍中，而冯中一在编写写作教材的同时也致力于古代写作理论的整理，先后编选了《古人论写作》《写作研究论文集》等学术论著。《古人论写作》选编八百多条散落在各种典籍中的言论，大致按照总论、立意构思、篇章结构、表现方法、语言运用、体裁风格等六部分编列。在每一部分又以古人的名目分类，保持了古代写作理论的原貌，作为高等院校中文系写作课的补充材料。《写作研究论文集》则编选当时山东写作学会最新的研究成果，展示了写作理论的新突破。可以说，古代写作理论的整理、总结、归纳与研究意义重大，写作的理论固然要与时俱进，要适应现代社会的发展，但传统的写作理论并未完全丧失生命力。一方面，写作不仅是社会、时代外部的纯然反映，还是人类精神和灵魂的书写，反映出人类的思维、观察、感受与情感模式。中华民族所特有的民族精神和审美范式必然会形成中国人所特有的书写模式，而这一点也恰恰构成写作理论的独特个性，形成其独特的价值。另一方面，现代的写作理论体系的建立也并不意味着对传统写作理论的全然摒弃，古为今用、融古于今才是更为科学的方法，所以古代写作理论的总结工作至为重要，冯中一所做的写作古籍整理、研究工作具有重要意义。

二、强调现代写作学的实用性特征

写作学作为一门学科，对其学科性质的认识是有阶段性特点的，“客观地说，中国当代写作学的学科意识在 80 年代一直处于模糊状态。写作学界长期以来有写作理论与写作实践之争，有写作学究竟是‘术’科还是‘学’科之论”[①]。中华人民共和国成立以后，写作学科体系的建构早期比较注重理论性，强调知识体系的系统、全面，倾向于对写作文本进行静态的、深入的剖析，而相对忽视了写作的实用性。冯中一的写作学一反传统文章学重理论

---

① 邹华芬：《从边缘处崛起——90 年代以来中国当代写作学理论研究述评》，《西南民族学院学报》2003 年第 3 期。

轻能力、重分析轻训练的缺陷，着重强调写作学的实践性、实用性特点，突出写作理论与日常生活的密切关系，主张理论与实践相结合，写作要为现实服务，以培养写作者实际的写作能力为最终目标。他认为：“在知识结构日趋复杂、生活节奏显著加快的今天，单靠‘读书作文章’的静止模仿和缓慢练笔，已感极不适应了。必须在马克思主义认识论的指引下，努力培养学生良好的思维品质，诱导他们从生活出发，通过观察、感受和思维加工，敏捷而准确地写成反映客观现实的文章。”①也就是说，现代写作学的学科目标不仅仅是让学生掌握写作的一般知识，能够分析、鉴赏文本的特点，而是更进一步，通过学习和训练，适应现实生活的需要，具备实际的写作能力。

冯中一在教材的编写中也体现了其先进的学科理念，这主要体现在两个方面。一是对写作文体知识的重视。文体是在特定的社会活动和领域内使用的，在较长的写作历程中逐渐成型的文章类型，“文体研究对于文章的阅读、理解、编辑、传播、教学都有重要价值，在指导写作方面的意义尤为突出。认识文体与写作的关系，就是知识、理论与实践的关系”②。冯中一非常重视写作文体知识的总结和概括，他主编的《常用文体写作教程》出版于1986年（修订本于1992年出版），他在此书的前言中云：“写作学科是理论性、知识性、实践性有机结合，而又以综合实践为主的基础课和应用课。这门学科的任务是，通过教学使学习写作的人既要学到一般的写作理论知识，又要掌握各种常用文体的写作规律；从而获得面向实际而又合乎规范要求的写作基本功。本书即以此为指导思想，力求突出综合实践的教学特点，以加强独立应用的实际效果。”③这本教材结合现实生活需要，把在现实生活中使用频率较高的文体选择出来，包括记叙性文体、议论性文体、说明、应用性文体和文艺性文体四编。每一编分为若干文体，先介绍文体的基本知识，然后又介绍各具体文体的性质、特点、结构、写作要求等，为写作者提供了非常系统的文体规范和要求。同时，这本教材也十分重视写作思维的训练。写

① 冯中一：《探索写作训练的最优化途径——〈初中作文训练〉序言》，吕周聚选编：《冯中一文选》，中国社会科学出版社2023年版，第220页。

② 尉天骄：《写作学角度的文体辨识和实践应用》，《广播电视大学学报》2022年第3期。

③ 郭望泰：《现代写作教学概观与分析》，《山西师大学报》（社会科学版）2000年第4期。

作能力是个体写作智能的培养，是写作主体的观察、感受、想象等能力的综合体现，也就是写作者主体思维能力的提高，而思维能力必须通过不断地训练才能习得、巩固并内化为个体的素养。冯中一非常重视写作训练，他的这一主张体现在《常用文体写作教程》中，每种文体后都附有思考与练习，巩固学生对知识的理解，并通过精心设计的练习题目训练学生实际的写作能力，把知识转化为实际能力。可以说，冯中一的写作教材编写思想顺应了实际生活的需要，力图把写作理论的掌握和实际的写作能力结合起来，使学生不仅能够分析文本，体会文本的写作特色，培养自身的阅读、鉴赏能力，还能够通过富有成效的训练，切实提高自己的写作能力。

冯中一对写作理论的实用性、实践性的强调意义重大。当代的写作理论和写作教学理论一直存在较大问题，有学者认为："现行的高校写作课的内容主要体现了'写作原理—写作技术—文体写作训练'三个层次。'写作原理'是对当代写作学研究最新理论成果的总结，它与现代科学中的思维学、心理学、语言学、美学等相互渗透融合，具有很强的综合性和现代意识。'写作技术'则是以心智操作技能为重点，兼顾表达技能，以思想创造为目的，是操作性极强的技术理论；'文体写作训练'是在写作原理指导下的，运用写作技术驾驭常用文体写作的实践训练。"[①]20世纪80年代初期，写作课程不仅在理论方面体系单一，而且在理论与实践的结合方面也缺乏成效，重讲轻练，反映在教材上就是过于突出理论，相对忽视写作技能训练，学生掌握了一大堆概念、知识，但仍然不能熟练地写出一篇合乎规范的文章。因而冯中一主编的《常用文体写作教程》和《常用文体的写作》《秘书写作讲座》等教材在编写理念和教学理念上特别具有前瞻性，他敏锐地体察到写作学自身的不足，主张理论与实际生活相结合，明确了写作学科的实践性本质，为当代写作理论和实践的有效结合做出了突出贡献。

---

① 王辉：《写作学科的历史与未来——中国写作学会成立40周年大会暨2020年学术年会会议综述》，《写作》2021年第5期。

三、突出写作学的时代性与针对性

冯中一的写作理论特别强调写作的时代性、针对性特点。写作是为实际生活服务的，或者说，任何知识都来源于生活，也服务于生活。“中国高等教育正处在发展‘新文科’的历史语境中。新文科的‘新’首先在于积极响应新时代社会发展对高等教育提出的要求”[①]，写作要服务于社会现实工作生活的需要，而社会现实生活处于不断的变化之中，这就要求写作理论要跟上社会现实的发展变化，与社会现实生活同步。

关于写作的时代性要求，冯中一在《写作知识概要》前言中明确指出："写作是信息贮存与传输的重要工具，在四化建设大业中日益显示其重要作用。”[②]写作是为现实生活服务的，写作教学也要符合时代的需要。改革开放以来，社会生活发生巨变，国家的工作任务从以政治为中心转向以经济活动为中心，与国际间的联系也更为密切。与此相关，人们在个人生活、公共生活以及国际间的合作中日益认识到实用写作的重要性，迫切需要掌握在实际工作中所需要的写作技能。而传统的写作教学还不能满足这种日益增长的现实需要。在传统的写作学教学中，“中国更重视文学写作，而西方更重视实用写作。在我国，人们一提到‘写作’，就自然地会想到文学方面去”[③]。高校的写作教材一般也以文学文体为主，而对使用范围更为广阔的实用文体比较忽视，这导致高校培养的学生一旦进入社会，在各自的职业领域还要从头学起，摸索工作中需要的写作常识和技能，既浪费了时间，也很难在短时间内胜任职业要求。而对写作理论的现实性的认识以及对实用写作的重视是从 20 世纪 80 年代逐步开始的，“从 1988 年开始，多次召开全国性的应用写作学术研讨会，推动了应用写作的进一步繁荣。随着研究的深入，有关应用写作的著述也纷纷问世，并逐步向深度、广度发展，应用写作的各分支

① 王辉：《写作学科的历史与未来——中国写作学会成立 40 周年大会暨 2020 年学术年会会议综述》，《写作》2021 年第 5 期。

② 冯中一：《写作知识概要》，山东文艺出版社 1985 年版，第 1 页。

③ 张家松：《从传统到现代：写作学科面临新课题》，《无锡教育学院学报》1995 年第 4 期。

学科也相继建立起来”[①]。而冯中一编写的教材也顺应了时代的趋势,他所主编的《常用文体写作教程》摒弃了以文学写作为主的框架,选择记叙性文体、议论性文体、说明和应用性文体、文艺性文体四大类,在每一大类的文体中,又选择当前社会生活中使用频率较高的文体,比如在传统的记叙文体中选择了消息、通讯、访问记、传记、游记等实用性较强的文种;在议论文体中选择了短论、杂文、文学评论和学术论文等文种。这些文类的选择契合了实际生活的需要,能够让写作理论及时地服务于时代需要,由此也形成了写作教材的独特面貌,具备了极高的应用价值。

冯中一的写作理论还具有针对性。一般而言,高校的写作教材面对的授课对象大多数是中文系学生,往往会针对中文系的培养目标与职业要求进行编写,在知识体系和训练体系中倾向于语言文学知识以及文学文体方面。但实际上,随着社会生活的变化,各行各业的从业者都需要写作技能,写作能力已经成为现代社会公民的基本素质之一。而当代高等教育的发展也进入了一个新的阶段,电大、函授大学、自考等成人教育类型也需要更有针对性的写作教材。成人类写作教材要有自身的特点,“‘实用性’和‘针对性’是进行教材改革的两项原则。我们主张在成人教育中写作课的内容应分为三大部分,即:①写作的基本原理与基础知识。②实用文体写作知识。③在理论指导下的实践训练序列。其中第二部分,实用文体写作知识应根据专业性质不同设置有针对性的内容”[②]。而冯中一在写作教材的编写中恰恰体现了突出的针对性,他主编的《写作知识概要》和《常用文体写作教程》既可以作为普通高校学生的教材,又可以作为成人教育的教材。冯中一在《写作知识概要》前言中指明:“各类高等学校,包括电视大学、函授大学、干部专修科、夜大学以及高等教育自学考试,都规定有写作课程,并编印了多种写作教材或辅导提纲。本书是为适应这些方面自学写作者掌握要领的急需而编写的简明助学读物。”[③]而《常用文体写作教程》与传统的以文学文体为主要内容的写作教材不同,注重面向实际,有针对性地选择实用性强的文

① 王景堂:《论应用写作的历史沉淀和在新时期的发展》,《新疆职工大学学报》1995 年第 1 期。

② 郭望泰、济人:《成人写作课教学改革刍议》,《山西师大学报》1989 年增刊。

③ 冯中一:《写作知识概要》,山东文艺出版社 1985 年版,第 1 页。

体。在编写上还针对不同使用者的学习基础，设置了较为灵活的内容，如前三个文体中都有文体概述，对相关的基础知识进行概括介绍，受过系统中学教育的学员就可以灵活学习。而对一些没有读过中学的学员来说，就可以以这些知识为基础，再适当去补充相关的理论和材料。这样的编写原则既针对成人写作教学的特殊性，又兼顾一般高校写作教程，达到了因材施教的教育目标。

从当代写作学的发展历程来看，冯中一的写作研究具有重大意义。当代写作学是一个不断拓展深化的过程，“大专院校写作教学内容经过新时期以来几次大的变革——由文章知识体系‘八大块’（绪论、主题、材料、结构、语言、表达、文风、修改）的研究转向以文体技法训练为中心的研究；由文体技法训练研究转向写作过程的研究；尔后又转向写作思维操作技术、写作素质的研究”[①]。可以说，当代写作学对写作活动的研究从文章层面向写作主体、写作过程、读者等方面不断拓展，把写作活动的几个要素间的复杂关系及其规律展示出来，使现代写作理论不断发展、完善，并使写作理论与创作实践保持着良性互动的关系。而冯中一从 20 世纪 50 年代开始关注写作理论研究，是中国写作学领域的拓荒者。他在这一领域辛勤耕耘三十余年，探讨写作学理论，带领同事编著写作教材，其主编的《常用文体写作教程》多次再版，不仅是省内高校选用的教材，而且许多省外的高校也选用它作为教材，在国内写作领域产生了广泛影响。在新时期这个现代写作理论的重建期，他致力于古典写作典籍的整理，在自己的工作中结合实际，把当代的写作学从文本论向技法论、文体论、主体论等方面不断推进，丰富和完善了现代写作学理论体系，为高等师范院校的人才培养体系提供了坚实的课程基础；而他在写作教材编写方面的时代性和针对性的原则在当今仍然具有极大的启迪意义，为其后的写作学研究奠定了创新务实的原则和方向。

---

① 董小玉：《大专院校写作课程教学体系设置》，《山西青年管理干部学院学报》2000 年第 2 期。

冯中一 1940 年代诗歌创作主题论

胡 峰

冯中一(1923—1994)在 1940 年代创作的诗歌从主题上大致分为三个维度:一是对孤独与寂寞等个体体验的抒写,有些诗作被赋予了哲学的品格;二是表达对光明和希望的向往,抒情主人公在默默坚守和苦苦寻觅中追寻理想的方向;三是觉醒与反抗主题的抒发,标志着诗人开始走出书斋等狭小的个人空间,走向社会、融入大众。这也使诗歌实现了从孤独沉重向豪迈粗犷风格的转变。另外,诗人也有一些清新之作,与前述主题共同营构出丰富多彩的主题内涵与诗美品格。

冯中一先生以《诗歌漫谈》《学诗散记》《诗歌艺术探析》《诗歌艺术教程》《新诗创作美学》《新诗品》等诗学著作在诗歌评论和诗学研究方面产生了广泛影响,因而也以著名诗歌评论家的身份而为众人所熟知。实际上,他在青年时期还是一位颇有名气的诗人。仅在 1940 年代,他以本名及沁水、冯一水等笔名创作的抒情诗就有一百多首。此外,他还翻译了不少外国诗歌。多年来,冯中一的诗歌创作很少有人关注,其主要原因有两个:一是客观上这些诗作大部分发表在地方报刊上,发行数量和传播范围存在一定的局限性,再加上战争、动乱等现实因素,大部分作品已经散佚,目前能够收集到的诗作数量有限,即使借助民国期刊数据库等各种电子文献资源,能够查找到的也不过四十余首。这在很大程度上制约了其诗歌的传播范围与影响力。二是主观上 1949 年以后冯中一转向评论诗作、建构诗歌理论、从事教育及兼职社会工作,中止了诗歌创作活动,对前期的诗作也没有汇集或出版;而且他在后续的诗歌评论和诗学观念构建过程中，极少列举自己的诗作作为例子，而是更多地为他人作嫁衣裳，甘做人梯，奖掖后进。因此，据作者70岁时回忆，那上百首的诗作“还留有刻骨铭心的痕迹”①的仅剩下七首。这也极大地限制了读者对其诗歌创作的接受和研究。不可否认的是，冯中一在诗歌评论及理论建构过程中所表现出来的对诗人创作心理的准确把握，对诗歌审美特征的精确概括，以及对诗歌形式的敏锐评判，显然离不开其长期的创作体验与感知，或者说就是以其自身丰富的创作经验特别是在1940年代的诗歌创作经历为基础的。对冯中一在这一阶段的诗歌创作评析研究，一方面不仅有助于对其诗学理念的理解和把握，而且也是对诗人心路历程、思想和人生轨迹的补充和完善；另一方面，“40年代特殊的反抗日本侵略的战争环境，所带来的作家生存状态、生活方式、生命体验、心理、情感方式……的深刻变化，并最终导致了写作观念、形式的深刻变化，引发了新的小说创作实验，又为中国现代小说的发展提供了许多新的可能性”②。小说上的这种变化同样体现在冯中一诗歌主题的递变上。因此，考察1940年代冯中一诗歌的主题内容，可以管窥到中国知识分子在特定历史时期的生命状态与情感变化。

大致说来，1940年代冯中一孜孜矻矻地完成的诗歌创作，呈现出从对孤独与寂寞的抒写到对光明和希望的向往再到觉醒反抗的主题维度的转变与过渡轨迹。

一、在暗夜中品味孤独

“五四”运动之后，许多觉醒了的知识分子对社会、人生产生了新的认识，思想自由、个性解放、恋爱自主等启蒙主题逐渐进入他们的知识和思想领域，但现实却没有为其提供实现这些理想的机会和空间。被唤醒的独立意识无处安放，理想与现实之间的强烈反差，导致这批敏感而又多情的知识分子陷入孤独与苦闷之中。因而，“感伤”成为这一时期文学创作的审美特

① 冯中一：《青春残叶》，《新诗品》，山东教育出版社1995年版，第328页。

② 钱理群：《一个亟待开发的“生荒地”》，《中国现代文学研究丛刊》2004年第2期。

征之一。鲁迅的《孤独者》、郁达夫的《沉沦》、丁玲的《莎菲女士的日记》、冯至的《蛇》、朱自清的《荷塘月色》就是这方面的代表作品。随后而来的“四一二”反革命政变，日本帝国主义侵华战争的爆发，使得启蒙事业被搁置起来，知识分子的个体体验和声音被“革命”与“救亡”的时代主题所取代。在此大背景下，济南自1937年12月27日被日寇占领，文化出版事业也难逃厄运，诗坛上呈现出一派荒凉的景象。也正是在这个时候，冯中一开始走上诗歌创作的道路，为枯寂的山东诗坛带来一丝清新的空气。尽管时局艰难，但他坚持诗歌的独立立场，抒发自己独特的感受，以个人的寂寞和孤独，微弱而坚强地发出不流于强权与时俗的声音。如发表于1941年的《盲人》：

> 凹凸的道，/暗明的灯，盲人摸索着行程。//紧闭的眼睛，/看够了这世间的丑态；/颤动的弦子，/却弹不尽心底的凄清！[①]

诗人借助“盲人”这一特殊意象，勾画出孤独而清醒的主人公在虚写的时代环境与实写的“紧闭的眼睛”双重黑暗中艰难摸索与前行的景象。尽管周遭漆黑一团，但是他已经“看够了这世间的丑态”。这里的“盲人”显然是一个饱经风霜、有着丰富生命体验和深刻社会认知的智者形象。世事艰难，命运多舛，但他并没有放弃内心的那份独立与清醒。而“心底”“弹不尽的”“凄清”，既可以看作是个人孤苦命运的蕴积，同时也可以理解为在特殊的历史时期内心清醒、思想独立的知识分子群体看不到社会和未来出路的苦闷与压抑。

又如《修道院的春》：

> 雨的脚声踏出了苍老的大门/像刚述完希腊神话的苦命老人/听呆了的杏树和新生的草/都让眼泪悲伤的乱掉//屋檐下泻着一团清寂的空气/清寂里拱托出一个黑衣的少女/她用清冽的眼睛诅咒/墙角上那对幽会的蚂蚁[②]

诗歌首先以反衬手法，借助“雨”的脚步声衬托出苍老修道院的孤寂与沉静，以杏树和新草的眼泪反照悲伤与哀戚，然后在这一氛围中“烘托出一

---

① 吕周聚选编：《冯中一文选》，中国社会科学出版社2023年版，第381页。

② 吕周聚选编：《冯中一文选》，中国社会科学出版社2023年版，第439页。

个黑衣的少女”，也就是抒情主人公的形象。这个清纯的女孩，长久地幽禁于孤独寂寞的修道院中，无聊、清冷、枯燥……以至于对蚂蚁充满了嫉妒和幽怨之情。在这里，“黑衣少女”可以理解成诗人的自况，而“修道院”则象征着现实的社会与人生：抒情主体在这里也被幽禁起来，吹不到清新的春风，看不到新鲜事物，每天只能在寂寥无助中度过，自然会对自由自在地“幽会的蚂蚁”滋生出羡慕嫉妒恨的情绪，并以此来映衬“黑衣少女”或者说诗人在枯寂的环境中的孤独与无奈。实际上，诗人非常看重“孤独”这种心理体验在诗歌创作中的作用，他指出：

> 人是精神的实体，而精神则是无定所的和抽象的，因而精神的强者就不能不处在客居在外的游子情思之中，不能不处在寻找精神家园而无所得的忧郁、恍惚和孤寂中，这是一种永在寻求又永没结果的痛苦的心灵过程。这种孤独也同时属于对大自然保持着惊讶与敬畏的人。因为大自然的存在为精神的存在提供了归依的处所，但大自然的浩博与深邃，又不能不使精神的探求者处在只可遥寄而终难接近的孤独中。总之，孤独导源于精神寻乡无所归依但仍又寻求的深沉追索。[①]

对诗人或者说创作主体进行实体与精神的“二分法”，着意描写“无定所和抽象”的精神对归依之处的苦苦追寻而不得的困境，在现代文学史上并非孤例，鲁迅在《影的告别》《墓碣文》中也表达了相似的心理体验。可以说，鲁迅的诗意化表达，在冯中一这里转化为对诗人创作心理的描述和归纳。诗人接着指出这种孤独向诗意审美与人类生存的哲学思考层面上的转变：

> 正是这种精神寻乡而无所得的孤独，才使心灵处在深沉的意识和直觉中。使你时时感到自我满足，又时时感到空旷孤寂，时时追逐某种模糊的思想和观念，时时又感到追逐之物的难以名状。它们在我们的感受中就像森林中的灯光那样变幻不定、互相交叉和重迭。于是感思悠悠飘荡，情感沉浸流贯，心灵具有高度的易感性，从而洞彻冥冥，穿越大千。具有了这样的心境，再去进行诗的审美，便有了沉浸其中的体

① 冯中一：《寻找精神的家园——试论诗的审美心理结构》，《新诗品》，山东教育出版社 1995 年版，第 50 页。

验，有了内在深沉的感应。[①]

从根本上说，这种孤独的情绪源自诗人的个体体验，但并不局限于此，诗人以此为基础，将其深化为具有哲学意味的思考。从这个意义上，这种看似属于个体的孤独体验，实际上是从个体喜怒哀乐的私人化体验中超脱出来，被赋予了具有广泛意义的形而上内涵，凸显了个体的渺小与追寻和自然的广袤与邃远之间难以调和的矛盾，即"思与在"的问题。由此看来，无论是摸索前行的"盲人"，还是修道院里的"黑衣少女"，不正是对人类无法突破的生存困境的诗意化表达吗？处于困境中的个体只能默默承受、受其摆布，即使反抗也无力改变。这显然是冯中一诗歌主题的深刻之处。

二、对光明未来的向往

如果说诗人的孤独感导致了诗歌审美层面的感伤情调，在某种程度上契合了"五四"时期大部分知识分子所面临的精神困惑与生存困境，那么冯中一在1940年代的诗歌创作中还表达了在孤独中苦苦坚守，在黑暗中孜孜追求的主题内涵。而后者，正和1930年代现代诗派中的戴望舒、何其芳等代表诗人的创作主题相似，一方面品味着"失乐园"后的寂寥与惆怅，另一方面又以"寻梦者"的姿态寻求新的方向，表现出一种不甘于屈从现实与命运，不愿意放弃自我追求与探寻，在黑暗中摸索前行的精神特质。可以说，冯中一这一时期的诗歌，同样照应了上一代诗人的"寻梦"主题，在枯寂与孤独中透露出一线光明、一点希望，从而使读者——也包括诗人自己——不至于因现实的黑暗而消沉，也不会因生命的困顿而消沉，仍然坚持用"黑色的眼睛来寻找光明"，进而给人以精神的启迪与前进的动力。这种不屈从、不自弃而毅然决然地坚持探索的精神，在诗歌《荒原》中得到了充分的体现：

这个没出息的土坝/长满了狰狞的疤瘌//大宇宙的宏钟敲出一声逸响/震撼了酣睡的荒凉//树梢刷着生锈的天空/没想到刷下一堆累赘

① 冯中一：《寻找精神的家园——试论诗的审美心理结构》，《新诗品》，山东教育出版社1995年版，第50页。

的梦//远处的野狗又哭出/荒原上一个饥渴的生命[①]

相较于“凹凸的道，暗明的灯”(《盲人》)，以及有着“苍老的大门”和“清寂的风”的修道院(《修道院的春天》)，《荒原》中的景象更为恶劣与恐怖：土坝是没有出息的，而且布满了“狰狞的疤瘌”，令人感到不寒而栗甚至窒息。但是正是在这样的氛围中，却顽强地出现了与环境格格不入的几组意象：洪亮的钟声震撼了“沉睡的荒凉”，使大地不再死气沉沉；顽强的树梢枝干从生锈的天空中刷掉“累赘的梦”；“远处的野狗”哭出“荒原上一个饥渴的生命”，向人们宣告又一个不满于现状、渴求改变的新生命同时也是新希望的诞生。因此，如果说《盲人》《修道院的春天》中的主体形象仍旧在被动地承受与默默地坚守，那么《荒原》中开始出现抵抗现实环境、生存困境的力量，而“饥渴的生命”的诞生预示着新的生机与美好的未来。

而且，诗人不再以含蓄委婉的方式表达对于未来的希冀和理想的期待，而是更为直接、果敢地抒发了对光明的呼唤。这在诗歌《烟与光》有着具体的体现：

我们浮沉在人间的春潮里/我们呼吸着腐臭的空气//烟是黑的/把我们锢囿了一个时期//光是亮的/把我们照耀了一个时期//有时/在光与烟的拥抱处/编成了透明的花边/迸出幸福与悲哀的火星子/——这是我们的历史//不明真相的四颗胖树/却在寂寞的道上/为我们写下四行形整的诗/说是/“快乐的记忆”[②]

这首诗表达的是，尽管我们被漆黑的“烟”“锢囿了一个时期”，但“亮光”也照耀了我们一个时期。这里的“亮光”，更多地是来自内心深处的信念与理想所积聚而成的“希望之光”，是我们用以对抗腐臭、黑暗与囿闭的力量。我们的历史并不总是由“烟”或者“光”独自笼罩，有时是“在光与烟的拥抱处”即光明与黑暗相互交织、相互博弈的时代，幸福与悲哀并存，互不相让。但无论怎样，我们都不能被“腐臭”的空气征服，因为不明真相的四棵树写下

① 吕周聚选编：《冯中一文选》，中国社会科学出版社 2023 年版，第 441 页。

② 吕周聚选编：《冯中一文选》，中国社会科学出版社 2023 年版，第 432—433 页。

的虽然是“快乐的记忆”，但这种“记忆”不仅仅激发起对过去的追忆，更能够唤起我们对快乐的重新追求，对美好未来的希冀。

其实，这一点和前述诗歌中诗人对寂寞主题的书写以及他对寂寞在诗歌创作中的重要性的强调并不冲突。在冯中一看来，“寂寞是诗的泉源”，但寂寞并不是诗歌的全部。他所说的寂寞，主要是指在诗的灵感的获得和诗的构思阶段，把寂寞视为回归内心之后聆听世界、感悟自然、移情于物、诗化情思的一种方式和途径。“在静到可以听见草根儿吸水的时候，可以听见蚯蚓在翻土的时候，在寂寞的夜半，在寂寞的旷野，纵使在喧嚣的人群中，你用寂寞的态度，用冷静的眼光透视，一定会发觉更多的自然的声音潜在，更多的优美的情绪渗出，更多的深刻的事态显露……这些，都能把作者的主观的感情溶化在里面时，很容易触到灵魂最深奥处的象征感，精湛的有价值的诗，于以产生。”[①]因此，寂寞在更大的程度上是创作者寻求诗歌灵感与构思的一种心境、一种状态、一种途径，更多地被赋予方法论的意义。当然，也有部分诗歌在内容与情思的表达上也体现出对寂寞情绪的书写，但这只是他诗歌创作表现出来的内容之一。冯中一的另外一些诗歌，即使是那些书写个人孤寂茫然情绪的诗作，也流露出一个青年人对生活的热爱，对未来的向往和对美好的期待，如《大陆》《二重祈祷》等。这一方面与诗人顽强的生命力对诗歌情绪的渗透密切相关，另一方面也体现出苦苦寻觅而又不丧失信心、不甘于堕落的知识分子的精神特质。

与此同时，冯中一还非常看重生命体验在诗歌构思中的作用。他指出：“保持生命的体验——那种对大自然和人生的常醒的惊奇，那种渴望了解自身并渴望洞彻万物的冲动，那种心理潜层流动着的难以名状而又时时占据心头的欲望……我们便获得了最属于诗的感官……这种自然之光能照亮诗国的表层和深层的一切，使所有沉睡的潜能都被点燃起熊熊的心灵之光。”[②]这种对大自然、对社会保持新奇感和探究的好奇与欲望，不仅是获得诗歌创作灵感的动力之源，而且也是人生存于世界之上的内在驱动力。前者使得

① 沁人：《诗与寂寞》，吕周聚选编：《冯中一文选》，中国社会科学出版社 2023 年版，第 379 页。

② 冯中一：《寻找精神的家园——试论诗的审美心理结构》，《新诗品》，山东教育出版社 1995 年版，第 52 页。

冯中一诗歌创作在特殊的年代和环境中体现出清新与独特的诗风，犹如暗夜上空的点点星光，虽然微弱但不失光明与希望，这在日寇占领下的济南显得尤为可贵；而后者则是包括作家在内的所有人不断追求进步的根本，同时也是对理想充满希冀、对未来坚定信心、不畏黑暗与艰难，毅然决然地昂首前行的探寻精神的真实写照。这也使得冯中一的诗歌表现出丰富的主题意蕴与积极向上的精神内涵。

三、艰难中的觉醒与反抗

无论是对黑暗与枯寂中孤独情绪的书写，还是在艰难求索中对光明和希望的美好期待，更多地侧重于诗人个体意识和精神世界的表达，相对缺乏对现实、对民族与国家前途的关注意识。尤其是在 1937 年全民族抗战爆发以后，包括诗人生活的济南在内的华北成为沦陷区，中国人沦为亡国奴的背景之下，对个人苦闷的品味与寄托于旷野中的“野狗”给人以光明的启迪和触动，显然是一种极为微弱的声音和力量，不足以唤起民众，激发他们改变社会现状、挽救民族危亡的抗争意识。换言之，知识分子如果不能够把个人觉醒与社会觉醒、民族觉醒结合起来，而任其在“个我”的小圈子里沉醉于私人化写作，那么其作品的艺术感召力与影响力将会大打折扣。这一点，就连最激进的后现代主义批评家阿多诺也承认，“一个艺术作品的艺术性就在于其能否表达时代的真理内容”[①]。抗战爆发后，许多作家以笔为枪、投笔从戎的壮举，已经成为时代的一道风景线，也唤起了越来越多的人投身改变社会、积极抗战的洪流之中。就此而言，冯中一也深刻地意识到诗、诗人和时代的关系，他指出，“诗在文学中，是处于具体的表现之最高地位的，当然，它是时代精神的一种正确的解释，与时代有着不可分离的关系”，“所以，一个诗人，捉住时代思潮的程度愈深，他的作品才愈佳”，“‘诗是属于时代，诗人是时代的批评家’”。[②] 与之相对应，在他 1940 年代的诗歌创作中，也出现了

① 转引自曹征路：《要科学，还是玄学？》，《文艺争鸣》2010 年第 3 期。

② 吕周聚选编：《冯中一文选》，中国社会科学出版社 2023 年版，第 414—415 页。

契合时代精神、激发反抗意识、抗争社会与日寇统治的主题内容。冯中一发表的《巨人》就是这方面的代表：

> 巨人，/它披着长发，/举着火把，/树起梯子；/向宇宙的脸上，/爬/爬//大地上没有动静，/大地上的生灵都不知道，/只听见吃力的喘息，/只看见模糊的影子，//飓风卷来了时代的乌黑，/冷酷沉淀了智慧的骨髓，/吃力的喘息听不见了，/模糊的影子看不见了，//巨人，/它竖起长发，/挥开火把，/扶好梯子；/向宇宙的脸上，/爬/爬[①]

这里的“巨人”形象，像盗火的普罗米修斯，在寂静的大地上，不顾时代的乌黑，也无惧彻骨的冷酷，而毅然决然地“挥开火把”“扶好梯子”，“向宇宙的脸上爬”。他表现出来的是一个时代的抗争者、黑暗的反抗者的形象。他虽然孤单，但绝不孤独；虽然茕茕孑立，但绝不气馁，一直坚定不移地向上攀爬。

同样是对个体情感体验的抒写，《出发之前》较以往的创作有了明显的变化。或者说，这种个人情感只是抒情主人公有意选择的切入角度，抒情内容是和母亲、父亲、妻子、恋人的依依惜别，但诗人对这种私人情愫的摹写并没有止步于对个人离别和感伤情感的沉浸与品味层面，而是把“小我”和祖国的存亡结合起来，实现了诗人对时代的关切、对集体的融入，体现出舍弃“小我”转向“大我”的意识观念的嬗变。

> 让我去吧，母亲，让我去吧/惋惜，流泪，已经不中用了，/我们为了护卫祖国，现在出发/让我去罢，母亲，让我去罢，/你摸摸我的头发不要再说话/祖国是非生存不可的，纵然我们死去//我们是自由，父亲，我们是自由/血涛拍着胸坎，不住的横流/透明的热情里没有忧愁/我们是自由，父亲，我们是自由/冒着猛烈的炮火决不回头/祖国是非生存不可的，纵然我们死去//神在呼唤，妻呀，神在呼唤我们/我们鼓起精神决不迟疑/权力，勇敢和爱，那是神的武器/神在呼唤，妻呀，神在呼唤我们/让悲壮的鼓号惊走了我们的福气/祖国是非生存不可的，纵然我们死

① 吕周聚选编：《冯中一文选》，中国社会科学出版社2023年版，第395—396页。

去//不要灰心，可爱的姑娘，不要灰心/让你的心静坐，不要扬起飞尘/你那弱小的手再让我亲一亲/不要灰心，可爱的姑娘，不要灰心/不死的思想是崇高的代价/祖国是非生存不可的，纵然我们死去//再见罢，各位，祝你们安康/万一我们不能生还，将来睡我天国/那么，这是最后的一别，永远的传说/再见罢，各位，祝你们安康/血跳和腕鸣□动了一队忠勇的大进行/祖国是非生存不可的，纵然我们死去[①]

显而易见，这首诗不仅在篇幅上比此前有所增加，而且叙事的成分也多了一些，抒情主人公与亲人、爱人逐一告别的场景具有极强的画面感和代入感，产生了让读者身临其境、情感共振的艺术效果。这正如茅盾在《叙事诗的前途》所说："这是新诗人们和现实密切拥抱之必然的结果；主观的生活的体验和客观的社会的要求，都迫使新诗人们觉得抒情的短章不够适应时代的节奏，不能把新诗从'书房'和'客厅'扩展到十字街头和田野了。"[②]诗人融入社会、拥抱现实的结果，也必然体现为抒情对象、审美风格和表达主体的变化。这一点，在诗人的《青年歌》中得到了体现：

青山是自然的骨格/绿水是大地的精神。/我们是微笑的流泉，/我们是舒卷的白云。//战争是人类的急症，/和平是历史的良心。/我们是永远的威力，/我们是永远的青春。//真理的烈火，/烧红了我们的感情；/劳苦的铁砧，/锻炼着我们的灵魂。//在血泊中建筑希望，/在冰崖上创造温馨，/用尖新的意志开拓生活，/用透明的理想嵌住天真。[③]

在这首"青春之歌"里，诗人对青年人的乐观向上的精神状态给予了赞美，同时也对战争的反人类本质进行了反思，将其称为"人类的急症"，称赞"和平是历史的良心"。这显然是一种超越了对/错、正义/非正义等一般意义上的战争观念，呈现为一种更为宽阔的人道主义思想。结合刚刚结束的抗日战争，以及正在进行的解放战争，诗人明确地把青年人的热情和精神与时代、与社会、与民族结合起来，显示出集体意识的觉醒。而且，诗人还呼吁

① 吕周聚选编：《冯中一文选》，中国社会科学出版社 2023 年版，第 471—472 页。

② 茅盾：《叙事诗的前途》，《茅盾全集》第 21 卷，人民文学出版社 1984 年版，第 261 页。

③ 吕周聚选编：《冯中一文选》，中国社会科学出版社 2023 年版，第 473—474 页。

青年人应该在“真理的烈火”中燃烧感情，在“劳苦的铁砧”上锤炼灵魂，即接受真理、现实与大众的考验，以青年人的激情、顽强和天真去赢得充满希望、温馨的新生活与新世界。在这里，抒情主人公也由原来的“盲人”“黑衣少女”“巨人”等单数人称变成了复数人称“我们”。与之相对应，全诗洋溢着激情澎湃的青春活力，张扬了乐观向上的精神，也表达出对国民党发动内战的强烈不满，以及积极参与社会运动、投身时代大潮的豪迈信心与决心。这与前期诗歌中体现出来的哀伤忧郁，以及苦苦寻觅光明的坚忍深沉的诗风大不相同，标志着诗人开始走出书斋、走向社会、投身于时代的思想觉醒，同时也是诗风由哀婉悲伤向粗犷豪壮转变的开端。

尽管此类作品在目前所能搜集到的诗人作品中占比不大，但它却成为诗人逐渐走出书斋，走向社会的重要象征。“诗人的行动的意义，在于把人群的愿望与意欲以及要求，化为语言。”[①]《出发之前》《青年歌》等诗作，表达的正是诗人渴望和平，与人民大众、与民族休戚与共的心声，更是战争背景下中国热血青年的群体意愿。

四、余论

上述主题的书写只是冯中一1940年代诗歌创作的一部分。实际上，他还有一些作品以独特的情思表达和艺术构思显示出清新自然的风致，共同彰显诗人在诗歌创作内容上的多维探索和审美风格的繁富多姿。这方面的诗作有《赴耕之牛》《初吻》《夜》等。例如，《赴耕之牛》：

> 东天还坐着几个星星，/老牛的步子就踏出了晓声，/它没有甚么话可说，/只呆呆地打个哈吸。//道路曲折地那么淘气，/让它走地分外吃力，/它没有甚么怨恨，/只眨眨朦胧的眼睛。//雄鸡们谈笑夜里的梦，/黑狗仿佛失掉了东西——/老牛偷偷地笑了，/因为无心之际，/放出一个清冷的屁。

---

① 艾青：《诗论》，杨匡汉、刘福春编：《中国现代诗论上编》，花城出版社1985年版，第337页。

同为底层出身的诗人，臧克家通过默默承受和坚忍不屈的“老马”意象，传达的是一种沉重压抑的情绪，而冯中一笔下那头沉默寡言、心态平和的“老牛”对待生活和命运的态度更为坦然，甚至还有些调皮，无意中放出的那个“清冷的屁”，成为老牛自得其乐的依据，也消解了早起时的“哈吸”、道路的“曲折”、行走的“吃力”和黑狗的怅然若失，进而营构出一种灵动乃至幽默的氛围。诗歌整体传达出一种清新健康、乐观向上的生活态度，呈现出轻松诙谐的审美风格。这不仅为诗人的整体诗风增添了一股清爽的新意，而且在当时的中国诗坛上也显得极为灵动和新奇。冯中一在谈到诗歌的作用时说道：“诗能解放制胜自己的奴隶，免得他生命受着无益的局促，诗能让人们的精神生活，如湖泊，如海洋，这不是它极伟大的功用吗？”[①]可见，诗人并不否认诗歌的功利性，而是更看重诗歌在精神层面的作用，希望读者（当然也包括诗人自己）从诗歌创作中获得精神的解放和思想的自由。这也是他诗歌创作的主要动机之一。

“在现存的条件下，并非每个人都能领略诗之美的光照，只有那些生命丰盈、感思飞扬、强烈渴慕着精神价值的人，才能有幸承受这种恩泽，才能在对诗之美的寻求中获得共鸣、慰藉和精神的归依。”[②]正是具备了这些特质，诗人凭着一双善于发现诗意的慧眼，借助于丰富灵动的想象和联想，把日常事物改造为寄托情绪的意象，以“有意味的形式”，弹奏出灵魂的旋律。无论是对知识分子在黑暗的社会和时代背景下的孤独与寂寞的书写，还是对在坚守与承受中求得一点光明、一点希望的表达，以及为拯救国家和民族危亡而发出的呐喊之声，在他的诗歌中都得到了完美的艺术呈现，内容与形式的结合相互促进、相得益彰。

有学者指出，1940 年代的诗歌图景“深深地植入战争背景之中”，“这一时段中国诗坛出现的新的历史流向都和战争结下了不解之缘”[③]。从某一历

---

① 冯中一：《诗的本质与评价》，吕周聚选编：《冯中一文选》，中国社会科学出版社 2023 年版，第 401 页。

② 冯中一：《寻找精神的家园——试论诗的审美心理结构》，《新诗品》，山东教育出版社 1995 年版，第 48 页。

③ 吴晓东：《战争年代的诗艺历程——40 年代卷导言》，谢冕等：《百年中国新诗史略：〈中国新诗总系〉导言集》，北京大学出版社 2010 年版，第 122 页。

史时期的文学“共名”主题而言，这一概括无疑是准确的。但具体到个体的诗人，却又呈现出丰富而又复杂的形态。一方面，冯中一的诗歌主题经历了从个体体验抒写到融入时代主流话语的过程，这既是以其为代表的青年知识分子从苦闷中寻求方向并最终融入时代潮流的矛盾曲折的心路历程的真实写照，同时也集中映射出“五四”以来中国诗歌发展的历史轨迹，因此有着为中国现代诗歌“立此存照”的标本意义；另一方面，40 年代冯中一诗歌主题的多维探索，也昭示着在特定历史时期的“共名”主题之外，还或隐或现、或浓或淡地包含着诸多“非主流”的思想书写、情感表达与诗艺追求。也正是这种繁富的、众脉奔流的文学样貌，共同营构了 1940 年代乃至 20 世纪中国文学史真实、原始的生态。

“本体探寻”与“艺术实践”的合一
——冯中一新时期以来的诗歌理论

马春光

冯中一新时期以来的诗学研究涉及新诗的审美本体研究、诗歌创作论、诗歌鉴赏论、诗歌现象解读、诗人个案研究等多个方面，彰显出“本体探寻”与“艺术实践”合一的理论品格。他在新时期的时代转捩点中恢复现代诗的本体研究，召唤诗歌的审美本体和艺术自觉，重新激活诗歌研究的内部活力。冯中一的诗歌理论带有强烈的实践性品格，他置身于20世纪80年代的诗歌现场，深度参与并推进了当代诗歌的现代化进程，同时以超前的艺术视野和洞察力预示了20世纪90年代诗歌的艺术征兆和创作手法。冯中一新时期以来的诗学研究是当代新诗研究历史进程中价值观与方法论转型的重要桥梁。

冯中一是当代著名诗评家，他从20世纪40年代开始诗歌创作与理论研究，在艰难动荡的时代语境中始终保持对缪斯的挚爱。改革开放以后，他站在新的历史起点上，立足于特定时代的诗歌现状，如饥似渴地汲取新的理论知识，及时扭转僵化凝滞的诗歌审美传统，发表了一系列重要的诗歌理论与批评文章，先后出版《诗歌艺术论析》(1983)、《诗歌艺术教程》(1990)、《新诗创作美学》(1991)、《新诗品》(1995)等诗学著作，“他的诗论是新时期诗学的新收获”[1]。从开始在高校开设“新诗研究”课程的1979年到生命停止的1994年，是冯中一诗学研究的高峰期。这一方面得益于时代环境的自由开放，另一方面则主要是冯中一“为新诗的繁荣奉献暮年”的责任心和使命感使然。“冯先生在新诗承接传统、吞纳现代风云的20世纪80年代和90年代，他把主体的生命意识和客体的诗歌精髓有机地结合起来，对新诗的走向、新诗的现代化、新诗创作的内在规律及其审美特征，都做出了特别的解读。”[2]冯中一新时期以来的诗学研究涉及新诗的审美本体研究、诗歌创作论、诗歌鉴赏论、诗歌现象解读、诗人个案研究等多个方面，彰显出“本体探寻”与“艺术实践”合一的理论品格。

一、“本体探寻”：诗美的回归与重建

冯中一新时期以来诗学研究的首要任务和显著特点，是在长期的“审美停滞”之后的时代转捩点恢复现代诗的审美本体研究，召唤诗歌的审美本体和艺术自觉，重新激活诗歌研究的内部活力。《置身于最美的事业——关于诗歌性质的断想》《诗，认识你自己——呼唤诗的自主意识》等文章，是冯中一对诗歌审美本体的深入系统思考，是他新时期诗学研究的重要理论基点。

关于诗歌的性质与功能，历来有不同的说法。“诗言志”“兴观群怨”“卡塔西斯”等传统诗歌理论都格外强调诗歌的现实功能和教化意义。在当代中国的文化语境下，诗歌较多地被要求服务于时代与现实，甚至在有些时候丧失了独立的审美法则与艺术规律。冯中一的文章《置身于最美的事业——关于诗歌性质的断想》是对诗歌审美本质的重新体认：“比起认识作用、教育作用，诗的审美作用总是占第一位的。”“诗歌作为表现人民生活的、智慧的美，的确是具有渗透心灵的普遍艺术的性质。”[3]如果说前者强调的是诗歌自身的审美本体价值，那么后者则充分肯定了“诗美”在所有艺术形式中的“基质”

---

① 吕进：《山东师大在新时期的新诗研究》，《山东师范大学学报》（人文社会科学版）2015年第4期。

② 李宗刚：《在执着追求的支点上——谈冯中一先生的诗评》，李宗刚：《行走于文学边缘》，山东人民出版社2016年版，第18页。

③ 吕周聚选编：《冯中一文选》，中国社会科学出版社2023年版，第85页。

意义。“诗美”是冯中一诗歌理论的基本立足点和出发点，这种理论框定旨在纠正长期以来过分强调诗歌的现实功能而忽略其审美品质的偏见，使当代诗歌回归审美艺术的正途，为新时期诗坛的健康繁荣提供了重要的理论保障。实际上，20 世纪 80 年代初朦胧诗论争的焦点就在于是否从审美的层面对待新的诗歌潮流，“朦胧诗”论争的后果也不仅仅是作为一个群体或流派的“朦胧诗”的出现，更重要的是从艺术的角度理解诗歌这种审美观念的深入人心。在这个意义上，冯中一的诗歌本体观是扎根现实并符合艺术规律的。80 年代中期以来，当代诗歌面临着被市场化、世俗化的社会语境“边缘化”的困境，引发了较为广泛的讨论。冯中一的文章《诗，认识你自己——呼唤诗的自主意识》直面这一困境，但他没有从诗歌与外部现实的关系入手，而是反观诗歌本体的建构，倡导诗歌自主意识的复归，“由现实的困惑以及别种样式的包围中挣脱出来，而追求一种内在的自主建构——新感性，将显示着新诗再生的前景”[①]。秉持诗的自主意识，寻求由内而外的艺术突围，是冯中一从艺术本体建构当代诗歌形象、挣脱诗歌困境的诗学建构。90 年代以来的诗歌史证明，冯中一对诗的自主意识的呼唤是前瞻性的，只有恪守诗歌的审美法则和艺术规律，在艺术上不断创新、突破，而不是一味迎合或批判外在现实，才是符合历史规律的诗歌路径，方能经得起诗歌史的检验。

如果说《置身于最美的事业——关于诗歌性质的断想》《诗，认识你自己——呼唤诗的自主意识》等文章带有整体性的“为诗一辩”的倾向，那么《陌生而奇异的青春躁动——新诗现代艺术追求的几个特征》一文则条分缕析地阐释了诗歌内部的本体元素。《陌生而奇异的青春躁动——新诗现代艺术追求的几个特征》从“形而上视角——现代诗的内涵”“反讽——现代诗的思维方式”“陌生化——现代诗的叙述方式”“生长性语言——现代诗的肌质”四个层面展开论述，系统地阐释了现代诗的各种本体要素，彰显出优秀诗歌研究者的理论自觉和与时俱进。冯中一认为“形而上视角”是现代诗的内涵，“形而上的视角，使现代诗更多地以凝聚某种高层次的结构作为指向

① 吕周聚选编:《冯中一文选》，中国社会科学出版社 2023 年版，第 129 页。

和追求”[1]。这种理论认同是建立在对新时期诗歌充分解读的基础之上的，同时更加清晰地阐明了现代诗的思想内涵。与“形而上视角”相对应，冯中一认为应该在诗的本体论层次理解“反讽”，“反讽”不仅是一种语言方法和思想方法，而且是“现代诗的基本哲学态度与思维方式”：“诗的反讽，越来越从一般的语言方法上升到思想方法，上升到诗的本体论层次。它的产生既来源于现代人经验的多重性与复杂性，以及对知识的寻求与全知的不可能而导致的矛盾情境；也来源于语言之包孕性，它必须永远依靠言外之意和旁敲侧击。我们从反讽中获得的，不是浪漫的冲动，不是机智的笑声，而是用智慧难以简单征服对象而引起的艰涩与含蓄。”[2]从诗歌本体论层面对“反讽”的精彩论述，意味着冯中一诗歌观的一次飞跃，冯中一对“反讽”的本体性体认，在80年代的诗歌语境中多少有些前卫，但熟悉当代诗歌史的人都知晓，反讽确实成为90年代诗歌最内在的诗学元素。“在日常、口语、细节、对话、事件的所谓复调性的时代美学驱动面前，诗歌的戏剧化、叙事性、复调、张力、戏谑、反讽、冲突、悖论成了新诗现代化甚至新诗后现代主义的必经之途。”[3]“反讽”的具体呈现是“生长性语言”：“‘生长性’处理的是语言的本体论层面，认为诗就是语言本身，是通过生长性语言的发现，塑造一个能够不断膨胀的语言形式……从某种意义上讲，对生长性语言的发现，导致了对于诗的重新发现。因为有了它，现代诗摆脱了僵化的模式，朝向了绵绵无限的可能世界；有了它，现代诗开始了大幅度地衍生、腾越，进行诗的更本质的创造。”[4]这是对诗歌语言之源发性、重要性的强调，是对传统诗歌观念中“语言工具论”偏向的纠正，具有浓郁的语言本体论倾向。由此，冯中一从思想本体、思维本体和语言本体等方面完成了现代诗的审美本体建构，这既是对西方诗学理论的借鉴转化，更是基于中国当代诗歌现实的理论锻造。

冯中一是评论家，同时也是诗人，他1978年以来的诗学文字中，有较多的内容涉及诗歌创作论，这对于纠正特定历史时期形成的审美定式、厘清重

① 吕周聚选编：《冯中一文选》，中国社会科学出版社2023年版，第145页。

② 吕周聚选编：《冯中一文选》，中国社会科学出版社2023年版，第149、156、33页。

③ 霍俊明：《公开的知识与隐秘的缺憾：1990年代诗歌再认识》，《北方论丛》2010年第1期。

④ 吕周聚选编：《冯中一文选》，中国社会科学出版社2023年版，第156页。

要的诗学概念、激发新的诗歌美学范式等，具有重要的理论价值。《新诗创作美学》从本质论、主体论、创作论、审美论、发展论等五个方面展开系统论述，对于厘清新诗创作的各种理论话语、引领正确的创作趋向具有重要的引领与参照价值。冯中一的创作论贯穿了诗歌创作的各个环节，包括诗人主体的心理、道德与艺术修养、想象力、灵感、意象与结构、语言等方面。创作理论体系的建构，既是冯中一常年从事写作教学研究的成果显现，同时也是诗歌理论反馈、指导诗歌创作的诗学诉求的呈现，反映了冯中一务实求真的理论姿态。《生活智慧的火花——略论诗的灵感》一文最初发表于 1984 年，冯中一以诗歌研究者特有的独立精神、求真意志和审美意识，重新审视了"灵感"这一诗歌创作的重要概念。冯中一秉持实事求是的治学精神，摒弃了灵感的神秘主义说，结合大量的创作实践，从灵感的含义、灵感的特点、灵感的培养等方面深入浅出地展开论述，最终得出"灵感就是生活智慧的火花"这一形象而切实的结论。冯中一对"灵感"进行本体性的论述，"客观生活的感情火花，溅落在诗人心灵之火的最强烈的引爆点上，便燃放出璀璨夺目的诗的火焰。这诗的火焰，也即灵感，主要是客观事物与主观感受猝然相遇后的审美能力的显现"[①]。这种论述极富理论深度，其本身就是一种诗性的言说。冯中一善于从艺术本体的角度审视诗歌，他从"接受美学"视角对诗歌的审美心理结构、诗的形式理解力的论述，拓展了诗歌鉴赏论的新路径。《寻找精神的家园——试论诗的审美心理结构》一文指出，诗的审美心理结构"具有召唤诗作的美和吐露自身的美的双重功能"。这其实是从美学本体的维度对读者提出的要求，是对读者深层审美心理的唤醒。

综上，冯中一诗歌理论建构的重要特征是对"诗美本体"的探寻，他拨开纷扰的历史与政治云雾，直抵诗歌艺术的本体内核，在澄清一些基本诗学概念的同时，也为新时期以来的诗歌创作与批评实践提供了重要的理论参照。

二、"艺术实践"：介入现场的诗歌批评与研究

冯中一自 1958 年进入高校工作，一直从事写作教学，这使他的诗歌理论

① 吕周聚选编：《冯中一文选》，中国社会科学出版社 2023 年版，第 33 页。

研究带有强烈的实践性品格，“比较偏于艺术赏析，注意具体地分析一诗一人，不作空泛之论；凭借自己的创作经验的积累所进行的诗歌基础理论和诗歌教学研究往往合理而实在”①。这种品格鲜明地体现为他对新诗创作及鉴赏问题的系统研究，冯中一的诗歌理论建构往往从创作论的层面展开，并且有丰富的鉴赏论色彩。这些文字系统性强，理论明晰，语言充满诗意，建构了诗歌创作与欣赏的方法论基础，成为诗歌与普通作者、一般读者之间的艺术桥梁。冯中一高度肯定“构思”在诗歌创作过程中的价值：“有无构思、构思的精粗深浅，对于诗歌创作确是决定性环节。”②在 20 世纪 80 年代的新潮诗运动中，一些青年诗人高举“口语”的大旗，秉持日常书写的姿态，提高诗歌写作速度与数量的同时，降低了诗歌写作的难度，同时降低了诗歌的艺术浓度。鉴于此，在对大量经典诗歌创作案例分析的基础上，冯中一总结出诗歌构思的基本过程，并抽象出一个公式：“（出发点）生活的真实—（转化点）形象的创造—（制高点）深远的境界。”③这种源于创作实践又高度凝练的诗学理论表述，是冯中一诗歌创作论的典型标识。在诗歌创作主体的问题上，冯中一充分体认诗人自身修养的重要性，重视诗人的人格建设。在《诗歌创作美学》中，冯中一认为诗人的审美创作结构由内驱力、内省力、内视力、思维力、人格力组成，对诗人主体的内在构成展开精微的分析。他尤为注重诗人主体的道德与心灵建设，“缺乏完善圣洁的心灵建构，决不能写出好诗并成为真正的诗人”④。诗人应“化育出民族的智慧之魂，充沛着时代的灵秀之气”⑤。冯中一对诗人主体的理论阐释，既是对以儒道文化为基础的传统创作主体论的继承，更是对当代诗人道德滑坡、主体意识泯灭的一种警醒。

冯中一关于现代诗解读与赏析的文字独具一格。他注重诗歌阅读中的语言和审美因素，总是深入到“具体的这一个”诗人、诗歌文本中进行精细研读。早在 1986 年，古远清就在《中国当代诗论 50 家》中指出当时诗歌研究界

① 吕进：《山东师大在新时期的新诗研究》，《山东师范大学学报》（人文社会科学版）2015 年第 4 期。

② 吕周聚选编：《冯中一文选》，中国社会科学出版社 2023 年版，第 70 页。

③ 吕周聚选编：《冯中一文选》，中国社会科学出版社 2023 年版，第 70 页。

④ 吕周聚选编：《冯中一文选》，中国社会科学出版社 2023 年版，第 10 页。

⑤ 吕周聚选编：《冯中一文选》，中国社会科学出版社 2023 年版，第 174 页。

对冯中一诗学研究的关注与认识不足，称其为“埋头作具体的分析讲解诗歌的工作”而“没有得到广泛关注的诗评家”[①]。这种说法敏锐而精准，究其原因，大概源于当时的研究者未能从“具体”中读出冯中一的系统性理论建构。冯中一的诗歌鉴赏文字往往美不胜收、诗意盎然，细读式的综合鉴赏贯穿于冯中一的诗学研究文字，冯中一通过对牛汉《华南虎》与里尔克《豹》的对比细读，指出了现实主义诗学建构的路径问题：“他的成功在于，他把这种技法进行了现实主义的处理。一是他用这种技法来表现十年浩劫中诗人的亲身体验和感受，这便能鲜明而集中地展示处在那特殊的年代里一个宁死不屈、百折不挠的灵魂，因而《华南虎》比《豹》有更多的现实感和历史感；二是他把《豹》的纯主观客观化与现实主义的白描以及叙述结合起来，因而诗便少了些玄奥和晦涩，而增强了诗歌表现力的灵活性。”[②]这种文学性浓郁、印象性与学理性融会的诗歌鉴赏，独具一格且具有较强的示范性与可操作性。

20 世纪 80 年代是冯中一诗学研究的黄金时期，同时也是中国当代诗歌蓬勃发展的历史时期。其中，80 年代初的“朦胧诗”论争和 80 年代中后期“第三代诗”的出现，是两个重要的诗歌史节点。围绕这两个历史节点，滋生了丰富驳杂的诗歌现象和诗学问题，冯中一践行着一个诗歌批评家的使命，深度参与了新时期诗歌的历史进程，这主要体现为对诗歌现象的理论观照、对新的诗歌动向的捕捉与解读、对重要诗人和山东诗坛的批评，等等。冯中一对当代诗歌的处境及诗歌内部的艺术问题有宏观清醒的认识，针对新时期之初诗歌的想象力匮乏问题，他及时进行审美纠偏，呼唤以“想象”取代“空喊”，并结合曲有源的诗《写在工业学大庆会议上》进行例证。而随着 80 年代中期时代语境的急遽变化，冯中一又提出诗歌想象方式和诗歌技法更新换代的问题：“从某种意义上说，当代诗歌所显示的‘窘困’状况，实际上即指原来的诗歌艺术受到当代审美信息的挑战。一些老化了的想象方式和诗歌技法，必须进行更新换代的改造加工，从而适应四化建设的审美新要

① 古远清：《中国当代诗论 50 家》，重庆出版社 1986 年版，第 85 页。

② 吕周聚选编：《冯中一文选》，中国社会科学出版社 2023 年版，第 242 页。

求。”[①]这些言论在今天看来已经非常平常，但是在80年代的历史语境中，对于新诗的审美突围和艺术蜕变，确实是一种警示与激励。面对80年代中期“综合的时代”，冯中一意识到“我们的评论与读者与创作正产生越来越大的隔阂”，进而倡导积极汲取“系统科学”的理论方法，转换批评思维，更新批评范式，“创构一种更得心应手的评论范式”。

冯中一是齐鲁大地上的诗人和诗歌研究者，他深入新时期山东诗坛的现场，引领诗歌写作的风尚，鼓励和引导青年诗人，对当代山东诗歌的发展有重要推动作用。打开《冯中一文选》，基于山东诗坛现状、山东诗人诗集、诗歌会议活动的文字，篇目众多，其内容包括对代表性诗人的评论与解读、对青年诗人和诗歌爱好者的批评鼓励、对山东诗歌现象及未来走向的敏锐判断。孔孚是新时期以来山东诗坛的代表性诗人，冯中一对他的诗歌有公正而客观的评价。“作为诗评家，冯先生与诗人孔孚相交甚笃，首开研究孔孚山水诗先河，对其有着深切的了解和独到的把握。”[②]对于孔孚，冯中一的研究有两点值得重视，一是对孔孚诗歌艺术特质的准确体认，二是在整个当代诗歌史的脉络中评价孔孚。冯中一认为孔孚诗歌营造的“空”“妙”诗境，标志着东方美学精髓与现代诗的强力渗透互补。他善于在诗歌史的脉络中审视山东诗人：“孔孚的诗，不同于朦胧诗的委婉、沉郁和理性思索的参与，也有别于第三代诗的灵魂裸露、反讽戏谑和宣叙日常生活的琐碎心绪，而是着重通过情与景合、意与象通的艺术直觉，追求生命的净化高超和心灵的自由驰骋。这是不是增添了新诗创新的多向度与内在张力？”[③]苗得雨是新时期山东诗坛的重要诗人，冯中一对他诗歌创作艺术演进持一种动态性的把握：“正在以民歌为基调，博采现代的多种艺术手法，向着时代的民族特色的哲理抒情诗的定型与成熟上锐意精进。”[④]冯中一对苗得雨诗歌的评价是基于同时代人的心灵领悟与艺术体认：“经过‘十年动乱’的冲击和后来思想解放运动的开导，诗人的思路向着更加深刻、复杂、辩证的领域突进，探询、褒

① 冯中一主编：《诗歌艺术教程》，山东教育出版社1990年版，第238页。

② 翟德耀：《冯中一先生二三事》，翟德耀：《评论与鉴赏》，山东人民出版社2014年版，第205页。

③ 吕周聚选编：《冯中一文选》，中国社会科学出版社2023年版，第168页。

④ 吕周聚选编：《冯中一文选》，中国社会科学出版社2023年版，第26页。

贬、讽喻增多了,尖锐化了,并且加强了赤诚和严峻思考的时代气息。”[①]这种紧贴时代与诗人内心的言说,精准而深刻。

三、“本体”与“实践”的合一:诗歌理论转型的重要桥梁

冯中一的诗歌理论具有典型的时代标识,同时是对 20 世纪 90 年代以来诗学理论的预言,产生了深远影响。他对诗歌审美本体的理论探寻和对诗歌现场的批评实践是相互融合的,其理论探寻往往以诗歌现象、诗歌症候为基础,具有显豁的现实与未来指向;其批评实践从具体的创作与鉴赏问题出发,但并不限于单个的诗人诗作或诗歌现象,而是有深远的理论旨归。正是基于“本体探寻”与“艺术实践”合一的理论品格,冯中一有效推动了 20 世纪 80 年代诗歌理论的现代转型,同时成为 90 年代以来诗学理论话语革新的“基石”。

冯中一切实深入当时的诗歌创作现场,他以理论家的敏锐捕捉到新时期诗歌的最新动向,撰文描述、评析与理论升华。这正是西方的新理论、新学说大量涌进的时期,冯中一如饥似渴地进行着知识结构的更新,从审美维度揭示新诗潮的新动向,展开客观公允的学理评价。诗歌意境营造的新动向、哲理倾向、艺术追求新动向等,均是他捕捉新诗潮最新变动的成果展示。冯中一对新时期诗歌现场的凝视带有开阔的诗歌史视野和强烈的主体意识投射,其诗歌批评在论述问题的同时往往提炼出新的诗学概念。《重构规范:新时期诗歌的审美取向》认为新时期诗歌是“一次寻求新规范的全面的诗歌革新”:“当代诗歌备受外界的浸淫,从而丧失以主体为核心的规范的时候,新时期诗歌以其思辨性的加强、对意象的热烈关注以及语言的创造性运用,为中国新诗重建了一种新的规范:它那么注重整体,注重内部,注重一种人的矢志不移的独创精神。如果说,中国现代诗歌曾以人的情感为核心,建立了不同于旧诗的观照世界的方式的话,那么新时期诗歌则以人的思考为

---

① 吕周聚选编:《冯中一文选》,中国社会科学出版社 2023 年版,第 25 页。

核心，重构了新诗掌握世界的准则。”[1]这种“以人的思考为核心”的“新的规范”，既与新中国成立后三十年的诗歌传统构成某种“断裂”，“中国的当代诗歌不再是空泛的说教，或者小花小草的品味，而是灌注着一种独立思索的精神，这显示了对‘自我’掌握世界的重新确认”[2]，同时是对现代诗歌“人的情感”核心的延续与转化。冯中一将这种特质命名为“新感性”“感性哲学”，他对新时期诗歌审美取向的精准把握，典型地体现在他对“哲理化”“感性哲学”等特质的阐释中。《重构规范：新时期诗歌的审美取向》《试论当代诗歌创作的哲理倾向》《诗，认识你自己——呼唤诗的自主意识》等文章均提及新时期诗歌的“新感性”。新感性的美学原则是“以人为核心的感性哲学”，意味着从“人的情感”到“人的思考”的内涵转变，既是一种诗歌史的经验总结，更是对当下乃至未来诗学形态的一种命名。实际上，这既是一种基于诗歌现象的敏锐洞察，更是对当代诗歌美学演进的一种果敢而准确的判断。针对诗歌的哲理倾向，冯中一认为，“诗正在向社会和自然的更深层掘进，以哲学的洞见——从历史和现实的明镜中反射出的灼灼逼人的智慧之光，使人高瞻远瞩，或者抉隐发微”[3]。文章从时代进程甚至整个人类历史进程的视角审视诗歌的哲理倾向，旁征博引，既厘清了相关的理论问题，同时也指明了未来诗学的发展方向。他认为，这种“沉思的基调和思辨的特色”是时代变迁使然，即新时期“神性的光圈的消散，滋长的是人的‘尊严’的回归”[4]。冯中一所重点论述的诗歌的哲理倾向和生活智慧，既接续着悠长的“智性”诗歌传统，同时召唤着90年代诗歌“智性书写”潮流的到来。

冯中一以自己的理论批评实践，切实推进了新时期以来的新诗理论建构，为新时期诗歌的良性发展扫清了障碍，以自身的实践带动山东诗坛的繁荣，留下了珍贵的诗学与精神财富。冯中一诗歌批评的核心基质是其辩证开放的诗歌观，他写道：“诗美的法则常常处在变化当中，不能用陈旧的尺子

---

① 吕周聚选编：《冯中一文选》，中国社会科学出版社2023年版，第121页。
② 吕周聚选编：《冯中一文选》，中国社会科学出版社2023年版，第115页。
③ 吕周聚选编：《冯中一文选》，中国社会科学出版社2023年版，第51页。
④ 吕周聚选编：《冯中一文选》，中国社会科学出版社2023年版，第113页。

衡量一切。"[①]正是这样的诗歌观,使冯中一在暮年不断实现诗学研究的自我超越。他 1985 年之后的诗学研究,具有显豁的创新意识。如果说新时期之初对诗歌本体的强调是为了纠正长期陈旧的诗歌观念带来的审美停滞,那么 80 年代中期以来对诗歌自主意识的强化则是要对抗急剧变幻的世俗化、市场化社会语境。他的几篇长文从诗歌本体视角厘清了诗歌的审美本质与艺术规律,洞察了当代诗歌的审美新动向,更为关键的是,他置身于 80 年代的诗歌现场,深度参与并推进了当代诗歌的现代化进程,同时以超前的艺术视野和洞察力,预示了 90 年代诗歌中凸显的艺术征兆和创作手法。这种预言性表现在诸多层面。譬如,"叙事性"作为 90 年代诗歌的重要艺术手段成为诗学研究的热点与重点,"叙事性"源于诗歌对复杂时代现实的处理能力的诗学策略调整,而强调诗歌面对现实积极调整诗学策略,恰是冯中一诗歌理论的核心观点。再如,90 年代以来的"知识分子写作"注重诗歌语言的思辨性,格外倚重"反讽"与"戏剧性"的语言策略,强调诗歌的"智性"品质,这与冯中一所预言的诗歌"哲理化"倾向一脉相承。如果联系 21 世纪以来基于网络传播的"快餐化"诗歌语境,我们反观冯中一在 80 年代对诗歌审美本体的强调,则会发现这种对美学本体的追寻与回归,恰恰是我们这个时代急需的诗学姿态。

冯中一前半生在动荡中度过,他坚持自学,不断自我超越,为后来的诗学研究打下坚实基础。改革开放之后,他身兼多种社会职务,在做好各项本职工作的同时,他在诗学理论与批评领域进入更纵深的研究。冯中一新时期以来的诗学研究具有"除旧布新"的过渡性特征,他坚守诗歌的"审美本体",为新时期诗歌美学的回归与重建打下坚实基础。他深入新时期诗歌的现场,在文本的细微解读中洞见诗歌的症候与未来。他有效融合"写作"教学与"诗歌"研究的关系,建构了周密翔实的新诗创作美学与审美艺术体系。更重要的是,冯中一始终致力于诗美在更大范围的普及与传播,他孜孜不倦地与青年诗人、普通诗歌爱好者进行诗艺探讨。他的诗学研究是面向诗歌创作、欣赏的理论实践,体现为"从诗歌普及、传播的角度,选择了引路辅导

① 吕周聚选编:《冯中一文选》,中国社会科学出版社 2023 年版,第 64 页。

的位置，尽可能通过诗人诗作的具体分析，悟出一些关于读诗和写诗的道理”[1]。某种意义上，冯中一成为新时期诗学研究中的桥梁，既搭建了诗人与读者之间的审美桥梁，更是当代新诗研究中价值观与方法论转型的重要桥梁。

---

① 周聚撰、若金文：《致力于艺术赏析的诗评家——冯中一》，《聊城师范学院学报》（哲学社会科学版）1992 年第 3 期。

安息吧，英雄山上的诗魂

——悼念冯中一诗兄

纪　鹏

我在军内外、京内外、海内外有许多文朋诗侣和诗评家友人，原山东作家协会主席、著名诗论家、教授冯中一先生就是我所敬重的诗兄之一。

我拜读过他的《诗歌欣赏与创作》和《诗歌艺术论析》，受益多多，深感他对古典诗词、新诗的研究都颇有造诣。他还谈及了散文诗。他在诗观上，既有独到的见地，在诗艺上，也有中肯的分析，除综论全国诗坛，又对山东诗苑多方论述，还注意发现诗苗，奖掖新秀。但因我们在京鲁两地，无缘谋面请教、切磋诗艺。直到 1986 年 4 月，在济南召开臧克家学术讨论会时，始得一见，由于彼此闻名已久，一见如故，均有相见恨晚之感。他给我的印象是位饱学、谦和的学者，又是坦率、诚挚的兄长。但因会议人多，日程安排较紧，而未能畅谈。

此后，我每有新著，都寄赠他请教，中一兄则都及时作复，多有谬奖。1989 年 3 月 30 日，他来信对我访问巴基斯坦诗集《茉莉花集》给以热情的鼓励："这本诗集，很有特点，是出国访问一个邻邦的情思结晶，诗情澎湃，诗思敏捷，似乎是用诗的花环与彩带搭起了国际联谊的虹桥。其中的每一首诗，不仅真地像一束茉莉花那样纯洁芳菲，而且在花束的重叠挥舞中，把我们的灵感引向诗外，瞻视到更深宏的缪斯的晴空，触摸到多么博雅的人类的美和爱！”

漓江出版社出版我的散文诗处女集《淡色的花束》后，中一兄又热情地撰写了评论文章《笔淡而意浓》，刊于 1989 年 12 月 23 日《珠海特区报》。文中除概要剖析全书“选材内容广博自如，无施不可，抒情方式的朴中见巧，以简驭繁，象征意蕴的淡泊真纯，藏而不露”外，还具体地分析了《铜的联想》：“文字是这么实在、简短而明确，但我们被激活的灵视与神思，却真地思接千载，视通万里，超越无涯无际的心理时空。”《访焦山古炮台》“这‘豹尾’式终结，声沉韵哑，欲言还休，只得依托古炮、土城、江流的象征组合，负载起千种情怀，万般意志，并且保持在不断冲涌激化的态势中。其意蕴控制的丰富性，多义多解的无限可能，……以‘不说出来’为方法，达到‘说不出来的’境界”。《铜的联想》曾被收入十多种散文诗选，《访焦山古炮台》被收入人民教育出版社出版的义务教育三四年制初中语言自读课本第四册。

我寄赠军事题材拙著诗选集《爱的交响曲》，中一先生于 1988 年 12 月 5 日复信称：“你作为当代著名的军旅诗人，已形成了独特风格，作出了卓越贡献。你的这本集大成的选集，既有纪念意义，又有导引作用，希望它的鼓声、琴韵，永远激励我们火红的青春，浸润我们幽雅的灵魂！”

1992 年赠给他另一本散文诗集《血染的记忆》后，中一诗兄除于同年 5 月 13 日及时告知书收到“另有赠孔孚的一本，已转交，勿急”，说明他处事认真负责、一丝不苟外，还评述道：“看到书，也想见你在诗坛上辛勤耕耘的形象，是那么诚朴，慈祥，老而弥坚！对于这种默默的奉献，我是无比仰慕崇敬的！尤其那些求善爱美的焦渴的心灵，更是无限感激的！”

中一先生担当山东作家协会主席后，从山东来京的诗友那里得知，他愈加勤恳工作，培育新人，听说逝世前夕他还在为参加讨论一本诗集反复翻阅到深夜。他的道德文章，赢得大家的尊敬、赞扬、怀念，这是很自然的。

去秋，我在青岛参加散文诗笔会时，还想在返京途中拜访中一、孔孚兄和苗得雨、桑恒昌等诗友，后因收到家信，在我外出期间收到三份参加诗歌、散文诗讨论会、年会的请柬，得早些返京准备，在济南虽未停留，心想，这里离北京不远，总会有机会来看望他们的良机的。谁知冯中一兄竟于去冬仙逝，令人悲痛不已，使我失去向他请教的良机，真是终生憾事。中一先生虽与我仅有一面之缘，但他与我的文字之交——对拙著的评论和来信，却使我铭刻在心，他为我在诗途跋涉的动力之一。中一先生一生在学校执教，桃李满天下，晚年主持山东文坛，建树良多，先生讲学，著述甚丰，除编《冯中一先生纪念文集》外，似还可出版他的文集和书信选，这也是中国文坛特别是山东文坛的宝贵文学遗产。

安息吧！英雄山上的诗魂——冯中一先生。

1995 年 7 月 28—29 日于北京

沉痛悼念德高望重的恩师

吴秉忱

我的恩师冯中一先生辞世已近一年。在这期间,各种报刊发表的悼念文章已有数十篇。每读一篇,都激起我感情的潮水。我时时都在想写一篇悼念文章,但一直未敢动笔,因为我担心笨拙的笔难以表达我对恩师的深情。天天心在想写,始终一字未成。我在这种忐忑不安中苦熬了十一个月。《冯中一先生纪念文集》编委会的约稿信我看了数遍,每看一遍都催我赶快动笔。时下,纪念文集的截稿时间已近终期,我更担心若再不写会成为终生的遗憾。①

无论如何要写了。冯老师,不是您的学生情淡,不是您的学生偷懒,实在是您的学生生怕拙文表述不尽对您的爱戴和怀念。

冯先生是我1961年至1965年在山师大中文系读书时的老师。四年的大学学习生涯,有两年是冯先生教授写作。听冯先生讲课实在是一种享受。他言简意赅的讲述、生动精辟的阐释、循循善诱的教诲、神采奕奕的教态,使你在愉悦中走进知识的海洋。我酷爱写作,又加上是班、系学习委员,故除在课堂上聆听冯先生讲授外,课余时间与冯先生的接触也较多,如汇报班级学习情况,联系组织学术讲座,因此有更多的机会接受冯先生的教诲。冯先生平易近人,教导有方,有什么问题向他请教,他总能使您满载而归。记得

---

① 周聚撰,若金文:《致力于艺术赏析的诗评家——冯中一》,《聊城师范学院学报》(哲学社会科学版)1992年第3期。

我为写好入学后第二篇作文向冯先生请教选题时，冯先生对我说了这样一席话：你的第一篇作文《也谈“源头活水”》，我和刘淑贤老师都认为写得不错，旁征博引，材料丰富，论述透彻。这说明你对写作材料源于生活领悟得好。选择写作论题和提炼文章主题也是一样，要视野开阔，面向社会，讲求社会意义。这是写作的根本立足点。冯先生的教诲对我一生的写作都具有指导意义。可以说，我比较端正的写作方向和比较厚实的写作功底，都是冯先生给打下的基础。冯先生不仅在学问上是我的老师，他自强不息、刻苦奋进的精神，平易谦和、诲人不倦的品格，亲切宽厚、爱生如子的情感，更是我一生学习的榜样。冯先生是我们学生公认的楷模。

大学毕业后，我被分配到省教育厅工作。1970 年 9 月，省教育厅被撤销，我又被调到莱芜钢铁总厂。离开大学门，一晃竟十三年未见到冯先生。这期间，我时常想念冯先生，特别是在担任了莱钢一中（一所重点学校）校长后，我更想早日见到冯先生，再次听恩师的教诲，怎样挑好这副担子。机会来了，1978 年金秋，省召开重点中学校长会议，我兴致勃勃地提前一天来到阔别八年的省城。到济南后，第一件事就是立即去母校拜见冯先生。我怀着十三年的惦念，走进冯先生的办公室。使我惊喜的是，冯先生仍然是那样潇脱，腰板挺直，谈吐风雅，虽然容貌有些苍老，但精神依然是那样矍铄；更使我激动不已的是，冯先生一见到我，未加思索便呼出我的名字。我紧紧握住他那双有力的大手，一股暖流涌入心田。我孩子似的双眼噙着泪花，竟久久未说出一句话。当冯先生得知我担任了重点中学校长并兼高中语文课时非常高兴，并对我讲了许多鼓励的话。我印象最深的是这样一些话：“当中学校长并兼课教学，这是托着旭日东升的重任。要掏心尽力，与全校教职员工共同努力，精耕细作，用双肩搭成人梯，托好一个个初升的太阳。”多么语重心长！我在莱钢一中当了八年校长，始终铭记恩师的教诲，在总厂党委的正确领导下，根植莱钢这片热土，伴着钢花铁流，与全校一百多名教职员工一起，脚踏实地，辛勤地耕耘着希望，使学校一年上一个新台阶，把学校办得蒸蒸日上。

1988 年初，我被调到山东省青年管理干部学院任基础课教学部主任并兼任写作课教师。报到后，我即刻又去冯先生家拜见恩师。冯先生得知我调到成人高校担任教学业务领导并兼任写作课教学十分高兴，他深情地说："你一直'双肩挑'，很辛苦。"又说："我很希望有一批你们这个年龄段的人来加强写作学科的建设和发展。你虽然年近50岁，可仍属于中青年，是继往开来的栋梁。"冯先生立即介绍我加入省写作学会，后我又当选为理事、常务理事、联络部长。自1988年以来，由于工作关系，又相住较近，因而得到冯先生直接教诲的机会就更多了，可谓书信频繁，电话不断，几乎每周都能见面。因此，我对冯先生的了解和尊敬之情也日益加深。冯先生对学会工作呕心沥血，苦心经营，身体力行。如对每次学术年会，他都亲自拟定大会指导思想和学术研究主题，每年的工作计划、活动内容要点和工作汇报，几乎都是他亲自撰写，出每本《写作研究论文集》，他都篇篇过目，并与编委会的同志共同研究拟定编写体例并亲自撰写序言；学会的每项工作，他都周密考虑，精心安排，并注意发挥学会领导集体的智慧，群策群力，共同做好。学会"团结、求实、开拓、创新"的办会宗旨是他亲自拟定，连《山东省写作学会大事记》这一长篇记录也是他亲自撰写的。冯先生的许多这方面的手迹现都保存在我这里，我把这些手迹视为珍宝。冯先生以身作则、事必躬亲、关注学会发展的敬业精神和鼓励会员上进、提携青年成才的高风亮节，赢得了全体会员乃至众多文学写作爱好者的尊敬和爱戴。记得莱钢的一位普通工人王昌华同志爱好编写联句，他编辑了一部《联句选》托我领他向冯先生请教，冯先生花了整整两天时间看了他的全部稿子，并亲笔写了《一种渗透于心灵的诗教》的序言。当王昌华同志双手捧着冯先生阅改的稿子和赠写的序言时，感动得不知说什么好。告别时他深深地鞠了一个九十度的躬致谢。冯先生对学会工作乃至对全省写作学科和文学事业的建设和发展都倾尽心血。山东省写作学会多次被评为省先进学会，这与冯先生的正确领导和真抓实干分不开的。我真为能在这样德高望重的会长身边工作感到庆幸。

重返济南后，在冯先生的亲切关怀和帮助下，我在教学和科研上取得比较丰硕的成果。我不会忘记恩师在我的许多科研成果中所付出的心血。如我主编的三部教材——《成人高校写作教程》《成人高校文学教程》《经济应用文写作》，从编撰思路到编写体例和详细提纲，都得到冯先生的直接指导，其中《成人高校写作教程》还是冯先生亲自审订并作序的。1989年我晋升副教授职称时,也是冯先生亲自给我写的专家鉴定。更令我难忘的是,每当我取得可喜成果和进步时,恩师总是兴奋不已,热情地鼓励我再接再厉,更上一层楼。近几年我之所以能在写作领域的教学和科研中有些建树,这与恩师的鼓励、指导和提携是分不开的。恩师恩重如山,学生终身铭记。

1994 年 11 月 13 日清晨 5 时半,还在酣睡中的我突然接到冯先生的女儿冯恩大老师托她的同事、邻居宋影萍老师打来的电话:说冯先生病危在省二院抢救,并说可能不在了。电话还说恩大老师是在凌晨将近四点时接到相同内容的电话。是恩大老师不愿深夜惊动我,让影萍老师在将近天亮时再转告我。接到电话,我如惊雷轰顶,顿时呆了,旋即翻身起床,急跑校门口打面的直奔省二院抢救室。我的心在颤抖,但仍抱着希望。我不相信会有意外发生,因为我需要冯先生,学会需要冯先生,很多人都需要冯先生。他不应该这样撒手人寰、匆匆离去。到了抢救室,竟没有一个病人。我找到了医生办公室,用几乎连我自己都听不到的声音问道:"冯先生怎样了?收到的是难以置信的噩耗:"冯先生已于夜间三时离开了人世。"

我绝望了,顿时懵然无知,只觉得周围一片昏暗,天愁地惨,浑身冷得厉害。片刻,我觉得应该马上到冯先生家去,那里可能需要我。于是我立即打面的来到冯先生家。我是冯先生家人外的第一个来者。进了冯先生家,我看到了什么?看到全家人的悲痛欲绝,茫然不知所措;看到冯先生的小孙女哭得死去活来,不能自已;看到冯先生写字台上夹着钢笔的书本,他昨天深夜还在伏案工作。因为太突如其来,一切都毫无准备。我忙着和冯先生的亲人一起做安排丧事的准备工作:给山师大、省作协、省人大等有关单位打电话,找冯先生的照片和送老衣服,帮助布置灵堂……一连几天,我都在冯先生家忙碌,摆放花圈、守灵堂、帮助买东西、接待吊唁者,直至向冯先生遗体告别,以尽学生之孝道。

恩师走了,他走得那么突然,那么匆促,隆冬深夜,天寒人冷,他未向任何人说一句告别的话,就这样无声无息地走了,毫无索取地悄然离去。

冯先生,您辛勤耕耘了一生,对党的教育事业,对山东乃至全国的写作学科的建设和发展,对文学事业的发展特别是对诗歌的创作和理论建树,都作出了非凡的贡献。您的家人、同事、朋友永远忘不了您,您的成千上万的学生永远忘不了您，全社会很多很多人也都永远忘不了您！“写作学界泰斗音容宛在，高校教坛楷模风范长存。”这是省写作学会全体会员送给您的巨幅白绫挽联。它表达了省写作学会全体会员乃至您成千上万的同事、朋友、学生及社会上众多文学写作爱好者和一切尊崇爱戴您的人的心声。

恩师，您的学生决心学习您的人品，继承您的遗志，化悲痛为力量，奋力勇进！

尊敬的冯先生，您安息吧。

1995 年 10 月 3 日于济南

（作者系山师大中文系 1961 级 2 班学生，现任山东省青年管理干部学院基础课教学部主任、副教授，山东省写作学会副会长兼秘书长。）

冲不淡的记忆

刘传夫　李慧志

冯老师去了，去得太突然，叫人不能够相信。

这是去年 11 月 14 日下午惊闻噩耗的心情。

现在呢，一年快过去了，这种心情并没有很大的变更。脑子里经常出现的仍然是冯老师慈祥的面容：短短的白发，长长的眉毛，关切的眼神，宽厚的微笑。一条胳臂摔坏了，手肿着，肤色发乌，靠绷带和托板挂在胸前，另一只手缓缓地挥动，谦和地要求送他下楼的与会者留步，真诚地希望大家齐心协力开好会议，希望学会的工作能有更大的起色。

我们至今不能相信这是冯老师留给我们的最后一个镜头。去年 8 月底，到济南参加山东省写作学会常务理事扩大会议的时候见到了冯老师。会议是在经济管理干部学院的一个会议室里召开的，冯老师是托着一条胳臂参加的开幕式。他讲话，通报学会的各种情况和本次会议的中心议题。然后他退席了，委托山东师范大学的张蕾先生代他主持会议。我们一直认为他会很快好起来，认为下次会议他又会像从前一样自己动手张贴告示，忙忙活活地为远地来客安排食宿，亲切地与来自不同学校的老师们交谈，温和而认真地带着大伙讨论各种问题。

然而不管心里多么不愿，这种情境再也不会出现了。我们很早就听人说过冯老师，很早就读过他的《诗歌的欣赏与创作》，在曲师大读书的时候自己也买过一本。但是我们并不认识冯老师。直到 1978 年秋天，烟台师专举办建校 20 周年校庆，邀请知名学者来校作学术报告的那几天，才算正式见了冯老师的面。他仍然讲诗歌欣赏与创作，微笑着，不紧不慢地说话，就像和气地跟朋友们交谈，完全没有那种居高临下的优越感。事后他应邀同我们烟台师专写作教研室的老师们举行过一次简单的座谈会，很恳切地回答老师们提出来的各种问题，很恳切地谈论写作教学应当具备的基本素质和努力方向，很友好地邀请大家到山师做客。那份平易近人，那份宽厚温和，那份天然的长者风度，给我们写作教研室的全体成员留下了极其深刻的印象。好长时间大家都用一种敬重的口吻谈论他，认为无论学识、人品还是气派，他都称得上是德高望重的师长。

不久之后山东省写作学会成立了，冯老师当然地被推举为会长。写作学会每隔一年或两年总有一两次较大的活动，因而我与冯老师接触的机会也渐渐多了起来。这才知道他经历了太多的苦难，而这样的苦难是从历史上就被定性为人生最大不幸的。这种了解在我们胸膛里生出一种深深的敬意，我们敬佩他能够沉静地微笑着对待苦难，沉静地微笑着在苦难中奋进，沉静地微笑着耕耘、收获，沉静地微笑着无私地帮助别人……我们虽然没有坐在他的讲堂上听他讲过课，可是从心里愿意老老实实地做他的学生。

后来随着山东省写作学会一些具体工作的开展，与冯老师接触越发多起来，冯老师果然成了我们实际意义上的老师。

我们计划进行一点文体比较方面的研究，把写作提纲寄给冯老师看，请他帮忙提提意见。他看了，看得那么仔细，提纲上星星点点留满各种符号，还有一封写满意见和鼓励的长长的回信。后来这东西正式出版的时候，冯老师又为它写了长长的序言。

冯老师去了。无论我们多么不愿意相信，确实是再也没有机会见到他了。唯有一叠他写给我们的书信还在，那刚劲而工整的笔迹使我们老是觉着他并没有走远，那恳切而谦和的话语仿佛仍在和我们交谈……

我们怀念冯老师，即使时间也不能冲淡脑子里深深的记忆。

大善三信

陈显荣

我从青年时代爱上诗歌，起初只是爱读，后来便学着写。实在说，开始在报刊发表诗歌时，我并不了解诗的真谛，是在阅读了一些诗歌理论并把理论结合进创作实践之后，才真正认识了诗。

60 年代初，我读的第一本诗论是冯中一先生的《诗歌漫谈》，此书使我对诗的理解产生了飞跃。可以说，冯中一先生是我学习诗歌创作的启蒙老师，尊敬之心自是难表。那时，我刚从林校分配到林业厅工作，也曾想带上习作去拜请冯中一先生，请他指教，高山仰止，但始终未有勇气去打搅先生。

后来我离开济南回故乡工作，不久从林业部门调到文化系统，与诗更接近了。因写诗蹲"牛棚"，历浩劫依然爱诗，正是"野火烧不尽，春风吹又生"。惋惜的是，我反复阅读过的《诗歌漫谈》却被"野火"烧掉了。而今，我手头唯保留冯中一先生给我的三封信。我同冯中一先生 80 年代初才相识，而今先生已经作古，遗书便更觉珍贵。

第一封信书写日期是 1990 年 12 月 3 日。这是冯中一先生收到我的抒情诗集《笑影远去》的回复，信中对我的创作给予热情鼓励："你的诗歌创作，正日臻成熟……你的'两只眼睛看世界，两副笔墨写生活'的承诺，也是自勉而又勉人的金玉良言。初步翻阅这本诗集中的几首，确实感到一股新异的魅力，沁人心脾。稍有余暇，当仔细阅读品味。"并在信中鞭策我："盼望越加奋勉自重，为反思和徘徊的新诗坛，增添前进的活力。"

第二封信书写日期是 1990 年 12 月 28 日。诗集《笑影远去》邮赠各地老师和诗友后，冯中一先生是反馈最快的，由此可见先生对晚辈创作的关注。我在给冯中一先生的回信中，未敢要求，只是试探地问他能否写点评论，不久便收到此信。他在信中写道："这些年对你的诗（还有十几位老诗友），之所以未能写出品评文章，主要原因有三，一是诗坛审美流变，多元躁动，感到眼花缭乱，心中无数，二是见识平庸，不愿写，如有突出感觉，又恐不合时宜，玷污原作，不敢写，还是保沉默，得以藏拙，三是年老多病，又终日陷于政协、人大以及各种评审评奖活动中，坐下来学习思考的机会很少，即使有点短暂空隙，也不能拼搏了（心脏病日趋严重）。这中间，也偶有机缘巧合写成短文的，但大多数因种种原因未能如愿……"字里行间对冯中一先生严谨的治学态度和虚怀若谷的谦逊精神甚为敬佩，亦非常理解其苦衷，考虑到先生年迈体弱，我已经为自己冒昧要求先生写评而后悔了。及至读到"冯恩昌、陈作诗和你，一直觉得应有所表示，但终未落实。作为拖欠的文债，总是压在心头，每一念及，实感愧疚……"我的心灵深处感到不安了，冯老师，您的心地太善良了！您太忙碌太劳累又太为别人着想了！我立即回信，希望老师千万保重身体，不要太劳累，别再想为我写评的事了，学生不会怪您的。

第三封信的书写日期是 1994 年 10 月 15 日。这是冯中一先生收到我在百花文艺出版社出版的《讽刺诗选》后的复信。信中说"我常以齐鲁大地上能奉献出这样独特的'民族忠谏'而感到光荣、自豪"，对阅读印象简略地概括了三点："一、选材多似平常生活中的偶感、絮语，实则是以焦灼的心、冷峻的目光，'侦察'出的思想细菌、精神癌变，并推到时代显微镜下予以剪裁放大。二、在揭露、讽刺、批判上，并非一个劲儿地'痛下针砭'，而是善于精选群众语言的智慧与机锋，化为多种旁敲侧击的幽默技巧。看来漫不经心，不愠不火，内部却深藏着惊心的撞击力，常常触发心灵的隐痛。三、正是基于以上平中见奇、婉而多讽的基调与特质，所以每首讽刺短诗的综合威力不像说相声抖包袱那样一语点破，而是多铺展开讽喻性磁场，引人再加大思想、经验投入后，而得各有所得的'复方清醒剂'的心理疗效。"冯中一先生的信，绝非应付式地随笔一写，看出是在阅读了诗集之后费了心思的。若时间充裕，稍加发挥与例证，便是一篇诗评了。然而，他哪有时间呢？"由于事忙心乱，恕不联系诗例印证了。""事忙心乱"四字，直看得我心痛。此时，冯中一先生除了原有的社会兼职外，又担任了省作协主席。“事忙”可以想象公务之多，“心乱”可以想象世事与病魔缠身的古稀老人难得清静。在生命超负荷的情况下，竟然一丝不苟、极其认真地给我写信，字体端正，一字一格，写了两页半稿纸。联想到一些青年作者来信常常是龙飞凤舞、潦草难辨，联想到一些无名鼠辈一旦捞到一官半职便目中无人，不由对冯中一先生更是肃然起敬。冯老师，您为我写信恐怕又在灯下熬夜了，让我说什么好呢？

我给冯中一先生写了回信，对先生在百忙中寄来读后感表示感谢，并道出了自己的一段心声：“《作家报》上读到赵光明所写的介绍您人生和事业的文章，颇受感动。传统所说的人生三大不幸，未想到您都经历了。您从这么多艰难挫折中奋进自强，成为成就卓越的学者，使我倍加敬佩！我两岁丧母，亦经历了一些坎坷，挣扎到今天也属不易。想来您经历的磨难恐怕比我更多，您刻苦奋进、谦虚谨慎的风范，我要很好地学习。又是秋风，天气渐凉，希望老师保重身体，心中永远是春天！”

收到来信不到一个月，写回信不到半月，孰料冯中一先生突然撒手人寰，我再也收不到他那言真意切、充满爱心的书信了！悲痛中不由感慨人生苦短，苦短的人生又最怕意料之外的突然诀别。脑海中时常浮现出学识渊博、德高望重的冯中一先生的声容笑貌，他是治学的榜样、人品的楷模，想起他的时候，常找出他的信来读。

悼冯中一教授

陈德平

惊闻冯老溘然去，
情惨惨，
意凄凄。
莘莘学子，
断肠泪湿衣。

先生德才誉鲁齐，
呕心血，
育桃李。
绛帐师大，
诗论标新异。

山东作协秉帅旗，
文会友，
忘年谊。
肝胆相照，
提携众后起。

冬天的哀思

——悼念冯中一先生

郭　廓

你曾经说过你是
“石头缝里长出的小草”
我正是你庇护下的
千顷沃土之一寸绿荫
萌发的每一缕诗思的嫩芽
都吮吸着园丁的艰辛

难忘你丰厚的错爱
回报你的仅是春节留言簿上
一句“祝愿冯老永葆青春!”
你诲人不倦的春风化雨
用心血浇灌葱茏的诗林

为数十部诗集作序写评
以崇高的人格哺育诗苑新人
在诗学领域的卓越建树
堪称齐鲁文坛独具一尊

主持山东作协是众望所归

折骨伤筋难免留下一些遗憾
老骥伏枥靠的是一颗赤心
金秋刚过你匆匆撒手而去
只留下两袖清风一脉诗魂！
哦，在没有你的寒冬里
我的诗将失去许多温馨……

短语当哭忆先生

季广茂

两个星期没有与妻子通电话，接通电话之后就知道中文系出事了，冯中一先生病逝于铺满诗稿的写字台上。想找一个放声一哭的安静场所，不能如愿，只是心中低泣。

十年前我入山东师大攻读硕士，对先生为人为学即略有所知，对门住的就是先生高足王邵军兄，说话铁牙铮铮，为文斩钉截铁，性情耿直，心高气盛，在别人那里是天下英才，在他那里是不值一提，唯独对冯先生不敢轻置一词，每每言及必口称先生，面色恭敬，想必其中缘故，必在先生为其导师之外。后在系里常见先生，先生都是笑容满面，一团和气。若在路上碰上，先生必站在路旁，让你先过；你若也讲点师道尊严，必也站在一旁让先生路。如是者，常常是三五个回合才能各走各的路，一般都是别人举手投降，在先生的目视中姗姗而去，心中忐忑不安。清晨偶尔爬山，常见先生一人独行，步履稳健，即使雨雪天，也撑伞前往，从不中断。后先生担任我硕士论文答辩委员会的主席事一确定，我才第一次到先生府上拜望，小子无知实用至此，先生没有丝毫怪意，请坐上茶，热情备至。我请先生指出我论文不足之处以便改进。先生说，你的论文观念很新，话也通畅，利在懂点洋文，但仓促上阵，气薄情寡，弊在读书太少。先生说，年轻人有闯劲，好，但有闯劲再有后劲，更好。闭起门来读几年书，才能有后劲。只是今天你抄我的，明天我抄你的，给中国人抄外国人的，给外国人抄中国人的，一会儿新方法，一会儿新观念，弄来弄去就到了黔驴技穷的地步，不仅葬身虎口于前，而且贻笑天下于后，即使一时暴得大名，也有云开雾散之时，不亦悲哉？先生说这话时，和气如旧，笑面如常，似无所指，又句句耐人寻味。我无言以对，心中点头如捣蒜。答辩时，三位答辩委员各提一个问题，因为过分紧张，答辩时竟把先生提的问题给抛到九霄云外去了，在座的同学同病相怜，很替我捏了一把汗，先生并不怪罪，也不觉得冒犯了自己，予以通过。我现在记得很清楚，先生的问题是：结构主义与后结构主义的关系如何？我的论文谈结构主义诗歌理论，理应涉及后结构主义或解构主义的内容，却因为读书太少而无涉及，先生提此问题意在鼓励晚生思考，无意为难学生，以显自己学问高深，来个下马威什么的。我虽然并不直接受业于先生，但先生与我的导师李衍柱先生一样，是我的老师。有些人（包括我自己）别人也称之为"老师"，他们不过是在扮演老师的角色以混碗饭吃而已，已经高度职业化了，在讲台上指手画脚，在讲台下蝇营狗苟，不要说传道、授业、解惑，就是自己如何为人处世也是一无所知。老师虽然今日地位不高，也只有先生这样的人才不愧"老师"的称号。

人的悲剧在于，他一出生就与死神签下了不见不散的协议。人更大的悲剧在于，他死后不能给后人留下点什么。哪怕留下一言一行供后人仰慕，死而何足惜？不过，我还是不敢相信先生已矣，时有恍然于梦中的感觉。

先生千古。

恩师·益友·指路人

——痛悼冯中一先生

王继坤

冯先生"走"了。他的"走"是那样突然。当我得知这一噩耗时,真是惊呆了。就在一个月前,我去府上看望,当我恳求他减少应酬,健康第一时,他还自信健康状况良好,要抓紧做些事,也就在他"走"的前几天,他还在电视上露面,神采同往常一样安详。仅隔几天怎么可能就……但我手中拿着的又真真切切是先生的讣告,眼泪便不由得夺眶而出了。

先生是我的业师、恩师,又是益友。我在学业上的每一点进步几乎都伴随着先生的指引、教诲和关怀。我们的交往与友情已有三十年之久了。

那是1963年,我带着农村的尘土来到山东师院这座"大观园"似的高等学府。首先给我们上写作课的便是冯先生。他知识渊博,执教严谨,又具长者风度,是我们最为敬服的老师之一。而在我心目中,那些教授先生定是难以接近的。所以多次想去请教,而走到门前又总是徘徊而回。有一次,我大着胆子,拿着自己幼稚的习作请先生批改。当我走进办公室还未及喊一声"老师",冯先生便马上站起来高兴地说:"好,继坤来了。"对于我这个刚到校不久的学生,老师能叫出名字就令我很吃惊,他还忙着给我搬椅子让座、倒水,真让我有点受宠若惊了,"原来冯老师是这样的好接近!"更让我吃惊的是,冯老师不仅对我今天带去的习作仔细进行了批阅,而且还对我在作文课上写的几篇短文一一作了评析,予以多方鼓励。看来冯先生对我早已注意了。总之,他的平易近人和对学生的关心在这第一次直接接触中给我留下了难以忘怀的印象。

更难忘的是1965年在齐河县潘店村参加“四清”。当时,冯先生、张蕾老师等十数位老师和我们中文系的几十名学生都因家庭有这样那样的“历史问题”,没资格当正式的工作队员,只能当宣传队员,集体住在潘店西街大队。也正是这样一个机遇,使我们师生共同度过了近一年的难忘岁月。那时,我们在一个锅里吃饭,在一个屋里休息,在一起搞“宣传”。大家也互相关心体贴。有时,我晚上睡觉把被子蹬到地下,冯先生等老师便给我拾起来,盖好掖紧。有时午睡,我什么都不盖躺下就睡,老师们便拿件大衣给我披上。共同的生活、共同的遭遇使我们的关系更加密切了。这正如刘念兹老师所说是师生加战友,或者说是“师生加难友”。

“文化大革命”开始了,不少老师遭批判。他对此很不理解,我自己心里也惴惴不安。我们见面后便很少说话。可有一天,我们在教工宿舍区不期而遇了。见面后没有客套,他只是说:“来我家坐坐吧。”在那简陋的房间里,他谈自己对国事的担忧,谈对遭批判同志的同情,也谈自己这个“边缘人物”的忧虑。他一反常态,话讲得特别多。在当时那种特殊的历史条件下,朋友背叛、师生反目乃至父子为仇的事也屡见不鲜。他今天这些“不合时宜”的话是不会轻易对别人讲的,是出于对我这个弟子的极大信赖才敢一吐为快的。在这次谈话中,我多方给他安慰,先生也告诫我在“运动”中不可多言,少造次,以免招惹是非,最后在默默无语中依依告别。

1968年离开山师,我被分配到鲁北边远的宁津县任教,后又调至德州市,在中学教学第一线埋头拉车,一干就是十五年。直到1983年被点名参加省教育厅召开的一个座谈会,才再次来到济南,再次拜访了冯先生。虽然十五年未曾见面,甚至连封信也未给老师写过,可他一如既往,对自己的学生仍然一片深情。他劝导我说:埋头于教学固然是很好的,但视野不宜仅仅局限于一个学校,因为整个社会在变革,学术界也有很大变化,要抓紧学些新东西,并建议我参加省写作学会。

老师的一席话,可说是一剂对症良药,始觉茅塞顿开。这次谈话对我后半生的成长和发展可以说起了关键性的启迪作用。就在这次会面后的当年，我加入了省写作学会，开始与社会建立了更多联系，就在这次会面后的第二年出版了我的第一本专著《读书方法种种》，就在这次会面后的第三年，我由中学调入德州教育学院工作，完成了对我有重要意义的“战略转移”。

从此之后，我与冯先生的接触便多起来，并保持了经常的通信联系，得到先生的教诲也更多起来。

到教育学院后，精神振奋，时间也较宽裕，所以好多事情都想干：写作理论想研究，阅读理论想研究，古代文学方面的一些问题也颇感兴趣，还想编些普及读物。我曾把自己的一揽子研究和写作课题向冯老师汇报，很快便接到复信。先生除说了些鼓励的话外，便直言告诫：“今后宜防止贪多求快，更应把主要精力用在学术性较高的专题研究上，甚至终生选准一个领域的某一侧面，矢志不渝，自成一家……”(1985 年 1 月 10 日的来信)。

这是先生治学的经验之谈，而对于我这个“半路出家”的学人来说，无疑具有更重要的指导意义。遵照先生的这一教诲，经过一段冷静思考，我选择了变“多方出击”的策略为“集中精力，扭住读写理论研究不放”的做法。但在具体行动时又往往会出问题。当我围绕读写理论阅读了一些书刊，搜集到一些资料后，便萌生出编一本《文章学辞典》的想法，自拟了部分词目，亦得到学界一些同仁的赞助。但当我将这一设想向冯先生征求意见时，他慧眼独具，对这一选题不赞成仓促上马。为此给我写了一封长信，详细分析了我未及考虑到的种种实际问题，并再次告诫说：“在定向、选题方面要注意求实，在求实基础上能有所创新、开拓。”(1986 年 9 月 1 日信)

这封信是至关重要的，一是使我避免了耗费极大精力去编写学术价值不太大，也不太“切合时宜”的文章学辞典之类；二是给我指明了具体的治学方向和要求，即求实、创新。这可谓老师授我的“四字真经”。根据老师的这一劝诫、启发和诱导，我再次调整了治学方向：把现阶段的精力完全集中到一个新的领域——阅读理论的研究，争取有所突破。确定这样一个选题，对我来说无疑是非常正确的。

经过近一年的学习、积累和思考，我终于着力撰写出一篇学术论文——《阅读学引论》。当我把这篇论文的手抄稿寄冯先生批阅时，先生非常高兴，马上复信说论文的选题好，论述也较中肯扼要，并强调说：“你倡导这一新学科的建立,既有理论意义,也有现实意义,特别对师范文科院校的教学改革具有促进作用。"(1987 年 8 月 31 日信)他嘱我一定要打印 100 份,准备参加省写作学会第六届年会。这篇论文在这届年会上宣读、散发后,果然受到与会学者、同仁、师友的普遍关注和称许,认为文章第一次系统地阐述了阅读学这门新兴学科的理论框架,有创新和开拓意义。冯先生见到我也满意地笑了,并说:"按这个路子坚持走下去,争取尽快拿出一部专著来。"这篇论文不久在《殷都学刊》(1988 年第 3 期)全文发表,接着被中国人民大学影印资料《新兴学科》选载,在冯先生等人的关照下,也在《山东师范大学学报》等报刊上摘要刊发,在全国学术界引起了较大反响。

在短期内争取拿出本阅读学专著来,这是师长的期望,也实属必要,但也确实不易。因为这一领域在我国尚属"荒原",可资借鉴者不多,而自己又才疏学浅,在这"地狱的入口处"颇有些踌躇。我曾把这一想法向冯先生透露过,他马上指出:"重要的是提出问题,能将问题提出也就成功了一半,至于论述是否精当深透可以留给后来和后人。"这话对我不啻是付兴奋剂,更激励我打起精神,决然"拓荒"向前。

在撰写过程中也时时得到老师的帮助和关照,他不仅把自己珍存的资料拿给我用,还时时将报刊上的资料和有关的出版信息及时告诉我。当他得知董味甘教授主编的《阅读学》将要出版的消息后,便马上写信通告这一信息,并详细说明出版社名称、出版时间、邮购地点、联系人、定价,连邮政编码都注明了。这样一是可减少我再去查询的麻烦,二是先生预感到该书的出版很可能对我的研究工作会有直接影响,所以特别关注。

经数年奋斗,《现代阅读学》的书稿终于草写出来,计三十余万言。我未及誊清,便把书稿送到了先生的案头,请他批阅。而当时冯先生不仅有"文债"被催要,而且需要辅导研究生搞课题报告,并修改毕业论文提纲。但先生立即放下手头未竟的文稿,妥善安排了纷繁的学务、政务,不顾年近古稀之高龄,抓紧为我审阅了全部书稿,不仅随手加了些批语,还写了一封长信详谈对书稿的认识,提出了十数条具有真知灼见而又非常具体的修改意见。同时精心撰写了题为《阅读思维空间的新开拓》的序言,长达三千余字,抄写得工工整整。

浸透了冯先生大量心血的《现代阅读学》终于在1992年由济南出版社出版了。该书面世后立即在学界引起了较大反响,有十几家报刊报道了出版消息或发了评论,认为该书是“我国90年代第一部体大思精的阅读学专著”(曾祥芹教授语),具有重大的创新意义。此书相继被中国阅读学研究会、山东省写作学会评为优秀成果一等奖,被山东省政府评为优秀社科成果三等奖,并远传大洋彼岸,受到国际阅读协会专家的称赏。而这一切,如果没有冯先生的教诲和多方关照是很难取得的。每思及此,常感慨系之。

其他诸如职称的晋升、政府特殊津贴的享有和曾宪梓教育基金奖的推荐等,无一不受到冯先生的热诚关照。而这一切又怎能让学生忘怀呢!我说先生不仅是我的业师而且是恩师、益友和治学上的指路人,是一点也不过分的。

先生虽然离我而去将近一年了,我仍未能从悲痛中解脱出来。我又觉得先生并未离开我:他的慈祥面容不时在我面前闪现,他那高大的身影经常向我走来,他的谆谆教诲仍在耳边鸣响。先生的精神仍在激励着我、鞭策着我不断向前,尤其他那做人的高尚品德将永远是我学习的楷模。我将以精神上的不断升华和学业上的不断进取来痛切悼念冯先生。

1995年7月18日
于德州教育学院如一斋

风雨北郊路

——悼冯中一先生

张　炜

我与朋友从上海匆匆赶回，为了最后看一眼冯先生。我来上海的前一天还收到过他的信和书，而今却赶来与他永远地分别。但我已来不及发出什么人生的感慨，甚至也来不及惊讶。时代改变了我，使我变得更能理解和忍受。我就这样一路忍受着回来了，洗了一把脸，又奔赴北郊，去告别冯先生。

吊唁厅外的广场上，那么多人站在雨地里。他们当中有的我熟悉，有的好像从未见过。好多人是从外地、从千里之外赶来的。这场雨直下了三天，还在下个不停。真正不幸的时刻，天常常落雨，这次也没有例外。雨滴打湿了胸前的白花。

…………

人们乘车而来，又乘车而去。好像寂寂的北郊，只有我撑着一把漆黑的雨伞，一个人走回家去。这是一条从未走过的路，它从闹市延伸出来，直伸到北郊一座安静的山下。朋友让我随车走，我谢绝了。我只想一个人走一走。

从 1980 年听冯先生讲文学算起，我认识先生至今已有十四年了。十四年中，我们常常在一些会议上见面，并在七年多的时间里共处省作协主席团。但我不能说与先生有很多密切的交往，比如促膝长谈等。我是一个晚辈和学生，我读他的书，景仰他的人格，吸收他的力量，遥遥地注视他。在他面前，我常常有很多话要说，但总是欲言又止，见面时紧紧地握一下手，传递着一种又平凡又独特的友谊，感知着同志式的温暖。

他的手温暖过我的手，这使我今天一想起来就有些受不住。哀乐声中，我从他身旁走过时首先想到的是那只曾紧紧握过的手。这一瞬间我才突然意识到：再也没有那样一只手了。

我们还将失去很多只手。一只手就是一份援助。一个知识分子的手与劳动人民的手是完全一样的，它非常之美。我谨向先生回一声：我作为学生、踏入文学界知识界的晚辈，一定要好好爱护自己的手，决不让它沾染污浊。

我非常明白，说出这样一句话是很容易的，要做到却难而又难。等到雨过天晴，一个人应该有勇气把它伸到太阳光下，仔细看一看——仅仅如此也就足够了。

先生生前给我的每个电话、每一封信，都充满了对文学事业的珍爱与焦思。他不停地叹息，也不倦地努力。在这个物欲横流的时代，一位诚信勤恳的老人却做了精神的代表，谁能说这不需要一点勇气呢？

我始终相信，善良和正直是最具有力量的，它最终不可战胜。在告别厅前的广场上，在淅淅沥沥的雨丝下，在沉默的人群中，你真的感觉不到这种力量？时间会告诉人们一切，人们也不会那么简单地淡忘，人们将记住很多。

先生献身的事业是不朽的。先生熔铸在事业之中，也是织入齐鲁文化之锦的一条粗韧的纤维，它永不折断。

先生是在一个特殊的时刻担任省作协主席的，我相信这是多年来组织上和作家们一次最好的选择。作为一位德高望重的文学前辈、著名教授、文评家，他理所当然地赢得了学术和艺术上的广泛尊敬和信任，而更为难得的，还是他人格的力量——在学界、艺术界，最终决定一个人在自己的事业上走远、走进他自己应存的辉煌的，从来都是人格的力量。如果说目前文学一隅的颓败和荒谬有点令人心冷的话，那么先生身上投射出的人格光辉，却极大地温暖着别人。

一位七十多岁的文学前辈，在他生命的最后一程，最忧虑的是这份事业的前途，是正义和理想。为了繁荣齐鲁文坛，他真是绞尽了脑汁。他亲笔写下一份份文学规划的征求意见稿，复印多份，一一寄出。我读着他写下的这些文字，心里一阵阵烫痛。我宁可相信这是一些没有地址的信。真的会有人收下它吗？真的能有人收下它吗？

先生在给我的最后一封信即我去上海开会的前一天（11 月 10 日）收到的信中嘱我："请多珍重，盼多联系。"

由于急着出发，我没有来得及与先生联系。我原想回来后打个电话，约个时间去看望先生，并在路上约了朋友同去。

说到"珍重"，现在的许多人是太懂得"珍重"自己了，唯有先生还挂记着别人甚至我这样一个晚辈。

我从未走过远达北郊山下的这条路……雨一直下个不停，轻轻地下，风又把它吹散了。我身边不止一次有汽车飞驰而过，泥水溅了我一身。我一边走一边想，觉得这条路太短了。

"盼多联系……盼多联系……"我后来不停地默念着先生给我的最后一句话，直到眼前一片模糊……

1994 年 11 月 18 日记

冯先生,我们等你回来

袁忠岳

冯中一先生走了,走得如此突然,如此匆忙,他的亲人、他的朋友、他的学生、他周围的每一个人都没有一丝一毫的思想准备。

前两天他不是还给中文系的学生做讲座吗?用自己治学的甘苦来启迪莘莘学子。前一天他不是还出席姜春云同志向省各民主党派告别的座谈会吗?许多人在电视上看到过他那亲切宽厚的面容。就是 11 月 12 日那天中午,我们几个搞诗歌评论的不是还与冯先生在一起,围坐一桌,边吃点心,边交换对当前诗歌的看法吗?与以前几次聚会一样,只要谈到诗,冯先生总是那么认真,那么虔诚,那么兴致勃勃。听着那熟悉的抑扬顿挫的声音,看着他谦和安详的欣悦神态,谁能想到这就是我们与冯先生最后一次相聚呢?

我们和冯先生是在山师大门口分手的,一辆面的把我们送到学校门口。冯先生下车后,争着付了车费,与我们挥手告别,一人向东踽踽而行。听说那天晚上还是好好的,与家人聚谈,吃晚饭,读报,看电视,一切和往常一样,没有任何不舒服的迹象。谁知,不等第二天天亮,他就飘然而去了。走得那么匆忙,那么突然,好像多留一刻都怕给大家增添麻烦似的,他是最不愿意麻烦人了。开会,他不愿意人家等他;散会,别人都等车送,他却一人悄悄地走了。他觉得自己走,才踏实、安心,没有挂碍,就像这一次的走。

冯先生是教授、学者,还有省一级的诸多头衔,享有不少权利,可是他从来不争不要,有如同无。在我们心目中,他只是一位睿智而宽厚的长者和朋友。他是名人而没有名人架子,是权威而无权威脾气,他从来不会给别人造成哪怕些微的伤害，而别人对他有意的冲撞，则往往置之一笑，从不计较。他不愿意给别人添麻烦，却从不怕别人给他添麻烦。无论谁求他审稿、写序、写评，再忙他也不忍拒绝。他总是那么谦和、诚恳、热情地对待一切人，与人无争、与世无求地走完了最后的路程。他走的那一天，天阴沉沉的，开始淅淅沥沥地下起雨来，晚上还飘起了雪花。前几天天气还很暖和，怎么一下子说冷就冷了呢？无怪乎徐北文先生在他敬赠的挽联中这么写：

白雪纷飞天亦老

文星照耀君长存

看着挂在冯先生书房里的那副对联，看着摆在对联中间冯先生安然自若的遗像，谁也不相信冯先生就这样无牵无挂地走了。案头还有他未整理完的文稿，抽屉里还有他未写完的日记，衣架上的衣服还散发着他的体温……

冯先生，我们还等着你回来与我们再一次欢聚，笑谈你一生最爱的诗！

冯中一:一部读不完的书

吕家乡

进入花甲之年,才体会到人生是一部读不完的书;相处多年的冯中一先生去世了,才体会到这位兄长也是一部读不完的书。

“一人难称百人意。”按道理说,人人说好的人是没有的,可事实上却有这样的人,冯中一就是一个。1994 年 11 月 13 日凌晨冯先生溘然长逝,听到噩耗,上上下下,凡是认识他的人都我为失去了一个好人而悲痛。向他的遗体告别时,参加者达五六百人,有白发苍苍的高干,也有年纪轻轻的业余作者。泪洒灵前,俱出自一片真情。

冯先生是山东师大中文系教授。按规定,教授一般要在六十岁退休,以便腾出名额来缓解高级职称上“僧多粥少”的现象。可是冯先生七十多岁了还占着教授的岗位,因为他是省人大常委,可以延迟退休年龄;冯先生一再申请退休,但未获批准。在高等学校里,一个教授名额可不是小事,可是老师对此没有任何不满,因为冯先生曾担任省人大常委,不仅领导信得过,大家也拥护,而且大家相信他的退休申请是真诚的。

1994 年 5 月,在山东省作协代表会上,冯先生经领导提名被推选为省作协主席。消息公布后,和文学界有些牵挂的人始而感到意外,继而觉得领导确有眼光,找到了恰当的人选。只是担心冯先生要更加劳累了,照他的脾气,他是绝不愿意只图虚名不出力的。果然,省作协代表会刚散会,冯先生就亲自登门向老中青会员征求意见和建议,接着操办了几件虽不起眼却很得人心的实事。

和冯先生相处，你可以畅所欲言，不必担心对他会不会有所冒犯。1993年冬天，我和冯先生一块参加了一个关于“诗坛现状和走向”的研讨会，按照通知，到会者事先都准备好了发言稿。我在冯先生之后发言，想不到有些看法正跟他针锋相对。散会后，有位朋友批评我说话不够委婉。我相信冯先生是不会介意的。后来在另一个场合，冯先生当众谈起了对我的看法：“心直口快，六十来岁了仍不失赤子之心，这很可贵。可是容易得罪人，得罪了人还不知道是怎样得罪的。”我知道他这些话里包含着对我那次发言的反馈，由衷地感谢老大哥的理解和指点。

一个有地位的人，别人跟他接触时可以无所顾忌，不怕得罪他。这样的人多么罕见啊！

冯先生比我年长十来岁。我跟他相识是在1954年春天，距今已四十来年，最初印象并不很好。那时他担任山师大附设工农速成中学语文教研组组长，我在山医大附设工农速成中学教语文。有一次到山师大附设工农速成中学去听某老师主讲的语文观摩课，课后的评议会上，冯先生首先对某老师主讲的语文观摩课做了简略的评说，大意是较好地贯彻了集体备课的意图，个别地方处理得不够得当，这不是主讲人个人的责任，要由全组尤其是他这个组长承担责任。我觉得他不应该给评议会定了个多表扬、少批评的调子，又听说他跟某老师的关系不大协调，因而他的发言不能不十分谨慎，我更觉得他“年纪不大，世故不浅”。

几个月后，济南市举行一个文艺座谈会，到会者一二十人，又遇见了冯先生。发言者多是即席而发，不乏语惊四座、才华横溢之士，唯独冯先生拿出一篇相当长的稿子（是关于马雅可夫斯基的长诗《列宁》的）念了一遍，几乎没有博得掌声。我和大部分到会者都觉得他实在太平稳、太拘谨了。

几年以后，冯先生的第一本论文集出版，多是从中学语文教学角度谈论诗歌的，这篇发言稿也收入其中。这时间，那些不满于冯先生的“平稳拘谨”者，有好几个（我也在内），却在1955年和1957年的两次风暴中入了另册。

大约在1963年初一个寒冷的晚上，我的同学、诗人山青约我一同去拜访冯先生，山青刚从边疆调回不久，在一中教书，我则在一年多以前才走出教养所，在山东师大附中教书，跟冯先生的夫人林文贤老师在一个教研组。冯先生在50年代末期已调入山东师大中文系，由中学教师晋升为大学教师了。他在一篇评论中赞扬了山青的诗作，山青想进一步向他请教。这次拜访并没有达到预期的效果，冯先生虽然热情地以烟茶招待，但始终没有畅快地“打开话匣子”。告辞出来，我和山青共同的体会是：怪不得冯先生在1957年没有被划成右派！

当时我们还不了解冯先生在“反右”运动前后的情况。后来听说，在“反右”开始前，他对“鸣放”不积极，被领导和年轻人视为有“包袱”；“反右”开始后，他的批判发言总是以平稳的声调念稿子，被一些人视为“火力不足”，又被另一些人视为“假装积极”。但他毕竟没有被划成右派分子。

这次拜访的第二天，林文贤老师告诉我：我和山青告辞后，冯先生跟她说起我来：很聪明，上大学时就发表过诗歌、小说；可惜年轻气盛，头脑发热。我作为“另册”人物，听到这些话，颇觉温暖。但以后遇见冯先生，他总是不冷不热的样子。

冯先生调入山东师大后，很快成了业务骨干，担任写作教研室主任，不断地有论文发表，隔几年就结为一集出版，虽然并无轰动效应，但在学术界的地位日渐提高。在历次政治运动中，他似乎总是默默无闻，甘居中游。在“文化大革命”中，他既没有蹦蹦跳跳，也没有成为重点斗争对象。记得有一次附中的左派人士给林老师提意见，要她与丈夫冯中一在政治上划清界限，也只是说，他“走白专道路”，“在家里有浓厚的封建意识”，这类评语在“文革”中是算不得什么的。可是后一条给我留下的印象很深，因为有人举了具体例子：他对继母非常孝顺，每年春节都向继母叩头拜年，有时继母生了气，他劝解无效，就长跪不起，于是妻子儿女也跟着跪在地上……虽然我知道这违背“破四旧”的要求，但总觉得冯中一对继母竟然如此恭谨孝敬，实在非同寻常。从那以后，每年春节我都和爱人一块向这位大娘拜年，虽然并不叩头。

“文化大革命”阴云散去不久，冯先生刚过而立之年的儿子患了不治之症，迁延数月后去世。亲友们无不感叹，人生三大不幸都让冯先生摊上了：幼年丧母，中年丧妻（林老师是续弦），老年丧子。大家了解他有超常的心理承受力，但担心他的身体支撑不住，因为他从年轻时就血压高，舒张压和收缩压曾分别有140和220的记录。

也是在这期间，我听人说及冯先生跟顽疾高血压做斗争的恒心和毅力。他数十年如一日，饮食起居都很有节度和规律，教学和科研上的拼搏并没有破坏他自订的生活制度。他黎明即起，到山坡“早课”，往返两三个小时，风雨无阻。他的“早课”并不是简单的散步或爬山，而是有许多讲究：路线是规定的，到某处则稍憩，深呼吸若干次，到某处则练几节自编的拳脚，到某处则吟诵自编的口诀，到某处则引吭高歌自编的曲调，到某处则解溲……看似轻松随便，实际上一招一式都是经过精心设计而积久成习的。在遭到丧子之痛不久，一个细雨蒙蒙的清晨，我偶然地看到冯先生撑着伞向千佛山方向走去。哦，冯先生并没有被悲痛击倒，又开始他照例的“早课”了。他大概仍然会按照惯例练拳脚、诵口诀、引吭高歌吧，不知情者会以为他很自在悠闲，哪能想到他是强抑着悲痛呢？望着他远去的背影，我忽然灵机一动：这似乎简单随便、实则大有讲究的山间散步，不就是冯先生人生之路和处世之道的缩影吗？刹那间，冯先生的方方面面都对我呈现了新的意义。

1980年我调入山东师大中文系，和冯先生接触的机会更多了。他曾连续数年给本科生讲授选修课“新诗研究”，很受欢迎。在他的同意下，我曾旁听了他一个学期的全部讲课。他备课的认真细致令我惊奇。不但体系严密，举例精当，而且章节的分配均匀，语言也富于文采，每章都用一两句古典诗词作为正标题，再辅之以点明知识要点的副标题。我以为冯先生就要出版这部讲稿了，可是他每次讲授都要加以修改，讲过几年之后，竟把这门课让给别的老师，他的讲稿始终没有付印。问他原因，答曰：“没有多少新意，老生常谈太多了。”后来他和两位后起之秀合写并出版了两本研究新诗美学的专著，从框架到细节都与我所旁听的讲稿大不相同。

随着一味“斗争”的思潮的衰歇，那些曾经加给冯先生的讥讽，如“抹稀泥”“和事佬”“微笑外交”等也逐渐消失，代之以“从来没有害人之心”“善良宽厚”“德高望重”等众口一词的赞语。他的群众威信和他的学术声誉同步提高，担任的社会职务也越来越多，成了经常在省电视上出头露面的名流，可是他仍然担任中文系的工会主席。这是一个费力操心又无权的苦差，冯先生干得很“投入”。在工会的大小活动中，他每逢发言总是拿出写好的讲稿，我逐渐体会到他并不是害怕出现言差语错，而是出于对到会者的尊重，为了节约时间，又提高讲话质量。直到超过了工会会章规定的年龄界限，他才卸去此职。我继任中文系工会主席后，继承了冯先生的这一传统，没有讲稿不发言。

近年来，他的“大块文章”写得少了，但经常看到他为别人的学术著作和诗文集所写的序言和评论。虽然篇幅不长，却都扎实精悍，看得出他是认真地读了原作，认真地思考，认真地行文，这“三认真”不知花费了老人的多少心血。细心人不难看出，他的诗歌观念、知识结构、思维方式以至文字风格都在悄悄地演变：除了一如既往地重视诗的社会效果，他又开始重视诗与生命体验的关系；行文中除了善于融入古代诗话中的警句隽语之外，又往往有意无意地运用一些新潮术语。这种演变背后是多么刻苦的钻研和多么切实的自我突破！当前只说捧场话、不发逆耳言的风气愈演愈烈，冯先生却做到了鲁迅所要求的“好处说好，坏处说坏”，不论对名家或新秀都是如此。更令我钦佩的是，在文艺之外的现实生活中，冯先生也愈来愈鲜明地表现出“是其是、非其非”的精神，在必要的时候，能够毫不含糊地直陈对某人某事的肯定或否定意见，逐渐改变了多年养成的“谨小慎微”的习惯。

冯先生毕竟太谦和、太认真了，因此他太劳累了。他的劳累又常常被掩盖在平静沉稳的表情风度之下，不易为人察觉。面对他的突然离去，大家痛惜地想到：如果他对那些并不想担任的种种社会职务抱“坚辞”的态度，如果他对那些央求写序言、评介的相识者和不相识者表示谢绝，他将享有更多的天年，将取得更丰硕的学术成果。可是，如果那样，冯先生还是冯先生吗？

冯中一先生在众多敬仰、痛惜的目光下走完了人生之路。我不知道他是尽可能地做到了最佳选择还是付出了过多代价，是得到了较好的自我实现还是受到了相当的自我扭曲，也许“自我实现”在实际上（而非在理想中）总是要以或多或少的自我扭曲为代价吧！

1994 年 12 月 6 日

冯中一先生二三事

余　岢

冯老是我在山东师范学院学习时的业师。1958 年，他初调到山师，我即听他的写作课。时值“大跃进”，我交了一篇习作《记卫生模范街——司里街》。我虽然真实且细致地写了几个基层街道干部的思想和作为，但却因缺乏“拔高”的本领，因此整篇文章缺少“地球抖三抖”的那种“大”气魄，我为此而忐忑不安。没想到冯老十分珍视这一朴实的写实风格，竟然给了十分好的成绩和评语。我一直保存着这一习作，直至“红色风暴”席卷这块土地才被迫焚去。可冯老没忘记千百个学生中的我以及这一件小事，事隔三十年，1986 年 6 月，他在我的专著《实用写作基础理论》序中写道：“作者余岢同志是我五十年代的学生，记得当时他就勤于笔耕，而且富于创新意识。”他把我那没沾上浮夸风的写作实践评论为“创新意识”，实是对我的奖掖。它成了我一生治学的座右铭。

80 年代中期，他得知我正在研究《金瓶梅》而原始资料欠缺，于是让他妹妹从济南专程给我送来一套他刚买到的崇祯本《金瓶梅》。以后又得知我所著的《〈金瓶梅〉与佛道》在第二届国际《金瓶梅》学术研讨会上受到好评，八十二岁的老专家王利器先生慨然为之写了序，又被北京出版社纳入出版计划，来信勉励我说：“工作、治学方面能够负重尽责，推出有分量的研究成果，是难能可贵、体现了读书人本色的。我认为这是务本求实的事业，无愧于人生一世的义举。这样默默的奉献，不虚度一生，应是我辈最大的慰藉。”他又十分谦逊地说：“但愿彼此能在这方面声应气求，终生互勉。”我和他虽然遥隔数百里，不在一个城市中工作，他却十分关心和关注我的教学和科研。某次，他从《聊城师范学院学报》上见到了我的一篇论文，当即写信给我说："我很高兴，这是进德修业的实事。"他把自己的学生视为"同道"和"可畏的后生"，并借用唐朝大诗人李商隐的诗句"桐花万里丹山路，雏凤清于老凤声"，以表达他出自内心的喜悦和对年青一代的期冀。

1993 年春，我因患冠心病晕倒在课堂上，冯老得知后来信启发我："首先使我惊讶的是你病情的变化，回想我在七十年代初，五十多岁时心脏病突然加剧，多次心慌晕倒。可能是积劳成疾，到这个年龄段必然发作。我想，在目前喜忧参半的大环境下，要特别注意保健，除认真服药外，一定要求生活和谐，心境平静。不过，以我为例，这病也没什么可怕的，能坚持'三分治，七分养'，可保延年益寿。"他深知我这个学生办事特认真，这对病体是不利的，于是开导我说："无论宏观审视，或微观探寻，宁肯估计得复杂些，内省多一些……"他要求我待人处世要有"雅量"。这不是一般的养身之道，而是从思想方法着眼，规劝我提高修养，以根治主观意识上的"病源"。没想到，这竟是冯老给我的最后一封信。他父辈般体贴入微的教诲和关怀，今后再也听不到了。古大曾云："学高为师，身正为范。"冯老堪称"师范"。他以自己的一举一动、一言一行，作为形象的"教科书"，潜移默化地令人思想净化。

我现已退休在家，且在病中，冯老去世，我竟浑然不知。日前从学友孔庆尧处偶然得知这一噩耗，几宿不能成寝，往事在目，心潮翻腾，总想写点什么，多次夤夜披衣而起，可又难于写成什么。先生曾于一封信尾写道："愿能互谅共勉相忆！"哦，长相忆，长相忆，先生您将永远活在我的心间，您的音容笑貌、言谈举止，将鼓励我去善为人、善为人师……

1994 年 11 月 30 日子夜

高山峨巍　春风澹荡

王光祖

我与冯中一先生相识于20世纪80年代初期。那时,他已是高校写作学界的知名学者。我们在他面前,总还不能不感到自己只是见陋识浅的晚生、后学;而他在我们面前,则从来也不摆前辈、权威的架子。这种使人如沐春风的可亲可近之感,起先我只是归因于他的涵养和风度。相识的时间长了,才进而感到还有一种更为内在的因素在起作用,那就是冯先生的整个人格和襟怀的力量。

这种人格和襟怀的力量,除了日常的待人接物,更时时闪烁在冯先生的学问、事业之中,早在1983年我第一次拜读了他赠送给我的《诗歌艺术论析》一书以后就有这种感觉。这次想到冯先生逝世一周年的忌日即将到来,又一次翻阅了此书,那种高山仰止的敬佩之情,更是油然而不能自已。

回想20世纪70年代末80年代初,整个文学评论界以及文科高等院校的讲坛上,思想、理论上的新旧嬗替以及由此而引起的各种争论,可以说是相当频繁、激烈的。人们对于许多问题的看法,也常常会因为一时分不清哪些是时代的新声、哪些是历史的陈见而困惑、苦恼。有人一味喜“新”厌“旧”,老是把“新潮”和“传统”截然对立起来;有人又似乎害了恐“新”症,动辄视之为离经叛道的洪水猛兽。这种“新”与“旧”的分歧,有时又很容易被人与年岁的高低简单地画上等号。冯先生在当时早已经可以算是老一辈的作家、学者了。但是,读他的文章,丝毫也没有什么门户自重的矜持感或偏执感,而是充满了一种善于理解新事物,热情支持新事物的开阔视野和探索精神。例如，1980 年 8 月《诗刊》发表了舒婷的短诗《馈赠》，是年 9 月，冯先生就写了《一个探索的脚印》，予以热情肯定。他认为这首诗“是经过十年浩劫的青年一代，抚摸着心灵的创伤，思考着人的价值和自身的完善，而深沉吟咏出来的觉醒的歌”，“无论从思想上或艺术手法上，都带来一些探索的新成绩”，具体表现在：“第一，作者在诗中确立了抒情主人公的身分，敢于运用高度个性化的抒情方式，显示出内在的人格精神之美。”“……从整个构思到结构安排，突破了单一画面或境的局限，力求在形象思维的基础上……给读者丰富而深广的思想启示。”“……语言不求华丽，不事铺张，尽量删掉过度性、解释性的字眼，扩展逻辑外延的概括力……加强其一语双关或多关的联想、暗示功能。”这些理论观点或审美视角，今天看来固然可以说是许多人们的一般共识了，但在十多年前读的时候，则的确有一种令人眼界为之一开的新鲜感的。

另外，这些年来，我们经常还会说到或想到所谓的“代沟”，也就是人们由于年龄层次或是生活经历的阶段性差异而在思想定式或价值观念等方面所产生的距离或矛盾，有时也会给学术事业的发展或是社会人际关系的处理带来一定干扰。与冯先生相处就不大会有这样的烦恼。我不仅自己有这样的感觉，也在前面所读的那本书中找到同样的明证。冯先生《诗歌艺术论析》前言中有这样一段话：“借教学工作之便，平时常与几位青年诗友共同学习讨论新诗发展状况与创作成绩，遇有体会较为集中突出者，则作为教学练习小品，一起商定写作提纲，反复修改加工，合写成随笔式诗歌短评。这样合写的，选有十篇，均在篇末注出合写者姓名，既表示不能擅专掠美，并借以对青年诗歌评论者的青出于蓝，迅速成长，寄予殷切期望。”作为一名青年学者，他的善于与广大青年忘年相交而又乐于提携后进的真挚情怀，难道不是具有火一般的暖人的力量吗！

高山苍苍，云水泱泱。先生之风，山高水长。冯先生固然已经最终地走向历史了，他的宽阔胸怀和高尚人格，则将继续鼓励、鞭策我们更好地走向未来。

1995 年 7 月 30 日于上海华东师范大学

怀念恩师冯中一

郭洪云

今年 11 月 13 日，是恩师冯中一先生仙逝一周年。冯先生是一位慈爱、博学而富于进取精神的长辈、学者。

对学生来说，冯先生是一盏明亮的智慧之灯啊！这盏明灯虽然熄灭了，但它永远照在学生的心坎上，令我回味，催我自省。

冯先生，我 1988 年考取了您的研究生，随您学习诗歌理论及评论，能够从师于您，是我莫大的荣耀。从师三载，获得了终身的教益。您不仅耐心教我学问，也诚心教育我如何做人，成为我人生道路上的领路人。

您视学问如生命，您时常说："人要活到老，学到老，学问永远是无止境的。"为此，您孜孜不倦地跋涉在诗歌艺术的王国里，对诗歌艺术研究如痴如醉。在学生眼里，您如蜜蜂般辛勤工作着，勤奋是您的特质，以至于您除了爱好诗歌与其他文学艺术以外，几乎没有别的爱好。您是没有时间和精力顾及其他，您对诗歌艺术是术业有专攻。您不仅对中国诗歌史了如指掌，更主要的是您能把目光始终瞄准当今诗坛的前沿阵地。年事渐高，但思维活跃。诗歌是用激情写就的，是最富于青春朝气的艺术。您年届古稀，仍不辍于当今诗坛的研究，呕心沥血，以至于生命。……一部部凝聚着您的心血，深入浅出、见解独到，对诗坛有影响力的学术著作问世了。尽管年事一年比一年高，您跋涉得也很艰苦、很疲劳，但您仍以此为乐，以此为生命，生命不息，探索不止。

冯先生，您对学生要求极严，不容得我们偷懒。您说："做学问得靠真功夫，得扎扎实实，不能马马虎虎。”为此，您要求弟子练就真功夫。您有句口头禅：“人立于世，得靠练内功，做学问也应如此，得靠自己辟出一方天地来。”

冯先生，您的一生是不断与病魔抗争的一生。人生的大磨难，没能摧垮您。年届知天命之年，重病突袭，病魔缠身。但您要与命运一争高低，您是一个有胸襟、有毅力的人，为了生命，更为了事业，您不管风霜酷暑，每天跋涉于千佛山的小径，病魔渐渐被您降服。一度时代的政治风云突起，曾把您推向险恶的生活境地，您在泥泞中挣扎，风云过后，您不计得失荣辱，以豁达的胸怀待人处世，虚怀若谷。

您常说：“我年老了，留得时间不多了，得要抢时间，和时间赛跑！”于是，您愈老愈笃，愈加分秒必争，把时间安排得紧而又紧。即使您的工作再繁忙，社会活动再多，您始终不忘指导学生。临行前给我布置好学习任务，返回后，刚踏进家门不容得休息，又约我去家中谈学习体会，真是诚心严教于弟子啊！冯先生，我尊敬的恩师，您虽然去了，但是您的精神将长存于学生口中、心中，永远地……

怀中一先生

余 荩

端翔品骨泰山色，
朗练文章齐鲁风。
流水无言清且远，
泉城地下见深衷。

1995年7月于杭州大学

回想冯老师

王邵军

冯老师去世前不久，我去过他家一次，因一个朋友告诉说老师登山锻炼时摔了跤，胳膊伤了，便赶紧去探望。记得是个下午，见到冯老师时，感到他样子很疲倦，正斜靠在沙发上修改省作协的一个纲要。我们聊了起来，他说，身体没事，只受了点外伤，新的工作也顺利，虽然有些心烦的事，但一切都会好起来的。我说了些劝他保重身体的话。离开时，屋里光线开始暗下来，老师起身将我送到门口。

没想到这竟成诀别。

冯老师去世后，有人说，冯先生坚持登山锻炼数十年，头一次摔跤，结果去了，是个预兆。我也想到另一件事，冯老师七十岁前从没组织过大的生日聚会，但在七十一岁这年，好心的朋友、学生给他组织了一次生日聚会——那晚他很高兴，脸色很红润，甚至朗读了他年轻时候写的诗。结果，也成了他最后一个生日。

当时处在丧师之痛里，糊里糊涂地想来想去，竟感到命运的不可捉摸，似乎冥冥中有一双无形的手在支配着什么。

但我知道，冯老师是不相信命运的。他的一生，便是向命运不屈不挠地挑战、抗争的一生。几年前，我受一本书的编者的委托，写一篇冯老师的传记文章，才有机会系统了解了老师的一些事情——在这之前，尽管给他当了好几年学生、助手，但很少听他谈自己。老师七岁便没有了母亲，上到初中，因父亲失业中途辍学，后来中年丧妻，年近老年时，又失去了唯一的儿子。

解放后很长一段时间里，因年轻时读过日本人办的日语学校，当过几天职员，一直背着沉重的思想包袱。不过，这些都没有压垮他，从一个半途辍学者自学成才，成为大学教授，成为作家、著名学者，其中需要多少甘苦、多少坚毅呀。在那篇关于冯老师的传记文章中，我曾在开首写道："人世间经受少年丧母、中年丧妻、老年丧子等苦痛的人并不多，冯中一教授却不幸都经受了。这给了他沉重的打击，也铸造了他历尽坎坷而坚韧不拔的意志。"

可以说，坚韧是冯老师性格的一个重要方面。

我是1983年开始跟随冯老师读研究生的。开始报考时，本计划报考另一个学校的另一专业。系里一位对我不错的老师讲，不如去考冯老师的研究生。听这位老师的，便去见了冯老师一面，一见便下了考他研究生的决心。在跟随冯老师当研究生并随后留校给他当助手的那几年里，我总是不断地发现冯老师身上的多个"自己"。老师的专业主要是诗歌理论和评论，我读研究生时，正是中国文坛尤其是诗歌最火红的时期，冯老师称之为"茫茫九派流中国"。当时诗坛出现了"朦胧诗"及与之相关的理论，很多人不理解，很多人对其进行尖锐的批评。冯老师却以非常的敏感和热情为其呼吁，给予评点。我还记得他给高年级学生开"新诗研究"专题课时那动人的场面，他的那种表情，那低沉、顿挫的声音，富有弹性的语调，每讲到振奋处，总是两目注视前方，停顿一会儿，引发人无穷的联想。除诗歌评论外，冯老师对新事物也总是充满敏感，他总是鼓励我读一些新的书，了解一些新的观点。每当我告诉老师最近读了些什么新书，有些什么新的观点时，他总是很高兴，积极地帮我完善这些想法。在这些方面，冯老师是一位激情的诗人，有冲破陈俗的勇气和激情。生活中的冯老师似乎与此相反，他是谦和的、克制的，甚至是忍让的。这使他常干一些他不愿干的事情，说一些不愿伤害别人听来也许折中的话。很少见冯老师对别人的要求说"不"字，也很少见冯老师去求人办什么事情，对别人的好意、恶意，他总是报之以谦和的微笑。即使你在哪方面哪些事情上伤害了他，别人打抱不平，他也总是替伤害他的人开脱，说些体谅的话。"忍"字当头，是冯老师处理人际关系的重要准则。"忍"体现了他巨大的克制力和修养，1981年冯老师唯一的儿子不幸去世了，他悲痛万分，但他努力克制着，将痛苦埋在心里。儿子去世的第二天，他仍坚持上课。知情的同学满蓄泪水，而老师的声调依然沉着、顿挫，始终如一……

充满激情而富有理智，蔑视陈俗而又谨慎、恪守法度，冯老师的性格是矛盾的，有时觉得他活得真累。

冯老师刚去世那段时间里，我老想起十多年前的一件旧事，常常心有愧疚。好像是1984年冬天，冯老师要去武汉参加全国写作学会年会，因火车发车时间早，大约早上五点，他不好意思让学校派车，便要我一早骑自行车送他。谁知早上我睡过了，离火车开只有半小时了，赶到校门口时，冯老师早在那里了，我们一路急奔，赶到车站，离火车启动只有十几分钟了，我一急，连人带车一起翻到了车站广场上，冯老师是仰着摔倒的，但老师一点也没埋怨我，只说没事，回去骑慢点。冯老师当时已是年逾六十的人了，弄不好真会摔坏身体，事后想起这事，就有些后怕，现在仍觉对不起老师。另外，冯老师当时已是知名教授了，我骑自行车送他赶车的场景，现在想来，仍觉有些艰涩。我有时想，老师一生吃过许多苦，其实并没有享过多少福。即使当了名教授，当了省人大常委，当了省作协主席，依然生活清苦、简单，仍然步行或乘公共汽车去参加各种活动、会议，有时，稍奢侈一点，打个面的。想起这些，为冯老师感到难过。但我想，冯老师并不会为此难过的，他的精神支柱远远超过了他对物质的任何需求。冯老师曾反复给我讲起舒婷的诗《理想使痛苦光辉》，认为做学问要耐得住寂寞，战胜一切失落、孤独。冯老师其实就是一个“痛苦的理想主义者”，理想主义是他热情拥抱生命的动源，而痛苦使他保持了思考和寻求的深度。

同时，他也保持了人生的深度。他毕竟给我们活着的人留下了更多的思考、更多的回味。

像冯老师这样的人格、这样的风范，已越来越少了。老师，您的灵魂在学生心中不会消失。

诲人不倦　蔼然可亲

孙光萱

1980 年 4 月在南宁召开了全国当代诗歌讨论会，各省市都有同志参加，我和冯中一先生就是在这次会议期间第一次见面的。在时隔 15 年之后重新回顾这次会议，可以毫不夸张地说，这是当年开得相当成功的一次学术盛会，与会代表真正做到了发扬民主，畅所欲言，尤其是公刘、谢冕、孙绍振三人的大会发言给了大家不少启发。会议期间安排了好几次小组讨论，我和中一先生恰好编排在同一个小组，当时我发觉他虽然比大多数代表年长许多岁，但他平易近人，一点没有架子，每次讨论都提早到会，认真倾听大家的意见，还不时在笔记本上做点记录，他浓黑的眉毛下眼神闪烁着，总是那么热情友善，他发言时嗓音厚重，也总是显得那么可敬可亲。当时会议期间有过一些不同意见的争论，有的还相当尖锐，他则兼收并蓄，择善而从，并不偏于一端，看得出来，他的心胸和眼光是相当宽容和开阔的。

会议散了，中一先生那蔼然长者之风却使我难忘，从此我们开始通起信来，他每信必复，凡我有事相求，他总是交代得清清楚楚，一丝不苟。1983 年从北京返沪途中曾在济南逗留数日，我抽了一个下午到他寓所探望，他见了我十分高兴，我原来打算坐上片刻就告辞，他却执意要陪我游千佛山，我们到了山脚，一步一步登上山顶，从济南的历史风光到诗歌界的创作争鸣，无所不谈，无所不议，真可谓和风拂面，其乐融融。当时我望着他矫健的步履，登山时毫不喘气的样子，还以为他才五十出头，隔了几年翻阅有关辞典资料，无意中发现他那年已六十一岁了，从此对于他热情待人的作风有了更深一层的印象。

其实这种印象也并非我一人所有，记得1984年我去兰州参加全国当代文学讨论会，遇到了1949年从山东参军的诗人高平，他是冯中一先生当年中学执教时的学生，冯先生在解放前夕向学生分析进步诗歌时的神情与言词，高平一直记得清清楚楚，并说这对他参军和走上革命道路起到了有力的推动作用，由此亦可见中一先生诲人不倦的精神，早已家喻户晓。

还有一件事值得一提，1987年我应上海辞书出版社之约，担任《新诗鉴赏辞典》常务副主编，我接手之后第一件事就是广泛发信，邀请各地的学者、诗人为辞典写稿，不少同志都来信同意，给了我们有力的支持，没有料到中一先生却来信说因另有写作任务，无法做辞典的撰稿人。说实话，当时我读信后颇有几分不快，心想以先生之学识文章，撰写此类赏析文字并不需要花费许多时间，何必拒之门外？直到几年以后，我接到中一先生寄来的由他主编的《诗歌艺术教程》，看到他在书的前言中说这是他和鹿国治、王邵军等几位研究生几年来“广泛涉猎、系统探讨”的结果，才知道他当时所言非虚，而其全神贯注、心无旁骛的精神更是何等可贵啊！

岁月不居，哲人已逝，但愿中一先生的道德文章永远激励诗歌理论界的后来者！

假如不

——痛悼冯中一先生

宋协周

一生堂正，一生奉献，处处以身作则。

两肩重任，两袖清风，事事克己奉公。

——作者题记

假如不……

你还能再活二十年，

素质和素养都具备这个条件！

假如不……

你还能再活二十年，

可以不留下感叹号一串！

假如不……

你还能再活二十年，

可以延伸二十年爱的奉献！

假如不……

你还能再活二十年，
可以再点缀二十个山花烂漫的春天！

假如毕竟是假如，
你匆忙地走了，那么果断！
你果断地走了，那么坦然……

精神作风的魅力

——悼中一师

冯光廉

中一先生虽不是我的授业老师，但我却一向以老师视之。这不仅因为他大我十来岁，更根本的在于他的精神作风堪为我的表率，常常给我以启迪、以激励、以鞭策。如今，他匆忙地离我们而去，再也不能回到我们身边，但他的思想品德却与我们同在。

中一师的精神作风给我印象最深的是一个"坚"字。具体说来，包括三个紧密关联的方面：一是坚忍刻苦，绝不动摇；二是坚韧不拔，持久不断；三是坚实仔细，一丝不苟。我认为，正是这种"坚"字精神帮助他取得了教育和学术事业上的成功，赢得了师生朋友的爱戴。我今天之所以从这一角度撰文悼念他，正是有感于此种精神作风的感人至深和弥足珍贵。

我是1957年7月从河南开封师院（今河南大学）毕业来山东师院任教的。记得中一师是翌年由山师附中调到山师中文系教写作的。从中学升迁到大学，想必有两下子。这使我顿时产生了对他的敬意和关注。不久，又听人说他是自学，从未受过正规的大学教育。有人曾为此而看不起他，说没上过大学还能教大学吗？直到80年代初，中一师晋升教授时还有人提出这类问题。我不这样看，倒觉得这正是中一师的不简单处。没上过正规大学，却靠自己的刻苦勤奋，坚持不懈，硬是攀上了学术和教育的巅峰，他的一向受学生欢迎的讲课，他的长期受读者欢迎的论著，是对他的学术能力的肯定，一种切实有力的肯定。

70 年代初，当我们下放聊城的时候，中一师和高梦周老师同时查出了高血压、心脏病，我不禁为他们担忧。但中一师却从容地说："没事，只要心胸开阔，抓紧锻炼，会好起来的，我挺得住。"以后的事实也正是这样：他意志坚毅，从不懈怠，爬佛山，风雨无阻，连逢年过节也不停歇。去市里开会，常常走去走回，以锻炼身体。正是靠着这种"坚"字的精神，他没像高老师那样过早地倒下，而多活了近二十年，为教育事业栽培了更多桃李，为学术事业奉献出更丰硕的成果。

大约是在 1978 年，庄维石老师、中一师和我应邀去烟台师院参加学术讨论会，要求我们每人作一两次学术报告，讲题自定，当然是为各自最有心得的内容。我看到中一师书包里装有两本厚厚的讲稿，足见其来前准备之充分。我比较疏懒，以为都准备好了，到时照稿子讲就行，有空时就翻阅带去的书刊。而中一师则不同，他一有闲就拿出讲稿来温习、推敲，看哪个例子还需要调整，哪些提法仍要进一步斟酌，各部分之间应如何过渡呼应，重点该怎样突出、强调。字迹工整、密密麻麻的方格纸上，只见画上了许多红色的着重号和强调线。我当时不禁为之一惊："呵，这么有经验的老教师，备课还如此认真仔细，真值得学习！"早晨他起得很早，要爬山健体。我出于好奇，也跟随前往。只见他出烟师校门后，先慢走一阵，接着便跑起来，然后又快走，最后才慢下来，直到停住。稍事休息，便开始打太极拳，做其他我叫不出名字的活动。前后加起来大约有两个小时。往回走的时候，他问我看出什么路数没有？我说不太明白。他便如同拉家常一样，娓娓道来。从快慢节奏的有机结合和合理转化，讲到各身体部位的特点与锻炼方法，甚至每个环节要做多少分钟，他说事前都周密考虑，逐步形成习惯。对于身体锻炼，我一向持"自由化"观点，以为只要坚持活动，随心所欲就行。看了中一师的精细安排和实际操作，才深感他的严谨认真、一丝不苟、讲究"章法"。

1986 年底我到青岛以后，和中一师见面的机会少了，但只要有机会去济，每次都尽力挤出时间去看望他。最近一两年，我看到他背有些驼，黑发大减，行动显得迟缓，眼力也似乎不如从前，心里不禁有些凄然："中一师老多了。"但看他的精神依旧充沛不衰，为事业奔忙不停。有一次看到他桌上摆一大捆信封，见我似有疑问，他便立即解释说："写作学会要评奖了，他们都忙，所以就没去麻烦他们，自己写写发出算了。"还有一次在他楼梯口碰见了，他匆忙地正拿几包东西往外走。我问他去哪里，他说："有几位青年作者要我为他们作序，有的要求改稿。白天会多，打了几个夜班，今天总算赶完了，想抓紧寄出去，免得他们挂牵。"他就是这样，事无巨细，只要于朋友于青年有益，他就不辞劳苦，认真去做，几十年如一日，直到生命的尽头。

世界并不专为那些叱咤风云的非凡英杰而设，也不只替那些聪明绝顶的才子着想，天赋虽不一定高但却扎实勤奋、永不停歇自己前行脚步的平凡老实人，也会在事业上登上一个又一个新的峰巅，会在做人上升华到一个又一个新的境界，其精神作风同样会迸发出耀眼的火花，即使在他的实体消失之后，其思想的魅力仍然会长久地保留在人们的心中。对这种精神作风，我要用自己拙笨的文字表示深挚的敬意，用自己粗壮的声音唱一曲"坚"字的赞歌。

1995 年 7 月 10 日于青岛大学

可敬的前辈　严谨的学者

邹建军

我所敬重的冯中一先生去世快一周年了，我们都很怀念他。冯中一先生是我国著名的诗歌评论家，也是我国最早招收诗歌专业硕士研究生的导师。我从四川大学中文系毕业以后，曾经有读研究生再行深造的想法，冯中一先生是我所选择的导师之一。后因某种原因没有实现，我一直很遗憾。

我和冯中一先生开始通信是很早的事。1985 年，有一天我忽然心血来潮，想编一本《中国新诗评论家传》，给各位评论家去信征集资料。没有想到，冯中一先生很快就回了信，并寄来了传记的手稿，给我这个年轻人许多鼓励。他同时又提醒我说，这个选题比较狭窄，可能出版起来不太容易。后来果然如此，好几家出版社在肯定其价值的同时，又担心发行量太少而亏本。为这事，我一直觉得很对不起冯中一先生。只是在 1988 年时代文艺出版社出版了我和黄邦君合著的《中国新诗大辞典》之后，才算有了一个交代。其中不仅收了他的小传，也收了他诗论著作的条目介绍。这本书出版后，冯中一先生作了很高的评价，专门给我和邦君来了信，我们感到非常高兴。当时，新一代比较有权威性的诗评家还没有出现，冯中一先生在诗坛的地位是相当高的，又是山师大教授，能得到他的肯定是不容易的。对于他的意见，我们都很珍惜。他的信我们一直珍藏着。

有一件事，我更对不起冯中一先生。有一年，我到四川开会时，认识了一个对中国山水楹联有兴趣的同龄人，他要我与他一起编本《中国山水楹联鉴赏大辞典》。考虑到我对这选题不太熟就想推脱，但他说只要我联系一些人来写作就可以了。为此我给冯中一先生去信，他推荐了他的两位研究生来参加。书稿编好以后，因为订数总是上不去，一直出不了。冯中一先生和他的学生并没有来信催这件事，而我却一直感到内疚。我觉得自己做事太浮躁了一点，要考虑周全一些才好。不过，当时出版社是出具了证明的，就是说这是由出版社约稿，出版是有保证的。也许冯中一先生根本就没有把这事放在心上，也许他早就忘记了，在我却是一种精神上的负担。

我和冯中一先生一直没有见面的机会，但我从他那里得到的东西是说不尽的。我在大学时代，他的几本诗论著作是比较详细地读过的，从中受到了很大的启发。当时，真正可读的诗论著作并不多，好像只有何其芳、尹在勤的几本著作。冯中一先生的书虽然多是20世纪50年代和60年代出的，如《诗歌漫谈》《诗歌的欣赏与创作》《学诗散记》，但由于写得实在、谈得具体，许多见解都没有过时，我们都能接受。《诗歌艺术论析》是1983年出的，更体现了他对诗歌艺术的新探索。现在，我的手头仍有一本他1992年3月寄赠我的《诗歌艺术教程》，由山东教育出版社出版，比较系统地探讨了诗歌艺术，体现了冯中一先生在诗歌艺术上不断进取的开拓精神。照理说，他早有成就，由于当时的环境，他接受传统的东西多一些，在别人可能就很难改变了，很难有新的进展了，但是冯中一先生却能在诗歌艺术和诗歌美学思想上不断地有所前进，对一个老年人来说是相当了不起的。他在80年代中期和后期所写的一些诗论，好像是新生代的诗论家所写，显出一种锐气来。这是值得我们好好学习的。

去年，在北京召开的中国现代格律诗首届年会上，我再次和冯中一先生的学生鹿国治兄在一起聊天。国治是冯中一先生的高足，也在诗歌评论上有所成就。我从他身上看到了冯中一先生的作风和气度。朴实、正直、机智、精明，也许正是冯中一先生的品质。当时，诗人郭廓也谈到了冯先生在山东文坛的地位，他的一些高风亮节的表现，一些令人感叹的故事。现在回想起来，觉得冯中一先生并没有离开我们，他好像还在山东工作，有一天我还会去那里聆听他的教诲……

哭冯中一兄

苗得雨

入冬来雪还未见落，
雨不大却下个不歇，
冬天有雨是常见事，
霹雳一声击碎人心魄！

出门归来刚想前去面叙，
想不到见老哥成了送老哥，
有多少要说的话未能得说，
那不停的雨啊是我的泪落！

四五十年的好友有不少，
您是一直情深的一个；
世上好品德的人有多少，
您是十分合格中的一个；

您指导帮助过的文友多少，
众多成长与提高中融着您的心血，
您培育过的学生、子弟多少，
像老农数不清浇灌的禾苗棵棵。

棵棵禾苗结果又育禾苗，
一代代成果连一代代成果，
是大家的社会的成果，
也是您——兄长、师长的成果。

您的担子越来越重，
是人们信赖赋予的重托，
重托是这样一种事物，
既推脱不了就难再推脱。

您平静的性格已不平静，
您有壮小伙才有的红红面额，
蚕在吐丝时是里外透亮，
那是您腹中沸腾着热血。

您幼年丧母老年丧子，
多少沉重打击都坚强挺过，
辛勤的人总以愉快对待劳累，
谁都没想到您忽然被迫永远休歇。

好品德的人应当高寿，
您全部特征都预示将百岁超越，
诗的手法有移情、错位等说，
您原是换一种方式
在大家心中永活！

1994.11.19

老师给我们留下的……

宋乐永

我的授业导师、指导我成长起来的恩师冯中一先生，离我们而去了。先生走得那么匆忙，那么从容，数月前还在一起磋商省写作学会的事情，几天前还在为大学生做专题报告，两天前还去出席省作协的会议，甚至当天还在为一部书写序言……可是，晚上却悄无声息地离我们而去了。让周围的亲人、学生们毫无思想准备。先生一生不麻烦人，连临终也是那么轻轻地、从容地而去。葬礼那天，冷雨霏霏，苍天亦垂泪，为我悼英魂。

先生去了，逝者如斯夫，纵你呼天唤地，也是千呼万唤唤不归了。虽是下雨，葬礼那天，从全省各地前往吊唁的却不少，厅堂里挤不下，满院子里都是人，老师喜清静，但先生的功德品格，却召来了各方面的哀悼者。

听着沉重的哀乐，我似乎在接受着一次庄严的洗礼。痛定思痛，我在想：一位省内德高望重的名教授，清贫的一生，留给后世、留给我们的，究竟是什么？

"爹爹留下无价宝，怎说没留什么钱？爹爹的品德留给我……爹爹的智慧留给我……爹爹的胆量留给我……"李铁梅的几句唱词似乎廓清了我纷乱的思绪。是啊，先生的品德在全省学界那确乎是数一数二的；先生的学问智慧在省内也是一流的；先生的胸怀、气度可说是享有盛名。古人讲道德文章，诗人讲胸襟、抱负。从这几个方面讲，先生留给我们的，可谓"千车也装不尽，万船也载不完"。

一

提起冯先生的品格德行，没有人持有异议。这几乎是大家的公论。这的确不是人人都能获取的殊荣。

一个人做点好事并不难，难的是一辈子做好事，不做坏事，这才是最难最难的！特别是现如今，不计代价，不讲功利，热心于公益事业，更是应当极力倡导的。先生晚年，成了名教授，成了省内有影响的名人，兼取挂衔若干：省人大常委、省民进副主委、省写作学会会长、省作协主席……本来，兼一兼，挂一挂，在当今名人中倒也挺流行的。但先生百事认真，天生不会空挂、空兼，不管什么事，一干上了就特别地投入，特别地认真，又加上人缘极好，解不开的难题，理不清的疙瘩都来找，先生往往是来者不拒，从不推诿敷衍。据熟悉内情的人讲：先生接任省作协主席后，一方面频频找人商讨振兴山东文学创作的大计，另一方面倾尽全力协调各方面的关系，又加之本来身体状况欠佳，先生几乎是生生累死的！我们听了此话，一面为先生暗暗伤心，一面又深深钦佩先生的高风亮节——文人以身殉职者当然也不是绝无仅有，而像先生这样为公益事业拼老命的，现今也不是太多。这不禁使我想到60年代的焦裕禄、90年代的孔繁森，现在中央不是大张旗鼓地号召人们学习这些模范人物吗？我想，先生是以他一生的行动，特别是晚年的余晖，为我们立下了一个活生生的榜样。

先生热心公务，律己甚严。虽然身兼数个要职，但从来不失文人的清高，似乎是形成了习惯式的克己奉公。开会很少要车，一般是步行加公共汽车。从70年代末住的一个顶层三室房，一直住到现在。家中一位九十多岁的老母，一位是同他年纪差不多的老伴，三个老人操持日子，从没想到把在外单位工作的女儿调进来。三位老人过日子，在一般家庭是举手之劳的易事也会成为难题。我记得有一件小事，先生的朋友从南方寄来了一筐橘子，放在车站口已经几个星期了，老师硬是没好意思让我们去取回来，等到我们知道取回来时，橘子已经烂去大半了。

先生就是这样一个人，轻易不麻烦别人，甚至自己的至亲好友，而对所有求他办事的人，却总是有求必应。找他为书写序的人很多，他总是非常认真地下功夫写出高水平的序言，不管是多么厚的一部书，他总是认真地先看明白再动笔，决不凑付了事。所以，先生的序言往往都是高水平的论文，有的甚至借题发挥，提出若干有见地的新论。所以，难怪有人主张，应该把先生的序言搜集整理成一部集子，从中可以看出先生的若干学术见解。先生在社会上是一个助人为乐的忠厚长者，在家里是一个孝顺的儿子、慈祥的父亲。了解内情的人都说：冯先生这一辈子，除了社会上的风风雨雨之外，家庭生活中也是个经历坎坷的人。幼年丧母、中年丧妻、晚年丧子，这人生的三大不幸，都被先生遭遇了。但这些灾难、痛苦没有压垮这个品格高尚、意志坚强的人。记得先生在讲诗品与人品时，曾反复强调，有第一等胸襟、第一等抱负，始有第一等好诗。先生自身不就是一篇绝妙的好诗吗？先生的家庭几十年如一日，和睦相处，其乐融融，从没有吵吵闹闹的事发生，最令人感动的是先生唯一的、已成家成才的儿子去世那些日子，先生所表现出的超人的意志与精神境界。

当时先生已在带我们几个研究生，本来以为这样的打击对于一个自身就久患重病的老人来说不亚于五雷轰顶，我们都以为这几天的课肯定是上不成了。不料，儿子的后事刚一办完，先生就按时来给我们上课了，而且照旧是那样有条不紊、纹丝不乱。我们都感动得暗暗垂泪，同时也深深地为老师的境界所感染。

二

先生的学问做得严谨而扎实，教书更是首屈一指，“教小学生、中学生、大学生、研究生，教书育人桃李遍天下”。这朴实的挽词不仅概括了先生的一生，更反映了先生忠于党的教育事业、辛勤育人的丰硕收获。先生的课讲得非常出色，这在山师大是公认的。先生每一次演讲、讲课，题目可以是同一个，但随着时日的推进，同一课题总是不断地充实、更新着内容。先生讲课，从来都是一字一句写成教案，我几乎很少见到他信马由缰式的讲课乃至讲话，即使是即兴式的讲话，也是严谨地写成稿子。我想，若是把每一次先生在写作学会年会上的讲话汇成一个册子，很可能就是这二十几年写作界前进发展的履印。

先生对自己治学、教学严格，对学生的要求也是严格的。我是一个未完成本科学业、以在校学生的身份考上研究生的，自身的文学功底、诗歌素养较差，先生几乎是手把手地教我写文章。先生很注重培养学生的实际写作能力，他在改学生习作时，不仅是逐字逐句地改，而且有时会为其中重要部分重写一下。我至今仍保存着先生为我改写、批阅的若干草稿，这是我终生享用不尽的营养。好的老师在指点学生时，最高明的是教学生炼金术，而不在于给了多少金子，老师对我的教授就是这样。我们师兄弟几个如今天各一方，干什么的都有，但一个共同的感受，就是恐怕今生今世难得再遇上这样尽职尽责的老师了。我现在在做和老师一样的行当——教书，每当感到失落时，不由得就想起了恩师，于是就不敢有一点懈怠。曾记得有一回有一个机会，朋友劝我改行"下海"，在开会的时候，我透露给了老师，先生的脸色一下子暗了下来，沉思良久，终于慢条斯理地说了句话：还是长远一点好！再让他明确一点讲，先生苦笑了一下说：我相信你会斟酌的。后来我把新开创的对外汉语教学等事向他说，他高兴得眉飞色舞，连声说：好！好！好！我说你会斟酌好嘛！告诉你一个好消息，国治（我的同班学兄）又到山师来了。老师就是这样，从不强迫你干什么，但对我们搞学问、干事业有一种由衷的激励。先生就是这样，为党的教育事业、为学生的成长、为他毕生所从事的事业的发展开拓，为培养新人，可以说鞠躬尽瘁，贡献出所有的生命才智。

三

教小学生、中学生、大学生、研究生教书育人桃李遍天下；

在教育界、学术界、政治界、文艺界立德立言功勋传千古。

这是先生的同仁和弟子们为先生写的一副古风挽联，是写实，又是礼赞，既亲切感人又让人提气。是啊，先生一辈子是个教书匠，从教小学生始，至教研究生止，但就是这样一位平凡的教书先生，在教育界是知名教授，在学术界是学会会长，在政治界是省人大常委、省民进副主委，在文艺界是省作协主席，这些头衔也不是一般教授都能拥有的——从这一点看，先生这一生也算很富足了，更重要的是，先生一辈子教书育人，立德立言，在身后留下了一座永久的丰碑，这更是一般人所难以企及的。这些身后留下的精神财富，是先生生前一点一滴、随时随地、勤勤恳恳做出来的！我们可以不完全赞同、效仿这样一种生活方式，但后辈人不能丢掉这种优良传统。有人说，时代变了，过去的老一套不值得提倡了，但“过去的老一套”是应该进行分析的，我们丢弃或曰扬弃的是不符合时代潮流的旧观念、旧习气，但对于那种正道直行、先天下之忧而忧的道德情操，对于那种九死而未悔、严谨治学、诲人不倦的敬业精神，对于那种生命不息战斗不止的拼命精神，是应该大大发扬而光大的！

先生就是这样一种人：像每天都要起早登千佛山一样，他永远是一个攀登者的形象！

先生是一首诗，他一生爱诗、写诗、评诗，他本人也诗化了，记得他讲课时，曾对我们说：世间有两种诗人，一是以诗为生命的人，这是艺术家的品格；另一种是以生命为诗的人，这是革命者的品格。先生既是一个以诗为生命的艺术家，又是一个以生命为诗的革命者。

先生辞世后，省内教育界、学术界、文艺界各界人士、先生的生前友好及亲属弟子，利用各种形式在不同场合与地点举行了各种各样的纪念与悼念活动，有许多是自发、自愿组织的，先生回眸应笑慰，先生身后留下的，除了那挤满书橱的书以外，更宝贵的是一种激励后人不断自省、不断向上的精神！

缅怀恩师

侯书良

惊悉恩师冯中一先生仙逝的噩耗，是在 1994 年 11 月 13 日下午。当时我刚风尘仆仆地驱车自威海返济，准备 14 日陪恩师去德州陵县参加一青年诗人的诗集出版座谈会。我不敢相信这是真的。然而，肃穆的灵堂，袅袅的香烟，络绎不绝的吊唁者，都凄楚地证实着那黑色的时空不应该发生而却突然发生的一切。我只能用撕心裂肺般的哭声呼唤我慈父般的恩师！

恩师一生从事教育工作，并在诗歌理论研究和评论领域耕耘不辍。据说，他是在为山东师范大学中文系大学生、研究生准备讲演稿连续拼搏四个深夜，又不辞辛劳地讲演数小时后，接着又在为陵县的那个座谈会准备发言提纲的 13 日凌晨因心脏病突然发作而去世的。像勇士倒在沙场一样，恩师从 17 岁即开始执教的伟岸身躯，终于"鞠躬尽瘁，死而后已"地倒在了他所热爱并为之奋斗终生的教育阵地上。他身后虽然没有烈士的荣衔，但他却是一位口碑、心碑高耸云天的长者，是山东教育界、学术界、文学艺术界后来者公认的良师益友。向恩师遗体告别之日，尽管雨雪霏霏，但从济南、全省乃至全国各地冒雨赶来的党政领导、恩师的生前好友、学生、文学作者等，仍不下七百之众。人们用心簇成的无形的花圈将挽住一个既平凡又伟大的灵魂。

我是恩师所带的首届硕士研究生，从师三年，深感恩师慈父般的情怀深沉似海。他平日对我们要求颇严，从做人到做学问，都从不放松分毫。我在读研究生时所发表的诗歌理论研究文章或诗评，几乎都经过他逐字逐句的修改，然后共同署名发表，而稿酬却分文不取。我过意不去，硬要送还恩师，恩师却慈爱地说："你过'而立'之年抛家舍业重过清苦的学生生活，实在不易，这钱你还是留着买点书或贴补家用吧！"

1981 年 5 月，为了写毕业论文打基础，恩师带领鹿国治、宋乐永我们三位研究生去苏州、南京、上海等地走访现当代文学名家。到南京后，我们下榻在南京某大学招待所。18 日晚上十点多，在招待所二楼服务台突然接到济南紧急长途电话：恩师唯一的爱子肝脏破裂生命垂危，请他老人家速返济善后。听到这一不幸消息，我们三人都有些手足无措，经过反复磋商，为使患有心脏病的恩师不致惊出意外，决定以学校有特殊急事相召为借口，送恩师连夜乘火车返济。当恩师在房间听完我们编造的"电话内容"后，神情泰然自若："要走也得等明天与南京大学有关方面会晤的事宜落实后再走。"我知道时间对恩师父子来说是何等的宝贵，如晚走一天，致使恩师不能见爱子最后一面，那将是他们终生的遗憾啊！于是便力陈我们都已过而立之年，完全可以照恩师制定的访问方案走完全程，圆满完成学习任务，请恩师务必立即整装启程。我们编造的"谎言"当然瞒不过恩师睿智的眼睛。临出发前，他的爱子刚因肝硬化晚期而住进医院。他知道济南深更半夜来电，十有八九关涉其子。恩师爱他的儿子，更爱他所从事的事业和他事业的接班人。面对我们笨拙的催促，恩师终于发火了（这是从师以来恩师第一次也是最后一次对我们发火），他说道："人生在世，要重事业，重信义。我已和南大有关方面谈妥了明天的行程，怎好不辞而别呢？你们都老大不小的了，应该知道凡事要以大局为重呵！"翌日，恩师终于和我们一起拜访了既定的访问对象，又向我们详尽地布置了上海等地的访问方案，并给吴欢章等教授一一写了拜托关照我们三人的信函，才拖着疲惫的身躯踏上北去的列车。离宁时，我们想派一人陪恩师同行，以照顾他的饮食休息，但也被谢绝了。不久，恩师痛失爱子。为了不影响我们三人的学业，恩师执意不准想尽"半子之谊"的我们参加其子的治丧活动。恩师幼年丧母，中年丧妻，晚年丧子，人生三大不幸，均临其身。恩师除二爱女外，身后无长男，他以其病弱年迈之躯操持如此悲凄之丧事，谈何容易？可他硬是以超人的毅力闯过了人生一大难关。

他对自己的爱子似乎"薄情"，但对我们研究生却是处处体贴入微，关怀备至。平日他总是嘘寒问暖,帮助解决各种学习和生活上的困难。恩师的容颜,在我们面前,一年四季总是春风和煦,阳光灿烂,开口谈话,未闻其声,总是先见其慈祥的笑容,给人以慈父般的温暖。研究生毕业分配时,为了圆我幼时的编辑梦,恩师曾不下十次地在晨练后不吃早餐便步行数里到出版社找有关领导,向他们举荐我,其舐犊深情,慈父般的关爱,令我终生难忘。

现在,我脑海中常常会映现南京招待所深夜的那一幕,映现恩师遇事不惊、临危不惧、泰然处变的高大形象,映现他重事业、重言诺的高风亮节。他就是这样一个爱业胜子的伟大园丁,一位爱徒如子的慈父般的师长!

恩师是一位勤奋的人。为分担沉重的家庭生活负担,他 17 岁即开始了教学生涯。应该说,他的"学历"并不高,但他凭着勤奋自学成才,终于一步步攀登上知识的巅峰。他教小学生、中学生、大学生、研究生,桃李满天下;他登讲台,步诗苑,领导山东文坛,硕果累累,功劳卓著。五六十年代,恩师全家六口人老少三代蜗居斗室,冬天寒冷,夏季酷热,为了振兴和发展新诗,他总是利用寒暑假的空闲时间赶写新诗理论研究文章或诗评。素有"火炉"之称的济南夏日暑热难耐,夜间蚊虫特多,他就赤膊把自己关进蚊帐,以枕头当书桌来完成写作任务。几番酷暑寒冬,他终于撰写并出版了自己的诗评专著《诗歌漫谈》《诗歌的欣赏与创作》等,成为全国知名的写作课学术权威、诗评家;1979 年又第一个在全国招收中国现代诗歌理论研究生,为发展中国新诗理论作出了应有的贡献。恩师是用自己辛勤的汗水凝起自己事业金字塔的典范。

恩师又是一位严于律己、宽以待人的好人。他平时总是把委屈和吃亏留给自己,把理解和谅解让给他人。他做人的准则是"内方外圆",即为人要正派,处世要与人为善,不以棱角摩擦伤人和气。因此,恩师在同事和晚辈心目中始终是一位德高望重、宽宏大量、与人为善的长者形象。记得在读研究生时:我和恩师合写一篇诗评文章,试图从深层剖析一位著名山水诗人的诗作。为了尽力做到"知人论世",我把文稿先送给这位诗人征求意见。读后,这位诗人对文章中关于《书卷崮》等诗作的剖析尤感满意,曾叹道:"知我者,书良也!"文章很快在《星星》诗刊刊出,首开研究这位著名山水诗人诗作之先河。孰料有一位平素与先生关系较好的诗评家后来却在一个全国性刊物上撰文批评我们对《书卷崮》的剖析有“臆断”之嫌。我对这位先生的做法深感不解，但恩师却说：“诗无达诂，它可以让人从不同角度去解析。对《书卷崮》的不同理解正说明了这一点。再说，此属正常的学术争鸣，我们不必记怀！”从恩师平和的神态和话语中，我看到他老“宰相肚里能撑船”的海洋般宽阔的胸怀和大将般的气度。不久，有几位学者相继发表署名文章批驳那位诗评家的批评文章。我想，这一方面是出于他们对科学的尊重、对真理的追求，另一方面更多的恐怕还是大家为维护从不遭人非议的恩师的声誉才仗义执言的。

研究生毕业后，我被分配到省出版局做编辑工作。1983 年 5 月，我应邀陪恩师去庐山参加华东写作研究会学术年会。会议安排我们下榻在庐山大厦。按照宾馆高、中档房间搭配安排的包房规定，原国家主席刘少奇和夫人王光美在庐山会议期间曾下榻的别墅小楼也由会议包下。起初会务组打算将刘少奇、王光美住过的“豪华间”留给德高望重、身为数届华东写作研究会会长的恩师，但恩师权衡华东六省一市与会代表情况，断然决定让王撰信和我等几个来自出版部门的特邀代表住在“豪华间”，而他老人家自己则和大学代表一起住进普通的二人间中档客房。由于恩师识大体、顾大局，遇事出于公心，从不计较个人得失，深受华东写作教育界爱戴，在他的主持下，大会开得生动、活泼、团结、向上。他在庐山克己让房的事迹也传为美谈。

恩师治学严谨，一丝不苟。他的文章手稿向来都是一笔一画，工整认真，从不胡乱涂改一字，即使有需要修删或改动之处，也都是仔仔细细地在另外的稿纸上写好待改的字，然后剪下贴到手稿需改处。我们首届现代诗歌理论研究生尽管只有三位同学，但每次上课，恩师都是课前充分准备讲稿，课堂上认真照讲稿授课，俨然如在阶梯教室上大课。课后我们都必须按时完成恩师布置的读写作业。当年有时还觉得从师于先生太紧张，现在回顾三年的学习生活，真感到是一种幸福、一种造化和幸运！

我自幼失去父母双亲，是党把我从小学一直送到大学，粉碎“四人帮”之后又培养我完成了研究生学业。我从心眼儿里感激党，感激给我知识、教我正直做人的慈父般的恩师。我知道恩师为我付出的太多太多，而我所能报答恩师的又太少太少。所以，平日工作之余，我总是尽力多去看望恩师，聆听他老人家的教诲。为报师恩于万一，1994 年 4 月 24 日，由我出面组织二十余名新老校友为恩师祝贺七十一寿诞。会上，大家热情洋溢，同声共颂恩师齐天的功德。恩师也兴致盎然，分外激动。与会校友约定，今后我们每年都要借恩师寿诞之日聚会一次，让辛勤的园丁感受桃李的芬芳，等到恩师七十五寿诞时再来一次大庆，届时还将邀省内外校友共同举办恩师学术思想研讨会，以弘扬恩师的思想，继承恩师的事业，光大恩师的精神。我万万没有想到我们第一次为恩师祝贺寿诞竟然成为最后一次……

我深切怀念我慈父般的恩师！

我被泪水打湿的记忆将永远铭刻着恩师慈祥的微笑，竭诚奉献的精神！

缅怀冯中一先生

吴开晋

时钟停顿了，空气凝结了，呼吸屏止了！这是真的吗？是否误传？当我听到中一先生突然逝世的消息时，真感到震惊！因为昨天中午还和先生一同聚会，商讨编写一部“新诗选”之事，诗友们广开言路，热烈争论，先生做了总结，叫大家分工负责，多通消息，编出高质量的书来。可是，仅仅一夜，不到十二个时辰，先生竟去了另一个世界……昨天的聚会，成了对先生的送别。

我想起，70年代末刚来山东同高兰先生合招现代诗歌研究生时，曾和冯先生共同商讨应设的课程；我想起，冯先生参加我们的研究生毕业论文答辩时，对年轻人谆谆嘱托；我想起，在《黄河诗报》几次举行的诗会上，先生热情洋溢的发言和对古诗词的吟诵……然而，最使我难忘的，是今春的菏泽之行。当时，菏泽地委宣传部和地区文联举办了一次牡丹诗会大奖赛，冯先生是评委会主任，同行的还有恒昌、忠岳两位先生和我。会间有幸和先生详谈对诗的见解和他个人的生活经历。先生对我说，人生的三大不幸——幼年丧母，中年丧妻，老年丧子，他都赶上了。我听了，深感震动。因为拼搏于诗坛和教坛的中一先生，从无一丝悲感和失落之怀，他带研究生，严格要求；著书立说，朝气蓬勃；参加社会活动，毫不懈怠！他身上有着一股强烈的生命力和责任感。早就听说，先生二十多年前就出现过心肌梗死等症状，经抢救转危为安。从此，先生锻炼身体不辍，每天早五时起床，步行到千佛山，练功打拳，呼吸新鲜空气，还唱唱小调，吟诵诗篇，二十几年如一日，风雨无阻。出外开会，也早起锻炼，这二十几年的生命，正是如此而来。我常向一些有病的朋友介绍先生的经验。想不到，他终未能战胜病魔。

从菏泽开会回来，正遇着省作协换届选举，先生被选为主席。先生对新班子寄予很大希望，曾设想了一些改革措施和振兴之举，更想为山东文学界培养更多新人，他不止一次向我们这些晚辈倾吐心中抱负，但是，这一切都随着先生去了……

还记得四月末先生的弟子曾为他的寿辰举行过一次小型聚会，主持人约我参加。恰逢我要到外地讲课，而且日程早已定好。接到通知时已来不及调课，只好赋诗一首以贺之。我这个不通平仄音律的人，竟写了一首古体诗。因先生是研究新诗的，在此我把它改成新诗，以作纪念：

你踏尽了泥泞走进了春色
用歌声去飨静坐的千佛
飘落的鹤发结出智慧的种子
战胜病魔又燃起生命之火
滴滴热汗浸透讲授的诗卷
点点心血注入年轻的体魄
一颗诗魂游荡在齐鲁大地
简朴的名字随朝阳闪烁

是的，先生历经坎坷，晚年得福，正该大展宏图，为山东文坛贡献才智，却永远离我们而去了。但先生的精神是不朽的，他的音容笑貌将永远铭刻在我们心中。

1994年11月13日急草于冯先生逝世之日

铭刻心田的名字:冯中一

——哭冯先生

李继曾

在我新近出版的《基础书法精析》一书的首页印着三个挺秀刚毅的字——冯中一,这是冯先生为这本书写下的三千字序言的亲笔署名。然而,笔迹飘香,人已仙逝,连他自己也未能来得及目睹印在书上的这个签名。

出于敬重的心情,我将冯先生的签名手迹印在书上,由于原来的签名笔画较轻细,制版缩小后不太清晰,所以在冯先生辞世前几天,我又请他重写这三个大字,他立刻用钢笔写出来交给我。这次晤面,我们谈了较长时间,话题仍然是谈心话感,互通信息。当我问及是否还坚持爬山锻炼时,他爽朗地回答:“照爬不误。”那刚毅的话语中仍然充满着自信。无论如何也没有想到,这次接触竟成了最后一面,他写给我的墨迹鲜活的序文署名,竟成了永久的留念!

我和冯先生既有师生之情,又有同事之谊,我读大学时就曾聆听过冯先生的“诗歌创作”讲座,毕业后又一直和他在同一教研组(室)工作。三十多年来,在教学、工作、科研各方面相互切磋,相互支持,可谓风雨同舟,情真意切。他的为人处世,好多地方都使我感动,受到熏陶,他早已在我心中留下完好的景慕、尊敬的长者印象。

他对人宽厚、真诚,一贯克己让人。凡是熟悉他的人有口皆碑。大事不说,举以下小例:每年学校评科研奖,根据成果数量分配奖项,冯先生都是成果最多,但领下奖项后他就退出参评席位,好让年轻同志有获奖机会,用他自己的话说:“只当分母,不作分子。”他的这种长者之风,人所共鉴。正如别人问及他的处世态度时,他这样回答:与人无争,与事有补。他是这样说的,也是这样做的。今天想想,这八个字该有多大的分量啊!

冯先生对青年后学总是竭诚帮助,不论亲疏远近,不惜代价。不用说在校的学生,多少年来光是来自全国各地的慕名求教者就不计其数,有的请审书稿,有的请写序言,有的请求诗文辅导,还有的请求批改文章,他总是有求必应,从不拒绝推诿,给人以满意答复。其中,书信往返,邮件收发,他都亲自跑邮局办理,光是这些事谁知耗去了他多少精力和时间,但统统不算在他的工作量上。

对己,冯先生坚守严于律己、克己奉公的准则,大至国家法律,小至生活细事,处处以身作则。按说在学术界他是国内著名学者、教授,在政治界他是省人大常委、民进山东省委副主委、山东省作家协会主席,但他总是把自己视为平民百姓,决不弄权耍威,以权谋私。譬如他在本市参加会议,从不要公车,大都步行或乘公共汽车往返,去外地开会,很多情况下应报销的费用,他也自己负担。再如,他享受保健待遇,又长年患有心脏病,但他从没有住院治疗,宁肯自己买来医疗器械如血压器等进行自我护理。不少药物他也都是自己花钱购置。这些事情也许算不上什么大事迹,但冯先生能一以贯之,几十年如一日,事事处处用克己奉公的尺子要求自己,这就难能可贵了。

冯先生每每以“石头缝里长出的一棵小草”比喻自己的命运。他的确命苦,早年丧母,中年丧妻,晚年丧子,人生三大不幸都曾落在他的头上。所以,直到70岁的高龄,在家庭中还处于“老年人的年龄,中年人的担子,青年人的地位”。因为上有老母(继母),下有未成年的孙子,在家中还当着主要劳动力。今天,我们从另一方面看他的这一自比,他不正像石缝里长出的小草那样,要求于人的甚少、奉献于人的甚多嘛!

尽管冯先生已经走了,但他的人格精神却被我铭记于心。今天,当我目睹冯先生为我的书写下的长篇序文以及留给我的这个鲜活闪光的署名时,心中千思百感,泪眼中写下两句话:

是师是友并良师益友,

为长为贤真耆宿楷范。

难忘的音貌

——怀念老友冯中一先生

陈作诗

噩耗似雷击顶，泪水如泉涌流。1994 年 11 月 17 日下午 3 点左右，我在街上碰见本单位的一位同事，他一见我就问我："这两天怎么没见到你，你的老友冯中一先生逝世了，你知道不？"我回答说：这是绝不可能的事儿，3 日这天我才收到他 10 月 26 日写的一封信，怎么会逝世了呢？同事接着说："不信，你去办公室看讣告嘛。"

本来我想出去办点事儿，这一听，我慌忙去了办公室，一看讣告，真是噩耗如雷击顶，泪水像泉涌一样流了下来。我痴呆呆地看着讣告，双手颤抖不停。

我和冯中一先生认识，是在 1961 年 11 月山东作协分会在泰安泰山宾馆召开的全省诗歌座谈会上。见面时，他是山东师范学院教师，我是穿着大腰棉裤、对襟棉袄，叼着铜烟锅、揣着荆条秆儿小烟袋的农民，但是俺俩一见如故。一有空俺俩就凑在一起拉一拉，他对我说："你的诗我读了一些，优点是语言朴实，生活气息浓厚；缺点嘛，随你，你人忠厚老实，写的诗也太老实了。人老实了好，诗老实了就不行。"冯中一先生说的这段话，当时对我启发很大，至今记忆犹新。

1962 年 3 月号《山东文学》诗歌专号上发表的我的《赶集人》那组诗，就是那次诗歌座谈会后写的，其中《赶集人》一首被选进山东作协分会 1962 年编的诗集《山东风情》里面。

冯中一先生的《诗歌的欣赏与创作》一书出版后，寄给我一本，我收到后，就如饥似渴地读了一遍。通过读了冯中一先生那本书后，我在诗歌创作方面有了很大提高。可惜那本书没有保存下来，在“文革”初期被扫了“四旧”。从那，我就和他经常书信来往，1976 年我被调到地区工作后，只要有机会去济南，说啥也要抽空到他家去看他。

1989 年 4 月，我的诗集《田园新韵》出版后，给冯中一先生寄去了一本。同年的 8 月 8 日，他给我回了封热情洋溢的鼓励信，其中一段说：“你以农民的素质，抒农民的真情，而且随着时代的前进，不断增加新的风趣韵味，确实是献给广大农民的时代新声，是乡土诗坛上受到普遍欢迎的精神珍品。希望继续坚持这种奉献精神与艺术追求，有更优秀的诗篇问世。”我读了这封信后，心里非常感动，暗暗下定决心搞好创作，决不辜负老友的期望。他在 1994 年 10 月 26 日给我写的信中，最后还盼望我再勤奋笔耕。

十多天来，我的心一直没有放下，我万万没有想到，仅仅大我 11 岁的老友冯中一先生，竟然与世长辞，再也不能和我见面了！他的慈祥、热切将再也不能重温！哀哉！

1994 年 11 月 30 日凌晨 3 点

难忘师生情

任　远

冯中一老师辞世快半年了。我在思想上却好像觉得老师仍在人世，随时可前去看望和请教。转念想到人已经与世长辞，心中立即充满无限惆怅，难以相信这怎么会是事实。

那是去年11月13日，立冬后的第一个冷天。我闷在宿舍里，心绪有些不宁。忽然，电话铃响，是位老友打来的。他声音低沉地说："冯中一先生今早去世了！"我脑中轰然一声，不相信自己的耳朵，连问："什么，你说什么？请再讲一遍？"事实无情。对方重复后，我心情异常沉重，愣在电话旁，一时难以自持。

怎么可能呢？一个月前的重阳节上，冯老师还亲自主持驻济文学界老人茶话会。那天，他一头银发梳理得十分整齐，面色润泽，目光慈祥，显得格外有精神。他老早就到会，热情地等待大家，对人那么亲切，在发言中充满对振兴山东文学的热切希望。听说在此之前他不幸摔伤，托着骨折的手臂还出席各种会议，找人商谈工作，为文学事业辛勤奔忙。11月12日，他去世前最后一个中午，还同朋友相聚，商议编《华人诗歌三百首》。晚上，又和家人一道看电视，并为患眼疾的夫人林老师读报。临睡前，他大概已感到身体不适，怕影响家人休息，独自留在书房。谁知，当夜2时家人发现时，他躺在书房的沙发上，病情已十分严重。3时10分，他就匆匆而去了！这实在太突然、太意外，太令家人和亲友难以承受了。

中国有句老话："一日为师，终身为父。"冯老师与我有近半个世纪的师生之谊，突闻噩耗，怎能不倍感惊愕，深受打击？眼前总晃动着老师那亲切慈祥的面影，心中有说不出的悲痛。

早在1946年，我就得识冯老师。那时，我刚从农村来济南上学，课余没处去，常到附近青年会听演讲。平时讲演的人，大都是年龄较大的济南名士。有个周末，讲演却是位年轻人。他就是冯中一老师，讲题是《生活的form》。事后知道，他当时年仅23岁，已是位发表过上百首诗并整理有评论集《新诗夜话》的诗人、学者。他朴素、文静、恳切，演讲题目也许有意模糊些，但内容却紧扣年轻人应追求进步与光明，很能讲到青年们的心坎上，给我留下了难忘的印象。第二年，我考进他执教的济南禹城中学，虽不在他所教的班，却经常向其请教阅读、写作等问题，他总是热情指导。

1948年济南解放，我们师生两人都进入了济南三中。我得到了冯老师更多教导，逐渐爱上了文学。我当时的习作《一个中学生的日记》，就是在他指导下写出后发表于《新民主报》的，从此便不断写些小稿。这对我一生从文有很大影响。那时，我们搞课外活动，冯老师也经常参加。特别是1949年暑假，济南组织中等以上学校的学生参加劳动建设。济南三中文工团随劳建队去淄博，冯老师被聘为艺术指导，与同学们一道排练节目，没白没黑下厂矿演出。有天下厂，卡车在一条小街上擦墙而过，他扶车厢板的一只手不幸被擦断几个手指。回济后，他住进市立一院。我去病房看望，见面后他很少谈及伤情，津津乐道的却是与同学们一道下厂矿的感受。

随后，冯老师长期在山东师范大学任教。他在写作教学与诗歌研究等方面造诣日深，有多部专著出版，被公认为著名诗歌评论家和写作理论家，在全国很有影响。但是，他一直平易近人，以诚待人。我曾亲眼见到，他将带新诗研究生的国内先行的有关资料，没有任何保留地交给四川等高校的同行。我平时请其审阅文稿，或向其请教问题，他更是从来不以长者或名人自居，而是以平等和蔼的态度商量问题，启发思者，令人在亲切叙谈与温暖友情之中得到启示，深受教诲。所以，几十年来，过些时候不见面，我心中就若有所失，总想前去见见老师。

1987年，我们两人都被选为省七届人大代表，每年都要在一起开会。当时，他已年近古稀，住在文化东路山师宿舍，他既是德高望重的老教授，又是省人大常委，随时可以要车，但不论是去珍珠泉礼堂还是去南郊宾馆开会，路都不近，他却经常是早起步行。去年，他担任了省作协主席，也仍是经常步行或挤公共汽车外出工作，一直保持俭朴作风。几十年来，他无论是治学、育人，还是从政、为人，各方面都被人所崇敬。所以，他不幸去世后，宋遂良教授所赠挽联中有“在教育界文艺界学术界政治界立德立言长存风范留人间”之句，的确是中肯之言。

近些年，冯老师除任山师大教授、省人大常委外，还是省民进副主委、省作协副主席、山东写作学会会长，并经常辅导青年教师，接连带四届研究生，真可谓重任在肩，繁忙异常。但是，当我将一大叠准备编集子的散文剪报拿去请写序文时，他不仅接了书稿，还挤时间读了每一篇作品，有的并做了摘录方才动笔。听说他写就一稿后，自己感到言犹未尽，又写了第二稿。我双手捧读其稿时，既觉得深受启发和教育，可作为宝贵的教材作为永久纪念，又深感不该给年迈的老师增加负担。同时，我也注意到，在当前社会各种序文中太多应酬与代笔作品的情况下，冯老师给多位诗人、作家写序文，却都是十分认真而又深刻的。这怎能不令人想到这位鬓发斑白的老人，或寒或暑，或早或晚，不顾劳累甚至疾病，为奖掖后进，助人成长，读书稿，写文章，付出了多少宝贵的心血？

1994年春，山东省举行第六届作家协会代表大会。作为省作协副主席的冯老师考虑自己年纪较大，想连代表也不当了，但省领导考虑他深孚众望，善于团结，又有很深的文学造诣，热情推荐他为省作协主席候选人。他本不想干，但为山东文学事业着想，还是勉为其难地接受了。可是，在那情况复杂而又紧张的大会上，我望着他那既泰然又疲惫的面容和身影，真有些心疼和为之担忧。所以，我与不少友人诚恳相劝：您年事已高，能干多少干多少，千万不要有压力。但是，他上任后仍四处听取意见，归纳思考，制订创作规划，紧抓繁荣文学的措施，直至生命的最后一刻。这又怎能不令人既钦佩又痛惜。

我在悲痛之余，从内心感到，只有终生终世全身心地以冯老师为楷模，对人民事业力尽所能，鞠躬尽瘁，才不辜负恩师几十年诚恳无私之教诲。

你没有离去

——写在冯中一先生逝世的讣告上

郭树荣

正当你肩负重任的时候，
正当你继续耕耘的时候，
正当你再创业绩的时候，
你却离我们而去了！

诗坛上流下你多少汗水，
文苑里多少人受教于你，
你桃李满天下，
自己却谦称“众一”。

纸，刚刚铺开，
笔，正待开启，
灯，依然亮着，
你却走了，离我们而去！

不，你没有离去，没有离去，
你依然笑容可掬

你没有离去，没有离去，
仍以你的著作对我们谈诗。

你是一棵大树

王耀东

人生有三大不幸，即幼年丧母、中年丧偶、老年丧子。你，我的师长冯中一先生，这三件事竟然都叫你碰上了。真是让人难以渡过的艰难，难以忍受的心理压力，难以扯断的亲情。

在我心中你是一棵顶天立地的大树，经得起雷打电击，经得起撕心裂肺的考验，经得起亲情怀念的侵扰。你超常地挺起脊骨，伸展你的枝叶，支撑一个家庭，给妻子以温情，给孩子以父爱，给朋友和学生以真诚、友谊和知识。

我们知道，你不仅是誉满国内的知名教授，对文学理论、诗歌创作的探讨与研究也是卓有见地。我开始写诗就受到你的影响。60 年代初期我在胶东当兵，那时部队文化生活十分贫乏，偶然得冯中一先生著的《诗歌的欣赏与创作》，如雪中送炭，天降甘霖，如鱼得水，高兴得不得了。星期天连队放假，我便躲进储藏室，一遍又一遍地默读，如轻风拂来，茅塞顿开，什么诗的结构呀、比兴呀、形象呀、夸张呀，心中开朗了不少。60 年代初期诗歌理论比较单一，部队驻在僻远山乡，弄到一本书不容易，冯先生这本书使我兴奋了好几年。无论南下江浙，还是渡江赴闽，宁愿少带一件衣服，也要把这本书放在挎包里。

我们这代诗人刚刚起步，就遇上摧折的风暴。我在"文革"一开始就被打倒了，曾一度决心不再写诗，所以中间断阻了若干年。党的十一届三中全会后，冰封的大地解冻了，被压抑的诗神又觉醒了。我接连出了两本集子，一本是《崛起集》，一本是《在历史的眼睛里》，都是反映农村变革的，冯中一先生收到我寄送的《崛起集》，立即复信给我，并指出："大作《崛起集》收到，至感欣幸，你最近连续出版诗集(指另一本诗集《在历史的眼睛里》)，大有崛起之势，可庆可贺！"

"你的抒情诗，更加凝练圆熟了，具有疏朗中见幽俏的情韵。峻青同志的序言也写得非常认真，阐述也颇精要。我省中年诗人最近结集出版较多，显示了切入现实而又突破传统手法的稳健开拓精神，这对于抵制新潮诗的歪风，推动中国今日新诗的健康发展，是有裨益的。……"信中建议开一个诗歌讨论会来讨论这个问题。这封信及时肯定了我的创作道路，对我这个写农村诗的人来讲是一个很大的鞭策和鼓舞。虽然他信中的建议未得实现，却已看出他试图站在一个高处，从宏观上把握诗的走向。

用他的话说，"扎根于'生我养我的故土'的农村抒情诗人王耀东，却是走着自己的探索创新之路——以憨厚、爽朗又带几分锐敏思辨的抒情个性，吟唱群众喜闻乐见的乡情恋歌"。他这段评论是中肯的，预见也是准确的。《崛起集》和《在历史的眼睛里》两本诗集的出版，在社会上引起一阵轰动和反响。《山东文学》作为山东作协的权威刊物决定发一个评论，要找一个有发言权的诗歌评论家，我毫不犹豫地建议请冯中一教授。

我的建议仅出于对冯中一先生的仰慕之情，对他当时家中出了什么情况却不知道，后来才得知此间他家中出了一些使人操心的事情，一是八十多岁的老母犯病，二是小孙女高考失利，对冯先生来讲，既要为老母治病求医问药，又要为小孙女就学操心劳神。再说冯中一先生身为教授，除像正常人一样处理家务事外，还有繁重的教学任务和社会活动；但即使这样，他还是接到约稿信后，日思夜想，抽时间认真写出了诗评《民族其魂，现代其风》，发在《山东文学》1990 年第 10 期。事后了知此事，既惶恐又感激。

在人生的道路上，有许许多多的驿站，这些驿站未必都是小歇的地方，或探路，或整休，或换乘，都十分必要。我觉得在我后期的创作上，一次同冯先生的谈话，印象极深，获益很大。这次见面是在他丧子之后。我担心这个打击对他太大，承受不了，又加上他长期患有高血压的顽疾，说是去找他求教，还不如说借此去安慰他一番，哪想到他神态坚毅，镇静如山，使我惴惴的心很快平复下来。

记得那是一个下午，我们谈的时间较长，交谈中，我惊疑地发现，他对我的创作十分了解，并对我所出的诗集《逝去的彩云》评价极高。他说："新出的《逝去的彩云》较之《崛起集》《在历史的眼睛里》两个集子又有很大提高，在诗情上、诗思上都有长进。"他又说："商品化的社会给搞文学的人带来了新的困惑和不解，反映到诗上就不应该是那种单一的东西，应该是多元的复合体，表现手法上也是如此，你在乡土诗的创作上大胆运用意象、隐喻、跳跃等手段，加大了诗的力度，扩大了诗的空间，我认为很好，对乡土诗的发展无疑增添了活力。"这一次谈话非常重要，特别在我对农村诗的创作感到步履艰难又无回天之力时，听了冯中一先生的教诲，增添了信心。他使我认识到：诗的危机是诗人的危机，只有诗人奋身自起，取于打破诗的僵局，勇于创新，农村诗才有出路。

我跟冯先生的交往，多通过书信，这一次单独交谈，对我的创作影响久远。我对冯先生的敬重，是他为人正直，治学严谨。我见有人对青年人的创作辅导侃侃而谈，不着要害，还摆一副学者架子，大惑不解。而冯中一先生则不，求他作序或写评，绝对认真谈其原著，然后再概括出观点、提出见解，虽然篇幅不长，却十分精到，使人过目不忘。跟他谈话，他也十分慎重，有鼓舞，有鞭策，不因循守旧，很亲切，很融洽，让人长久回味。冯中一先生已离我们而去，但他不屈的人格、严谨的学风、为人师表的作风，永远是我学习的楷模。

1995 年 5 月 10 日于潍坊蜗牛斋

热情·诚恳·和蔼·谦逊

——冯中一先生印象记

邹　绛

在我案头的玻璃板下面，有一张照片，是冯中一先生、孔孚先生、吕进先生和我在十年前的合影。

那是在 1985 年 11 月，为了筹备成立中国新诗研究所，吕进和我不远数千里，从重庆北碚来到北京，又来到济南，向有关的大学了解招收、培养新诗研究生的情况。冯中一先生和孔孚先生都在山东师范大学中文系从事新诗的教学和科研工作。冯先生已经带过几届新诗研究生，积累了丰富的经验，孔孚先生是以写山水诗而独树一帜的诗人，和我早就有书信来往，应该说是老朋友了。我们和冯中一先生虽然是初次结识，但他和孔孚一样对我们都非常热情。他们不但在山东师大招待所给我们安排好住的地方，还安排我们到山东大学访问了年事已高、平常不会客的老诗人高兰教授，而且在百忙中陪同我们参观了济南的名胜古迹。上面提到的那张照片就是我们游览大明湖公园时在大门前拍摄的。合过影后，冯先生又在公园对门的一家餐厅里盛情款待我们，我记得陪同我们的还有好几位中文系的年轻教师和冯先生指导过的研究生，济济一堂，很热闹。

这次济南之行，由于冯中一先生、孔孚先生和其他朋友们的热情接待，使我们在思想上和友谊上都满载而归，坚定了我们建立新诗研究所的信心。新诗所到现在已经招收过好几届研究生了，明年就是建所十周年纪念。新诗所能够有今天,能够取得今天的成绩,追本溯源,不能不感谢冯中一先生、孔孚先生和其他朋友的大力帮助和支持。

1990 年 4 月,在曲阜隆重举行的孔孚诗歌研讨会上,我又和冯中一先生见面了,我们都非常高兴。冯中一先生还是那样精神饱满,那样热情、诚恳、和蔼、谦逊。研讨会结束,回到济南后,我住在大众日报招待所,冯中一先生又专门抽时间来看我,陪我到济南新华书店去看书,顺便又带我参观了著名的黑虎泉和解放阁——解放前的天文台,全市的制高点。他向我讲述了济南解放前夕和济南解放时的情况。当我参观解放阁里面的图片展览时,恰好碰到一位参加过济南战役的老战士,正在滔滔不绝地讲述他当时的亲身经历,使我深受感动。后来我以此为题材写了一首四行诗《解放台》,并将它和《巍然崛起的峄山》《观川亭》《石门》《少昊陵》等合成一组诗,编入了我的创作诗集《现代格律诗选》,这本诗集 1993 年出版后曾送给冯先生,请他指教。

去年 11 月下旬突然接到冯中一先生 13 日逝世的讣告,我感到非常震惊,因为在我的印象中,冯先生总是红光满面、神采奕奕的。1985 年 11 月在济南逗留期间,我曾看见冯中一先生一大早就出来跑步,知道他很注意锻炼身体,日常生活很有规律。这么好的一个人,怎么就突然走了呢?实在出人意料,实在使人惋惜。

冯中一先生长期在学校工作,勤勤恳恳,教书育人,将自己的精力全部倾注在年轻一代身上。他德高望重,在山东教育界和文学界都是深受敬重和爱戴的。他虽然离开了我们,但他的心血并没有白流,他所指导和培养的研究生现在都有了各自的成就,我想,如果他泉下有知,他一定会感到欣慰的。当然,他的朋友们更不会忘记他,就像在我眼前的照片上,他仍然是那么神采奕奕,他仍然和我们在一起,他永远和我们在一起。

安息吧,冯中一先生!

1995 年 7 月 26 日

于重庆

生死两茫茫

——悼父亲

冯恩大

11 月 12 日的早晨，我还见到父亲。

这天是周六，去幼儿园送孩子回来，路上拐了弯回家。本来，母亲考虑我工作的紧张，每到周六中午就把外孙女接到家里。这回想到母亲的眼睛刚刚动过手术，于心不忍，回家与母亲商量。听明白我的来意，父亲对我说：今天中午我也不在家，有个宴会，孩子你自己接吧。他是体谅母亲的眼睛还未痊愈。又告诉我 14 日要到陵县参加一个作品讨论会。我注意到父亲的神情有些疲惫，就说：别去了吧，这样的事情太多了！父亲只说已经答应了人家。但他挂着母亲的眼病，又有些犹豫地说：再和他们商量商量。听父亲这样说，我稍稍放了心，只对父亲说声“我走啦”，就急匆匆地离开了家。

怎么会想到，这简短的对话竟成为我和父亲的永诀！

想起这些，我就懊恨。如果 12 日的早晨我在家里多坐一刻，多给父亲说几句提醒的话，如果 12 日的晚上我再回家一趟在家里过夜，如果那一夜总机接转电话及时一些，如果……也许我能留住父亲。至少，让我守在父亲的身边，握着父亲的手，减轻他最后一息的疼痛和孤独……

前来吊唁的朋友们列举了许多人力不可战胜的心脏病病例，安慰我：生命有个定数。

生命有个定数，也许 8 月父亲的右手腕骨折就是先兆。

那天早晨，在买早点的街口，看见父亲锻炼归来的背影。我叫住父亲，问有没有事情。几天没回家了，担心家里有父母干不了的活。父亲说没有事，却没告诉我手腕刚才受了伤。还是别人在家中看见父亲手上缠了绷带才告诉我的。

得到消息又回家去看父亲，父亲躺在躺椅上，很自信地说手腕不要紧，过一段就能恢复。见写字台上一叠一叠的来函、文件和书刊，知道父亲一定会为许多天不能写字着急，我就建议我来笔录父亲口述的文字。因为嫌我整理一个公文完成得不够及时，还有某些话写得不合他的意思，一贯通情达理的父亲向我大发脾气。觉得冤枉，我竟没有忍受，冲动起来，彼此都说了让对方伤心的话……如果我知道生命的定数，会心甘情愿地忍受父亲的苛责，无怨无尤地忍受，一千次一万次地忍受。

如果父亲知道生命的定数，那时会不会闲适悠然地养伤？或者在那之前会不会对愈加愈多的社会职务坚辞不受，心境平和地安度晚年？我回答不出。

大概都以为生命悠久，做什么都来得及。平日回家，心里常有许多话想对父亲说，可一见他思虑集中，工作忙碌就欲言又止。现在回想父亲的眼神，也该有许多时候想对我说些什么，或许见我来去匆匆没能说出。而今父亲来不及留下一句话就去了彼岸，生死两茫茫，我们父女已成了永远隔绝、相呼不应的孤魂。

许多的师长和朋友陪着我们痛哭，天亦有情，雨水淋漓不断，直到我们将父亲的骨灰在英雄山的灵堂里安放妥当。

组织上对父亲做了极高的评价，学界、文坛父亲的故交敬献了无数的挽幛、挽联，还有许许多多的唁电、唁函、悼念诗文，还有许多友人泣不成声的诉说，人们用崇高的、诗意的、真诚的语言表达着对父亲辞世的惋惜。我却只记住了最真实朴素的两个字——好人。父亲是一位好人。

如此多的人因为失去了这位好人而悲痛，让我明白父亲留下了一笔多么巨大的财富。也让我明白了，在好人难做的时代里，还是应该做好人，因为人心终究向善。

父亲晚年多次申请退休未能如愿，社会兼职却越来越多。方方面面的信任，都是因为父亲德高望重，时时与人为善、克己奉公、恪尽职守。直到临终以前，父亲还在履行职责，为准备将参加的讨论会翻阅着一本诗集，这时已近深夜。

有些吊唁的来宾困惑：你父亲也有名了，也有利了，这么大年纪还这样拼命为了什么？也有明智的人感叹：你父亲太认真了！

我想我能理解。父亲的晚年过度劳累，并非为了外在的什么，而是为了内在的人之为人的良心。良心的安宁高于一切，天性如此，父亲别无选择。

别无选择的还有命运。父亲一生承受了太多太多的苦难，我本想，苦难熬到头了，待有了条件，我就搬回家住，操持内政外交，让父亲尽享天伦之乐。可是，父亲重病发作时都不想麻烦家里的人！含辛茹苦地为我们操劳一生，却没让我们侍候一会儿。

只有我知道，父亲临走也没明白女儿的心。

多少天了，坐在父亲躺倒的沙发上，陪伴着父亲的遗像，不敢抬头看父亲的眼睛……

1994 年 12 月 9 日

师　表

——缅怀冯中一先生

韩　青

十几天没到机关，归来从一大堆信件中，一封署名冯中一先生治丧委员会的信函，赫然醒目地突现在面前。我一时像被棍棒击中脑壳，只觉一阵眩晕，眼泪便夺眶而出。这怎么可能呢？他刚被选为省作协主席的场面还历历在目，就在几天前省委书记姜春云上调中央，临走时，在电视里我还见到被接见的代表中，就有笑容可掬的冯先生。伤心应数无情寿，怎么说从人群中消失就消失了，再也寻不到他那熟悉的身影了，再也听不到他诲人不倦的教导了，风云不测，人生无常，思之，岂不令人悲哉！

冯先生是我大学四年的恩师。60年代初，他那时担任我们班的写作课，印象最深的是，每当上课预备铃响之前，总见他夹着讲义簿，仪容端庄、从容不迫地等候在教室门外。他时间观念很强，即使夏季的暴雨、冬季的飞雪，也从未阻止过他。所以，只要是冯先生的课，那课的帷幕还未开拉开，已见他静静地伫立在教室门外，提前进入了角色。

在教室内讲课，他仍然从容不迫，不曾见过他为赶进度而匆忙走过场；也不曾见他夸夸其谈以示自己学识的渊博。他讲课不满堂灌，而是切中讲义要点，启发学生的思维，一切从实际效果出发。至今，他那舒缓有致的语调，华美珠联的词句，犹还在耳。记得他在讲作家何为的《千佛山的小树》一文时，就特别强调我们在座的每个同学都爬过千佛山，也都见过山上那绿葱葱的林木，是否也产生过这种与大自然相互交流的情感呢？说实在的，那时学院的南后墙仅有铁丝网罩着，且多处都有空洞，可以鱼贯出入。我和同学们就常从这儿钻出去，跑向千佛山，或登高长啸，或临亭畅谈，不亦乐乎！可就是没能与大自然沟通情感，借以表达同学年少的那种襟抱。

冯先生进一步讲到思想性的重要。假如作者对风雨飘摇中的小树无动于衷，也就不会有此文的诞生。在这篇抒情散文的字里行间，一颗滚烫的爱心串连着、闪耀着，这也是此文能够打动读者的根本原因所在。

最后，他讲到在生活中要注意观察，像《千佛山的小树》这样的散文，看似写一棵小树，却能以小见大，具有社会的普遍意义。若作者不认真观察，这文章也绝不会写得如此体察入微，读后如身临其境。

其实，冯先生讲课时，又何其不是怀有一颗爱心。不过他身处课堂，不是面对大自然，而是面对年轻的心灵，是心灵与心灵的撞击、感应。他治学非常严谨，从不马虎。记得他板书作家唐弢的"弢"字时，他先是一笔一画地写了个"弓"，写毕，他略停顿，便回首对同学们说，刚才这个"弢"字我写错了，右边上首不是"中"，应是"屮"。这个小细节，假如不是冯先生提醒，谁也不会注意到。经他这一点化，印象就特别深，三十余载过去了，我仍记住先生的眼神、口吻、那个字。它让我读懂做学问、做人，就得像他那样，真真实实，一丝不苟。

或许我那时正处于写诗的年龄，恰逢冯先生那极富于感染力的诗话的诱惑，课余时间，我便情有独钟地专注于诗歌阅览和创作。写了诗，也不知好歹，就投向刊物编辑部。那时编辑部都是每稿必复的，我的处女诗作就是在《山东文学》上发表的。自此，编辑部让我每月保证寄一组诗去，当时年轻气盛，心想，一月太久了，一个星期寄一组还差不多。当然，这话只是埋在心里，并没对任何人说。

现在想来，不免觉得那时自己的无知，把写诗看得过于容易了。随年龄增长，阅历增多，再回头看看自己的所谓创作，包括那些发在报纸杂志上的东西，不觉有些汗颜。即使这样，事后方知冯先生看到我在《山东文学》上发表的那首《咱的老许》一诗，便写下了《浅窄与松动》的诗评，对我这首诗予以肯定和奖掖。但冯老师从来没提及他写这篇诗评的事，尽管那时我和他几乎能天天碰面。是一次偶然的机会，我在他出版的一本评论集中见到，这使我这个初入诗坛的大学生大受鼓舞。说也怪，我也没在冯先生面前提及过此事，只想到以后如何自励自强不息，以报答师之恩情。从此，我写诗的自觉性大大加强了，诗歌在我生命中占据了极大的比重，成为我每日的必修课，这不能不说是冯先生的暗中相助。

冯先生平时不苟言笑，话也不多。可我知道他要说的话，全都倾吐在我们的习作之中了。只要打开任何一本习作本，那些红墨水圈点勾画和段落的眉批、总评语，让人怦然心动。想到他批改这一摞摞作文时，那灯下纹丝不动的剪影，不禁令人肃然起敬。他的时间和精力就是这样默默不语地分掰去了，至于那些文采飞扬的诗歌评论，可说是从他时间的缝隙中硬挤出来写成的。那时报上常有"跑在时间前面的人"或"一年干了几年的活"一类的豪言壮语，冯先生在我心目中，无疑就是这样一种人。很可惜，我保存的大学时的经过冯先生批改过的作文簿，在那场轰轰烈烈的运动中"罹难"了，念之，实为一件终生不可挽回的憾事。

由于对缪斯的痴迷，我作为在济大学生代表被邀参加省作协组织的一次诗歌座谈会，这是60年代初的事。那时我二十出头，与我心目中的诗歌界的诗人、评论家们相聚一起，实在有些诚惶诚恐。在出席会议的二十几个代表中，就有冯中一先生。记得他发言时极为认真，态度也很严肃，是按照事先准备好的讲稿一边宣读一边阐释，与已故诗人阎一强眉飞色舞的讲演形成鲜明的对照。会议开始不久，老诗人高兰教授匆匆赶来，说"与学生们一大早一道刨胡萝卜，来迟了……"他边解释着，边在一个座位上坐下，面显愧色。此时，大家便借题发挥，闲聊一通，方书归正传，气氛复又暖意融融，各抒己见。最后，由德高望重的作协主席、老诗人燕遇明做总结发言。会后，《山东文学》发表了此次座谈会纪要。

这次会议，让我欣慰的是，我就坐在冯先生身边，生平第一次与先生并排坐在一起，而且是以平等的身份发言，总觉有些忐忑不安。对冯先生的发言，虽说时间、场合变了，我仍觉似在课堂上一般，听他娓娓道来，很觉惬意、亲切。那时不像现在会后时兴聚餐，散会后各自取道而归很是自然。冯先生和我同乘一辆公共汽车回山师。记得，车上座位已满，他就一直站着，中途有乘客下车，他也不注意，他就那样把着车顶的扶手，伫立着，像在沉思久远的事。

这都是60年代的旧事。

之后，是我们告别大学生活，离开省城济南，离开冯先生，各自奔赴工作岗位。大学四年匆匆而过，也不觉什么，到工作岗位后，有了比较，方知大学生活是多么令人珍惜的豪迈俊彦的人生乐段呵。不久，“文化大革命”风暴铺天盖地而来，我便与冯先生失去了书信联系。一晃十几年后，当我重又见到冯先生后，他那音容笑貌仍然如昨，彼此似乎有一种难以言表的陌生感，如大梦初醒。我记住了他的忠告：失去了不可复得，只能靠自我扬鞭奋起直追，可以补救……此时，我知道他的一颗真诚的心未泯，而是更加努力地工作着、求索着。冯先生的这种精神，也在潜移默化地影响着我，令我不甘落伍。真乃“与君一席话，胜读十年书”。特别是处在时代大变革的关键时刻，能听到这铮铮的肺腑之言，可谓心旌摇荡，激动不已。前几年兴起文人“下海”之风，而对这突如其来的变化，令人感到困惑不解，手足无措。我在书信中谈到此事，冯先生很快给我回信说：“我看这是不正常的，缪斯不能遍体铜臭，精神文明不能沦丧……”并嘱我“暂且观其变，切勿盲从……”对我来说，冯先生的教诲已不仅仅局限于课堂上的面对面，而是时时回响于心灵的回音壁，即使相隔千里之遥、万里之遥，也能随时感应到它的存在。

凡与冯先生接触过的人，都知道他是个大忙人，他的日程表，也每每排得很满，即使他从教学岗位退下来之后，也仍然闲不住，忙得很。这些年我去济南的机会多一些，与冯先生接触的机会多一些，有时是在会上，有时则到他家中。每次接触总是匆匆忙忙的，我是怕占有他太多的时间，怕打扰他的工作安排，但不见上一面，就觉失去了什么。一次，我甚至跑到省民进的办公地址去找冯先生，他们正在开会，大家听说我是从淄博来的，便暂且休会，让我和冯先生到套间里叙谈，这使我大为感动，领受到他那可亲的人情味。

每次与冯先生谈话，我都受到教益和鼓舞。这也是每一位接触过冯先生的爱诗者、年轻诗人的共识。冯先生讲话不多，且慢条斯理，但句句真诚、可感。倒是他谈话时每个间歇，沉稳的仪态，和悦的目光，却能让人更能品嚼他每句话的分量。他对人总首先看其优点、可贵之处，在肯定你的同时再指出努力的方向。为此，他乐于帮助人，奉献自己。他让人想到奋力耕作的牛，想到不停吐丝的蚕。

不论教学还是从事学术研究，抑或是参与社会活动，他都是有口皆碑的，但他从不谈论已经做过的事情。他注重的是，每天都是一个新起点，迎接一轮新的太阳，为此，他给自己加压再加压，这是他对自我生命旅程的鞭策，如一头沙海苦行的骆驼，渴望明天的太阳，渴望远方的一片绿洲，是他矢志不移的信仰。

面对物欲横流、泥沙俱下的潮涨潮落，那些把人格廉价拍卖、不务实绩、徒有虚名、每日追逐的是如同商业性的自我广告宣传，可喜乎？可悲乎？每每此时，就会想到淡泊明志、练达自励的冯先生。是的，时下太需要像冯先生这样的人了，可他偏又匆匆离我们远去，岂不让人肝肠寸断！

与冯先生拊掌叙谈，切磋赠答，恍如就在眼前。怀着对冯先生的一片崇敬之情，灯下我写这篇小文，既是对恩师的缅怀，更是让我牢牢记取要像他那样做学问，像他那样做人。

师表，永活在我心中。

诗化的生命

——冯中一先生逝世一周年祭

李宗刚

冯中一先生那优美的人生交响乐戛然而止了，使凝神倾听的我们久久难以回过神来：那思维的空间还被那铿锵有力的乐点所鼓荡，那思维的余绪还在不绝的绵绵中向着无限的未来飘荡……

冯中一先生是一位学者，他一生致力于诗歌的评论和诗歌理论研究。相伴于冯先生学者生涯的是一生的磨难。他外遭人生之三大不幸——童年丧母、中年丧妻、老年丧子，内受疾病之侵扰——二十多年前便患上了心脏病、高血压，在不经意中差点"退出历史舞台"。也正是在和磨难的对抗中，冯先生那坚韧的生命琴弦奏起了他那高昂的人生旋律。

二十多年，无论春夏秋冬，不管风雨霜雪，冯先生的生命乐章都会鸣奏于通往千佛山的曲径上，在他逝世的前一天清晨，大山都录下了他那稔熟的生命鼓点。

终其一生，无论厕上枕上，不管疾患缠身，冯先生的生命乐章都会谱写于通往诗苑的幽径上，在他的生命乐章戛然而止的那一刻前，书桌都回应着他那峻急的生命旋律。

冯中一先生的生命，是一首宏大的交响乐，在不该停止的时候戛然而止——戛然而止于凄风寒雪的舞台上。难道这犹如他所心爱的诗，在追求着一种宏远的蕴旨？在追求着一种深味的意外？在追求着一种崇高的人生意境?

冯中一先生那优美的人生交响乐戛然而止了,他独自悄悄地掩上了人生之幕,任我们哭泣、呐喊、追思……

(发表于1995年11月7日《淄博晚报》)

诗心一颗排云去　化作碧霞映长空

——沉痛悼念恩师冯中一先生

贾祥伦

油田的清明节，没有折柳的繁忙，没有“路上行人欲断魂”的悲郁气氛，我却不能自已，久久伫立窗前，遥望泉城方向，大颗大颗的泪珠滴落在冯先生邮给我的信件上。

我面前放着一封信件，是先生逝世前10天寄来的，他老人家特别关心黄河口写作学会的成立，作为山东省写作学会会长，这是他的责任，而他对工作的一丝不苟，到了我们不忍心告诉他的程度，他已过古稀高龄，又担任着山东省人大常委、山东省作家协会主席、民进山东省委副主委的要职，这位把事业和尊严看得比生命还要重的山师大著名教授，其认真态度和敬业精神，是令人折服的。他知道我调来油田不久，更知道创办一个学会的艰难，于是写了这封信来，告知我他在黄河口地区工作的学生、朋友、同事，以期求他们帮忙，也便罢了，又一一给他们写了信，好让我拿了信去找，其用心良苦，其思考缜密，使我惊叹不已。我拿了先生的亲笔信，去登门造访，果然畅通无阻，先生的风范，先生的威望，不是单单我一个人敬佩！

万事俱备，只欠东风，我们单等着先生敲定一个时间，召开成立大会，先生还说要来会上讲话的。我把信写过去，静候佳音。

但是我们等到的，却是一份讣告！一份昏天黑地的讣告！

“……冯中一先生，因病医治无效，于一九九四年十一月十三日三时十分不幸逝世……”

我忽然觉得一阵胸闷，透不过气来。这不是真的，我绝不相信这是真的！我们的学会成立需要他来讲话，省学会的工作需要他布置安排，省作协的工作更需要他挂帅压阵……还有我呢？我们这些后辈晚学还需要聆听他的教诲，还需要他的扶持，这一切，您都可以不管不问了？就可以撒手了？就可以这样走了？您要来油田，您说过的，亲口说过的呀！油田有您的学生，有眼巴巴盼望您、想念您的学生呀！

然而这是真的，他老人家走了，确确实实地走了。我不知道他走时带走了多少遗憾，也不知道他走后留给我们多少遗憾，但是我敢断言，随着时间的推移，他的逝世所造成的不可估量的损失甚至某种空白是无法弥补的！

更为遗憾的是，当我接到讣告的时候，是他老人家的丧事已毕，骨灰已经安放的时候，我失去了见他老人家最后一面、在他的灵前大哭一场的机会！上帝呀，假如人真是你创造的，又为什么这么残酷地折磨他们呢？在那一段悲痛的日子里，我不忍写，也不能写，每每念及，每每看到这封信件，便泪下如绠縻，稿纸一片模糊。亲爱的先生，今天是清明节，是您逝世后的第一个清明节，我要写一篇纪念您的文章，过去写文章，有您修改指点，现在呢？

早年跟先生学习诗歌创作，曾为其精湛的诗歌理论所倾倒，“诗歌是生活当中的水蒸气变成的满天彩霞”，这种用艺术思维的方式对诗歌鞭辟入里的界定，至今仍熟记于心并经常吟诵。我从一个信手涂鸦的热爱文学的青年，成长为能有文学理论专著出版、有200多万字作品发表的副教授，不能不说得力于先生的栽培与扶持。我永远不会忘记，先生为我的三本著作写了序言，写得是那样的诚挚与认真，认真到令人吃惊，动笔之前一定要看书稿，写好之后一定修改，修改之后用复写纸抄好，自留一份，一份交出版社。这样的学者我不能说越来越少了，我只能说本来就不多。我的《微型文学作品选》的序言，已经交印刷厂付印了，又收到先生的来信，说“其中有些微型作品徒具苟简的形式而无精湛的内容，似乎尚未摆脱填补空白的身份地位”一句，应在“摆脱”后边加“编排上”三个字。我拿着先生的信，跑到印刷厂，让工人拼版编排，加上了这三个字。先生从写完序言到写这封信已有三个月的时间，这期间固然有很多事要做，而他还要重新审定自己的文字，发现不妥，旋即写信更正，这种严谨的治学态度，我除了五体投地之外，便是奉为楷模。特别是当我工作敷衍的时候，写字潦草的时候，撰文中用词迁就的时候，我便想起先生，先生洋洋长者之风、谦谦君子之态、慎慎学者之相、洒洒诗人之韵，高山仰止，日月经天，督我不敢轻率，不敢塞贵，不敢原谅自己。

尤其令人敬仰的，是先生那提携青年、奖掖后学的精神。每每提及，岂止是念念不忘，简直是“耿耿于怀”了。

1984 年秋天，我刚从陕西师范大学进修回来，正赶上山东省写作学会在潍坊召开年会，我那是第一次参加，有点“初生之犊”的味道，上台发了个言，好像还有点慷慨陈词，会后冯先生笑吟吟地握着我的手鼓励，又立马召开常务理事会，补了我个理事！

1987 年，我编《微型文学作品选》，那是我第一次出书，稿子编好后，诚惶诚恐地拿给先生看，还想让他老人家写一个序言，也寻求一点名人效应，又怕损了先生的名誉。先生非但没有推辞，反而很快写出了《赞呼微型文学》的序言，我高高兴兴地拿给出版社的编辑们看，他们赞不绝口，说序言本身就是一篇散文精品，可以拿到报纸上去发表的。我便真的把序言送到《联合报》，还果然发表了。显然，这篇序言对我的这本书的出版、发行，无疑是起了不可估量的作用。

我忘不了和先生相处的每一个愉快的日子，更忘不了他老人家对我的每一次教诲、关怀和爱护，既有人生道路上的指点迷津，又有事业发展上的精心设计，还有做学问手把手的循循善诱。

1989 年，我写成了《文学创作引论》，决定贷款一万元出这本书，我害怕失败蒙受经济损失，又怕书水平上不去坏了名声。我去找冯先生，是他在关键时刻给我鼓励和勇气，又给我做了书稿上的指导，给我写了热情洋溢的序言，序言一开头就说“贾祥伦同志是一位开拓型的青年学者”，又赞誉“推出了力作《文学创作引论》”。这是有生以来第一次有人把“学者”、“力作”和我的名字联系在一起，我有些怯生生的。冯先生立刻正色道：“这本书还是有独到的东西的，有的人唱一支歌就成为歌星，你写了那么多的文章，称个学者实不为过。”还有比这种支持更有力的吗？

在先生的具体指导下，我经过十余年的努力，写成了《散文抒情探微》一书，当我把这部书稿送给他的时候，他异常欣喜，很快就写出了三千多字的序言：《散文探秘的突破口》。他老人家按捺不住内心的激动，开篇就这样写道："继《文学创作引论》之后，贾祥伦同志又写成了《散文抒情探微》一书，这是他的写作研究由广博向专深突进的力作，读来使我深感亲切、欣悦和振奋！"先生扶持青年的拳拳美意，栽培后人的良苦用心，均流溢在这序言中，我还说什么呢？我还能说什么呢？只有以自己对先生也热爱的文学事业的掘进来报答先生。先生特别关心我这本书的出版，由于我工作调动，耽误了时日，直到今日，书才出版！当我看到这本书的时候，我哭了。他在活着的时候曾多次询问此书，现在书出版了，而先生却永远地离我们而去了！

冯老！恩师！先生！我多么想，多么想再让您看一看，看一看您关心的这本书啊！多么想再听一听、听一听对我今后学习、创作的指导啊！可是您去了！永远地去了……

我看着面前的信件，泪水打湿了信封，我看着和先生的合影，泪水模糊了眼睛！睹物思人，物在人亡，巨大的创痛轰击着我，我面对泉城方向，面对先生骨灰安放的英雄山烈士纪念堂，发自内心地呼喊一句：您回首悠悠无憾事，一片丹心向未来。您，安息吧！

清明时节不清明，
满含热泪忆先生。
诗心一颗排云去，
化作碧霞映长空。
先生风范，永垂不朽！

1995年4月5日清明节

他，依然活在人们的心中

——山东师范大学冯中一先生八十诞辰纪念活动

李宗刚

冯中一先生离开他所热爱的诗歌和写作讲坛已经有十个年头了，但是人们并没有忘记他。2003年4月19日，冯中一生前的友好和学生在山东师范大学文化楼的会议室举行了冯中一先生八十诞辰纪念活动。山东师范大学文学院知名学者、中国现代文学史家、博士生导师朱德发，山东省作协副主席王兆山，诗评家吕家乡、袁忠岳，民主党派人士查国华，以及原中文系主任韩之友、现文学院院长周均平等学者参加了这次活动。

作为一次民间的活动，这次活动是由冯中一的生前好友、博士生导师王万森教授、杨守森教授和研究生侯书良、鹿国治、王邵军、吕周聚、张小琴、郭洪云等人发起。

冯中一作为知名的诗歌评论家，参与了中国80年代新诗的历史进程，他以诗评的方式，积极地参与了朦胧诗的讨论；他作为一名教授，又在诗评之外，担纲着中文系的写作课教学任务，并且在写作教材建设和文学新人的培养等方面，有着独特的贡献；作为一名热爱文学事业的学者，他和流动不居的文坛有着一种天然的亲和力，并且在1993年出任了山东省作协主席；作为一名社会活动者，他兼任山东省人大常委、中国民主促进会山东省委员会副主委等职。

在冯中一先生八十诞辰纪念活动中，朱德发教授就冯中一先生的贡献进行了自己的解读，认为冯先生的成就主要体现在四个方面，一是在诗评方面，他通过具体的诗歌解读，发见其中所蕴含的新时期的诗歌的发展方向，这甚至可以说是其参与朦胧诗的讨论时的一种鲜明的学术特点，因此在其所构建的诗评世界里，被当时的诗歌评论界认为是有着自己的特色而没有引起广泛注目的诗评家。今天我们重新审视其诗评，可以更为清晰地看到，冯先生所体现出来的那种诗评特点，对于崇尚从理论到理论的文风依然有着匡正作用；二是在写作课教学方面，他不仅在教材建设方面有着自己的贡献，而且也建构了有着自己特色的写作课教学特点的新模式。其 1986 年主编的《常用文体写作教程》，对于培养学生的写作能力有着重要的作用，尤其可贵的是，他的写作课教学不是从理论到理论，而是秉承了他的诗评的特点，注重从写作实践入手，从写作的内部规律入手，身体力行，导引着学生的写作从实践中完成内化。对此，我听到不少受过他教诲的学生再三地提及他的写作课对自己的重要作用；三是在社会活动方面，他用自己的诗评和行动，找寻知识分子的社会价值的实现途径，表现了一名有着社会责任感的知识分子的那种心系社会的使命感。四是在个人道德修养方面，他体现了知识分子的道德文章。作为一名有着较高社会声誉的学者，他始终摆正自己的位置，待人谦和而不失立场。朱德发教授在充满理性地进行解读的同时，还深情地回忆了和冯先生在聊城一起教学和生活的一些场景以及由此而结下的友谊。

诗评家袁忠岳认为，冯中一先生尽管已经离开我们十年了，但是我们并没有忘记他，他恰如臧克家一首诗中所写的那样：有的人死了，但他仍然活着；有的人活着，但他已经死了。冯先生便是一位虽死犹生、既平凡又伟大的诗评家。

作为冯中一先生的学生，省作协副主席王兆山在深情地回忆了冯先生如何导引自己走上写作道路之后，又作为作协的一员，表达了自己作为下属对老领导的缅怀之情，高度评价了冯中一先生在出任省作协主席之后为山东文学界的发展所作的卓有成效的工作，尤其是他那种“你想让他马虎他都无法使他马虎”的工作作风，一直为作协的同仁们所称道，并且已经成为一种可贵的精神财富。

民主党派人士查国华教授从自己如何在冯先生的引导下从事民主党派工作进行了回忆，认为他高风亮节，是所有从事这样的一些社会活动的民主党派人士的楷模。

在纪念会上，李继增、韩之友、周均平、杨存昌、济南大学教授贺鸿凤、山东文艺出版社编审侯书良等人也作了发言。

作为同事兼诗友的吕家乡教授最后深情地总结了冯先生的诗色人生，认为冯先生本身就是一部诗书，折射了那个时代的一些风风雨雨，他的苦难人生和对于苦难人生的反抗，本身就是一首不甘于命运的抗争曲；他所体现的知识分子的优点和由此而带来的一些角色本身的局限，也可以看作知识分子的一个典范。他有着满腔的热血和远大的社会抱负，理应在这样一个风流辈出的时代里更为自由地展现自己的风采，实际上他是用一种自己的方式实现着自己的人生价值。不管怎样，冯中一先生作为一位有着学术贡献和节操的学者，永远值得我们认真地研读。

这，自然也代表了所有与会的40余位学者和学生的一种声音。

（原刊于2003年5月20日《联合日报》）

痛悼中一先生

塞　风

天幕低垂
冬雪化泪水
毕生无李白之狂放
却无愧是位真诗人

你走得太急促
使人久久回不过神
看，一群白蝶在跟随
那是美的诗魂

我沉步回眸
泪花冰凝哭黄昏
愿君头枕青山眠
清明时节再来祭

1 月 16 日于粟山

我的良师益友

吕　进

在我的人生途程中，遇到的良师益友可谓不少，这也许是我的一种幸运吧。冯中一先生便是其中的一位。

第一次得以相识，是在 1984 年 10 月。当时新诗研究所还没有成立，西南师大外语系汉语教研室（我在担任主任）向国家教委申请招收中国各体文学研究生获准，筹备在次年（1985 年）开始，中教委批准的三位导师方敬、邹绛和我联合招收硕士生。对招收研究生，大家都没有经验。于是，邹绛先生和我国内跑一些地方，了解情况，用当时的流行语言来说，叫“取经”。人才济济的济南自然是必去“取经”的城市。

1984 年 10 月的济南之行，使我不但认识了冯先生，还得以和高兰先生、孔孚先生、孙国璋先生见面，并和专程从曲阜赶来济南的袁忠岳先生相识。几天时间就得到了好几位终生知己，真是一大快事。冯先生给我的第一眼印象是沉稳、严谨。我和他握手的时候，脑中闪出国人的一句话：“山东人实在。”眼前的冯先生的确就给人一种实实在在的印象。到济南的第二天，冯先生在大明湖畔的一家餐馆为邹先生和我洗尘。先游大明湖，再吃饭，走到哪里该看什么景，走到哪里该休息，甚至走到哪里该“方便”一下，都事先设计得十分细致。在大明湖的半天日程，就像一篇严谨的学术论文。

第二次见到冯先生是在两年之后，在济南举行的臧克家学术讨论会上。第二次济南之行，又结识了好几位神交已久的山东新朋友，如吴开晋、冯光廉、桑恒昌、吕家乡、朱道良、朱光灿等。在冯先生家里畅谈时，他很实在地谈起山东诗界的情况，总是夸这个人“行”，那个人“有才气”，同时也透露出他对山东师大的新诗研究机构的想法。和他的谈话使我获益匪浅，产生许多对自己的工作的联想。当冯先生从我这里得知，两个月后西南师大将正式成立中国新诗研究所时，高兴地握着我的手说：“太好了，太好了，西南师大真有魄力！”我永远忘记不了他说这些话时那欣喜的眼光。

我和冯先生的见面虽然只这两次，但是相识以后的信件往返不算少。作为长者，他有信必复，有问必答，有求必应，对我和新诗所给予了真挚的带着浓浓“山东味”的关心、支持与友情。

我在新诗研究所常对年轻教师们讲，要从冯中一先生那里学习“教学相长”。这的确是我从冯先生那里得到的重要受益。强将手下无弱兵。我接触到的冯先生的几位研究生，都是雄姿英发、才华横溢的，足以见出冯先生带研究生有方。如果换一下角度，也可以从冯先生的著述中看到年轻的研究生们新的思维方式、新的研究方式、新的诗学观念对自己导师的影响。冯先生的诗论之所以能不囿陈见，力求突破，这和他对青年一代虚怀若谷分不开。作为导师，能够注意到学子的长处；作为前辈，能够注意到年轻人的潜力，对于我这个带研究生的人，是很实在的教育。

一年前接到讣告时的震惊和悲伤已经淡化。当我写这篇短文时最强烈的感受是：中一先生是我见面不多而又给我长久教益的良师益友。

我还常来看你，在梦中

——悼念冯中一先生

张维芳

一纸讣文似一只黑色的悲鸣鸟
一翅子扎进我料想不及的惊愕中
我怎么也不敢相信
这位一向劲松般坚挺的文坛尊师冯先生
会突然地走了
带着他一生洁白正直的无悔和未了情感的遗憾
真的远远地走了
此刻，我仿佛望见冯先生匆匆远去的背影
禁不住潸然泪下
连同入冬后的第一场雪雨
一齐打湿了我全家老少的哀痛

尊敬的冯老师，你不该走得这么早
恨只恨一切的渴望没能留住你的脚步
诚然，你为文学事业长跑了一生
实在太累该好好休息了
可你知道还有多少事在等待你来做啊

还有多少丑小鸭在等待你扶上碧桐的高枝呀
然而,你真的就这样走了
留给我的是永恒的记忆和怀念
还有你的人品和恩德
在我心中矗立起的那座不朽的丰碑

我永远不会忘记
当我开始向冯先生拜师求教时
是踩着忐忑不安的心跳登楼叩门的
可谁能想到
随着房门的敞开,一股慈祥的春风迎面扑来
顿时拂去我的羞涩和自卑
先生满腔热情的相待和教诲
令我这只坷垃地里的蟋蟀从此有了更多的弹奏
使这个头顶高粱花子的学诗者的梦
终有了不断开花的季节

最使我难忘的是
于七年前的那个冬夜
冯先生不辞辛劳
在我的职称申报书上
一气写下五份滚烫的专家评语
字字句句都燃烧着对我的厚爱与鼓励
每每谈到这些充满真情和信任的文字
我就心潮汹涌,感激涕零,
这些都成了我毕生勤奋耕耘步入诗门的动力与源泉

啊,先生,你走了,
以一种夕阳红的方式

把自己的全部光与热

献给了母亲大地和绚丽的明天
又似一颗流星的姿势
把一生的辉煌和灿烂
留给人们眼神里昨夜那个不逝的长空……

啊，先生
你真的没和包括我在内的满天桃李道一声别
就匆匆走了吗
我的耳际怎么还听到你洪钟似的话语
在指点我迷津和不断走出自己
我总感到还有许多和你相聚的机缘
我还会常常来看你，在梦中
也在醒着的时候

我们痛失一位好学者好长者

侯民治

星期天，我正吃午饭，同院的吴老师来电话了。

“昨天下午我和冯老师一起开会了，研究……”我想又是冯老师托他捎口信给我说什么事。冯老师和吴老师都是搞诗歌研究的，他们常见面，常托他捎口信给我。吴老师还在电话里说些什么，我也没很在意听，只想着冯老师要捎什么口信给我，但他说着忽然冒出一句：“冯老师……今天早晨两点多……去世了！”

“什么？什么？”我不敢相信自己的耳朵。他又把那句可怕的话重复了一遍。原来他是怕我一听吓一跳，有意这样慢慢道来的。

这太突然！太意外了！

和朋友们谈起锻炼身体，我常常把冯老师作为典型。“你看人家冯老师！二十多年前就因为心血管病住院抢救过，可他坚持锻炼，每天早上两小时，风雨无阻，雷打不动。现在这么大年纪，身兼多职，还是红光满面，腿轻脚快，每天工作七八个小时，精力旺盛。”

冯老师在我们山东省高校教写作的教师中年岁最高，而精力却是最充沛的。山东省写作学会开会期间，每天晚上学会几个管事的都要在会长冯老师领导下研究一些问题，常常都是到十一二点甚至到下一点。但第二天一大早，大家都还在睡梦中，而冯老师早就出了宾馆门锻炼身体去了。

得知凶讯后，我和吴老师立即要去冯老师家，外面下着小雨，联系的车子没有到，我们就披上雨衣，骑上自行车奔去。

山师宿舍这栋熟悉的楼，这熟悉的第一门洞，这熟悉的三层上右边的门，十几年来我来过多少次。我们学会在济南的几个头头，要研究什么问题，要碰碰头，都是在冯老师家，每次我来按响门铃，都是冯老师出来开门，笑吟吟地说："你来得真准时！一进书房，茶水、香烟、瓜子等小吃食都准备好放在茶几上了。我都是骑自行车去的，要是热天，冯老师总要把我让到风扇旁坐下，把风扇扭到最快挡。他总是笑吟吟地说："天太热，又一路上坡……"立即从冰柜里取冷饮。要是冬天，就把我让到暖气片旁边的沙发上，倒上热烫烫的茶。于是，我们几个人——张蕾、继曾、绍骞、秉忱、宪文就边喝茶、抽烟、嗑瓜子、吃零食，边讨论研究问题。而冯老师总是笑吟吟地倾听我们发表各种各样的意见……

而今天，我跨进这熟悉的门洞，推开这熟悉的门，门厅里赫然供着披着黑纱的冯老师的遗像……再不见他笑吟吟地说："你来得真准时了！"

我和冯老师相交十七八年，深感他是一位可敬可亲的好师友、好学者、好长者。

听张蕾老师说，冯老师年轻时境遇很不好，他没有按部就班地接受正规教育，他从教中学到教大学，到成为有好几部专著的当代知名的新诗评论家，到成为恢复职称评定以后全国第一位写作学科教授，就是靠的勤奋好学的精神。如果不是约定开碰头会我去找他，每叩响他家门时，他都在伏案读写。我见过他阅读过的杂志，很多地方批语写得满满的。有一个阶段文艺界新潮迭起，新名词狂轰滥炸，报刊上不少这类文章我们都不屑看，而他却很有耐心、很仔细地看下去。不看不能明辨是非啊，他就是这样治学认真的人。所以他对曾经出现过的一些思潮评价都比较公允，不那么忽左忽右。他给我们树立的是勤奋认真的学者形象。

他是知名教授，是写作界权威，但从来没有权威的架子，开学术研讨会，他都从头至尾很认真地听大家发言。有的人发表了错误观点，他从不盛气凌人地批评，往往都是从另一角度肯定其优点，启发其提高认识。请他审稿提意见的，请他写序言的，很多很多，单是我们写作学会的会员，只要是搞出一点成就的，几乎没有不求助过他的。沉甸甸的一大包文稿送去了，老先生又不肯马虎，就得牺牲自己搞研究的时间，为他人作嫁衣，一页一页地看下去。全国各地搞写作的人，有很多来求他的。即使未谋一面，人家把文稿挂号寄来了，他怎么能推辞？别人有求于他，对他十二万分地尊敬，他淡泊对之；有些求助过他的人，事后把他忘了，甚至还对他不恭了，他也淡泊对之。他在学术界给我们留下的是长者风范。

他连任两届省人大常委，省级的头衔还有几个，而他把这些看得很淡，更没有一点官架子。我记得有次在东郊饭店开会，他就乘2路公共汽车转1路电车来回。我们在地、市开省写作学会年会，当地政府部门听说来了省人大常委，就要按相应的规格来宾馆拜会，到会致欢迎词、宴请等。这就使他难堪了，就硬把我们拉去应付。到敬酒、致谢词这一套时，他更拘谨得难受。宴席散了，常有在当地工作的学生来看望他，这时他谈笑风生，和刚才在酒席上就像换了一个人似的。

他把官衔看得很轻，对官场的应酬也很不适应，但是他很识大体、顾大局，真是工作需要、情势所迫，要他担任什么，他也会不计个人的好恶而义不容辞的。这次他以71岁的高龄，应省委、省政府各方面的要求，勉为省作协主席就是如此。其中他个人的苦衷是向我说过的，不过他还是服从了大局。省作协刚改选，新班子要开展各项工作。有次我见到他就是步行很远去做某人的工作的。他任省作协主席不久，就突发心肌梗死逝世了……我们痛失了一位难得的好学者、好长者。

无字诗

——痛悼恩师

鹿国治

天上纷纷的雨丝
地上啜啜的泪滴
都来景仰你的人格
默颂你的业绩

做了那么多善事
写了那么多书
此刻啊你永远地睡着了
只留下一首“无字诗”

这首诗
似轻轻的叹息
又像洪钟大吕
至圣至灵
至纯至极

这首诗

无形无象
却顶天立地
不立文字
又胜似文字

这首诗
大家都读得懂
你的朋友
你的同志
你的弟子
你的儿女

这首诗
天不会忘记
地不会忘记
心不会忘记
时间也不会忘记

啊
泰山之巅始皇大帝无字碑
趵突泉畔冯师中一无字诗

恩师
你最钟爱的是诗
我们眷恋的是你

细雨绵绵送冯师

杨广敏

雨，飘着，飘着，绵绵密密，纷纷扬扬……

今天，是一年来最暗淡、最凄冷的一天。尽管电视台告知气温还未到零下，时令才过初冬，但站在无影山殡仪馆外的风里，是这样让人寒不可禁！冷雨打在脸上，是这样透心入骨！人群静默无声，如一条黑色的河流，漫过冰凉的石阶流动着，流动着，绕过冯中一先生安详的遗体，围成一个巨大的花环。哀乐低缓沉重地诉说着每个人心中的眷念与无奈、伤痛与祝福——冯先生，走了……

跟先生，我并没有很深的交往，见面也不过三次，但那过去的星星点点，却如这无边的细雨，点点难拂，滴滴入心——

读大学一年级时，喜欢写写画画，写作课是很认真听的。最清楚的是一次上课，老师拿着一本崭新的杂志，兴奋地告诉我们说，高年级同学的一篇诗歌论文经山师大冯中一先生推荐，在《诗刊》上发表了。因为读中文，因为作者就在隔壁的教室里，更因为爱诗，所以冯先生的名字就牢牢记住了。后来，知道了我的老师就是冯先生的学生；后来，读到了先生的《诗歌艺术教程》及其他文章；再后，就想着将自己的诗稿送给冯先生指点。诗，抄好了，连同附信，终于没有寄出：一半出于自知浅薄，一半出于学生的羞涩。这，已成了永久的缺憾。值得欣慰的是，通过先生的著作，通过我的老师，通过我那位学长的文章，毕竟承领到了先生的一脉诗情、一瓣心香。

雨飘着，飘着，如泣如诉，无止无休……

也是这个季节吧？也是这样的天气，1987年省写作学会年会在济宁召开，当时我留校任写作课教师不久，正鬼使神差地迷着明清八股文，便将一些读后感写了出来。正是在那次会上，经人介绍才初次见到冯先生：头发有些花白了，但梳理得十分整齐，脸色泛着红润，印象最深的是两道寿眉，长而且浓，我走过去，握住他伸出的手，鞠躬道："先生，我是您学生的学生。"他似乎很难为情，连连说："哪里哪里，我们是同志，是同事。"第二天，大会指定我发言，冯先生坐在前排，很认真地听，并且往一个横格本上记录，一个二十刚出头的毛头小伙子谈八股文，对当时全国第一位写作学教授来说，即使算不上可笑，总不会有多少学术价值吧。但冯先生专注地听着，慈祥地笑着。

雨，飘着飘着，点点滴滴，淅淅沥沥……

前年秋季，学会在淄博开年会，冯先生提前赶到，亲自安排大会事宜。他是会长，已近七十的人了。有些琐事，我们年轻人去做，他不放心，一会儿问房间是否有保证，一会儿提醒别将材料摆乱。大会发言时，每人限时十五分钟。因两位先生忘了时间，讲得超时，将我与另一位老师的发言挤掉了。会议一结束。冯先生专门找到我说："广敏同志，很对不起，让你失去了发言的机会，我有责任。"我很觉意外：他并不是主持人，再说发言固然是我向同行专家求教的好机会，会下我也可以向他们请教啊，况且我的观点已写进了论文，所以根本算不上什么损失。但冯先生连连道歉，似乎他欠我什么，似乎他对我做错了什么。

因此，我一直很不安。元旦前，寄了一张贺年卡给他，感谢他的关怀，并祝他新年愉快。第五天，竟收到了他的回信，而且是密密麻麻一大张！说起那次会，仍是充满歉意。最后，提出自己对写作学建设的看法，希望我提意见，鼓励我在学术上积极探索……一张普普通通的贺年卡，在别人，是大可不必写回信的，冯先生写了，而且很认真；一件小事，在别人，根本不值一提，冯先生却一直记着，他太认真了。冯先生不仅是写作学会会长，而且是省人大常委会委员、省作协主席、民进省委副主委、山师大教授，他要接触多少人？处理多少工作？记着多少事？一位年过七十的老人，该以怎样的毅力应付这一切？讣文上说："在病逝的前三天，冯中一同志还给中文系学生作《治学甘苦谈》的专题报告，前两天晚上出席省委召开的民主党派负责人座谈会，最后一天亲自主持省内部分诗歌评论家商谈出版《华文新诗三百首》事宜，晚上又伏案审阅青年诗人的诗集，一直在自己的工作岗位上战斗到生命的最后一息。”对自己的猝死，他想过吗？他应该想到的呀！他，或许是根本没想过。

雨，飘着，飘着，伴着哀乐，密密地织成一块透明的幕……

我们不要再问了，他已经睡去，他太需要休息了。让我们把脚步放轻，再放轻，别再惊醒他吧，让我们守在他梦的边缘。

从殡仪馆走出来，我与另一位朋友站在冷雨里，紧紧握着手——是啊，我们不是栋梁，却是先生曾以光热照耀过的草木，我们以这样的方式为自己的太阳送行！

冯先生，走好啊，您！

心灵的微笑

——冯中一先生周年祭

姜建国

冯先生走了，我没有送行，也没有送花圈，这留下终生遗憾。时值先生周年忌日，谨以此文奉上，权当心祭吧！

——题记

这篇祭文，我早就写好了，写在我心里，而不是写在稿纸上。今夜，窗外有雨，老天与笔墨一起哭泣。我伏案灯下，边忆边记，回忆起与先生相识相交十八年的那些往事，虽说大多数往事留下的都是些片断和剪影，对我却永远那么生动、新鲜，许是终生难忘的。每次见先生，他都是一脸憨厚的微笑。与我谈诗，他是带着这样的微笑；为我写诗评，他是带着这样的微笑，祝贺我得奖，他也是带着这样的微笑。我想，先生铮铮的人格力量，就是来自这心灵的微笑。

这微笑，像一团火，像一道光，温暖了我，也照亮了我。

那是 1989 年 4 月，中国文联出版公司要给我出版一本诗集，总编辑希望我能找一位权威诗评家写一篇序言，且要求 5 月初交稿。时间短，任务重，我委实作难了！学生作难的时候，又想到了先生。忆起先生与我谈诗的往事，因我听觉失聪，他总是有意多说几遍。先生认为，诗人和时代同行，人品和诗品统一，内容和形式统一，这是诗人成功的根本。往事是向导，我带上诗集的小样风风火火赶到济南，不巧先生去省人大开会去了，我只好写了一封短笺和诗稿一起交给冯夫人，时间是4月底。临走时，冯夫人对我说："过了'五一'节你来取稿吧！"我当时想：这有可能吗？时间太短了，又逢节日，先生与家人团聚，家务事还少得了吗？我想也不敢想，先生就是利用'五一'节审读了我的诗稿，后来又得知先生当天就为我写出了序言。这篇序言，先生写得浓墨重彩，写得非常精确、厚实、深刻而感人。我读过之后，激动得热泪盈眶。先生看准了，也说透了，我写十二行抒情诗，就是有意在新式格律的创建上"向新时代作出的艺术奉献"。不管成功与否，这是我三年的心血，有先生首肯我就放心了，关键在于我庆幸觅到了知音。正如先生所说："诗集定名为《十二行抒情诗》，在明确的诗行定格内，灵活安排句式与节奏韵律。而且都力求根据内在的力，追求形式的美，使其相因相生，流溢出'带情韵以行'的特殊诗味。"诚然，先生把我的《十二行抒情诗》写高了，我知道先生用心良苦，先生的评语是用来鼓励学生的。先生的序言篇幅不长，却写得丰富感人，这是十分难得、十分珍贵的。先生序言的手稿，我至今还珍藏着。千古文章贵真情，言有尽而情无穷，这就是审美价值的所在。真的，重读先生序言，如闻其声，如见其人，字里行间都充分地心灵化了。

因先生那篇序言，我那本《十二行抒情诗》出版不久就有幸荣获了山东省首届泰山文艺奖。说来我自己都不敢相信，获奖第三天，我就收到了先生的贺信。学生获奖，先生祝贺，这是令我感到十分不安的。好在先生意在鼓励我继续攀登"岱顶"。像先生这样无私提携学生的伯乐，在中国当今诗坛不是太多而是太少了！

此后几年，我每出版一本新书都先给先生寄去。每寄一本新书，先生都认真审读。先生读了我那本《抒情诗选》后，写信说："你的诗思与笔路是比较宽广深沉的，总的风格在向着凝炼、精纯、朴茂发展，而有助于强化、深化这一趋向的形式正是你曾有意探索的十二行抒情诗。这或许能在质与文的相克相生中，更好地增进艺术控纵的力度。"风格是一个诗人成熟的风标。我离此甚远，自知这是先生对学生的企盼与鼓励，我当百倍努力。先生还提醒我：无论是诗的思想性或艺术性，都不只是一个简单的风格问题，而首先是诗人审美理想、价值取向，以及人格力量的问题。我那本《漫画诗选》出版后，先生又写信鼓励："这是一部很有特色的讽刺诗集，尖刻老辣，谈笑风生，显示了高度的审美诗才，代表了你创作生涯的另一面，很有意义，谨先表示祝贺与敬意。盼望你继续从正反两方面磨砺笔锋，奉献出更多好诗来！”先生对学生寄予殷切期望，是用自己的血、火和生命，而对他自己的作品又是怎样评价呢？先生在《诗歌艺术论析》一书的前言中写道：“深感自己理论水平很低，又缺乏诗的生活与创作体验，写来力不从心，笔不称意，缺点错误肯定不少，恳请读者多予批评教正。”先生如此谦虚，真乃是“前无古人，后无来者”！这就是先生一人身上集中了一个纯真的老知识分子的一生追求，一个著名诗评家的艺术才华，一个优秀教育家桃李满天下的千秋大业。这些融为一体，就有了先生的人文精神和人格力量。不是嘛，我认真地读完先生的《诗歌艺术论析》一书，且读过两遍，第一遍是通读，第二遍是细读。再三品味之后，我颇有一种先生文章“老更成”的深切感受。这是先生艺术上精益求精的追求和他对诗坛、诗人深切关注的长期而反复的沉浸思考是分不开的。所以说，誉先生为文人楷模，他是当之无愧的。此刻，先生就站在我的面前，亲亲热热地注视着我，我又见先生那一脸憨厚的微笑。不知为什么，我却哭了！

窗外的雨还在下着，断断续续……

雨夜草就

又见小草

鹿　燕

不知是哪个早晨，忽然见到满地的春草又绽出了嫩芽儿，真令人又惊又喜。初春，那一抹新生的绿色，似乎是那么平凡，然而在我的心目中，小草却具有超凡的力量。

记得在我 5 岁那年，我们全家去爬千佛山。走到一块大石头旁边，爸爸突然停了下来，仔细地端详着什么。我很是好奇，扯了扯爸爸的衣角，问："爸爸，你在看什么呀？"爸爸没有急着回答，却问我："好燕子，你来看，这石头上面长着什么？"我踮起小脚瞅了瞅，发现大石头光秃秃的，一个不起眼儿的石缝中冒出了一棵小草。唉，这有什么好看的，于是我嘟起小嘴，颇不以为然地说："小草呗！"这时的爸爸却仍是很认真的样子。

"对，小草。你看，它居然在石缝里钻了出来，还长得这么壮，多么了不起呀！燕子，好好记住，这就叫'石头缝里长青草，半饥半饱俺长大了'。"

爸爸一字一句地教我背这两句诗。回到家里，爸爸马上找出了他的一个笔记本，打开扉页，工工整整的两行字跃入我眼帘，原来是那两句诗。

等我上了小学之后，才知道这两句诗的来龙去脉。爸爸是冯中一老师的第一届研究生。冯老师给爸爸等几个研究生上第一堂课的时候，首先引用的就是诗人李季的这两句诗。爸爸深知这诗的分量，恭恭敬敬地把它抄在了本子上，作为自己的座右铭。

后来，爸爸有幸和冯中一老师同在中文系工作，因此我们家也就和冯老师比较熟悉一些，我总是亲昵地叫他"冯爷爷"。他有着高高的个头儿，一双眼睛很敏锐，慈祥之中又透着刚毅，洋溢着学者的风度和诗人的风采。我总爱缠着爸爸到冯爷爷家去玩，每次去他家，都看到冯老的写字台上总是那么拥挤：三五成群的书，密密匝匝的稿件和信件，还有摆在案头飘着墨香的文稿……噢！多么慈祥的爷爷，多么可亲的老人。您知道吗？年幼的我，心中常把您当作我的亲爷爷呢！每次走时，冯爷爷总是送我些小礼品。有一次，老人家把自己搞科研所得的奖品——一个精美的学习本子送给了我，我一直舍不得用，珍藏到现在。爸爸要求我把两句诗抄在这个学习本子的扉页上，并一再告诫我，一定要发扬冯爷爷的人格精神，自立自强。就是这一股子小草精神，一直陪伴着我。从小学到中学再到今天的大学。其实，直到今天我才真正体会到其力量所在。了解冯爷爷身世的人都知道，他这一生遭遇过多次重大不幸。他却凭着坚韧和无私的奉献精神，写出了那么多著作，做了那么多善事，培养了那么多学生……

可是，万万没有想到，就是这么一个慈祥的老人竟会这么早地离开我们。去世的前三天我还亲听了冯老师的学术报告，前两天还在电视新闻上看到冯老师慈祥的面容……

今年的春天，当我发现第一批小草绽出地面的时候，那内心的惊喜和感慨，真是难以诉说。也许以后，无论是在什么地方，只要看到岩丛中有一株小草，悬崖上有一棵小松，山谷中有一条小溪，风雨后有一弯彩虹，我就会想起冯爷爷！

小草青青，思念悠悠。冯爷爷，您把心血都倾注在我们身上，您也会千百次地再回到我们身边……

永远铭记恩师的教诲

王荣纲

1994年11月13日上午，突然接到张绍骞同志电话：冯老师去世了！我简直不敢相信这是事实，但这是真的。这几年，他过分操劳，确实有些衰老。9月22日，我去看他，见他右臂摔伤骨折，还忙着制定省作家协会的五年规划。11月8日，我去济南参加师范教育学会年会，又去看望他，见他精神和身体都很好，摔伤的右臂也好了，我非常高兴，劝他保重身体，注意健康，不要过分操劳，他很自信地说："工作是要做的，不能身居其位不做事情。我每天有两小时的锻炼，可以保证精力充沛，不会有什么问题。"想不到，11月8日，竟是我与恩师最后一次见面。

恩师匆匆地走了！永远地离开了我们。他的精神、他的业绩，还有我们之间的友谊，将与天地长存，日月同在！

我和冯老师交往，已有34年的时间。1960年，我刚大学毕业，给他当助教，他成了我的导师。他的每堂课我和几位青年教师都听。他主讲诗歌、散文、杂文、文学评论的写法。每堂课都讲得很精彩，引人入胜。常常是师生们正听得入神，不知不觉就到了下课时间。大家都说："听冯老师的课简直是一种享受！"他讲究讲课的艺术，每堂课都精心设计，注意突出重点，安排轻重缓急。在时间安排上显示了他丰富的教学经验和精巧的用心，常常是他向学生宣布"下课！"电铃也响了。我们非常钦佩。

他讲课，努力做到少而精，有启发性。他把学生领入知识的海洋，让学生去获取、去思考。他在努力教学生自主学习。有一次，在课堂上，他对学生讲了“点石成金”的故事。故事的大意是，一个穷孩子向道人乞讨，道人用手指向一块石头一点，石头变成了金子。穷孩子看了看金子，想了想，对道人说：“我不要这块金子，我要你点石成金的指头。”他对学生说：“这孩子讲得有道理，金子总有用完的时候，有了点石成金的指头可以受用无穷！”这个思想，不仅启发了学生，而且深深地影响了我。我明白了，一个好教师不只是把知识教给学生，更重要的是教会学生自己获取知识，使用知识。这种教育思想的种子深深潜入我的心田，成为我后来教育学生、管理学校的重要指导思想。我主编的《大学学习学》的许多思想就是那个时候萌动的。

冯老师的一生都是在学校度过的，从中学到大学，他有着丰富的教学经验，懂得教学规律，堪称当今知名的教育家！

记得我第一次讲课，认真地做了准备，广泛搜集资料，写出了近两万字的讲稿，暗暗自喜。心想，这下子可以显示我的渊博，一定会震震那些学生！我把讲稿送给冯老师，当天夜晚大雨倾盆，他身穿雨衣，冒雨走到我的宿舍，我大吃一惊，不知他有什么急事。他拿出我的讲稿，严肃地说：“你的讲稿不行，写得太多太杂，没有重点。学生听了不得要领。两个小时不能讲这么多。有经验的教师，两节课讲 6000 字就可以了。你没有经验，可以多写点，最多不能超过 8000 字。”他把多余的部分和不恰当的例子都给删去了，又说：“你的讲稿，多是书面语言，长句子太多，不符合讲课的要求。讲课面对学生，要多用口语，句子要短，使学生好听好记。”我看了看他为我修改的讲稿，听了他语重心长的教诲，深感惭愧。外面的雨越下越大，他冒雨走了。他的身影、他的话语却深深地刻在我的心里。

他很注意在工作实践中培养青年，给青年压担子。我做他的助教，除了讲少量课之外，主要是辅导学生，批改作文。他要求精批细改，并要求对学生进行面批面改，我感到很吃力。对学生面批面改太不容易了。那么多的学生，每个人有每个人的想法，年青人思想活跃，常常提出各种各样的问题，使我难以回答。但这是促使我学习的机会，与学生交谈可以向学生学习，时间长了，与学生心心相通，感情融洽，很有利于教学。他把这一点看得很宝贵，认为是提高教学质量的有利条件。

为了使批改作文起到应有的指导作用，他又给了我一个新的任务。每次从学生作文中选出五篇，让学生抄在稿纸上，我要精批细改，有边批，指出局部的优点缺点，有总批，指出文章总的优点缺点，并要提出具体修改意见。经过批改的作文，贴在教学楼走廊的橱室里，让全体师生看，校、系领导还常常光顾。每一期展出，总是不断招来学生、教师，大家边看边议，这对学生无疑是一次教育，对我也是一种考验。我的批改，从不敢怠慢，不仅语言上要字斟句酌，书写也要规范。我这是面对全体师生、院系领导！为了完成这一任务，我不仅要很好研究学生的作文，还要认真读书、看报，加强理论修养。有时候，还研究他批改过的作文，研究他的批语，从中受到启发。这项工作，我进行了三年之久，每年要搞十次。这确实是个苦活。细细想起来，它对我的认识能力、辨别能力、写作能力的提高都有很大帮助。打倒"四人帮"之后，我走上了领导岗位，每当我想起这件事，深深感谢冯老师对我的培养，体会到他为培育我、提高我的良苦用心。

在他的帮助下，我有了一些进步，学生对我反映不错。他很注意观察我的一言一行，及时提醒我不要骄傲。1962 年春，党委决定对全院教职工进行一次鉴定。在教研室会议上，他听了我的汇报，严肃地说："工作、生活，这是刚刚开始，不要稍有成绩就沾沾自喜。虚心使人进步，骄傲使人落后，这是千真万确的道理。"几十年过去了，这些话有一股潜在的力量，催我奋进，使我向前！

1987 年，省委决定我出任烟台师范学院院长，我离开济南，离开山师。每到济南，总要去看望恩师。见面后谈工作、谈学术、谈心，交流思想，他总是鼓励我要把学校办出特色，办出成绩！虽然我们相距千里，但心心相印，心心相通，一如既往。他也两次来烟台。1992 年，山东省写作学会常务理事会在烟台师范学院召开，写作界的专家、学者济济一堂，研究写作教学改革的大计，气氛非常好。烟台师院承担大会服务，他很高兴。

1993 年初，一次我去看他，见翟德耀、曹明海同志正在与冯老师商谈筹办《初中生作文》杂志，见到我很高兴，说："你来了，正好帮帮我们的忙。"四个人谈得很投机。经过多方努力，由山东省新闻出版局批准，《初中生作文》创刊了，我任社长，冯老师任总编辑。以后为办刊，彼此的来往就更多了，不仅见面商谈，而且常有书信往来，他的信常常写得很长、很详，为办《初中生作文》他操尽心血，很使我过意不去。我常劝他，有事多让其他同志去做，你把关定向就行了，他总不肯。创刊号上他撰写了热情洋溢的发刊词，大家都很满意。以后，每期都由德耀、明海同志分别担任主编，但稿子要经他过目签发，他从不敷衍马虎。他常夸德耀、明海和其他同志为办刊出力。他常常告诫大家：《初中生作文》我们要把它当作事业来办，以此作为我们对社会、对教育事业的一份贡献。一定要保证质量，要办出水平！万万没有想到，正当我们的《初中生作文》办得红火的时候，他走了，永远离开了我们！

送走了冯老师以后，我们杂志社的同志们开了一次会，研究了杂志社今后的工作，大家表示今后一定要把刊物办得更好！决不辜负他老人家的一片赤诚之心。当他看到《初中生作文》这棵新苗茁壮成长起来，即使在九泉之下也会感到欣慰！

雨中送冯中一先生

桑恒昌

眼里含的是泪。
天空含的是雨。

先于告别的朋友，
进入灵堂的是你，
先于你进入灵堂的，
是你的学生和弟子。

焦急地等你，
默默地陪你，
我的心，
降下半旗。

湿漉漉的我，
用湿漉漉的目光看着你。
看着少年丧母的你，
看着中年丧妻的你，
看着老年丧子的你，
看着脱下肉体的你。

一生赠予人多少微笑，
留给自己的总是叹息！

那个世界有你的生母，
多么想见你又怕见到你。
生母身边是你的发妻，
几十年没纳完一双千层底。

这个世界有你的继母，
九旬老人已无擦泪的力气。
继母身边是你的续妻，
她的头上黑的是风白的是雨。

生也牵挂死也牵挂呵，
此情绵绵何日是尽期！

你的手臂曾双骨骨折，
断骨捉笔给我写过文字。
每当想起五尺之躯，
总觉得就是那支断臂。

呵，先生，你是一方土地，
反复用痛苦肥沃自己；
呵，先生，你是一角天空，
不断用透明升高自己。

过来的路千里万里，
却没有一条，

让你走回去，
哪怕上面都是荆棘！

天上落的是泪……
眼中落的是雨……

照亮一切生在世上的人

曹明海

11 月 13 日清晨，从电话中惊闻冯中一先生突然病逝的消息，顿时惊呆了。我实在不敢相信，惶惶然顺手抓起一件外衣就跑出家门。

天阴沉沉的，下着淅淅沥沥的冷雨。我刚跨过马路，迎面碰上了一位刚从冯先生家出来的神色黯然的老师，确知先生昨晚因心脏病突发已经去了。可这时在我一片混沌的思维中，还是不能抑制地发问：难道这是真的？先生不是在前几天刚刚审过《初中生作文》第 12 期的稿子？不是说近两天他要召开编务工作会议，讨论明年的编辑计划？怎么会突然去了呢？

冷雨加剧，悲悲切切的凄泣声侵袭着我。啊，这是“老天”在为之哭泣，是“老天”在痛洒伤心的泪。在这摧心折骨的凄雨中，我颤抖着，不禁恸哭失声；冯先生，您不能走！《初中生作文》还等着您审稿签发，明年的编辑工作还等着您筹划，编务会议您还没有召开呀！

来到冯先生家的时候，看到还是那熟悉的书房，还是那放满书籍的书架，还是那散发着书香诗味的空间，写字台上还放着他夜读勾画的书页，各种诗论资料摆满桌面，圆珠笔帽未来得及拧上，手表还在嘀嘀嗒嗒地响……但人却不在了，那温和、可亲的声音没有了。

记得前年冬天的那个下午，就是在这个书房里，我和另一位同事来商谈创办《初中生作文》杂志的事情。作为冯先生的学生，当时我们俩开始只是抱着试一试的态度叩门的。因为深知先生事情太多，工作太忙，如果他不接受，得不到他的支持，没有他亲自出面挂帅，这个刊物就很难创办起来，可当汇报了创办刊物的设想之后，才知我们原有的顾虑是没有必要的。他不仅满腔热情地给予我们以鼓励，而且表示“为普及九年制义务教育，给现在的初中生，跨世纪的建设主力军，提供施展抱负与才华的用武之地，积极开拓他们的智慧与理想的心灵世界”，他愿尽心尽力。一走出冯先生的家门，我们便松了口气：没有想到冯先生答应得这么痛快、这么热情，真是难得啊！

在此之后，冯先生在百忙中不顾千头万绪的工作劳累，与大家一起，积极地开展创办工作，不知付出了多少心血，《初中生作文》创刊一年多来，他对编辑工作总是那么认真、那么仔细。对每期的整体创意到具体的栏目设计，他都精心筹划；对我们送审的稿件，篇篇审读，字字推敲，不放过一点一滴，没有一字一句的疏漏。有一次，我送审的一篇学生作文里把“精粹”写成了“精碎”，由于编稿时粗心疏忽，未作改正。当我去取稿划版时，他找出改正过的稿件，指出这一字之错会给读者带来不良影响，他那种温和中透着严谨的神情和认真态度，叫我羞愧难言。为使刊物办得贴近读者，及时与读者交流信息，他提出设置《对话与交流》栏目，而且常为这个栏目亲自撰稿，和读者进行心灵的沟通。在审读每期的《文苑采英》栏目时，他也总是亲笔来写能给读者以深刻启示的“编稿人语”。他那认真的态度和拳拳的敬业精神，常使我们感叹不已。

外面的冷雨凄凄切切地下个不停，像是在诉说着不尽的哀伤。这时，我肃立在冯先生的遗像前，于悲痛中似又听到了过去的谆谆教导我们认真办刊的声音。这是一种谦和、宽厚的声音，这声音常常给人以亲切、温暖和鼓励。的确，在办刊过程中，我们深深感受到冯先生不仅具有认真、严谨的品格，还具有待人宽厚、诚恳的气度。正如有人所说：“他从来不会给别人造成哪怕些微的伤害，而别人对他有意无意的冲撞，则往往置之一笑，从不计较。”是的，去年冬天的一个晚上，为办刊工作中的一些问题所困扰，我坐在这书房的一角，表露了摆脱出来的恳切请求，并已做好哪怕是“挨批”也要力偿此愿的思想准备。但是，万没有想到他不仅没有批评我，而且推心置腹地检查他自己工作中有什么疏漏、有什么不足等，让我谅解和批评，并说“学生没有不宽容老师的”，“如果宽容老师，就不该想摆脱，而是要把刊物办好”。当时，他那谦和的话语、宽容的态度、真诚的感情，既令我无话可说，又教我去如何待人。可以说,他那种宽厚的高风亮节,不仅照亮了我的心灵,也照亮了他周围一切生在世上的人。

冷雨依然以泪的姿态飘落着。傍晚时分,又悄然下起了洁白而明艳的雪花,静静地飘落在冯先生书房的窗前,在灯光下灿灿地生光、闪烁。冯先生去了,一个温和、宽厚的形象消失了,但他那高洁晶亮的人格光华却永远照亮我们。我们定要高扬他的精神,无论有什么风雨和曲折,也要把《初中生作文》继续办好,办得更有特色,使它真正成为冯先生所要求的"青少年写作的苗圃,小作家成材的摇篮"。

为了寄托深深的哀思,在冯先生的灵前,我敬献上一束鲜花。那亮丽的绿叶和洁白的花朵交映,透出一种不朽的芳香。

"高山安可仰,徒此揖清芬。"

辙印壮丽了大地

——缅怀冯中一老师

李登建

1987 年 11 月，我去济宁参加山东省写作学会第六届学术年会。坐了十几个小时的车，到达济宁市委招待所已是晚上八点。房间里早住上两位同仁，我与他们都不熟，加上旅途颠簸，确也有点疲劳，打过招呼我就歪在床上翻《大众电影》消遣。他们继续谈他们的。操着胶东口音的那位好像掌握了学会的内幕，很神秘地透露有关这次会议筹备的"参考消息"。那位鲁南味老先生不时在对方密密的话丛里插几句。我只顾浏览刊物上靓女的美色，一任他们的话语像团团模糊的云絮在头顶膨胀、飘游，忽然几根"线条"清晰起来：

你见到冯老了吗？

还没有。他身体怎么样？

我知道他们说的"冯老"就是我的老师冯中一，所以耳朵不觉翘高了。"胶东口音"说冯老和学会的其他领导为开这次学术年会真是费尽了心，他们从夏天就着手联系赞助单位，赞助单位可不像四条腿的蛤蟆到处是，倒有点像三条腿的人一样很不好找，起初的几个目标一接触都成了泡影，最后总算定在济宁，10 月底，身体一直不太好的冯老又亲自来与当地负责同志商定会议具体事宜。这两位老先生谈得很动感情，特别是他们几乎一口一个"冯老"，其尊崇其仰慕其爱戴之意溢于言表。我听了颇为我的老师在学会有这么高的威望高兴。正在此时，响起敲门声，出现在门口的恰恰是冯中一老师！他到各房间看望大家来了。我们都喜出望外。我更是不能自已，四年不见了，老师大概六十五岁了吧？脸上有了老人斑，但看上去仍精神矍铄。他慈祥地微笑着，问我们旅途是否顺利，问教学忙不忙。令我吃惊的是，两位刚才还眉飞色舞的老先生在冯老师面前也变得像小学生了，而且我发现他们不叫“冯老”而改称“冯老师”了。

背后情深意厚地喊“冯老”，当着面却只平平淡淡地叫“冯老师”，奇怪吗？不奇怪。这与冯中一老师的为人有关。冯老师一生质朴谦逊，不喜欢别人奉承，不愿听颂扬和赞美，甚至本来应得的荣誉也往外推。我在山师大读书时就听说冯老师淡泊名利。1983 年我已是高年级学生，也已涉足省文艺界，更多地了解到冯老师在山东教育界、文艺界占有很重要的地位，但报纸上却看不到介绍他的文章，就产生了一个为他写篇人物专访的念头。这天晚上我带好采访本叩开了他家的门，几句闲聊，探得他刚完成一篇评论，正想轻松一下，我不由得窃喜。可我说出来意后，没想到却被他坚辞谢绝。他建议我写××、×××，唯他不值得写，并教育我以后多干些实事。那仁慈又严厉的目光在我脸上停留了好一会儿，至今我还觉得烙得慌。我想同室这两位老先生肯定深知冯老师的秉性，才……

受人尊敬，尤其是受到多数人藏在心底的尊敬，还不是件容易的事。除了具备品德高尚、成就卓越等条件，我以为还有一点很重要，那就是乐于奉献，乐于为人们办事。冯老师就是这样一个人。别的不说，就说在我们写作学会里，由于我们学会纯属群众性学术团体，财政不拨经费，开展工作极其困难。省内外类似的学会不少，真正能正常“运转”的并不多。据我所知，我们山东省写作学会是搞得最有声有色的。召开学术年会，举办各类写作讲座、培训班，组织学生作文和会员论文论著评奖，编写教材，编辑会员论文年刊……这里面不知凝聚了以会长冯中一老师为首的学会领导的多少辛勤劳动！学会没有专职人员，就连好多琐碎事务都是学会领导——这帮老人们挤出时间自己做。有一次，大概是 1991 年开完学术年会，我收到大会合影时发现，那照片竟是冯老师亲自寄的——他的字迹我熟悉！当时我一遍遍抚着信封，既欣悦又很不好受。作为一个年近七旬的老人，他肯定明白上帝分配给他的日子已经不多了，而作为一个著名学者，他的时间就是成果。也许手下那部专著正待收尾，也许一篇新作才开了个头……但他却不得不把它搁在一边，然后将如金的光阴涂上那一只只信封。这该是多么痛苦，他眉头拧得多么紧！——且慢，你这样来揣度冯老师可就错了，你还不懂得他！你不知道他是把奉献看成人生最大快乐的人？你不知道他甘愿为学会的团结、昌盛，为我省写作教学和写作学科研究水平的提高鞠躬尽瘁？你想象不出他填写那一摞摞的信封、贴着那一枚枚的邮票、缓缓走向邮筒时双颊漾着的笑容，你应该感到羞惭！

得益于改革开放不断深入的东风，山东省写作学会前进的步伐也越迈越大。虽然因已调出学校，很少再参加学会的活动，全面的情况我说不清楚，但这一点我却能真切地感觉到。从1991年学会采取一连串大动作，其中之一是编辑反映企业家创业事迹的报告文学丛书，在为经济建设服务的同时，创收出版会员论文集。这年12月的一天，我带着三篇报告文学稿往冯老师家送。踏上文化东路了，拐进山师大家属院那条短短的南北通道了，望见那幢土红色的小楼了，我的心怦怦地跳起来。冯老师好像正在写什么，给我开门时手里握着笔，思绪似乎还沉浸在那些文字里。但当我从包里抽出报告文学稿和它们的有偿服务费时，他的眼睛登时一亮，上前一步，使劲攥住我的手："谢谢你！谢谢你对学会的支持！"

那个情景至今深深地感动着我。这位一向沉稳、庄重、威严的老者，为了学会，欢喜得竟有点忘形。这就是我们的会长，这就是我们的冯老！

坐下来，谈起学会的工作、发展，冯老师说："我们必须开拓多种途径来振兴我省的写作事业，我们准备与烟台师院携手主编《初中生作文》月刊，与曲师大合办《东方圣土》杂志……"他显得那么胸有成竹，满怀豪情。

融融的阳光从窗口射进来，映亮他烁烁的双眸，又抹在那如雪的华发上。

从那时起我眼前常常浮现这样一幅画面：一匹披着银色长鬃的老骥，驾着一挂满载的四轮大车，在遥遥无际的土路上不知疲倦地奔走，铃声生动了天空，辙印壮丽了大地……

1995年7月30日急就

中一兄，你不该走！

张　蕾

中一兄，你不该走，可是你却走了，一句话都没有留下，便永远地走了。这突然的永诀，怎能不使你的亲人、你的朋友感到万分的悲痛！

你走的那个寒夜凌晨两点多钟，尊夫人林文贤老师跑到我家，把我从睡梦中惊醒。起初，我以为是风烛残年的老伯母出了事，没有想到是你猝发了心脏病。林老师告诉我，你心绞痛痛得厉害，服了药，不管用。我心想这可能是你终日忙碌所造成的一时的劳累，不会有什么大问题，因为数年来你没有犯过心脏病。可等我与林老师打完向邻居借用氧气袋并请校医院夜间值班医生速来抢救的电话之后，疾步赶到你家，见你和衣躺在书房的沙发上双目紧闭、痛苦呻吟的样子，这才意识到你的病情比较严重。但这时你脑子还清醒，我小声和守在你身旁的小孙儿商量再打电话给市急救站，你好像听出我来了，便低声嘱咐说："千万别动我，千万别动我！"我安慰你说："请安心，救护人员马上就到。"校医先来了，林老师去向邻居家借用氧气袋未归，我便跑下楼去四处寻找。这时急救站的大夫也来了，紧张的我舒了一口气。可谁知氧气用上了，强心针打过了，你的病情非但没有好转，反而越来越重了，后来你呕吐了，病情进一步恶化，抢救的大夫束手无策，不得不赶快送你去医院。这时我的心又紧缩成一团。看着救护车在黑夜中开走之后，我回家和衣躺在床上，在焦急地等待着，等待着送你去医院的我的儿子，能带回你转危为安的好消息，可是结果呢？他带回来的不是我渴盼的佳音，而是我所恐惧的噩耗！"抢救无效，冯伯伯不幸去世了！"他一声沉重的相告，犹如晴天霹雳，顿时把我惊呆了。说什么我都不敢信自己的耳朵，我一连追问了他三声："是真的吗？"无言的沉默，像铁一样坚硬冰冷地证实了万恶的死神已无情地夺去了你宝贵的生命。这时，我禁不住老泪纵横，中一兄啊，林老师说她入睡前你好好的，一切正常，为何忽然大祸临身了呢？你既然感到了不适，为何不早一点叫醒你的老伴，偏要自己跑到书房去孤力挣扎？如果能早争取一点时间，一个小时，半个小时，哪怕是一二十分钟，也许你还能有化险为夷、依然健康生活的希望，可是现在一切努力都晚了，你在不该去的时候去了，你知道，你留给亲人的痛苦、朋友的悲伤，该是何等的巨大啊！

中一兄，你今年七十有一，按中国的传统说法，虽然也属古稀之年，但还不能算太老。我们楼上比你大五岁、十岁甚至二十几岁的人不在少数，谁也没有想到，在人生的跑道上，你竟然会抢了码。固然说人生无常，寿夭不齐，但你的死不能不说和你晚年过于繁忙、过于劳累有直接关系。很多朋友平时都说你太忙了、太累了，可你依然是老骥伏枥、壮心不已。

中一兄，在接受任务上，你有些太难为自己了。七十多岁的人了，高血压、心脏病，系里的教学科研不说，又有那么多的社会兼职，平时你已经忙得够呛了，可你又硬着头皮接受了省作协的领导职务。记得你在上任之前曾到我这里小坐，明确表露了担任此职的难处。你说本来代表大会都不准备参加的，谁知最后还要当主席。你征求我的意见，我劝你诚恳坚辞，你说坚辞不好，只好勉为其难。我说既然推不掉，可以找有关方面说明情况，取得工作上的谅解，也就是平常所讲的"把丑话说在前头"；另外，千万别坐班，别靠上，虽非不求有功，但求无过，但也不可勉强追求什么大作为。自然我的想法消极、平庸，对建功立业的人来说，实不足取。但现在我想，如果在对待工作上，你也能像孔孚兄写诗那样用减法，不用加法，从长远的工作时间上多考虑一些，力求使自己的晚年，过得从容不迫、游刃有余，这将能使你已经衰老的心脏，减少一些过重的负担。

中一兄，在提携后进上，你有些过于忘我了。这些年来，我见你经常为各方面的青年人编写的各种各样的书稿润色、撰写序言。不管谁求你，你几乎都有求必应，不忍拒绝，而且你又是那么认真对待，终日伏案，呕心沥血。对此，我也曾给你提出过建议，我认为扶植后进，固属义不容辞，但也得考虑到自己的精力，留有余地；即使是那些很值得写的书，在你力所不及的时候，也应当忍痛割爱，婉言谢绝。对我的直率建议，你虽然也以为然，但一看到那些登门者祈求的目光，你的心就软了，便往往不能不慨然允诺，不遗余力。老子说："天地不仁，以万物为刍狗，圣人不仁，以百姓为刍狗。"这表现了对新生事物让其自生自灭的冷漠态度，固然不好，然过于仁慈了，这会使你善门好开，善门难闭，甚至有时会招致无谓的劳损。

中一兄，民进省委主委苗永明同志对我说，你活着的时候，曾和他说，你颇羡慕我，你说我离休以后，日子过得悠闲自在，轻松愉快。你知道，我这人一生散淡，胸无大志，我一向尊你为兄，敬你为师，岂能与你相比，更不敢领受你说的"羡慕"二字。但有一点是事实，即不论大归之期如何，自跳出"三界"之后，身体确实比在职时好了许多，几种多年缠身的瘤疾，有的痊愈，有的已基本痊愈。我想，假设你也能按时离休，解脱重负，以你的涵养、你的良好的生活习惯，在健康状况上，肯定会比我要好得多。这些年，你也多次对我说，你已打报告，要求退掉这个，辞掉那个，可是由于你的价值、你的作用，都没能使你达到功成身退的目的。别人在小你十岁的年龄都已卸了妆，走下舞台，坐在了观众席上，可你还在前台唱大戏，扮演各种主要角色。不退，就像俗话说的"悠"着点干吧，你又不能，这就不能不"鞠躬尽瘁，死而后已"了。

中一兄，这样说，并非对你的抱怨，而是一种难以抑制的扼腕的痛惜，实在说，在这复杂的人生面前，你所表现出来的竭诚奉献的精神，是崇高而珍贵的，对教化人心、规范世风，都会有良好的作用，在和你的遗体告别的时候，省写作学会敬送的挽联是：

写作学界泰斗，音容宛在。

高校教坛楷模，风范永存。

是的，你的甘为人梯的遗风，将会永远影响着我们，你的劳作不止的形象，将会永远活在我们的心中！

但是，尽管如此，我还是禁不住要说：

中一兄，你不该走！社会需要你，学会需要你，你的亲人需要你，朋友需要你，你万万不该走！

1994年11月21日

省作协主席接受的最后一次采访

张树新

1994 年 11 月 9 日，由山东文史研究馆馆员姚南朱教授介绍，我采访了山东省人大常委、山东省作家协会主席、山东师范大学教授冯中一先生。坐在冯老四壁图书的书斋里，听他细说天下文章事、徐展作协振兴筹，一个多小时在不知不觉中倏尔而逝。几天后，我写完草稿，正欲送请冯老审阅，不幸噩耗传来：冯先生因突发心脏病，竟于 13 日凌晨舍堂帐而去！音容宛在，哲人先萎，这实在是一个令人难以接受的现实。我决计仍将这篇文字付梓，以作为对冯老六十余年翰墨生涯的纪念。

近期来，中国文坛热点频出，"陕军东征"势不可挡，"94 深圳文稿竞价拍卖"也炒得沸沸扬扬，然而在这台热闹的文坛大戏中，山东作家却似乎冷眼旁观者众，粉墨登场者寡。山东作家在忙什么？齐鲁文坛振兴有望吗？带着这些问题，我采访了新当选的山东省第四届作协主席冯中一教授。

山东作家有戏吗?

和善儒雅的冯老告诉记者：我省作家队伍老中青齐备，应当说，实力是强的，在 80 年代前中期也曾经兴盛过。如老一辈冯德英的"三花"系列（《苦菜花》《迎春花》《朝阳花》），中年作家李存葆的《高山下的花环》和一些报告文学，青年作家张炜的长篇小说《古船》等，在全国影响较大。但是 80 年代末 90 年代初，山东文坛形势有所回落。

目前，针对山东文坛状况，省委宣传部和省作家协会提出“造就山东文学创作高峰”的口号，号召山东作家团结起来，反映时代主旋律，多出精品力作，重振“鲁军”，再造新时期的辉煌。这个号召引起了全省作家的重视，许多人都在扎扎实实地工作。如毕四海创作的《东方商人》、刘玉堂的一些中短篇小说、潍坊作家穆陶创作的爱国主义作品等。现在山东还没有在全国叫得响的作家作品，但我们相信这仅是个时间问题。

文人“下海”，山东作家知多少？

或许是受传统儒家思想熏陶过深的缘故，山东作家秉性敦厚质实，仍然怀着崇高的理想，坚持进行高品位的创作，故而，面对高雅艺术的被冷落，面对一哄而起的经商潮，山东作家从总体上来说并未受多大影响，作家“下海”在山东远未形成风气。个别前两年“下海”的，近期也纷纷“上岸”，重新拿起了笔。毕四海就是这样一个例子，他前两年在内蒙古搞经营，当上了总经理，现在又回到岗位上，结合自己的体检，创作出《东方商人》，收获颇丰。

当然，从整个社会的文化态势来看，高雅作品发表难、出书难，诗歌散文受到一定程度的冷落，作家的创作情绪不能不受到影响。但山东作家的良知和爱心不泯，注重张扬人文精神，强调作品要有人格力量。这是山东作家的主流，它对商风劲吹、物欲横流的社会风气呈现出一种抵制的态度。

王朔作品可有生命力？

聊起时下流行的消费文化，71 岁的冯老谈兴未减。他认为文化的覆盖范围比较广，应该满足社会各阶层人的精神需求，而消费文化、快餐文化的流行，正是因为它适合了一定层次人的需要。当然，这种大众文化与黄色的东西是有严格界限的。纵观文学史，我们会清晰地发现：文学作品是历史的反映，好作品无不是时代的呼声、灵魂的绝唱，它来自现实，如果现实有洪涛巨浪，才会孕育出惊人的巨作，从这个意义上来说，“国家不幸诗家幸”，文学的发展可能正好与经济的发达程度和社会的稳定程度成反比。如果社会一贯很平静，人们过着安适的生活，传媒被“小桥流水”“风花雪月”的东西所充斥，这只能导致消费文化，从历史上来看，并没有多少存在价值。

前一段时间，社会上金庸、琼瑶的武侠、言情小说一度泛滥，而鲁迅、巴金、冰心、郭沫若等大家的作品却问津者寥寥，这不是一种正常现象。民族精神和文化传统的发扬，还是要靠严肃文学。王朔作品我看得不多，但感觉它玩世不恭的成分太大。当然，这种侃文学有它的聪明之处，有些地方能给人以点拨，也富有时代气息，但总让人觉得小巧有余、渊博不足，虽然一时受欢迎，但其生命力是不会长久的。大作品应该深沉，具有忧患意识和痛苦的理想主义，像托尔斯泰和莎士比亚这样的高峰，则会长久地令人向往。

作家的作品问世之后，应当是在读者中引起反响，但有时群众文化与尖端文化之间尚存距离，短时期内无法消除。如王蒙和张炜，同样是知名作家，前者的作品较易理解，而后者创作的《九月寓言》，则有好多人反映看不懂。在这种情况下，只能通过高雅艺术的普及，如评介、缩写，使大众的审美能力提高，但应保持其个性，不能降低它的水平，浅薄媚俗要不得。朦胧诗刚刚诞生时，大家议论纷纷，有人嚷嚷看不懂，有人斥之为“艺术的怪胎”，可过了几年，人们也逐渐能欣赏了，可见接受心理的转变也要有个过程。

坐间，冯老还谈到了省作协的下一步打算：重点扶持组织文学评论队伍，办好现有文学刊物，出版新时期山东文学精品力作丛书和评论丛书，加强作协奖励机制，等等。可惜，冯老没能看到这些举措的一一实现。但愿在不久的将来，山东作家能够像冯老设想的那样重振雄风，大概这便是对他最好的纪念了吧。

长者风范心底存

吴　兵

我是从一位朋友那里无意中听到冯中一先生逝世的消息，先是一愣，接着一阵悲戚便涌上心头。追问详情，对方答不上来。后来见到冯先生的弟子侯书良，才知他是疲劳过度，11 月 13 日心脏病发作而辞世的。

我与冯先生并非过从甚密，而且年龄差距甚大，但自听到他逝世的不幸消息，一连几天，他那和蔼的笑容总是浮现在眼前。

我是 1984 年认识冯中一先生的。那年冬天，作为一位诗歌爱好者，我带着几首新发表的诗去拜访他。我知道他是著名的诗歌评论家，而且知道他是一位未上过大学的大学教授，这更加深了我对他的敬重。那次短暂的拜访，具体谈的什么已记不清了，只记得他的目光是那么锐利，锐利中含着毫不隐瞒的善良和宽容；只记得离开他的家门后，他站在门口目送我下了楼梯，我对诗歌的热爱更加炽烈了。

我在山师上夜大时，从海报上得到信息，去听一些文学讲座。其中，我听过冯先生讲诗歌。他讲的是新时期青年们的诗作。他用富有激情的语言，把那些诗作讲得激动人心。望着他那红润的面庞，虽然是六十多岁了，但我相信他“年轻”，而且健谈。我又去拜访过他一次，闲谈中才知道他有心脏病。他说他每天早起散步爬山，锻炼的结果是心脏趋向“正常”了。

每次去冯先生那里，都看到他案头摆满了书刊，想到他年纪大了，又那么忙，实在是不便打扰，以后就没再去过。

后来在为数不多的文学活动和聚会中见过他几次。

最后一次见冯先生，是在两个月前的中秋诗会上。他还是那样目光锐利、面庞红润，自然而然地微笑着。他对我和几个青年文学评论家说，想组织我省成绩突出的青年诗人到济南搞一次形式活泼的诗歌对话研讨。听罢此言，我们都很兴奋，声声允诺。

我说，青年诗人方面我比较熟，需要的话，我来给他们联系。

晚餐我与冯先生同桌，向他敬酒的人接连不断。安静下来时，他侧过身来，若有所思地问："我们认识几年了？"我说十年了。他没再说什么，只轻轻地点了下头。十年！我或许还有一个十年、两个十年，甚至三个十年，而对冯先生来说，十年的时间是多么的宝贵啊！

仅仅相识十年，我就再也见不到冯中一先生了。他曾为许多没有什么名气的青年诗歌作者写过评论或序，鼓励之，扶持之。他是学者，也是长者，我们记着他。

十年生死两茫茫，不思量，自难忘。

醉　想

刘玉堂

人在似醉非醉的时候，是最容易动情的了，有时所想的话题又非常地不合时宜、不合逻辑，真是如梦如幻、如醉如痴。某日与几个朋友在山师大附近的小酒馆里喝酒，于似醉非醉中，竟无端地想起了冯中一先生，涌起了一股深深的伤感与歉疚，遂将在座的某同志当成了冯先生，翻来覆去地向人家表示敬意与谢忱，令人家莫名其妙又尴尬万分。要命的是第二天醒了酒之后，你无法解释，人家又不认识冯先生，再说那样的一个场合，你如此地“意识流”，谁相信，谁理解啊！干脆就承认自己是酒后失态了，是没出息了，对不起啊。

说是无端地想起，又不尽然。在冯先生去世后的大半年里，我每当路过山师大的时候就会想起他；他去世前的一个月我们曾在那个小酒馆里喝过两次酒，而且那一天我正收到了山师大为出冯先生纪念文集所发的约稿信，我在去那儿的路上，还一直在心里嘟囔：这文章我是要写的，要写的……

我先前与中一先生不熟，仅是一般的认识。好像是我刚到某刊物负点小责的时候，他的一个研究生也分到了那里。于某次会议上，他遂要我对他的学生多关照，给我一个温和、善良、很体贴人的印象。此后就再没单独打过招呼。

有一个话题是山东文学界都知道却又是非常不好说的，我先前曾借用《北京人在纽约》中的一句话与朋友开玩笑说，你爱他，让他当作协主席；你恨他，也让他当作协主席。基于这一点，不管你选不选他，都不是他本人的原因。谁都知道，省作协主席的差事不是他情愿和主动要求干的；谁也都知道他太善良，善良到让你觉得得罪他一下不要紧，因而他这个主席当得就不是很顺利。不管他多么宽容与坦荡，他还是要尴尬。而我在选举的某些细节中也是让他尴尬者之一。我在醉酒时之所以对他怀着深深的歉疚，觉得一辈子欠他的，就是指这件事。唯一让我稍微心安一点的是，我在此后与他单独的交谈中，向他表明了我的态度，重复了爱他恨他都不是针对他的那么一种意思，他笑笑说，别说了玉堂，我理解……

我之所以在他去世前的几个月里面与他有过较频繁的接触，是基于这样一件事：我听朋友说，先生当了省作协主席之后，列了一个重点作家的名单，并打听这些作家住在哪里，他要逐个登门拜访。名单中有我，朋友说，他那么大年纪了，别让他去看你了，你年轻，他又想见你们，干脆你主动给他打个电话吧，这样也不失礼不是？我当然就很感动，遂主动给他打了电话。先生真是好热情，语气里透着寂寞的人想见熟人的那种渴望与急切。他好像着重说了重振鲁军声威、繁荣山东文学创作的四条措施，并说已经跟省作协党组和省委宣传部打招呼了，希望你们能积极配合。他随后夸奖了几句我在《齐鲁晚报》发的那些小文章，并要我把某篇小文中提到的那个文学沙龙办起来。这让我强烈地感受到他急于想为作家和文学办点实事的那么一种心情。

说实在的，那个文学沙龙的事情，我当初几乎纯粹是为了写文章的需要，并没打算真的要办。另外，即使要办也纯粹是一个民间活动的小事情，不必劳他费太多的心思。可他真是太关心了，从选择地点到出席人员名单，到老同志怎么接，他都是那么细心与周到！你在觉得他对行政领导工作不是很熟悉、小心谨慎的同时，格外感受到他那种认真与热心。那次见着他，我才发现他还吊着一只胳膊，是爬山的时候不小心摔的。

我知他是个著名的资深诗评家、学者、教授，原以为他对小说方面的事情不是很了解的，不想他非常熟悉。我们第一次在那个小酒馆里喝酒（他以茶代酒）的时候，说起话来，他对山东中青年作家的创作是那么了解，如数家珍地一个个提到他们的名字、他们的作品，引用某篇评他们作品的文章中的话。他那样平易，你说一件可笑的事情的时候，他即宽容地看着你，多少有些矜持地笑着。我又感受到一种忘年交甚至是长辈与晚辈间的那样一种亲情。席间,我接过酒馆老板的话茬儿,说到要在他七十二岁生日的时候与朋友一起给他祝寿。后来,我知道他是将这话告诉给他的家人了。当我远在上海,朋友电告我先生突然去世,先生的女儿恩大女士一边哭着一边提到玉堂要给父亲办生日酒席的,“可就差几个月,父亲就没挨到……”我在电话那端泪水就哗哗地……

那个沙龙还是办起来了,他竟预先准备好了讲话稿。席间,他告诉我,记者发消息的时候一定要提团结和繁荣的字样啊;下一次活动的事你再跟心田商量商量;有老先生要去卫生间,他又趴到我耳朵上:你扶他去玉堂……

此后即逐渐熟了。

我听说,省委宣传部主持召开的那个文学创作规划会是他倡议的。

我听说,他偶尔去参加个什么会还要挤公共汽车。后来我问及此事,他平淡地说,偶尔挤一回就是了,一般都能有车,没有车的时候打面的也可以,只是觉得没必要。

特别让我有种说不出来的滋味的,是他真是实心实意地想为作家们和全省的文学创作干点什么事,而由于可以理解的原因又往往没能很好地落实时的那种焦急、不安和无奈……

他好像挺喜欢我的性格,他是于背后说过我人品俱佳之类的话的,当面也说过;他也说过其他许多作家的好话,我从没听他说过哪个作家不好的话。他以长者的宽容和学者的严谨,以身作则,一点一滴地做着促进团结、繁荣创作的工作。

他对我个人的创作又是那么关心与细心,连外省的报纸上提到我作品名字的文章他都注意到了,而后再转告给我;还有我个人的一些私事,他都是那么尽心尽力。有时没办成,他又表示过意不去。可惜的是,我与他相识相交得太晚了,也太短了。依然是那个小酒馆,依然是老板过来敬酒,但已物是人非。朦胧中,先生的音容笑貌是那样的清晰,一只胳膊还吊着,他那么慈祥地看着我,我仿佛又听到了他的声音;别说了玉堂……那就不、不说了。

最后的教诲

燕　军

星期天下午校门口的布告栏里，一则讣告使我怔怔地立在了那儿：冯中一先生病逝？我不敢相信这是事实，可橱窗里白纸黑字，明明白白：省作协主席……冯中一先生因病医治无效，于今晨三时十分病逝……雨打风吹，布告栏呼呼作响，我知道，先生真的去了。

三天前，大约也是这个时间，先生正在给我们做报告。报告会题目下是一长串头衔：省作协主席，省写作学会会长，著名诗评家……先生看了一眼，说："我只是一个很平常的老教师。"当时，在场的我们——一群未来的人民教师，心里热乎乎的，崇敬之情溢满心头。

报告会题目叫《治学甘苦谈》，是先生的现身说法。早年丧母，中年丧妻，老年丧子，"人生三大不幸"全占了，先生说他很坎坷。说到这儿时，我分明看见先生有些动情。还有长年高血压、冠心病的缠扰，可这一切都未能阻挡先生的工作。

先生还讲珍惜时间，讲实事求是，讲敬业精神，讲一位生物学教授死后将遗骨捐献给自己的实验室，后来者肃然起敬。时间过得很快，没有掌声，我们只是静静地聆听着，很静，很静。因为先生正与我们以心交心，声声教诲仿佛涓涓细流，缓缓注入心田。

就在结束报告时，系里潘书记讲了冯先生的两件小事。一件是前段时间先生散步时不慎胳膊骨折。因为文史楼重建，系里正待搬迁，老人家不愿给学校添麻烦，只字未提。一件是先生社会活动多，尽管已退休多年，可每次外出都打电话，或亲自到系里请假，从来如此。

以前对冯先生所有的了解，是从他的书中，从他为人所作的序言中。三天前，第一次见到先生，第一次听先生讲话。三天后回首，先生已溘然而去。

冯老师，您走好。

终生的悔恨

——悼念中一

林文贤

中一,你走得太早了!

去年11月13日凌晨,夜黑漆漆的,四周一片寂静。你突然心绞痛发作,一向怕麻烦别人的你偷偷吃上药,想挨过这漫漫长夜,直至病情恶化才喊醒我。我一时心慌意乱,手足无措,只能给你吃上新有的好药,总盼着病情能缓解。但此时此刻,时间就是生命,等急救站大夫和山师校医为你输上氧气时,氧气已无效了。我浑身抖索,一筹莫展,死神就这样残酷地夺走了你的生命。你丢下了热爱的事业,撇下了老少四代人,永远告别了这个世界。你没留下一句话,没住上一天院,我没侍候过你一天,你走后,我的心老是空荡荡的。至今你的音容笑貌仍是那样清晰鲜明,但只是见物不见人,给我留下了永远的痛苦。

1994年5月,你受省委领导的重托,在71岁高龄又身兼数职的情况下挑起了山东省作家协会主席的重任。本来你是那么为难,几次推辞,但最终你还是太好说话了。七十岁的人干起了四十岁的人的工作。我发现你身体日益消瘦,多次劝你去医院查体,你不听我的劝说,总是强调:慢慢瘦下来不要紧,突然瘦下来就不好。我现在明白了,你是太累了才瘦下来的,在本该离休的年龄你得不到离休,实在是承受不了这么多的重担。

8月,在右手腕折断不能执笔的日子里,你并没有休息,日夜为省作协的五年规划操心。你认为困难虽大，也要尽心尽力地工作，不能身居其位，不做事情。你只能想想说说，让女儿整理“规划”，当某处不合你的意图时，你就大动肝火发脾气。我知道你是心有余而力不足。你为厚厚的一大摞规划付出了多少心血！我还为你笔录了作协的近期活动，复了大量的来信。你为了尽快能执笔，几次偷着拆下手腕上的夹板，但手仍然肿着，许多天什么也写不成。

在生命的最后几天，你受系领导之托，要为学生作《治学甘苦谈》的报告。记得那时你紧张得忘记了时间，问我：“今天是星期二还是星期三?”“是星期二。”你长吁了一口气：“要是星期三就来不及了。”准备报告，你要引经据典，找资料，但翻箱倒柜也没找到你所需要的，心情焦急烦躁，埋怨自己脑子不中用。你伏案准备到下半夜，第二天一上午也没喘过气来，你实在太累了，谁又能理解呢?

20 世纪 50 年代，你就得了高血压，但一直坚持工作。1971 年，你在聊城病情加重，被迫送回济南治病疗养。病休期间，你写了十多万字的文章。1972 年春，病势又加重了，血压升至 250/138 毫米汞柱，冠心病也在威胁着你的健康，你无力支撑，几次晕倒，又一次被送回济南治病。但你没有垮下，凭着顽强的毅力与死神搏斗。除服药治疗外，每日清晨开始散步，逐步地加大运动量，上半山腰练气功、打太极拳、舞剑，即使大雪天，你也不曾中断，就这样风雨无阻地坚持锻炼了二十二年。这二十二年，你为教育界、文艺界作出了多大贡献！但是你太自信了，总认为每天有两小时的锻炼活动是不会出什么问题的，不愿上医院，舍不得休息，硬着拼搏，可毕竟年龄不饶人啊!

中一，你这一生是艰苦奋斗的一生。由于家庭清贫，你 17 岁时，白天上补习班继续学业，晚上到夜校来上课以养家糊口。凭着坚韧的意志，你成了一个没有上过大学的大学教授，受到一代代学生的敬重。生活上，你从不追求享受；工作上，勤勤恳恳，分秒必争。几十年来，你没有星期天，没有节假日，勤奋笔耕。生活很单调，但你内心很充实。你把一切精力都献给了事业，在心绞痛发作时，还翻着青年作者的诗集，你奋斗到了生命的最后一息。

人最宝贵的东西是生命，生命对于我们只有一次。你没有碌碌无为，没有虚度光阴，你问心无愧。只是你走得太早了，未竟的事业需要你，家庭更需要你这个顶梁。别的一切损失都可以弥补，唯有我失去了你，这个损失将永远无法弥补。我麻痹大意，无知无能，没照顾好你的身体，没争分夺秒地把你抢救过来，已成为终生的悔恨，一切都晚了。

安息吧，中一。

百年长忆浩然风

——纪念冯中一先生诞辰一百周年追思会暨《冯中一文选》出版学术研讨会在济举办

2023年6月10日上午，纪念冯中一先生诞辰一百周年暨《冯中一文选》出版学术研讨会于山东师范大学千佛山校区成功举行，来自清华大学、暨南大学、山东大学等高校的六十余位专家学者与会。本次会议由山东师范大学文学院主办，山东财经大学文学与新闻传播学院、青岛大学诗学研究中心、山东省写作学会协办。

山东省委统战部副部长李法信、山东财经大学党委书记王邵军、山东省作家协会主席黄发有、山东出版集团原总编辑迟云、山东师范大学党委副书记万光侠等出席并发言，会议开幕式由山东师范大学文学院院长孙书文主持。

万光侠致欢迎辞，介绍了山东师范大学近些年的发展情况，高度评价了冯中一先生为学校发展所做的重要贡献，表示要认真传承和弘扬冯先生教书育人、无私奉献的优秀品质和优良传统，加快推进学校高质量发展。

李法信代表中共山东省委统战部表达了对冯中一先生的深切怀念和崇高敬意，他回顾总结了冯中一先生的治学经验和学术贡献，认为冯中一先生不仅是著名的大学教授，还是著名的民主人士、社会活动家，享有很高的社会威望。他表示，冯中一先生的高尚品格和崇高风范，是激励我们奋发有为、开拓进取的宝贵财富。

王邵军深情地回忆了自己作为冯中一先生的研究生、助教，在冯先生身边学习、工作的五年时光，认为冯先生是一位“师”者，具备了一个杰出老师拥有的学识和风范，鼓励学生开拓创新，培养了一批优秀的学生，还是一位“诗”者，以诗人的激情和高度的责任感投身于新诗评论，将创作经验和诗歌理论结合起来，形成了关注文本、偏重艺术赏析的批评风格，为推动中国当代诗歌发展做出了突出贡献。

黄发有认为，冯中一先生具有强烈的事业心、谦和的君子风范、知识分子的崇高追求和一颗生生不息的诗心，为山东省文学事业的发展作出了重要贡献，他严谨的治学态度和虚怀若谷的精神永远值得我们学习。

迟云表示，冯中一先生在山东出版集团出版近二十种著作，有很高的美誉度。他结合冯先生给自己诗集作序的经历，高度评价了冯先生提携后学、甘为人梯的高尚品格，肯定了冯先生为山东乃至全国诗歌发展作出的巨大贡献。

研讨会的第一个阶段由山东师范大学鹿国治教授主持。山东师范大学吕家乡教授深切回忆与冯中一先生的多年交往，认为冯先生善良宽厚、沉稳谨慎，是敢于承担的勇者。文学院原院长周均平教授回顾了冯中一先生的教学、科研和社会活动，认为冯先生有大胸怀、大境界、大人格，是大教育家、大学问家和大活动家。山东青年政治学院吴秉忱教授满怀深情地回忆了与冯先生的交往，高度评价了冯先生对山东乃至全国写作学科的发展所做的重要贡献。中国现代文学研究会副会长、暨南大学教授贺仲明表达了对冯先生文品和人品的崇高敬意。济南大学贺鸿凤教授，山东师范大学李继曾教授、袁忠岳教授、王景科教授、王化学教授、翟德耀编审、韩品玉教授、刘新华教授等从自己与冯先生交往的点滴谈起，深情回忆冯先生的为人治学，表达了对冯先生的缅怀之情。第一阶段的研讨充满暖暖的回忆温情，盈溢着浓郁的缅怀意味。

研讨会第二个阶段由青岛大学诗学研究中心主任吕周聚教授主持，吕周聚宣读了文学院前院长韩之友教授发来的贺词。韩之友高度评价了冯中一先生为文学院的发展做出的突出贡献，并对前来参加会议的各位嘉宾表示衷心的感谢。清华大学张小琴教授代读了山东大学耿建华教授的贺诗、山东师范大学李伯齐教授的贺词。山东师范大学中国现当代文学学位点负责人李宗刚教授介绍了冯中一先生著述的收集与整理情况，高度评价了冯先生为中国现当代文学学科发展作出的重要贡献。作为冯中一先生的研究生，鹿国治、宋乐永、郭洪云回忆了跟随先生读研的幸福时光，深切缅怀先生的谆谆教导。山东财经大学的李军红教授、亓凤珍教授，山东师范大学的李乾坤教授、姜燕教授、陈夫龙教授，青岛文学馆馆长臧杰等先后发言，表达对冯先生的缅怀之情。作为冯中一先生的再传弟子，齐鲁师范学院胡峰教授、济南大学李雁副教授、山东大学马春光副教授分别就冯中一先生的诗歌创作、写作学研究和诗学研究等作大会发言，得到与会专家的一致认同。

闭幕式环节，吕周聚教授首先介绍了《冯中一文选》的编选与出版情况。吕周聚认为，将冯先生生前未能发表的文章结集出版，使之传承下去，具有重要的学术史料价值。冯中一先生的女儿、山东青年政治学院教授冯恩大向与会专家及孙书文院长表示了衷心感谢，认为《冯中一文选》的出版完成了父亲的遗愿。山东师范大学文学院院长孙书文教授作会议总结，感谢冯中一先生对文学院发展做出的巨大贡献。他认为，冯先生是写作研究领域的重要奠基者，是新诗研究领域的重要开拓者，更是学生的良师益友，在他的身上，真正体现了“学高为师，身正是范”的大师精神，值得我们永远铭记和学习。

这是一次充满温馨的学术研讨会议，老中青三代学者齐聚一堂，缅怀冯中一先生的治学为人，从不同的角度深切回忆冯先生的过往，聚焦出一个多面立体的冯先生形象；大家研讨冯先生的诗歌创作、诗学评论和写作学研究，彰显出冯先生多个领域中的独到贡献。冯先生的诗歌作品、科研文章写得好，道德文章写得更好。冯先生谦虚谨慎、不断追求、提携后辈、团结协作、勇于承担的高风亮节，将永远烛照后学奋楫笃行，臻于至善。

（大会秘书组）

附录：发言摘要

山东师范大学党委副书记万光侠：冯中一先生是我国当代著名的写作理论家和诗歌评论家，生前任学校中文系教授，主要从事诗歌、写作的教学研究工作，曾兼任山东省人大常委、山东省作家协会主席、中国民主促进会山东省委员会副主委、山东省写作学会会长等职务。

冯中一先生视野开阔，治学严谨，有不少创见和突破，在全国产生了广泛的影响。冯中一先生勤奋躬耕，甘为人梯，在30多年执教生涯里培养了一批优秀人才，为新诗创作和评论队伍建设做出了重要贡献。冯中一先生与人为善、富于实干精神，在所在团队和群体中扮演了难以取代的角色。

山东师范大学经过70多年的发展一步步走来，取得今天的成绩，离不开以冯中一先生为代表的杰出学人的辛勤耕耘和默默奉献。在此，向冯中一先生致敬，向为学校发展作出积极贡献的老一辈专家学者致敬！

中共山东省委统战部副部长李法信：冯中一先生具有多重身份，他不仅是大学教授、学者，还是著名的民主人士、社会活动家。

作为学者，冯中一先生治学严谨，追求真理，他的诗歌研究和写作学研究均在相关学科领域产生了重要的影响。

他曾担任山东省人大常委会委员、山东省作家协会主席、中国民主促进会山东省委员会副主委等职务，享有很高的社会威望。作为社会活动家，冯中一先生心系社会，勇于担当，积极参与山东省各项社会活动，得到了社会各界一致好评。他的身上真实地体现了中国知识分子“忧国忧民，以天下为己任”的家国情怀。

早在1956年，冯先生就加入了以教育文化出版界知识分子为主体的民主党派——中国民主促进会。冯先生心存感恩之情，服从党和政府的安排，先是在高中任教，后来调入山师中文系。他一丝不苟、兢兢业业，全身心投入高教事业，并取得了重要成绩。1984年初，冯先生作为教育界工作成绩突出的代表，参加了济南市政协举行的各界人士为“四化”服务经验交流及表彰大会，同年，当选为民进济南市第一届委员会副主委。1987年，冯先生被选为民进山东省工委委员，开始积极参与民进基层组织建设和社会服务等工作。为解决民进会员个人困难，他进行了大量家访、谈心，全心全意为会员提供力所能及的帮助。1989年，民进山东省第一次代表大会召开，冯先生当选为民进山东省第一届委员会副主委，随后又当选民进山东省第二届委员会副主委。冯先生在副主委任期内还先后兼任民进山东师范大学支部主委、民进淄博市委会主委、省民进夜校校长、山东省民进美术研究会会长等职。冯先生对每一个职务、每一项工作，都是激情满怀、忘我投入，特别是在政治协商、参政议政、民主监督等方面倾注了大量时间和精力，为全省统一战线事业发展作出了重要贡献。

山东财经大学党委书记王邵军：我于 1983 年 9 月到 1988 年 6 月跟随冯先生读研究生、当助手。五年的时间里，冯先生言传身教，以身示范，无论是做人、做事、做学问，都给自己很大影响。调离山东师大后，每隔一段时间，也会去拜访冯先生。算起来，冯先生已离开我们二十九年了。二十九年来，作为学生，经常回想起老师，回想起和冯先生在一起的点点滴滴，许多场景可以说历历在目，犹在昨天。

回想冯先生的一生，在许多方面卓有建树。但在我的心里，冯先生作为“师者”“诗者”，对自己影响至深。

“师者”。作为一名老师，冯先生具备了杰出老师拥有的风范、学识和勤勉，循循善诱的细致、耐心，以及对学生始终如一的支持和付出。经常想起冯先生给自己上课时的场景，冯先生 1983 年就招了我一个研究生，他的专业课就是每周一次的会面。当我到来时，他已在书房准备了茶点。他坐在扶手椅上，我坐在旁边沙发上，上课内容并不固定，有时交流读书心得，有时他讲一些文坛往事，有时他修改我的文章……他会时不时地评论、点拨，引导我深入思考。

作为老师，冯先生鼓励创新是一定的，每当我有了新的观点、新的思路，他总会用欣赏的眼光看着我；鼓励坚持也是一定的，他经常提醒我要耐得住寂寞，他讲，做学问的要有一个炼狱般的境界……这种古代先师式的授课方式，真是让我受益良多。

“诗者”。冯先生作为一位杰出的诗歌评论家，对诗坛作出了特殊贡献！早年，冯先生是一个诗人，在当代文坛上，冯先生是较早介入诗歌评论的少数人之一。早在 20 世纪 50 年代和 60 年代，他就出版了《诗歌漫谈》《诗歌的欣赏与创作》《学诗散记》等著作，尤其是进入 80 年代，冯先生更是以高度的责任感投身诗歌评论！他延续了五六十年代的批评，又不断创新、完善，形成了自己关注文本、善于评析的特点！他总是善于从具体作品中追踪诗歌发展的踪迹和动向，这使他自成一家，成为当代诗歌评论“评析派”的代表人物。著名诗评家吕进就讲过：“他（指冯先生）的现代诗学和写作学研究别具一格。他的诗论是新时期诗学的新收获。冯中一是由诗人而进入诗学殿堂的，这就决定了冯中一诗论的基本特点：比较偏于艺术赏析，注重具体地分析一诗一人，不作空泛之论。”注重具体作品分析，也是冯先生指导研究生的一个重点。

我考研究生时的专业课试题，就是分析一首诗，第一学期的作业也是分析流沙河的《故园六咏》。冯老师亲自指导我如何读，如何分析，我的评析文字经他亲自修改定稿后，被推荐收入一部作品集，冯先生注重视角分析，注重内在结构梳理的分析方法，至今还对我有深深的影响。

除了会议列出的题目，关于冯先生，能够研讨的内容有很多很多！他的命运的坎坷，他的治学理念，他的性格的矛盾，都留下难以说尽的话题。吕家乡老师说得特别好：“冯先生本身就是一部史书，承载着那个时代的风风雨雨。”

纪念冯先生，使我想起了 80 年代的山师大中文系。那真是一个火红的年代，许多老师包括在座的不少老师和冯先生等一起创造了那个时代中文系特有的文化，那么的开放，那么的有活力，那么的英姿勃发。借这个机会，向老师们致敬！也向那个年代致敬，它一直是鼓励我创新、前行的动力源。

山东省作协主席黄发有：冯先生一生教书育人，著书立说，拥有强烈的事业心，谦和的人格精神和急功近利的使命感，体现了一位优秀知识分子的崇高宗旨和价值追求，也是冯中一先生留给我们的最重要的精神财富。

冯中一先生是著名的诗歌评论家，新诗研究贯穿他学术生涯的始终。早在 20 世纪 50 年代，先生便比较深入系统地学习了毛泽东文艺思想和当时的诗歌理论，用以指导自己的诗歌研究，十年间先后创作并整理形成几本评论专辑。针对诗歌创作中存在的问题，对症下药，进行阐述与分析，涉及写诗应该注意的构思、意境、感情、语言等方面的基本问题。这些诗歌评论尤其强调诗歌的现实意义，强调要将健康的时代精神与中国古典诗歌以及民歌的优良艺术传统结合起来，对当时诗歌习作中存在的不良倾向起到了护天救地的作用。

从中我们可管窥冯中一先生早年治学的开阔视野和扎实学风，改革开放后，在中西文化碰撞的时代背景下，新诗创作思潮纷纭多变，冯中一先生激发心声与激情充沛的诗心进行严谨的学术探求。他的现代诗歌研究也在饱经忧患之后，焕发出更强大的生机活力，进入了新的阶段。这一时期的诗歌评论和研究文章，尽力克服学院式的静态研究学风，强化作为诗歌评论的参与意识，把系统理论的掌握与诗歌评论写作结合起来，培养真才实学，提高实战能力。他与学生共同编写言论摘编式的大型教育书、大型资料参考书、中外诗歌创作谈，合写评论文章公开发表，合编诗歌原理教材正式出版。对于当时年事已高、治学严谨的冯先生来说，要完成诗歌评论的自我超越，并不是轻而易举的，可以说是付出了艰辛的劳动，倾注了大量的心血。他和研究生编写出版的三本诗歌评论集——《诗歌艺术论析》《诗歌艺术教程》《新诗创作美学》，标志着先生和他的研究生们在新诗艺术研究上的三次跳跃，其中不乏新见解、新探索。从这些著作中都不难看到先生那颗生生不息的诗心和在学术上孜孜以求的风范。

除了诗歌研究，冯先生还曾经长期从事写作课的教学与研究工作，长期兼任山东省写作学会会长，尤其是后者，可以说是先生一生责任最重、任期最长、投入最多的一项。山东省写作学会是山东省高校写作学科最重要、级别最高的一个学术团体，1981 年成立，冯先生作为发起人之一，担任第一届会长，后经选举连任，十三年间先生对学会的事业呕心沥血，殚精竭虑，富有成效，1990 年山东省写作学会被省社联评为先进学会。先生作为山东高校写作学科的带头人，为推动写作学科的建设做出的巨大贡献，由此可见一斑。冯先生在山东文化界的成就和影响巨大，党和政府给予了他极高的信任和荣誉，他于 1988 年当选为山东省第七届人大常委会委员，1993 年再次当选为山东省第八届人大常委会委员。1994 年，先生当选为第四届山东省作家协会主席，任期内先生曾就教育界、文艺界、出版界、文学界的若干实际问题，提过多项议案，做了大量的工作，尽到了他应尽的职责，建立了很高的威信，也得到了中共山东省委有关领导同志的充分肯定。

纵观冯先生的一生，虽然历经磨难和考验，但甘于奉献的初心从未改变，坎坷的命运练就了他既坚韧刚毅、又谦和宽厚的性格，在变动竞争开放的时代，他既热心进取又清醒超脱，诗人与学者的气质，独特的性格与智慧，在冯先生身上有机地融为一体，形成了独具魅力的人格风范。在冯先生参与的几个社会团体中，他总是富于实干，恪尽职守，善于团结同志，协调关系，凝聚人心，由此让他在学术群体中成为别人难以取代的角色。认识冯先生的人几乎众口一词地用“德高望重”评价他。于学术研究，他坚持实事求是，扬长避短，将理论深深地根植于教学与诗歌评论的现实土壤中。于写作教学，他立足于训练学生的文体基本功，甚至对学生作文精批细改，一丝不苟，表现出精益求精、严谨求实的治学作风。于群团工作，他不辞辛劳，恪尽职守，大量地承担了联络协调服务作家的责任，为繁荣山东文坛和文学事业做出了无可取代的贡献。他是在以自己力所能及的方式，为青年学子和文坛新秀的进步铺路搭桥，如同勤恳的园丁、保姆，担当着教育事业和文学事业中不可或缺的角色。也许正是由于冯先生这种基于自知之明和社会需要而选择的甘为人梯的人生定位，为他日益高尚的社会声誉奠定了广泛而群深厚的群众基础。

暨南大学教授贺仲明：我想表达两个意思。一是向冯先生致敬。冯先生在诗学研究、写作学研究等多个领域成就斐然，今天依然很有价值。更重要的是，他人格高尚，为人公正、谦和、诚朴，潜心培养学生，为山东写作学、山东文学作出了突出贡献。斯人虽逝，却足为后辈楷模。二是向山师大文学院致敬。山师大文学院名家辈出，培养了很多优秀学生，在全国学术界卓有影响。学院今天举办的活动，是对前辈学者的尊重和对学术的尊重，也是对学术传统的张扬和维护，对于学科和学术的发展，对于良好学风的营造，具有非常好的意义。这一活动的背后，蕴含的是山东礼仪之邦、尊师重教的优秀文化传统，其意义也超越学术界，具有社会文化意义。

冯中一先生二三事

翟德耀

冯中一先生德高望重，性情宽厚，一生治学严谨，与人为善，无论在教育界还是在文艺界都是有口皆碑，堪称一代知识分子的楷模。在冯先生去世后的几年里，笔者常常睹物思人，缘景怀旧，不由得回想起亲身经历的一些事情来。

一封令人感动的审稿函

近日整理书房，不经意间翻检出当年若干学报的审稿签来，其中写得最长最认真的，就是冯先生。作为学报的编辑，我除了经常与来稿作者沟通外，也经常与审稿专家联系，请他们评审相关专业的文稿，把审稿意见写在审稿签上。审稿签是一张十六开纸的表格，专家意见占三分之一，足够写上200余字。冯先生没有用审稿签，而是另附了两页稿纸，写了足足600余字，对文稿提出了剀切的评价和具体的修改意见。下面是原文：

《孔孚山水诗的社会意义》读后意见

一、本文强调孔孚山水诗的社会意义，用意是可取的，有自己的思考角度，涉及诗的审美观与方法论，也有理论意义和现实意义，值得明辨深思。

二、论述中采用的方法和欲达到的高度之间缺乏科学的系统分析的逻辑过渡。开始提出的文学三种作用(教育、认识、美感),显得陈旧无力,后来又从审美的、社会的、历史的不同视角求寻绎,也陷于平面肢解。似应把握审美主体的心理过程,讲清对于诗歌魅力的欣赏步骤层次——1.调动审美直觉,感受形式美,意象美;2.运用审美体验和理解,借感情的融入和对生活的思考,获得求知的、向善的启示,通过广泛联想和艺术想象的再创造,领悟其深层的象征意蕴。这样,使情操得以陶冶,人格得到提高,意志得到激励,以产生深广的美感效应。倘能沿着这种系统分析的次序,对孔孚典型诗例进行具体剖析,体味,最好归结到孔孚的创作主张上(见注⑥),可增强论证的鲜明性和说服力。

三、论文后半,应在以上论题的建立与解决的基础上,把孔孚诗歌社会意义的艺术表现特色划分几个侧面,作比照、递进式的深入赏析,既加深对孔孚诗艺术风格的理解,又为诗人总结出主体框架严整和纵深的层次感。

四、文辞欠精炼,时有支蔓和游离之嫌,基本同意铅笔删改的地方。以上仅凭初步印象,率尔落笔,多有偏颇,希予鉴谅!

冯中一

1986.7.9

冯中一致《山师学报》编辑翟德耀的信

《孔子山水诗的社会意义》读后意见

一、本文阐明孔子山水诗中的社会意义，用意是可取的，有自己的思考角度，涉及诗的审美观与方法论，也有理论意义和现实意义，值得明辨深思。

二、论述中采用的方法和获致的结论方法论问，缺乏科学的系统分析的逻辑过程。开头提出诗文学三种作用（教育、认识、审美），显得陈旧无力，后来又从审美的、社会的、历史的不同视角来寻绎，也陷于平面肢解。似应紧紧把握审美主体的心理过程，讲清对于诗歌魅力的欣赏步骤层次——1. 调动审美直觉，玩赏形式美、意象美；2. 运用审美体验和理解，使感情的融入和对生活的思考获得求真的、向善的启示；3. 通过广泛联想和艺术想象的再创造，领悟其深含的象征意蕴。这样，使读者探讨山水陶冶人格以此提

第　页

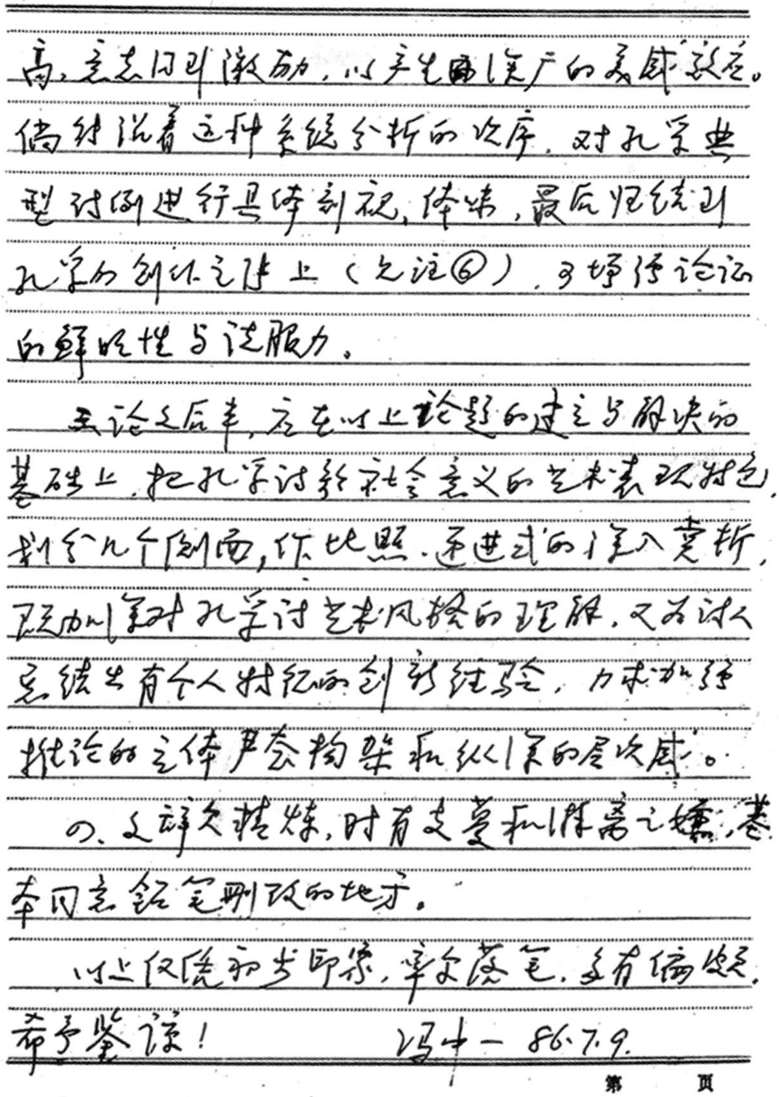

高，意志因引激动，以产生更深广的美感效应。倘能沿着这种系统分析的次序，对孔孚典型诗例进行具体剖视，体味，最后归结到孔孚的创作主张上（见注⑥），可增强论证的鲜明性与说服力。

三、论文之后半，应在以上论题的建立与解决的基础上，把孔孚诗于社会主义的艺术表现特色，判分几个侧面，作比照，逐步的深入剖析，既加深对孔孚诗艺术风格的理解，又为诗人总结出有个人特征的创作经验，力求加强批评的主体严密构架和纵深的层次感。

四、文辞欠精炼，时有支蔓和推敲之嫌，基本同意铅笔删改的地方。

以上仅系初步印象，率尔落笔，多有偏颇，希予鉴谅！　冯中一　86.7.9.

第　页

拿到意见后，我不禁肃然起敬。题为“读后意见”，而不是审稿意见，结尾自称“率尔落笔，多有偏颇”，谦和姿态跃然纸上。更重要的是“意见”切实可行，绝非那种率尔泛论可比。作为诗评家，冯先生与诗人孔孚相交甚笃，首开研究孔孚山水诗先河，对其有着深切的了解和独到的把握。其中第四条提到的“基本同意铅笔删改的地方”，删改处则是出自编辑之手。当时之所以送审，是因为文稿有一定的基础。作者青年教师宁茂昌对“意见”心悦诚服，费了大半年功夫，按照“意见”的要求，着重从审美批评方面对文稿作了重大修改，终于获得通过，发表在次年第3期学报上，并获得了好评。修改文稿的过程，实际上是一个切实提高的过程，无论作者还是编辑，都从中获益匪浅。后来作者每当提及此事，总是感动不已。

一桩排解不开的心曲

《初中生作文》是一份面向中学生的月刊，由烟台师院和省写作学会主办，于1993年7月创刊，冯中一先生任总编。作为参与办刊的主编之一，笔者在将近两年的时间里与冯先生频繁接触，在为人处世和编写业务上深受教益。先生年高德劭，襟怀坦诚，为人持重守正，性情宽厚，做事恪尽职守，一丝不苟，为我们树立了良好的风范。

翻阅《初中生作文》封面，两句话赫然在目：青少年成长的苗圃，小作家成才的摇篮。这是出自先生的手笔，既是对刊物的定位，也是对刊物的期望，满含着先生的殷殷深情。我们知道，先生毕生从文，写作是他的职业，更是他的生命，而培养作家则是他的使命。在他的眼里，文艺女神缪斯是庄严的、不容亵渎的。唯其如此，他在71岁高龄时才会勉力挑起省作家协会主席的重担。

和先生相处长了，彼此间沟通日深，刊物之外也谈一些别的。初秋的一天，我去先生家取审定的稿子，先生对该期稿子很满意，兴致很高，和我笑吟吟地聊天，由从小培养学生作文说到作家的成长，由作家说到了作协，说是担子挺重，要干就干好，不能挂个虚名。听到这里，我的心里颇有老骥伏枥的感受。先生一向富有责任心，凡事极其认真，接受省委提名并当选省作协主席后，马上就进入了角色。说着说着，不知怎么就说到作代会上选举的事。据说，有的代表对先生被提名主席候选人持不同意见。这是一个敏感的话题，先生沉吟片刻，神色凝重：“我知道。我和他关系不错，怎么会这样？”尽管语气平静，我还是能感觉到先生心中的波澜，不免疑惑：先生从来与人为善，严于律己，宽以待人，凡事总能从他人角度着想，看来这次真的受到伤害了。见此情景，我接过话头，说对方肯定不是针对先生本人的。先生沉默不语。想想也是，先生极要面子，倘若别的代表有同意见，也许可以理解，可是被彼此了解而且关系友好的代表公然反对，确实难以释怀。尽管反对者有这样或那样的理由，但对于一个忠厚长者来说，情感上确实很难过得去。这一情景，像一个电影镜头，瞬间被我深深定格。

冯先生逝世后，王景科教授一次与我闲聊时曾提及作代会上的这段往事，她说先生也曾对她表示过同样的困惑。可见先生的心结之重。唉，人和人之间，怎么就不能多些理解和尊重呢？

一段健身怡情的登山路

山师南邻千佛山，晨练登山成为许多人的功课。若说能够二十二年如一日，持之以恒，风雨无阻者，当非冯先生莫属。

无论酷暑还是严冬，只要天刚蒙蒙亮，就一定会在登山路上看到冯先生的身影）或缓或急，或停或行，经常肩上挂一只布袋，手持一把长剑，雨时撑一把布伞，独来独往，沉吟而行。在半山腰，或练气功，或打太极，或舞长剑。前后两个小时，活动完毕从山上下来时，已是步履轻盈，神清气爽，鹤发童颜，笑容可掬。据冯先生自己说，每天坚持锻炼，一身的疲劳就消失了，就为这一天的工作蓄足了力量。他的体会是，爬山不仅健身，还能怡情。千佛山的四季风光，常常给富有诗人气质的冯先生带来灵感。每当他触景生情，就会从布袋里取出纸笔记录下来，大有古人行吟的风采。20 世纪 90 年代初的一个春天，我与冯先生在山上不期而遇，说起登山的好处，冯先生十分感慨："有病要吃药，也要锻炼，我现在一天不上山，一天就少精神，爬山现在是我每天必做的功课。再说，爬山还可以陶冶心性，激发诗情。"原来，冯先生 50 年代就得了高血压病，70 年代初发现患了冠心病，治疗之外，开始登山，从不间断。如此一来，竟然打退了病魔，而且老而弥坚。我为他的健身效果感到高兴，并衷心祝他健康长寿，但是同时也隐隐地替他担心，心脏病真的可以锻炼痊愈吗？谁知过后不久，先生即因心肌梗死猝然而逝，走过了七十一载的人生道路。

今天，我又走在冯先生登山的路上，触景思人，先生的音容笑貌如在眼前。然而现今物是人非，顿生“人生无常”之感慨。以先生的审慎睿智，似不该出此意外。先生不是一向在意病情，天天药不离身吗？可是毕竟年事已高，沉疴日久，体力过度透支，而在病魔突袭时却又执意坚持“不要动”，以致未能及时去大医院抢救，从而错过了最佳救治时机。一念之差，遂造成千古遗恨。真所谓“智者千虑，必有一失”，信哉斯言。唉！

病逝十年前，冯先生曾在一次表彰大会上这样表达自己的心声：“用坚强的毅力治病保健，用诚恳的态度教书育人，用求实的精神著书立说，用紧迫的心情尽责出力。”先生是这样说的，也是这样做的。于今斯人已去，作为后学，追忆往事固然算是纪念，但更好的纪念是以先生的箴言自律，继承先生的人格风范，继续先生的未竟事业，以告慰先生的在天之灵。

冯先生，安息吧！

2005.6.10

在师从冯中一先生的日子里

李宗刚

1991 年 7 月，我硕士研究生毕业后便响应组织号召到千佛山中学锻炼了一年。所谓的锻炼与中学教师并无二致，其任务就是担任初中一年级两个班的语文课教师。1992 年 7 月，我便回到了山东师范大学中文系写作教研室。根据系的安排，我与另一位刚留写作教研室的青年教师姜燕首先要接受冯中一先生的指导，以便于更好地熟悉写作课的教学特点和规律。由此开始，我与冯中一先生结下了深厚的师生之谊。

冯老师是资深的写作课教师，早年曾经教过中学语文，在教学之余还从事诗歌创作与赏析，对诗歌可谓情有独钟。据我的姑父翟守刚回忆，在解放前，冯中一先生是他的中学语文教师，他的演讲深受全校学生的喜爱，以至于演讲教室的过道里和窗户前都挤满了人，盛况空前。后来，冯老师从中学来到山师中文系后便担任了写作课教师，在写作课教学方面具有丰厚的经验。

根据冯中一老师的安排，我们每个周二的下午到他家上课。冯老师给我们介绍了全国写作学方面的代表性学者，还给我们推荐了几本写作教材，给我留下深刻印象和久远影响的是林可夫主编的《基础写作概论》(福建人民出版社 1985 年版)。这一本教材用辩证的思维对传统议论文写作三要素的理论局限性进行评析，使我受到了很大的启发。它使我在分析问题时注重从发展变化的眼光来观照外物，注重用辩证思维去把握事物的本质，而不至于让思维止步于形式逻辑的范畴。在此后的写作课教学中，我每次都会把这一辩证思维方式传授给学生，学生也如当初的我一样，都深深地服膺于这一思维方式。其实，辩证思维方式之所以在学生中会引起较大的共鸣，关键在于中学语文作文中关于议论文三要素理论已经深入学生的骨髓，以致学生习惯于在三要素理论的指导下，用机械的教条的方式堆砌论点、论据，然后再用所谓的论证加以连缀，这样，一篇所谓的中规中矩的议论文便被炮制了出来。

冯中一老师给我的另一个深刻影响，便是使我更加坚定了从事学术研究的信念，并学会了资料的搜集与整理的方法。冯老师上课的地点是他家里的书房，这让我们有机会走进老一代知识分子的小世界中。冯老师把不同的资料分门别类，并且还用细绳捆在一起，这样摆放整齐的资料使用起来非常便利。我后来便把这一方法借用了过来，可见，走进冯老师的书房并切实地感知到知识生产的原初物理空间，的确带我进入了更广阔的知识海洋。

冯中一老师比较擅长诗歌鉴赏，但他在这一时期对广告产生了兴趣，还准备带领我们撰写一本广告学方面的专著。为此，冯老师拟订了写作的纲目，我还搜集了一些广告方面的资料，并写出了一篇小文章。但由于我们跟随冯老师学习的时间为一年，这一计划最终没有实施。不过，这对我在此后顺应中文系文秘学专业课的需要而开设行政管理学、公共关系学等课程有一定的影响。由此说来，从进入写作教研室开始，我与中国现当代文学便渐行渐远，逐渐向应用型学科转移了。令我没有想到的是，这一教学重心的偏移竟然达十年之久。及至 2002 年 9 月，我跟随朱德发先生攻读博士学位后才重返中国现当代文学研究领域。

冯中一老师不仅在写作课教学和诗歌鉴赏方面具有相当的素养，而且还具有特别强的时间观念。记得在 1992 年 12 月 15 日，冯老师因为公务需要调课，他专门给我写了一封信，他在信中这样写道：

宗岗：

咱们的辅导课，计划提在本月 17 日(星四)上午，因校职代会开幕，安排有我的发言，这个时间又被冲了。

这样吧，我 18 日去曲阜，参加省社科评奖回校后，在 22 日下午 2 时咱们再进行辅导吧！

特此奉告，祝安好！

冯中一 上

12.15

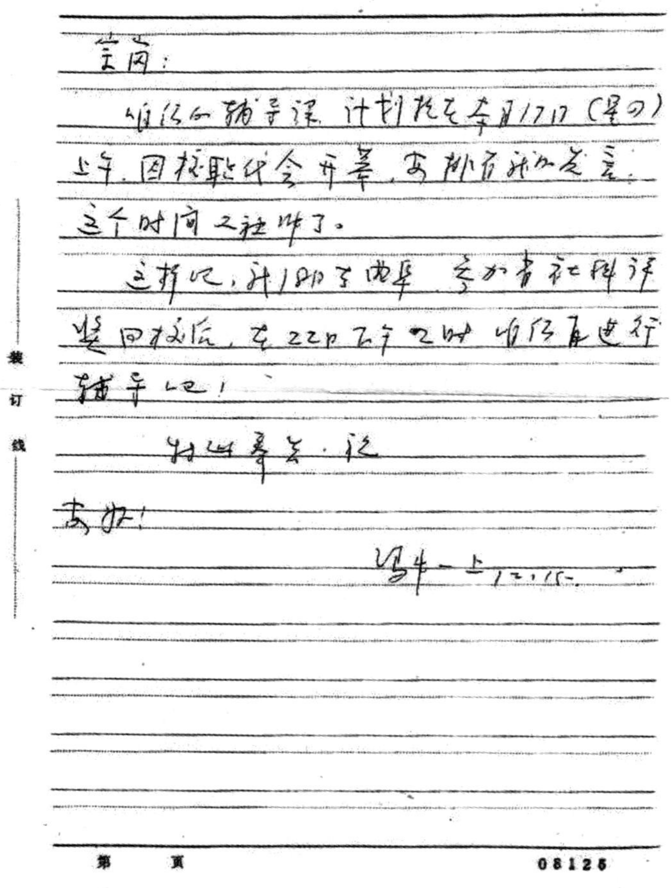

宝岗：

咱们的辅导课计划于本月17日（星四）上午，因校职代会开幕，[illegible]这个时间不能上了。

这样吧，我18日去曲阜，参加书社评[illegible]回校后，在22日下午2时咱们再进行辅导吧！

特此奉告，祝安好！

冯中一上 12.15

第　　页　　08125

在信中，冯老师把调课的情况作了说明，然后确定了补课的时间。从时间来看，这封信应该写于1992年，查找万年历可知，12月17日恰好是星期四，这与冯老师在信中所谈的时间恰好吻合。至于我的名字，冯老师则把“刚”字写成了“岗”字，我推测这可能与冯老师当时没有花名册有关，当然也不排除冯老师受到了历史上评点《三国演义》的毛宗岗的影响，毕竟毛宗岗作为历史上留下来的人物名气太大了，后来者名字中有个“刚”字也会被毛宗岗的“岗”字遮蔽了，如此一来，冯老师把我名字中的“刚”字写成了“岗”字，是否他在潜意识中把我也纳入了毛宗岗的文学研究的代际传承谱系中呢？所有这些疑问今天已经无从考证了。在信的结尾处，冯老师在自己的名字之后专门写了一个“上”字，这体现了冯老师虚怀若谷的长者风范。

2023 年，山师举办了一场纪念冯中一先生诞辰一百周年的纪念活动，并就冯老师的学术贡献进行了研讨。一方面，我作为冯老师的学生对冯老师怀有感恩之心；另一方面，我作为山师现当代文学学科的学位点负责人，对冯老师为学科发展作出的贡献怀有崇敬之情。这便促成我走进了冯老师的诗歌评论世界，并写出了一篇题为《冯中一：在新诗研究上“自重自强”的跋涉者》的文章，发表在《百家评论》2023 年第 6 期。在这篇文章中，我从三个方面论述了冯中一在新诗研究上的贡献，认为他有着“自重自强”的内在文化作为人生底蕴，深潜了中国传统文化所倡导的“天行健，君子以自强不息”的内在精神，这使他成为新诗研究方面卓有成就的著名学者，并在中国 20 世纪新诗研究史上占有一席之地。

冯中一老师离开我们已经有 30 年了，我师从冯老师读书已经超过 30 年了，这在 30 多年的时间里，我前前后后得到过许多先生的提携和帮助，这才使我的文学研究有了一点进步。当我回望那些曾经给我继续跋涉在人生泥泞道路上的提携者时，冯中一老师的身影便会时常浮现在我脑海里，并让我分明清晰地感受到，学术研究的代际传承的链条则是由一代代潜心学术研究的个体组成的，冯老师无疑是学术研究代际传承中的一个链条，这恐怕是冯老师离开我们 30 年而没有被遗忘的缘由吧。

冯中一编著目录*

冯恩大

一、诗歌创作

冯中一先生在1943年前后以沁人、冯一水等笔名在《大公报》《青年月刊》《艺术与生活》《山东新民晚报》等报刊上，发表《盲人》《蜗牛》《荒原之祭》《古城夜曲》《修道院的春》《赴耕之牛》《初吻》《湖上》《粪车》《罪与游行》《忏悔之歌》《被系着的羔羊》《黎明曲》等抒情诗一百余首，因资料匮乏，难以查找，特此说明。

二、著作

《语文教学札记》，山东人民出版社1955年版。

《诗歌漫谈》，山东人民出版社1956年版。

《诗歌的欣赏与创作》，山东人民出版社1959年版。

《学诗散记》，山东人民出版社1962年版。

《常用文体写作知识》(统编)，山东省新华书店，1972年。

* 本部分按照《冯中一先生纪念集》中《冯中一编著目录》收录。

《农村应用文》(统编),山东人民出版社1975年版。

《历代法家诗歌选》(统编),山东人民出版社1975年版。

《杂文》(统编),吉林人民出版社1980年版。

《古人论写作》(统编),吉林人民出版社1981年版。

《诗歌艺术论析》,山东人民出版社1983年版。

《唐宋八大家散文选》(主编),山东人民出版社1983年版。

《写作知识概要》(主编),山东文艺出版社1985年版。

《常用文体写作教程》(主编),山东教育出版社1986年版。

《诗歌艺术教程》(主编),山东教育出版社1990年版。

《新诗创作美学》(与鹿国治、王邵军合著),吉林文史出版社1991年版。

《孔孚山水诗研究论集》(主编),山东文艺出版社1991年版。

《诺贝尔文学奖得主代表作全集》(连环画第六、七卷主编),山东美术出版社1991年版。

《写作研究论文集》(主编),青岛海洋大学出版社1992年版。

《齐鲁创业者》(主编),山东文艺出版社1992年版。

《常用文体写作教程(修订本)》(主编),山东教育出版社1992年版。

《中国名人名言荟萃》(主编),山东教育出版社1993年版。

《新诗品》(遗著,王荣纲、李继曾、张绍骞编校),山东教育出版社(即将出版)。

三、文章

《中学语文教学的新尝试》,《山东教育》1949年第1期。

《关于民歌的优点》,《大公报》(文艺周刊)1951年▲。

《马雅可夫斯基的诗》,《大公报》(文艺周刊)1951年4月17日。

《略谈诗的题材、主题和感情》,《大众日报》1951年8月30日。

《关于诗的语言》,《大众日报》1951年10月30日。

《人民的祭典——纪念鲁迅逝世十七周年》,《大众日报》1953年▲。

《永远发光的生命——读〈真正的战士董存瑞〉》,《大众日报》1954年12

月6日。

《伟大的人民诗人——屈原》,《大众日报》1956年6月12日。

《贯彻“二百”方针座谈会上的发言》,《创作与学习》1956年第12期。

《精深的艺术典型——祥林嫂》,《创作与学习》1956年第14期。

《对于开展诗歌评论的一些希望》,《创作与学习》1958年第22期。

《关于诗歌发展的意见》,《创作与学习》1959年▲。

《杂文写作片谈》,《山东文学》1961年第12期。

《一次诗歌座谈会上的发言》,《山东文学》1962年第1期。

《〈山东十年短诗选〉琐谈》,《山东文学》1962年第3期。

《鲜明与含蓄》,《大众日报》1962年4月4日。

《浅谈诗的风格》,《山东文学》1962年第4期。

《〈山东风情〉评论》,《创作与学习》1962年▲。

《毛泽东思想是解决写作教学的金钥匙》,《民进》1963年7月。

《鲁迅诗二首〈无题〉〈自嘲〉解析》,《中学语文教材分析》第4册,1970年6月。

《谈谈诗歌创作》,《山东师院学报》1972年下半年,分三期连载。

《赞短文写短文》,《山东师院学报》1973年9月。

《无产阶级诗歌艺术的光辉典范——毛主席词二首艺术特色的学习札记》,《山东师院学报》1976年第2期。

《献给火红年代的激越战歌——读〈金色的航线〉,兼谈政治抒情诗的时代特点》,《山东师院学报》1976年第3期。

《阳光灿烂新苗壮——儿童诗集〈公社新苗〉读后断想》,《山东师院学报》1976年第3期。

《“于无声处听惊雷”——鲁迅后期诗歌学习札记》,《山东师院学报》1976年第4—5期。

《诗人的光荣职责——李瑛同志近作政治抒情诗阅读随感》,《山东师院学报》1977年第2—3期。

《“捷报飞来当纸钱”——读陈毅同志〈梅岭三章〉》,《大众日报》1977年4月14日。

《漫话散文诗》,《诗刊》1977 年第 7 期。

《真理的剑民族的琴——读〈陈毅诗词选集〉所得的启示》,《山东师院学报》1977 年第 4 期。

《真理火炬照千秋——学习朱德同志的诗》,《济南日报》1977 年 8 月 3 日。

《革命真情的集中抒发》,《济南日报》1977 年 10 月 23 日。

《风卷红旗过大关——学习叶副主席的〈攻关〉》,《大众日报》1977 年 10 月 26 日。

《诗歌教学的几点浅见》,《语文教学》1977 年第 2 期。

《善于发现典型的特征事物》,《济南日报》1977 年 11 月 13 日。

《发扬新诗风的伟大号令——初学〈毛主席给陈毅同志谈诗的一封信〉》,《山东文艺》1978 年第 2 期。

《新诗呵! 快跨上革命新里程——〈毛主席给陈毅同志谈诗的一封信〉学习浅识》,《语文教学与研究》1978 年第 1 期。

《诗的宝贵传统艺术——赋、比、兴》,《济南日报》1978 年 2 月 21 日。

《关于中学诗歌讲读教学》,《山东教育》1978 年第 2 期。

《革命的箴言艺术的瑰宝》,《诗刊》1978 年第 5 期。

《飞腾吧,诗歌想象的翅膀》,《广阔天地》(丛刊)1978 年第 2 期。

《一代诗风的雄伟先声——重温郭沫若同志的〈女神〉》,《大众日报》1978 年 7 月 9 日。

《鲁迅〈无题〉诗教学问题补遗》,《鲁迅作品教学初探》,天津人民出版社 1979 年版。

《"完成四化开新纪"——谈叶副主席〈烟台行《调寄蝶恋花》〉》,《济南日报》1979 年 9 月 25 日。

《爱国诗人屈原和他的长诗〈离骚〉》,山东人民广播电台广播,1979 年 10 月 3 日。

《诗的鲜明与含蓄》,《广阔天地报》1979 年 11 月 27 日。

《略论诗的艺术风格》,《黄河红帆》,山东人民出版社 1980 年版。

《一首咏物诗的启示》(与侯书良合作),《广阔天地报》1980 年 3 月。

《清词丽句必为邻——诗歌语言诗化的一条途径》(与鹿国治合作),《山东文学》1980 年第 4 期。

《短诗三赞》,《山东文学》1980 年第 5 期。

《新诗,应在更广阔的大道上奔驰》,《济南文艺》1980 年第 6 期。

《探寻新诗现代化的踪迹——山东省作协诗歌座谈会发言稿》,《山东文学》1980 年第 11 期。

《从诗词中数词的推敲说开去》(与侯书良合作),《广阔天地报》1980 年第 94 期。

《笔摇五岳　气凌沧海——谈李白的几首山水诗》,《山东画报》1980 年第 12 期。

《悲歌颂辞誓言——〈周总理,你在哪里?〉写法赏析》,《语文战线》1980 年第 12 期。

《一个探索的脚印——剖析舒婷的〈馈赠〉》,《柳泉》1981 年第 1 期。

《"吾将上下而求索"》,《山东师院学报》1981 年第 2 期。

《孔孚的山水诗》(与侯书良合作),《星星》1981 年第 3 期。

《诗,永远召唤着闪光的青春》,《泉城》1981 年第 8 期。

《清音有余》(与鹿国治合作),《山东文学》1981 年第 9 期。

《红花朵朵照眼明——〈少年儿童优秀作文选〉前言》,山东人民出版社 1981 年版。

《夸张奇特、控纵自如的想象力》,《散文赏析》,江苏人民出版社 1981 年版。

《诗的表现手法》(与宋乐永合作),《星星》1982 年第 5 期。

《开拓孩子们智力的"金钥匙"——读儿童哲理诗集〈五色草〉》(与侯书良合作),《海鸥》1982 年第 6 期。

《冉冉升起的时代旋律——我省近年来诗歌创作特色片谈》(与鹿国治合作),《聊城师院学报》1982 年第 3 期。

《引人喜爱和沉思的春光——读苗得雨的短诗集〈衔着春光飞来〉》(与宋乐永合作),1982 年 7 月 8 日完成,收入《新诗品》。

《谁是诗中疏凿手——给一位青年诗歌评论者的复信》,《诗刊》1982 年第11期。

《斑斓多彩　萋萋吐芳》(与侯书良合作),《海鸥》1982年第12期。

《捕捉心灵的闪光点——读丁庆友反映农村新生活的诗歌》(与杨守森合作),《山东文学》1982年第12期。

《等闲指出情趣盎然——评扬朔〈茶花赋〉》,《黑龙江电大》1983年第1期。

《走向大海——〈从泉边出发〉代序》(与鹿国治合作),济南市文联印行,1983年6月。

《〈一支派克笔〉点评》,《山东电大》(文科版)1983年第2期。

《祝愿"更上一层楼"》,《大众日报》1984年1月4日。

《〈人生之路〉前言》(与刘示范合作),山东教育出版社1984年版。

《声势与情思的激越回荡——读宋协周的〈声情集〉》(与侯书良合作),《大众日报》1984年7月8日。

《试论当代诗歌创作中的哲理倾向》(与王邵军合作),《山东师大学报》1984年第5期。

《生活智慧的火花——略论诗的灵感》,《聊城师院学报》1984年第4期。

《致青年诗友赵伟同志——对一首政治抒情诗的评析》,《文朋诗友》1985年第1期。

《一派鹅黄点点翠缘——瞻望我省茁壮成长的青年诗群》,《黄河诗报》1985年7月16日。

《新诗,呼唤着新的理论批评》(与王邵军合作),《当代文艺思潮》1985年第4期。

《探索写作训练的最优化途径(代序言)》,《初中作文训练》,明天出版社1985年版。

《评论家给青年诗人的信》,《山东青年报》1985年10月11日。

《〈唐诗英华〉序言》,山东文艺出版社1985年版。

《当前新诗意境的创新方向》,《写作》1986年第2期。

《对"希望"的希望》,《山东青年报》1986年2月26日。

《〈中学文学常识六百题〉序言》,《中学文学常识六百题》,山东文艺出版社1986年版。

《祝贺与希望:瞻视“希望”的诗野——为“希望”诗歌大奖赛授奖而作》,《山东青年报》1986年4月30日。

《诗,认识你自己——对诗歌自主意识的呼唤》(与王邵军合作),《文学评论家》1986年第4期。

《字唯期少　意唯期多——给青年诗友的信》,《黄河诗报》1986年7月16日。

《〈实用写作基础理论〉序言》,《实用写作基础理论》,中国展望出版社1986年版。

《置身于最美的事业——关于诗歌性质的断想》,《文朋诗友》1986年第6期。

《评〈一个地主的悲哀〉》,《西藏青年报》1986年11月。

《〈唐诗英华〉序言》,《唐诗英华》,山东文艺出版社1986年版。

《怀旧寄哀》,《当代小说》1987年第13期。

《重构规范:新时期诗歌的美学价值》(与王邵军合作),《聊城师院学报》1987年第1期。

《精神文明建设也应加强“总体规划”》,《济南政协》1987年第2期。

《致纪鹏同志的信——诗集〈茉莉花〉评介》,《黄河诗报》1987年第11期。

《诗意求索的奥秘——关于散文诗集〈母亲河〉的一封信》,《黄河诗报》1987年第14期。

《大漠与甘泉的情思——关于〈牧笛·琴泉〉的一封信》,《文朋诗友》1987年第4期。

《润物细无声——小学课外读物丛书简评》,《山东书讯》1987年第10期。

《诗之舟划在清柔的湖面——读孙激波的几首诗》(与王邵军合作),《黄河诗报》1987年第16期。

《寻找精神家园——试论诗的审美心理结构》(与王邵军合作),《文学评论家》1987年第5期。

《现代诗琐谈(一)》(与王邵军合作),《黄河诗报》1988年第3期。

《结构:诗歌鉴赏的窗口》(与王邵军合作),《当代诗歌》1988年第4期。

《现代诗琐谈(二)》(与王邵军合作),《黄河诗报》1988年第4期。

《一部新颖而实用的文学理论工具书——简评〈文学理论简明辞典〉》(与吕周聚合作),《山东社联通讯》1988年第2期。

《〈工商行政管理应用写作教程〉序言》,《工商行政管理应用写作教程》,河南教育出版社1988年版。

《现代诗琐谈(三)》(与王邵军合作),《黄河诗报》1988年第7期。

《散作乾坤万里春——〈我是黄河的儿子〉序言》,《我是黄河的儿子》,中国矿业大学出版社1988年版。

《拍拍我遗落的忧伤——诗集〈红丝带〉发微》(与王邵军合作),《山东文学》1988年第8期。

《现代诗琐谈(四)》(与王邵军合作),《黄河诗报》1988年第8期。

《现代诗琐谈(五)》(与王邵军合作),《黄河诗报》1988年第9期。

《具有方法论意义的"导读"——〈现代文章精品导读〉》,《山东师大学报》1988年增刊。

《探索散文奥秘的指南——〈散文鉴赏与创作〉》序言,《散文鉴赏与创作》,青岛出版社1989年版。

《从韩青诗歌艺术的"骨力"说起——〈山情与海恋〉序言》,《作家报》1989年2月22日。

《话说八十年代诗坛——答〈银河系〉诗刊编者问》,1989年4月1日。

《赞呼微型文学——〈微型文学作品选〉序》,《菏泽市报》1989年4月5日。

《孔孚山水诗的"空""妙"》,《黄河诗报》1989年第4期。

《踏着情思的旋律,他踽踽独行——〈十二行抒情诗〉序言》,《十二行抒情诗》,中国文联出版公司1989年版。

《沿着稳健创新的道路前进——致姜建国、张维芳》,《文学评论家》1989年第5期。

《冬梅绽开万里春——记我省一次重要的诗歌活动》,《山东文坛纪事》,

山东文艺出版社 1989 年版。

《笔淡而意浓——评散诗集〈淡色的花束〉》,《珠海特区报》1989 年 10 月 23 日。

《议论文写作规律的新探索——〈议论文写作技巧〉序言》,《写作》1989 年第 12 期。

《提高知人论世的阅读效用——〈中学语文作家小传〉序言》,《中学语文作家小传》,地震出版社 1990 年版。

《历史文化的一串珠花——〈孔门寓言集〉短评》,《山东社会科学》1990 年第 2 期。

《一种渗透于心灵的诗教——〈情理联句选〉序言》,《情理联句选》,山东文艺出版社 1990 年版。

《系统·规范·实用——〈文秘工作概论〉序言》,《文秘工作概论》,陕西人民教育出版社 1990 年 3 月。

《爱乡思亲的时代深情——任远散文集〈乡情集〉序言》,《文学评论家》1990 年第 5 期。

《东方灵秀美的启示——孔孚诗歌研讨会开幕词》,《山东师大学报》1990 年第 5 期。

《写作学科的新成果——〈文学创作引论〉序言》,《联合周报》1990 年 7 月 28 日。

《民族其魂　现代其风——关于王耀东的农村抒情诗》,《山东文学》1990 年第 10 期。

《冯中一教授的信——〈早春集〉卷首》,《早春集》,明天出版社 1990 年版。

《精严务实　稳中求新——〈写作〉序言》,《写作》,华东师范大学出版社 1990 年版。

《我听到"校园文学"的嘤嘤新声——〈雏声〉序言》,《写作》1990 年第 12 期。

《走进优美奇妙的世界——〈小花朵朵〉序言》,《小花朵朵》,山东教育出版社 1990 年版。

《诗通讯二则》,《大众日报》1991年2月21日。

《迎接金色的曙光——〈中国当代青年诗选〉序言》,《中国当代青年诗选》,山东文艺出版社1991年版。

《搞好民歌体的现代演化——致李苏卿同志》,《黄河诗报》1991年第4期。

《〈家庭教育心理学讲义〉前言》,《家庭教育心理学讲义》,山东省民进夜校印,1991年5月。

《阅读思维空间的新开拓——〈现代阅读学〉序言》,《现代阅读学》,济南出版社1991年版。

《可贵的开拓与建树——〈中国文体比较学〉序言》,《中国文体比较学》南开大学出版社1991年版。

《〈难忘那一片绿荫〉序言》,《难忘那一片绿荫》,山东文艺出版社1991年版。

《从传统基座上矫健起飞——〈走上旅途〉序言》,《作家报》1991年7月28日,

《心灵的清泉淙淙而流——〈情到深处〉序言》,《情到深处》,香港:新闻出版社1991年版。

《寒亭视察感赋(短诗四首)》,《人民权利报》1992年1月16日。

《开创黄河诗派　弘扬齐鲁诗风——今年第一期阅读札记》,《黄河诗报》1992年第3期。

《稳健开拓　求实创新》(审读报告,应省新闻出版局之邀而作,1992年3月10日),《文学评论家》1992年第1期。

《〈厚德录故事译注〉序言》,朱思勤、荆忠岭主编:《厚德录故事译注》,青岛出版社1992年版。

《多向度的诗意聚焦——〈生命与岁月〉序言》,《文学评论家》1992年第5期。

《稳步提高,与时俱进——祝〈影视文学〉创刊五周年》,《影视文学》1992年第5期。

《创造性的成果规范化的导向——在〈毛泽东诗词史诗论〉出版座谈会

上的发言》,1992 年 5 月 23 日,收入《新诗品》。

《〈成人高校写作教程〉序言》,吴秉忱、刘春鹏主编:《成人高校写作教程》,青岛海洋大学出版社 1992 年版。

《〈应用写作新编〉序》,《应用写作新编》,香港:新世纪出版社 1992 年版。

《预言自己——〈我们笑在最后〉序言》,《我们笑在最后》,香港:金陵书社 1992 年版。

《好诗的基本品格——致一位诗歌的习作者》,《齐鲁晚报》1992 年 12 月 20 日。

《振奋中的自勉——为济南市民进成立三十五周年而作》,《济南民进三十五周年》,内部印行,1992 年 12 月。

《应时书法传世墨宝——〈王仲武五体千字文〉序言》,《文艺百家》1993 年第 2 期。

《深柔的心弦　悠扬弹拨——〈青春石阶〉序言》(与鹿国治合作),李萍:《青春石阶》,华文出版社 1993 年版。

《尚质、求实品格的结晶——〈中国农村应用文体写作大全〉序言》,姜庆仁、杨格君主编:《中国农村应用文体写作大全》,山东文艺出版社 1993 年版。

《一项"教育创造工程"的新建构——〈大学学习学〉漫评》,《烟台师院学报》1993 年第 2 期。

《保持山野的那一股清纯——给一位青年诗人的信》,《山东工人报》1993 年 3 月 13 日。

《促进写作思维结构的整体性革新——序言》,刘敬瑞等主编:《写作系统教程》,天津人民出版社 1993 年版。

《弘扬求实致用的文风——〈文秘与财经写作〉序言》,贺鸿凤、滕西奇主编:《文秘与财经写作》,青岛海洋大学出版社 1993 年版。

《开拓智慧与理想的心灵世界——写在〈初中生作文〉创刊的时候》,《初中生作文》1993 年 9 月。

《董必武诗歌综论》,吴欢章主编:《元勋文采》,汉语大词典出版社 1993 年版。

《经世致用文风的现代结晶——〈秘书写作学〉序言》,宁茂昌、吕周聚主编:《秘书写作学》,青岛海洋大学出版社 1993 年版。

《呼唤切入当代的民族诗魂——〈黄河诗报〉座谈会上的发言》,《黄河诗报》1994 年第 1 期。

《对话与交流》,《初中生作文》1994 年第 1—2 期。

《散文探秘的突破口——〈散文抒情探微〉序言》,《胜利教育》1994 年第 2 期。

《师古融今遒骨丽韵——李继曾其人其书》,《聊城师院学报》1994 年第 2 期。

《青春残叶》(1994 年 3 月 29 日编定,收入《新诗品》)。

《充分发挥散文诗的独特艺术个性——致陈少松同志》,《鸢都报》1994 年 6 月 15 日。

《露珠晶莹、幽思闪烁——读诗集〈早季〉》,《胜利教育》1994 年第 6 期。

《“我们是紫色的一群”——关于济南一中的校歌》,《山东教育》1994 年第 7—8 期。

《〈汉语言文学专业“专起本”系列教材〉编辑前言》(署名编委会),《汉语言文学专业“专起本”系列教材》,山师大中文系印发,1994 年 8 月 15 日。

《体现东方特色　塑造圣土形象——发刊词》,《东方圣土》创刊号,1994 年 9 月 6 日。

《严肃务实的艺术理论探索——〈散文艺术论〉序》,《济南日报》1994 年 9 月 16 日。

《中国味的十四行诗——致唐祈同志》,《济南日报》1994 年 11 月 25 日。

《惊喜与厚望——〈今夜无眠〉序言》,《大众日报》1994 年 12 月 18 日。

(说明:带▲号者,因发表原件在“文革”抄家中佚失,无法确定文章发表的准确日期。)

后 记

为了能够更好地传承学科前辈学人的精神，山东师范大学中国现当代文学学科在魏建教授和李宗刚教授的组织下，准备编选中国现当代文学专业"山师学人"研究资料丛书。薛绥之先生和冯中一先生年龄相近，既有同学之情，又是一生的诤友，在山师学科史上，一位是鲁迅研究大家，一位终生致力于诗歌研究和创作，均是学科史上的开创性人物。基于此，本书将二人的研究资料合并编辑出版，以更好地呈现先生们的学人风貌，这是对他们一生学术友谊的最好纪念，也是对他们的学术精神的最好传承。

薛绥之先生与冯中一先生是继田仲济先生之后的中国现当代文学专业"山师学人"的代表性人物，也是我们在梳理山师现当代文学学科历史时无法绕开的人物。1951 年，田仲济先生调入山师任教授，引领山师现当代文学学科走上了发展之路，1955 年薛绥之先生调入山师中文系担任讲师，1958 年冯中一先生调入山东师院从事新诗研究和写作课教学工作，中国现当代文学学科师资力量不断充实壮大。正如严家炎先生所说，恰是在田仲济、薛绥之等先生的指导、支持和参与下，山师中文系得以在同行中以重视现当代文学资料的积累与整理闻名。因我在之前做了些《鲁迅全集》编纂的资料整理工作，所以有幸承担了薛绥之、冯中一两位先生研究资料的搜集与整理任务。

本书共分上下两编，因薛先生年龄稍长，故上编为"薛绥之研究资料”，下编为“冯中一研究资料”，由学者自述、研究文选、缅怀文章、文献钩沉以及编著目录五部分组成。共辑录薛绥之、冯中一先生的鲁迅研究、诗歌研究等学术研究文章各一篇作为学者自述。研究文选则以全面、整体上来了解先生的生平、学术研究、人格魅力等方面为主，分别辑录6篇和9篇，《山东师范大学中国现当代文学学科资料汇编的历史回溯》《论冯中一的写作学理论》《冯中一1940年代诗歌创作主题论》《本体探寻”与“艺术实践”的合一》等文章均是最新研究成果。缅怀文章则以《薛绥之先生纪念集》《冯中一先生纪念集》为主，为方便阅读，本书在编纂过程中打破原来既有的编辑体例，将原纪念文集的悼念文章按标题音序重新排列编校，同时鉴于现行语法规范要求，将原纪念集中的个别排版原因造成的错字、漏字等逐一改正，在此基础上又将近年来学界对两位先生的研究文章或纪念文章也做了系统梳理，分别收录43篇和54篇。文献钩沉则注重学界对先生之人之事的钩沉，收录了刘增人、翟德耀等先生的共5篇文章，试图于细节处弥补对学人研究的空缺。此外，在搜集整理过程中，对既有的编著目录进行了有限的补充，但仍未能涵盖所有条目。所选这些文字记录了薛绥之、冯中一先生从早年求学到成家立业，再到专注于教学与研究工作，投身学术，直至最后献身于教育事业的人生足迹。

薛绥之先生、冯中一先生虽早在编著者心中无比熟悉，但历经“文化大革命”，作为学院派的研究者，他们的学术几乎停滞，而早年发表的一些作品因编著者年龄尚小、年代久远，寻找难度较大，幸得老师们鼎力支持与帮助，此书才得以最终呈现。魏建老师每每讲起前辈学者们的故事，都使我沉浸其中，似乎回到了历史的现场；授业恩师李宗刚老师亲传亲授、不厌其烦地给予我专业的指导，这些都是我从事此项工作的无价之宝。本书从开始收集资料到最后整理完成，历时半年有余，也得益于张俊才老师、宋益乔老师、冯恩大老师、王邵军老师、吕周聚老师等诸位前辈学者编撰的两位先生的纪念文集（遗憾的是，这两本纪念文集均没有正式出版）；在编选冯中一先生研究资料的过程中，冯中一先生指导的最后一届硕士研究生郭洪云老师做了大量的工作。

编纂体例方面，本书试图兼顾学者自述及最具代表性研究成果、学人研究与评价等诸方面，主要是以呈现薛绥之、冯中一两位先生的学术贡献、治学育人的品格为主，方便读者了解先生们那代人的人生经历与学术人格。受限于能力与学识水平，再加上时间仓促，书中或许还存在其他问题，在此恳请诸位专家、读者不吝赐教。

本书在编选过程中得到了山东师范大学社科规划处的鼎力相助，获得了来自山东师范大学“双一流学科建设经费”的资助。据中国现当代文学学科“山师学人”研究资料丛书总主编李宗刚介绍，这一浩大的研究资料丛书得到了张茂聪副校长的全力支持；在具体的编写过程中，我还得到了翟德耀编审、魏建教授和李宗刚教授的具体指导，尤其是李宗刚教授在许多方面亲力亲为，从编选体例到相关文章的遴选，从代前言的撰写到最后的定稿，都付出了大量的时间和热情。在本书的编校过程中，山东大学出版社的编辑老师们也付出了辛勤的劳动，他们严谨、细致、一丝不苟的编辑态度令人钦佩。在此，我对以上所有鼎力支持的老师一并表示感谢！

谢慧聪

2024 年 8 月 31 日